QUAND ON PARLE DU DIABLE

JOSEPH DENIZE

QUAND ON PARLE DU DIABLE

roman

Julliard

ISBN 978-2-260-05433-7
Dépôt légal : janvier 2020

À Sandra

I

GÉO GRANDIN EST MORT

1.

Tandis que le mille quatre-vingt-sixième jour de guerre était emporté par le grand fleuve de l'histoire, à l'intérieur de la Morgue de Paris le temps stagnait, triste et visqueux comme l'eau d'une mare. Une lumière blafarde suintait par les soupiraux de la salle d'exposition où, dans une fixité minérale, les cadavres attendant d'être identifiés étaient disposés sur des plans de marbre parallèles. Il régnait dans l'endroit une odeur de boucherie fraîchement désinfectée et le silence épais, qui semblait exsuder des corps mêmes, n'était perturbé que par les sanglots d'un couple venu reconnaître une jeune noyée.

Deux tables plus loin, Aimé Grandin avait les yeux baissés sur la dépouille de son oncle Géo. La stupeur qui l'avait glacé une heure plus tôt en apprenant le décès avait cédé le pas à un grand vide teinté d'une sensation de déjà-vu. Sans doute la peine et les regrets arriveraient-ils plus tard, mais pour l'instant Aimé n'éprouvait rien. Rien qu'un grand étonnement de ne rien éprouver.

La dernière fois qu'ils s'étaient vus, ils avaient déjeuné ensemble à une terrasse, non loin du Palais-Royal. Deux ou trois semaines s'étaient écoulées depuis, mais Géo Grandin paraissait avoir vieilli de dix ans et perdu plusieurs kilos dans l'intervalle. Ses cheveux et sa fine moustache à aiguilles étaient à présent entièrement blancs. Ses joues creuses mal rasées et les douves violacées qui ceignaient ses yeux clos laissaient deviner le crâne sous sa peau parcheminée. Les rides de son front formaient avec ses sourcils une sorte d'oméga, comme si une idée sombre et tenace continuait de le tourmenter dans la mort. Géo avait cinquante ans, mais à voir sa dépouille on lui en aurait donné vingt de plus. Était-il gravement malade sans le lui avoir dit ?

Aimé remarqua des taches grisâtres qui maculaient ses épaules et son cou, dégagés du drap blanc recouvrant le reste du corps. C'étaient de petites plaques à l'aspect rugueux et au léger relief. Il observa aussi que les cheveux de Géo étaient mêlés d'une fine poussière qui s'était déposée sur la table autour de sa tête. Son oncle, peintre de son état, devait sans doute travailler avec du plâtre ou quelque autre mélange pulvérulent juste avant de sortir pour tomber raide mort dans la rue, à deux pas de son atelier – « foudroyé par une crise cardiaque », selon l'employé de la morgue, mais le rapport d'autopsie n'avait pas encore été établi. Cela, en tout cas, ne cadrait pas avec la tenue qu'il portait à ce moment-là, un complet de soie bleu clair assorti d'un foulard rose qu'Aimé n'eut aucun mal à repérer parmi les vêtements des défunts pendus au mur dans un coin de la salle. Il se serait débarbouillé avant de l'enfiler. Mais Géo Grandin était autant connu pour ses extravagances que pour sa coquetterie. Peut-être avait-il dû sortir d'urgence ou se sentait-il déjà mal au moment de s'habiller.

Après avoir réglé la paperasse avec le greffier, Aimé sortit du bâtiment et inspira quelques grandes bouffées d'air au bord de la Seine, qui s'écoulait avec une vaste indifférence. Le pavé du quai de l'Archevêché était encore mouillé après le gros orage de l'après-midi – le énième de ce mois de juillet 1917 – qui n'avait pas réussi à dissiper l'atmosphère étouffante pesant sur la ville depuis plusieurs jours. Dans un état second, Aimé enfourcha la bicyclette qu'il avait posée contre le mur de la Morgue et, avec toute l'énergie de ses vingt deux ans, s'élança en direction de la rive gauche.

Le clocher de Notre-Dame-des-Champs sonnait huit heures quand, en sueur, il posa à nouveau son vélo contre un platane près de la longue terrasse de la Rotonde, où une foule de Parisiens et de soldats en permission menaient grand tapage en ce début de soirée. Il balaya du regard la forêt de képis et de chapeaux, puis, n'avisant ni la casquette ni le visage qu'il cherchait, pénétra dans l'atmosphère bruyante et enfumée du café bondé.

— T'as pas vu Modi ? lança-t-il au père Libion, le patron des lieux posté à la tireuse, derrière le zinc assiégé.

Ce dernier fronça les sourcils et tendit le cou vers Aimé, qui dut élever la voix pour se faire entendre au-dessus du brouhaha :

— Je cherche Modi ! Mo-di !

— Pas vu !

— S'il se montre, dis-lui que je le cherche !

— Et toi, rappelle-lui son ardoise !

En ressortant, Aimé aperçut Moïse, le Franco-Polonais, et Manuel, l'Italo-Chilien, assis à une extrémité de la terrasse derrière une table d'officiers britanniques et de dames dont les chapeaux à plume avaient caché les deux hommes à sa vue quand il était arrivé. Les deux peintres discutaient en gesticulant autour d'un Byrrh.

— Modi ? Non, mais il était ici hier, dit Manuel avec son accent à couper au couteau. C'était vers la fermeture. Il était au bar avec Soutine, Libion voulait les virer. Ils en tenaient une bonne !

Manuel éclata de rire. S'étant connus en Italie une quinzaine d'années auparavant, puis retrouvés à Paris, Modi et lui étaient copains comme cochons. Au début de la guerre, tous deux avaient voulu s'engager dans l'armée française mais avaient été refusés car trop maigrichons. Moïse, lui, avait été blessé à la bataille de la Somme. Aimé, qui avait échappé au front grâce à un faux certificat médical, se sentait toujours gêné en présence d'uniformes ou d'anciens combattants, même s'ils étaient de ses amis. Aussi déclina-t-il leur invitation à s'asseoir et ne dit-il rien de la mort de Géo Grandin pour ne pas s'éterniser.

— Vous n'avez vraiment aucune idée d'où il pourrait être ?

— À cette heure-ci tu peux essayer la Closerie, ou chez Rosalie, dit Manuel. Mais qu'est-ce que tu as, mon vieux ? Tu n'as pas l'air bien.

— C'est cette maudite chaleur. J'ai pédalé toute la sainte journée. Je peux avoir un verre d'eau ?

S'étant désaltéré, Aimé prit congé et poussa son vélo sur le trottoir jusqu'aux lieux indiqués, sans résultat. Dépité, il sillonna les rues de Montparnasse aux alentours du cimetière et poussa jusqu'à la rue de la Gaîté dans l'espoir d'y croiser son ami. Mais – se demanda-t-il enfin, après avoir regardé à travers la devanture du Pélican – Modi ne pouvait-il pas tout simplement être chez lui ? Improbable, à cette heure, pourtant cela ne coûtait rien d'essayer.

Il descendait la rue de la Grande-Chaumière quand, par un heureux hasard, il avisa la compagne de Modi, qui discutait avec une autre jeune femme au pied de son immeuble. Bien qu'elle fût de dos, il la reconnut à la longue tresse de cheveux châtains qui lui tombait jusqu'à la taille – mais comment s'appelait-elle, déjà ? L'autre, une brune dont la silhouette replète contrastait avec la sveltesse de son interlocutrice, suivait le cycliste des yeux depuis une vingtaine de mètres quand il les accosta.

— Jeanne ?

— Oh, bonsoir, Aimé.

Quand Jeanne se retourna, Aimé la remit tout à fait, avec ses lèvres charnues, son long nez droit et ses grands yeux clairs en amande. Ils ne s'étaient croisés que deux fois depuis qu'elle et son ami Amedeo Modigliani étaient en couple. Aimé porta deux doigts à sa casquette en guise de salut.

— Modi est à la maison ?

— Il n'y était pas quand je suis descendue.

— T'as bien vérifié partout ? demanda la brune. Il est si épais qu'il pourrait se planquer au milieu de ses pinceaux !

— Il aurait plus d'une raison de le faire, ce saligaud, ajouta Jeanne.

Même si le cœur n'y était pas, Aimé rit avec les deux femmes. Il se sentit soudain embarrassé d'être en nage, mais ni l'une ni l'autre ne semblait incommodée par ses cheveux blonds collés sur son front, ses traits fins rougis par l'effort et les grandes taches de sueur qui fonçaient, au niveau des aisselles, sous d'athlétiques épaules, le bleu de sa chemise.

— Tu ne sais vraiment pas où je pourrais le trouver ?

— Essaye au Barberousse. Je sais qu'un de ses amis y fête son retour du front ce soir. Il y a de grandes chances pour qu'il y soit.

— Au Barberousse ? dit Aimé, en pensant aux kilomètres qu'il lui faudrait parcourir pour se projeter à l'autre bout de la ville, à Montmartre. Bon, direction le Barberousse...

— Si tu le vois, dis-lui que Zbo le cherche depuis deux jours, ajouta Jeanne. Et moi aussi, d'ailleurs.

Aimé reprit le large. D'un puissant coup de pédale, il tourna dans la rue Notre-Dame-des-Champs et déboucha à vive allure sur le boulevard Raspail, où il se fondit à nouveau dans la circulation d'hippo- et d'automobiles, moins dense en ce début de soirée.

Deux semaines plus tôt, il avait été victime d'une chute spectaculaire. En descendant la pente de la rue de Belleville, il avait fait une brusque embardée pour éviter un chien et heurté de plein fouet une auto qui roulait en sens inverse. S'il en avait été quitte pour une grosse frayeur et quelques ecchymoses, son vélo n'en était pas sorti indemne. Le cadre était maintenant faussé, la chaîne avait tendance à sauter et un jeu dans les pignons produisait un claquement métallique à chaque tour de pédalier. Malgré cela Aimé fonçait à corps perdu, sentant l'effort évacuer son angoisse par tous ses pores et chasser de son esprit la dernière image de son oncle.

Après avoir marqué un temps d'arrêt boulevard Saint-Germain pour laisser passer une colonne de camions chargés de poilus, et être descendu de bicyclette pour contourner une charrette de fourrage renversée en travers de la rue du Bac, il arriva sur les quais, en face du Louvre, et franchit le fleuve par le pont Royal, d'où l'on voyait un front de gros nuages noirs approcher par le nord. Il traversa les Tuileries, où les ombres de rares promeneurs et des allumeurs de gaz au long roseau formaient un tableau irréel dans la lumière déclinante du jour. Passé la rue de Rivoli, il remonta la rue Richelieu à contresens, prit la rue Drouot et alla se faufiler dans un réseau de ruelles obscures qui lui étaient familières, ayant pour un temps habité place Pigalle. Il n'avait toujours pas ralenti quand, à l'angle de la rue des Martyrs et du boulevard de Clichy, sa chaîne sauta, lui inspirant un chapelet de jurons. Essoufflé et dégoulinant de sueur, il chargea son vélo sur son épaule et gravit à pied les longues volées de marches de la rue Chappe qui le séparaient de sa destination, tout en haut de la Butte.

Le Barberousse tirait son nom d'une particularité de son premier propriétaire, Gontran Deborde, un ancien de la guerre de 1870 qui avait ouvert ce bistrot à l'époque où le village de Montmartre comptait encore tous ses moulins. Après l'humiliante défaite, le vétéran avait fait le serment de bouder ciseaux et rasoir tant que la France n'aurait pas pris sa revanche sur les Boches. Il tint parole, si bien que sa longue barbe rousse devint en l'espace de quelques années la meilleure publicité pour son établissement. Au tournant du siècle, des amis peintres du vieux Deborde donnèrent au bistrot son enseigne : le nom de Barberousse y apparaissait sur fond vert, formé par les entrelacs de longues mèches de barbe qui, tels d'interminables rubans rouges, poussaient hors d'un visage hilare et rougeaud représenté dans un coin du long rectangle de bois, coiffé d'une casquette de zouave. Ironie du sort, le tenancier était mort d'apoplexie en 1914, le premier jour de la guerre, à l'âge de soixante-dix ans.

Quand Aimé arriva au troquet, la petite réunion était encore très animée. Une poignée de convives éméchés dont les éclats de voix résonnaient dans tout le voisinage s'était déversée sur le pavé. À l'intérieur, les tables chargées de bouteilles et d'assiettes de pain, de fromage et de saucisson avaient été poussées contre les murs, laissant une vingtaine de personnes libres de circuler dans la petite salle. Des guirlandes en papier torsadé mêlées à quelques rubans de papier tue-mouches noirs d'insectes étaient tendues au-dessus des têtes, au milieu d'un nuage de fumée. Dans un coin de pénombre boudé par les lampes et les lumignons, un guitariste accordait son instrument.

Aimé était encore debout sur le seuil quand un homme maigre à l'épaisse chevelure noire se détacha du comptoir et vint à sa rencontre.

— Aimé, *ragazzo mio !*

Modi embrassa Aimé. Le peintre empestait la sueur, le tabac et le vin.

— Jeanne m'a dit que tu serais là.

— Pardi ! Mon ami Edmond fête son retour du front, dit Modi avec son fort accent italien. (Ses yeux jaunâtres et luisants trahissaient son ivresse autant que son haleine.) Viens, je vais te le présenter !

Modi entraîna Aimé vers le comptoir où Edmond, un homme sec à l'épaisse moustache rousse grisonnante et dont le costume bleu rappelait la couleur de l'uniforme des poilus, discutait accoudé au zinc, derrière lequel la fabuleuse barbe de Gontran Deborde était exposée au-dessus d'étagères chargées de bouteilles poussiéreuses – plus de deux mètres et demi de poils orangés dans un long cadre sous verre.

— Edmond ! Il y a ici quelqu'un qui rêve de serrer la main moite d'un héros !

Edmond se tourna vers Aimé en même temps que ses interlocuteurs, un vieil homme chauve et rondouillard au complet marron élimé et un autre au visage chevalin, grand et voûté, en bras de chemise, dont les bretelles remontaient son pantalon de toile beige bien au-dessus de la taille. Tous trois fumaient des cigarettes, ballon de rouge à la main, et transpiraient copieusement.

— Messieurs, je vous présente Aimé, le seul homme dans Paris pouvant se vanter d'avoir autant de succès que moi auprès du beau sexe !

Modi partit d'un rire exubérant qui dégénéra en quinte de toux grasse.

— Bonsoir la compagnie.

— Bienvenue, petit gars, dit Edmond. Sers-toi un verre. Ce soir c'est moi qui régale.

— Et alors, cet assaut ? demanda l'homme au complet marron, pressant Edmond de reprendre son récit au moment où Modi l'avait interrompu.

— Eh bien, comme je disais, il fallait éliminer cette foutue mitrailleuse. Elle était bien enfoncée dans son nid tout en haut du mamelon. On a tout essayé – les grenades, les crapouillots… Rien à faire ! Tous nos coups tombaient à côté, ou quand ils faisaient mouche ces sacs de terre et ces maudits rondins semblaient plus durs que du béton ! Alors, peu avant l'aube, les gradés ont décidé de l'extirper à la baïonnette.

— À l'ancienne !

— Oui, à l'ancienne ! Ce matin-là, la moitié de ma section est tombée en moins d'une minute.

— La moitié ? Dis donc ! fit le rondouillard, tandis que l'homme à tête de cheval sifflait entre ses grandes dents jaunes pour exprimer son étonnement.

— Quelle bravoure !

— Ton père aurait été fier !

— Car on était, en même temps, pilonnés par l'artillerie d'en face ! Je ne sais pas à quelle étoile je dois la vie.

— Bien sûr, la chance, mais aussi le courage ! La chance sourit aux braves !

— Et devinez qui est arrivé le premier sur cette butte de malheur ? Je vous le donne en mille ! Mézigue !

— Nom de Dieu !

— Et attendez, je ne vous ai encore rien dit !

Ménageant ses effets, Edmond marqua une pause, se resservit du vin et jaugea le visage figé de stupeur des deux autres. Ce fut alors qu'Aimé, dans la pénombre ambiante, s'aperçut qu'Edmond n'avait qu'une jambe. Une béquille en bois était posée contre le comptoir près de lui.

— Maintenant que tu es rentré et que tu as décidé de reprendre le bistrot, tu pourrais peut-être embaucher Aimé, s'il en a besoin ? demanda Modi, qui avait enfin cessé de tousser. En attendant, sers-lui un coup !

— Non, non, protesta Aimé, pris de court par l'intervention intempestive de son ami.

L'employer, lui ? Où avait-il pêché cette idée ?

— Comment ça, tu ne bois pas ? demanda l'Italien d'un ton faussement outré. Edmond a perdu une guibole pour défendre les vignobles français et toi tu refuses de trinquer ?

— Si, si, bien sûr ! Mais j'ai déjà un travail, voilà ce que je voulais dire.

Modi parut surpris. Edmond, visiblement contrarié par cette nouvelle interruption, servit un verre à Aimé, qui pour désamorcer la mauvaise humeur de leur hôte décida de porter un toast.

— À la France ! À ses héros ! dit-il sans grande conviction en levant son ballon avant d'y tremper le bout des lèvres.

— À la France ! reprirent les autres en chœur.

Le guitariste commença à jouer un air aux accords insolites, presque dissonants, faiblement rythmé.

S'il « reprenait le bistrot », Edmond devait être le fils du vieux Gontran, se dit Aimé, qui au même moment remarqua un détail de la décoration. Deux photographies grand format avaient été accrochées au mur derrière le bar, à hauteur d'yeux. Deux portraits en pied. Le premier, un daguerréotype retouché à l'encre, représentait le jeune Gontran Barberousse affublé de bacchantes dans son uniforme de zouave. L'autre, dans un cadre plus petit, montrait Edmond sous les armes, appuyé sur son fusil et encore muni de ses deux jambes. Apparemment, la sève patriotique s'écoulait dans l'arbre généalogique des Deborde avec autant d'insistance que les poils roux.

— Edmond, tu ne peux pas nous laisser languir comme ça ! repartit le rondouillard. Termine ton histoire !

— Ah, messieurs, je ne sais pas si vous êtes prêts à l'écouter.

— Mais si, mais si, dit Modi qui s'alluma une Caporal tirée d'un paquet posé sur le comptoir.

— Ce n'est pas le genre de chose qu'on lit dans les canards. ça tient vraiment de l'incroyable.

— Vas-y, raconte ! Bien sûr qu'on te croira !

— Oui, pourquoi qu'on mettrait ta parole en doute plus que celle des journaux ?

— Messieurs, vous ne seriez pas les premiers.

Edmond se racla la gorge, cracha dans le tapis de sciure et de mégots qui recouvrait le sol, puis imita Modi en s'allumant une nouvelle cigarette.

— On a lancé l'assaut de plusieurs côtés à la fois, reprit-il. Les braves qui attaquaient de front savaient qu'ils n'auraient jamais atteint le haut du mamelon, mais leur sacrifice devait permettre à deux autres escouades, dont je faisais partie, de prendre le nid en étau. Imaginez. On est dans la tranchée d'assaut, sous la pluie. On dégueule, on se pisse dessus, on prie, on se prépare à crever. Coup de sifflet, on s'élance. Trente secondes après, le groupe qui charge de face est anéanti et les escouades latérales décimées. De mon côté, je me retourne et ne vois plus que deux camarades qui comme moi continuent de ramper dans la boue, de cratère en cratère. Vingt mètres plus loin, un obus me manque de peu mais tombe pile sur les deux gars qui me suivent.

« Arrivé à mi-chemin entre ma tranchée et l'objectif, je risquais autant à me replier qu'à avancer. Donc, animé par je ne sais quel courage, je continue à ramper vers cette maudite mitrailleuse qui semblait faire mouche à tous les coups. Chacune de ses rafales résonnait comme un rire démoniaque – en fait, foi de Deborde, elle semblait maniée par le diable en personne ! J'arrive à une dizaine de mètres, le souffle court, le palpitant battant à tout rompre. Je bondis en avant – mais la peur m'a scié les pinceaux et voilà que je me casse la gueule ! J'étais trop lent, les Alboches avaient tout le temps de m'abattre. Mais le destin en voulait autrement. Alors je me relève, me rue comme je peux vers le nid déjà à moitié défoncé et saute à l'intérieur, baïonnette en avant, décidé à étriper l'ennemi…

Edmond but une gorgée de vin. Au fil de son récit, auquel même Aimé avait fini par s'intéresser, son regard s'était peu à peu perdu dans le vague, comme si ses souvenirs avaient fini par estomper le bistrot, les convives et son auditoire pendu à ses lèvres tremblantes.

— Il n'y avait qu'un seul gars dans le nid, poursuivit-il. Je lui plante ma fourchette entre les omoplates, et alors même que je le larde comme il faut… le gonze ne bouge pas, ne crie pas, ne saigne pas.

— Il était déjà mort ! le coupa Modi en riant.

Voyant ses effets ruinés par le peintre, Edmond se rembrunit.

— Déjà mort, oui.

— Comment ça déjà mort ? s'étonna Tête de Cheval, dont l'expression rivalisait avec une caricature du *Petit Journal.*

— Tout ce qu'il y a de plus mort ! Sa terrine était toute violacée, enflée, sans yeux – comme une aubergine. Sa chair se détachait en lambeaux. Quand je l'ai retourné, ses mains qui l'instant d'avant faisaient cracher des flammes à sa pétoire se sont désossées… Ce Boche de malheur était mort depuis plusieurs jours !

Un blanc s'installa dans la conversation. Aimé ne savait pas s'il fallait rire ou continuer de garder son sérieux.

— Edmond, c'est que le tireur s'était enfui avant ! dit Modi. Ce salopard a réussi à filer en vous faisant cette blague !

— Impossible ! On l'aurait vu ! S'il était sorti de son trou, on l'aurait séché ! Sûr !

— C'est une histoire bien étrange, en effet, dit le rondouillard. Et tes camarades, quand tu leur as raconté ça, qu'est-ce qu'ils ont dit ?

— Ah ! Comme vous, ils ne m'ont pas cru. Ils ont mis ça sur le compte de mes nerfs. Le lieutenant m'a promis une médaille et m'a expédié à l'arrière pour prendre du repos.

— Mais si, on te croit.

— Je te le dis ! Il s'est barré, ton Boche ! s'emporta Modi. Si même les morts s'y mettent, elle n'est pas près de se terminer, cette guerre !

Un long grondement sourd retentit au-dehors, couvrant les voix, faisant trembler les murs. L'orage qui s'annonçait depuis plusieurs heures s'était emparé du ciel de la capitale. Quelques commentaires lancés à la cantonade fusèrent parmi les convives : « Fameux coup de canon ! » « La fin des temps est proche ! » Au comptoir, la conversation ne reprit pas.

— Bon, je vais changer l'eau des olives avant qu'il ne tombe des cordes. Je reviens, dit Modi, qui vida son verre d'un trait et sortit du bistrot.

Voyant là l'occasion de prendre à part son ami, Aimé lui emboîta le pas.

Dehors, une brise fraîche s'était levée. De grosses gouttes de pluie froides s'écrasaient çà et là. Modi, d'un pas titubant, fit une vingtaine de mètres dans la rue sans éclairage avant de s'apercevoir qu'Aimé le suivait.

— Quoi, tu as peur que je me perde ? lui lança-t-il avant de s'enfoncer un peu plus loin dans les ténèbres d'une venelle dépavée et malodorante. Et dis-moi, tu n'es pas fou de m'interrompre quand j'essaye de t'arranger un boulot ? Qu'est-ce qui te prend ?

Dans l'ombre, la voix de l'Italien se mêlait au bruit de son abondant jet d'urine. Aimé, resté au coin de la venelle, dut faire un effort pour se souvenir de quoi parlait son ami.

— Je n'ai pas besoin d'un travail.

— Le vieux Gontran a fait fortune avec ce troquet. Avec une jambe en moins, Edmond n'est pas capable de s'en sortir tout seul. Il n'a pas d'enfants, sa sœur est poitrinaire et son beau-frère est mort au casse-pipe. Il cherche du monde. Quand la guerre sera terminée, le quartier va changer. Crois-moi, c'est bonnard.

— J'ai une mauvaise nouvelle.

— Tu ne peux pas continuer à vivre de petits trafics et à traîner toute la sainte journée. Trouve-toi un travail et repars de là. Celui-là n'est pas plus idiot qu'un autre, et puis tu l'as déjà fait. Je suis sûr que ton oncle approuverait cette idée.

— Mon oncle s'en fout.

— Ne dis pas ça, *coglionazzo* ! Tu sais combien il tient à toi ! Et moi aussi !

— L'oncle Géo est mort, Modi.

Le crépitement de la pluie sur le pavé s'intensifiait. Un autre coup de tonnerre se fit entendre, semblable au gargouillement d'un estomac monstrueux prêt à engloutir la ville. Le peintre sortit de la venelle en se reboutonnant.

— Dis-moi que j'ai mal entendu.

— J'ai trouvé un papelard de la police en rentrant chez moi. J'ai aussitôt foncé à la morgue, mais il n'y avait pas besoin de se presser. On l'a retrouvé hier matin, dans la rue.

— Mais comment ?

— Une crise cardiaque, qu'ils m'ont dit. Ou un truc au cerveau.

Un éclair illumina la rue comme en plein jour et Aimé vit l'expression bouleversée de Modi, blafard dans le grand flash électrique. Ravalé par l'ombre aussi vite que la foudre l'en avait tiré, le peintre embrassa son ami et le serra contre lui.

— Merde, merde, merde, murmura-t-il en roulant les « r ». Merde.

2.

L'orage sévissait depuis deux heures quand Mérie et Élise arrivèrent en gare de Noisy-le-Sec, nœud ferroviaire dont l'importance stratégique pour le transport de troupes n'avait cessé de croître depuis le début de la guerre. Leur train, qui roulait au pas depuis Pantin, avait dû s'arrêter à deux reprises pour céder le passage à des convois militaires, plongeant les voyageurs serrés comme des sardines dans une obscurité quasi complète, cinglée par les éclairs qui déchiraient le ciel. À bord, les rouspétances s'étaient vite transformées en vociférations quand le bruit s'était répandu qu'il aurait fallu terminer le trajet à pied le long de la voie, sous le déluge – « En v'là une bonne ! », « Ah les vaches ! », « On va devoir le pousser, leur dur ? » –, et le personnel du train avait eu le plus grand mal à ramener au calme les banlieusards à bout de nerfs, impatients de regagner leurs foyers. Mais ni cet incident ni le retard accumulé n'avaient entamé la bonne humeur d'Élise. Se heurtant depuis la gare de l'Est au silence insolite de Mérie qui, revenant de trois jours de maladie, était demeurée immobile pendant tout le trajet à regarder l'orage à travers la vitre ruisselante de pluie, elle avait entamé la conversation avec une autre voisine, l'instruisant en détail sur son travail d'infirmière à la Croix-Rouge.

Les portes s'ouvrirent et les passagers se déversèrent hors de la rame. Élise prit Mérie par la main et, en suivant la cohue, l'entraîna sous la pluie torrentielle vers la haute passerelle métallique qui enjambait les voies pour desservir les quais. « Noisy-le-Sec, mon œil ! » s'écria-t-elle en riant, sans même tenter d'éviter les grosses flaques qui s'étaient formées par endroits sur la plate-forme.

Les deux jeunes femmes se frayèrent un passage au milieu d'une foule essentiellement composée de soldats. Certains, les plus joviaux, revenaient du front pour une permission, tandis que d'autres se déplaçaient en groupes ou stationnaient ici et là avant de s'embarquer sur le train qui les mènerait au feu. Les malades et les blessés arrivés par convois sanitaires étaient quant à eux parqués sur certains quais avant d'être transférés vers l'hôpital d'évacuation de la ville. C'était en priorité ces malheureux que les infirmières avaient pour mission d'accueillir et de réconforter.

Arrivées au bout du quai principal, Élise et Mérie durent encore parcourir une cinquantaine de mètres à découvert pour gagner la cantine de gare, un long pavillon en bois isolé qui avait un aspect sinistre derrière l'épais rideau de pluie.

Elles s'élancèrent sous le déluge en relevant leurs jupes et, trempées jusqu'aux os, firent irruption dans une grande pièce rectangulaire où une quinzaine de femmes portant blouse et voile blancs s'affairaient autour de deux longues tables. Denrées, gamelles, gourdes, récipients et ustensiles en tous genres y étaient empilés en bon ordre en attendant d'entrer dans la composition des colis et des paniers destinés aux soldats. Des bouffées de vapeur s'élevaient de deux grosses marmites posées sur un grand poêle à un bout de la pièce, mêlant des odeurs de café et de bouillon aux relents des lampes à acétylène.

Une grande femme maigre aux cheveux gris, les bras chargés de cartons de cigarettes, s'arrêta net au milieu de la pièce en les voyant entrer. Mme Gérard, surnommée « la Poilue » par ses subordonnées, portait un sifflet rouge pendu à une cordelette autour de son cou.

— C'est pas trop tôt !

— Désolées ! C'est à cause de ce sale temps !

— Allons, dépêchez-vous ! Un convoi vient d'arriver ! Allez vous sécher et puis à vos paniers !

Sans demander son reste, Élise reprit Mérie par la main et l'entraîna jusqu'à la remise, séparée de la pièce principale par un rideau jauni faisant office de porte. Là, dans un espace plus exigu encombré de cartons et aux parois couvertes d'étagères garnies de linge et de matériel de soin, Agathe, qui se comptait parmi les volontaires ayant le plus d'ancienneté, ravitaillait une série de lanternes posées sur le plancher.

— Hello Agathe ! lança Élise, en se dirigeant vers le coin vestiaire où elle posa son châle, son sac et son chapeau mouillés au pied d'un portemanteau déjà surchargé de vêtements.

— On vous croyait noyées !

— Il y a des blouses quelque part ?

— Regarde là-bas, à côté des draps, dit Agathe en indiquant un coin de la remise. Contente de te revoir, Mérie. Tout s'est bien passé à la prison ?

Mérie, restée sur le seuil, parut surprise par la question. Elle renvoya un regard vague à Agathe et esquissa un sourire.

— Oui, merci.

— Alors ! s'exclama Élise en déboutonnant son chemisier, ne reste pas plantée là ! Viens te changer, grouille-toi ! La Poilue va nous passer un savon !

— J'ai su que tu as été malade.

— Rien de grave, j'ai dû manger une cochonnerie, dit Mérie, qui commença à se dévêtir.

Agathe posa son petit bidon d'eau et entreprit de revisser les lampes.

— Le mois dernier, c'est arrivé à ma nièce et à ses enfants. Ils se sont empoisonnés avec du lait avarié acheté aux Halles à un vendeur ambulant. Résultat : diarrhée, vomissements et quarante de fièvre pendant trois jours. Et qui a dû s'occuper d'eux ? Bibi ! Comme si je n'avais pas assez de ces pauvres garçons qui reviennent du front !

— J'ai eu de la fièvre moi aussi, dit Mérie en laissant glisser ses yeux sur les formes d'Élise qui, maintenant en jupon, refaisait son chignon blond.

C'était une grande fille aux yeux bleus, bien en chair, dont les joues rosées respiraient la jeunesse et la santé. Plus âgée de quelques années, Mérie était plus mince, plus menue, et avait de longs cheveux noirs ondulés qu'elle attacha en queue-de-cheval.

Élise se servit dans une pile de linge et tendit à sa collègue une blouse, un tablier et un voile propres.

— C'est très joli, ça, dit-elle en posant les yeux sur les dessous ourlés de dentelle de Mérie. On dirait que tu as quand même eu le temps de faire des emplettes.

— Ça ? C'est du neuf, mais je l'ai acheté il y a longtemps.

— Tu dis ça, mais je suis sûre que tu as cassé ta tirelire pour ton nouveau chéri !

— Un nouveau chéri ? demanda Agathe, en relevant la tête.

Tout comme Mérie, Agathe avait perdu son époux au front lors des toutes premières semaines de combat.

— Tu peux bien le dire, va ! Inutile d'en faire un secret ! dit Élise à Mérie d'un ton taquin en la voyant baisser les yeux.

Et puis, à Agathe :

— Mérie a rencontré un beau garçon. Ils ont déjà eu plusieurs rendez-vous.

— Alors c'est du sérieux ?

— Pour ça, oui ! Tu n'as pas remarqué ? Impossible de lui parler, elle ne t'écoute plus ! Elle est complètement dans la lune !

— Allons, Élise, elle est encore convalescente. Elle travaille beaucoup et la fièvre n'est peut-être pas encore tout à fait retombée.

— La fièvre ! Elle porte un nom, sa fièvre ! « Aimé », qu'elle s'appelle ! Un sacré beau gars !

Pendant que les deux infirmières continuaient leurs taquineries, un sourire énigmatique que l'on eût pu croire timidement complice scellait les lèvres de Mérie.

En réalité, Mérie n'avait pas seulement qu'un vague souvenir de cet Aimé, elle avait aussi eu de la peine à reconnaître Élise quand celle-ci lui était tombée dessus gare de l'Est. Mérie souriait parce que la Mérie qu'Élise et Agathe chatouillaient ainsi, en enchaînant les remarques sur son nouveau style de coiffure ou la facture de son bustier, n'était pas la Mérie qu'elles connaissaient.

« Elle » n'était pas elle. « Elle » habitait le corps de Mérie depuis deux jours et ne découvrait le monde de la jeune femme qu'à mesure que les lieux, les événements et les rencontres ravivaient le contenu de sa mémoire, suscitant, comme en cet instant précis, des nuées d'impressions et de réminiscences. C'est ainsi, petit à petit, comme on s'installe dans un nouveau chez-soi, qu'« elle » explorait les sensations, les émotions, les craintes et les désirs qui avaient constitué l'univers intime de « Mérie » et dont son corps et son cerveau conservaient les empreintes.

Quand les trois infirmières réapparurent dans la pièce principale, Mme Gérard et les autres volontaires n'attendaient plus qu'elles. Tandis qu'Agathe distribuait les lanternes, Élise et Mérie s'empressèrent de remplir leur panier de pain, de fromage, de cigarettes et de chocolat. Mérie, qui ne portait pas de lampe, se vit remettre une bouilloire pleine de café dont elle saisit l'anse brûlante avec un torchon. Voyant son escouade d'anges blancs enfin parée, la Poilue donna un bref coup de sifflet et on sortit de la cantine en rang par deux, direction le quai numéro 6.

À l'extérieur, le déluge avait cédé le pas à une pluie fine qui picorait le visage et poudroyait dans les halos des lampes. L'orage s'étant tu, on entendait de loin le boucan des quais, où un fourmillement de silhouettes presque entièrement noyées dans l'ombre se découpait sous un éclairage réduit au minimum. Jadis, les infirmières traversaient les voies pour gagner les quais, mais depuis qu'une des leurs avait perdu ses jambes sous une rame en mouvement, deux mois auparavant, elles s'obligeaient à emprunter la haute passerelle de fer à chaque aller-retour entre la cantine et les trains.

Mérie marchait au côté de Rose, une jeunette de petite taille et au visage couvert de boutons qui l'assaillit de questions dès que l'on se fut mis en mouvement. Rose voulait connaître ses impressions sur la prison de Saint-Lazare et, en particulier, sur l'espionne qui y était incarcérée. La tête baissée pour protéger son visage de la bruine, Mérie répondait de façon évasive. Oui, les conditions de détention étaient dures. Non, elle n'avait pas de nouvelles de sœur Sophie, souffrante, qu'elle avait remplacée deux jours à la prison avant de tomber elle-même malade. Oui, elle avait vu la belle, la sublime, l'infâme Mata Hari, condamnée à mort quelques jours plus tôt par un tribunal militaire. Un bel euphémisme, songea-t-elle, car bien plus que « voir » l'espionne, elle avait pendant plusieurs années habité son corps – cet objet de convoitise universel, capable d'envoûter quiconque, les hommes comme les femmes –, avant de se réincarner tout récemment dans celui de la volontaire-remplaçante qui lui apportait ses repas dans sa cellule : la jeune Mérie, échappant ainsi à son exécution prochaine.

Du haut de la passerelle, le quai numéro 6 ressemblait à un giron de damnés. Flanquée de part et d'autre par un train à l'arrêt, la longue plate-forme était un fossé grouillant d'ombres parmi lesquelles, sous l'éclairage jaunâtre des lampes, on distinguait les blouses blanches des infirmiers et des médecins qui n'avaient pas encore terminé de décharger les blessés les plus graves. Depuis cette hauteur, on aurait dit une colonne d'âmes en peine attendant de passer le Styx, mais ces âmes-là revenaient de l'enfer. Aux gémissements, aux râles et aux ordres criés par les docteurs et les gradés se mêlait l'euphorie de certains qui, ivres et moins gravement touchés que d'autres, entonnaient des refrains populaires ou des chansons de tranchée. Ils avaient perdu un bras, un œil ou une jambe, mais ils s'en étaient tirés et allaient bientôt regagner leur foyer. Pour eux la guerre était finie.

Les volontaires furent accueillies sur le quai par des clameurs chaleureuses, agrémentées de sifflements et de commentaires égrillards. La colonne d'infirmières s'étira sur la plate-forme. Chaque dame en blanc se vit attribuer un secteur différent par la Poilue et se retrouva aussitôt au centre d'une forêt de bras tendant des récipients en tous genres – gobelets, timbales, boîtes de conserve et même seaux d'enfant – réclamant d'être remplis de café ou de lait. C'était une fabuleuse cohue d'éclopés – amputés, boiteux, borgnes, tubards, brûlés – auxquels les sourires des femmes apportaient plus de réconfort que le gruyère ou le chocolat qu'elles distribuaient. D'aucuns encore pourvus de mains n'hésitaient pas à tirer gentiment sur la jupe de leurs bienfaitrices, y allant parfois d'une plaisanterie gauloise et récoltant des réprimandes qui suscitaient de généreux éclats de rire.

Quand elle eut versé la dernière goutte de café de sa bouilloire, Mérie commença à distribuer le contenu de son panier, telle une mère donnant la becquée à ses oisillons. Dans la bousculade, elle sentait des doigts effleurer ses jambes ou agripper sa jupe, alors que les hommes les plus valides se collaient contre elle et allaient parfois jusqu'à approcher leur nez de son cou pour humer son parfum, la chatouillant au passage de leur barbe ou de leur moustache. La jeune femme se prêtait au jeu, pinçant une joue, serrant une main, caressant un visage – « Bienvenue, mes amours ! Heureuse de vous revoir ! » – et esquivait avec grâce les approches les plus audacieuses. Cet amalgame de souffrance et de désir mettait tous ses sens en éveil. Elle éprouvait une affection irrésistible pour ces garçons qui, tout comme elle, ou presque, étaient revenus du royaume des ombres et s'émerveillaient d'être encore vivants. Ils étaient ses frères, ses enfants, ses amants. Elle était étonnée par les réponses de son nouveau corps frémissant, enivrée de sentir à nouveau dans ses veines un tel bouillonnement de vie.

Un jeune officier au bras en écharpe, impeccable dans son uniforme, s'approcha du petit attroupement qui s'était formé autour de Mérie.

— Allons, soldats ! De la tenue !

Comprenant qu'il n'aurait rien pu contre la bonne humeur des poilus, Mérie enlaça le gradé et déposa un long baiser sur ses lèvres incrédules, soulevant un concert d'exclamations, de rires et d'applaudissements.

— Ah ! madame..., bredouilla l'officier, dont le visage et les oreilles décollées devinrent aussi rouges que des culottes de zouave.

— Bienvenue à toi aussi !

— Mérie ! Auriez-vous perdu la tête ? tonna une voix – celle de Mme Gérard qui, dans tous ses états, apparut à l'improviste au milieu du chahut.

Les protestations fusèrent parmi les soldats.

— Détends-toi donc, la vieille !

— Voilà que mémé vient nous gâcher la fête !

— Où vous croyez-vous ? demanda sèchement la Poilue en tirant son infirmière par la manche pour l'arracher au seul bras valide du lieutenant, qui ne s'était toujours pas remis de sa surprise.

À quelques pas de là, Élise observait la scène avec de grands yeux ronds.

— Je n'ai plus rien d'autre à distribuer, madame Gérard.

— Dans ce cas, retournez vous ravitailler, en vitesse !

— En voilà une plus poilue que nous !

— Quelle emmerdeuse ! Elle veut nous priver de dessert !

Sans cesser de sourire, Mérie se pencha pour reprendre sa bouilloire et son panier.

— Nous en reparlerons ! Tout ça aura des suites ! lança la Poilue à la jeune femme qui, sans un regard pour ses collègues ébahies, s'éloignait déjà en lançant des clins d'œil et des baisers de-ci de-là et en roulant les hanches pour récolter quelques ultimes bravos.

Mérie remonta le quai le cœur battant de joie, les membres aussi légers que l'air. Tout en marchant, elle dégrafa le haut de sa blouse, ôta son voile et défit sa queue-de-cheval, libérant ses cheveux de jais qui tombèrent en cascade jusqu'au milieu de son dos.

Comme elle arrivait à la passerelle, son regard accrocha celui d'un cheminot à l'accoutrement singulier qui se tenait en marge de la bousculade au bas des escaliers. Dépassant d'une bonne tête tous les hommes à l'entour, son chapeau melon noir jurait avec son bleu de travail taché de graisse. Son air affecté détonnait avec l'animalité de son faciès au menton proéminent et aux petits yeux noirs écartés. En s'approchant, Mérie remarqua les longues pointes de chaussures en crocodile qui dépassaient du bas de sa salopette. Personne ne semblait s'étonner ni se soucier de la présence de cet oiseau bizarre sur le quai.

— Bélialo, te voilà ! Je ne m'attendais pas à te voir ici.

— Moi non plus. Je pensais que tu aurais trouvé une occupation moins pénible en attendant que je te contacte.

— C'est ce corps. On dirait que les habitudes de son ancienne occupante y sont encore ancrées. Aller travailler était l'une d'elles, je n'ai rien pu faire d'autre que d'y céder. Apparemment, cette Mérie avait un grand sens du devoir.

— Rien que de très normal, dit Bélialo en caressant machinalement la pierre noire de la grosse bague qu'il portait à la main gauche. Ça passera avec le temps. Dis-moi plutôt, ton appartement est-il convenable ?

— J'ai connu mieux, mais après la prison je suppose que je ne peux pas me plaindre.

— J'ai une bonne nouvelle : tu pourras emménager dans ton nouveau chez-toi dès demain.

— Où donc ?

— Je n'en sais encore rien, mais il sera plus adapté à tes nouvelles fonctions.

Mérie partit d'un petit rire.

— Comment ça, tu n'en sais rien ? Toujours à faire le mystérieux ! Si je n'étais pas si heureuse d'être à nouveau libre, je trouverais ça agaçant.

— Je ne peux pas te révéler ce qui n'est pas encore écrit dans le Livre.

Bélialo sourit, découvrant de petites dents espacées saillant de gencives sombres, et tapota doucement la poche droite de son bleu de travail dont le renflement laissait deviner la couverture rigide d'un gros in-quarto.

« Il n'y a qu'un seul mystère, ma chère, c'est le Livre. Rien ne peut hâter l'écriture de ses pages, il nous tient en haleine. Mais qu'y a-t-il de plus délicieux que la curiosité quand on sait qu'elle sera satisfaite ?

— Puisque tu le dis. En attendant que ton mystère s'écrive, aurais-tu de quoi me payer un taxi ?

— Je doute que tu en trouves à cette heure-ci, aussi loin de la ville. Mais tu trouveras bien une voiture qui te ramènera vers Paris.

— Dis donc, tu ne serais pas un peu rapiat, des fois ?

Bélialo rit doucement.

— Quelle ingrate ! J'en ai tiré plus d'un de la misère – moyennant quelque menu service, bien entendu. Rien n'est gratuit. Soit, je suis peut-être un peu « rapiat », pourtant, regarde, j'ai tout de même pensé à toi.

Il tira une enveloppe de sa poche gauche. Un millier de francs en billets de banque, constata Mérie en l'ouvrant. Une somme coquette.

— Tu aurais pu faire un effort supplémentaire. Tu ne voudrais pas que j'aie l'air d'une souillon face à tes précieux invités ?

— À ce sujet, deux invitations au Symposion t'attendront à ton nouveau domicile. Un fiacre passera te prendre en début de soirée pour t'amener à une réception où tu trouveras les intéressés. En attendant, achète-toi quelques belles robes, fais-toi plaisir. Essaye aussi de surveiller ton nouvel accent. Même s'il n'est pas dépourvu de charme, il peut être affreusement vulgaire en société.

— La prochaine fois, prévois un budget pour un professeur de diction, rétorqua Mérie qui, piquée malgré elle, reconnut à part soi qu'elle ne s'était pas encore faite à sa nouvelle voix de Parisienne des faubourgs.

Soudain, la jeune femme se sentit tirée par la manche. C'était Élise, qui avait avisé son amie en retournant vers la cantine.

— Bonsoir monsieur, désolée d'interrompre votre conversation, dit-elle à Bélialo, dont l'aspect ne sembla pas la surprendre.

Et puis, à Mérie :

— Viens donc ! Grouille-toi ! La Poilue est en train de remonter le quai avec les autres, tu vas encore en prendre pour ton grade si elle te trouve là sans ton voile à faire la causette ! Et il est où ton panier ?

— Mesdames, d'autres affaires m'attendent. Il est temps pour moi de m'éclipser. Bien le bonsoir ! lança Bélialo en portant la main à son melon avant de s'éloigner en serpentant habilement dans la cohue d'uniformes, d'un pas étonnamment léger pour un gaillard de son gabarit.

— Il en a une drôle de touche, ton ami, dit Élise. Je n'aimerais pas le croiser la nuit au coin d'une rue.

— L'habit ne fait pas le moine, Élise. Crois-moi, certains vendraient leur âme pour le rencontrer.

3.

Mérie récupéra ses effets à la hâte et emprunta un sentier dérobé pour gagner la place de la gare sans risquer de croiser la Poilue. Non qu'elle eût quelque chose à craindre de l'infirmière en chef, mais cette façon de s'éclipser avait un petit parfum de fugue qui épiçait sa liberté retrouvée. Ses bottines s'enfonçaient à chaque pas dans le terrain bourbeux. Respirant l'air frais et les odeurs de la nuit ravivées par la pluie, elle ne s'était jamais sentie aussi bien depuis sa réincarnation. En laissant définitivement derrière elle les volontaires de la Croix-Rouge, c'était tout un pan tracassier de la mémoire et de la vie de Mérie dont elle s'affranchissait, sans compter qu'elle allait enfin sortir du deux-pièces étroit qu'habitait l'ancienne propriétaire de son corps.

Sur la place, dans un grand tohu-bohu, infirmiers et soldats valides chargeaient les blessés les plus graves dans les ambulances hippomobiles ou motorisées qui faisaient la navette entre la gare et l'hôpital militaire, situé à moins d'un kilomètre de là. Comme Bélialo l'avait prévu – cela aussi était-il déjà inscrit dans son satané Livre ? –, Mérie n'eut aucune difficulté à trouver une auto allant vers Paris, une grosse cylindrée décapotable occupée par quatre officiers éméchés et hilares qui ne se firent pas prier pour se serrer un peu.

Une heure de mauvaise route et de blagues salaces plus tard, la berline dévia des Maréchaux, s'enfonça dans la capitale par le cours de Vincennes et déposa Mérie au bas du boulevard de Charonne, où elle logeait dans un immeuble de construction récente. Les joyeux drilles galonnés, dépités qu'une si cordiale et gracieuse jeune femme refusât de les accompagner dans leur première virée nocturne depuis des mois, repartirent dans un grand ramdam de moteur, de coups de klaxon et de saluts qui déchira le silence du voisinage.

Mérie cherchait ses clés dans son sac à main quand, dans l'obscurité du boulevard jonché de feuilles et de brindilles de marronniers, vestiges de l'orage, une voix se fit entendre derrière elle.

— Alors, on a fait la noce ?

Mérie sursauta, se retourna et se retrouva face à un grand garçon blond aux larges épaules. Devant l'expression de surprise de la jeune femme, Aimé s'arrêta.

— Eh bien, tu ne me reconnais pas ?

En effet, même si son visage et sa silhouette lui étaient familiers, elle ne le remit pas tout de suite – mais ce devait être un ami, car un soulagement chaleureux succéda aussitôt à sa surprise initiale. Avant d'avoir trouvé la réplique adéquate, Mérie s'entendit dire, avec cet accent parisien qui lui avait attiré les remarques de Bélialo :

— Aimé ! Tu m'as fait peur !

— C'était qui les soldats dans l'auto ?

— Des soldats. Ils m'ont ramenée depuis Noisy. Mais toi, qu'est-ce que tu fais là, à cette heure-ci ?

— Trois jours sans nouvelles. Tu commençais à me manquer, alors j'ai décidé de passer.

— J'étais au travail. Tu aurais pu attendre toute la nuit.

— Bah, crois-moi, je n'avais rien de mieux à faire. J'étais décidé à ne pas bouger de là avant de t'avoir vue, dit-il en désignant un banc tout proche, à moitié caché par un arbre contre lequel son vélo était appuyé.

Pendant un moment, leurs regards se cherchèrent dans la pénombre. Aimé souriait, déçu secrètement que Mérie ne se fût pas jetée à son cou en l'affublant comme à son habitude de noms de petits animaux à fourrure. Il craignait que depuis leur dernière rencontre, soldée par une dispute, elle n'eût décidé de le laisser mariner un peu plus dans son jus, voire de l'oublier tout à fait. Mérie, de son côté, ne savait comment se comporter : allait-elle suivre ce que son instinct le plus profond, qui n'était pas vraiment le sien, lui suggérait de faire – lui sourire, le toucher, l'embrasser ?

— Tu es encore fâchée contre moi ? Il y a forcément un moyen de me faire pardonner.

— Moi, fâchée ? Oh, non. J'ai déjà tout oublié.

Aimé s'approcha d'elle et lui prit la main.

— Crois-moi, c'est la meilleure nouvelle de la journée. Une très mauvaise journée.

— Tu veux monter ? Tu es tout trempé.

La question, qui encore une fois s'était échappée de ses lèvres, fit tiquer Aimé.

— Monter ? Tu veux dire chez toi ?

— On peut essayer le toit, mais il commence à faire frisquet et ma soirée a été longue. Je préférerais me détendre dans mon salon, si tu le veux bien.

Aimé stationna son vélo sous le porche de l'immeuble, puis ils montèrent vers le sixième et dernier étage sans échanger un mot. On n'entendait que le grincement des marches et le léger sifflement des becs de gaz qui, à cause des restrictions, n'éclairaient qu'un palier sur deux de leur lueur bleutée.

Aimé était troublé. Mérie, qui portait encore le deuil de son mari, avait toujours refusé de l'accueillir chez elle, car on n'eût pas manqué de jaser. Par ailleurs, ils ne se fréquentaient que depuis un mois et leur intimité n'avait pas dépassé ce que pouvaient offrir un banc de square, une salle de cinéma ou un coin de quai désert. Leur dispute d'il y a trois jours aux Buttes-Chaumont avait précisément éclaté à ce sujet, quand Aimé, non content d'être arrivé avec une demi-heure de retard à leur rendez-vous, avait fait preuve de trop d'empressement alors qu'ils étaient seuls dans une alcôve de verdure pourtant propice aux ébats amoureux.

Que s'était-il passé pour qu'elle franchisse ce pas avec autant de désinvolture ? Aimé s'était souvent imaginé le moment, béni entre tous, où elle abaisserait enfin ses dernières défenses pour se donner à lui sans réserve. Non qu'il fût en manque d'activité sexuelle – une bonne partie des hommes étant au front, les bals regorgeaient de filles esseulées, et les bordels ne manquaient pas. Mais Mérie lui inspirait un sentiment inédit, source d'un romantisme inavouable, et il se sentait perturbé par un revirement de situation aussi brusque. À son grand étonnement, si ses gonades ne pouvaient que s'en réjouir, sa sensibilité était froissée et ses pensées confuses.

Avant de refermer la porte de l'appartement derrière eux, Mérie profita de l'éclairage du palier pour allumer une lampe sur la commode de l'entrée. Toujours en silence, ils passèrent au salon, dont Mérie alla entrouvrir la fenêtre, invitant la fraîcheur nocturne.

— Dis-moi, tu ne vas pas rester muet toute la nuit ?

— Désolé, je suis vanné. Et puis, c'est la première fois que je monte ici.

— Vraiment ? Eh bien, mets-toi à l'aise.

Ce ton amusé – était-ce de l'ironie ? – n'était pas la seule chose qu'Aimé trouvait étrange. Il régnait dans le salon le plus grand désordre. Des vêtements étaient jetés çà et là. Une pile de vaisselle était posée au pied d'un meuble-vitrine en partie recouvert d'un drap blanc. Sur la table ronde qui occupait le centre de la pièce, au milieu d'un tas de lettres et de documents épars dont certains jonchaient le sol, se trouvaient trois bouteilles de liqueurs et plusieurs petits verres ainsi qu'un cendrier en forme de sirène contenant deux mégots. Or Mérie ne fumait pas, et buvait encore moins – c'était en tout cas ce qu'elle avait toujours prétendu.

— Je t'offre quelque chose ? demanda Mérie en voyant Aimé lorgner les bouteilles. Sers-toi pendant que je vais me rafraîchir un peu, tu veux bien ?

Aimé s'assit dans le canapé crapaud.

— Tu as eu de la visite ?

— Non. J'avais ces alcools dans le buffet. J'ai décidé de les goûter pour voir s'ils étaient encore bons.

— Et les cigarettes ? Tu t'es mise à fumer ?

— J'ai retrouvé un vieux paquet dans un tiroir, mais ça me fait tousser. Fais comme chez toi, je ne serai pas longue, dit-elle en s'éclipsant.

Demeuré seul, Aimé était de plus en plus déconcerté. Mérie ne lui avait-elle pas justement reproché, à leur dernier rendez-vous, non seulement son retard, mais aussi de « puer la gnôle » ? Si c'était un numéro, il était très au point. Pourquoi cette mise en scène ? Était-ce une façon de lui faire comprendre que son image de femme bien sage, volontaire de la Croix-Rouge et veuve d'un instituteur respecté, cachait une âme désireuse de s'émanciper, de s'ouvrir aux plaisirs des sens, de s'épanouir ? Par ailleurs, comment expliquer que Mérie, contrairement à toutes les épouses de soldat mort ou vivant, n'ait pas consacré un coin du salon à la mémoire de son homme parti au front ?

Ayant avisé plusieurs cadres posés à même le parquet, faces contre le mur, il alla les examiner pour en avoir le cœur net. Comme il l'avait pressenti, c'étaient des photos du mari défunt – un homme replet aux yeux clairs, arborant un collier de barbe noire –, dont un portrait en pied, en uniforme de soldat. Une autre photo représentait le même homme tiré à quatre épingles donnant le bras à une Mérie radieuse, vêtue d'une robe de mariée.

Aimé s'approcha de la table et jeta un œil aux documents qui y étaient éparpillés, de vieilles lettres apparemment écrites de la même main. Le dos des enveloppes portait l'adresse du même expéditeur – Hélène Baveret, de Bergerac. La belle-mère de Mérie. Aimé savait que, depuis la mort de son mari, Mérie recevait une aide financière de sa belle-famille, avec laquelle elle avait conservé des liens étroits. Soudain honteux de fourrer son nez dans les affaires de sa petite amie, il se servit un verre de vieille poire et retourna s'affaler dans le canapé en poussant un soupir.

Mérie ne tarda pas à réapparaître, vêtue d'un long déshabillé de satin pourpre noué juste au-dessous de la poitrine. Elle avait brossé ses longs cheveux noirs et ses pieds étaient nus.

— Me voilà, désolée de t'avoir fait attendre.

À son tour, elle se servit un verre, optant pour l'armagnac, puis rejoignit Aimé dans le canapé, munie de la bouteille.

Elle posa sur lui deux yeux brillants dont un léger sourire espiègle rehaussait la sensualité.

— Je suppose que je devrais m'excuser pour cette pagaille, mais tu ne vas pas te formaliser, pas vrai ?

— Penses-tu.

— Je vais bientôt déménager.

— Bientôt quand ? Et où ? demanda Aimé qui craignit soudain qu'elle n'allât rejoindre sa belle-famille en Dordogne.

— Demain ou après-demain. Ça va te sembler bizarre, mais je ne sais pas vraiment où. Un ami m'a trouvé un autre appartement en ville. J'étouffe un peu, ici. Et puis il faut bien changer, tourner la page.

— Je comprends. Cet endroit est plein de souvenirs pénibles.

À l'improviste, Aimé ressentit une poussée d'angoisse qui lui noua le ventre. Mérie continuait de sourire et de le fixer avec ses yeux étincelants.

— Tu sais, un malheur est arrivé. Mon oncle est mort, murmura Aimé.

— Ton oncle ?

— Le peintre. Tu sais bien, je t'en ai parlé. Il était comme un père pour moi. C'est lui qui m'a élevé. Il est mort.

— Mon pauvre chéri, tu dois être très triste ! Mais comment c'est arrivé ?

— Une crise cardiaque, on l'a retrouvé dans la rue. Pas étonnant, avec la vie qu'il menait. C'est arrivé hier, je l'ai appris par une note de la police qui m'attendait chez moi. Il y avait aussi un télégramme de son notaire. Maintenant je dois organiser les funérailles, je ne sais pas par où commencer. Je n'ai jamais enterré personne.

— Pauvre, pauvre minou, répéta-t-elle en lui caressant les cheveux. Tu voudrais que je vienne à l'enterrement ?

Aimé sentit un frisson lui parcourir l'échine. Les attouchements dont elle gratifiait sa nuque n'avaient rien de maternel.

— Pourquoi pas. Ça ne sera pas gai, mais je crois que si tu étais près de moi je me sentirais mieux, dit-il tandis que son angoisse continuait d'augmenter. Comprends-moi bien, je n'ai pas besoin d'épaule pour pleurer – mais oui, j'aimerais que tu sois là.

— Bien sûr.

— En fait, je ne te l'ai jamais dit, reprit Aimé, poussé par son malaise à vider son sac, mais ce n'était pas vraiment mon oncle. C'est lui qui m'a recueilli quand mes parents sont morts. J'étais encore un bébé.

— Il t'a élevé seul ?

— Oui. Enfin, avec ses amis. À la maison, on avait du monde à toute heure. Même quand Géo s'enfermait dans son atelier pendant des jours entiers, il y avait toujours quelqu'un pour s'occuper de moi. C'étaient surtout des artistes et des gens du spectacle qui menaient la même vie déréglée que lui – de sacrés oiseaux, crois-moi. Mais ils m'aimaient bien, je n'ai jamais manqué de rien.

— Étrange que tu ne sois pas devenu artiste, en baignant dans ce milieu.

— C'est ce que je voulais. À douze ans, quand on m'a viré de l'école, je voulais devenir peintre, comme Géo, et puis poète, mais je ne valais pas un clou. Et puis tout ça m'est vite sorti de la tête quand j'ai commencé à m'intéresser au beau sexe. Avec l'art, les femmes étaient un des autres agréments de la maison de mon oncle.

— Tu te vantes ? Tu crois que ça me fait plaisir d'entendre ça ? demanda Mérie sur un ton taquin.

Elle cessa de lui caresser la nuque et allongea les jambes en travers de ses cuisses. Aimé vida son verre.

— J'étais précoce, beau gosse aussi. Mais mon oncle était connu, disons, pour fréquenter l'autre bord. Il avait beaucoup d'amants, souvent bien plus jeunes que lui. Les choses auraient sans doute pu se passer autrement, pour ce qui concerne mes préférences. Mais l'oncle Géo faisait toujours attention à ne pas influencer mes goûts, ni mes choix. Avec toutes les bizarreries et les défauts qu'on pouvait lui trouver, c'était l'homme le plus libre que je connaissais. La liberté, c'est ce qu'il a essayé de me transmettre avant tout. Très tôt, il m'a laissé vivre ma vie, au risque de me laisser tourner fripouille, sans jamais me refuser aucun coup de pouce dans les moments de besoin. Il était comme ça.

— Il devait avoir les moyens, pour vivre de cette façon, dit Mérie en massant la cuisse droite d'Aimé du bout du pied. Tu vas hériter.

— Il faisait des copies de grands maîtres pour les salons bourgeois et avait des commandes dans toute l'Europe. Tout le monde disait qu'il avait une main et un œil prodigieux. Il gagnait des fortunes avec ses tableaux.

Le pied de Mérie avait lentement remonté la cuisse d'Aimé pour s'intéresser à son entrejambe, qui réagit au quart de tour.

— Mais il ne roulait pas toujours sur l'or, loin de là, ajouta-t-il néanmoins. Il était joueur, aussi, et il avait le chic pour balancer l'argent par les fenêtres.

— Pourquoi est-ce que tu rougis comme ça, monsieur l'expert en femmes ?

— Moi, je rougis ?

Mérie leva la jambe et, avec une grâce de ballerine, caressa la tempe et la joue d'Aimé avec la pointe de son pied.

— Tu rougis.

Elle le prit par le cou, l'attira à elle et l'embrassa. Au bout d'un interminable baiser, Aimé, l'esprit soudain débarrassé de tout tracas, se laissa docilement entraîner vers la chambre à coucher.

4.

Au matin, Aimé se réveilla seul dans le lit de Mérie. Il se leva et, dans le plus simple appareil, fit le tour des autres pièces, également désertes et silencieuses à l'exception de la cuisine, où quelques grosses mouches voletaient joyeusement autour d'une pile de vaisselle sale. « Mérie sera partie au travail ou sortie faire des courses sans vouloir me déranger », se dit-il, légèrement vaseux. Quoi qu'il en fût, il devait s'activer. Si la nuit avait été des plus agréables, une journée pénible l'attendait.

Il renfila à la hâte ses vêtements encore humides, tira derrière lui la porte de l'appartement et, ayant récupéré son vélo, sortit sur le boulevard déjà en pleine effervescence. Déjà ? En demandant l'heure à un passant, il découvrit qu'il n'avait plus que cinq minutes pour arriver chez le notaire. Heureusement, la rue Charlemagne n'était pas trop loin de la Nation et ce n'est qu'avec vingt minutes de retard sur l'heure convenue qu'il se présenta à son rendez-vous.

Maître Bonpoint, un sexagénaire chauve et ventripotent qui roulait les « r », le reçut dans un vaste bureau meublé en style Louis XIII dont les murs étaient bardés de gros classeurs et de volumes reliés en cuir, du sol au plafond. Aimé, mal rasé et puant la sueur dans ses habits fripés, s'y sentit aussitôt mal à l'aise.

Le notaire présenta de sobres condoléances au jeune homme et procéda promptement à l'ouverture du testament.

Sans surprise, Aimé y était désigné comme le légataire universel de Géo Charles Amédée Grandin, ce qui faisait de lui le nouveau propriétaire non seulement de ses comptes bancaires mais aussi de son domicile parisien, de l'atelier attenant et de tout ce qu'ils contenaient. Cependant, ajouta Bonpoint en rempochant ses bésicles, encore fallait-il vérifier l'existence – tout à fait improbable – d'éventuels descendants naturels, ainsi que les termes précis de l'hypothèque – tout à fait réelle, hélas – qui pesait sur la propriété. Par ailleurs, Géo Grandin avait plus d'un procès en cours et diverses dettes dont Bonpoint se chargeait d'établir l'ampleur auprès des créanciers. Bien entendu, Aimé pouvait toujours refuser l'héritage. En attendant sa décision, au nom de l'estime et de la vieille amitié qui le liaient à Grandin, le notaire se proposa d'accomplir sans frais supplémentaires toutes les formalités administratives liées au décès et de bloquer une somme sur le compte en banque du défunt pour lui assurer des funérailles dignes du grand artiste qu'il était, ainsi que le règlement de ses propres émoluments.

Avant de se séparer, les deux hommes convinrent de se revoir en fin d'après-midi à l'habitation du peintre, Villa d'Alésia, pour commencer l'inventaire des biens et se livrer à une première expertise.

Aimé sortit de l'office dans un état second. Même s'il n'avait jamais brigué les biens de son oncle, la nouvelle d'une probable évaporation de l'héritage l'avait ébranlé. Surtout, il prit subitement conscience que c'était toute une partie de sa vie qu'il allait enterrer avec Géo. La maison de son enfance allait être vendue aux enchères et tomber aux mains d'étrangers indifférents à ce qu'elle représentait pour lui, aux sentiments et aux souvenirs dont ces murs étaient encore chargés. Et puis, avec le temps, lui aussi serait gagné par cette même indifférence. Ces pans d'existence sombreraient tôt ou tard dans un grand puits noir autrement plus profond que celui des dettes de Géo Grandin. Un gouffre béant, terrible et dévorant, dont jusqu'à présent il n'avait eu que vaguement conscience mais qui était là depuis toujours, sous toutes les choses, engloutissant chaque moment de sa vie, instant après instant.

Tandis qu'il poussait son vélo sur le trottoir au milieu des passants, allant d'un pas de somnambule, une variété de vertige qu'il n'avait jamais éprouvée s'empara de lui. Pris d'un étourdissement, il s'appuya contre un réverbère. Était-ce là l'épreuve du deuil dont il avait si souvent entendu parler, cette sensation d'être entraîné dans la mort avec les disparus comme s'ils s'agrippaient encore aux vivants ?

Dans une circulation qui désormais battait son plein, il pédala jusqu'à la place de la République, dépassa le Théâtre de l'Ambigu, devant lequel une file commençait à se former pour le premier spectacle de la journée. Plus loin, d'autres files d'une tout autre nature s'étiraient sur les larges trottoirs de part et d'autre du boulevard : celles des Parisiens, enfants et ménagères pour la plupart, qui dans la chaleur moite de midi attendaient leur tour devant les rares boulangeries, boucheries et épiceries ouvertes, munis de cartes et de tickets de rationnement.

L'animation citadine, qui ne cessait de croître depuis la place de la République, atteignit un pic autour de la porte Saint-Denis où une foule parsemée d'uniformes grouillait en tous sens, se mêlant par endroits au flux constant de calèches, d'autos et d'omnibus à impériale, ou bien se bousculant sur les trottoirs entre les étals rachitiques des marchandes de quatre-saisons, les tabourets de cireur et les terrasses de café qui s'étaient remplies pour le déjeuner. Dans un grondement d'éclats de voix, de sabots et d'explosions de moteurs, l'arc de triomphe trônait sur le carrefour tel un géant de pierre prenant un bain de pieds royal dans un bouillon de véhicules, d'humains et d'équidés dégageant une dense odeur de fumier et de carburateurs mal réglés.

Malgré la cohue, Aimé n'eut pas de difficulté à repérer Gaspard et Raymond assis en plein soleil à la terrasse du Pélican noir, à l'angle du faubourg Saint-Denis. Il attacha son vélo au garde-fou de la bouche de métro voisine et les rejoignit.

— Alors les misérables, on se la coule douce ? lança-t-il en prenant place à la table de ses deux compères, qui venaient de commander des bières.

Raymond fut le seul à réagir.

— T'étais où ? On t'a attendu toute la soirée !

— J'ai eu un empêchement. Mon oncle est mort.

Raymond fronça les sourcils.

— Pour sûr, c'est une bonne excuse. Tu veux boire un coup ?

— Un grand café, et il faut que je mange un truc. Je suis vraiment à plat.

— À qui le dis-tu. Hier soir, Dédé-les-Pruneaux est passé au Boit-Sans-Soif pour retirer sa commande, avec un bon paquet de fraîche. T'imagines bien qu'on a fêté ça. Le père Le Men a baissé son rideau et sorti sa gnôle.

Raymond hocha la tête en direction de Gaspard qui dormait, au mépris du raffut ambiant, un exemplaire de *L'Écho de Paris* en travers des genoux.

— On a enchaîné les tournées jusqu'à l'aube.

Gaspard avait son faciès effrayant des lendemains de bamboche, qui rappelait à Aimé les masques africains du salon de son oncle. Deux boursouflures fissurées indiquaient l'emplacement des yeux au milieu de son visage simiesque et mal rasé d'ancien lutteur, abîmé par les coups et les excès. Il portait un chapeau de paille rond d'où débordaient des cheveux gras poivre et sel, et était vêtu d'un pantalon froissé à carreaux verts et noirs, de chaussures d'ouvrier, d'une chemise blanche à la propreté douteuse et de son éternel gilet noir sans manches d'où pendait la chaîne d'une montre de gousset. Comparé à son gibbon d'acolyte, Raymond, avec sa casquette en daim, son maillot léger de coton bleu, ses pantalons en lin écru et ses fières chaussures de sport américaines en toile blanche était un modèle de coquetterie. Son visage aux traits fins et au regard pétillant s'agrémentait d'une moustache et de cheveux blonds toujours parfaitement soignés, mais lui-même n'avait pas l'air bien frais.

Aimé, assommé de fatigue, avait hâte de regagner sa piaule pour dormir une heure ou deux avant son rendez-vous de l'après-midi. Aussi commanda-t-il son café et alla-t-il droit au but.

— C'est quoi le programme ?

— Il faudra que tu passes chez le Polonais pour nous ravitailler en cigarettes, c'est ce qu'il y a de plus urgent. (Raymond bâilla en se frottant les yeux.) Et puis, tu te souviens de René-la-Grande-Gueule, aux Halles ? Gaspard va peut-être monter une combine avec lui. Il va t'expliquer – hé ! Gaspard !

Les paupières de Gaspard tressaillirent, se dessillèrent. Il mâchonna un court moment comme s'il suçait un bonbon, se passa la langue sur les lèvres, puis tourna lentement la tête en direction d'Aimé, exhibant deux rangées de dents jaunes accidentées. Ce sourire repoussant déclencha aussitôt l'hilarité de Raymond.

L'amitié qui liait Gaspard et Raymond s'était forgée au cours d'années de mauvais coups. Aimé avait fait leur connaissance sept ans plus tôt dans un bistrot de Montmartre dont l'arrière-boutique servait de quartier général à un certain Pépère, qui grâce à de fausses ordonnances fournissait en cocaïne tous les noceurs de la Butte – y compris Modi, l'oncle Géo et leurs amis peintres ou poètes. Les affaires étant florissantes, Gaspard et Raymond, qui comptaient parmi les hommes de main du trafiquant, prirent Aimé sous leur aile. Respectivement de quinze et dix ans son aîné, ils l'employèrent pour effectuer des livraisons et de petites commissions – c'est ainsi qu'Aimé quitta la maison de son oncle dès l'âge de seize ans pour prendre les rênes de sa propre vie.

C'était les dernières années de l'âge d'or de Montmartre, avant que le tourisme et la préfecture de police ne se chargent d'assagir cette atmosphère de bohème. Et puis la guerre arriva, avec son grand exil vers le front, ses restrictions, son couvre-feu, sa censure, son bourrage de crâne, décimant artistes et noceurs par régiments entiers, balayant d'un vent de deuil et de tragédie la magie des bals, des cabarets et des nuits de nouba.

Gaspard, Raymond et Aimé furent contraints de se recycler dans des activités plus modestes et bien moins rentables :

recel, cambriolages, trafic de cigarettes, d'essence, de coupons de ravitaillement, d'images pornographiques et petites escroqueries en tous genres, au détriment d'âmes naïves dont ils connaissaient les moindres faiblesses. Cela étant, les trois compères remerciaient chaque jour le ciel de n'être pas au casse-pipe – grâce à Gaspard, qui, par l'intermédiaire d'un médecin de ses clients, avait obtenu les papiers de réforme leur ayant permis jusque-là d'échapper au feu.

Dernièrement, la chance semblait leur sourire de nouveau. Gaspard avait peut-être trouvé un moyen de s'approvisionner en morphine et en cocaïne par l'intermédiaire d'un infirmier toxicomane de l'Hôtel-Dieu, et Raymond, avec la complicité d'un concierge, avait mis la main une semaine plus tôt sur treize caisses d'absinthe – boisson interdite à la vente deux ans auparavant – stockées dans une cave du 17e arrondissement. C'était cette marchandise que Dédé les Pruneaux – ainsi surnommé après avoir survécu à une rafale de mitrailleuse qui l'avait atteint de cinq projectiles, dont un lui avait emporté une moitié de mâchoire – avait achetée la veille. En somme, tout concourait à penser que les trois associés ne passeraient plus beaucoup de temps à écouler sous le manteau du savon, des coupons de sucre ou des Caporal à trente centimes les dix.

Gaspard toussa, se racla la gorge et but une lampée de bière chaude pour faire couler le phlegme.

— Ah, le môme, on commençait à se faire du mouron. C'est pas ton genre de louper les jours de paye.

— Son oncle a passé l'arme à gauche.

— Géo ? Géo est mort ?

Les yeux à présent tout à fait ouverts, Gaspard s'alluma une cigarette. Le café arriva – un produit de substitution à base d'orge, imbuvable et bouillant –, ainsi qu'une tartine de pain noir aux haricots sur laquelle Aimé se jeta avidement.

— Je suis désolé. Pour sûr, ton oncle n'y allait pas avec le dos de la cuillère. Il y a au moins un bon côté, c'est que te voilà rupin, petit gars.

Tout en mâchant, Aimé expliqua que la maison de Géo était sous hypothèque et qu'il avait hérité d'une montagne de dettes.

Il tâcherait d'organiser les funérailles pour le surlendemain ou le jour suivant. Gaspard et Raymond y étaient conviés.

— Dans deux jours ? Tu crois que les macchabées se conservent autant, même à la morgue ?

— Qu'est-ce que ça fout, dit Raymond, pour ce qu'il lui reste à faire. Explique plutôt au môme cette combine de pâtés que tu veux monter avec René, en parlant de viande avariée.

Gaspard termina sa bière d'un trait et résuma le coup dans les grandes lignes. René, garçon boucher aux Halles centrales, disait pouvoir réunir chaque matin dans les cinquante kilos de déchets frais – oreilles, glandes, moelle, cartilages, tendons, yeux d'animaux divers – qui, une fois broyés, bouillis et mélangés à une grande quantité d'herbes aromatiques, fourniraient assez de matière première pour la confection d'environ deux cents terrines. Seul problème, la came devait être écoulée avant qu'elle ne pourrisse. Il fallait donc taper dans le demi-gros, en ciblant, par exemple, les associations caritatives qui s'occupaient des mutilés de guerre ou des réfugiés, et agir rapidement. À deux francs le pot, ça pouvait faire un bon paquet de blé. L'idée, par ailleurs, était de se faire passer pour une société de province reculée, disons de Toulouse, et c'est là qu'Aimé entrerait en jeu. Il était, dans la bande, le seul qui pouvait passer pour un représentant crédible. Il s'agirait d'inventer tous les boniments liés à la société – trouver un nom, inventer un semblant d'histoire, et enfin créer du matériel publicitaire, car on publierait une réclame dans un quotidien qu'Aimé pourrait exhiber en démarchant auprès des acheteurs potentiels. Pour être efficace, il était nécessaire de tout bien préparer, à commencer par le baratin et le réseau de clients.

— T'en penses quoi, le môme ?

— D'après ce que tu dis, c'est moi qui devrais me taper le gros du boulot – monter la baraque, promener ma trogne, attraper les pigeons… Tout ça avec l'accent toulousain.

— Pas de lézard, petit, on en tiendra compte au moment de partager les sous. Pour la baraque, c'est pas sorcier. Tu te souviens de Pauvert et Marion ?

— Pauvert et Marion, le suc de viande en pilules, le « remontant du poilu ». Je me souviens.

— C'est ce qu'ils avaient fait, les zigues, de la réclame.

— Ils sont encore en cabane.

— Parce qu'ils ont poussé trop loin le bouchon. Il y en avait plein les journaux, de leurs annonces. Mais la tactique était bonnarde et pas mal de michetons ont mordu à l'hameçon. Nous, on fera pareil, en plus discrets.

— La discrétion est de rigueur, quand on veut empoisonner les gens. Si des gonzes y passent à cause de nos pâtés, ça va chercher loin.

— Qui te parle d'empoisonner ? Ça sera rien que du comestible, avant que ça faisande – et peut-être même pas trop dégueulasse ! Les prix seront imbattables, et au final on amènera de la viande à des besogneux. C'est pas légal, mais réfléchis, c'est une bonne action.

— Et la réclame ? Il faut du blé pour publier une réclame.

— Sûr, n'empêche ça multiplie nos chances. C'est comme avec les pilules. Les gens étaient convaincus qu'elles leur faisaient du bien parce qu'ils l'avaient lu dans le journal. C'est con mais aujourd'hui les gens marchent à ça. La réclame.

Pour illustrer son propos, Gaspard ouvrit son quotidien à la troisième et avant-dernière page, désignant à Aimé des publicités qu'il connaissait déjà – « Urodonal chasse la goutte », « Baume tue-nerf Miriga élimine les maux de dents », « Pilules Barett contre la syphilis », « Pétrole Hahn pour garder ses cheveux », « Les pilules Pink sont le refuge des affaiblis, des déprimés, des anémiés, des impuissants » –, puis reprit son exposé.

— Les gens, dis-leur une connerie et ils se méfieront. Mais si cette même connerie tu la leur montres imprimée, voilà, hop, ça devient une vérité, et ils iront même se vanter de l'avoir découverte avant toi. Tu vois, c'est pas autrement qu'on les persuade qu'aller se faire charcuter au casse-pipe est une bonne chose. Kif-kif. Ce qu'il faut, c'est une façade bien proprette et quelques bobards à faire gober. Il faut commencer par trouver un nom, un truc bien senti.

— Dégorge et Gerbier, terrines pourries, proposa Aimé, faisant aussitôt rire Raymond. Non, trêve de conneries, je filerais ça à bouffer à personne, pas même aux Allemands !

— Bon, t'auras une plus grosse part de gâteau, si c'est ça qui te turlupine. (Gaspard, visiblement contrarié, gratta son menton hirsute.) Au fond c'est vrai, tu prendras plus de risques. Tu ne me disais pas l'autre jour que tu en avais marre des petites commissions ? Voilà une occasion d'élargir tes horizons.

— Elle craque de partout, ta baraque. On ferait mieux de se concentrer sur autre chose. Et puis si j'avais voulu faire représentant de commerce, je serais pas assis là avec vous.

Cette dernière remarque d'Aimé plongea la table dans un silence pensif, aussitôt submergé par le boucan du carrefour. Gaspard était visiblement déçu et Aimé, nerveusement épuisé, commençait à regretter d'être passé voir ses associés au lieu de s'occuper de l'enterrement de Géo. En fait, à ce moment-là, il n'était pas du tout sûr de vouloir continuer à magouiller avec ces deux zigomars, auxquels il était pourtant lié par une profonde amitié. Après tout, devenir représentant de commerce n'était peut-être pas si bête.

Un silence s'installa. Gaspard héla le garçon et commanda une autre bière.

— Dis-moi, intervint Raymond, cette maison dont tu parlais, celle où créchait ton oncle… Avant que les créanciers ne se jettent dessus, on pourrait peut-être la cambrioler ?

Cette proposition raviva aussitôt l'entrain de Gaspard.

— J'y pensais ! C'est du tout cuit, t'as les clés.

Aimé n'en croyait pas ses oreilles. Allaient-ils aussi exiger de partager le butin ? Il cherchait ses mots pour leur expliquer sa façon de penser quand un personnage accrocha son regard dans la foule. Portant un complet gris clair et un chapeau mou anthracite, sa haute silhouette mince pointant hors de la foule, Viktor Tombo, un proche ami de son oncle, passait de l'autre côté du boulevard.

C'était un heureux hasard : si Aimé parvenait à lui parler maintenant il n'aurait pas à se déplacer pour lui annoncer la mauvaise nouvelle. Du reste, il ignorait son adresse, mais il savait qu'on pouvait le trouver certains soirs à l'Hypnos, sorte de club très exclusif fréquenté par Géo où Viktor se produisait dans des spectacles de prestidigitation.

— Attendez-moi là, dit Aimé en se levant. N'essayez pas de fourguer mon biclou pendant que j'ai le dos tourné, je reviens tout de suite.

Il traversa le carrefour au pas de course, slalomant entre les véhicules. Après avoir tenté sans succès d'attirer l'attention de Tombo en criant son nom – quoi, était-il devenu sourd ? –, il le rattrapa et posa la main sur son épaule.

Quand Viktor se retourna, Aimé eut un tressaillement de surprise. L'ami de Géo Grandin avait toujours été du genre pâlot, mais il ne lui avait jamais connu un visage aussi blême et inexpressif. Les cernes profonds autour de ses yeux gris, sa moustache blonde, son nez vaguement aquilin et ses traits hâves d'une grande finesse formaient ensemble ce que Gaspard n'aurait pas hésité à appeler une fameuse gueule de déterré. Décidément, à part Bonpoint, personne ne semblait être en forme ce jour-là.

— Aimé, finit-il par murmurer, au bout de ce qui sembla être un long effort de mémoire. Aimé Grandin.

Ne laissant rien paraître de son trouble, Aimé serra la longue main froide du magicien et, sans préambule, lui apprit la triste nouvelle. La mort avait eu lieu deux jours plus tôt et les funérailles, auxquelles il était bien entendu convié, se tiendraient probablement au Père-Lachaise le surlendemain. Viktor pouvait-il faire part du décès aux connaissances de son oncle qu'il aurait croisées d'ici là ?

Tandis qu'il continuait de manipuler quelque petit objet dans la poche gauche de sa veste – une pièce, une balle ou un dé, comme à son habitude –, Tombo fronça les sourcils, ombrageant la vacuité lumineuse de son regard. L'empathie n'avait jamais été son fort, aussi Aimé ne s'étonna-t-il pas de cette réaction pondérée. Au sein de cette faune d'excentriques que fréquentait Géo, Viktor Tombo, à sa façon, comptait parmi les plus bizarres.

— Je suis désolé, mon garçon. Avec la vie qu'il menait, Géo savait qu'il ne mourrait pas de sa belle mort. (Sa voix, à peine audible dans la rumeur du boulevard, semblait provenir d'une autre personne cachée au fond de son corps comme dans une armoire.) C'était un honneur d'être son ami.

— L'honneur était partagé, j'en suis certain, répondit Aimé. Rendez-vous au cimetière, donc. Je vous enverrai un mot à l'Hypnos pour vous communiquer l'heure exacte.

Sans prévenir, Tombo déploya ses longs bras et, en s'inclinant un peu pour compenser la différence de taille, embrassa le neveu de son ami avec un grand soupir. Ensuite de quoi, sans autre forme de salut, le prestidigitateur ajusta son chapeau, tourna les talons et reprit son chemin d'un pas d'automate.

5.

La nouvelle de la mort de Géo Grandin avait excentré la ronde sinistre des pensées de Tombo, qui depuis plusieurs semaines gravitaient autour du puits noir de son âme.

Trois semaines plus tôt, Géo lui avait demandé de lui rendre un service illicite au sujet duquel Viktor avait préféré ne pas trop poser de questions. Sans atténuer l'importance qu'il revêtait pour lui, Géo avait présenté ce mauvais coup avec flegme, comme un canular ou une promenade au bois – et pour Viktor c'en avait été une, presque un jeu d'enfant, mais à cette occasion le prestidigitateur s'était demandé si le peintre, dont il connaissait les activités frauduleuses, n'était pas cette fois en train de jouer contre plus fort que lui. Cette affaire louche était-elle liée à la disparition de son ami ? Peut-être s'agissait-il d'une coïncidence, mais étrangement son instinct lui disait le contraire et il ne pouvait s'empêcher de se sentir en partie responsable de cette mort.

« Voilà une chose dont je pourrais parler avec Azra », songea-t-il avec ironie, car dans un peu moins d'une demi-heure, le médecin le recevrait chez lui pour leur première séance de « psychanalyse ».

De cette pratique prétendument thérapeutique, il ne savait que ce qu'Azra lui avait révélé au cours de leurs conversations à l'Hypnos, où les deux hommes s'étaient rencontrés quelques mois auparavant. C'était une approche nouvelle de la psyché humaine qui, bien que balbutiante, avait déjà donné plus d'un fruit prometteur. Elle se présentait comme une alternative à la camisole de force et à la trépanation. On y parlait d'inconscient, de moi, de pulsions, de complexes, de refoulement. D'origine pragoise, Mordechaï Azra avait fréquenté à Vienne le cercle de ses fondateurs – des médecins, aliénistes ou neurologues avec lesquels il entretenait encore une correspondance nourrie. Après avoir voyagé dans toute l'Europe et au-delà, il s'était installé à Paris en 1912 et n'avait pas quitté la capitale quand la guerre avait éclaté, préférant continuer à sonder les méninges de sa clientèle de nantis parisiens, dans un pays hostile aux Israélites autant qu'aux Boches, plutôt que d'émigrer en Amérique comme nombre de ses collègues. Apatride dans l'âme, Azra ne cachait pas en privé son mépris pour les nationalismes et le peu d'importance qu'il accordait à l'issue du conflit, dans lequel il voyait un cas d'étude à grande échelle. « Deux armées qui se combattent sont comme une grande armée qui se suicide », avait-il dit un jour en citant Barbusse, dont le dernier roman avait soulevé un tollé de protestations.

Tombo eut soudain envie de rebrousser chemin pour retourner au cinéma, seul endroit capable de le soulager provisoirement de ses angoisses, mais ses pas continuaient de l'entraîner malgré lui vers le domicile du docteur.

Avec Grandin et Méliès, Azra était l'une des rares personnes dont il appréciait la compagnie et la conversation. Tous deux étaient originaires d'Europe de l'Est et affectaient une certaine distance avec leurs semblables, même si ce qui chez le docteur relevait de l'impératif professionnel prenait chez le prestidigitateur des proportions pathologiques – son comportement frisant l'autisme avait contribué à la légende de son personnage. C'était peut-être cela, d'ailleurs, qui avait poussé Mordechaï Azra, spécialiste ès anomalies de l'âme, nomenclateur de malaises et d'angoisses, à s'intéresser à lui. Cela et la prestidigitation, dont le docteur était un amateur éclairé.

En descendant la rue du Temple en direction de la Seine, où une foule de réfugiés était massée devant l'église Sainte-Élisabeth, il repensa au soir de leur première rencontre.

C'était au mois de décembre de l'année précédente. Après son numéro, comme toujours très applaudi par le public de l'Hypnos, Viktor était sorti des coulisses pour étancher sa soif au bar et saluer Grandin, qu'il avait aperçu dans la salle depuis la scène, avant de regagner son appartement des Gobelins où l'attendait une fin de nuit solitaire, peuplée de fantômes.

C'est alors qu'un homme chauve de petite taille, élégant, arborant des lunettes rondes et un bouc poivre et sel taillé en pointe, s'était approché de lui pour le féliciter. Viktor aurait volontiers éconduit le raseur si son compliment n'avait pas piqué sa curiosité.

— Quelle maestria ! Bosco lui-même vous aurait acclamé !

Quoi ? Quelqu'un dans le public avait donc reconnu le numéro des pigeons décapités du grand Bosco, magicien du siècle dernier, et apprécié les variantes qu'il y avait apportées ? Intrigué, Viktor avait concédé une poignée de main à Azra, qui s'était empressé d'ajouter :

— N'ayez crainte, je ne suis ni un collègue en mal d'inspiration ni un imprésario ! Je ne suis qu'un modeste amateur – mais quel amateur digne de ce nom pourrait résister à la tentation de faire la connaissance du légendaire Viktor Tombo ?

— Vous êtes un habitué ?

— Non, c'est ma première soirée ici. Mais j'ai déjà eu l'occasion de vous applaudir, et plus d'une fois ! J'étais à Londres en 1901, voyez-vous, et avant cela…

La conversation qui avait suivi – en grande partie à sens unique – avait stupéfié Viktor. Azra l'avait vu pour la première fois sur scène à Budapest, lors d'une tournée en 1897, puis à Berlin en 1900 et enfin, l'année suivante, au Palladium et au Mystery Hall de Londres, véritable temple de la magie, seul en mesure de rivaliser avec le Théâtre Robert-Houdin de Paris. Le docteur se souvenait parfaitement du numéro dans lequel Viktor s'y était exhibé. Dans un décor évoquant un laboratoire d'alchimiste, il s'était livré à des manipulations « d'une virtuosité inouïe » et un passage inédit de sorcellerie russe – une danse macabre avec un squelette humain – « à faire pâlir d'envie Dicksonn, qui l'a inventée ». Azra avait ensuite disserté sur les préjudices que le même Dicksonn, se voulant l'héritier de Robin – le « mage illuministe, pourfendeur de médiums et spirites » –, avait causés à la profession en dévoilant nombre de secrets dans ses livres et s'était ensuite étendu sur l'excellence des Américains, en particulier du grand Houdini, qu'il avait vu dans un spectacle à l'Olympia en 1902.

Viktor avait eu du mal à masquer son trouble. Le seul spectacle qu'il eût donné au Mystery Hall de Londres avait été la toute dernière apparition du grand Tombo dans un théâtre public. L'évocation de cette soirée maudite entre toutes avait ravivé des souvenirs pénibles, chargés de peur et de honte, que le magicien aurait préféré laisser reposer dans les caveaux de sa mémoire. Azra avait donc été témoin de sa grande déconfiture, à la suite de laquelle Viktor avait décidé d'abandonner les planches. Cela, le docteur ne pouvait manquer de le savoir. Aussi Viktor avait-il appréhendé le moment où le petit homme pétri de courtoisie aurait évoqué cette catastrophe, laissant tomber le couperet sur le cou de son orgueil. Mais cela n'eut pas lieu.

Le malaise suscité par cette rencontre avait duré plusieurs jours. Dans le coche qui l'avait ramené chez lui cette nuit-là, des images de la terrible soirée londonienne avaient dansé devant ses yeux, réveillant en lui des angoisses profondes, annonciatrices de crises qu'il avait espéré ne jamais plus éprouver. Les salles obscures et enfumées ayant toujours eu un effet lénifiant sur ses nerfs, il avait passé une grande partie de la semaine suivante au cinéma, enchaînant les séances à longueur de journée, ou bien cloîtré chez lui, absorbé par la répétition obsessive de manipulations complexes et de tours inédits, pesant de toute sa fabuleuse concentration sur la trappe de son inconscient.

Mais quand le sommeil s'emparait de lui, ses rêves le ramenaient à Londres sur la scène du Mystery Hall. Il se retrouvait sur les planches, les manches bourrées de volatiles, au milieu d'un décor comprenant une malle, un crâne humain coiffé d'une perruque aux longs cheveux noirs et une table chargée de cornues, d'éprouvettes et d'un alambic pleins de liquides colorés et bouillonnants. Dans l'espace atemporel du songe, sous les « oh » et les « ah » impossibles de la salle entièrement vide, il refaisait son numéro de jadis – les tours de transvasement, les effets pyrotechniques et la brève lévitation avant l'ouverture de la malle, d'où sortait un squelette humain mû par une force mystérieuse sur lequel le crâne allait se fixer par la voie des airs. Le prestidigitateur et sa bien-aimée aux membres cliquetants entamaient alors un menuet sur un air de violon triste, tandis que des chauves-souris que Tombo semblait faire sortir de sa bouche voltigeaient autour d'eux.

Tout au long du rêve, l'angoisse de Viktor ne cessait de croître, car il savait ce qui l'attendait. Comme cela s'était produit à Londres seize ans auparavant, juste avant le grand final, au milieu d'une formidable explosion de soufre, alors que les chauves-souris auraient dû se transformer en colombes et le squelette en jeune fille souriante, l'atmosphère se chargeait soudain d'une odeur de végétation pourrissante surgie de nulle part. Brusquement, son point de vue changeait et voilà qu'il percevait la scène à travers les orbites du crâne vide, comme si sa conscience s'y était transférée. Il voyait son propre visage exsangue, sa bouche bée, ses yeux écarquillés. Il observait le corps qu'il habitait encore l'instant d'avant se raidir, s'écrouler sur le sol et s'agiter d'incontrôlables tremblements. Il se regardait gémir, crier, vomir sur les planches, les nerfs chauffés à blanc par d'atroces douleurs jaillies de ses moelles, avant d'être englouti par un gouffre d'épouvante sous les rires déchaînés d'un parterre composé d'ombres.

Seize ans plus tard, c'était toujours à ce moment de son rêve qu'il se réveillait, étouffant d'angoisse, le cœur battant à tout rompre. Mais en 1901, il était revenu à lui au Bethlem Royal Hospital, pour découvrir que deux semaines s'étaient écoulées depuis la funeste soirée. Entre les deux, rien, le néant, une longue absence parfois ponctuée par des propos incohérents, comme le lui rapportèrent les médecins qui avaient diagnostiqué une forme atypique d'épilepsie.

En proie à une profonde dépression, Viktor avait alors décidé de passer une période de convalescence à Paris, mais les semaines et les mois s'étaient écoulés sans le moindre signe d'amélioration. Il semblait que ce bubon de l'âme, qui suintait nuit et jour un pus noir de déprime, allait le géhenner pour le reste de son existence. Dans la Ville Lumière, phare de la civilisation, de la culture et des arts, il s'enterra, tournant le dos à sa carrière et à toute vie sociale.

Jusqu'à ce que Géo Grandin, un soir d'hiver, l'empêche in extremis de se jeter dans les eaux glacées de la Seine. Viktor devait une fière chandelle à cet homme qui venait de disparaître et qui, l'ayant parrainé à l'Hypnos, l'avait aussi convaincu de remonter sur les planches. Grandin l'avait sorti du gouffre. Par une sorte d'alchimie inscrite dans les astres, les deux hommes s'étaient liés d'amitié, et Viktor avait très tôt deviné, sans besoin d'explications, que le génie et la vitalité exubérante du peintre jaillissaient d'un désespoir secret égal au sien.

C'était cet équilibre retrouvé, maintenu à grand-peine au fil des ans, que l'apparition de Mordechaï Azra avait bouleversé. Une dizaine de jours après leur première rencontre, le cauchemar étant revenu, Viktor avait pris les devants et abordé le docteur dès qu'il l'avait aperçu dans la grande salle de l'Hypnos.

— Monsieur, voilà seize ans que je me cache, et vous savez bien pourquoi. Aussi, au nom de nos bonnes relations, vous demanderai-je de ne jamais aborder ce sujet pénible.

— Cher maître, cela serait fort indélicat de ma part. Sachez toutefois que je serai toujours prêt à vous écouter, avait répondu le docteur avant de lui expliquer en quoi consistait sa profession. Je suis un aliéniste d'un genre particulier, une sorte de médecin de l'âme.

Au début des années 1880, Azra avait dû abandonner sa carrière d'universitaire après une terrible dépression suicidaire dont seule une plongée dans le tréfonds de sa propre psyché lui avait permis de se remettre.

« L'esprit, voyez-vous, nous joue constamment des tours. Il n'est jamais à court de doubles fonds. En réalité, quand il semble se dévoiler, il se dérobe et nous abuse avec autant d'habileté qu'un prestidigitateur. Cela fait près de trente ans que je m'échine à percer ses trucs, et c'est une des raisons pour lesquelles je m'intéresse à votre art. »

Ces mots, soulignés par un regard plein d'intelligence et de complicité, étaient restés gravés dans la mémoire de Viktor, qui contre toute attente avait retiré un certain réconfort des confidences d'Azra. Les mois suivants, son état dépressif et ses cauchemars s'atténuaient sensiblement chaque fois qu'il conversait avec le docteur, dont la présence à l'Hypnos s'était cependant raréfiée.

« Je travaille à une étude qui dévore le plus clair de mon temps, avait-il expliqué. »

Voilà pourquoi Viktor, non sans hésitation, avait fini par lui demander un rendez-vous pour commencer une thérapie.

Arrivé au numéro de la rue des Francs-Bourgeois indiqué par Azra, Viktor s'engagea sous le porche obscur et frais d'un immeuble cossu du siècle précédent, fermé côté cour par un portail de bois massif dont il actionna le lourd heurtoir à tête de sphinx. Il dut s'y reprendre à deux fois avant qu'une domestique en livrée bleu ciel, une femme svelte d'une quarantaine d'années à l'accent italien, vienne lui ouvrir pour l'introduire dans un vaste jardin qui força son émerveillement.

C'était un de ces lieux enchanteurs que la capitale abritait dans ses recoins les plus secrets. La pelouse verdoyante, qui aurait facilement pu accueillir deux courts de tennis, était bordée d'épais buissons chargés de roses multicolores saturant l'air de leur parfum. Une petite fontaine flanquée de deux cerisiers bruissait au milieu de l'étendue verte. Au centre de son bassin rond, dont la margelle arrivait à la taille, cinq jets d'eau jaillissaient d'un piédestal supportant une réplique en miniature du Mercure volant de Giambologna. Depuis le porche, une étroite allée de gravier menait au perron d'un bâtiment à deux étages qui ceignait sur deux côtés cet îlot de paix, les deux autres côtés étant gardés par de hauts murs aveugles. Mordechaï Azra, en bras de chemise, se tenait sur le perron, une pipe fumante à la main.

— Mon cher, je dois ajouter la ponctualité à la longue liste de vos qualités, dit le maître des lieux en accueillant son hôte dans un vestibule dallé de marbre où un escalier à la rampe de bois ouvragée montait vers les étages.

Pendant que Sofia, la domestique, le débarrassait de sa veste, Viktor remarqua que les pièces adjacentes respiraient un confort opulent et ne put s'empêcher de se demander si les seuls honoraires du docteur suffisaient à soutenir les coûts d'une telle demeure.

— Si vous le voulez bien, passons sans trop attendre à nos affaires – mais pas avant d'avoir pris un rafraîchissement. Il fait lourd et vous devez mourir de soif.

Ayant passé un petit salon, les deux hommes pénétrèrent dans une pièce tout en longueur qui occupait une aile entière du rez-de-chaussée. Trois hautes fenêtres donnant sur le jardin laissaient pleuvoir le jour dans cet espace divisé en trois zones. Près de l'entrée, un imposant bureau de style Empire, couvert de documents et dominé par une bibliothèque de plusieurs centaines de volumes, indiquait qu'il s'agissait là du lieu de travail d'Azra. Au centre, sous un grand lustre de cristal, un canapé à l'étoffe pourpre et or de style Louis XV et trois fauteuils assortis tenaient un conciliabule autour d'une table basse sur laquelle un somptueux narguilé faisait pendant à un vase rempli de roses blanches. Une cheminée capucine au manteau néoclassique occupait le fond de la pièce, en partie cachée à la vue par un paravent peint à quatre battants.

— Venez, dit Azra en se dirigeant vers un petit guéridon couvert de bouteilles. Au diable l'eau de Seltz, je vais vous faire goûter un porto blanc dont vous me direz des nouvelles.

Pendant que son hôte remplissait les verres, Viktor se rendit compte que pour la première fois depuis plus de seize ans il avait le trac. Sans doute serait-il revenu sur sa décision si le docteur lui en avait laissé le choix, mais lorsque Azra lui tendit son porto, le regard intense du petit homme lui fit comprendre qu'il était trop tard.

Viktor, qui n'avait pas soif, trempa ses lèvres dans le liquide clair et hocha la tête en signe d'agrément.

— C'est très bon, finit-il par dire, la gorge nouée, rompant un silence qui s'étirait depuis le vestibule.

Azra sourit.

— Je mesure votre appréhension. Se livrer à autrui n'est pas chose facile. Mais croyez-moi, il n'y a que le premier pas qui coûte, et à terme cela se révélera très bénéfique. Ce petit verre vous aidera à vous détendre. Finissez-le, après quoi nous irons nous installer derrière ce paravent, dit-il en désignant l'écran à quatre battants. Simplement, je vous laisserai parler et vous aiguillerai de temps à autre avec une ou deux questions.

Une pendule à coucou sonna deux heures, faisant tressaillir le prestidigitateur.

— Ah, j'allais presque oublier d'arrêter cette horloge. C'est une vraie nuisance pendant les séances, mais j'y suis très attaché. C'est un cadeau de mon cher ami Jung.

Viktor but son verre en deux gorgées, puis se laissa guider de l'autre côté du paravent, où il prit place dans un moelleux fauteuil de velours vert émeraude et allongea les jambes sur un pouf assorti. Tandis que le docteur, prenant son temps, rallumait sa pipe et s'installait sur une chaise placée derrière le fauteuil, muni d'un calepin et d'un crayon, le regard du prestidigitateur se perdit dans la ramure des cerisiers du jardin, encadrés par la fenêtre entrouverte qui lui faisait face. Il sentait l'alcool lui réchauffer le ventre, assouplir son humeur et délier ses pensées.

— Je dois vous avouer une chose, Mordechaï. Notre rencontre a réveillé en moi des souvenirs pénibles. Pendant un temps, je vous en ai voulu, mais je crois avoir enfin compris la nature de mon malaise. C'est tout un pan enfoui de moi-même qui est en train de se ranimer, péniblement, comme un membre sortant d'un long engourdissement. À présent, je me surprends à réfléchir à ma condition. Je me sens revivre, même si cela n'a rien d'agréable.

Viktor, ébahi, réalisa qu'il n'avait jamais voulu dire ces mots. Comme si sa langue, de sa propre initiative, avait profité d'un moment d'inattention de sa part pour le trahir.

— Pardonnez ma franchise, s'excusa-t-il, je ne voudrais pas que vous le preniez mal.

— Au contraire, la franchise est de rigueur entre nous. Vous me dites que vous vous sentez « revivre ». Vous souvenez-vous de faits particuliers qui seraient à l'origine, disons, de votre repli ?

Viktor, effrayé par ce qu'il aurait pu dire, sentait des émotions contradictoires se bousculer en lui.

— Cette soirée au Mystery Hall et les semaines qui suivirent m'ont anéanti. Après cela, ma vie n'a plus été la même, mais j'ai toujours souffert de dépression. Tout du moins depuis un certain événement de mon enfance. En fait, je n'ai que des souvenirs très flous de ce qui s'est produit avant cet épisode, comme s'il marquait le début de ma vie consciente.

— Désirez-vous m'en parler ?

— Eh bien, non, mais je crains que ce ne soit nécessaire.

— Si vous le voulez bien, concentrons-nous sur la partie de votre vie qui a précédé cet événement. Quels sont vos premiers souvenirs ? Partons de là.

Un silence s'installa, meublé par le bruissement clair et lointain de la fontaine au Mercure dans le jardin. Viktor se sentit pris d'un léger vertige dont il se demanda s'il était entièrement dû au porto.

— Je ne suis pas sûr que vous soyez prêt à entendre ce que je vais vous raconter.

— Ne vous inquiétez pas pour cela.

— Mes premiers souvenirs ? Un grand parc au milieu d'une forêt, vu depuis les combles d'un manoir aux grandes salles obscures. La brillance soyeuse de longs cheveux de jais. L'ombre d'un homme mauvais et un grand incendie. Voilà ce qui me reste de mes toutes premières années, des images qui ont la consistance d'un rêve. D'un mauvais rêve.

Le parc était celui du château de Razorski, perdu dans la région montagneuse des Tatras, en Pologne, non loin de la frontière slovaque. L'homme, le croquemitaine, n'était autre que le comte Razorski, maître des lieux, descendant d'une longue lignée de nobles guerriers ayant dans le passé défendu les frontières du monde chrétien contre les Huns, les Tartares et les Turcs. La chevelure était celle de sa mère, employée comme domestique au manoir où elle occupait une petite chambre avec ses deux enfants, Viktor et Anton.

Bien que leurs maîtres les traitassent avec le mépris dû à leur condition, Viktor et Anton jouissaient de certains privilèges. Les deux frères jouaient parfois avec les héritiers de la famille et bénéficiaient d'une éducation financée par le comte, dont ils étaient les bâtards. Cela, bien entendu, valait à leur mère, Elena Grobovich, la cruelle sévérité de la comtesse et la jalousie sournoise des autres domestiques, qui par ailleurs avaient une autre raison de la tenir à l'écart : Anton et Viktor étaient jumeaux, chose que leur esprit superstitieux ne tolérait pas sans méfiance.

Viktor ne conservait de cette époque que des images brumeuses, suspendues hors du temps. Dans ses souvenirs, le manoir était un lieu à la fois grandiose et lugubre, un assemblage de couloirs de pierre, d'escaliers sombres et de grandes salles froides aux meubles immenses où circulaient des êtres géants et étrangement vêtus – les adultes – vaquant à d'obscures occupations. Le comte, un colosse borgne défiguré par une blessure de guerre, était une sorte de cyclope à l'épaisse barbe noire dont les pas lourds suffisaient à le terroriser. Cet homme, dont il n'apprit que plus tard qu'il était son père, demeurait associé dans sa mémoire à un événement en particulier. Un jour, il était apparu dans le grand hall du manoir porté par deux hommes, la jambe éclissée après un accident de chasse, poussant d'effroyables beuglements et répandant son sang partout sur le sol. Viktor se souvenait aussi de son fils, Ivan, un garçon roux de trois ans son aîné avec qui les jumeaux jouaient parfois et qui un jour avait mâché un lézard vivant. Mais les traits d'Elena Grobovich, qu'on lui décrivit plus tard comme une femme d'une grande beauté, avaient été complètement effacés de sa mémoire. L'image de longs cheveux noirs cascadant sur des épaules nues était tout ce qu'il conservait de sa mère disparue dans le terrible incendie qui, une nuit, dévora le manoir et tous ses habitants.

— Seuls mon frère et moi avons survécu à cette catastrophe, raconta-t-il. Tout ce qui s'est passé avant n'a jamais eu pour moi plus de poids que ces rêves qui s'évanouissent au moment du réveil. Les flammes ont à jamais réduit en poussière les premières années de mon existence, et l'on peut dire que ma vie n'a commencé qu'après cet incendie, dans le cirque du vieux Bedini.

Arturo Bedini, un Italien d'origine vénitienne, avait déjà près d'une soixantaine d'années lorsqu'il se vit confier la garde de Viktor et d'Anton par un proche du comte Razorski. Les deux orphelins furent aussitôt logés à la même enseigne que les autres membres de sa grande famille : quatre enfants adultes, neuf petits-enfants et une vingtaine d'artistes et d'employés qui pour leur survie dépendaient de la prospérité du petit cirque que le « Furioso » – tel était le surnom de Bedini, à cause de ses fabuleuses colères – dirigeait depuis plus de quarante ans. C'est ainsi que les jeunes frères Grobovich, alors âgés de six ans, connurent toute la rudesse et les avatars de la vie itinérante, parcourant en toute saison les routes d'Europe centrale à bord de chariots et de roulottes multicolores, de la Prusse à la Russie, de la Baltique au Caucase. Dans cette vaste portion de monde, il n'était pas une région où Bedini n'eût planté son chapiteau au moins une fois. Ce vieux loup des steppes connaissait par cœur le calendrier des foires et des fêtes des villes et des principaux bourgs, menant sa caravane de l'une à l'autre avec la ponctualité et l'instinct d'un oiseau migrateur.

L'expérience du vieux Bedini ne suffisait pas toujours à garantir la fortune de son entreprise, qui trop souvent ne subsistait qu'au prix de cruels sacrifices. Cependant, si l'on ne mangeait pas toujours à sa faim, il régnait dans la troupe un esprit d'équité et de fraternité que les familles les plus unies eussent pu envier. Fort de cette cohésion, le cirque Bedini acceptait ces difficultés comme les planètes se résignent aux lois de la gravitation, sachant qu'il ne pouvait questionner ou remettre en cause les mobiles obscurs de son itinérance.

Les jumeaux furent placés sous la garde à la fois sévère et bienveillante de Nona Bedini. Cette Ukrainienne âgée de cinquante ans et pesant près de cent kilos, épouse du Furioso et mère de ses quatre enfants, était aussi essentielle au cirque que le mât central de son chapiteau. C'était elle qui tenait les cordons de la bourse et qui à chaque étape s'occupait du ravitaillement en vivres. Nona était la seule à pouvoir tenir tête à Bedini, qui craignait ses coups et ses bouderies glaciales plus que toute autre chose au monde. Sa fille, Aliona, trapéziste, donnait une idée de l'acrobate splendide qu'elle avait été jadis, et ses trois fils – Boris, Vito et Emilio, acrobates et jongleurs – lui vouaient un véritable culte.

Tout comme les neuf petits-enfants de Nona et d'Arturo, Viktor et Anton furent soumis à un dur apprentissage. Lorsqu'ils n'étaient pas attelés aux corvées de nettoyage, d'entretien et de gestion ordinaire du cirque, ils consacraient le plus clair de leur temps à la pratique de l'acrobatie et du jonglage sous la supervision des adultes, qui n'hésitaient pas à avoir recours au bâton. Le vieux Bedini, quant à lui, s'occupait d'apprendre à lire, écrire et compter aux plus petits, ainsi que de leur inculquer le français, langue dont Viktor et Anton avaient déjà quelques notions et qui du reste n'aidait en rien à comprendre le sabir barbare que les Bedini employaient pour communiquer entre eux – une pâte d'ukrainien et de dialecte vénitien épicée de haut allemand. Parfois, le plus souvent après un repas bien arrosé, le Furioso se lançait dans des leçons plus générales où la religion, la philosophie et l'histoire du monde faisaient l'objet de profondes révisions relevées d'anecdotes personnelles dont les gamins raffolaient.

Outre les Bedini et leurs conjoints, spécialisés dans l'acrobatie et la haute voltige, la troupe comptait toujours une vingtaine d'artistes originaires des quatre coins de l'Europe, qui s'exhibaient dans les numéros les plus divers : lanceurs de poignards, voyants, magiciens, clowns, cracheurs de feu, dresseurs de perruches ou de chiens savants, équilibristes, contorsionnistes –, auxquels se joignaient parfois des forains de passage. C'est ainsi que Viktor avait côtoyé des personnages extraordinaires, comme le fakir Ramek, un Géorgien ayant voyagé au Tibet et qui même par les froids les plus extrêmes n'endossait qu'une chemise en lin, ou Salima, chiromancienne andalouse dont la beauté époustouflante avait causé plus d'une rixe, ou encore les frères Tonnerre, des Bretons déserteurs de l'armée française qui mariaient leurs dons de pétomanes à la ventriloquie dans des numéros d'une comicité explosive.

— Thor Larrsen l'homme-canon, le Professeur Pronto, Sideralis, les sœurs siamoises femmes-orchestre du duo Javajava... Même s'ils ne se joignaient à la troupe que pour quelques semaines, je me souviens de chacun d'eux comme si nous nous étions quittés hier. Mais celui qui me marqua le plus fut Léon Léonard, alias le Docteur Spectral.

Anton et Viktor s'adaptèrent en un rien de temps à la vie de cirque. Tout ce qu'on leur enseignait se gravait dans leur mémoire comme dans une matière aussi dure que le granit et, en quelques mois, les jumeaux furent prêts à intégrer les numéros d'acrobatie et d'équilibrisme que les plus petits exécutaient lors des interludes. Mais c'est avec l'arrivée de ce prestidigitateur dans la troupe que leur prodigieuse précocité prit toute son ampleur. En des décennies d'errance à travers l'Europe, la roulotte du Docteur Spectral et de son épouse Véra avait plusieurs fois croisé le cirque des Bedini et leur nouvelle rencontre impromptue dans les faubourgs de Budapest fut dûment célébrée.

À cinquante ans, le Docteur Spectral – un Français originaire d'Albi – était un grand homme mince aux bacchantes grisonnantes. Ses yeux noirs mobiles et pétillants, surmontés d'épais sourcils, étaient expressifs au point de rivaliser en éloquence avec n'importe quel discours. Ses mains, si longues et fines qu'elles paraissaient disproportionnées, même chez un homme d'un mètre quatre-vingt-dix, semblaient douées d'une vie propre, comme deux poulpes greffés au bout de bras interminables.

Si Léonard était un as de l'escamotage et de la manipulation, il se distinguait surtout par un style unique reposant sur une grande maîtrise du mime. Le rythme de ses numéros tranchait toujours avec le dynamisme effréné des autres. C'était en particulier le cas du « Spectrophone », son grand classique, qui commençait par un long silence. Véra Léonard, les cheveux rassemblés en chignon et vêtue d'une longue robe noire, arrivait sur la piste en poussant une table roulante sur laquelle était posé un phonographe à l'énorme pavillon dont la vue suffisait à intriguer le public. À l'époque on ne connaissait guère ce genre d'engin. Lorsque Véra commençait à tourner la manivelle de l'appareil, un air de violon étrange et lancinant s'échappait de la fleur de métal géante, faisant vibrer l'atmosphère de ses notes éraillées. Le Docteur Spectral faisait alors son entrée. Vêtu d'une redingote, d'un costume gris et d'un haut-de-forme noir, le teint pâli par une légère couche de fard, il semblait glisser sur le sol à la façon d'un revenant, comme affranchi de la pesanteur. Avec des mouvements d'une extraordinaire fluidité, Léonard tirait du pavillon une quantité impossible d'objets : foulards, oiseaux, verres de vin, bougies allumées et jusqu'à trois petits lapins noirs, inertes, qu'il jetait sur le sol – le magicien frappait alors dans ses mains et les animaux, que l'on croyait empaillés, s'animaient pour exécuter une ronde frénétique avant de disparaître sous la longue robe de Véra. Le clou du spectacle arrivait lorsque Véra, cédant la manivelle du spectrophone à son époux, demandait si quelqu'un dans l'assistance désirait communiquer avec l'esprit d'un parent ou d'un ami disparu. Bien que des complices se trouvassent dans le public, il y avait toujours un ou deux spectateurs pour mettre le magicien à l'épreuve.

— Mais les plaisanteries et les railleries cessaient dès que Léonard, après avoir actionné la manivelle, tirait du spectrophone des voix d'outre-tombe qui répondaient avec justesse aux questions visant à certifier l'identité des prétendus esprits. J'ai plus d'une fois vu des gens s'évanouir ou quitter le chapiteau en état de choc. Un soir, la tension était si forte qu'une vague de panique s'empara du public. Le cirque dut plier bagage dans la nuit, car les habitants du bourg où nous nous trouvions voulaient brûler le chapiteau, et Léon avec.

Le numéro du Docteur Spectral foudroya Viktor et Anton, qui ne parlèrent plus que de fantômes et de prestidigitation. Peu de temps passa avant que Léonard, conquis par leur enthousiasme et leur adresse à reproduire les tours qu'il leur montrait, ne prenne les jumeaux sous son aile avec la bénédiction du vieux Bedini.

Malgré les succès que Viktor connaîtrait par la suite, les deux années qui suivirent furent les plus intenses et aussi les plus heureuses de son existence. S'ils continuaient à faire chambre commune avec la marmaille de la troupe, la roulotte des Léonard devint le nouveau centre de leur monde. Tous les jours, après s'être acquittés de leurs corvées et des leçons d'acrobatie, c'était là qu'ils passaient le plus clair de leur temps, aux bons soins de Véra, répétant sans relâche les tours que leur maître leur enseignait. Viktor et Anton avaient librement accès non seulement au matériel, mais aussi à la bibliothèque du magicien : une malle noire au fermoir de bronze où s'entassaient une centaine de volumes usés par les voyages, pour la plupart en français, qui devint pour eux la langue de la magie et de la famille retrouvée.

Les jumeaux étaient friands des anecdotes que Léonard – un homme aussi chaleureux dans l'intimité qu'inquiétant sur scène – aimait à leur raconter sur les grands prestidigitateurs de l'histoire : des mages de l'Ancien Testament ou de l'Antiquité, tels que Joseph ou Simon le Mage, à Bartolomeo Bosco, inventeur du tour des pigeons décapités, ou au Viennois Döbler, le « Chérubin de la magie », applaudi par les plus grandes cours d'Europe. Léonard en avait connu certains, comme le mage Philippe – alias Jacques Talon, un ancien confiseur – qu'il avait rencontré au Turkestan, où l'homme tombé dans le dénuement insista pour lui révéler le secret de son célèbre tour des « bassins de Neptune » contre quelques pièces d'argent. Quant au spectrophone, Léonard prétendait tenir directement le numéro de Cagliostro, mage immortel qu'il aurait croisé dans une auberge des Pyrénées sous le déguisement d'un astrologue itinérant – une rencontre qui aurait été à l'origine de sa propre vocation.

Tous ces récits embrasaient l'imagination des deux garçons, qui jouaient à être Cagliostro ou Simon le Mage et rêvaient de théâtres luxueux, de capitales flamboyantes, de cours, de foules et de peuples entiers subjugués par les prodiges qu'ils auraient bientôt accomplis sur les planches.

— C'était comme si les étoiles, pour compenser les dures épreuves que nous avions traversées, avaient mis à notre portée les rêves les plus radieux. Mais cela, je n'en ai pris conscience que bien plus tard, quand le destin a décidé à nouveau de tout nous reprendre, brutalement, comme le pire des bonneteurs.

C'était au début de l'automne 1881. Après un été passé au bord de la Baltique, le cirque redescendait vers la Roumanie, espérant gagner Bucarest et la vallée du Danube avant que le gel ne rende les routes impraticables. La caravane avait fait halte en Pologne, le long de la frontière ukrainienne, près du village de Sobibor, pour se ravitailler en vivres et en bois de chauffage. La région étant touchée par une épidémie de variole, les autorités locales avaient interdit tout rassemblement de foule et forcé la troupe à camper loin des habitations.

Comme on chômait, Anton et Viktor pouvaient se consacrer à la préparation, plus ou moins en secret, de ce qui devait être leur premier numéro de magie. Ils espéraient être au point avant Bucarest et convaincre le vieux Bedini de leur permettre d'abandonner l'acrobatie au bénéfice de leur talent de prestidigitateurs, à terme bien plus rentable pour le cirque. Bien entendu, aucun de leurs trucs n'aurait impressionné Léonard, mais, pour faire sensation, les deux frères misaient sur leur jeune âge et sur l'originalité de la mise en scène, qui exploitait leur caractéristique la plus visible : la gémellité.

Un matin, Anton et Viktor s'étaient éloignés du campement pour répéter à l'abri des regards, au milieu d'une clairière enclavée dans un sous-bois aux arbres jaunissants. Accoutrés en mages persans, « Vikton et Antor », des torchons colorés enroulés autour de la tête en guise de turbans, s'étaient dessiné de fausses moustaches au charbon de bois. Après les avoir vus à l'œuvre, Véra ne pourrait qu'accepter de confectionner les costumes scintillants qu'ils avaient imaginés d'après une illustration d'un des livres de Léonard.

L'idée du numéro était simple : un grand cadre de bois de deux mètres sur trois posé verticalement sur le sol devait figurer un miroir, de part et d'autre duquel Viktor et Anton, synchrones, exécutaient les mêmes tours et les mêmes gestes, avant d'interagir *à travers* la surface imaginaire, sans briser la symétrie spéculaire nécessaire à l'illusion. Pour le final, Anton avait eu l'idée de mettre en scène la disparition simultanée des deux partenaires, mais cela présentait des difficultés sur lesquelles ils devaient encore beaucoup travailler.

Les deux frères étaient déjà bien rodés, et ce matin-là tout se déroulait vraiment à merveille. De chaque côté du cadre, ils tiraient de leurs manches des foulards ou des jeux de cartes qu'ils manipulaient avec une synchronie impeccable. Leurs anneaux chinois s'interpénétraient et se libéraient superbement, formant des géométries originales, et les balles qu'ils se renvoyaient semblaient changer de couleur au moment où elles quittaient leurs mains. Les deux papillons de papier qu'ils faisaient voleter autour d'eux avant de se les échanger avaient l'air si réels qu'à un moment un coléoptère curieux s'y méprit et vint virevolter autour de ces cousins factices.

Exaltés par leurs prouesses, les deux enfants parlaient peu et redoublaient de concentration. Viktor se sentait transporté par un sentiment nouveau, enivrant, triomphal. Le soleil d'automne, l'air frais, pur et limpide – il avait l'impression que la nature entière participait de cette ivresse. Il le sentait dans la fluidité de ses gestes si admirablement coordonnés avec ceux de son partenaire, parfaite image de lui-même, qu'ils semblaient exécutés par une seule et unique entité, comme la droite et la gauche d'une même personne. Pour la première fois, Viktor communiait avec l'essence de son art et il savait que son frère éprouvait les mêmes sensations.

— À un moment, alors que nous répétions le tour de jonglage, l'état de grâce que nous étions en train de vivre prit une tout autre tournure. Je lus dans les yeux de mon frère des sentiments que je sentais moi-même émerger du plus profond de mon être : de l'ébahissement, de l'incrédulité, de la peur face à la perfection diabolique dont nous pensions être les artisans, mais dont nous n'étions que les pantins. Sans cesser de me renvoyer les balles depuis l'autre côté du miroir, Anton fit un brusque pas de côté que je me surpris à imiter simultanément. Lorsque je me recentrai, mon frère se recentra, parfaitement synchrone. Il recula et je reculai sans en avoir conçu le souhait. Je compris en voyant le masque de stupeur d'Anton que la même expression était gravée sur mon visage. Nous étions comme possédés.

À ce point-là de son récit, Viktor marqua une pause. Cela faisait près de deux heures qu'il parlait sans interruption. Azra ralluma sa pipe, puis s'éclaircit la voix et prit la parole.

— Bien, voulez-vous que nous interrompions la séance ?

— Je n'ai pas terminé.

Viktor soupira, ferma les yeux et serra l'arête de son nez, comme pour se concentrer sur les images qui traversaient son esprit tandis qu'il concluait :

— Nous étions encore sous l'emprise de ce sortilège quand je vis quelque chose remuer à une vingtaine de pas derrière Anton, dans les fourrés à la lisière du sous-bois. C'était un chien, un chien à poil fauve qui se rua vers mon frère en montrant les crocs – mais les grognements de l'animal provenaient de derrière moi ! Glacé d'effroi, je me retournai en hurlant. Mes jambes se liquéfièrent et je tombai à genoux en fermant les yeux, sûr de me faire dévorer par la bête. Mais cela n'arriva pas. Derrière moi, il n'y avait rien. Rien. Lorsque je me ressaisis un instant plus tard, Anton avait disparu.

6.

La maison de Géo Grandin, située au fond d'une impasse perpendiculaire à la Villa d'Alésia, était la plus ancienne de tout l'îlot. Le peintre se plaisait à rappeler que ce joli petit pavillon de deux étages en meulière, couvert de tuiles rouges, était jadis entouré de vastes champs dont un jardinet clôturé par une grille en fer forgé était le maigre vestige. À la suite des transformations successives que le quartier avait subies au cours du siècle précédent, l'habitation avait été enclavée dans un pâté de bâtiments modernes et se trouvait maintenant coincée entre un immeuble de cinq étages d'un côté, et de l'autre une rangée d'ateliers ajourés par de hautes verrières.

Dès qu'il se fut engagé dans l'impasse, chevauchant son vélo, Aimé avisa plusieurs personnes réunies devant le portillon d'entrée. Bonpoint était en plein milieu d'une discussion animée avec trois autres messieurs à l'allure sévère. En apercevant Aimé, le notaire lui fit de grands gestes et se précipita vers lui, dans tous ses états.

— La maison de votre oncle a été cambriolée ! L'atelier aussi !

Aimé eut à peine le temps d'enregistrer la nouvelle que Bonpoint, en sueur, faisait déjà les présentations. Il y avait là Auguste Petissoin, commissaire-priseur, et les inspecteurs Blanchard et Duvignaud de la police judiciaire. En serrant la main aux fonctionnaires, Aimé sentit son estomac faire des nœuds marins.

— Ces messieurs de la police étaient déjà là quand je suis arrivé avec maître Petissoin, dit le notaire, aussitôt interrompu par l'inspecteur Blanchard – un homme sur la cinquantaine à l'imposante moustache roussie par le tabac – qui résuma les faits.

Vers midi, l'occupant de l'atelier voisin de celui de Géo, un sculpteur russe du nom de Robodine, était allé trouver le peintre pour boire un apéritif. La porte de l'habitation étant entrouverte, Robodine, qui ignorait le décès de Grandin, avait gravi le perron et découvert le grand désordre qui régnait dans l'entrée. Comprenant de quoi il retournait, il avait alerté un îlotier, qui avait à son tour informé le commissariat. En écoutant Blanchard, Aimé ne put s'empêcher de penser que l'idée de cambrioler le domicile de son oncle n'était finalement pas si mauvaise.

— Il y a une chose que vous devez savoir, dit l'inspecteur. Depuis un certain temps, feu votre oncle était surveillé par nos services. La maison étant à présent sous scellés pour les besoins de notre enquête, il vous sera impossible d'en retirer quoi que ce soit jusqu'à nouvel ordre. Cependant, il nous faut établir un état des lieux. Aussi vous demanderai-je de nous accompagner à l'intérieur, afin que vous puissiez nous dire s'il manque quelque chose. Après quoi mon collègue et moi aurons quelques questions à vous poser.

— Si vous collaborez, ça ne sera pas long, ajouta l'autre policier, Duvignaud, dont le visage allongé aux petits yeux noirs évoquait le museau d'une belette.

Aimé, abasourdi, était terrorisé à l'idée que les inspecteurs pussent lui demander ses papiers de réforme, mais pour l'heure ce n'était pas leur principal souci et son trouble pouvait aisément s'attribuer à la situation douloureuse qu'il devait affronter. Aussi acquiesça-t-il sans mot dire et suivit-il les deux policiers à l'intérieur de la maison, Bonpoint et Petissoin à leur suite.

Une odeur à la fois âpre et douce de cigare et d'encens imprégnait les lieux, suscitant chez Aimé une foule de souvenirs qui l'assaillirent dans une émouvante bousculade. Il régnait au rez-de-chaussée la pagaille typique des scènes de cambriolage bien connues d'Aimé, qui en avait lui-même semé de semblables chez plus d'un bourgeois de la capitale. Mais c'était la première fois qu'il se retrouvait dans le rôle de la victime. Partout, dans l'entrée, le fumoir, le salon-bibliothèque et la grande salle à manger, qui avait servi de cadre à tant de festins, des livres jetés à terre, des tiroirs retournés, des meubles ouverts et vidés, des tableaux décrochés – pas même la cuisine n'avait été épargnée. De temps à autre, le notaire et l'huissier, chacun muni d'un calepin, s'arrêtaient pour prendre des notes et échanger quelques mots à voix basse.

Aimé soupira.

— Quel foutoir. Comment voulez-vous que je vous dise s'il manque quelque chose ? Ça fait six ans que je ne vis plus ici et au moins un an que je n'y ai pas mis les pieds.

— Nous savons tout cela, dit Blanchard. Nos services de renseignement sont très efficaces. Nous sommes aussi conscients que c'est une tâche pénible, mais vous êtes le propriétaire et personne d'autre que vous ne peut s'en charger. Concentrez-vous, jeune homme.

« Je fais que ça, vieux schnock », pensa Aimé, si fort qu'il craignit un moment que l'inspecteur ne l'eût entendu. Le ton péremptoire de Blanchard et son emploi d'un « jeune homme » là où un « monsieur » eût été plus opportun avaient ranimé en lui une flammèche de combativité. Mais que signifiait ce « Nous savons tout cela » ? Était-il lui-même surveillé ? Il écarta rapidement cette idée. Si c'était le cas, non seulement lui, mais aussi Gaspard et Raymond croupiraient depuis belle lurette à la Santé. Non, même si cela ne présageait rien de bon, la police n'avait dû s'intéresser qu'à des généralités, dans le cadre de cette enquête dont les tenants et les aboutissants ne lui avaient pas encore été révélés. Dans quel pétrin son oncle s'était-il fourré ?

En parcourant des yeux le grand désordre, il apparut très vite à Aimé que le ou les intrus n'étaient pas des voleurs de poules, qui à coup sûr auraient fait main basse sur l'argenterie, les bibelots semi-précieux et une multitude d'autres objets faciles à emporter. Ce n'étaient pas non plus des amateurs d'art, car certaines œuvres de valeur bien en évidence n'avaient pas bougé, y compris, dans le salon, une étrange étude de personnage en glaise au cou tordu signée Rodin, que Géo avait connu, et une gravure de Gustave Moreau accrochée au mur près de la lampe japonaise du fumoir – deux pièces qui ne manquèrent pas d'éveiller l'intérêt de Bonpoint et de Petissoin. De toute évidence, le ou les malfaiteurs étaient à la recherche de quelque chose de précis, se dit Aimé, évitant de faire part de ses réflexions aux inspecteurs qui, du reste, étaient probablement arrivés aux mêmes conclusions de leur côté.

À l'étage, les cambrioleurs s'étaient concentrés sur la chambre à coucher du maître de maison, qui présentait tous les signes d'une fouille approfondie. Le secrétaire, la table de nuit et les deux armoires contenant la garde-robe haute en couleur de Grandin avaient été vidées sur le sol et sur le grand lit à baldaquin aux tentures de soie, dont le matelas lacéré avait répandu ses plumes aux quatre coins de la pièce. Par frustration peut-être, un pot de chambre en faïence avait été lancé contre le grand miroir sur pied près de la fenêtre. La vieille malle peinte contenant l'équipement érotique de Géo – chaînes, cagoules, sangles de cuir, martinets, godemichés divers et autres accessoires médiévaux – avait été retournée. En voyant ces ustensiles, le notaire et l'huissier firent à peu près la même tête qu'Aimé lorsqu'il les avait découverts en furetant dans la chambre de son oncle dix ans plus tôt. C'était également là, cachées dans un gros phallus de bronze, que le peintre conservait ses réserves de cocaïne depuis l'interdiction de ce « poison boche », mais Aimé se garda bien d'en faire la remarque.

Ayant fait le tour de l'habitation, on passa à l'atelier attenant qui communiquait avec la maison par une petite porte intérieure. C'était un vaste espace d'une cinquantaine de mètres carrés dont le plafond, à près de six mètres de hauteur, était encore équipé de crochets et de grosses poulies montées sur rails utiles aux sculpteurs pour lesquels l'endroit avait à l'origine été conçu. Une forte odeur de solvant imprégnait l'atmosphère, ravivant chez Aimé une nouvelle série de souvenirs, dont celui de la fameuse correction que son oncle lui avait infligée quand, âgé de dix ans peut-être, il avait été surpris en train d'ajouter des saucisses et un poulet rôti à une nature morte avec gibier à laquelle le peintre travaillait.

Ici, rien de retourné ni de renversé. Aucun signe probant n'indiquait que des intrus fussent entrés. L'endroit baignait dans son calme et son fouillis habituels. Des étagères, des tables et des meubles de rangement surchargés de livres anciens, de dizaines de vieilles toiles, de cartons à dessins pleins à craquer et de matériel en pagaille se succédaient autour de la pièce, éclairée par la grande verrière côté rue. Au centre, sur un vaste tapis de feuilles de journaux constellé de taches de peinture et jonché de papiers froissés, se trouvaient deux chevalets disposés côte à côte, supportant chacun une toile d'environ un mètre sur deux.

Dans un style néoclassique, l'une représentait une scène sylvestre tirée de la mythologie, où des nymphes drapées de voiles diaphanes faisaient la ronde autour d'un chasseur à moitié nu, endormi près de son arc sur un tapis de mousse ; l'autre, à l'état d'ébauche, était une copie du premier. Sans doute portait-il les dernières touches que Géo Grandin, qui avait bâti sa renommée sur l'excellence de ses reproductions, avait appliquées avant de mourir.

Le commissaire-priseur se pencha sur le tableau achevé pour en déchiffrer la signature, dans le coin inférieur gauche. « Reinal ? Un illustre inconnu », souffla-t-il à Bonpoint, déçu.

Aimé se tourna vers Blanchard.

— Et maintenant, qu'attendez-vous de moi, que je passe en revue tous les dessins et les tableaux pour savoir si les voleurs se sont servis ?

— Non, bien entendu.

— Avec votre permission, c'est précisément ce que Petissoin et moi-même aimerions faire, intervint Bonpoint. Passer en revue les tableaux, j'entends.

— Vous avez une demi-heure, répondit Blanchard. Après quoi il vous faudra attendre la levée des scellés pour terminer votre inventaire.

Tandis que le notaire et le commissaire-priseur s'éloignaient avec un air dépité, Aimé eut une nouvelle poussée d'agacement en entendant le policier dicter sa loi – celle de la République française – entre des murs où, du vivant de feu leur propriétaire, elle avait eu si peu droit de cité.

— Tout me paraît être en ordre, si c'est ce qui vous intéresse, dit Aimé, qui se demandait quand les inspecteurs le laisseraient libre de partir. Je vous le répète, cela faisait plus d'un an que je n'avais pas mis les pieds dans cet atelier. Je doute de pouvoir vous être vraiment utile.

— On dirait que votre oncle lui-même n'entrait plus ici depuis un certain temps. Regardez, dit Blanchard, qui passa un doigt sur la toile ébauchée pour le retirer couvert de poussière. Au moins trois semaines, à vue de nez. Les palettes, les tubes et les pinceaux que Grandin semblait utiliser le plus souvent sont également poussiéreux. Par ailleurs, le voisin, Robodine, nous a dit qu'il voyait souvent votre oncle sortir fumer dans le jardin pendant qu'il travaillait. Or, depuis quelque temps, soit votre oncle avait abandonné cette habitude, soit – ce sont les conclusions de Robodine – il ne travaillait pas, ou tout du moins plus ici.

L'inspecteur marqua une pause et fixa intensément Aimé, qui se sentit forcé de réagir.

— Il avait peut-être arrêté de fumer ?

Blanchard soupira et échangea un regard en biais avec son collègue.

— Venez, nous serons plus à l'aise pour parler dehors. Duvignaud, vous restez ici avec les deux autres.

Dans le jardin, Blanchard s'alluma une cigarette et, l'air tracassé, aspira deux généreuses bouffées avant de prendre la parole.

— Tout d'abord, je vous présente mes condoléances. Sachez que je ne suis pas insensible à votre perte, malgré les procédures sévères auxquelles mon devoir m'oblige.

Désarçonné par cette version compatissante de l'inspecteur, Aimé n'eut qu'un hochement de tête muet.

— Vous n'ignorez pas que la renommée professionnelle de votre oncle était fondée sur son prodigieux talent pour la restauration et la reproduction de tableaux. Aux dires de ses pairs, Géo Grandin n'avait pas son pareil sur ce terrain-là.

En effet, Aimé savait tout cela. Les débuts de son oncle dans le monde de l'art, jeune peintre frais émoulu de l'Académie, n'avaient pas été des meilleurs. Si ses prouesses techniques avaient d'emblée attiré l'attention, cette note positive avait été noyée par les remarques des critiques sur son manque d'originalité dans le choix de ses sujets et de ses compositions. Les choses avaient pris une tournure désastreuse quand Géo, à l'occasion de sa deuxième exposition, avait été taxé de plagiat – une accusation dont l'artiste s'était défendu avec le tempérament sulfureux qui le caractérisait déjà et qui le stigmatisa définitivement aux yeux de la gent artistique.

— Nombreux sont les collectionneurs en France ou à l'étranger qui ont fait appel à ses services, poursuivit Blanchard, qui avait retrouvé un ton plus officiel. Les musées également, même si, compte tenu de sa réputation, les rapports des institutions avec votre oncle étaient tenus secrets. Aucun conservateur n'aurait osé s'associer ouvertement à un paria du monde de l'art, un histrion dont la toxicomanie et l'homosexualité étaient connues de tous.

— Contrairement aux squelettes dont leurs armoires sont remplies, ajouta Aimé, regrettant aussitôt cette réplique impulsive qui, contre toute attente, fit sourire l'inspecteur.

— En un sens, c'est là où je voulais en venir. La notoriété pour le moins controversée de votre oncle suscita naturellement l'intérêt de la frange la plus corrompue de son milieu, qui vit en lui une ressource bien utile pour servir leurs affaires. En bref, Géo Grandin était impliqué dans un trafic international de contrefaçons de tableaux de maîtres.

— Un faussaire ? L'oncle Géo ?

— Savez-vous comment il faisait pour maintenir son train de vie ?

C'était effectivement une question qu'Aimé ne s'était pas vraiment posée. Son oncle évitait de parler de son travail et de ses affaires. Aimé savait que ses finances subissaient des hauts et des bas, surtout en fonction de sa chance au jeu, mais il avait toujours dépensé son argent avec ardeur, allant même parfois jusqu'à le distribuer autour de lui. Avant que Bonpoint ne lui parle de ses dettes astronomiques, il ne lui avait jamais traversé l'esprit qu'Aimé pût en manquer. Comme les autres, il en avait profité, jusqu'à ce que son orgueil et certaines influences extérieures le poussent à couper les ponts.

— J'imagine que c'est la raison de votre enquête ?

— Votre oncle était surveillé depuis plusieurs années, et pas seulement par nos services. Scotland Yard est également sur le coup, et avant que la guerre n'éclate nous collaborions aussi avec les autorités de Berlin. Grandin était employé par une association de personnages riches et influents, une société secrète d'inspiration maçonnique à laquelle il appartenait lui-même et qui lui passait tous ses caprices. Car c'était pour elle une véritable poule aux œufs d'or, qui de surcroît était au courant de bon nombre de ses manigances. Grandin bénéficiait de faveurs proportionnelles aux ennuis qu'il aurait pu causer si d'aventure il s'était mis à faire des confidences.

Une pensée remonta du fond du cerveau d'Aimé comme une grosse bulle des profondeurs d'un lac.

— Croyez-vous qu'il ait pu être assassiné ?

— Grandin était au centre d'intérêts considérables. Nous n'avons pas d'indices à l'appui de cette hypothèse, mais en tout cas le cambriolage renforce le caractère suspect de la mort de votre oncle. D'où mon espoir d'obtenir votre entière collaboration.

Aimé comprit subitement que le ton plus familier de l'inspecteur n'était qu'un stratagème pour lui tirer les vers du nez. Il eut soudain l'impression de marcher sur des œufs. Était-il lui-même sur la liste des suspects ? Après tout, en tant que seul héritier, n'était-il pas le premier à profiter de la mort de son oncle ?

— Il semble que Grandin, avant de mourir, se soit longuement absenté de son domicile. Auriez-vous une idée, même vague, de l'endroit où il est allé ?

— Non, je vous l'ai dit. Notre dernière rencontre datait de plusieurs semaines.

— À quelle occasion ?

— Nous avons déjeuné près du Palais-Royal. J'ai trouvé qu'il avait maigri et pris un coup de vieux, mais autrement ça avait l'air d'aller.

— De quoi avez-vous parlé ?

— Un peu de la vie, un peu de la guerre, dit Aimé après avoir fait mine de réfléchir un moment. Mais, comme souvent, c'est surtout lui qui a fait la conversation. Après deux ou trois verres de blanc, il est parti dans un long monologue sur les peintres impressionnistes, qu'il détestait. Cela avant que Lambert n'arrive.

— Lambert ?

— Un ami. Ils fréquentaient le même club, l'Hypnos. Ne me demandez pas de quoi ils ont parlé entre eux, je suis parti avant le dessert.

— Savez-vous s'il avait un autre atelier quelque part en ville ?

Pour toute réponse, Aimé haussa les épaules. Il voulait faire comprendre une bonne fois à Blanchard – ce qui était à peu près vrai – que l'épicier ou le barbier du coin en savaient probablement plus que lui sur les activités de son oncle.

L'inspecteur écrasa son mégot et tira de la poche intérieure de sa veste une carte de visite écornée qu'il tendit à Aimé.

— Tenez, gardez-la et contactez-moi si quelque chose vous revient, même un détail, qui pourrait être utile à l'enquête, dit-il sans conviction.

Le nom de Blanchard, Gustave de son prénom, ainsi que son grade, étaient inscrits en caractères penchés sur le petit rectangle en bristol, juste au-dessus de la toute nouvelle adresse de la préfecture, quai des Orfèvres. Aimé se retint de demander à l'inspecteur s'il appartenait à la « Brigade du Chef », équivalent parisien des « Brigades du Tigre » provinciales, créée cinq ans plus tôt pour mater les apaches et la bande à Bonnot.

— Il y a autre chose dont j'aimerais vous faire part. Un élément de l'enquête qui, je ne vous le cache pas, me taraude nuit et jour.

— Je vous écoute.

— Pour l'instant rien n'indique clairement que votre oncle ait été victime d'un meurtre. Mais nous avons de bonnes raisons de croire qu'il n'est pas décédé de mort naturelle. Ou alors, si c'est le cas, les médecins légistes doivent ajouter un chapitre à leur manuel de pathologie.

Blanchard marqua une pause et regarda autour de lui, comme pour s'assurer de ne pas être écouté, puis reprit en se penchant vers Aimé :

— La dépouille ne présentait aucun signe de lutte ou de blessure, mais la peau, par endroits, et certains organes, muscles et os étaient en partie… eh bien, pétrifiés. Non, je n'entends pas cela au sens figuré. Il semble que Géo Grandin soit mort parce qu'il était en train, littéralement, de se transformer en pierre.

Aimé repensa aussitôt à l'aspect grisâtre de son oncle à la morgue, comme s'il avait passé ses dernières heures à faire du ciment.

— Je vous demande pardon ?

— Vous avez bien entendu, insista Blanchard en lisant l'incompréhension sur le visage de son interlocuteur. Le légiste n'a pas su me donner d'autre explication. Selon lui, la mort est survenue quand cette « affection d'origine inconnue » s'est étendue aux tissus du cœur.

— Je ne sais pas quoi vous dire.

— Moi non plus, sinon que c'est l'affaire la plus étrange et la plus embrouillée qui me soit jamais tombée sur les bras, dit l'inspecteur, formulant exactement à haute voix ce qu'Aimé pensait au même moment.

7.

Comme Bélialo l'avait promis, un fiacre passa prendre Mérie peu après neuf heures du soir devant l'entrée de son nouveau domicile, avenue Victor-Hugo. Quand elle l'interrogea sur leur destination, le voiturier – une armoire à glace dont la tenue se mariait avec le noir de l'attelage et de la voiture – lui fit comprendre qu'il était muet. « Peu importe, se dit-elle en prenant place dans l'habitacle, je le découvrirai bien assez tôt. » Du reste, cette touche de mystère n'était pas pour lui déplaire, et sa mission était simple : remettre une invitation pour le Symposion à certains messieurs qui seraient sur les lieux.

Ce matin-là, Mérie était sortie de chez elle en catimini, abandonnant Aimé à un sommeil de plomb, et avait trouvé dans la boîte aux lettres un billet lui indiquant l'adresse de son nouvel appartement. C'était un huit-pièces lumineux, juché au dernier étage d'un immeuble princier. Le parquet des petit et grand salons, somptueusement meublés et agrémentés de plantes vertes, était un chef-d'œuvre de marqueterie. Les deux salles d'eau étaient tout marbre et dorures et la terrasse privée sur le toit pouvait accueillir une centaine de personnes. Encore une fois, Bélialo avait tenu parole. Un gros bouquet de roses l'attendait dans la chambre à coucher, accompagné d'une carte où était inscrit le nom sous lequel elle devait désormais se faire connaître, Éléonore Paradis.

La voiture sortit de Paris par la porte Maillot à la tombée de la nuit, puis tourna à droite le long de la Seine juste avant le pont. En renfort de l'ombre, d'épais lambeaux de brume montaient du fleuve, envahissant les berges et étouffant le bruit de l'attelage sur le pavé. La voiture cahota encore sur une centaine de mètres avant de s'arrêter devant le portail ouvert d'une propriété, de part et d'autre duquel d'autres fiacres et de grosses automobiles étaient garés.

Prenant garde à ne pas accrocher sa robe vermeille de chez Jeanne Lanvin, Mérie descendit de voiture, franchit le portail et s'engagea sur une allée de gravier bordée de flambeaux, traversant un vaste jardin au fond duquel se découpait un pavillon au rez-de-chaussée partiellement illuminé. Elle eut soudain l'impression d'avoir déjà visité ces lieux. La réminiscence confuse d'un spectacle de musique et de danse orientales exécuté dans ce même jardin lui revint à l'esprit. Des applaudissements, de somptueux cadeaux, l'ivresse d'être admirée, adulée. C'était dans une ancienne vie, songea-t-elle avec une touche de nostalgie, mais elle avait toute la nouvelle pour regagner ces sommets, et bien d'autres encore si celle-ci n'y suffisait pas.

Un vieux majordome en livrée l'accueillit dans le vestibule et la débarrassa de son chapeau – elle insista pour garder son sac à main – avant de l'introduire dans le salon attenant, où une douzaine de personnes animaient un après-dîner convivial dans une atmosphère aussi élégante que détendue.

Mérie s'arrêta sur le seuil pour jauger l'assistance. À sa droite, un jeune homme blond ayant retroussé les manches de sa chemise à jabot tirait d'un clavecin une mélodie galante qui maintenait deux femmes dans des poses figées d'admiration. Derrière eux, enfoncés dans un canapé, une grosse dame aux cheveux montés en choucroute et un vieil homme au bouc taillé en pointe conversaient. Une autre dame, d'âge canonique, menaçait de s'endormir dans un fauteuil en vis à vis. À l'autre bout de la pièce, un groupe de messieurs discutaient debout près d'une large cheminée dont le linteau supportait deux chandeliers à sept branches garnis de bougies allumées. Les luminaires étaient placés de part et d'autre d'une pièce d'étoffe bleu sombre brodée d'une figure géométrique en fils dorés. Un homme élégant se détacha de ce petit cercle et s'empressa d'aller au-devant de Mérie dès qu'il l'aperçut.

— Mademoiselle Paradis, je suppose ? Armand Duplex, pour vous servir.

Par une nouvelle réminiscence, Mérie sut qu'elle avait déjà fait la connaissance du maître de maison, un cinquantenaire avenant portant une moustache à l'anglaise impeccablement soignée. Une petite broche épinglée sur son gilet reprenait le motif de l'étoffe tendue entre les chandeliers : un œil fermé, figuré par un arc de cercle d'où irradiaient cinq segments représentant les cils. L'œil était inscrit dans un triangle qui à son tour s'inscrivait dans un cercle.

« Nous attendions votre arrivée avec impatience, soyez la bienvenue. Un billet de M. Lialo m'avait annoncé la visite d'une jeune personne ravissante, ça ne peut être que vous.

— Enchantée, dit Mérie, amusée par le fait que l'autre n'avait aucun moyen de la reconnaître. Lialo a le chic pour me mettre dans l'embarras même quand il n'est pas là.

Duplex rit, puis pria Mérie de le suivre pour lui présenter ses hôtes. Le claveciniste se nommait Julian Costilius, et les deux femmes en pâmoison n'étaient autres que les sœurs Dumouroir, héritières d'une riche famille de Clermont qui écrivaient des contes gothiques à la façon des Anglais. L'apparition de Mérie et de Duplex dans le périmètre du canapé ranima Mme Lehouellec, épouse d'André – le vieil homme au bouc –, riche armateur de Saint-Nazaire qui arborait la même broche que Duplex au revers de sa veste. La grosse dame, dont le visage replet et trop maquillé était serti de petits yeux gris pâle, et qui sans se lever tendit à Mérie une main molle, moite et chargée de bagues, fut présentée par Duplex sous le nom d'Isidora Jennings, alias Mme Isidora, célèbre médium et représentante de la Société théosophique de Boston.

Quand enfin, guidée par son hôte, elle approcha du groupe de messieurs près de la cheminée, Mérie se raidit. Tout comme elle avait reconnu Duplex, elle remit immédiatement le personnage qui à ce moment-là animait la conversation. Cet homme gras, au visage carré et moustachu, aux cheveux noirs luisants et coiffés en arrière était le capitaine Georges Ladoux, chef du contre-espionnage français.

Duplex différa les présentations pour laisser terminer le capitaine, qui appuyait ses arguments en agitant sa pipe autour de lui. Ladoux, débridé par l'alcool, tempêtait contre Joseph Caillaux, ancien président du Conseil et plusieurs fois ministre. Ses propos visaient en particulier à instruire le colonel américain qui l'écoutait d'un air concentré, un verre de cognac à la main – un grand homme blond d'une quarantaine d'années, qui peu après serait présenté à Mérie sous le nom d'Edwin Britton.

— Cela fait déjà plusieurs années que le Quai d'Orsay l'a dans le collimateur, dit Ladoux, en sueur. « Collimateur », *you understand ?*

— *They've got him in their sights*, traduisit un petit bout d'homme rondouillard en smoking – Bram Woodcock, fameux tycoon new-yorkais – qui fumait un cigare à côté du colonel.

Ladoux aspira deux bouffées de sa pipe, puis reprit :

— Ses rapports privilégiés avec les Austro-Hongrois et les Allemands sont connus de tous. Vous souvenez-vous des tractations secrètes avec les Boches pendant la crise du Maroc ? Le coup d'Agadir, ça vous rappelle quelque chose ?

Britton hocha la tête, manifestement un peu perdu. En l'observant, Mérie comprit que l'expression concentrée de l'officier était à mettre sur le compte de la stupeur alcoolique, au même titre que son léger dandinement.

— Eh bien, dit Ladoux, il semblerait que Caillaux soit de nouveau en train de traiter avec eux au Moyen-Orient, où il se rend souvent. On soupçonne ce bougre de fomenter un projet de paix blanche avec l'ennemi, une idée à laquelle il voudrait rallier plusieurs parlementaires. Et savez-vous qui compterait parmi les complices de ce traître ? Nul autre que Louis-Jean Malvy, notre ministre de l'Intérieur !

— Un autre dreyfusard, comme par hasard ! s'exclama un petit homme à grosse tête chauve et aux lunettes épaisses

– Louis Chambon, conservateur au musée du Louvre – qui exhibait la même broche que Duplex à la boutonnière de son costume marron.

— Ce dont j'ai peur, continua Ladoux, c'est que cette affaire, qui ne manquera pas d'éclater d'ici peu, soit en rapport avec la capture et la disparition de certains de nos agents en Allemagne. Mais vous comprendrez que je ne puisse pas trop m'étendre sur ce sujet.

Le capitaine du contre-espionnage posa son verre et fit une pause pour rallumer sa pipe. Chambon en profita pour intervenir :

— Le colonel Britton est un homme de terrain. Il n'a probablement jamais entendu parler de Caillaux, et c'est tant mieux ! Mais je parie que son épouse, Henriette, est plus célèbre outre-Atlantique que son judas de mari. Henriette Caillaux ? demanda-t-il au soldat en le prenant par le coude. *You know ?*

Le visage de Britton s'illumina.

— *Oh, yes !* Oui ! *Bang bang !* fit-il soudain en mimant un revolver de sa main libre, ce qui suscita les rires de tous les présents.

Trois ans auparavant, alors que son mari était président du Conseil, Henriette Caillaux avait vidé le chargeur d'une arme de poing sur le directeur du *Figaro*, Gaston Calmette, qui montait une gigantesque campagne de presse contre la politique de son mari. L'affaire avait fait crépiter les premières pages de tout l'Occident.

— Caillaux est aussi le triste inventeur de l'impôt sur le revenu, en s'inspirant du modèle allemand, d'ailleurs, dit un bellâtre maniéré à l'élégance ostentatoire – Joséphin de La Mare, poète et thaumaturge – lui aussi porteur de la broche au revers de son frac. Je m'épargnerai l'embarras d'expliquer au colonel en quoi consiste cette taxe à la logique absolument perverse.

— Quoi qu'il en soit, dit Ladoux, l'entrée en guerre de nos amis les Américains nous évitera l'opprobre d'une paix blanche, j'en suis certain. Duplex, vous pouvez rassurer vos compères du palais Brongniart. Tout cela gonflera les voiles de vos boursicotages ! Mais je crains que notre conversation ne soit d'un ennui mortel pour la splendide personne qui est près de vous. Qu'attendez-vous pour faire les présentations ?

Duplex s'exécuta avec style, sur fond d'accords de clavecin. C'est ainsi qu'Éléonore Paradis fit également la connaissance du gentleman anglais silencieux qui se tenait en retrait de Woodcock. Drapé d'arrogance et d'une ample robe sacerdotale écarlate enfilée par-dessus son costume, frère Perdurabo, grand hiérophante du Saint Ordre de l'Aube dorée, donnait l'impression de s'ennuyer fermement. Grand, athlétique, la trentaine, il avait des cheveux bruns coupés ras et un regard noir magnétique qui accrocha celui de la jeune femme.

Duplex s'éloigna un instant pour servir un verre à Mérie-Éléonore et un silence plein d'expectative, teinté de gêne, s'installa dans le petit cercle. Tous les regards étaient tournés vers la nouvelle venue. Sans doute s'attendait-on à ce qu'elle fasse retomber la tension par une réflexion ou un mot d'esprit, mais, avec un aplomb et un calme souverains, elle choisit de laisser les convives mariner dans leur embarras, jouissant à part soi de l'aura que lui conférait sa mission.

Duplex réapparut et tendit une coupe de champagne à Mérie.

— On dirait que vous faites beaucoup d'effet à mes hôtes, Éléonore. J'aimerais vous accueillir plus souvent dans mon salon, ne serait-ce que pour tempérer les disputes qui y éclatent régulièrement. Tenez, l'autre soir, ici même, deux de nos frères de loge, les députés Rebachet et Tellier, se sont provoqués en duel pour une simple question de théologie.

— Ah ? Et alors, votre Parlement a-t-il été amputé d'un de ses membres ? demanda Woodcock d'un ton ironique.

— Non, mais vous ne croyez pas si bien dire, car il s'en est fallu de peu.

— Je ne me souviens plus comment la dispute commença, intervint La Mare, le poète-thaumaturge, mais Rebachet, qui n'avait pas ménagé la réserve d'excellent cognac de notre hôte, hurla soudain dans cette même pièce : « Monsieur ! Je ne tolérerai pas ces propos sur la Sainte Vierge en ma présence ! » – ce qui, vous l'imaginez, plongea l'assemblée dans un silence stupéfait.

— Une remarque de Tellier sur la conception du Christ, précisa Ladoux, voilà la cause du scandale.

— Et Tellier n'entendant pas ravaler ses propos, les choses s'envenimèrent, précisa La Mare.

Duplex et Chambon pouffèrent de concert. Un tressaillement de surprise agita les sourcils blancs et broussailleux de Woodcock, qui finit par sourire. Encouragé par ses effets, La Mare but une gorgée de champagne et poursuivit :

— La Madone fournissait en réalité l'occasion aux deux rivaux de mettre fin à d'anciennes querelles. Ivres morts, ils décidèrent donc de s'affronter – ce à quoi Duplex et moi-même les encourageâmes séance tenante. Notre hôte, élu arbitre de la joute, en dicta également les règles. Rebachet et Tellier se battraient à l'ancienne et au premier sang. On les harnacha de deux des armures médiévales qu'Armand conserve dans sa cave, on les arma, et tout le monde sortit dans le jardin pour assister au spectacle.

— Rebachet choisit une hache quelque peu émoussée et Tellier se rabattit sur la masse d'arme, se souvint Duplex.

— Oui, et ils avaient chacun un bouclier. Quel grand fracas ce fut, et quels sommets d'hilarité, quand ils se lancèrent l'un contre l'autre, aussi gauches que des enfants apprenant à marcher ! Songez, trente kilos d'armure ! Armand et moi riions tellement que nous avions du mal à les aider à se relever quand ils chutaient. Rebachet, hérault de la Sainte Vierge, jurait comme un cochon !

— Combien de temps cette comédie a-t-elle duré ? demanda Woodcock.

— Cinq bonnes minutes. Ce féroce affrontement prit fin quand Rebachet réussit par un heureux hasard à blesser Tellier, lui amputant deux doigts d'un coup sec. Lui-même n'en fut quitte qu'avec quelques côtes brisées.

— À ce que je comprends, il règne dans votre loge une discipline des plus rigoureuses, intervint frère Perdurabo, sur un ton dont l'accent britannique décupla l'ironie. Je comprends mieux à présent les conditions qui ont permis à votre confrère – dont le nom m'échappe – de s'accaparer aussi facilement les biens de M. Woodcock. Au vu de ce dilettantisme, je dois avouer qu'à sa place j'aurais été tenté d'en faire autant.

Ces mots firent l'effet d'une rafale de vent polaire. La Mare et Chambon se raidirent, Duplex haussa un sourcil et Woodcock devint soudain sérieux.

— Allons, Crowley, dit le tycoon américain en s'adressant à Perdurabo, nous allons le retrouver, ce tableau. C'est pour cela que je vous emploie. Et je suis sûr qu'Armand et M. La Mare vous fourniront toute l'aide dont vous aurez besoin. N'est-ce pas ?

— Cela va de soi, dit Duplex d'un ton dégagé.

— Je préférerais m'en charger seul. Je vais réserver à votre confrère un traitement qui servira d'exemple, trancha Perdurabo.

— Lambert, dit Duplex, Gustave Lambert. Inutile de vous dire que ce parjure, qui a disparu, a été banni de notre Loge.

— « Disparu » ? Dites plutôt que La Mare ici présent, qui s'attribue le titre de « thaumaturge », n'a pas réussi à percer les sortilèges par lesquels ce Lambert s'est volatilisé. Non, mieux vaut agir seul qu'entouré d'incompétents.

La Mare se figea et grinça des dents comme si une longue aiguille venait de lui être enfilée dans la gorge.

— Allons, allons, dit Woodcock. Vous-même, Crowley, avez tenu à garder Arthur Parks à votre service en partant pour les États-Unis. Lui aussi nous a trahis, et pour les mêmes raisons, même s'il n'est probablement pas de mèche avec Lambert. Vous voyez, tout le monde peut se tromper.

— Parks aussi, j'en fais mon affaire.

— Monsieur, dit La Mare, ces propos confirment toutes les rumeurs qui circulent sur votre exécrable réputation.

— Monsieur, dois-je comprendre que votre opinion se rallie à celle des faibles et des médiocres ?

— Si vous le désirez, nous pouvons régler cette question sans attendre. Armand ne verra pas d'objection à ce que nous ressortions les armes dont Rebachet et Tellier se sont servis.

— J'ai pour coutume de régler ce genre de différend avec des moyens à la fois plus nobles et plus radicaux, mon cher.

— Ne me poussez pas à bout, Perdurabo – ou Crowley, ou quel que soit le nom dont vous préférez vous affubler. Il pourrait vous en cuire.

— Un duel entre sorciers, voilà qui serait diablement intéressant, intervint Duplex. J'ouvrirais immédiatement les paris si nous n'avions pas un problème commun à résoudre et, pour le présent, une question plus urgente à régler. Mademoiselle Paradis, je crois savoir que vous avez certains documents à nous remettre.

— En effet, acquiesça Éléonore, qui avait observé la scène avec un secret amusement.

— Voulez-vous que nous allions dans mon bureau, où nous serons plus au calme ?

— Ce ne sera pas nécessaire, dit Éléonore en tirant deux enveloppes de son sac à main.

Elles portaient les noms d'Armand Duplex et de Joséphin de La Mare calligraphiés à l'encre rouge.

— Excellent, excellent, exulta Duplex en recevant son pli. Vous remercierez M. Lialo pour cette invitation et lui direz que nous avons hâte de faire sa connaissance, au Symposion ou même avant. Mon salon lui est ouvert à tout moment – tout comme à vous, ma chère.

La Mare tenait son enveloppe d'une main tremblante. La rage qui l'animait quelques instants auparavant avait cédé le pas à une jubilation tout aussi mal contenue. L'honneur insigne dont il venait d'être gratifié valait toutes les revanches sur son rival. Le poète-thaumaturge lança à Perdurabo un regard plein de fierté et de défi auquel l'autre sorcier, près d'un Woodcock à l'air dépité, opposa un rictus acide.

— La date du Symposion n'a pas encore été fixée, elle vous sera communiquée en temps utile, précisa Mérie-Éléonore. M. Lialo n'a rien d'autre à vous transmettre, à part la vive recommandation d'être prêts le moment venu.

— J'imagine que si vous ne nous avez rien remis, à Crowley et à moi, c'est que M. Lialo est déjà au courant du vol dont j'ai fait les frais, dit Woodcock en mâchouillant nerveusement son cigare éteint.

— Sans doute. Peu de choses lui échappent.

— Peut-être pourriez-vous lui dire, en lui transmettant mes plus plates excuses, que d'une façon ou d'une autre nous récupérerons le chef-d'œuvre que j'ai promis d'exhiber au Symposion ?

— Je n'y manquerai pas, même s'il doit déjà être au courant de cela aussi, répondit Mérie avec un sourire qui dérida le visage du milliardaire.

— Bram Woodcock n'a qu'une parole, et Crowley, qui est grassement payé, fera l'impossible pour l'honorer – n'est-ce pas, Crowley ? dit l'Américain en levant un sourcil vers Perdurabo, qui fit mine de ne pas entendre.

Soudain, une voix alarmée retentit dans le salon.

— Madame Jennings ! Madame Jennings !

Le clavecin se tut, le silence se fit et toutes les têtes se tournèrent comme une seule vers le centre du salon, où Lehouellec se tenait debout, penché sur Mme Isidora, dont la tête était renversée sur le dossier du canapé.

— Duplex ! Apportez des sels ! Elle fait un malaise ! Vite ! s'écria l'armateur breton en tapotant la main chargée de bagues de la grosse dame.

— Encore ! s'exclama Woodcock en suivant le mouvement des hôtes qui convergeaient autour de la souffrante. C'est la troisième fois depuis que nous sommes à Paris !

La médium avait les yeux fermés, des gémissements gutturaux s'échappaient de sa bouche grande ouverte. Une respiration haletante secouait son imposante poitrine et des perles de sueur striaient son fard de sillons. Transie de peur dans son fauteuil, Mme Lehouellec ne pouvait détacher de ce spectacle ses petits yeux exorbités.

— Des sels, Duplex ! insista Lehouellec.

— Non, non, ça ne servira à rien, dit Woodcock sans cacher son agacement. Tranquillisez-vous, vous savez bien qu'elle est médium.

— Elle est entrée en transe ? demanda La Mare.

Quand les paupières de Mme Isidora s'ouvrirent, laissant voir le blanc de ses yeux révulsés, il y eut un sursaut général. Ladoux et les sœurs Dumouroir émirent un petit cri.

— C'est la proximité du front, vous comprenez. Toute cette souffrance, tous ces morts… Je savais que je prenais des risques en l'amenant aussi près des zones de combat. Elle attire les spectres du plan astral aussi facilement qu'un pot de miel attire les mouches.

Isidora fut soudain prise de convulsions qui firent trembler sa chair flasque sous sa robe à fleurs. Elle saisit son collier de grosses perles comme pour se l'arracher et, ouvrant grand la bouche comme si une main invisible la forçait de l'intérieur, émit des borborygmes semblables à des gargouillements d'égout. À l'instar de Lehouellec, qui lâcha la médium, tous les hôtes eurent un mouvement de recul. Seul Crowley-Perdurabo, imperturbable, observait d'un air concentré le corps agité de spasmes. Éléonore, qui continuait à ne rien laisser paraître de ses émotions, se demanda si le moment n'était pas venu de s'éclipser.

— N'ayez crainte, ça ne devrait pas durer ! dit Woodcock d'une forte voix pour tranquilliser les présents. Enfin, espérons-le. Sa crise d'hier soir, au restaurant, a duré près d'une demi-heure. Crowley et moi avons eu le temps de finir le fromage et de nous resservir du dessert avant qu'elle ne reprenne ses esprits – dans le fumoir, où on l'avait isolée. Mais le restaurant s'était vidé entre-temps.

— Oui, je le sens moi aussi, ce bouillonnement de l'éther. Seul un novice y serait insensible – n'est-ce pas, La Mare ? lança Crowley au poète-thaumaturge qui essayait d'imiter la contenance du mage anglais. Par ailleurs, je reconnais cette langue, pas vous ?

— Une langue, ces râles horribles ? hésita La Mare.

Crowley eut un ricanement sardonique.

— La langue de l'abîme.

Soudain, les becs de gaz de la pièce émirent un sifflement à crever les tympans et l'intensité des flammes diminua, plongeant le salon dans la pénombre. Un gargouillement plus puissant que les autres jaillit de la gorge d'Isidora, dont les membres se tendirent brutalement, envoyant rouler sur le parquet les perles du collier qui avait fini par céder. Les sœurs Dumouroir poussèrent de nouveaux cris aigus, auxquels s'ajoutèrent ceux de Chambon et de Ladoux, qui ponctua le sien d'un sonore « Nom de Dieu ! ». Par réflexe, Britton chercha à sa ceinture le pistolet qu'il avait laissé à son hôtel. Duplex et Mérie, serrés l'un contre l'autre, virent Lehouellec et sa femme s'enfuir du salon à la suite du claveciniste, premier à décamper. Seuls Crowley, Woodcock et La Mare étaient restés près du canapé.

— Que se passe-t-il, Crowley ? demanda Woodcock. Cette fois ça a l'air sérieux.

— Un spectre essaye de se frayer un passage à travers elle. C'est une sorte d'accouchement.

— Peut-on faire quelque chose ?

Les sifflements des becs de gaz se firent encore plus stridents, couvrant les voix, et les murs du salon se mirent à vibrer. Woodcock et La Mare rentrèrent la tête dans les épaules, les dents serrées, mais cela ne parut pas troubler Crowley, qui observait Isidora avec le calme et la concentration d'un médecin au chevet d'une patiente.

— Une idée, La Mare ? demanda l'Anglais au poète-thaumaturge tétanisé, qui lui répondit par un regard rempli d'effroi. Non ? Personnellement, je crois qu'il est trop tard pour faire quoi que ce soit. Il fallait s'y prendre avant.

Le phénomène qui se produisit alors déclencha une nouvelle vague d'épouvante. Une mince fissure de lumière bleuâtre apparut au beau milieu des airs devant la cheminée, à mi-hauteur entre le sol et le plafond, comme si l'espace à cet endroit avait été incisé par un scalpel. Les bords de la fente s'écartèrent et une forme surgit hors de la béance lumineuse – un soldat, dont les godillots ne firent aucun bruit quand ils heurtèrent le parquet du salon.

Dans la panique qui s'ensuivit, personne n'eut le temps de détailler cette silhouette éthérée qui semblait faite de la même substance bleuâtre et brillante que le passage par lequel elle était apparue. Dans son uniforme miteux – non pas de poilu ni de zouave, mais de grognard –, ce spectre avait tout d'un cadavre exhumé d'un charnier. Il empoignait un long fusil muni d'une baïonnette qu'il brandit en poussant un formidable cri de guerre.

Enjambant les corps des sœurs Dumouroir évanouies, Duplex décampa de la maison en poussant Mérie-Éléonore devant lui – Chambon, Ladoux et le colonel Britton à leur suite. Crowley, La Mare et Woodcock se retrouvèrent seuls dans la pièce face à l'apparition, près d'Isidora, qu'aucune convulsion n'agitait plus.

— Crowley ! Faites quelque chose ! hurla Woodcock, plus furieux qu'intimidé.

La Mare, pétrifié, ne pouvait détacher les yeux des orbites noires et vides du spectre dont les traits de momie exprimaient une haine indicible. Une partie de son bonnet à poils avait été tranchée comme par un coup de sabre et des bouts d'intestin pourris pendaient de son bas-ventre, se mêlant aux lambeaux et aux buffleteries de son uniforme. Crowley observait ce revenant de la Grande Armée napoléonienne aussi calmement que s'il était apparu sur un écran de cinéma.

— Vengeance ! hurla le spectre d'une voix sépulcrale en épaulant son arme pour tirer sur Woodcock, qui s'aplatit en catastrophe au pied du canapé.

— Rassurez-vous, cria Crowley, ce genre de fusil n'a qu'une balle !

Le spectre poussa un nouveau cri et chargea La Mare baïonnette en avant. Le poète-thaumaturge tenta la fuite, mais ses pieds mystérieusement cloués au sol ne lui permirent d'effectuer qu'un demi-tour avant d'être transpercé de part en part.

— Allons bon, voilà qui est fâcheux ! s'exclama Crowley. Se faire empaler par un spectre de grenadier, n'est-ce pas embarrassant pour un mage de votre envergure ?

Bien qu'aucune trace de sang ne tachât l'endroit où la baïonnette ectoplasmique ressortait de sa poitrine, La Mare, immobilisé par une force invisible, paraissait réellement atteint. Derrière lui, le spectre, figé dans la position du piquier clouant sa proie, émettait des grognements de jouissance.

— Crowley… allez… au diable…, articula avec peine le poète-thaumaturge.

Crowley s'approcha et mit sa bouche à quelques centimètres de son oreille.

— Sachez que tout cela aurait pu être évité. Il suffisait de protéger la demeure de Duplex contre ce genre d'intrusion avec les sortilèges adéquats.

Les traits stupéfiés de La Mare – les joues, les tempes, les orbites – commencèrent à se creuser, comme si le spectre en suçait la substance vitale au moyen de son arme éthérée.

— Les grimoires de notre art regorgent de techniques très efficaces. Encore faut-il savoir les mettre en pratique – mais croyez-moi, ce n'est pas sorcier !

— À… l'aide…

— Ensuite, vous auriez pu vous protéger vous-même avec un objet de ce type, dit Crowley en sortant de sous le col de sa chemise une amulette au pendentif gravé de signes ésotériques. Vivant aussi près des affrontements les plus sanglants de tous les temps, je m'étonne que vous osiez mettre le nez dehors sans prendre cette précaution.

— Vite…, gémit La Mare, dont le visage commençait à se friper.

Il avait pris dix ans et perdu plusieurs kilos en quelques secondes.

— Si vous aviez su à quel point l'éther est saturé de ces spectres, créés ou revigorés par la guerre, vous vous seriez prémuni, dit Crowley en fronçant les sourcils, comme s'il grondait un enfant. D'où sort celui-ci ? Waterloo ? Austerlitz ?

La Mare, dont la tête ressemblait maintenant à un gros raisin sec, roula des yeux implorants vers l'Anglais.

— Allez, Crowley ! Ça suffit ! Débarrassez-nous de cette chose ! cria Woodcock, abrité derrière le canapé.

Crowley soupira, se concentra un instant, puis enchaîna d'amples gestes scandés de formules gutturales en langue de l'abîme.

Le grognard tourna la tête vers le sorcier, ses traits cadavéreux empreints d'étonnement, et se volatilisa comme une bouffée de pipe. La Mare s'écroula avec un bruit sourd sur le parquet. Woodcock sortit de sa cachette et se précipita au côté de la voyante.

— Dieu merci, elle respire encore. Et lui ? Est-il mort ?

Crowley se pencha et souleva par les cheveux la tête du poète, qui émit un faible râle.

— Non, il s'en remettra. Ça lui servira de leçon.

8.

Deux jours durant, alors que des milliers d'âmes étaient quotidiennement fauchées sur les différents fronts d'Europe, de la mer du Nord à l'Adriatique et de la Baltique aux Carpates, Aimé Grandin s'occupa d'enterrer un seul homme.

Ce ne fut pas une mince affaire. Aux affres du deuil, qui lui ôtaient le sommeil et le plongeaient dans un état d'hébétude, s'ajoutaient les tracas dont s'accompagne ce genre de besogne. Heureusement, Bonpoint, qui s'était proposé d'arranger et de financer les funérailles, ne lui avait pas fait défaut. Le soir même de leur rencontre, Aimé avait reçu chez lui une lettre de la société Dufoy & Martin, entreprise de pompes funèbres, l'invitant à leur rendre visite le lendemain, place de Clichy, moyennant quoi les obsèques pourraient avoir lieu dès le surlendemain, au Père-Lachaise, à midi, ce qui par un heureux hasard correspondait à ses prévisions.

Ce ne fut que la première et la moins éreintante des corvées dont il dut s'acquitter. Après ce rendez-vous, il passa plusieurs heures dans la salle d'attente de la mairie du 5e arrondissement – prise d'assaut par des foules de réfugiés et de mutilés de guerre – pour obtenir un certificat de décès. La journée se poursuivit par une entrevue fastidieuse au Crédit lyonnais avec le banquier de Géo Grandin, qui lui apprit que la dette du peintre auprès de son seul institut se montait à plus de cent mille francs. Le lendemain, après une nouvelle nuit hantée par le visage pierreux de son oncle, il pédala jusqu'aux puces de Saint-Ouen en quête d'une tenue à la fois chic et bon marché pour habiller le mort, tenue qu'il dut ensuite apporter à l'Hôtel-Dieu, où la dépouille avait été transférée, en se maudissant sur le trajet de n'avoir pas pensé à ce détail avant que la police n'eût scellé la maison.

Le soir, il se mit en devoir de faire le tour des cafés et restaurants que fréquentait Géo pour communiquer le décès ainsi que le lieu et l'heure des funérailles aux tenanciers ou à d'éventuels amis. Comptant sur Modi pour faire circuler la nouvelle à Montmartre et à Montparnasse, Aimé se concentra sur les établissements du quartier de l'Opéra, comme le Café napolitain et le Cadet-Roussel de la rue Caumartin, le Maxim's rue Royale ou le Cintra, place Édouard-VII, une plaque tournante du trafic de cocaïne et de bijoux ainsi qu'un lieu de rencontre pour homosexuels. Viktor Tombo se chargerait de l'Hypnos, sur l'île de la Cité, où, de toute façon, Aimé n'avait aucune chance d'entrer.

Les condoléances et les expressions de sympathie qu'Aimé récoltait étaient souvent lourdes de non-dits, comme si l'on eût voulu le dissuader de faire grand cas de sa perte en des temps si terribles pour tous. Mourir en 1917, la belle affaire ! Vivre, voilà qui était difficile. Tomber raide mort au coin d'une rue était un sort que plus d'un poilu eût brigué. Chacun y allait de son anecdote de parents ou d'amis morts au front ou à l'arrière depuis le début du conflit, comme pour faire confluer la peine d'Aimé et la leur dans la grande marée d'affliction qui submergeait le pays.

Cette bienveillance maladroite avait pour effet d'accabler plus encore Aimé, car, pensait-il, c'était par de tels artifices que la propagande s'efforçait de faire passer la guerre pour un mal moralement nécessaire. De plus, il n'y avait rien de collectif dans son chagrin et, à ses yeux, la vie de son oncle valait celle de n'importe quel zouave. Au hasard de ses trajets à vélo, nombreux étaient les lieux qui faisaient ressurgir de sa mémoire des souvenirs enfouis. La terrasse d'un café rue de Rome, où Grandin, à sa demande, lui avait fait goûter de l'absinthe – quel âge pouvait-il avoir ? douze ans ? –, une seule gorgée qui provoqua sur-le-champ de puissants vomissements, suscitant le dégoût des autres clients et, chez Aimé, une aversion viscérale et définitive pour la Fée verte. En passant devant un magasin de fournitures artistiques rue du Quatre-Septembre, il se remémora les nombreuses fois où son oncle l'y avait envoyé acheter du matériel, sachant pertinemment qu'il aurait carotté quelques sous sur la monnaie. En remontant l'avenue de l'Opéra, la splendeur néoclassique du palais Garnier lui évoquait les spectacles auxquels Grandin l'avait parfois amené, lui faisant revivre un peu de l'émerveillement qu'enfant il éprouvait dans ces vastes espaces feutrés, ornés de somptueuses moulures dorées, de plafonds peints et de lustres scintillants, où une foule de messieurs et de dames aux allures princières évoluait dans une atmosphère de carnaval guindé – pour ne rien dire de son éblouissement devant les œuvres dont les décors, les costumes et les voix surhumaines semblaient tout droit sortis des songes d'un magicien.

Au travail de sape que le deuil opérait en lui s'ajoutaient d'autres soucis. Géo Grandin avait-il été assassiné ? Était-il réellement mêlé à un trafic de faux tableaux ? Les révélations de l'inspecteur Blanchard laissaient peu de place au doute, mais ces questions ne cessaient de le tarauder. Quant à la prétendue pétrification de la dépouille, Aimé ne pouvait que s'étonner de cette nouvelle insolite en attendant que l'enquête de la police fournisse quelque autre explication qui, même incomplète ou farfelue, aurait peut-être chassé de son esprit la face crayeuse du mort qui continuait de le hanter.

Le jour des funérailles arriva. Peu avant l'aube, après une nouvelle nuit agitée, un sommeil profond et sans rêves s'était emparé d'Aimé, qui rouvrit les yeux sur le coup de huit heures, réveillé par les rayons d'un soleil éblouissant.

La boule d'angoisse qui depuis trois jours faisait la navette entre sa gorge et son estomac avait disparu. Son esprit harassé par des tourbillons d'idées confuses et de questions sans réponses était étrangement vide, comme si ce moment d'inconscience avait crevé quelque abcès intérieur, laissant tensions, tracas et autres ichors existentiels libres de s'écouler hors de lui.

Il se leva, attentif à ne pas troubler cette tranquillité mystérieusement recouvrée. Bien que cotonneux, ses membres n'avaient aucun poids, et les douleurs à l'aine et aux reins dues à ses longs trajets à vélo avaient entièrement disparu.

Sans se presser, il fit sa toilette et passa les vêtements exhumés la veille du fond de la grosse malle qui lui servait de garde-robe. Des chaussettes grises maintenues par des fixe-chaussettes usés, un pantalon anthracite neuf mais un peu court, une chemise blanche, des chaussures en cuir noires à bouts carrés et une cravate ficelle de la même couleur. Enfin, il enfila la veste assortie au pantalon, un peu étroite aux entournures, se coiffa de sa casquette et sortit.

La rue était très animée et il commençait à faire chaud. Ne voulant parler à personne ni se faire questionner sur son accoutrement, il fit un détour pour éviter de passer devant son bar habituel, remonta le boulevard de la Villette et alla se faire raser chez Marzocchi, un barbier italien qu'il fréquentait peu en raison de ses prix et qui fredonnait des airs d'opéra en jouant du coupe-chou.

Aimé flottait encore dans un état d'hébétude quand, fraîchement rasé, après trois quarts d'heure de transports en commun, il se présenta à la chambre mortuaire de l'Hôtel-Dieu. L'employé qui l'y accueillit se renfrogna lorsqu'il refusa platement de se recueillir une dernière fois près du défunt, dédaignant par là même de rendre honneur au travail des préparateurs.

On procéda donc sans attendre au chargement du cercueil sur le corbillard, une vieille voiture noire à baldaquin, attelée à un unique cheval recouvert d'une grande pièce d'étoffe sombre. La voiture semblait presque aussi vieille que son cocher, un sexagénaire voûté au gibus noir qui fumait patiemment la pipe en attendant que les porteurs eussent terminé d'arrimer la bière. Dès qu'Aimé, qui soupçonna Bonpoint d'avoir demandé à l'entreprise funéraire de n'engager qu'un minimum de frais, eut pris place près du cocher, la voiture s'ébranla en grinçant, et s'engagea dans la circulation parisienne à l'allure d'un gastéropode.

C'était la première fois qu'Aimé voyait Paris depuis un corbillard. Malgré son aspect modeste, la voiture dégageait une certaine aura. Là où un autre véhicule aussi lent se serait exposé à un déluge de jurons, celui-là cousait les bouches, comme si le silence du mort se propageait à l'entour. À son passage, les piétons se signaient ou se détournaient d'un air sombre, mais au bout d'un moment, alors qu'ils approchaient de la Bastille par les quais, Aimé remarqua que certains passants souriaient en suivant des yeux l'arrière de la voiture. Intrigué, il se retourna et découvrit qu'un gros chien à robe fauve s'était mis à leur suite en trottinant sur la chaussée.

— C'est votre chien ?

— Non, bien sûr que non, répondit le cocher d'une voix grasseyante. Ça arrive, parfois, qu'un chien suive ma voiture. Rarement, mais ça arrive.

— Par les temps qui courent, les chiens errants pullulent dans la ville.

— C'est l'odeur qui les attire, qu'ils disent, mes collègues, ajouta le cocher sans craindre de heurter la sensibilité ni les sentiments d'Aimé, qui ne s'en formalisa pas. Ils ont un odorat beaucoup plus fin que le nôtre, alors, vous comprenez…

— Je vois.

— Mais je ne suis pas de cette idée. Croyez-moi, ces bêtes ont un instinct encore plus fin que leur pif. Ils sont là pour s'assurer que tout se passe bien.

— Qu'est-ce qui vous fait dire ça ?

— C'est mon pif à moi qui me le dit – quarante ans de métier ! Et je n'ai pas fait que turbiner pour peau de balle chez Dufoy & Martin. Je crois qu'il y a un lien spécial entre les corbillards et les chiens. C'est un peu comme les dauphins ou les albatros qui suivent les bateaux des pêcheurs.

— Ils portent chance, c'est ça ?

— C'est ça. Ou plutôt, je dirais qu'ils empêchent la guigne de s'abattre – sur moi, qui conduis le corbillard, et sur le mort une fois que ses os seront sous terre. Le dieu des Morts égyptien avait une tête de chien, vous le saviez ?

Cette dernière réflexion laissa Aimé songeur. Sur la place de la Bastille, il se retourna de nouveau. L'animal était encore dans leur sillage, indifférent à la ronde bruyante des autos et des hippomobiles autour de la colonne de Juillet. La langue pendante, il remuait sa longue queue et ses lèvres étirées évoquaient une sorte de sourire. Vu de loin, on eût dit un croisement de berger allemand et de quelque bâtard. Si c'était un chien errant, il l'était depuis peu, car il n'avait l'air ni maigre, ni sale, ni galeux.

— C'est votre père, dans le cercueil ? demanda le cocher comme ils s'engageaient dans la rue de la Roquette, qui menait droit au Père-Lachaise.

— Mon oncle.

— Je n'avais pas l'intention de faire la causette, mais puisqu'on est lancés je vais vous raconter une chose qui m'est arrivée il y a bien longtemps. C'était à mes débuts dans ce travail, à la fin des années soixante-dix.

L'homme narra alors à Aimé comment lors des funérailles d'untel, riche avocat, un chien sorti de nulle part s'était mis à aboyer furieusement après le corbillard, se lançant même entre les jambes des chevaux pour empêcher l'avancée du cortège, si bien qu'on avait dû s'arrêter pour chasser la bête. C'est alors qu'on avait entendu des coups sourds provenant du cercueil.

— Je vous le donne en mille : le bonhomme était encore vivant, et le chien l'avait senti ! Mais, ironie du sort, le cœur de son épouse n'a pas résisté à l'émotion, et l'avocat lui-même en est mort pour de bon dix jours après. C'est moi qui les ai conduits tous les deux au cimetière.

— Les chiens ne sont pas censés porter chance ?

— Bah, moi je suis vivant, non ?

Ils arrivèrent enfin à l'entrée du Père-Lachaise, où une trentaine de personnes, dont certaines étaient munies de fleurs, les attendaient sur le trottoir près du portail principal. De loin, Aimé avisa Modi au côté de Max Jacob et reconnut la silhouette de Viktor Tombo.

Le corbillard s'arrêta près du rassemblement, Aimé descendit de la voiture et on se pressa sobrement autour de lui pour l'embrasser ou lui serrer la main, chacun y allant de ses condoléances. Aimé, cependant, continuait de flotter dans un état vaporeux. Le bouche-à-oreille avait dû fonctionner, car hormis quelques-uns qu'il avait rencontrés chez son oncle – comme Berthe Weill, Suzanne Valadon ou Maurice Utrillo, que Grandin fréquentait à la grande époque de la Butte –, bon nombre des présents lui étaient inconnus. Modi, qui tenait un bouquet de chrysanthèmes et un petit paquet sous le bras, et qui avait sans doute emprunté sa veste, sa cravate et ses souliers cirés à Jacob, l'embrassa en dernier.

Un taxi automobile s'arrêta à proximité pour déposer une jeune femme vêtue de gris et au chapeau noir à large bord qui vint à sa rencontre. Aimé sentit son cœur accélérer quand il reconnut Mérie.

— J'ai eu ton mot, lui dit-elle après une longue étreinte. Tu sais, j'ai déménagé. Mais je suis repassée par mon ancien chez-moi en espérant que tu aurais laissé des indications.

— Je suis content que tu aies pu venir.

Ils furent interrompus par un employé du cimetière qui les informa qu'un autre cortège funèbre allait bientôt arriver par le boulevard de Ménilmontant. Il fallait dégager l'entrée. Le corbillard se remit donc en mouvement et passa le grand portail avec Aimé, Mérie et tous les amis de Géo Grandin à sa suite.

La dernière fois qu'Aimé avait mis les pieds au Père-Lachaise remontait à une dizaine d'années, à l'occasion d'une promenade dominicale avec l'homme qu'il accompagnait maintenant à sa dernière demeure. À l'époque, il s'était étonné que l'on pût visiter un cimetière pour le plaisir, mais son imagination d'enfant avait vite cédé au charme gothique de l'endroit, à ses mille recoins mystérieux et aux histoires de fantômes que lui racontait son oncle tout en le menant d'une tombe célèbre à une autre. Les réflexions de Géo près du tombeau de Balzac l'avaient marqué. Le peintre, qui reprenait le romancier, avait ironisé sur l'organisation du cimetière comme une petite ville – avec ses rues, ses monuments, ses fonctionnaires, ses hôtels – qu'il tenait pour un symbole des plus sûrs de la vanité humaine. Aimé, qui n'avait pas saisi la portée de la comparaison, s'était imaginé la vie des morts – qui sortaient de leur sépulture à la nuit tombée – comme une version à la fois lugubre et joyeuse de celle des vivants. À présent, même si la tombe du peintre se trouvait assez loin du secteur dédié aux artistes, Grandin et Balzac allaient pouvoir discuter de tout cela après la fermeture.

Le corbillard s'arrêta à l'angle de l'avenue circulaire et de l'allée Charles-Hautoy, à la hauteur de la division 58. Là, entre deux petits caveaux familiaux de style classique, à l'ombre d'un érable, quatre fossoyeurs en bras de chemise attendaient près d'une tombe ouverte dont la stèle, faite du même marbre blanc veiné de gris que la margelle, indiquait en lettres majuscules le nom et les dates du défunt : GÉO CHARLES AMÉDÉE GRANDIN, 1867-1917.

Tandis que les présents se disposaient tout autour de la sépulture, les manœuvres descendirent la bière dans la fosse. Géo Grandin étant athée, l'intervention d'un prêtre ou d'un diacre n'était pas prévue. L'inhumation était supervisée par un employé de Dufoy & Martin, qui invita les personnes munies de fleurs à jeter leur bouquet dans le tombeau, l'une après l'autre.

Ce rituel solennel fut interrompu par un grand raffut. À une cinquantaine de mètres de là, un chien avait agrippé le bas du pantalon d'un homme qu'il semblait vouloir tirer au milieu de l'avenue circulaire, en émettant des grognements féroces. Aimé, qui reconnut la bête à poil fauve qui avait accompagné le corbillard depuis l'Hôtel-Dieu, trouva étrange que l'homme – un gaillard trapu au complet marron, coiffé d'un chapeau mou d'où dépassaient des favoris roux – n'appelât pas à l'aide bien qu'il fût en difficulté. La lutte dura quelques secondes avant qu'un vieil employé du cimetière ne surgisse de la division 59 pour chasser l'animal à coups de pelle. À l'instar du chien qui décampa entre les tombes, l'homme aux favoris tourna les talons et s'éloigna d'un pas rapide, la tête rentrée dans les épaules, sans un mot de remerciement pour son sauveur.

Si l'incident ne suscita aucun commentaire parmi les présents, qui reprirent le cérémonial, Aimé, de son côté, ne put s'empêcher de repenser à l'histoire du cocher et se demanda si cela ne présageait pas quelque événement insolite. Jusqu'à ce que les fossoyeurs eussent scellé la sépulture avec sa dalle de marbre, il s'attendait à entendre Géo revenu d'entre les morts frapper contre le couvercle du cercueil. Son diable d'oncle en eût été capable.

Après l'enterrement, on se sépara à l'entrée du cimetière, convenant que tout s'était correctement passé, que « c'était bien ». À l'initiative de Modi, Aimé et ses amis les plus proches – Max Jacob, Maurice Utrillo, Viktor Tombo, Suzanne Valadon et Mérie – décidèrent d'aller manger un morceau. Sous le soleil de midi, le petit groupe descendit la rue de la Roquette et s'arrêta à la terrasse d'une petite gargote, L'Oiseau de bonheur, où le serveur rapprocha trois guéridons pour former une seule tablée. On décida à l'unanimité – moins Tombo, qui ne déjeunait pas – de commander le plat du jour pour tout le monde : des pieds de porc aux haricots accompagnés de vin rouge, de pain noir et de cornichons.

— Quelle chaleur il fait aujourd'hui ! dit Suzanne en s'éventant avec le menu en carton que personne n'avait consulté. On pourrait demander au garçon de nous ouvrir un parasol ?

— Si t'es gentille, il te fera aussi du vent avec son tablier, dit Modi.

— Il n'y a qu'à patienter un peu, le temps est en train de changer, dit Max en levant les yeux vers les nuages de chaleur qui empiétaient lentement sur la bande de ciel bleu entre les toits.

— Et puis tout ce noir, ça tient chaud ! Regardez-nous, on dirait une famille de corbeaux perchés sur une branche, reprit Suzanne, suscitant les rires de la tablée et même, fait extraordinaire, le sourire de Tombo, qui attira l'attention de la femme peintre.

— On n'a jamais vu de corbeaux suer autant, dit Modi en tombant la veste.

— Modi, présente-moi au monsieur au lieu de dire des âneries.

— Quoi, tu ne connais pas Viktor ? Eh bien, voilà, Viktor Tombo, le plus grand magicien du monde. Viktor, j'ai le plaisir de te présenter Suzanne Valadon, le peintre le plus doué de notre époque – après moi, bien entendu. Mais elle a bien plus de talent que son vaurien de fils, Maurice, ici présent.

— C'est vrai, vous êtes magicien ? Voilà qui est passionnant. Vous savez, dans ma jeunesse, j'ai moi aussi travaillé dans le monde du spectacle. J'ai été acrobate de cirque pour un temps. Où vous produisez-vous ?

— En ce moment, nulle part, mentit Viktor d'une voix timide. Mais j'ai fait des tournées un peu partout.

Mérie, qui tenait la main d'un Aimé coi sous le guéridon devant lequel ils étaient assis côte à côte, posa sur Viktor un regard fasciné.

— Pardon – maintenant, ça me revient, reprit Suzanne. Vous êtes d'origine polonaise, n'est-ce pas ? Géo m'avait parlé d'un ami prestidigitateur qui était aussi un grand joueur d'échecs. Tellement fort, en fait, qu'il le soupçonnait d'escamoter les pièces sous son nez pour gagner les parties !

Viktor sourit à nouveau et hocha la tête. Effectivement, un soir, il avait joué ce mauvais tour à Grandin, juste pour le faire tourner en bourrique.

— Il racontait tellement d'histoires, le Géo ! À l'en croire, il lui était tout arrivé – de quoi remplir trois vies ! Impossible de démêler le vrai du faux.

On commença à parler du défunt qui, de l'avis général, versait parfois dans la mythomanie. Suzanne évoqua leur première rencontre. C'était dans les années 1880, Maurice venait de naître, et elle se faisait un peu d'argent en posant pour les peintres, les petits comme les plus grands. C'était elle qui avait présenté Grandin à Lautrec et à Renoir, avec lequel il se brouilla à l'occasion de sa première exposition de copies où figurait une reproduction d'une toile du maître, que Géo appelait « le Grand Renard ». Max Jacob partagea des souvenirs du Bateau-Lavoir, à l'époque où Grandin, qui était déjà affirmé dans sa profession, offrait régulièrement des dîners. Ces « grandes bouffes » commençaient toujours en comité restreint chez la mère Adèle ou le père Bouscarat, place du Tertre, et finissaient souvent par prendre les proportions de petites fêtes ouvertes à tout le quartier. Mais les réjouissances tournaient parfois en rixe, car elles attiraient tous les pochards et les loubards des environs. C'était à la suite d'une telle bagarre où il avait pris quelques gnons que Picasso, alors nouveau à Montmartre, avait acheté un petit revolver dont il avait mis longtemps à se séparer. Grandin prenait toujours une chambre à l'hôtel du Poirier, en face du Bateau-Lavoir, où il s'effondrait après ses nuits de débauche. Aimé, qui alors était trop jeune pour participer à ces bacchanales, se souvenait très bien de la faune du Bateau-Lavoir où il l'avait parfois amené. C'était là que Modi, pour la première fois, avait joué avec lui.

Les pieds de porc arrivèrent avec trois cruchons de rouge. On commença à manger et le silence se fit autour des guéridons. Tombo, dont le regard s'était arrêté sur le profil de Mérie, se servit un verre de vin et s'alluma une cigarette.

— Et l'Espingouin, il est où ? finit par demander Modi, la bouche pleine. Toujours collé à son Russe ? Dagoleff ?

— Diaghilev, corrigea Max. Oui, il est à Barcelone avec Olga. Je dois lui envoyer un mot pour lui apprendre la mort de notre ami.

— Bah, ça peut attendre. D'autant plus qu'ils ne se fréquentaient plus depuis un certain temps. Je crois que Pablo se méfiait de lui.

— Pourquoi tu dis ça ? s'étonna Suzanne.

— Ce n'est pas un secret. On sait bien que Géo était du genre grande gueule, et quand ces deux-là parlaient de peinture ça finissait toujours en brouille. Géo n'aimait pas les toiles de Pablo et Pablo reprochait à Géo son manque d'imagination. Un jour, Pablo lui a demandé pourquoi il ne peignait pas ses propres toiles, au lieu de critiquer et de copier celles des autres – et vous savez ce que Géo a fait ? (Modi marqua une pause pour faire monter le suspense.) Il a pris le revers de sa veste entre le pouce et l'index, comme ça, comme pour dire : « Toi et ton génie vous vous habillez encore chez les chiffonniers, mais moi je pète et je sue dans la soie. »

— Géo a commencé à se faire un nom quand il est entré dans la franc-maçonnerie, dit Max.

Craignant d'avoir fait preuve d'indélicatesse avec cette remarque, il jeta aussitôt un coup d'œil vers Aimé. Mais Aimé, absorbé par le dépiautage de son pied de porc, semblait complètement absent.

— C'est le seul avantage de ces couillonnades, dit Modi.

— Pablo et Géo travaillaient avec les mêmes outils, dit Utrillo, mais on ne peut pas dire qu'ils faisaient la même chose. L'un crée une œuvre qu'il estime unique, et l'autre copiait pour démontrer que le premier, au fond, ne créait rien du tout.

— Ça aussi, c'est des couillonnades. C'était le genre d'argument soi-disant philosophique qui dégénérait en engueulade – à sens unique, d'ailleurs. Quand Géo commençait vraiment à s'échauffer, Pablo ne mouftait plus. Il rigolait, haussait les épaules et lui resservait à boire.

— Mais Géo était quand même un grand artiste, dit Max pour remettre en lumière les qualités du défunt. Il avait une main, un œil et une technique extraordinaires.

— Non, non, plus que ça, Maxou – parfaits ! Géo pouvait bien sécher devant une toile blanche, mais on aurait dit que le moindre poil de ses pinceaux obéissait à sa pensée, et surtout il était diablement intelligent. Ça, Picasso le savait, et ça le chatouillait.

— Tu crois ?

— Tu sais bien à quel point Pablo est fier. Et puis, il y a autre chose qu'il s'est bien gardé d'aller crier sur les toits.

Modi s'interrompit, comme s'il eût soudain pris conscience de s'être aventuré en terrain glissant. Il baissa les yeux et avala quelques grosses bouchées de son plat.

— Quoi, autre chose ? demanda Suzanne, qui avait posé ses couverts pour fumer.

Voyant que tout le monde attendait la suite, Modi s'arrêta lui aussi de manger et piqua une cigarette à Suzanne, qui avait laissé traîner son paquet sur la table.

— Je ne sais pas si je fais bien d'en parler. Mais au fond je dois bien ça à Géo. C'est une histoire qui remonte à dix ans, quand Pablo peignait encore ses tableaux roses. Je ne l'ai jamais racontée à personne, et vous allez comprendre pourquoi.

Modi rassembla ses idées, se racla la gorge et se lança dans son récit :

— C'était en plein été. Il faisait une chaleur à crever dans nos ateliers, au Bateau-Lavoir. Avec Pablo et Braque, on prenait l'apéro chez Émile, et comme d'habitude d'autres amis nous ont rejoints. D'abord Derain, puis Apollinaire, et enfin Grandin – qui d'ailleurs te cherchait, Max, mais pour une fois tu n'étais pas dans les parages. Puisqu'il y avait une bonne ambiance, on est tous allés dîner chez la Mère Adèle, où on pouvait manger pour deux francs par tête de pipe avec vin à volonté. Vers la fin du dîner, Princet est passé.

— Princet, le mathématicien ? demanda Suzanne. Je le connais.

— Lui-même. On était bien éméchés, mais ça n'a pas empêché Georges et Pablo d'engager avec lui une discussion sur la relativité et la quatrième dimension. Et puis, après les digestifs, de fil en aiguille, on s'est retrouvés dans l'atelier de Braque, rue Caulaincourt – Princet, Pablo, Géo, Braque et moi. Derain et Apollinaire s'étaient éclipsés. Pendant que Braque nous montrait ses dernières natures mortes, la boule de haschisch qu'on avait partagée commençait à faire effet. Georges n'arrivait plus à s'arrêter de parler. C'est lui qui a remis la quatrième dimension sur le tapis, en affirmant que la nature morte était le genre qui permettait le mieux de saisir – je me souviens – « la véritable essence de l'espace et des objets à un instant donné ».

— On peut dire que vous saviez vous amuser, dit Utrillo.

— Princet était trop à côté de ses pompes pour suivre Georges, Pablo essayait de se concentrer et moi j'avais du mal à garder mon sérieux. Mais Géo, à un moment, piqué par je ne sais quelle mouche, s'est… eh bien, braqué contre Braque.

— Ah, il avait de fabuleux coups de sang, souligna Suzanne au passage.

— Oui, mais là, c'était spécial. D'un ton hautain, il a balayé tous les discours de Georges en disant qu'il était impossible de représenter « la véritable essence » d'un objet sur un plan, puisqu'un tableau ne permet pas d'embrasser toutes ses facettes d'un seul coup d'œil – ce qui est également impossible dans la réalité. Pour illustrer ça, il s'est saisi d'un vieux violon sans cordes qui traînait dans l'atelier et l'a fait tourner lentement dans ses mains sous le nez des deux autres, en gueulant : « Vous voyez ? Bon sang, est-ce que vous voyez ? »

Modi, emporté par son récit, mimait la scène en faisant tourner entre ses mains un cruchon de vin vide censé représenter le violon.

— « Comment voulez-vous peindre si vous ne voyez pas ? L'espace et les volumes, c'est encore du temps ! Du temps, nom de Dieu ! L'espace que tu cherches, c'est celui où se déploient les sons de ce violon sans cordes, tu entends ? *Sans cordes !* » Princet était tétanisé par la surprise, mais Georges, Pablo et moi, qui connaissions Géo, on a commencé à rigoler. Alors Géo, piqué au vif, a explosé. « Très bien ! Je vais vous la montrer, l'essence de ce violon ! Ouvrez grand vos mirettes ! » Sur quoi il balance le crin-crin par terre et le fait exploser en mille morceaux à coups de talon ! Et puis il remet sa veste et part sans un mot de plus. Les amis, je voudrais avoir assez de talent pour peindre la tête de Picasso et Braque à ce moment-là ! Comme si une illumination soudaine les avait fait dessoûler ! Ils n'arrivaient plus à quitter le violon des yeux pendant que moi, je rigolais comme un idiot.

— Je crois me souvenir de cette histoire, dit Max, qui donnait l'impression de rire jaune, Pablo me l'a racontée. Mais sa version était différente.

— Bien entendu ! Parce que ce soir-là, le cubisme était né !

— Pourtant Géo détestait le cubisme, dit Utrillo.

— Moi aussi ! répliqua Modi. Ça ne l'a pas empêché de l'avoir inventé. Picasso et Braque, tout ce qu'ils ont peint après, eh bien, c'était comme s'ils avaient essayé de comprendre la perle que Géo leur avait jetée à la figure ce soir-là ! Pablo le savait, et Géo savait qu'il savait mais il n'en a jamais rien dit – en grand seigneur qu'il était. C'est pour ça que Pablo préférait l'éviter – lui et Braque lui ont piqué l'idée du cubisme !

Viktor Tombo, qui avait jusque-là écouté Modi avec un demi-sourire, consulta son oignon.

— Chers amis, malheureusement, je dois vous fausser compagnie.

— Comment ça ? se plaignit Suzanne, déçue.

— Déjà ? lui fit écho Mérie.

— Hélas. Mais avant cela, permettez-moi de vous inviter. Les cafés et les alcools sont pour moi aussi.

— Permission accordée ! dit Modi en riant.

— Vous n'allez pas nous laisser sans nous avoir montré au moins un de vos tours, dit Mérie d'un ton implorant.

Pour la troisième fois au cours du déjeuner, Tombo sourit. Tous les regards étaient maintenant tournés vers lui. Pendant une poignée de secondes, il demeura immobile et silencieux, ses yeux gris clair plongés dans ceux de Mérie. Et puis, avec un geste d'une souplesse toute professionnelle, il saisit la main de la jeune femme et déposa dans sa paume un petit objet brillant. Une boucle d'oreille en or sertie d'une perle.

Mérie tressaillit. Quand elle eut vérifié que c'était bien la sienne, sa surprise se transmua en stupeur.

— Bravo ! s'exclama Suzanne, dont les applaudissements déclenchèrent ceux de la tablée.

Modi exulta.

— Qu'est-ce que je vous avais dit ? Ce gars est vraiment fortiche ! Mérie, vérifie qu'il ne t'a pas chipé autre chose avant de le laisser partir. Le bruit court qu'il raffole des trophées en dentelle !

Dans la bonne humeur, on se leva pour saluer Viktor, et le garçon arriva pour encaisser. Profitant de cette diversion,

Modi prit Aimé à part, soudain sérieux. Il tenait le paquet qu'il avait posé sous sa chaise pendant le déjeuner.

— Suis-moi au bar, j'ai des choses importantes à te dire.

À l'intérieur de L'Oiseau de bonheur, une clientèle d'ouvriers et de petits employés déjeunait dans un grand brouhaha, baignant dans les odeurs chaudes et grasses émanant de la cuisine. Modi commanda deux calvas et posa sur le zinc son colis, enveloppé dans du papier de boucherie. Aimé savait qu'il aurait dû être curieux ou intrigué, mais il n'en avait pas la force.

— Ce que j'ai là, c'est pour toi. C'est de la part de ton oncle.

— L'oncle Géo ?

Modi alluma une cigarette froissée tirée de sa poche et posa sur Aimé deux yeux vitreux d'où avait disparu toute trace de jovialité.

— Il m'a demandé de te remettre ce paquet.

Aussi vite que l'éclair, les calvas arrivèrent. Modi but d'un trait la moitié de son verre et aspira de sa cigarette une bouffée si profonde qu'Aimé crut que son haleine allait prendre feu.

« C'était le soir avant sa mort. Vers huit heures, il a frappé à notre porte. C'est Jeanne qui lui a ouvert.

— Pourquoi as-tu attendu tout ce temps pour me le dire ?

— Il n'allait pas bien du tout. Jeanne l'a fait entrer et l'a aidé à s'asseoir sur une chaise. Il était à bout de souffle, mais pas qu'à cause des escaliers. Quand on l'a vu, on a pris peur – il était tout gris ! Gris, je te dis ! (Modi parlait maintenant à mi-voix, le regard perdu dans ses souvenirs.) Sa peau, on aurait dit du ciment, et tous ses cheveux étaient devenus blancs – comme s'il avait pris dix ans en une semaine !

Aimé sentit un frisson lui parcourir l'échine.

— Oui, j'ai vu ça à la morgue. Il était très malade.

— Malade ? Je n'ai jamais rien vu de pareil. Il tenait ce paquet entre les mains, difficilement, car ses doigts étaient tout recroquevillés, comme des serres d'oiseau. Des sifflements horribles s'échappaient de sa poitrine à chaque respiration – et ses yeux ! ils étaient devenus gris, eux aussi. Quand je l'ai vu, j'ai cru qu'il était devenu aveugle. J'ai failli me mettre à chialer. Mais lui, il souriait. « Ne t'inquiète pas, qu'il m'a dit. Je veux juste que tu me rendes un service. Donne ça à mon neveu et dis-lui… rien, ne lui dis rien. » Je lui ai dit d'arrêter de déconner – ce colis, il te le donnerait lui-même quand il serait remis. Il avait besoin d'un médecin. Quand je me suis aperçu qu'il ne souriait pas mais qu'il grimaçait, parce qu'il n'arrivait pas à articuler, j'ai craqué, je me suis mis à pleurer comme une Madeleine. Jeanne aussi. Il s'est levé pour partir et j'ai essayé de le retenir – on aurait dit un vioque ! – mais il n'a rien voulu entendre et il s'en est allé.

Modi marqua une pause et poussa un soupir sorti de ses tripes, comme s'il venait de se délester d'un fardeau accablant. Les larmes aux yeux, il échangea un regard avec Aimé, qui était figé d'émoi.

— Je sais ce que tu penses. J'aurais dû le retenir, coûte que coûte. Mais voilà, la triste vérité est que ce soir-là Jeanne et moi étions ivres morts. Je tenais à peine sur mes jambes, toute cette scène s'est déroulée comme dans un cauchemar. Maintenant tu comprends peut-être pourquoi j'ai attendu avant de te raconter tout ça. La honte, les remords – le doute, aussi, car je ne sais pas si ce paquet contient de bonnes choses. Mais ton oncle voulait que je te le remette, et ses dernières pensées ont été pour toi. Il fallait que tu le saches.

Aimé passa le bras autour des épaules du peintre.

— Je comprends, ne t'en fais pas. Si Géo était malade ou dans le pétrin, ce n'était certainement pas de ta faute.

— Si tu découvres quelque chose dans ce paquet qui explique pourquoi il s'est retrouvé dans cet état, dis-le-moi. S'il y a un responsable, je lui ferai regretter d'être né.

— C'est promis, Modi, balbutia Aimé. Merci de m'avoir tout dit.

Modi sécha ses larmes du revers de la main et termina son verre cul sec.

— *Coraggio, ragazzo mio, che la vita è di passaggio !* dit-il en donnant une tape dans le dos de son ami. Et maintenant allons retrouver les autres, ils doivent se demander ce qu'on fabrique.

Sur le trottoir, on n'attendait plus qu'Aimé et Modi pour se séparer. Aimé fut à nouveau l'objet de toutes les sollicitudes. Mérie lui donna un baiser qui le ragaillardit et s'excusa de ne pouvoir passer plus de temps avec lui.

— J'ai rendez-vous avec mon nouvel employeur, lui dit-elle. Oui, j'ai aussi un nouveau travail. Je t'expliquerai. (Elle lui tendit une carte de visite.) Voilà mon adresse. Ne fais pas attention, « Éléonore Paradis », c'est le nom qu'on me demande d'utiliser dans mes relations avec le public. Voyons-nous bientôt pour parler de tout ça tranquillement, d'accord ?

Déboussolé, Aimé n'eut pas le temps de réagir. Mérie l'embrassa à nouveau et s'éloigna, à l'instar de ses autres amis qui partirent chacun de leur côté après s'être promis de se revoir bien vite.

Aimé, tout étourdi, remonta le boulevard de Ménilmontant d'un pas traînant, sa veste jetée sur une épaule et le colis que lui avait remis Modi sous le bras. Ses chaussures le faisaient souffrir et les nuages de chaleur qui maintenant cachaient le ciel avaient eu vite fait de transformer la ville en sauna. L'état d'étrange bien-être dans lequel il s'était réveillé n'était plus qu'un lointain souvenir. De nouveau en proie à une accablante fatigue, il n'avait plus qu'une envie : rentrer chez lui et s'abandonner dans les bras de Morphée – ou de Pluton, peu importait, pourvu qu'il trouvât le repos.

À mi-chemin entre le cimetière et la rue de Belleville, il s'assit sur un banc à l'ombre d'un marronnier pour desserrer ses lacets. Ses pieds avaient enflé et les douleurs qui l'élançaient aux talons, sûrs indices d'ampoules, le poussaient à enlever ses souliers pour constater l'étendue des dégâts, mais il s'abstint, craignant de ne plus pouvoir se rechausser par la suite, et jeta distraitement un coup d'œil derrière lui. C'est alors qu'il le vit.

À une cinquantaine de mètres de là, il examinait les affiches sur une colonne Morris. Dans l'animation du boulevard, Aimé ne l'aurait sans doute pas remarqué sans ces favoris roux et si leurs regards ne s'étaient pas croisés pendant une fraction de seconde. Aucun doute, c'était bien l'homme qui avait été attaqué par le chien au cimetière. Était-il en train de le suivre ?

Ce soupçon fut aussitôt renforcé par l'attitude de l'homme, qui eut un mouvement de repli derrière la colonne quand il vit qu'Aimé l'observait.

Aimé se leva et, cahin-caha, poursuivit son chemin comme si de rien n'était. À l'approche de la rue de Belleville, il avisa une bande d'enfants qui jouaient à la guerre près de la bouche de métro, au milieu des déchets dont le terre-plein central était jonché après le marché du matin. Il les connaissait tous au moins de vue. C'étaient des gamins du quartier, pour la plupart livrés à eux-mêmes en cette période de vacances, leurs mères étant occupées toute la sainte journée à gagner de quoi subsister après le départ des pères pour le feu. Par compassion, Aimé chargeait parfois les plus dégourdis d'entre eux de petites courses en échange de quelques sous. Aussi le petit Jacquot ne se fit-il pas prier quand Aimé le héla et lui dit d'approcher.

Jacquot, douze ans, cheveux châtains, culottes courtes et genoux cagneux, était le plus dégourdi du lot. Deux ans auparavant, son père était revenu du front aveugle et sans jambes.

— J'ai une mission à te confier, dit Aimé au gamin qui le regardait d'un air concentré. Il y a un type qui me colle aux basques, je ne sais pas ce qu'il me veut. Quand je remonterai la rue de Belleville, tu le verras passer. Il est facile à reconnaître, c'est un roux. Moi, je vais entrer chez le vieux Roger, mais je ne vais pas ressortir. Quand le gars se rendra compte qu'il s'est fait semer, il rebroussera chemin, et toi, tu vas le suivre – en loucedé, Jacquot, ne va pas te faire pincer. Et puis quand tu sauras où il crèche, tu viendras me le dire. Tiens, voilà vingt sous. Je t'en donnerai vingt de plus quand on se reverra. Fais attention, entendu ?

Jacquot acquiesça, les sourcils froncés, et empocha les pièces qu'Aimé lui glissa dans la main avant de lui ébouriffer affectueusement les cheveux.

Aimé s'engagea dans la rue de Belleville et s'arrêta au niveau d'une épicerie devant laquelle un vieil homme chauve au crâne luisant de sueur était assis sur un tabouret à l'ombre de l'auvent, près de son étalage de navets, de pommes de terre et de rares primeurs.

— Où est-ce que tu vas, sapé comme un rupin ? Me dis pas que tu cherches du travail.

— J'attendrai qu'il fasse moins chaud. Dis-moi, Roger, je peux passer par ton arrière-boutique ?

— Tiens, ça faisait longtemps. C'est les condés ?

— Va savoir. En tout cas, rien de sérieux.

Aimé traversa la pénombre moite et suffocante de l'épicerie, emprunta une porte au fond de la réserve et déboucha dans l'arrière-cour d'un pâté de maisons où les poubelles de plusieurs immeubles rivalisaient de relents nauséabonds. Pressant le pas, il passa par le porche d'un bâtiment voisin et se retrouva dans une rue parallèle, avant de bifurquer pour reprendre la rue de Belleville.

Moins de cinq minutes plus tard, il arriva chez lui, sûr d'avoir semé le mystérieux individu. Trop épuisé pour réfléchir aux mille et une questions qui l'assaillaient, ou même ouvrir le colis que Modi lui avait remis, il enleva ses chaussures en grimaçant de douleur et s'abattit sur son lit défait, sombrant immédiatement dans un sommeil de plomb.

9.

À leur deuxième rendez-vous, l'accueil du docteur fut plus distant et professionnel. Les deux hommes échangèrent quelques mots sur la mort de Grandin, qu'Azra avait rencontré à l'Hypnos. Puis, sans autre forme de préambule, Azra servit à son hôte un petit verre de porto et l'invita à aller prendre place derrière le grand paravent peint, où il le rejoignit après s'être muni de son calepin, d'un crayon et d'une pipe fraîchement bourrée.

— La dernière fois, quand nous nous sommes arrêtés, vous me racontiez la disparition de votre frère. Si vous le voulez bien, reprenons là où nous en étions.

Viktor fut à nouveau surpris par le flux de paroles qui s'écoula sans effort de sa bouche, comme si une poche de mots s'était subrepticement formée dans son esprit et avait attendu ce moment précis pour éclater.

— Tout le monde se mit à la recherche d'Anton. Non seulement les membres de la troupe, mais aussi les hommes du village, qui nous prêtèrent main-forte malgré l'épidémie qui frappait la région. Personne, bien entendu, ne croyait à mon histoire, y compris moi-même. Ma version des faits fut mise sur le compte d'un choc émotionnel. Mon frère ne pouvait pas s'être volatilisé, il devait être quelque part dans les environs, mort ou vivant.

On battit les bois et les champs autour de Sobibor, en vain. Viktor fut interrogé par les gendarmes locaux qui, trouvant sa version des événements par trop fantaisiste, même pour un enfant de onze ans, commencèrent à le soupçonner de cacher quelque chose. Le souvenir d'un adolescent qui, deux ans auparavant, avait trucidé son père, sa mère et ses deux petites sœurs pendant leur sommeil dans une ferme voisine était encore frais. Ne s'était-il pas produit un malheureux accident ou un épisode inavouable que le jeune garçon n'avait pas le courage de révéler ? Viktor n'eût-il pas mieux fait de tout avouer, pour son propre bien ?

Ces soupçons finirent par gagner les membres de la troupe. Les prestidigitateurs, experts en escamotages, se vantaient de pouvoir faire disparaître n'importe quoi – pourquoi pas le cadavre d'un enfant ? Par ailleurs, les jumeaux n'avaient-ils pas toujours été un peu bizarres ? Les plus jeunes en particulier, déjà horripilés par les airs supérieurs que se donnaient les deux magiciens en herbe, imaginèrent les scénarios les plus sinistres et tinrent Viktor à l'écart.

Étant donné son état nerveux et l'hostilité de ses camarades, Viktor fut jusqu'à nouvel ordre exclu de toute répétition. Les Léonard, à l'instar d'Arturo et de Nona Bedini, protégèrent le garçon comme leur propre fils. Sans croire à sa version, ils savaient qu'il n'aurait jamais fait de mal à son frère ni dissimulé les preuves d'un accident. Viktor avait vécu une expérience traumatique, si effroyable qu'il en avait été frappé d'amnésie. Il avait besoin de soins et de repos, après quoi sa mémoire finirait peut-être par restituer des éléments utiles aux recherches.

Le cirque ne pouvant s'attarder plus longtemps dans la région, les Léonard déclarèrent leur intention de demeurer sur place au cas où il y aurait du nouveau. Viktor, quant à lui, s'était retranché dans une bulle sombre de mutisme et d'apathie. Son désespoir le coupait du monde. Que la troupe reprenne ou non la route, que l'on continue les recherches ou non, quelle importance ? Il savait, lui, que son frère s'était bel et bien volatilisé.

— Demeurons un moment sur cette disparition, s'il vous plaît, dit Azra. Quels sont, aujourd'hui, vos sentiments sur ce qui s'est produit ? Y pensez-vous encore souvent ?

— J'y pense chaque jour. On peut dire que je ne m'en suis jamais remis. Et oui, si c'est ce que vous voulez m'entendre dire, je me sens responsable et même coupable de la disparition de mon frère.

Et puis, après une pause :

— Vous non plus, vous ne me croyez pas, n'est-ce pas ?

— Ça n'a aucune importance. Pour moi, il n'y a aucune différence entre ce que vous avez vu et ce que vous avez cru voir. Je ne suis pas inspecteur de police.

— Depuis toutes ces années, il ne s'est pas passé un jour sans que ce maudit chien ne ressurgisse des fourrés de ma mémoire.

— Vous n'avez jamais parlé du chien à personne. N'est-ce pas ?

— Comment le savez-vous ?

N'obtenant pas de réponse, Viktor fut tenté de se retourner dans son fauteuil pour interroger Azra du regard. Mais, se souvenant des consignes que le thérapeute lui avait données avant leur première séance, il se retint, poussa un long soupir et poursuivit :

— Pour une raison inexplicable, à chaque fois que je voulais parler du chien, les mots se bloquaient au travers de ma gorge. Comme si l'apparition de cet animal, plus que la disparition d'Anton, comportait en soi quelque chose d'indicible. Et puis, après ces terribles journées, je n'ai plus du tout eu à en parler, ni n'en ai ressenti le besoin. Vous êtes la première personne à entendre l'intégralité de cette histoire.

— Maintenant que vous me l'avez racontée, qu'éprouvez-vous ?

— Ma foi, rien de spécial. Ou plutôt, toujours la même chose.

— Expliquez-vous.

— La disparition d'Anton a été le début d'une dépression qui n'a jamais pris fin. Cet événement m'a privé de la capacité d'éprouver tout ce pour quoi les hommes, en général, estiment qu'il vaut la peine de continuer à vivre. La beauté, l'allégresse, l'amitié, l'amour, ou simplement la sensation d'être vivant – toutes ces émotions, je ne les ai jamais connues que par rebond, en observant leurs effets chez autrui. Pour moi, elles n'ont été que de brefs reflets, des jeux de lumière insaisissables dans le ciel d'angoisse sous lequel s'est déroulée mon existence. Le bonheur, pour moi, est une abstraction. Ce qui m'a sauvé de la folie ou du suicide, je crois, est que je ne l'ai jamais vraiment désiré, comme les créatures des fonds marins ne peuvent réellement aspirer à une bouffée d'air pur.

Viktor marqua une pause. Il entendit le crayon d'Azra glisser sur les pages de son calepin.

— Vous pourriez facilement mettre ces paroles sur le compte de mon orgueil, reprit-il d'une voix tout à fait posée. « Puisque Viktor Tombo est impuissant à profiter de la vie, il cultive un dédain à la mesure de sa frustration et se figure, en guise de consolation, que son état nerveux pitoyable fait de lui quelqu'un de spécial » : voilà ce qu'on pourrait penser. Mais il ne s'agit pas de cela. Tout l'orgueil dont j'ai été capable, je l'ai investi dans mon art. Depuis qu'Anton a disparu je n'ai plus aspiré qu'à une chose : à la sensation lumineuse de vide qui accompagne un tour parfaitement exécuté. Les gestes de mon métier, que j'accomplis chaque jour, sont le seul moyen de contenir ce mal dévorant, prêt à surgir à tout moment, comme cela s'est produit trente ans après, un soir de novembre, sur la scène du Mystery Hall.

— Nous y viendrons. Dites-moi plutôt comment les Léonard, qui constituaient votre famille, ont réagi à la disparition d'Anton.

— Malgré leur caractère très endurci, ils étaient terriblement abattus, surtout Véra. Mais leur chagrin fut de courte durée.

Le jour même de la réunion convoquée par le vieux Bedini pour annoncer que le cirque, la mort dans l'âme, allait poursuivre son voyage, la fièvre qui sévissait dans la région se déclara au sein de la troupe et réclama un lourd tribut. En moins d'une quinzaine, deux fils et trois petits-fils Bedini, Thor l'hercule norvégien et les deux Léonard furent emportés. Viktor ne fut pas épargné et faillit lui-même perdre la vie. D'après ce qu'on lui raconta par la suite, il garda le lit pendant près de deux semaines, brûlant de fièvre et en proie à des bouffées délirantes pendant lesquelles il parlait avec les « esprits mauvais de la forêt » dans un charabia où le français s'agglutinait à une bouillie de vocables étranges, mêlés de gémissements et de cris. Confiné dans la roulotte des Léonard, où Nona Bedini avait pris le relais de Véra à son chevet, il vomissait le peu de soupe que l'on parvenait à grand-peine à lui faire ingérer. Entre deux crises, le spectacle de ses yeux vides et fixes était si perturbant qu'on craignait que le jeune garçon ne fût possédé.

Contre toute attente, Viktor survécut. Lorsqu'il recouvra tout à fait ses esprits, la caravane en deuil avait repris la route. En apprenant la mort des Léonard et des autres membres de la troupe, qui avaient été inhumés dans un cimetière de fortune aménagé loin du village pour accueillir les dépouilles infectées, l'enfant sombra dans un état catatonique dont il mit plusieurs semaines à sortir.

Après ces événements funestes, rien ne fut plus comme avant. Bien que le cirque donnât les signes d'une reprise inespérée, le vieux Bedini avait perdu sa proverbiale énergie et s'adonnait de plus en plus à la boisson. La perte du tiers de ses petits-enfants, jamais surmontée, et la santé de sa femme, qui commençait à montrer des symptômes de démence sénile, le transformaient lentement en l'ombre du « furioso » et du M. Loyal flamboyant qu'il avait été. Aussi la direction du cirque fut-elle cédée au bout de quelques mois au seul survivant des fils Bedini, Boris, dont la femme, Clara, avait été la première à suggérer de soumettre Viktor à un exorcisme et continuait de penser que l'âme de l'enfant avait été marquée par l'empreinte du démon.

Clara n'étant pas la seule à nourrir ces doutes, Viktor aurait probablement été obligé de quitter la troupe si, précisément à cette période, sa carrière de prestidigitateur n'avait pas soudainement explosé.

Cela eut lieu dans les faubourgs de Budapest lorsqu'un certain marquis, fêtard notoire et grand amateur de cirque, assista un soir au spectacle. La ressource que représentait le talent du jeune magicien ne pouvant être négligée, Viktor s'était vu confier un numéro d'une durée de cinq à dix minutes pouvant être inséré à n'importe quel moment de la soirée. Il régnait autour de la piste une atmosphère de bringue comme rarement le chapiteau en avait connu. Continuellement ravitaillés en vin par deux laquais en livrée eux-mêmes éméchés, le marquis et sa compagnie – une vingtaine de nobliaux excentriques, hommes et femmes confondus – étaient plus bruyants que des hussards en permission, éructant des commentaires grivois ou moqueurs à l'adresse des artistes et se lançant dans toutes sortes d'ébats sur les gradins. Sachant qu'une expulsion des trublions aurait pu avoir des conséquences néfastes pour le cirque, Boris Bedini se garda d'intervenir.

Il se trouvait que ce soir-là, Viktor, après des semaines de répétitions, mettait en scène pour la première fois le numéro du spectrophone de Léonard. Sur les accords grinçants du gramophone, activé par son seul mécanisme à ressort, il exécuta chacune des phases du numéro avec un brio digne du Docteur Spectral, sous les yeux d'un public tout d'abord amusé, puis étonné et enfin envoûté par la prestance de ce magicien encore imberbe, à l'expression si triste. Quand enfin, à la place du numéro de mentalisme, Viktor tira du pavillon de menus objets subtilisés à la compagnie du marquis à son entrée dans le cirque – une montre de gousset, des boutons de manchettes, un porte-monnaie, une broche –, un déluge de rires et d'applaudissements ébranla le chapiteau. Ce fut le premier triomphe de Viktor Tombo.

À la fin du spectacle, le marquis voulut faire la connaissance du jeune prodige, qu'il invita à se produire à l'occasion d'une réception dans son hôtel particulier sur l'île Marguerite, en plein cœur de Budapest. Grâce au triomphe qu'il y remporta, Viktor fut convié à s'exhiber dans plusieurs autres cercles et salons de la ville, éblouissant par ses prouesses et sa prestance tout le beau monde de la capitale, enchaînant les succès et se construisant une réputation qui, en quelques mois, s'étendit au pays, à l'Empire et au-delà.

La renommée et le prestige croissants de Viktor rejaillirent sur le cirque qui, très vite, devint le « cirque de l'enfant aux mille prodiges » et connut une période de grande prospérité. Où qu'il fît halte, riches et pauvres voulaient voir le jeune Tombo. Grâce aux gains réalisés, on put acheter de nouvelles roulottes et du matériel, confectionner de nouveaux costumes et rénover le chapiteau pour accueillir le numéro équestre dont le vieux Bedini rêvait depuis des lustres.

Ce fut la dernière satisfaction de l'Italien, qui mourut terrassé par la ruade d'une jument blanche le soir même de la première représentation des Cosaques qu'il venait d'engager, laissant derrière lui une épouse désormais gâteuse et deux enfants vite consolés par l'entreprise florissante dont ils héritèrent.

Cependant, la disparition du patriarche marqua pour tous un nouveau tournant. Viktor avait quinze ans. Malgré un regain de respect parmi ses pairs, eu égard à l'aisance dont on lui était redevable, l'étrange froideur du garçon – qui par ailleurs était un ingrédient de son succès sur scène et en société – continuait de susciter la méfiance et la superstition. Souvent, la nuit, on l'entendait hurler dans sa roulotte ou on le surprenait à errer dans le campement, hagard et à moitié dévêtu, l'esprit perdu sur les sentiers de rêves obscurs. D'aucuns disaient qu'il ne dormait jamais, hanté qu'il était, chaque nuit, par le fantôme de son frère, et personne dans la troupe ne voulait sympathiser avec cette âme damnée.

Aussi les adieux furent-ils brefs lorsque Viktor décida, sur les conseils de son premier imprésario, de quitter le cirque Bedini pour entreprendre une carrière individuelle. Ce fut pour lui le début du parcours éblouissant qu'Azra connaissait et qui, au long d'une quinzaine d'années, avait laissé des traces dans les salons les plus exclusifs, les cours les plus somptueuses et les music-halls les plus prestigieux d'Europe, bien qu'il eût toujours été assez avare de sa présence sur les planches des grandes salles de spectacle.

— Mais je m'égare, dit Viktor, pris d'une soudaine lassitude. Je doute que ce que je vous raconte puisse être d'aucune utilité, à vous ou à moi.

— Le simple fait que vous me le racontiez laisse supposer le contraire. (Azra aspira une bouffée de sa pipe éteinte, faisant gargouiller le jus dans le tuyau.) Du reste, votre récit est tout à fait intéressant et me suggère plusieurs questions. En particulier, il y a un point que j'aimerais approfondir. Ces crises de somnambulisme et ces mauvais rêves qui vous ont harcelé pendant longtemps après la disparition de votre frère, que pouvez-vous me dire à leur sujet ?

— Pas grand-chose. Je n'ai que de rares souvenirs de ce qui se produisait durant ces crises. Souvent, je me réveillais à des endroits différents de ceux où je m'étais endormi, et c'est ainsi que je comprenais que quelque chose s'était passé pendant la nuit. Durant des années, il m'a suffi de dormir seul dans une pièce fermée à clé pour éviter tout incident sérieux. Quant aux rêves, je n'ai jamais fait de réels efforts pour m'en souvenir, mais ils étaient nombreux et avaient des points communs et des éléments récurrents.

— Lesquels ?

— Tout d'abord, la végétation. Lorsque je n'étais pas tout bonnement perdu dans d'immenses forêts impénétrables, comme il n'en existe qu'au Brésil ou en Afrique centrale, des plantes ou des arbres apparaissaient toujours de façon incongrue dans le décor de mon rêve. Tel salon, ou salle de spectacle, où je m'étais produit se trouvait transformé en serre ou en jardin rempli de plantes exotiques. Par exemple, je me souviens d'une jungle épaisse qui avait envahi Vienne jusqu'au bord du Danube et dans laquelle vivaient des insectes et des animaux étranges. Je ne gardais jamais de souvenirs très précis de mes rêves, juste une impression de grand danger. Comme si une bête tapie dans cette jungle me menaçait. La jungle elle-même était peut-être cette bête.

— N'avez-vous jamais fait le rapprochement avec le bois où votre frère a disparu ?

— À vrai dire, non. Je ne suis pas sûr de comprendre à quoi cela m'avancerait.

— Il me semble qu'une partie de vous-même n'a jamais quitté cette clairière, cette forêt. La bête, n'est-ce pas ce chien qui est apparu pour emporter Anton ? Et votre dévouement à votre art ne cache-t-il pas l'espoir, en quelque sorte, de faire réapparaître votre frère ?

Cette question plongea Viktor dans un silence lourd de réflexions.

— Il est plusieurs fois arrivé que ces songes me surprennent pendant la journée, au détour d'une rêverie ou dans un moment d'absence. Inutile de préciser l'inconvénient que représentait le fait d'être happé, plus ou moins à l'improviste, par ces hallucinations qui chaque fois me laissaient dans un état nerveux pitoyable. Heureusement, cela ne se produisait jamais lorsque je travaillais, ni, en général, quand j'étais concentré sur mes tours. La seule fois où cela arriva, les conséquences furent irréparables. Et vous en avez vous-même observé les effets. D'ailleurs, depuis cette soirée, ces visions ne se sont plus jamais représentées.

Pour la première fois depuis qu'ils se connaissaient, Viktor raconta à Azra sa version des événements qui avaient eu lieu sur la scène du Mystery Hall en novembre 1901. Étonné de découvrir qu'il pouvait en parler si librement et avec une telle volubilité – était-ce là l'un des effets bénéfiques de la psychanalyse ? –, il retraça en détail les différentes étapes du numéro, s'efforçant enfin de décrire du mieux qu'il pouvait l'effroi qui lui glaça les os quand il se vit lui-même à travers les orbites vides du squelette, comme un ver de terre aurait pu se voir à travers les yeux de son prédateur.

— Après avoir fait votre connaissance à l'Hypnos, j'ai revécu cette scène en rêve presque chaque nuit, avec une intensité d'ordinaire réservée aux événements de la réalité. Mais cela ne s'est plus reproduit depuis notre première séance, dit Viktor, qui enfin poussa un soupir et se tut, étourdi par ses propres révélations et par les émotions qui remuaient en lui.

C'est alors que le coucou du docteur Jung sonna cinq heures.

— Bien, dit Azra d'un ton neutre. Cher ami, nous nous arrêterons là pour aujourd'hui.

Sans mot dire, le médecin raccompagna son patient jusqu'au perron, serra sa main pâle et molle en lui disant qu'il aimerait le revoir dans une petite semaine, puis regarda

Viktor s'éloigner dans le jardin d'un pas mal assuré, comme s'il était ivre ou épuisé.

De retour dans le salon-cabinet, Azra trouva Bélialo installé à son bureau. Vêtu d'un costume de soie violet, d'une chemise rose bonbon à jabot dentelé et d'un chapeau melon mauve au ruban légèrement plus clair, le visiteur était absorbé par les notes de travail du médecin et fumait une longue pipe au fourneau de faïence d'où s'échappait une fumée bleuâtre à l'odeur piquante qu'Azra savait provenir d'un mélange de chanvre, de girofle et de lichens séchés.

— Ah, te voilà, dit Azra en allant se servir un cognac. Tu n'apprendras donc jamais à frapper aux portes. Enfin, je ne suis pas fâché de te voir. Ça fait deux semaines que j'attends ta visite.

— Cette interprétation psychologique des rites de la royauté dans les sociétés archaïques m'a l'air tout à fait passionnante, dit Bélialo. Qui est ce Frazer avec qui tu corresponds ?

— Un ethnologue anglais, un ponte d'Oxford. Son *Rameau d'or* est une source inépuisable d'informations sur le sujet. Dommage qu'il manque totalement de perspective sur la masse de documents et d'informations qu'il a rassemblée.

— Étonnant, n'est-ce pas, la façon dont l'esprit humain se refuse à reconnaître l'évidence alors même qu'il y est quotidiennement confronté. C'est apparemment là sa principale fonction, protéger la flammèche de la conscience des grands vents de l'évidence. Un rempart, rien de plus, dit Bélialo en se redressant et en tirant une grande bouffée de sa pipe. Comment se porte notre protégé ?

— Comment, tu n'écoutes plus aux portes ? Tu n'as pas entendu ce qu'il m'a raconté ?

— Non, je viens tout juste d'arriver. Je suis débordé, au moins autant que toi. Notre grande réunion n'aura lieu que dans plusieurs semaines, mais les hôtes commencent déjà à arriver et nombre d'entre eux espèrent être invités à la dernière minute. Ils savent qu'il n'y aura pas de place pour tout le monde.

Son verre à la main, Azra s'affala dans le canapé et desserra sa cravate.

— Toi, débordé ?

— Tu n'imagines pas ce que c'est que d'avoir un agenda rempli à craquer dans plusieurs mondes ! Tous en ébullition, de surcroît ! Heureusement, je sais m'entourer des meilleurs assistants, et tu as toujours fait partie de mes favoris.

— Trêve de flatteries. Je te suis aussi indispensable que des nageoires à un corbeau.

— Tu te sous-estimes, Mordechaï. Je sais bien que nous sommes liés par un pacte, mais ton aide m'est tout à fait essentielle.

Bélialo se leva et contourna le bureau pour rejoindre le médecin au centre de la pièce, faisant claquer sur le parquet ses mocassins en croco. Ses mouvements étaient aussi souples et vifs que ceux d'un requin.

« Bientôt je serai en mesure d'honorer ma part du marché. Tu m'accompagneras au Symposion et tu pourras prendre autant de notes que tu voudras.

— Je n'en ai jamais douté. Mais je te serais plus utile si tu daignais m'en dire un peu plus sur le passé de Tombo et sur ce que tu attends de lui exactement. Cela me faciliterait la tâche.

— Que t'a-t-il raconté ?

— Le petit cocktail à base de cocaïne et d'opium que je lui sers avant la séance fonctionne à merveille. Il a tout déballé en détail, de sa petite enfance à l'âge adulte, en suivant une chronologie maniaque. Cela ressemblait plus à une prise de notes pour l'écriture de sa biographie qu'à une séance de psychanalyse, mais il faut bien commencer quelque part. En tout cas, ces deux rendez-vous ont permis de ramener à la surface un certain nombre d'expériences, et pas des moindres.

— Ah ? Je t'écoute.

— Je connaissais la crise de Londres, bien entendu. J'y ai assisté et il me l'avait lui-même racontée lorsque je l'avais examiné au Bethlem Royal Hospital – mais par bribes, confusément, car il était encore sous le choc. À l'époque, j'avais réussi à tamponner les effets de cet accès psychotique par l'hypnose, en créant une sorte de barrage contre son inconscient et en effaçant au passage tout souvenir de notre rencontre, comme tu me l'avais demandé.

— Tu m'avais dit que ça avait marché.

— En partie. S'il n'a toujours aucun souvenir de notre rencontre à Londres, la version qu'il m'a fournie aujourd'hui est beaucoup plus précise et lucide que jadis, signe que le barrage que j'avais mis en place est en train de céder. Son inconscient est en plein travail et les forces qui s'y affrontent sont fabuleuses. Depuis sa prime enfance, Tombo marche au bord d'un gouffre, un abîme de folie où seule son extraordinaire capacité d'abnégation, de travail et de concentration l'empêche de se jeter. Sa vie est un équilibre entre ces deux formes d'anéantissement : la démence d'une part et de l'autre un dévouement inconditionnel à son art. Si j'avais affaire à un patient ordinaire, je le ferais immédiatement interner, et il finirait probablement ses jours dans une cellule capitonnée. Les sujets qui sont confrontés à l'Outremonde – ton monde – de façon aussi brutale n'ont en général que deux options : soit résister, nier sa réalité et succomber tôt ou tard à la folie, soit intégrer les forces psychiques que cette confrontation déchaîne, comme dans le cas des visionnaires ou des sorciers – qui finissent toujours par retomber dans la première catégorie.

— Une analyse impeccable. Mais tu oublies une catégorie : celle des sages, à laquelle tu appartiens.

— Si j'étais aussi sage que tu le prétends, je ne serais pas en train de parler avec toi. Et peut-être ne boirais-je pas autant.

— Ne nous égarons pas. (Bélialo fit un geste de la main pour couper court à ce sujet de discussion.) Quelles sont ces expériences que tu évoquais ?

— Je crois que je ne t'apprendrai rien de nouveau en te disant que sa mère est morte dans l'incendie de son premier foyer, ou encore que Viktor avait un frère jumeau qui a disparu – littéralement, j'entends qu'il s'est volatilisé –

pendant la répétition d'un numéro de magie. Tu aurais pu toi-même me fournir ces détails, surtout au sujet du frère, vu toutes tes recommandations et l'attention extrême que tu consacres à son cas.

Bélialo leva un sourcil et aspira une longue bouffée de sa pipe, produisant un épais nuage de fumée verdâtre autour de sa tête.

— Si je dois t'être utile, pourquoi me cacher toutes ces choses ? Qui est-il en réalité ? Pourquoi mérite-t-il toute cette attention et ces précautions dont tu l'entoures ?

— Qui il est ? C'est précisément ce dont j'aimerais qu'il se souvienne par lui-même, sans le brutaliser. C'est pour cela que je t'ai demandé de l'accompagner dans ce processus.

— Dans ce cas, dis-m'en davantage. Je serai peut-être plus efficace.

Bélialo se gratta le menton, réfléchit un instant. Soudain, la brillance de ses petits yeux noirs bridés redoubla et ses lèvres s'étirèrent en un horrible sourire. D'un geste prompt digne d'un Viktor Tombo, il fit apparaître de derrière son dos un épais volume in-quarto relié en cuir brun qu'il ouvrit en prenant soin d'en dissimuler les pages à son hôte, comme un enfant jaloux de son illustré.

Azra leva les yeux au ciel.

— Allons bon, tu ne feras donc rien sans consulter ton maudit Livre ?

Pendant que Bélialo parcourait rapidement le volume – sautant d'une page à une autre, revenant en arrière et pouffant parfois de rire –, le psychanalyste alla se resservir une bonne mesure de cognac.

— Alors ?

— Alors, toujours aucune trace de la fin de l'histoire ! s'exclama Bélialo en partant d'un grand rire. Quant aux chapitres précédents et aux détails qui t'intéressent, je crains qu'ils ne soient perdus dans l'infini des pages.

— Tu es toi-même parfaitement au courant de ce que j'aimerais savoir. Épargne-moi cette petite mise en scène.

— Soit. (Bélialo referma bruyamment le livre et le rangea d'un geste ostentatoire dans la poche intérieure de sa veste, qui l'engloutit.) Je vais te révéler certaines informations qui pourraient hâter les résultats que nous escomptons – ou les compromettre gravement, cela va sans dire.

Azra reprit place sur le canapé. Son hôte se mit à déambuler à pas lents dans la pièce.

— S'il t'a parlé des souvenirs qu'il garde de sa petite enfance, Viktor a certainement mentionné le comte Stanislaw Razorski, son père putatif, n'est-ce pas ? Eh bien, si le comte avait effectivement quelques bâtards dans les campagnes environnantes, Viktor n'était pas de ce nombre. Razorski avait fait une longue et glorieuse carrière dans l'armée du tsar. C'était un grand soldat toujours en manque d'émotions fortes qui dans les dernières années de sa vie n'avait plus que deux passions : la chasse et les orgies.

— Tombo n'a pas mentionné les orgies.

— Pardon, trois passions. Sous l'influence de son épouse ukrainienne, les arts obscurs étaient aussi une spécialité de la maison et son manoir était fréquenté par les plus grands occultistes de l'époque. S'il avait l'estime des autorités et de ses pairs, qu'il ignorait, ses gens et les paysans de son domaine le craignaient comme le pire des bourreaux. Sur ses terres, le servage le plus dur avait encore cours, avec son cortège d'humiliations et de châtiments corporels, et Razorski n'avait cure de dissiper les rumeurs qui l'associaient aux disparitions d'enfants ayant eu lieu dans la région depuis des années. Bien que la mère de Viktor, au service de la famille depuis sa naissance, fût d'une exceptionnelle beauté, le comte n'en abusa pas. Dès qu'Elena Grobovich fut en âge de travailler, elle intégra le manoir où, à la différence des autres subalternes de son sexe, elle ne subissait pas les accès de satyrisme du maître – ni ceux d'aucun autre, d'ailleurs, car Razorski y veillait bien. Pour des raisons que nul ne comprenait, c'était sa préférée. La vérité, pour faire bref, était qu'il réservait ce morceau de choix à un hôte tout à fait spécial, non moins friand de débauche et d'excès, qui une nuit, à force d'invitations, finit par lui rendre visite.

— Quoi ? Viktor et son frère seraient donc la progéniture de l'un des vôtres ?

— Pas de l'un des nôtres. Du premier d'entre les nôtres.

Un masque de surprise, de mauvaise surprise, se peignit sur le visage d'Azra, comme si ces mots avaient déclenché sous son crâne une cascade infernale de dominos. Pendu aux lèvres du démon, le médecin but une généreuse gorgée de cognac qu'il déglutit avec difficulté.

— Avant qu'il ne les élimine tous, le Maître avait plus d'un bâtard. Il craint pour son trône, vois-tu, comme ses prédécesseurs. Surtout à l'approche du Symposion, qui est rituellement le seul moment où son éviction peut avoir lieu. (Bélialo laissa le temps à Azra de digérer ces informations avant de poursuivre.) J'ai jusqu'à présent réussi à protéger Viktor des sicaires du Maître – pardon, *nous* avons réussi. Car ce « barrage » contre les assauts de son inconscient dont tu l'as doté à Londres y a été pour beaucoup. Tant que Viktor ignore sa propre identité, j'entends par là son identité profonde, il est invisible aux habitants de l'Outremonde. Mais – voilà le problème – il doit se remémorer ses origines et son rang pour se pouvoir se présenter au Symposion et être en mesure de… prendre la place du Maître. Et ce n'est pas la seule condition.

— Prendre la place du Maître ?

— Oui, tu as bien entendu. Voilà qui devrait te faire comprendre à quel point le travail que tu effectues est important et délicat, et aussi pourquoi je t'ai jusqu'à présent caché certaines choses.

Azra, sonné, posa son verre, enleva ses lunettes, se passa une main sur le visage et murmura à part lui quelques mots en hébreu. Les traits affreusement mobiles de Bélialo prirent une expression préoccupée.

— Allons, ne t'inquiète donc pas. Certes, je ne peux pas te garantir que tout va bien se passer – mais n'est-ce pas pour toi, le pionnier des profondeurs de l'esprit humain, la plus fabuleuse des aventures ? De quoi remplir plusieurs volumes ! Du reste, si cela peut te donner du courage, sache que tu n'as jamais vraiment eu le choix, car ton implication dans cette affaire apparaît clairement dans le Livre. Crois-tu que ton intérêt actuel pour les rites de la royauté soit une coïncidence ?

— Au moment où son frère a disparu, Tombo a cru voir un chien. C'était le tien ?

— À la bonne heure ! Je vois que malgré la fatigue ton incroyable flair est intact.

— Qu'est-il arrivé au jeune Anton ?

— Bah, fit Bélialo en haussant les épaules, oublie son frère. Viktor te donnera bien assez de fil à retordre. À ce sujet, je te dirai simplement qu'à un moment il a fallu que je sépare les jumeaux pour mieux les protéger. (Le démon consulta une grosse montre de gousset qu'il tira de la poche de son gilet.) Hélas, mon cher, d'autres affaires m'attendent. Mais je ne partirai pas sans t'avoir révélé une dernière chose, certainement utile pour le travail qui t'attend et aussi pour tes recherches. La lignée des Maîtres est matrilinéaire. Tous les Maîtres qui se sont succédé au cours des millénaires n'ont eu qu'une seule mère, et qu'une seule amante, qu'ils ont connue avant d'accéder au trône. Ce petit jeu incestueux dure depuis la nuit des temps.

Azra, bouche bée, plissa ses petits yeux myopes. Le large sourire auquel il ne s'était jamais habitué réapparut sur le visage du démon.

— Bien, à présent je te laisse !

D'un pas leste, Bélialo passa derrière le paravent peint et disparut tout à fait. Azra, demeuré seul, resta un long moment à contempler le bout de ses chaussures comme s'il y apercevait, concentrés en un point kaléidoscopique, les scénarios de fin du monde qui se jouaient dans sa tête.

10.

Quand il rouvrit les yeux, Aimé ne savait plus où il était. Victime d'une panne de matière grise, il regarda la pièce autour de lui avec l'étonnement d'un nouveau-né jusqu'à ce qu'un vent léger entré par la fenêtre entrouverte ne vienne le raviver, émoustillant ses narines d'une fraîche odeur de pluie, réactivant sa mémoire et le courant de ses pensées. Paris, la guerre, l'enterrement, la filature, le colis – tout cela lui revint en bloc à l'esprit.

Il se redressa dans son lit et se frotta le visage. Quelle heure pouvait-il bien être ? Son réveil s'était arrêté, mais on devait approcher les neuf heures du soir. Quelques petits nuages rosés flottaient dans un ciel turquoise maintenant dégagé, le soleil était en train de se coucher. Bien qu'il se sentît requinqué, Aimé se demandait s'il ne ferait pas mieux de roupiller jusqu'au lendemain quand ses yeux encore enflés de sommeil tombèrent sur le colis posé sur une table dans un coin de la pièce. Sans doute contenait-il un message de son oncle et peut-être aussi, à défaut de réponse, quelque indice susceptible d'éclairer la nature du mal qui l'avait emporté. En tout cas, c'était le dernier legs de Géo – le seul, eût-on pu dire, puisque les banques et l'État allaient bientôt faire main basse sur le reste de son héritage.

Il se leva, déchira l'emballage et découvrit une boîte à chaussures couleur crème de chez Deneux & Deneux, « Artisans bottiers depuis 1871 ». Elle était dans un état d'usure avancé et les taches de peinture dont elle était maculée indiquaient qu'elle avait dû traîner un certain temps dans l'atelier de Grandin. En retenant son souffle comme s'il désamorçait une bombe, il ôta le couvercle.

La boîte contenait trois objets : un vieux calepin, une petite liasse de feuillets rectangulaires maintenue par une pince à dessin et une grosse clé insolite qui capta aussitôt toute son attention.

Plus que ce qu'elle lui suggéra – un endroit clos et donc quelque chose à cacher –, ce furent sa forme et sa facture qui l'intriguèrent. Longue d'une quinzaine de centimètres, son anneau et une moitié de la tige étaient en bronze, tandis que le panneton, une sorte de cédille anguleuse frangée de trois pertuis, était façonné dans un type de verre dont la teinte rosée rappelait le quartz. Les deux parties de la clé étaient unies comme si elles avaient été collées, mais la tige était parfaitement lisse. À en juger par son extrémité métallique, qui portait encore les marques d'une fabrication artisanale, et par sa forme, qui suggérait une serrure rudimentaire, l'objet devait être assez ancien, voire antique.

Le calepin à la couverture craquelée de cuir noir comprenait une centaine de pages jaunies, remplies aux deux tiers par des listes de noms, de chiffres et de dates inscrits au crayon ou avec différentes encres. En le feuilletant, Aimé comprit qu'à chaque page correspondait une date sous laquelle étaient notés des titres de tableaux, des noms d'artistes et de musées – le Louvre était récurrent – ainsi que des colonnes de chiffres se rapportant à d'importantes sommes d'argent, souvent plusieurs dizaines de milliers de francs. De toute évidence, il s'agissait là d'un livre de comptes secret lié à l'activité présumée de faussaire de Géo.

Une équation s'ébaucha dans la tête d'Aimé. Livre de comptes secret plus clé égale coffre, et coffre égale magot. Revigoré par ce raisonnement fluide et limpide, Aimé s'intéressa sans attendre au dernier élément que contenait la boîte, avec l'espoir de voir ses intuitions confirmées.

Les feuillets, en papier léger, mesuraient tous environ dix centimètres sur quinze. Chacun portait quelques traits tracés au crayon gras – des segments de courbes, des angles, des lignes droites ou brisées, jamais plus de deux ou trois – et était numéroté en tout petit dans un coin du verso. Il y en avait en tout soixante-dix-sept. Des traits de construction très fins exécutés au compas ou à la règle, souvent complexes, étaient encore visibles autour des traits gras, fruits d'un minutieux travail d'élaboration géométrique.

Aimé alluma une lampe, repoussa les vêtements et objets divers qui traînaient au centre de la pièce et disposa côte à côte une dizaine de ces petits rectangles sur le parquet. Pendant un long moment, il s'efforça d'y repérer un élément commun, des récurrences ou un lien qui lui eût évoqué une suite logique entre les figures. Ne trouvant rien, il regroupa les feuillets dans l'ordre de leur numérotation et les passa en revue un à un avec l'espoir de faire jaillir une étincelle. Il remarqua après un temps qu'un petit signe se retrouvait au dos de chaque feuillet, un angle droit très finement marqué, à différents endroits, mais toujours parfaitement à l'équerre avec le coin inférieur gauche du rectangle de papier. Cependant, malgré ce nouvel indice, il dut admettre qu'il n'y comprenait rien. Ce puzzle, à supposer que c'en fût un, avait de quoi décourager le plus obstiné des cubistes. Au bout d'une demi-heure, il se leva, grimaça quand ses pieds lui rappelèrent leur calvaire du matin, et alla s'accouder à sa fenêtre pour prendre une grande bouffée d'air frais.

La tête lui tournait légèrement. En levant les yeux vers le ciel étoilé, bien plus net et intense depuis les limitations sur l'éclairage nocturne de la capitale, il eut l'impression de continuer à voir dans le fouillis stellaire les courbes et les lignes qui l'avaient absorbé.

Si son logement, au sixième étage sous les toits, avait le désavantage de se transformer en étuve pendant la journée, il offrait une vue plongeante sur la longue pente déserte de la rue qui dévalait des hauts de Belleville jusqu'au croisement du métro. Il permettait aussi, depuis son unique fenêtre, d'épier l'intimité des résidents de l'immeuble en vis-à-vis, qui ne comptait que cinq étages. Au quatrième, presque à sa hauteur, ses yeux s'attardèrent sur les jambes nues de la jeune veuve Lemercier qui s'était installée dans son canapé. Par association, il pensa à Mérie, à son déménagement, à son comportement étrange, et à toutes les questions qu'il aurait aimé lui poser à leur prochaine rencontre.

Il poussa un soupir. Jamais au cours de sa vie il n'avait été aussi déboussolé et accablé de soucis. Au lieu de rester cloîtré chez lui à jouer les pourfendeurs d'énigmes, peut-être aurait-il mieux fait d'aller passer la soirée au Boit-Sans-Soif avec Gaspard et Raymond, histoire de décompresser. Mais il n'était pas d'humeur à discuter de trafics et de combines en descendant des cruchons de guinguet comme si de rien n'était. Plus que l'affecter, le décès de son oncle était en train de le changer, de lui montrer des aspects de lui-même jusqu'alors inconnus. Malgré lui, il avait la sensation intime que le mystère de cette mort le concernait personnellement.

Il entreprit d'examiner de plus près le calepin. La dernière entrée, datée du 17 janvier 1917, rapportait les informations suivantes : « Delacroix – Descentes de croix d'après Rubens (4). G. Lamb (Louvre) // Gainsborough – Paysages (2). Orcho + Taylor (Nat. Gal.) // Flaxman – Gravures (3). Orcho + Taylor ». Suivaient une série de multiples de mille, parfois accompagnés d'une lettre ou deux, probablement des sommes d'argent inscrites près des initiales de leur destinataire : en l'occurrence, Aimé déduisit que « G. L. » se rapportait à ce Lamb, « T. » à Taylor et « Or. » à Orcho. Tous inconnus au bataillon.

La même logique s'appliquait aux autres pages, où les noms, ou leurs initiales, à l'exclusion de ceux des artistes – qui précédaient le titre ou la nature des œuvres – étaient parfois au nombre de six ou sept. Des clients ou des intermédiaires, songea Aimé, qui commençait à prendre conscience de l'importance du calepin qu'il feuilletait. Qu'aurait donné Blanchard pour mettre la main dessus ? Il contenait la solution d'une partie de son enquête et bien plus. Par ailleurs, les individus dont le patronyme figurait sur ces pages ne se seraient-ils pas damnés pour le détruire ? Dès lors, que faire de ce carnet dont la divulgation aurait l'effet d'une bombe dans le monde de l'art ? Le conserver ferait de lui un complice, mais allait-il pour autant le remettre à la police ? Cela permettrait sans doute de faire la lumière, au moins en partie, sur la mort de Géo, mais il s'interdirait par là même toute possibilité de retrouver un éventuel trésor caché – pire encore : en admettant qu'il existât, il remettrait directement ce trésor à l'État, commettant une bévue qui le tourmenterait jusqu'à la fin de ses jours.

Ce scénario écarté, la question demeurait : que faire ? Qu'avait espéré Géo en lui laissant ce calepin ? Devait-il identifier les associés de son oncle pour aller leur demander des explications ou les faire chanter ? Cette option ne l'emballait guère, car il s'agissait sans doute de très grosses pointures qui ne se seraient pas laissé enquiquiner par un poids plume de la magouille. D'ailleurs – songea Aimé avec un frisson – il se pouvait très bien que ces personnages puissants, qui avaient beaucoup à perdre, fussent déjà sur ses talons. Lui, Aimé, seul héritier de l'homme qui était le rouage central de leur trafic, avait les moyens de les ruiner et de les envoyer moisir au trou pendant un bon bout de temps. D'ailleurs, s'il n'était pas de la police, le type qui l'épiait au cimetière était peut-être à la solde de cette clique. Si cette intuition était juste, ces gros bonnets ne tarderaient pas à lui tomber sur le paletot.

Commençant à prendre la mesure du sac de nœuds dans lequel il s'était fourré malgré lui, Aimé sentit son sang s'épaissir. Pourquoi Géo lui avait-il laissé ce colis sans un mot d'explication ? Il n'avait certainement pas eu l'intention de lui attirer des ennuis, ni, partant, de l'inciter à chatouiller des gros poissons sans scrupules. Non, il devait y avoir autre chose et la solution était là, dans les trois éléments que contenait le colis. Ayant compris l'importance du calepin, et ne voyant pas quelle utilité pouvait avoir la clé avant d'avoir trouvé la serrure, il ne lui restait plus qu'à se concentrer sur les feuillets. Aussi retourna-t-il s'asseoir sur le parquet, près de la lampe, déterminé à percer le secret de ces petits bouts de papier.

Pendant plus d'une heure, il se tordit les méninges, tournant et retournant les feuillets dans tous les sens, testant tour à tour toutes les hypothèses qui lui venaient à l'esprit.

S'agissait-il d'une carte, ou d'un plan ? D'une sorte de code, peut-être ? D'un alphabet ? Croyant que la solution pouvait résider dans la numérotation, il sépara les feuillets pairs des impairs et examina les deux groupes un à un. Convaincu qu'il faisait fausse route, il entreprit ensuite de n'examiner que ceux sur lesquels étaient tracées des lignes droites ou brisées, puis ceux où apparaissaient des lignes courbes, mais cela, une fois encore, ne menait nulle part. De guerre lasse, il alla de nouveau s'accouder à sa fenêtre pour se rafraîchir les idées.

La rue de Belleville était un long fossé noir et désert. La veuve Lemercier avait tiré ses rideaux, deux pans d'étoffe diaphane faiblement éclairés de l'intérieur. Par le passé, depuis ce même poste d'observation, Aimé avait plus d'une fois surpris sa voisine en déshabillé – spectacle qui offrait une alternative agréable à celui du remue-ménage en contrebas – et capté des attitudes et des regards suggestifs qui lui étaient adressés par-dessus la tranchée de la rue. Jusqu'à ce que le mari de la jeune femme meure au front, six mois plus tôt, ce petit jeu se répétait souvent. Depuis, plus rien, comme si le souvenir de l'infortuné, plus que sa présence en chair et en os, avait été un frein aux fantasmes adultérins de son épouse. À présent, quand ils se croisaient sur le trottoir, chez l'épicier ou au marché, la veuve l'ignorait et passait son chemin, son joli visage assombri d'un air triste qui ne le quittait plus.

Tandis qu'Aimé continuait de fixer les rideaux avec l'espoir de voir la silhouette de sa voisine dévêtue s'y découper en ombre chinoise, une illumination le foudroya. Par transparence ! Comment n'y avait-il pas pensé plus tôt ?

Tremblant d'excitation, il exhuma un pot de colle à bois du fouillis de sa chambre et se mit au travail. Le procédé qui lui était venu à l'esprit était simple : il s'agissait d'appliquer un point de colle dans l'angle droit tracé au dos de chaque feuillet pour y faire adhérer le coin du recto du feuillet successif, en suivant l'ordre de la numérotation et en prenant soin de bien ajuster les bords.

Ayant assemblé une dizaine de feuillets, il examina le patchwork obtenu à contre-jour devant la lampe. Ce qu'il vit ne faisait pas grand sens, mais à deux ou trois endroits, comme il l'escomptait, certaines lignes tracées au crayon gras se joignaient très exactement, se prolongeant par transparence d'un feuillet à l'autre. Son entrain décuplé par ce premier résultat, il se remit aussitôt à la tâche.

Au bout de trois quarts d'heure, il avait terminé. Au comble de l'excitation, il tendit au travers de la pièce la longue ficelle qu'il utilisait d'ordinaire pour étendre son linge et y suspendit son collage, un rectangle d'environ cinquante centimètres sur quarante dont les bords formaient des créneaux irréguliers. Il ravitailla ensuite sa lampe à alcool, la régla au maximum et la posa sur le rebord de sa fenêtre de façon à rétroéclairer son ouvrage. Enfin, il repassa de l'autre côté du collage et prit autant de recul que l'espace restreint de la pièce le lui permettait pour examiner l'ensemble.

Aucun doute, la méthode employée était la bonne. Bien que l'épaisseur du collage atteignît par endroits quatre feuillets, les rayons de la lampe parvenaient à le traverser. Les traits distribués sur les soixante-dix-sept morceaux de papier lui apparaissaient maintenant comme un tout cohérent, dessinant un enchevêtrement de polyèdres, de boucles et de formes oblongues qui rappelèrent à Aimé certaines œuvres de calligraphie arabe découvertes jadis dans un livre de son oncle, mais déformées, comme tracées sur une pâte molle que l'on aurait ensuite étirée. Même s'ils ne faisaient aucun sens, Aimé sentait que ces entrelacs recelaient un ordre caché, un impératif géométrique sous-jacent qui happait son regard tout en lui échappant.

Tandis que ses yeux se perdaient dans le dessin, il se sentit gagné par une angoisse diffuse qui le fit frissonner. Si rien dans cette figure ne justifiait une telle inquiétude, les associations mentales qu'elle suscitait l'entraînaient intérieurement sur une pente glissante et obscure.

Il eut d'abord la vision d'un buisson de ronces. Par quelque étrange propriété inhérente au fouillis de courbes, cette image n'était pas seulement dans sa tête mais prenait corps et s'animait sous ses yeux, comme si le dessin lui eût présenté le produit vivant de son imagination. Mais non, ce n'était pas un buisson – un grouillement de vers, plutôt, ou de reptiles, une masse mouvante de vipères engagées dans une sorte d'orgie amoureuse ou de mêlée cannibale –, et voilà, sans solution de continuité, que ce n'étaient plus des serpents, mais un tas d'intestins, de viscères frais et remuants que l'éclairage de la lampe faisait palpiter.

Pris d'un vertige, Aimé détourna les yeux, s'assit sur son lit et se prit la tête entre les mains. Son cœur battait à tout rompre.

Que s'était-il passé ?

Son premier réflexe, dès qu'il eut repris ses esprits, fut de mettre cet épisode hallucinatoire sur le compte de l'épuisement. Sans doute avait-il été naïf de croire que quelques heures de sommeil eussent pu effacer la fatigue nerveuse accumulée ces derniers jours. Mais ces réflexions constituaient un rempart bien fragile contre la brutalité de l'expérience qu'il venait de vivre. Fatigué ou non, c'était bien le dessin qui avait déclenché cette crise – cette force d'attraction, cette spirale irrésistible qui l'entraînait jusqu'aux tréfonds de l'image et de lui-même, il ne l'avait pas rêvée !

Quel sens tout cela avait-il ? Son oncle voulait-il entrer dans l'histoire comme l'inventeur du tableau hallucinogène ? Il crut comprendre la raison d'être des feuillets : tout comme on sépare les composants d'une machine infernale, Géo avait dû fragmenter son dessin pour éviter toute déflagration accidentelle – mais qu'attendait-il de lui ?

Les formes qui avaient pour un moment obnubilé sa raison continuaient de virevolter dans sa tête. Même les yeux fermés, et malgré la nausée surgie de son vertige, l'image continuait d'exercer sur lui son emprise et le poussait à retourner vers elle, quelles qu'en soient les conséquences, cependant qu'une intuition se fit jour dans son esprit. La forme étirée du dessin lui rappela tout à coup certaines illustrations que son oncle lui avait montrées dans son enfance et qui l'avaient marqué. Elles étaient dans un grand livre sur les trompe-l'œil et les illusions d'optique contenant tout un chapitre sur les anamorphoses, ces représentations qui ne faisaient sens que lorsqu'on les observait sous un certain angle ou dans des miroirs déformants.

Se pouvait-il que le dessin répondît à ce genre d'exigence ? Et que celui-ci, par son étrange pouvoir de suggestion, ait fait naître en lui cette idée ?

Il n'eut pas le temps de se le demander que déjà il avait rouvert les yeux et s'était remis debout. Le regard fixé sur le collage, spectateur plus qu'acteur de ses mouvements, il se déplaça lentement, à tout petits pas, pour changer son angle de vision sur les vers, les serpents, les intestins. Vaines étaient ses tentatives pour reprendre le contrôle de son corps, futiles ses efforts pour se soustraire au pouvoir de l'image.

Quand enfin, la mâchoire crispée et les yeux écarquillés, il se trouva dans la position d'où le dessin voulait être perçu, un froid glacial l'envahit, jailli du fond de son être, et il connut l'effroi.

Lorsqu'il revint à lui, Aimé était étendu sur le parquet de sa chambre. Il faisait grand jour. Il crut un instant qu'il venait de rentrer de l'enterrement et qu'il s'était évanoui de fatigue en arrivant chez lui. Mais en voyant le collage et la lampe éteinte sur le rebord de la fenêtre, il comprit dans un sursaut de panique qu'il n'avait pas rêvé.

Sans réfléchir, il bondit sur ses pieds, arracha les feuillets de la corde à linge, les fourra dans le poêle et s'empressa de gratter une allumette pour y mettre le feu. Voilà qui devait mettre fin au cauchemar, espéra-t-il, encore sous le coup de l'épouvante qui l'avait terrassé.

Qu'est-ce qui avait bien pu lui causer une telle frayeur ? Qu'avait-il vu ? Impossible de se souvenir. Un trou noir rien moins que providentiel l'empêchait de se remémorer le moindre détail de l'image. Seuls demeuraient, comme un écho de cette expérience terrible, les tremblements de ses membres et sa gorge serrée.

Il se passa le visage à l'eau froide, puis alla de nouveau s'accouder à sa fenêtre pour calmer ses nerfs. Il s'aperçut alors que la journée touchait à sa fin. Le soleil déclinait et certains commerçants avaient déjà fermé boutique. Il devait être six ou sept heures du soir. Quoi, était-il resté inconscient pendant plus de vingt heures ?

Ayant remis la clé et le calepin noir dans la boîte, qu'il poussa sous son lit, il enfila des chaussures, se coiffa d'une casquette et sortit de chez lui, direction le Boit-Sans-Soif.

Se sentant encore faible, il descendit la rue de Belleville d'un pas mal assuré, l'estomac tiraillé par la faim. Arrivé au niveau du métro, il rencontra Jacquot et se rappela d'un coup la mission qu'il lui avait confiée. Le gamin le regardait avec de grands yeux ronds.

— Comment ça va, petit ? demanda-t-il à l'enfant en lui passant une main sur la joue. Tout s'est bien passé ? Tu as des choses à me raconter ?

— C'est un bizarre, ton bonhomme, dit Jacquot, sans cesser de dévisager Aimé. Il m'a fait traverser la moitié de la ville, j'ai eu des frais de métro. Il crèche dans un drôle d'endroit.

— Alors tu as découvert où il habite ? Viens, je vais te payer une limonade et tu vas tout me dire. Mais pourquoi tu fais cette tête ?

— Qu'est-ce qui est arrivé à tes cheveux ? Ils sont tout blancs.

11.

— Et qu'est-ce qu'il fabrique à Aubervilliers dans un camp de manouches, le gonze ? demanda Gaspard quand Aimé eut fini de raconter la filature de Jacquot et tout ce que l'enfant lui avait rapporté.

— Va savoir, répondit Aimé d'un ton maussade. Une chose est sûre, c'est qu'il est en planque. C'est pas un poulet.

— En tout cas, le petit a eu un sacré cran de l'avoir suivi jusque là-bas, dit Raymond en remplissant les verres de ses amis de guinguet bien frais. Les Gitans, c'est des dangereux. J'ai entendu un tas d'histoires sordides sur ce qu'ils font subir à leurs propres gosses.

— Ne va pas croire tout ce qu'on raconte, dit Aimé. De toute façon, j'avais bien dit à Jacquot de ne pas prendre de risques. Il n'est pas bête.

— Il est quand même entré dans le camp pour voir où le gars se terrait.

— Mais pourquoi un camp de Gitans ?

Gaspard ne pouvait s'empêcher de lorgner les cheveux blancs d'Aimé, qui répondit avec humeur.

— J'en sais foutre rien, mon vieux. Il faudrait aller lui poser la question.

Pendant un moment, les trois compères se turent, laissant leurs pensées tourner en rond, portées par les effluves du vin blanc.

Le Boit-Sans-Soif était situé sur le quai de la Gironde, derrière l'église Saint-Christophe. De leur table, par la devanture ouvrante, Aimé, Raymond et Gaspard avaient vue sur l'animation du canal Saint-Denis avec dans le fond, sur l'autre rive, les entrepôts et l'imposante architecture métallique des Grandes Halles de la Villette.

Dans la salle tout en longueur, deux autres tables étaient occupées respectivement par un vieil homme lisant le journal en compagnie d'un Picon-citron et quatre joueurs de belote, imperméables à ce qui se passait autour d'eux. Au comptoir, Lili, Micheline et Henri, dit « Riton les Échasses » à cause de sa jambe de bois – ces trois-là faisaient partie des « cariatides », ainsi nommés par Raymond du fait de leur fidélité exemplaire –, se chamaillaient au sujet d'une vague histoire d'ardoise avec le père Le Men, ancien pêcheur brestois qui avait décoré son bistrot avec des objets évoquant son passé : une grosse ancre rouillée posée dans un coin, des aquarelles de la côte bretonne en style naïf et, occupant tout un pan de mur, un filet de pêche garni d'étoiles de mer séchées.

Le père Le Men – un cinquantenaire chauve et courtaud, au visage couperosé et aux avant-bras couverts de tatouages qu'on eût dit réalisés par des élèves de maternelle – fermait un œil sur certains trafics qui avaient cours dans son établissement. Lui-même servait de l'absinthe sous le comptoir, louait deux chambres à l'heure à l'étage et faisait fonctionner le commerce de Gaspard, Raymond et Aimé quand l'occasion se présentait. Étant donné la confiance qu'il vouait au Breton et la position excentrée de son établissement, loin des principales plaques tournantes, Gaspard avait élu son QG au Boit-Sans-Soif quand la bande à Pépère avait été démantelée.

Raymond rompit le silence.

— Aimé ?

— Quoi ?

— Pourquoi tu veux pas nous dire ce qui est arrivé à tes cheveux ?

— Oui, renchérit Gaspard, vas-y, crache le morceau. Tu veux pas qu'on s'inquiète ? T'es pâle comme la mort, mon vieux.

Ne voulant rien révéler à ses associés sur le paquet que Modi lui avait remis, ni sur le gribouillage infernal qui l'avait épouvanté au point de blanchir une grosse mèche au-dessus de son front, Aimé s'enferra dans le mensonge qu'il leur avait servi en arrivant au bistrot.

— Je vous l'ai dit, j'en sais rien. Hier soir, j'ai pris des gouttes pour dormir et je me suis réveillé comme ça.

— Tu crois qu'on va avaler ces sornettes ?

Raymond, qui s'apprêtait à faire écho à Gaspard, fut coupé par un horrible grincement de freins qui fit tourner toutes les têtes. Un taxi, une Renault AG-1 vert sombre à la capote noire, venait de s'arrêter devant le bistrot. Le chauffeur, qui portait la casquette et l'uniforme gris-bleu de la compagnie G7, en descendit en titubant, une bouteille de vin rouge entamée à la main – c'était André, dit « Dédé-la-Toupie », qui comme souvent venait manger un morceau avant d'attaquer la soirée.

Après une dizaine d'années de trafics et de mauvais coups aux côtés de Gaspard et de Raymond – lui et Gaspard étaient de la même génération et avaient fait leurs débuts dans les mêmes bandes –, André avait tiré son épingle du jeu et exerçait le métier de chauffeur de taxi depuis six ans. Pour autant, il n'avait pas cessé de fréquenter ses camarades, auxquels il lui arrivait encore de rendre quelque service.

En le voyant sortir de l'auto, Gaspard lui fit un grand geste auquel André répondit en brandissant sa bouteille, avant d'entrer dans le bistrot d'un pas chaloupé.

— Salut les bons à rien ! lança-t-il à la cantonade.

— André ! cria le père Le Men de derrière le zinc. Range cette boutanche ! Ici on peut amener son manger, mais pas son boire !

— Sors ta fine et sers-nous une tournée ! lança André en s'installant à la table de ses amis. Et un plat de lentilles aux couennes, avec du pain ! Sans blague, comme si j'avais une tête à amener mon boire !

La nouvelle de la tournée remonta Gaspard et Raymond, qui demandèrent la raison de cette bonne humeur exubérante. André – un gars filiforme au visage allongé et raviné, orné de petites moustaches – sortit de sa poche un paquet de brunes à peine entamé, alluma une cigarette et commença son histoire.

Le matin même, comme il remontait l'avenue de l'Opéra dans son tacot, un groom lui avait fait signe devant l'hôtel Édouard-VII pour charger une belle jeune femme blonde habillée chic – « On aurait dit une actrice ! Non, une déesse ! » – ainsi qu'un officier de l'infanterie qui, plus que par les médailles épinglées à sa poitrine, se distinguait par le fait qu'il était à la fois cul-de-jatte, manchot et borgne. Le soldat braillait comme un âne parce qu'on avait volé sa chaise roulante et André, avec l'aide du groom, avait dû le transporter à bras-le-corps depuis la réception de l'hôtel pour le charger dans sa Renault.

— « Allez, roulez ! » qu'il m'a dit, une fois installé à côté de sa pouliche, en agitant son cigare. Il avait un défaut de prononciation, comme s'il avait de la purée dans les joues. « Rouler, je veux bien, mais vers où ? – Je ne sais pas ! Vous êtes parisien, non ? Vous devez le savoir ! Allons à la tour Eiffel, par exemple ! » qu'il m'a dit, et puis, en se tournant vers sa poupée : « On va aller voir la tour Eiffel, tu veux bien, ma chérie ? » – et il l'a attirée à lui pour l'embrasser.

André était éberlué – un tel « morceau de choix » avec ce débris ! On en voyait de belles, dans son métier ! Ils n'avaient pas fait cent mètres que l'officier lui tenait déjà la jambe, lui révélant qu'il avait fait partie de ceux qui dans la bataille de la Marne étaient montés au front en taxi. Il n'était alors qu'un capitaine fraîchement arrivé de Lyon. C'est alors qu'un déclic se produisit chez André. Il avait lui-même pris part à cet épisode devenu légendaire, et l'un des soldats qu'il avait transportés lors de cette glorieuse journée avait le même défaut de prononciation.

— Tu lui as dit ? demanda Gaspard, pendu comme Raymond aux lèvres de Dédé.

— Bien sûr, cette connerie ! J'ai tout de suite pensé au pourboire !

Mais les effets de cette coïncidence dépassèrent de très loin tout cc qu'André avait pu imaginer. L'officier – le capitaine Roger Porraz – avait aussitôt explosé d'enthousiasme, l'invitant à l'appeler par son prénom. Entre la Concorde et le Champ-de-Mars, il parcourut à nouveau les étapes du

« miracle de la Marne », puis demanda à André de s'arrêter à l'ombre d'un arbre pour admirer la Tour, tout en continuant de raconter ses expériences.

— Mais le compteur tournait encore ? demanda Raymond.

— Je veux, mon neveu !

— Et la fille ? demanda Gaspard.

— Attends, c'est pas fini !

Porraz décida ensuite d'aller acheter un nouveau fauteuil roulant, que Dédé dut attacher au-dessus de sa malle. Après quoi le capitaine invita le chauffeur à déjeuner au Procope, où le personnel l'accueillit comme un héros de guerre. Pendant le repas, bien arrosé, Porraz lui apprit qu'il était l'héritier d'un riche importateur de soie du Japon.

— Il était plein aux as ! Et pendant qu'on ripaillait, mon compteur continuait de tourner ! C'était la poule aux œufs d'or !

— Et la fille ?

— C'est là que ça se corse !

Dès le milieu du repas, bien qu'elle fût restée sobre, la jeune femme rechercha le contact d'André sous la table – d'abord le pied, puis le genou, enfin la main. Dédé commença à se demander si toute cette comédie n'était que le prélude à un traquenard. Ce soupçon se renforça quand Porraz, après avoir réglé en liquide la note salée du restaurant, posa cinq cents francs sur la table et demanda à André d'un ton soudain sérieux s'il n'était pas disposé à rendre un service un peu spécial à un camarade de guerre.

— Là, j'ai hésité. Je flairais le coup fourré. J'ai essayé d'esquiver en prétextant qu'il fallait que je m'occupe de mon tacot. Et puis, en voyant le pognon, je me suis dit : Qu'est-ce que tu risques ? Qu'est-ce qu'un type bourré de fric comme lui peut bien gagner à arnaquer André Lomont ? Si les choses tournaient au vinaigre, j'aurais toujours assez de marge pour me faire la paire. Il allait pas me courir après !

— Alors ? demanda Raymond.

— Alors j'ai empoché l'argent, on est sortis du restaurant et on est retournés à leur hôtel. Et là, messieurs, je vous le donne en mille ! Il m'a demandé de lutiner sa pouliche !

— Pendant qu'il regardait ?

— Bien sûr ! Sous son œil ! Et avec une pétoire chargée à la main ! Ses bijoux de famille avaient sauté avec ses guiboles. Ce genre de mise en scène, c'était son seul moyen de prendre son pied.

Il y eut un silence stupéfait, qui ne dura qu'une poignée de secondes. Pressé par Gaspard et Raymond, Dédé s'appliqua à fournir une description minutieuse de ses exploits au lit avec la jeune femme, pendant que l'officier, installé sur une chaise, éructait des ordres à un bataillon imaginaire – « Baïonnettes au canon ! », « Prenons cette colline ! », « Pas de quartier ! »

Aimé, qui écoutait passivement, ne doutait pas que le récit d'André ne fût au moins pour moitié inspiré par l'alcool, chose dont ses deux acolytes ne paraissaient pas se soucier. Il fallait cependant reconnaître à André une certaine virtuosité quand il s'agissait d'allier sa mythomanie aux thèmes les plus scabreux. Dehors, la nuit tombait. Le bar s'était peu à peu rempli de sa clientèle braillarde, avec quelques apaches installés en terrasse.

— Ah, quelle foutue guerre ! dit Dédé quand son filon fut épuisé.

Et puis, en se tournant vers Aimé, ses yeux avinés posés sur la mèche blanche juste au-dessus de son front :

— Mais dis-moi un peu, qu'est-ce qui t'est arrivé ? T'en tires une tronche ! T'as bouffé une saloperie ?

Gaspard prit les devants et raconta les événements qui avaient récemment chamboulé la vie d'Aimé, ce qui permit à André de terminer ses lentilles aux couennes qui entretemps avaient refroidi. Quand il eut fini d'évoquer l'épisode de la filature jusqu'à la planque du type aux favoris roux, André, qui avait recouvré son sérieux, n'eut aucune hésitation :

— Il faut aller lui demander des explications, et pas plus tard que maintenant.

— Maintenant ? s'étonna Raymond, non moins ivre.

— Sûr ! Tout de suite ! Il faut profiter de l'effet de surprise.

— T'as raison, dit Gaspard. T'en penses quoi, Aimé ?

Aimé, lui-même éméché, hocha la tête. En fait, c'était un plan fort simple auquel il n'avait cessé de penser depuis Belleville. Mais il hésitait à entraîner ses amis dans cette aventure.

— Le camp n'est pas loin d'ici, le gonze est tout seul et on est quatre, dit André. On va lui rendre visite.

Après avoir réglé son dû au père Le Men, ils sortirent du Boit-Sans-Soif, montèrent dans le taxi qu'André fit démarrer à la manivelle, et prirent la direction d'Aubervilliers.

Le trajet ne fut pas long, car l'endroit n'était qu'à quatre kilomètres de distance à vol d'oiseau, mais il dura une éternité pour Aimé qui, assis à l'air libre à côté d'André, eut le loisir d'éprouver pleinement le style de conduite intrépide du chauffeur. Lancée à vive allure, la Renault slalomait entre les autres véhicules et refusait systématiquement la priorité aux carrefours pour ne pas perdre de vitesse. La voiture n'étant munie à l'avant que d'un seul phare sale qui n'éclairait les nids-de-poule qu'au dernier moment, André était souvent forcé de faire de grandes embardées. Pendant que Gaspard et Raymond, à l'arrière, riaient comme des enfants, Aimé, qui n'avait pas l'habitude des automobiles, fut vite gagné par une forte envie de vomir à laquelle il donna libre cours une fois à destination, sous les sarcasmes des autres.

André avait garé son taxi à bonne distance de l'endroit désigné, à la limite de la commune de Saint-Denis, dans une rue parallèle au canal, bordée de part et d'autre par des entrepôts et des usines clôturées entre lesquels s'étendaient encore des lopins de terre incultes, derniers vestiges d'un paysage rural sacrifié au profit du développement industriel. En l'absence de bec de gaz, seule une lune blafarde éclairait les quatre hommes, rehaussant de sa faible lueur argentée les toits en dents de scie et les parties saillantes du décor à l'entour.

André désigna du doigt une masse sombre qui enjambait la rue à une centaine de mètres de là.

— Voilà le pont de chemin de fer dont parlait le gosse. En longeant la voie vers le canal, vous devriez tomber sur le campement.

— Tu viens pas avec nous ? demanda Raymond.

— Il faut quelqu'un pour surveiller vos arrières et démarrer le tacot en cas de sauve-qui-peut. Mais tiens, dit-il à Gaspard en sortant un revolver de sous sa veste, prends ça. On sait jamais.

Sans aucune forme de commentaire, Gaspard fourra l'arme dans une poche de son pantalon, puis fit signe à Aimé et à Raymond de le suivre en direction du pont.

Après le boucan infernal du deux-temps de la Renault, le silence de la nuit leur donnait l'impression de se resserrer autour d'eux comme une substance ouatée, tandis que l'adrénaline estompait rapidement les effets de l'alcool. Juste avant le pont, ils empruntèrent un passage herbeux qui courait entre le haut remblai de la voie ferrée et le mur d'enceinte d'une fabrique de dégras. Ils avancèrent à pas de loup, attentifs à ne pas trébucher sur les débris qui jonchaient le terrain boueux et s'accroupirent dans l'ombre dès qu'ils furent à proximité du campement.

À une cinquantaine de mètres, au milieu d'un vaste terrain vague en bordure du canal, trois gros chariots et quelques tentes de fortune étaient disposés en cercle autour d'un feu qui s'éteignait paisiblement. À l'autre bout du bivouac, trois chevaux dormaient attachés à un arbre au bord de l'eau. Le baraquement en bois, qui d'après Jacquot servait de planque à leur homme, était situé un peu en retrait, adossé au mur d'enceinte de l'usine. Une faible lumière jaunâtre émanait de l'une des trois fenêtres crasseuses, surmontées d'un toit de tôle ondulée, ménagées dans la longue paroi de bois qui faisait face au campement.

— On y est, murmura Aimé, qui avait encore un goût de bile dans la bouche.

— Apparemment tout le monde roupille, dit Raymond. C'est bonnard. On a un plan ?

— Notre zigue est pas encore couché, dit Gaspard. Voilà mon idée. On lui dégringole sur le poil, on le bâillonne et on le secoue un peu, juste assez pour qu'il comprenne qu'il n'a pas intérêt à ameuter ses copains. Après, on passe aux questions.

— Et s'il n'est pas seul ? s'inquiéta Aimé.

— On verra bien. Si ça tourne au vinaigre, on a le rigolo d'André.

Ils sortirent à découvert, le temps de gagner le coin d'ombre entre le mur de l'usine et le baraquement, où ils s'accroupirent de nouveau, collés à la paroi. Après s'être assuré que rien ne bougeait, Aimé s'approcha de la fenêtre illuminée et hasarda un coup d'œil à l'intérieur.

L'unique espace tout en longueur était encombré d'une grande quantité de matériel de chantier entassé sur les côtés. Éclairé à contre-jour par une lanterne posée sur le sol, l'homme aux favoris roux était assis sur ses talons, la tête baissée. Le plancher devant lui était couvert d'étranges dessins.

— Il est seul. C'est bizarre, on dirait qu'il est en train de prier, chuchota Aimé aux deux autres.

Pour toute réponse, Gaspard fit un signe vers l'autre extrémité du baraquement, où devait se trouver la porte. Malgré ses doutes quant à leur plan d'action, Aimé, tout en gardant un œil sur le campement, longea la paroi à quatre pattes, tel un renard s'approchant d'un poulailler. Gaspard et Raymond l'imitèrent, étonnamment furtifs compte tenu des litres de vin qu'ils avaient bus. Ils se retrouvèrent bientôt à l'autre bout de la longue structure, près d'une porte en bois entrebâillée.

Gaspard sortit le revolver d'André, qui luisit faiblement dans la clarté lunaire.

— Prêts ?

Ne récoltant aucune objection, il fit irruption à l'intérieur, Aimé et Raymond à sa suite.

— Bouge pas ou t'es mort !

Aimé n'avait pas fait trois pas qu'il s'arrêta net – l'homme avait disparu ! Il voulut retenir Gaspard qui continuait de foncer vers le fond éclairé de la longue pièce, mais entendit derrière lui un bruit sourd, comme un gros sac de pommes de terre lancé depuis une hauteur, et une voix forte qui lui glaça le sang.

— Haut les mains !

Aimé se retourna. Dans l'obscurité quasi complète, il ne discerna pas immédiatement les contours de la silhouette noire qui se tenait dans un coin près de la porte. Raymond, dernier entré dans le baraquement, gisait sans connaissance aux pieds de l'homme, sans doute assommé d'un coup à la nuque.

— Ne faites pas de bêtises ! Lancez-moi votre arme !

Dans l'ombre, Aimé vit confusément que l'homme les tenait en respect avec un objet oblong – impossible de savoir si c'était un pistolet ou autre chose. Comment avait-il pu les entendre ? Il devait être doté d'une ouïe ou d'un sixième sens surnaturels, sans parler de sa rapidité à agir.

— On est venus parler ! Juste parler ! s'écria Aimé.

— Oui ! Oui ! renchérit Gaspard.

— Votre arme ou je vous abats !

Au bout d'un moment qui sembla interminable, Gaspard grogna et lança son revolver, qui atterrit sur le dos de Raymond. Quand l'homme se baissa pour le ramasser, Aimé se maudit intérieurement en le voyant lâcher la matraque de fortune avec laquelle il les avait menacés.

— Comment m'avez-vous trouvé ? demanda l'homme, qui avait un fort accent britannique.

— Vous me suiviez. Quand je m'en suis aperçu, je vous ai fait filer.

— Avancez vers la lumière, dit l'homme en agitant le revolver vers l'autre bout du baraquement.

La queue entre les jambes, Gaspard et Aimé traînèrent Raymond le long du passage aménagé entre deux tas de briques, de planches, de sacs de sable et d'éléments d'échafaudage abandonnés là depuis des années. Ils aboutirent à un espace plus dégagé où l'homme s'était constitué une tanière garnie d'un matelas miteux et d'un bidon rouillé faisant office de table, encombré de matériel d'écriture, de boîtes de conserve et d'une bouteille de vin. Aimé découvrit le dessin qu'il avait aperçu par la fenêtre : quatre cercles de diamètres différents s'interséquant de façon aléatoire et ornés de signes étranges, tracés sur le sol à la craie rouge.

— Allongez votre ami sur le matelas.

Tandis que Gaspard et Aimé déposaient le corps inerte de Raymond sur la couche pouilleuse, l'homme, sans abaisser son arme, prit la lanterne et la posa sur le bidon près des restes de son dîner.

De taille moyenne et plutôt costaud, on lui aurait donné quarante ans. Sous un vaste front dégarni, il avait des lèvres minces, un nez camus et deux petits yeux clairs surmontés de sourcils broussailleux du même roux que ses favoris. Il était vêtu d'une chemise fripée et du pantalon marron qu'il portait le jour de l'enterrement.

— Rassurez-vous. Je ne veux pas vous faire de mal et je sais que vous n'êtes pas des assassins.

— Non, on est juste venus pour des explications, dit Aimé.

— Alors, on parle ?

— On parle.

Leur hôte fourra le revolver à l'arrière de son pantalon.

— Laisse-moi d'abord te dire une chose, Aimé. Si je t'ai filé, c'était pour être sûr que je n'aurais rien risqué en entrant en contact avec toi. (Malgré son accent, qui adoucissait sa voix de baryton, son français était impeccable.) Autrement dit, pour m'assurer que tu n'étais pas suivi.

Aimé tiqua. Si l'homme mentait, son baratin démarrait fort. En attendant, il connaissait son nom.

— Suivi par qui ? La police ?

— C'était une possibilité, en effet.

L'homme reprit la lanterne et s'approcha d'Aimé, qu'il dévisageait depuis le début d'un air intrigué.

— Tu permets ?

Sans attendre de réponse, il allongea le bras, passa les doigts sur le visage d'Aimé, puis frotta son index et son majeur contre son pouce comme pour tester la consistance de la sueur qu'il y avait récoltée. Aimé sursauta, se frotta la joue d'un geste instinctif et posa un regard inquiet sur la paume de sa main.

— Quoi ? Qu'est-ce qu'il y a ?

— C'est impossible… Tu l'aurais vu ? Toi ?

— Quoi, moi ? Vu quoi ? demanda Aimé, craignant d'avoir deviné la réponse.

L'homme avait l'air bouleversé, comme s'il venait de découvrir qu'Aimé était son fils.

— Il y a des choses que tu dois savoir au sujet de ton oncle, et aussi au tien. Je crains que tu ne te sois fourré dans une bien sale affaire.

— Qu'est-ce qui se passe ? intervint Gaspard en voyant la mine ébahie des deux autres.

— Vous connaissiez mon oncle ?

— Asseyons-nous. J'ai beaucoup de choses à te dire. Ça risque d'être un peu long, mais nous avons tout le temps.

Gaspard et Aimé se consultèrent du regard, puis prirent place sur le matelas à côté de Raymond. L'homme s'assit en tailleur sur le sol, face à eux. Il ferma les yeux un moment, son front plissé trahissant le remous de ses pensées derrière son occiput. Enfin, il commença à parler d'une voix posée.

— Je m'appelle Arthur Parks, je travaille pour les services secrets britanniques.

Non – s'empressa-t-il d'ajouter – il ne faisait pas partie du SIS à proprement parler mais, quelque temps avant la guerre, les services l'avaient contacté à Londres pour lui demander de surveiller les faits et gestes d'une personnalité de la loge maçonnique à laquelle il appartenait, l'Aube dorée. Si le nom d'Aleister Crowley n'évoquait rien à Aimé ni à Gaspard, il était associé outre-Manche à un personnage connu pour ses excentricités, ses mises en scène ésotériques – car il s'agissait d'un sorcier – et ses pamphlets antipatriotiques. Ayant intégré la loge sous le nom de frère Perdurabo, Crowley s'était d'emblée imposé comme un leader et en était rapidement devenu le Grand Maître. Parks, qui avait intégré l'Aube dorée en même temps que lui et l'avait appuyé lors de son ascension, était vite passé du statut de simple ami à celui d'assistant et de secrétaire.

— Cela faisait de moi un informateur de choix et les services surent comment me convaincre de collaborer – je suis Irlandais, voyez-vous, il leur aurait été facile de m'envoyer croupir dans une geôle pour mes convictions politiques, réelles ou supposées. À leurs yeux, Crowley, qui ne faisait rien pour mitiger sa réputation de dépravé, était un pervers doublé d'un dangereux propagandiste soupçonné d'intelligence avec l'ennemi. Avant d'arrêter et de passer cette crapule par les armes, ils voulaient établir un schéma de son réseau et de ses contacts, et rassembler le plus d'informations possible sur les activités de la loge en général.

Mais la situation se compliqua quand Crowley, sentant le vent tourner, quitta l'Angleterre pour les États-Unis, où il demanda à Parks de l'accompagner. À New York, le travail d'espionnage de Parks donna des fruits inespérés, car Crowley profita de cet exil plus ou moins forcé pour essayer de former le noyau d'une branche américaine de l'Aube dorée qui aurait étendu ses ramifications à l'ensemble du Nouveau Monde et au-delà. Parks, devenu le bras droit du sorcier, était au courant de toutes ses manigances.

— J'en étais même un rouage essentiel. Il me dictait ses lettres, me confiait des missions, et je l'accompagnais dans tous ses déplacements. J'étais une véritable mine de renseignements pour le SIS – mais à quel prix ! Crowley me chargeait aussi de lui procurer tout le matériel et les ingrédients nécessaires à ses rituels magiques, auxquels je ne pouvais faire autrement que de participer – et je puis vous assurer, messieurs, que ce personnage n'a pas usurpé sa réputation de plus abominable des hommes.

Malgré le regard hébété d'Aimé et de Gaspard, Parks poursuivit son récit. Fraîchement débarqué à New York, Crowley entra en contact avec des francs-maçons locaux, en particulier avec un certain Bram Woodcock. D'origine sudafricaine, Woodcock avait fait fortune dans le commerce de diamants, puis décuplé son patrimoine déjà faramineux en démarrant des activités bancaires et en investissant, entre autres, dans le pétrole, l'automobile et, plus récemment, l'industrie de guerre américaine.

À l'instar de ses pairs – les Rothschild, les Rockefeller, les Guggenheim et autres Carnegie –, Woodcock pouvait également se vanter d'une fabuleuse collection d'œuvres d'art et de raretés en tous genres. En particulier, sa collection de manuscrits et d'objets liés aux sciences occultes, auxquelles il n'entendait rien, lui valait un prestige incontesté dans les milieux maçonniques. C'est ainsi que Parks et Crowley, hôtes du tycoon dans sa fastueuse villa de Nantucket, purent admirer des pièces d'une valeur inestimable : des dizaines de grimoires et de manuscrits pour la plupart uniques, des talismans et un jeu de tarot ayant appartenu à Cagliostro, un authentique miroir magique babylonien, le sarcophage noir original d'Eshmounazor II et le crâne d'Edward Kelly, médium associé au mage anglais John Dee. Mais parmi toutes ces pièces, il en était une d'acquisition récente dont Woodcock était particulièrement fier et jaloux : une œuvre, non, l'œuvre maîtresse, le chef-d'œuvre inégalable du peintre maudit Ivan Sokov.

— Un tableau ? demanda Aimé, qui fournissait un énorme effort de concentration pour ne pas perdre le fil.

Parks eut un sourire sans joie.

— Oui, un tableau. *La Naissance de Méduse.*

Woodcock avait acheté le tableau peu après le début de la guerre à un immigrant juif ayant quitté la Pologne avec sa famille et l'essentiel de ses possessions – de l'or, des bijoux et ce tableau, dont il avait hâte de se débarrasser, car il avait attiré plus d'un malheur sur sa famille. Parks n'était pas au courant de tous les détails de l'histoire, qui importaient peu, mais l'acquisition de cette œuvre mit en émoi le cercle restreint d'ésotéristes dont Woodcock s'entourait et dont Crowley et Parks faisaient nouvellement partie. Une importante réunion de sorciers et de gens versés dans les arts obscurs devait se tenir dans un avenir proche, et ce tableau avait toutes les chances d'assurer un immense succès à Woodcock et à sa loge.

Gaspard interrompit brusquement l'Irlandais.

— Une sauterie entre sorciers ? Des tableaux magiques ? Vous croyez qu'on va gober toutes ces salades ? Et qu'est-ce que tout ça a à voir avec Aimé ?

— Des *salades* ? répéta Parks, dont le français péchait par manque de vocabulaire courant.

— Des bobards ! Du boniment ! Du chiqué, quoi !

— Du calme, le coupa Aimé. Laisse-le terminer.

Parks reprit sont récit, indifférent à l'insolence de Gaspard, comme si seule l'attention d'Aimé importait. Sur le matelas, Raymond se mit à ronfler doucement, passant de l'inconscience de l'assommage à celle du sommeil aviné.

— Malheureusement, moins d'un mois après l'achat du tableau par Woodcock, Crowley découvrit – je ne sais toujours pas comment – que je l'espionnais pour le compte des Anglais, justement quand je tentais de communiquer au SIS des informations concernant le Symposion, cette réunion de sorciers qui doit avoir lieu. Ma réticence à participer à certains rituels lui avait probablement mis la puce à l'oreille. Je passerai sur les mille et un dangers que j'ai courus à ce moment-là.

Malgré tous les arguments que lui soufflait son bon sens, Aimé ne pouvait s'empêcher de croire à cette histoire abracadabrante. En son for intérieur, quelque chose en amont de toute rationalité lui disait que si cet homme lui mentait, ce n'était pas sur les aspects les plus invraisemblables de son histoire. Gaspard, de son côté, ne semblait pas de cet avis.

— C'est ici, à Paris, que le Symposion doit avoir lieu. Je ne sais pas quand exactement. Le mois dernier, Woodcock et Crowley, devenu l'homme de confiance du milliardaire, se sont embarqués sur un paquebot à destination de l'Europe en emportant le tableau de Sokov. Par miracle, j'ai réussi à faire la traversée sur le même bateau, en troisième classe. Même s'il m'était impossible de suivre Woodcock et Crowley à la trace après notre arrivée à Saint-Nazaire, il y a deux semaines de cela, je savais qui ils auraient contacté une fois à Paris : la Confrérie de l'éveil, une loge depuis longtemps jumelée avec celle de l'Américain et avec laquelle Crowley avait déjà eu des échanges à la grande époque de l'Aube dorée. Avant d'être démasqué, j'avais moi-même pour le compte de Crowley envoyé quelques câbles à l'adresse de l'un des maîtres de la Confrérie, un certain Gustave Lambert, pour l'informer des détails de l'arrivée de Woodcock et de son tableau dans la capitale.

En entendant ce nom, Aimé tiqua. Lambert avait fait une apparition lors de son dernier déjeuner avec Géo qui, par ailleurs, n'avait jamais caché son appartenance à une société secrète dont certains membres fréquentaient ses soirées. Gustave Lambert était l'un d'eux – mieux encore, c'était le seul de ses acolytes francs-maçons que son oncle lui eût présenté. Un lien de franche camaraderie existait entre les deux hommes. Noceurs, opiomanes et joueurs invétérés, ils fréquentaient tous deux le cercle de l'Hypnos. À l'époque – trois ou quatre ans auparavant –, Aimé s'était même demandé s'ils n'étaient pas amants. Le récit touffu de Parks commençait à prendre un sens.

— Par le plus heureux des hasards, j'avais moi aussi un contact au sein de cette confrérie, bien avant que Woodcock et Crowley ne me demandent de contacter Lambert. Un homme qui depuis plusieurs années, tout comme moi avec l'Aube dorée, passait aux services de renseignement français des informations sur les agissements de sa loge, qui regorge de personnages très haut placés. Cet homme, c'était ton oncle, Géo Grandin.

À ces mots, Aimé eut l'impression de recevoir un coup de maillet sur la tête et demeura bouche bée.

— Mon oncle ? Un espion ?

— En quelque sorte. Nous avons correspondu, mais nous ne nous sommes jamais rencontrés. C'est le SIS qui m'a mis en contact avec lui. Tu serais étonné d'apprendre la quantité d'affaires louches auxquelles ton oncle était mêlé de près ou de loin. Eu égard à la masse d'informations compromettantes qu'il détenait sur bon nombre de puissants, il est étonnant qu'il n'ait pas été éliminé plus tôt.

— Vous croyez donc qu'il a été assassiné ? réagit Aimé, tandis que le regard perdu de Gaspard passait de l'un à l'autre des interlocuteurs.

— C'est possible. Grandin en savait beaucoup trop sur beaucoup de choses. Il m'a révélé certains détails sur les préparatifs que sa loge mettait en œuvre en vue de l'arrivée de

Woodcock et Crowley. Par exemple que le tableau de Sokov allait être déposé dans un caveau, quelque part dans les souterrains du Louvre. Ou encore que Lambert, chargé de cette mission par la Confrérie, lui avait proposé de s'associer à lui pour voler la toile. Une proposition que je lui ai suggéré d'accepter.

— C'est ce qu'ils ont fait ?

— Oui. Le contenu de son tout dernier message, daté du jour de l'arrivée de la toile à Paris, ne laisse aucun doute. « Tableau volé. » Par ailleurs, l'état de son cadavre démontre qu'il a été assez fou pour tenter de le regarder, même si je ne parviens pas à m'expliquer certaines choses.

— Quoi, vous avez vu son cadavre ? À la morgue ?

Parks marqua une pause. Un silence s'installa dans la pénombre du baraquement, aussi tendu que le fil invisible qui reliait le regard de Parks à celui d'Aimé.

— Les signes qu'il portait en disaient long. Sa peau grise et crayeuse, ses prunelles opaques… Et toi… Ces cheveux blancs, cette fine poussière grise que tu exsudes… Tu l'as vu, toi aussi, n'est-ce pas ? Et pourtant, c'est impossible.

Aimé essuya la sueur de son front du revers de la main, puis déglutit.

— J'ai pu constater ses effets sur les créatures vivantes, dans la villa de Woodcock, reprit Parks, quand Crowley l'a testé en prenant deux chiens pour cobayes. Les bêtes furent pétrifiées sans même avoir le temps de gémir.

— J'ai trouvé des documents dans ses cartons, des esquisses abstraites dessinées sur un lot de feuillets qui formaient une sorte de puzzle. Quand je l'ai reconstitué et que j'ai posé les yeux dessus, je me suis évanoui. Et je me suis réveillé comme ça.

En évoquant ce qui s'était passé chez lui la veille, Aimé frissonna et eut un haut-le-cœur.

— Grandin aurait essayé de copier le tableau ? Ces esquisses, où sont-elles à présent ?

— Je les ai détruites.

L'Irlandais se prit la tête entre les mains et demeura un moment silencieux, absorbé par un tourbillon de pensées.

— Au moins, si ce que tu dis est vrai, elles ne risquent pas de tomber dans de mauvaises mains. Sinon, il faut absolument que tu me les remettes. Et au plus vite.

— Je vous dis que je les ai détruites. Croix de bois, croix de fer.

— Aimé, il y va du sort de millions d'âmes. Peux-tu imaginer ce qui se passerait si la toile tombait aux mains des Allemands ? Ils auraient tôt fait de trouver un moyen d'exploiter son pouvoir à grande échelle, et la seule bonne nouvelle dans ce cas-là serait que la guerre se terminerait en l'espace de quelques jours. Woodcock et Crowley ne sont pas des pacifistes. Une fois qu'ils auront fait leur petit effet au congrès de sorciers, ils loueront leurs services au plus offrant.

— Une minute, intervint Gaspard, il y a un truc que je pige pas. Pourquoi vous ne demandez pas un coup de main à vos collègues des Services ? Qu'est-ce que vous foutez à clocharder dans cette turne ?

Parks sourit amèrement.

— Quand ma couverture est tombée, les Services m'ont lâché. Pire, je ne sais pas comment ni pourquoi, ils me croient maintenant passé du côté de l'ennemi, ce qui fait de moi un fugitif et un traître non seulement dans mon pays mais aussi en France. Je suis seul, traqué et sans ressources. Voilà pourquoi je me cache dans cet endroit sordide.

— Dans un camp de Gitans ?

— Croyez-moi, j'ai eu de la chance de tomber sur eux.

— Ah ! Je me marre ! Ce serait pas plutôt que vos amis vous ont largué quand vous avez déballé toutes vos histoires à dormir debout ?

— À ta place, je ne rirais pas trop, dit Aimé. J'ai plus d'une raison de croire que M. Parks ne nous a pas menti.

— Tout à l'heure tu voulais l'étrangler et maintenant tu l'appelles *monsieur* ? Tu ne vas quand même pas gober ses bobards ?

— Tu comprends maintenant pourquoi je devais prendre des précautions avant de te contacter, dit Parks, ignorant une fois de plus l'humeur de Gaspard. Je n'ai plus aucun allié et beaucoup d'ennemis. Si je t'ai suivi, c'était pour te demander de m'aider à retrouver ce satané tableau.

— Mais comment avez-vous fait pour me trouver ?

— À la maison de ton oncle. Je la surveillais quand tu y as été accueilli par la police.

— Le cambriolage, c'était vous ?

— J'étais à la recherche d'indices, de quelque chose qui m'aurait mis sur la trace du tableau. Mais j'ai fait chou blanc, comme vous dites, vous les Français.

— Donnez-moi une bonne raison de vous aider. Pour le moment, à part un tas d'ennuis, je ne vois pas ce que j'aurais à y gagner.

Parks plissa les yeux comme si les mots d'Aimé l'avaient piqué au vif. Il secoua la tête et poussa un soupir de dépit.

— Tu as raison. Je comprends que cette histoire soit difficile à accepter, et j'ai peut-être été naïf de penser que la possibilité de sauver ton pays et des milliers de vies suffirait à te convaincre. Effectivement, nos chemins pourraient se séparer aussi rapidement qu'ils se sont croisés. Tu es libre. Mais étant donné l'importance de l'enjeu, je dois te dire une dernière chose avant que tu ne prennes ta décision.

Gaspard émit un grognement d'impatience et se leva.

— Viens, Aimé. Puisque *monsieur* dit que tu es libre, on réveille Raymond et on s'en va. Même si ce qu'il nous affirme est vrai – surtout si c'est vrai –, tu n'as pas envie d'être mêlé à tout ça.

— Tu as été contaminé, s'empressa d'ajouter Parks. Je ne sais pas comment ton oncle s'est débrouillé pour faire ces esquisses, mais il ne fait aucun doute que tes yeux ont vu une chose sur laquelle ils n'auraient jamais dû se poser. Tu es en train de te pétrifier lentement, mais sûrement, et tu mourras bientôt comme ce pauvre Grandin – à moins que tu ne détruises le tableau par le feu, ce qui est aussi mon intention dès que j'aurai mis la main dessus. Tu vois que nos intérêts convergent.

La mine d'Aimé se décomposa. Il sentait bien que quelque chose avait changé en lui depuis son évanouissement de la veille. Comme si une présence étrangère s'était implantée dans ses organes, dans son sang, dans la moelle de ses os, faisant corps avec la boule d'angoisse qui lui obstruait la gorge. En son for intérieur il savait que Parks disait vrai.

— Il faut récupérer cette toile coûte que coûte, dit Parks d'un ton moins abrupt. Lambert était ma seule piste, mais bien entendu il s'est volatilisé, probablement avec la toile que lui et Grandin ont volée. Si tu acceptais de m'aider, nous pourrions retourner chez ton oncle pour y chercher des indices. Ou peut-être te souviens-tu de détails qui pourraient nous être utiles ?

Aimé garda le silence un instant, puis, tout en s'adressant à Parks, regarda Gaspard d'un air désolé.

— La maison d'Alésia est sous scellés, et de toute façon je crois que nous n'y trouverions rien d'utile. Mon oncle n'y travaillait plus depuis des semaines. Mais je crois savoir où nous avons une chance de trouver Lambert.

II

L'ATELIER HERMÉTIQUE

1.

Dans les années 1860, à l'époque où les travaux pharaoniques du baron Haussmann transformaient à grands frais le visage de Paris, Séraphin Charmier, architecte, historien, professeur à l'université de la Sorbonne, membre honoraire de plusieurs sociétés philanthropiques et scientifiques parisiennes et farouche détracteur du baron, s'était mis en devoir d'arpenter certains quartiers de la ville pour répertorier et documenter les lieux destinés à être rayés de la carte. Les résultats de ses recherches minutieuses devaient être intégrés dans son *Atlas du menu Paris*, œuvre encyclopédique commencée vingt ans plus tôt, visant à mettre au jour les sédiments historiques des quartiers populaires, avec à l'appui sa thèse maîtresse selon laquelle « un vieux pavé, un lavoir en granit ou un mur lézardé peuvent contenir plus d'histoire que tous nos arcs de triomphe ».

C'est ainsi, au hasard de ses déambulations sur l'île de la Cité, qu'il demeura un jour interdit en passant près d'une volée de marches abruptes qui, du trottoir, descendaient en contrebas de la chaussée vers une porte de fer noire à l'imposant linteau de pierre donnant accès au sous-sol d'un bâtiment séculaire. Un œil profane n'y aurait vu que l'huis d'une ancienne cave à charbon, mais Charmier n'eut aucun doute : il s'agissait de l'entrée du lieu de réunion du Club des Moissonneurs, groupe révolutionnaire actif pendant la Révolution et dont les assemblées – selon le *Journal* de l'un de ses principaux membres, Jean-Publius Tartelin, riche tailleur et libertin notoire – avaient lieu sur « une petite Atlantide » (une île !), dans le sous-sol d'un bâtiment construit sur les fondations d'une église, elle-même érigée en des temps obscurs sur les ruines d'un temple dédié au dieu romain Janus.

L'embarras fut profond dans l'entourage de Charmier quand l'éminent professeur affirma publiquement, sur la base de simples graffitis gravés sur le linteau dans lesquels on pouvait vaguement reconnaître le double profil de Janus, que la porte en question était l'entrée d'un lieu présenté par Tartelin lui-même comme un produit de son imagination : une vaste crypte où des personnages inventés frayaient avec les âmes de morts illustres et les habitants d'autres planètes pour débattre de théologie, d'astronomie, d'histoire ou de philosophie révolutionnaire entre un banquet et une orgie. Tartelin termina son existence parmi les aliénés de Bicêtre.

Insensible à l'érosion de sa réputation, Charmier soutenait non seulement que le Club des Moissonneurs n'était pas une invention, mais encore que cette porte, dont personne ne se souciait dans le voisinage, donnait accès à un souterrain servant encore de repaire à une société aussi secrète que séditieuse, et toujours en activité. Aussi le professeur loua-t-il une chambre sous les combles du bâtiment en vis-à-vis pour observer à loisir, muni de jumelles de théâtre, les mouvements qui avaient lieu à son abord, de jour comme de nuit. Le *Journal* de Séraphin Charmier s'arrête le 16 juin 1866, date de son emménagement dans son poste d'observation. « 3 h 25. Le passage vient de s'entrouvrir. Serais-je le seul à le voir ? » écrivit-il, quelques jours avant d'être interné à son tour.

Un demi-siècle plus tard, la porte noire sur l'île de la Cité, avec son linteau gravé à l'effigie du dieu des Passages, continuait d'afficher une indifférence froide et lisse envers les passants, les intempéries et l'histoire. Toujours ignorée par le voisinage, qui s'était embourgeoisé tout au long de la IIIe République, elle était pourtant l'entrée d'un des clubs les plus exclusifs de la capitale, et aussi, précisément par le fait qu'il demeurait hors de l'attention des riverains et des autorités, le plus mystérieux. S'il était possible de le situer sur un plan de la ville, l'Hypnos – c'était son nom – semblait être effacé de la cartographie mentale des Parisiens, comme un lieu collectivement refoulé.

Certes, les quelques privilégiés qui y pénétraient à la nuit tombée, les seuls à n'être pas frappés par cette étrange forme de cécité ou d'amnésie, savaient pourquoi ils s'y rendaient. Jeux d'argent, spectacles, narcotiques, rencontres spéciales – il n'était rien que la maison ne pût fournir à ses hôtes pour assouvir des appétits que la société qualifiait de déviance ou de vice, mais qui à l'intérieur de l'établissement étaient considérés comme des penchants des plus naturels devant être satisfaits avec un service à la hauteur des moyens de la clientèle, et toujours au-delà de ses attentes.

Après avoir franchi le seuil de l'Hypnos – gardé par le fidèle Melog, un colosse chauve et taciturne –, il suffisait de s'adresser à Zébulon, le maître d'hôtel – dont la discrétion et la classe eussent fait pâlir d'envie le chambellan du roi George V –, pour que tout désir soit exaucé dans les meilleurs délais. Envie d'un canard Apicius pour le dîner ou d'un plat de cuisine chinoise antique ? Tenté par des lichens psychotropes d'Amazonie ou par quelque service érotique de nature particulière ? Zébulon, qui avait le don de précéder les souhaits de ses clients, prenait des dispositions, faisait préparer l'un des innombrables salons privés s'il y avait lieu et trouvait toujours un moyen agréable de vous faire patienter. Les hôtes de l'Hypnos disaient pour plaisanter – le rire étant l'ultime rempart de la raison face à l'inexplicable – que le dédale souterrain de l'Hypnos était une version architecturale du haut-de-forme du prestidigitateur Viktor Tombo, dont le style, d'un commun accord, exprimait à la perfection la dimension fantasmagorique de la maison.

Nul parmi les habitués, même les plus haut placés dans la société, ne parvenait réellement à s'expliquer pourquoi les activités et les commerces qui avaient cours à l'Hypnos n'avaient pas depuis belle lurette entraîné un scandale public et la fermeture de l'établissement, ni comment une architecture souterraine aussi étendue en plein cœur de la ville pouvait demeurer à ce point ignorée de tous.

À ce mystère, qui participait du privilège électrisant de fréquenter l'endroit, s'ajoutait celui des critères de sélection des membres de ce club, qui en général n'avaient aucune idée de la raison pour laquelle on les avait choisis. Dans tous les cas, la procédure était on ne peut plus simple. Untel ou unetelle recevait un beau jour une invitation élégamment calligraphiée le conviant à assister à un spectacle ou à participer à une réception, à l'heure dite, à l'adresse indiquée, sans besoin de confirmation. Signé B. Lialo. Un post-scriptum stipulait qu'il était impératif de se présenter seul. Ceux – la plupart, bizarrement – qui décidaient de jouer le jeu, songeant peut-être à une surprise organisée par quelque ami, étaient introduits par Melog et accueillis par Zébulon dans la salle principale de l'Hypnos, où ils jouissaient de l'événement annoncé et ne tardaient pas à être mis au courant des particularités de l'endroit par les autres membres du cercle. Ceux qui, au contraire, décidaient d'ignorer l'invitation, prenant peut-être ce B. Lialo pour un arrogant arriviste doublé d'un illustre inconnu, se retrouvaient bientôt attirés malgré eux dans la rue de l'Hypnos où, interpellés par Melog – qui connaissait le nom de chacun et était doué d'un certain pouvoir de persuasion –, ils franchissaient le seuil de l'établissement.

Outre la sombre grandeur architecturale de l'endroit et les services que l'on y proposait, cet étrange mode de sélection contribuait à la subjugation qu'éprouvaient les nouveaux venus. De quel pouvoir politique ou magique ce B. Lialo disposait-il pour pénétrer si profondément dans la tête des individus et pour gérer un tel établissement sans être inquiété d'aucune façon ? se demandait-on. Et surtout, pourquoi moi ? Les anciens souriaient en écoutant les novices poser des questions auxquelles eux-mêmes n'avaient jamais reçu de réponse, et fournissaient toutefois quelques informations : oui, B. Lialo existait bel et bien, mais il ne se montrait que très rarement et jamais en public. Non, on ne savait pas jusqu'où s'étendait le réseau de souterrains de l'Hypnos, mais le fait que personne n'eût jamais vu aucun employé – tels que Zébulon, Melog ou Luigi, le barman, auxquels on devait ajouter les serveurs, les croupiers, les entraîneuses, les masseuses, etc. – entrer ou sortir par la porte principale indiquait qu'il y avait plus d'un accès – à moins qu'ils ne sortissent jamais du complexe souterrain, comme pouvait le laisser croire leur teint extrêmement pâle. Et non, nul ne connaissait le nombre exact des membres, qui cependant devait bien dépasser les trois cents – plus si l'on considérait les artistes, une quinzaine qui se renouvelait assez lentement, et les hôtes spéciaux qui, provenant parfois de l'autre bout du monde, venaient une fois ou deux avant de disparaître à jamais.

On n'entrait pas à l'Hypnos par relations, par arrangements, ou simplement par hasard. On y était prédestiné. Tous les membres rapportaient tôt ou tard cette impression d'y avoir été amenés par une force invisible. D'aucuns allaient jusqu'à affirmer que c'était le lieu lui-même, source d'une mystérieuse influence magnétique capable d'infléchir les événements, qui choisissait les individus dignes d'y pénétrer. Qu'ils fussent artistes, politiciens, médecins, banquiers, notaires ou commerçants, les membres de l'Hypnos étaient tous, à des degrés divers, esthètes, jouisseurs et fortunés. Bien que tous ne fussent pas versés dans le dévergondage, le fait de savoir que d'autres puissent librement assouvir ces penchants augmentait leur propre sensation de liberté aussi bien morale que physique, dont chacun avait un sens aigu.

Les clients de l'Hypnos ne constituaient pas une société secrète, car ils n'avaient ni dogmes, ni rites, ni credo, mais une société du Secret, d'un secret si secret qu'il n'avait pas besoin d'être gardé. À toute question trop insistante sur la nature de l'endroit ou sur l'identité de B. Lialo, qui ne manquait pas d'être soulevée, Zébulon, avec le tact et l'élégance qui le caractérisaient, répondait en racontant l'histoire de Séraphin Charmier, dont la morale était qu'il valait mieux ne pas trop s'interroger au sujet de certaines choses.

Après un bon bain chaud en compagnie de deux Indochinoises expertes ès massages érotiques, un dîner de fruits de mer arrosé de riesling bien frais et deux heures passées à une table de poker, où il avait perdu plus de six mille francs, Gustave Lambert se trouvait à présent accoudé au balcon d'une des loges surplombant la salle principale de l'Hypnos, dont les marbres sombres et les lambris laqués miroitaient faiblement à la lumière de nombreux chandeliers et lampes à huile que l'on préférait – à deux heures du matin, après le spectacle – à la clarté électrique du grand lustre, tout prismes et pampilles, qui n'était allumé que pour les grandes occasions.

La soirée était relativement calme. Au fond de la salle, un grand rideau gardait la scène sous son épaisse paupière de velours. Tout en savourant le purin de son cigare de Virginie, Lambert observait les quelques hôtes dispersés en petits groupes autour des tables en contrebas, s'intéressant en particulier aux quatre personnes, non loin de la rampe, que Viktor Tombo amusait depuis quelques minutes avec des tours de passe-passe. Il s'agissait de deux Russes, un colonel de l'armée du tsar et un riche aristocrate de Saint-Pétersbourg – qui une demi-heure plus tôt avait soulagé Lambert d'un gros chèque perdu au poker –, accompagnés de deux femmes des plus extraordinaires. L'une, plutôt petite et trapue, aux yeux jaunes en amande et au corps entièrement tatoué – à en juger par les membres que sa robe de soie noire exposait aux regards –, ressemblait à une sauvage de la toundra ayant hérité d'une garde-robe, mais dont la contenance de *prima donna* tranchait avec son allure de primitive. L'autre était tout bonnement l'une des femmes les plus désirables que Lambert eût croisées, à l'Hypnos ou ailleurs. Si sa beauté ou sa toilette n'avaient rien d'ostentatoire, un charme envoûtant émanait de ses longs cheveux noirs, de ses yeux sombres, de sa silhouette et de son minois, mêlant une grâce féline à la plus désarmante candeur. L'apparition d'Éléonore Paradis – tel était son nom – dans la salle de jeu, au bras de son cavalier, avait éclipsé celle de l'étrange femme aux tatouages, si bien qu'à présent Lambert, voulant revivre son éblouissement initial, continuait de l'observer malgré la distance et la pénombre.

En somme, ce Russe était en train de passer une soirée exceptionnelle au bras d'une femme délicieuse et, par-dessus le marché, à ses frais. Il jouissait même du privilège d'un spectacle privé improvisé par Viktor Tombo, le plus grand prestidigitateur de tous les temps, événement suffisamment rare pour être remarqué. Bah, qu'il en profite ! Ce n'était qu'un hôte de passage, alors que lui, Gustave Lambert, pouvait se compter parmi les membres permanents de l'Hypnos, depuis sept ans qu'il y avait ses entrées. Par ailleurs, il avait lui aussi quelque motif de se réjouir, pensa-t-il en songeant à l'argent et au pouvoir que le coup qu'il venait de réaliser allait bientôt lui rapporter. Ayant mis la main sur *La Naissance de Méduse*, il n'avait plus qu'à attendre son invitation au Symposion tout en restant caché jusqu'au jour de la grande Réunion.

Lambert était conscient d'avoir pris de gros risques en quittant sa retraite de Meudon – la demeure d'un ami suisse, banquier de son état – où il se terrait depuis plusieurs jours entouré de quelques domestiques. Il ne doutait pas que les frères de sa loge – dont aucun, par chance, ne fréquentait le club – tenteraient l'impossible pour lui mettre le grappin dessus et lui faire regretter par une mort atrocement humiliante le vol qu'il avait commis avec la complicité de Géo Grandin. Mais comment résister plus longtemps à l'appel de l'Hypnos, source de tous les plaisirs, temple de toutes les dépendances ?

Comme il l'avait fait bien des fois avec d'autres tableaux, Lambert avait récupéré *La Naissance de Méduse* dans une chambre de bonne du 14e arrondissement appartenant au peintre et dont il avait un double des clés. Il s'était étonné que Grandin, qui avait dérobé la toile, ne fût pas au rendez-vous et eût laissé-là leur butin sans surveillance comme un vulgaire colis, puis la nouvelle du décès de son complice l'avait alarmé – même si le bruit courait qu'il était mort d'une crise cardiaque –, si bien qu'il avait envisagé à un moment de fuir à l'étranger. Mais au bout de deux ou trois jours, quand l'ennui, auquel il n'était pas habitué, et l'angoisse de l'isolement dans sa villa meudonnaise avaient pris le pas sur la crainte d'être retrouvé, l'idée que rien ne pouvait lui arriver à son club avait fini par le convaincre. Et il avait eu raison, car l'Hypnos était l'endroit le plus sûr du monde. Mais, malgré la difficulté à s'arracher à la sensation de bien-être et de sécurité absolue que lui procurait l'endroit, il ne pouvait s'y éterniser.

Lambert jeta un dernier coup d'œil à la silhouette d'Éléonore Paradis et se détourna de la salle avec un soupir. Il récupéra son chapeau et sa redingote au vestiaire puis, maudissant son embonpoint, remonta sans se hâter vers la surface, où sa voiture et son chauffeur l'attendaient.

Viktor terminait son époustouflante démonstration de magie à la table de Mérie-Éléonore. Lorsqu'il l'avait aperçue depuis les coulisses, la surprise avait été double. Que fabriquait la fiancée de son jeune ami à l'Hypnos, en compagnie de ces deux Russes ? Et par quel fabuleux hasard apparaissait-elle maintenant en ce lieu improbable – elle qui n'avait cessé d'habiter ses pensées depuis qu'il l'avait rencontrée ?

Que cela fût ou non un cas de synchronicité – comme Mordechaï Azra l'eût sans doute qualifié –, il n'avait pas hésité à s'approcher pour proposer quelques tours, souhaitant la bienvenue aux deux gentlemen dans leur langue maternelle et feignant de ne pas reconnaître celle qui lui avait été présentée par Aimé Grandin quelques jours plus tôt.

Viktor avait fait mouche. Il lui avait suffi de montrer aux deux hommes, déjà passablement ivres, que leurs portefeuilles avaient été échangés à leur insu pour aussitôt capter leur attention. Tandis qu'il déballait son boniment en russe et que ses mains expertes accomplissaient des prodiges à l'aide d'un simple jeu de cartes et d'un bouchon de champagne, le prestidigitateur croisait parfois le regard de la jeune femme, dont le sourire de Joconde irradiait la complicité. L'élégance naturelle de Mérie contrastait à la fois avec la mine farouche de la femme tatouée et la balourdise éthylique des deux messieurs dont les expressions ébahies avaient frisé le ridicule lorsque Viktor, recouvrant leurs flûtes d'un grand foulard blanc, avait transformé leur Cristal en vodka.

Quand la compagnie se leva pour partir, Mérie s'attarda un moment auprès du prestidigitateur, un peu déconcerté par ces manières de femme du monde qui tranchaient avec celles de la jeune femme rencontrée la première fois. Ce fut Mérie qui rompit le silence.

— Je dois partir, c'est bien dommage.

— Je comprends. Sachez que ce fut une agréable surprise de vous revoir.

— C'est donc ici que vous travaillez ? C'est un endroit très spécial, à ce qu'on m'a dit. Unique. Il vous va très bien.

— J'espère que vous y reviendrez bientôt.

— Malgré les apparences, je n'ai que très peu de temps libre, mais sait-on jamais ? En attendant, nous pourrions nous voir ailleurs. J'habite au 179 de l'avenue Victor-Hugo. Envoyez-moi un billet.

Une touche d'espièglerie brilla dans le regard de la jeune femme, pénétrant Viktor jusqu'à la moelle des os.

— Je n'y manquerai pas, répondit Viktor en s'efforçant de contrôler l'émotion dans sa voix.

— J'y compte beaucoup.

Le sourire qu'elle lui adressa fit tourner la tête de Tombo qui dut s'appuyer sur le dossier d'une chaise, avec l'impression que le sol se dérobait sous lui.

— Bien entendu, vous pouvez compter sur ma plus complète discrétion, ajouta-t-il alors qu'elle se tournait pour rejoindre les Russes, regrettant aussitôt d'avoir ébréché la magie de l'instant par cette réflexion.

— Votre discrétion ?

— Eh bien, Aimé…

— Aimé ?

— Aimeriez-vous – tenta-t-il de se rattraper – qu'on sache que vous frayez avec un simple magicien de cabaret ?

Tout près de là, assis à l'arrière d'une luxueuse Fiat 70, Aimé n'arrivait toujours pas à croire ce qu'il avait vu. « Si c'était elle – et, bon sang, comment aurais-je pu me tromper ? –, alors je n'y comprends plus rien. »

Trois heures plus tôt, Mérie était passée sur le trottoir en galante compagnie, à un mètre de lui, avant de s'engouffrer dans l'Hypnos. Elle n'avait pas pu le voir, car l'habitacle de la voiture était sombre, mais Aimé avait sursauté en entendant sa voix et son rire, avant de recevoir un coup de maillet sur le crâne au moment où il l'avait définitivement reconnue, près de l'entrée du club. Il n'en avait rien dit aux autres, assis avec lui dans l'auto, car l'ambiance était tendue et on avait d'autres chats à fouetter. De toute façon, cela n'aurait fait au mieux qu'attirer leurs sarcasmes. Aussi continuait-il à remâcher sa détresse en silence, tout en pensant à l'explication pas piquée des vers qu'il allait bientôt avoir avec sa petite amie.

Cela faisait au moins quatre heures que Raymond, Gaspard, Parks et lui-même attendaient que Lambert ressorte de l'Hypnos. Contre toute attente, le plan hasardeux qu'ils avaient échafaudé était en train de marcher.

Deux soirs de suite, Aimé avait fait le pied de grue à l'entrée de la rue pour guetter l'arrivée improbable de Lambert pendant que les autres, installés à la terrasse d'un café, attendaient un signal de sa part. Le deuxième soir, peu avant la tombée de la nuit, la chance leur avait souri. Aimé avait reconnu l'ami de son oncle à l'arrière d'une berline noire avec chauffeur qui l'avait déposé devant le club avant d'aller se garer plus bas dans la rue. C'est alors que les quatre complices étaient passés à l'action. Après avoir neutralisé le chauffeur – qui à présent était assommé, ligoté et bâillonné dans la malle –, ils s'étaient installés dans la Fiat 70 et n'avaient plus qu'à attendre que leur homme ressorte de l'établissement. Raymond, qui patientait à l'extérieur du véhicule affublé de la casquette et du pardessus de toile blancs du chauffeur, devait faire démarrer la voiture, se mettre au volant et s'approcher de Lambert dès qu'il aurait montré le bout de son nez. Ce qui finit par arriver, peu après deux heures du matin.

Lorsque sa voiture s'arrêta devant lui, Lambert n'eut pas le temps de réaliser ce qui lui arrivait. Parks bondit hors de l'auto, étourdit l'homme d'un coup de poing en plein visage et le poussa à l'intérieur de la Fiat : en un éclair, Lambert se retrouva sur la banquette arrière, coincé entre Aimé et l'Irlandais, et la berline se remit en mouvement.

— Et maintenant je vais par où ? demanda Raymond, qui se rendait compte que cette grosse automobile moderne était moins maniable qu'il ne l'avait supposé.

— Roule, roule ! s'écria Gaspard, assis à l'avant.

Lambert hoquetait, tenant à deux mains son nez et sa moustache dégoulinants de sang.

— Où va-t-on, monsieur Lambert ? demanda Parks.

— Qui êtes-vous ? Que me voulez-vous ?

La voix de Lambert, déjà déformée par l'écrasement de sa cloison nasale, était étranglée par la peur.

Parks sortit de la poche de sa veste un couteau à virole qu'il déplia lentement.

— Conduisez-nous à l'endroit où vous cachez ce que vous avez volé.

— C'est Duplex qui vous envoie ?

— Où est le tableau ?

— Quel tableau ?

— Bon, tiens-lui les bras, dit Parks à Aimé.

Aimé, hésitant, s'exécuta et détourna les yeux quand Parks approcha sa lame près du visage de leur prisonnier, dont le cri inhumain couvrit le grondement du moteur. Lorsqu'il tourna à nouveau la tête, Parks tenait à la main l'oreille droite de Lambert, qui sanglotait de douleur et de désespoir.

— Vous êtes complètement dingues ! hurla Lambert.

— Alors ?

— Je peux vous couvrir d'or !

— Tu te charges de l'autre oreille ? lança Parks à Aimé. Ou du nez ?

Aimé sentit son ventre et sa gorge se serrer. À l'avant, Raymond et Gaspard, tétanisés, regardaient fixement la route comme si elle était particulièrement dangereuse.

— Non ! Non ! Meudon ! Meudon ! implora Lambert, dont le visage était maintenant un masque ensanglanté.

— À la bonne heure. Tu as entendu, Raymond ? demanda Parks en glissant le bout de chair sanguinolent dans la pochette de la redingote de son propriétaire.

La Fiat – un bijou de technologie, doté d'une installation électrique complète et pouvant atteindre les soixante-dix kilomètres à l'heure – fila plein ouest le long du fleuve, ne croisant quasiment personne sur sa route. À bord, la tension était à son comble. Aimé, Gaspard et Raymond, choqués par le geste barbare que l'Irlandais venait d'accomplir, surveillaient la route et ses abords, sachant que la situation pouvait s'envenimer à tout moment. Aucun des trois n'avait le courage de dire à Lambert de cesser de gémir, ni à Parks d'arrêter de fredonner comme s'il se prélassait dans son bain.

À l'approche du pont d'Iéna, on entendit des coups sourds provenir de la malle.

— Ah, votre chauffeur s'est réveillé. Je crains qu'il ne rende son tablier demain, à moins d'une grosse augmentation, dit Parks, qui ajouta, constatant que sa plaisanterie n'avait aucun effet : Allons, Lambert, tranquillisez-vous. Personne ne touchera à votre deuxième oreille tant que vous collaborerez. Qui est dans le coup avec vous ?

— Grandin. C'est lui qui a tout organisé. Je devais juste garder le tableau, mais, croyez-moi, depuis qu'il est mort, je songe à le rendre. C'est vous qui l'avez tué ?

— Oui, répondit Parks sans hésiter. Cela vous avance-t-il de le savoir ?

Aimé sursauta. Parks disait-il la vérité ? Non, bien sûr, car les morceaux ne collaient pas, mais il comprit à quel point l'Irlandais était un manipulateur redoutable, capable de la plus répugnante sauvagerie. La version des faits qu'il leur avait servie pour les entraîner, lui et ses deux amis, dans cette sale histoire, comportait probablement une grande part de baratin. À présent, il se demandait jusqu'à quel point ils pouvaient lui faire confiance. Le coup de l'oreille lui parut soudain avoir été mis en œuvre non seulement pour anéantir les défenses psychologiques de Lambert, mais aussi celles de ses complices. Cependant, pour le moment, c'était lui qui avait toutes les cartes en main.

— Décrivez-nous l'endroit où nous allons, reprit Parks.

— C'est une villa, grommela Lambert, une sorte de grand pavillon de chasse.

— Et pourriez-vous nous dire comment nous serons reçus à l'arrivée ?

— Je dirai à mes domestiques d'ajouter des couverts.

— D'innocentes femmes de chambre armées jusqu'aux dents, j'imagine ! s'exclama Parks en riant. Quand nous serons à destination, rappelez-vous que je vous tiendrai constamment en joue et que vous serez le premier à payer le prix de leurs imprudences.

Ils sortirent de la ville par le quai d'Issy, longèrent le champ de manœuvres militaires et continuèrent de suivre la berge pendant un moment. Arrivés à Meudon, ils traversèrent le bourg endormi en direction du sud, puis pénétrèrent dans les vallons de la forêt tricentenaire, où ils firent une courte halte en haut d'une côte pour libérer le chauffeur, qu'ils prirent soin d'assommer à nouveau avant de reprendre la route.

— C'est là, dit Lambert, alors que la voiture roulait en pleine forêt depuis quelques minutes. Tournez à droite au prochain embranchement.

Obéissant docilement aux ordres de Raymond, qui s'était désormais familiarisé avec sa mécanique, la berline noire ralentit et quitta la départementale pour s'engager à travers bois sur un chemin de terre bien entretenu, s'enfonçant dans des ténèbres liquides.

Soudain, Raymond freina. À une trentaine de mètres devant eux, dans la lumière des phares, une auto était plantée dans un arbre sur le bas-côté. La voiture devait rouler à vive allure au moment de l'impact, car son train avant était complètement enfoncé.

— On va voir ? demanda Gaspard, tendu.

Raymond relâcha l'embrayage, fit avancer la Fiat au pas et s'arrêta à une dizaine de mètres de l'accident, quand la silhouette sombre du conducteur affalé sur le volant fut clairement visible.

— Vous reconnaissez cette auto ? demanda Parks à Lambert.

— Je crois… C'est la voiture de mes domestiques…

— Gaspard, c'est toi qui as le revolver, dit Parks. Va jeter un coup d'œil.

Arme au poing, Gaspard sortit de la Fiat et s'approcha prudemment de la voiture accidentée dans le double pinceau des phares. Il ouvrit la portière avant, fouilla le conducteur, fit le tour du véhicule puis revint vers ses compères.

— Il y a deux macchabées, un homme et une femme. La femme essayait de fuir, on dirait qu'elle est tombée raide morte en sortant de l'auto.

— Jocelyne ? murmura Lambert.

— Qui est Jocelyne ? demanda Parks.

— Ma femme de chambre. Cette auto, c'est celle que prennent les domestiques pour aller faire le marché.

— Ils devaient être poursuivis quand ils se sont pris l'arbre de plein fouet, continua Gaspard. Il n'y a pas de sang. Mais c'est bizarre, ils sont couverts de boutons et ils sont tout enflés.

— Enflés ? s'étonna Parks.

— Comme des baudruches. Comme s'ils avaient bouffé une vache de saloperie.

— Ça pue les emmerdes, souligna Raymond.

— Et puis j'ai trouvé ça sur le type, ajouta Gaspard en exhibant un pistolet. Il reste encore deux pruneaux.

— Qu'est-ce qu'on fait ? demanda Aimé.

— On continue, quelle question, dit Parks avec une touche d'agacement qui trahissait son trouble. Il est encore loin, ce pavillon ?

— Non, nous y sommes, répondit Lambert d'une voix chevrotante.

Gaspard reprit place dans la berline, qui repartit à faible allure et arriva bientôt en vue d'un long mur d'enceinte blanc interrompu par un imposant portail noir grand ouvert.

— Éteins le moteur et les phares, dit Parks.

Raymond s'exécuta. Aussitôt, le grand silence de la nuit reprit ses droits. Le jardin de la propriété avait les dimensions d'un parc. Au-delà du portail, à une centaine de mètres au fond d'une allée bordée d'arbres, les contours d'une bâtisse à deux étages se dessinaient dans la clarté lunaire. Une lampe murale électrique était allumée sur le perron et de la lumière filtrait par les volets fermés du rez-de-chaussée.

Les cinq hommes restèrent un moment à attendre dans la voiture, tendant l'oreille. Rien ne bougeait. Parks rompit le silence.

— Raymond, tu restes ici. Tu feras démarrer l'auto en cas d'ennuis. Gaspard et Aimé, vous venez avec moi. Et M. Lambert, bien sûr.

— On ne va pas entrer là-dedans ! s'alarma Lambert.

— Il y a encore du monde à l'intérieur ?

— Ils sont quatre à mon service, mais ce sont de simples domestiques. Je doute que les deux autres soient encore là.

— Nous allons le découvrir bientôt. Où se trouve le tableau, à quel étage ?

— Dans un coffre au rez-de-chaussée. Si vous voulez, je vous donne la combinaison et…

— Ne soyez pas stupide. Vous venez aussi.

Ils sortirent tous de la Fiat et franchirent le seuil de la propriété en file indienne, Lambert en premier, suivi de Parks qui avait sorti son couteau. Venaient ensuite Gaspard et Aimé, munis du revolver prêté par André et de l'arme récupérée sur le domestique dans la voiture accidentée. Ils progressèrent lentement, profitant le plus possible de la couverture de la végétation, ne perdant jamais de vue le perron. Arrivés à proximité de la bâtisse, dont la porte d'entrée était entrouverte, ils firent halte derrière un gros buisson taillé à angles droits.

— On dirait qu'on arrive après la fête, murmura Gaspard en chassant une phalène qui voletait autour de sa tête.

— Chut, écoutez, dit Parks.

Aimé et Gaspard se figèrent, leur main moite crispée sur leur pistolet.

— Des insectes. Vous entendez, vous aussi ?

Aimé tendit l'oreille, ne percevant tout d'abord que le chant des grillons dont le jardin résonnait sous la voûte étoilée. En faisant abstraction du halètement de Lambert, il finit lui aussi par distinguer un bourdonnement sourd, périodique, comme si le chœur strident des insectes nocturnes avait inclus un pupitre de barytons. Cette vibration provenait de partout et nulle part à la fois.

— Quoi, des insectes ? demanda Gaspard.

— Qu'est-ce que c'est ? s'enquit Aimé.

— Je n'en sais rien. Ne perdons pas de temps.

Parks se redressa et prit la direction de l'entrée du pavillon en tirant Lambert par le col, Gaspard et Aimé à sa suite.

Ils gravirent le perron et se plaquèrent contre le mur de part et d'autre de la porte. Une nuée de papillons de nuit voletait autour de la lampe murale qui surplombait le seuil, animant d'ombres mobiles son halo électrique jaunâtre. Parks poussa la porte du pied et regarda par l'embrasure.

— Allons-y, murmura-t-il en poussant Lambert à l'intérieur. Conduisez-nous au coffre.

Ils entrèrent à pas de loup dans un grand vestibule de style rustique au fond duquel un escalier en bois massif montait vers les étages. Le portemanteau d'entrée était renversé sur le carrelage en terre cuite dans un fouillis de pardessus, de chapeaux et de parapluies. De la lumière provenant d'une pièce attenante fournissait un éclairage suffisant pour voir où l'on mettait les pieds. Étrangement, le bourdonnement sourd était plus fort à l'intérieur de la maison.

Parks fit un signe à Aimé, qui comprit que c'était son tour d'ouvrir la marche.

Tenant son revolver d'une main moite, adossé au mur et retenant sa respiration, Aimé hasarda un coup d'œil dans la pièce illuminée.

Au milieu d'un grand salon saccagé, un corps gisait sur le sol dans une mare de sang.

Aimé détourna les yeux et voulut dire aux autres ce qu'il venait de voir, mais aucun son ne sortit de sa gorge. Se passant d'explications, Parks pénétra dans la pièce en traînant Lambert.

Le cadavre, celui d'un vieil homme, évoquait une poupée de chiffon oubliée par un enfant peu soigneux. Le talon du pied droit touchait presque l'oreille, trahissant une dislocation ou le broiement de la hanche. Le bras gauche, brisé en plusieurs endroits, semblait pourvu de trois coudes et le crâne était mou comme une boule de pâte fraîchement pétrie, accentuant de façon grotesque l'expression de terreur gravée sur le visage du mort. À deux pas de là, les jambes d'un autre corps pendaient hors d'un piano à queue qui évoquait un énorme crapaud de bois laqué engloutissant sa proie. Tout autour, le salon offrait un spectacle de dévastation – meubles renversés, rayonnages retournés, lustre, lampes et vitres brisées – avec de nombreux impacts sanglants sur les murs, le mobilier et même le plafond, comme si les deux infortunés y avaient été projetés avec une force prodigieuse. De grosses phalènes voletaient ici et là dans la pièce, plus densément autour du grand lustre de verre abîmé où deux ampoules rescapées produisaient une lumière blafarde. Le bourdonnement provenait de ces papillons. Lambert se mit à sangloter.

— Il faut faire vite, ordonna Parks. Lambert, où est le coffre ?

— Là... à côté..., répondit Lambert entre deux hoquets, en désignant une porte enfoncée à l'autre bout du salon.

— Prenons cette croûte et barrons-nous, dit Gaspard.

Un coffre-fort massif trônait au milieu du bureau attenant, également dévasté. Les profondes striures qui labouraient le parquet indiquaient que le cube en acier d'un mètre et demi de côté avait été traîné depuis un coin de la pièce.

— Comment ils ont fait ? s'étonna Gaspard. Ils devaient être au moins dix pour bouger ce monstre...

— L'important est qu'ils n'aient pas réussi à l'ouvrir, dit Parks. Lambert, à vous de jouer. Faites vite.

Pendant que Lambert, d'une main tremblante, composait la combinaison du coffre, Aimé surveillait le grand salon, où les insectes bourdonnants continuaient de tournoyer autour des cadavres et du lustre. Depuis qu'il avait ouvert le colis de Géo, la sensation d'être à la merci des événements n'avait jamais été aussi forte. Il ne se sentait plus maître de ses actions, comme si ses membres, comprenant que son cerveau assommé d'émotions ne pouvait plus tenir la barre, avaient pris le contrôle des opérations, reléguant sa conscience au rôle de simple spectatrice. Il avait l'impression d'être entré de plain-pied dans un interminable cauchemar dont les tiroirs successifs débordaient de mauvaises surprises.

— Magne-toi, Lambert ! rugit Gaspard.

— Je fais ce que je peux !

Les jambes d'Aimé s'amollirent et de légers papillotements vinrent troubler sa vue. Il se sentait lentement défaillir et grande était la tentation de se laisser aller, d'accompagner ce glissement qui au moins lui aurait permis de s'évader de ce lieu. Soudain, la lumière baissa et le bourdonnement s'accrut, comme si quelque chose avait dérangé les papillons. Aimé s'ébroua et plissa les yeux pour aiguiser sa vue. Dans le salon, les insectes s'étaient tous envolés pour se regrouper en une unique nuée noire autour du lustre.

Lambert régla le dernier compteur, sortit une clé de sa poche, l'enfonça dans la serrure, la tourna.

— Ça y est !

Sans attendre, Parks poussa Lambert pour ouvrir la lourde porte du coffre. À l'intérieur du cube en acier, posé sur un tapis de documents, à côté de deux liasses de billets de banque, se trouvait un grand sac de velours noir contenant un grand objet plat et rectangulaire.

— Les gars, il se passe un truc, dit Aimé en pointant son arme en direction des insectes.

Ce fut alors qu'il la vit, posée sur son poignet au bout de son bras tendu : une grosse phaïène grise aux ailes frémissantes, dotée de petits yeux rouges brillants et d'une bouche au milieu de ce qui lui parut être – par quelle plaisanterie des sens ? – un visage humain, des dimensions de celui d'un soldat de plomb.

La *chose* le mordit et un cri de douleur se coinça en travers de sa gorge. Pris de panique, il recula en secouant la main pour se défaire de l'insecte, trébucha sur une chaise brisée et laissa partir un coup de feu vers le plafond, glaçant le sang de ses compères.

Gaspard, Parks et Lambert n'eurent pas le temps de comprendre d'où provenait la détonation qu'un nuage de phalènes s'engouffra dans le bureau, aveuglant les intrus et mordant des parties découvertes de leur corps.

— Tirons-nous ! hurla Gaspard, qui gesticulait pour repousser les assaillants tout en se dirigeant vers Aimé pour l'aider à se relever.

Mystérieusement épargné par les insectes, Parks s'empara du sac et de l'argent. Il se précipitait en direction du salon quand un coup puissant à la nuque l'envoya au tapis.

L'Irlandais reprit ses esprits juste à temps pour voir Lambert disparaître par la porte du bureau avec le sac noir, traversant la tempête tourbillonnante en agitant un bras devant lui.

— Attrapez-le !

Parks, Gaspard et Aimé se précipitèrent hors du bureau et virent Lambert sur le point de passer dans le vestibule, avec quelques mètres d'avance sur eux – mais tout à coup une masse compacte d'insectes provenant du dehors percuta le fuyard de plein fouet et le catapulta contre le mur en vis-à-vis avec une force inouïe.

Une partie de la déferlante se propulsa vers les poursuivants, qui n'eurent pas le temps de réagir. Comme s'ils avaient été heurtés par un pachyderme en pleine course, Aimé et Gaspard, dont les cris se perdirent dans le vrombissement infernal, furent soulevés de terre et projetés en arrière.

Entouré par un champ de force invisible, Parks serra les dents et parvint à ne pas perdre pied. Le blizzard organique des phalènes avait plongé le salon dans une obscurité quasi complète. Insouciant du sort de ses compères qui se débattaient en jurant comme des charretiers, Parks avança en direction de l'endroit où le tableau était tombé.

Soudain, dans ce chaos, il vit le corps de Lambert soulevé du sol et lancé d'abord contre le plafond, puis contre l'une des deux fenêtres donnant sur le jardin qu'il défonça ainsi que les volets pour aller atterrir quelque part dans les ténèbres du dehors.

Parks avisa le sac au milieu des débris et se précipita pour l'arracher aux insectes qui déjà se liguaient par milliers pour l'emporter. Mais un violent impact au bas-ventre lui arracha un cri de douleur et le fit tomber à genoux. Un autre coup venu de nulle part le cueillit au menton et le fit tomber près du cadavre désarticulé qu'ils avaient vu en entrant dans la villa.

Sonné, un goût de sang dans la bouche, il essaya de comprendre d'où provenait l'agression. S'il ne vit personne, il repéra une zone de vide au milieu du tourbillon d'insectes, un volume d'espace dégagé ayant plus ou moins les contours d'un homme en train de s'emparer du tableau. Parks comprit tout en un éclair.

— Crowley !

Au moment même où Gaspard, agrippé par une masse de papillons, traversait les airs pour aller s'écraser dans un meuble vitrine déjà bien amoché, l'Irlandais se rua vers le personnage invisible.

Cependant, à l'autre bout de la pièce, Aimé se préparait à mourir. Roulé en boule sur le sol, se couvrant le visage pour se protéger des morsures, il ne s'attendait plus qu'à être dévoré quand les petits êtres maléfiques desserrèrent leur étreinte. Aimé, abasourdi, se redressa et prit une grande inspiration. Tous les insectes s'étaient regroupés au centre de la pièce autour de Parks, qui se démenait comme un forcené. Étrangement l'Irlandais paraissait protégé par une sorte de bulle, et aux prises avec – était-ce possible ? une tête humaine flottant au milieu des airs.

Parks tomba avec un bruit sourd, entraînant la tête sans corps dans sa chute, et les phalènes resserrèrent leur ronde, formant un cocon opaque et vrombissant autour des deux adversaires.

Ce fut alors qu'Aimé, à quatre pattes, vit Gaspard à l'autre bout de la pièce dans une position semblable à la sienne.

Leurs regards se croisèrent et, comme un seul homme, ils se levèrent et s'élancèrent vers la sortie sur leurs jambes flageolantes.

Ils dévalèrent le perron, passant près du corps démantibulé de Lambert, et coururent vers les phares de la Fiat loin devant eux, seule lueur de salut au fond du tunnel cauchemardesque d'où ils n'étaient pas encore sortis.

« Raymond a dû comprendre qu'il y avait du grabuge, autrement pourquoi rallumer les phares ? » se dit Aimé tout en courant, tandis que l'horrible vrombissement redevenait dangereusement distinct. Aimé jeta un coup d'œil par-dessus son épaule. La masse noire des papillons nocturnes sortait de la villa par la fenêtre défoncée du salon.

— Te retourne pas ! Cours, bon Dieu ! Cours ! hurla Gaspard.

La peur leur injecta une énergie nouvelle et ils détalèrent comme jamais, enchaînant des foulées dignes de marquer l'histoire de l'athlétisme, mais le sinistre grondement gagnait sur eux à la vitesse d'un train, mêlé à des cris humains qui pouvaient être de rage, de douleur ou d'effroi.

Ils crurent que tout était perdu quand l'énorme essaim noir passa à quelques mètres au-dessus de leurs têtes, éclipsant un instant la clarté du ciel nocturne. Ils s'arrêtèrent, incrédules, suivirent l'horrible nuée des yeux, et virent une silhouette humaine se détacher du nuage de phalènes pour disparaître dans le feuillage d'un arbre proche du mur d'enceinte de la propriété.

Pétrifiés, le cœur battant à tout rompre, Aimé et Gaspard craignaient de voir les insectes virer pour revenir dans leur direction. Mais bientôt le grondement s'estompa et un silence irréel s'installa, rompu par quelques faibles gémissements provenant de l'endroit où l'homme était tombé.

— Va voir, ça doit être Parks, dit Gaspard tout essoufflé. À mon avis, il a salement morflé. Moi, je vais voir ce que fout Raymond.

Aimé trouva Parks haletant, tentant péniblement de se relever. Il saignait du cuir chevelu et une manche de sa veste avait été arrachée.

— Rien de cassé ? demanda Aimé.

Il n'arrivait pas à croire que l'Irlandais fût encore conscient et en un seul morceau après une telle chute.

— *Son of a whore !* Il s'est enfui !

— Qui… Qu'est-ce que c'était ?

— Le tableau ! Crowley a pris le tableau ! Mais au moins, j'ai réussi à lui arracher ça, dit Parks en tendant le bras.

Aimé tressaillit. L'Irlandais n'avait plus de main droite. S'agissait-il d'un tour que lui jouait l'obscurité ? Non. De sa main, seuls le pouce et la partie supérieure de la paume étaient visibles. Le reste paraissait avoir été amputé net.

— C'est sa cape. Il y tient comme à la prunelle de ses yeux.

Aimé n'eut pas le temps de demander d'explications qu'une série de « Merde ! » sonores résonnèrent dans la campagne, accompagnés de bruits sourds métalliques, comme si l'on cognait la carrosserie de la berline. Quelque chose se passait du côté de Gaspard.

« Quoi encore ? Cette nuit de cauchemar ne se terminera donc jamais ? » se demanda Aimé avec un nouveau pincement à l'estomac. Il laissa là Parks et sa cape et se précipita vers l'auto.

Gaspard était affalé sur le capot de la grosse Fiat. Le front contre la tôle, les poings serrés, il sanglotait. Le cœur d'Aimé se glaça.

La portière côté conducteur était ouverte, laissant apparaître la silhouette de Raymond derrière le volant. Immobile, la tête renversée, il n'avait rien pu faire quand les phalènes infernales avaient fondu sur lui.

2.

Lorsqu'ils arrivèrent au terrain vague, à l'aube, après avoir abandonné la Fiat dans les hauts d'Aubervilliers, le campement des Romanichels commençait à s'animer. Les éclats de voix d'une partie du clan descendue se baigner dans le canal en contrebas résonnaient dans l'air clair et frais du matin. Quatre hommes étaient assis torse nu autour des braises du feu de la veille, que deux femmes en robes multicolores et coiffées de fichus étaient en train de raviver. Près de là, une bande de petits morveux entièrement nus s'arrêta de jouer et s'approcha, hilare, pour lancer aux trois gadjos hagards quelques épithètes sans doute peu flatteuses dans leur langue.

À l'intérieur du baraquement, Parks alla s'allonger sur son matelas – les mains croisées sur la poitrine, comme les momies qui avaient tant impressionné Aimé lors de sa première visite au Louvre. Sans échanger un mot, les deux autres se trouvèrent chacun un endroit où s'étendre au milieu du capharnaüm, utilisant ce qui leur tomba sous la main – une vieille bâche encroûtée, des sacs de sciure, des chiffons sales – pour se constituer une couche. L'image du corps de Raymond adossé à un arbre, tel qu'ils l'avaient abandonné à l'entrée de la propriété, continua de flotter un moment derrière les paupières closes d'Aimé, puis le sommeil s'abattit sur lui comme un couperet.

À son réveil, il eut la sensation de n'avoir fermé les yeux que quelques instants. Il poussa un long soupir et se massa lentement le front pendant que son cerveau encore embrumé recomposait péniblement les effroyables mésaventures de la veille. Au fond de la longue pièce, Parks, vêtu de son seul linge de corps, fouillait dans un gros sac de toile.

— Debout, messieurs ! C'est l'heure de la toilette ! lança l'Irlandais d'un ton presque guilleret en brandissant un gros bout de savon qu'il venait de retrouver.

Non loin d'Aimé, en marge du passage aménagé entre les équipements de chantier, Gaspard remua et fut pris d'une quinte de toux grasse.

— Quelle heure est-il ? demanda Aimé.

— Onze heures ? Midi ? Allez, debout ! Un bon bain nous rafraîchira les idées.

Sans attendre de réponse, Parks jeta un vieux torchon sur son épaule, mit son chapeau et sortit du hangar en fredonnant.

Gaspard se redressa à son tour, se racla la gorge, se frotta les yeux.

— Ce zigoto commence à me courir sur le haricot. S'il ne change pas de ton, ça va mal se passer.

— À qui le dis-tu ! Mais il nous doit encore quelques explications, tu ne crois pas ?

— Sortons. Cette taule pue le chien crevé.

Vingt minutes plus tard Parks remonta du canal dans la grande lumière de midi, sous les regards inquisiteurs d'un homme et de deux femmes – les seuls Roms encore visibles dans le campement – assis sous un auvent de fortune flanquant l'un des chariots. Le vieil homme, dont le visage ridé était couvert de tatouages, fumait une longue pipe en terre cuite. Les femmes s'éventaient la poitrine avec le bas de leur jupe.

Parks alla droit vers Gaspard et Aimé, qui l'attendaient assis dans la mince bande d'ombre projetée sur le sol par le toit en tôle du baraquement. Leur visage blême était piqué de petites croûtes. Gaspard se rongeait les ongles.

— Alors, la baille était bonne ? demanda Gaspard d'un ton narquois.

— L'eau, traduisit machinalement Aimé. *Baille* égale « eau ».

— Délicieuse, répondit Parks après un temps, comme si cette réplique était l'aboutissement d'une longue réflexion. Vous auriez mieux fait de me suivre, vous n'avez pas très bonne mine.

Parks fit un signe en direction des Tsiganes. L'une des deux vieilles femmes se leva et disparut derrière le chariot en boitant.

— Déjeunons. J'ai beaucoup de choses à vous dire.

Ils allèrent s'asseoir à l'ombre d'un jeune pommier esseulé à un bout du terrain vague, où la vieille Rom leur apporta une cruche d'eau et un grand plat en métal chargé de trois gros os à moelle et de navets bouillis.

— Ces Gitans t'ont à la bonne, dit Gaspard, tendu, en fouillant de l'index la matière visqueuse et brunâtre au centre de son os. Qu'est-ce que tu leur as promis pour qu'ils s'écrasent comme ça ?

— Ça n'a pas été facile. Au début, ils étaient un peu étonnés qu'un étranger ose se présenter chez eux. J'ai dû faire une action d'éclat pour m'imposer.

— Une action d'éclat ?

— Vous voyez le patriarche assis là-bas, sous l'auvent ? dit Parks tout en mâchant lentement, en hochant la tête vers l'homme à la face tatouée. C'est un sorcier. Il s'appelle Gébrek. Disons pour faire court que c'est en suivant ses traces dans l'Outremonde que je suis arrivé jusqu'ici.

— L'Outremonde ? le coupa Aimé.

— C'est le monde des esprits, l'ensemble des dimensions dont les sorciers tirent leur puissance. Quand je suis arrivé, j'ai tout de suite demandé à parler à Gébrek. Je lui ai raconté le rêve qu'il avait fait la nuit précédente. Ensuite, je lui ai dressé la liste des esprits auxquels il avait réussi à se lier au cours de sa carrière. Enfin, je lui ai dit que si son clan m'accueillait et me protégeait pendant quelque temps, moyennant aussi de petits services, je pouvais lui enseigner un ou deux rituels utiles.

Aimé ne savait plus où il en était.

— Attendez, vous voulez dire que vous aussi…

— Disons que je m'y connais un peu dans les arts obscurs. Côtoyer Crowley pendant toutes ces années m'a au moins permis d'apprendre quelques petites choses.

— J'en ai ras la carafe de ton pipeau, le rosbif ! explosa Gaspard. Le coup d'hier soir a tourné en cagade et Raymond y a laissé sa peau ! Si je suis encore là et si je me retiens de te flanquer une danse, c'est qu'Aimé m'a demandé de l'aider à se tirer du pétrin. Alors arrête avec tes histoires à la mords-moi-le-jonc et crache le morceau ! Dis-nous dans quoi il s'est fourré.

Parks encaissa avec autant d'aplomb que si Gaspard lui eût exposé une technique de jardinage. Craignant que la situation ne s'envenime sérieusement, Aimé intervint.

— Gaspard, tout ce qui s'est passé est entièrement ma faute, même si chacun a fait ses choix. Je regretterai jusqu'à ma mort de vous avoir entraînés dans tout ça, toi et Raymond. Mais, après ce qu'on a vu la nuit dernière, j'aimerais en savoir le plus possible.

— La nuit dernière ? Qu'est-ce qu'on a vu ? Quelques macchabées bouffés par des saloperies d'insectes ! Qu'est-ce qu'on a vu ? Je ne sais pas ce qu'on a vu !

— Moi aussi j'aimerais mieux oublier, dit Aimé en repensant aux cadavres démantibulés et aux nuées de phalènes à face humaine contrôlées par une tête volante, mais on ne peut pas nier l'évidence. Appelle ça comme tu voudras, mais je t'assure que ce « pipeau » pourrait contenir un fond de vérité. Regarde.

Aimé prit entre ses doigts une mèche de ses cheveux blancs.

— Le petit a raison, dit Parks. Je suis sincèrement désolé pour la mort de votre ami, mais elle ne change pas les données du problème. Je veux récupérer et détruire le tableau, et c'est aussi ce qu'Aimé doit faire s'il veut survivre. Mais il n'y a pas que sa survie qui est en jeu. Cela, au moins, t'est-il clair ? C'est vrai, tes intérêts à toi, Gaspard, sont bien minces dans cette affaire. La nuit dernière, j'ai empoché l'argent du coffre. Les billets sont dans ma veste. Si tu veux, prends-en la moitié, ta part et celle de Raymond, et libre à toi de t'en aller. Personne ne te retient.

Parks avait fait mouche. Le faciès simiesque et lardé de piqûres de Gaspard devint un masque de contrariété. Aimé craignit un moment que cette franchise brutale ne déclenche une réaction violente chez son ami, qui finit par se fendre d'un rictus amer.

— Marché conclu, dit-il, ma part et celle de Raymond. Je vous laisse à vos intérêts communs. Tâchez de ne pas torturer trop de monde. Aimé, quand tu auras fini de marcher à ces conneries, tu sais où me trouver.

Gaspard se leva, s'essuya les mains sur son pantalon et tourna les talons. Sous le poids d'un terrible abattement, Aimé le regarda s'éloigner.

Calmement, Parks se remit à manger. Il attendit que Gaspard soit ressorti du baraquement et ait disparu par le sentier longeant la voie ferrée pour rompre le silence.

— J'espère que la défection de ton ami ne t'attriste pas trop. C'est dommage, il aurait pu être utile, mais nous n'avons pas besoin d'autres conflits. Crowley nous donne suffisamment de fil à retordre. Maintenant c'est juste toi et moi.

Aimé, hocha la tête, les yeux rivés sur le navet bouilli qu'il tenait entre les doigts comme s'il eût pu lui suggérer une réplique. Ainsi donc, Parks était un sorcier. Il ne savait pas très bien ce que cela voulait dire, mais cela expliquait sans doute les étranges dessins sur le plancher du baraquement, et peut-être aussi la sidérante rapidité avec laquelle l'Irlandais avait réagi à leur intrusion le soir de leur première confrontation.

— Et maintenant, quelles chances avons-nous de retrouver le tableau ?

— Si nous ne mettons pas la main dessus avant le Symposion, tout est perdu. La mauvaise nouvelle, c'est que nous ne savons pas quand la réunion aura lieu et que nous n'avons aucune piste pour retrouver Crowley. Il loge probablement dans une demeure cossue de la ville aux frais de

Woodcock, bardé de protections magiques. Autant chercher une aiguille dans une botte de foin.

— Dites-m'en plus sur ce... cette chose qui nous est tombée dessus la nuit dernière.

Parks continua de mâcher pendant un moment, comme s'il n'avait pas entendu la question. Ayant fini d'évider son os, il le reposa sur le plat et tourna les yeux vers le scintillement silencieux des eaux du canal. Il posa la main droite sur son cœur, murmura quelques mots inaudibles, puis plongea ses yeux d'un bleu de glace dans ceux d'Aimé.

— Cette « chose » est un puissant démon, le rejeton d'un seigneur de l'Outremonde avec lequel Crowley a partie liée, Choronzon. Je ne te cacherai pas que nous avons eu beaucoup de chance de lui échapper.

Il dégagea du col de son maillot deux pendentifs noués autour de son cou par des lacets de cuir. Aimé se pencha pour les examiner. Les deux pierres – l'une de couleur turquoise, l'autre entièrement noire – étaient peintes, ou peut-être gravées de petits signes blancs que l'on aurait pu confondre avec des veinures.

— Chance rime avec prévoyance. Sans ce petit coup de pouce, on était cuits.

— Je ne suis pas sûr de comprendre.

— La pierre bleue me protège des agressions d'un type de démons dont le rejeton de Choronzon fait heureusement partie – c'est elle qui a empêché les phalènes de m'approcher. La noire me rend invisible, ou presque, aux habitants de l'Outremonde, et donc à ceux qui voudraient retrouver ma trace par leur entremise.

— Vous voulez dire avec des boules de cristal, ou des trucs dans ce goût-là ?

— Oui, dit Parks en souriant. C'est par un « truc dans ce goût-là » que j'ai réussi à voir le cadavre à demi pétrifié de ton oncle à la morgue. Puisque nous allons faire équipe pour retrouver Crowley, je vais devoir te fabriquer une de ces amulettes. Et aussi t'instruire sur certaines questions...

Il était plus de cinq heures quand Aimé descendit les escaliers de la station de métro Porte-de-la-Villette, à contre-courant de la foule de Pantinois et d'Albertivillariens qui pressaient le pas pour regagner leur foyer, à quelques dizaines de kilomètres seulement de la ligne de front. L'incision que Parks y avait pratiquée ne s'étant toujours pas refermée – la fabrication de son amulette nécessitait quelques gouttes de son sang –, il continuait de se sucer le pouce et marchait d'un pas traînant, tandis que les révélations de l'Irlandais au sujet de la sorcellerie, des démons et de Crowley continuaient de se bousculer dans sa tête. C'étaient des bribes de discours qui, pour être intelligibles, n'en demeuraient pas moins aberrants.

Les démons sont les passions humaines. Comprends cela littéralement. Les passions sont l'aspect sous lequel nous connaissons communément les démons sur ce plan d'existence. Pourquoi crois-tu que les saints de tous les âges et toutes les traditions ont essayé de s'en affranchir ? Te souviens-tu de saint Antoine et de ses tentations ?

Au guichet de la station, l'employé de la Compagnie du chemin de fer métropolitain de Paris le regarda d'un drôle d'œil quand, avec son allure de mendiant, Aimé voulut régler un simple ticket avec un billet de cent francs tiré du petit magot que Parks lui avait remis.

— Vous n'avez pas plus gros ? lâcha le quinquagénaire émacié aux moustaches en guidon de vélo, avant qu'Aimé, improvisant, n'opte pour l'achat de cinq carnets de tickets de première.

— Quand on est rupin, on peut rouler en taxi, continua de râler le préposé en comptant les pièces et les petites coupures de la monnaie.

... Il n'y a rien dans l'homme qui ne soit activé par eux. Les sentiments, les pensées, et même la respiration, la digestion ou les battements du cœur : toute l'horlogerie du corps s'arrêterait sur-le-champ si les démons qui la contrôlent s'en détournaient, dévoyés par des moyens naturels ou magiques.

Aimé fit poinçonner son ticket par une jeune femme à l'entrée du quai puis avança le long du train au départ, bousculé par le flux de voyageurs pressés. Mort de fatigue, perdu dans ses pensées, il dépassa la voiture rouge de la première classe et dut revenir sur ses pas. Sa mine piteuse éveilla les soupçons de la contrôleuse de bord, une femme dans la quarantaine qui poinçonna son ticket à contrecœur, convaincue qu'elle était d'avoir pincé un resquilleur un peu trop culotté et probablement ivre.

Suscitant les moues et les regards en biais des passagers, Aimé s'affala sur l'une des banquettes de bois face à une grosse dame endimanchée qui fronça les sourcils et porta deux doigts sous son nez d'un air indisposé. Le chef de gare siffla le départ et la rame se mit en branle, s'engouffrant à vitesse croissante dans l'obscurité du tunnel.

... L'Outremonde est partout derrière les apparences des choses que tu qualifies de réelles. Mais surtout, l'Outremonde est en nous. On y pénètre par le puits d'ombre qui s'ouvre au cœur de l'esprit humain, que certains nomment l'inconscient. Un lieu d'où sourdent les énergies qui animent et dominent la conscience et dont la conscience, par définition, se détourne.

Aimé se posa une main sur le front, ferma les yeux et, dans un effort suprême, tâcha de se concentrer. Les faits : le décès de Géo, le tableau mortifère, Crowley et Choronzon, la mort de Raymond, l'apparition de Mérie à l'entrée de l'Hypnos... Il n'avait eu qu'à tirer sur une simple ficelle, en recomposant les fragments de l'esquisse, pour découvrir que son oncle était impliqué non seulement dans un trafic d'œuvres d'art mais aussi dans une compétition entre sorciers à laquelle il était maintenant lui-même indirectement mêlé, mourant à petit feu d'une malédiction – comment l'appeler ? – surgie d'une dimension hors de l'espace et du temps – ou du tréfonds de son ciboulot malade, c'était kif-kif. En essayant de mettre de l'ordre dans tout ça, il se sentait aussi désemparé qu'un chimpanzé face à un plan de Paris.

Parks lui filait les foies, mais il était le seul à avoir une vision d'ensemble de cette histoire à dormir debout, même si ses explications avaient tout d'une divagation d'aliéné. Si ses airs de gentleman britannique s'étaient révélés être la façade d'une personnalité manipulatrice et dangereuse, encline à la plus cruelle sauvagerie, les faits ne l'avaient encore jamais contredit et avaient même confirmé ses prévisions les plus invraisemblables, malgré l'avis de Gaspard.

Aimé eut un pincement au cœur en pensant à son ami. Certes, Gaspard n'avait pas vu l'état du corps de Géo, et il n'avait pas fait l'expérience du pouvoir du tableau – ou de son esquisse. Mais après les événements du soir précédent, comment pouvait-il rejeter en bloc les explications de Parks ? Était-il victime d'une sorte de cécité psychologique ? Cela concourait-il à prouver que les démons habitaient un monde dont la conscience ne voulait rien savoir ?

... Contrairement au monde des rêves, l'Outremonde, quand on y pénètre, est aussi concret que celui dans lequel nous vivons. Mais il a ses lois propres, sans commune mesure avec celles de l'univers matériel que nous tenons pour la seule réalité.

Pourquoi ne pas accepter l'existence de mondes spirituels ou infernaux ? La belle affaire ! Géo Grandin y croyait bien, lui, à l'instar d'une majorité d'êtres humains sur la planète. En revanche, ceux qui avaient une expérience directe de ces choses devaient nécessairement être peu nombreux. Autrement, la sorcellerie serait aussi répandue que les moteurs à explosion ou l'électricité – or, ce n'était pas le cas. Comme Parks l'avait laissé entendre, ce type de connaissance devait demeurer l'apanage d'une poignée de privilégiés, cachée au commun des mortels, qui faute de quoi disposeraient d'un moyen par trop efficace pour s'affranchir du joug de leur condition misérable, si essentielle aux desseins des puissants.

... Les vicissitudes des démons dans l'Outremonde déterminent en tout et pour tout celles de l'humanité. La guerre qui en ce moment fait rage est un reflet des conflits qui déchirent les démons de l'Outremonde.

Ses chances de survie – qui étaient bien minces ! – dépendaient d'un personnage dont il y avait tout lieu de se méfier. En cela, il partageait les sentiments de Gaspard, qui par sa faute se retrouvait mêlé à une histoire aussi sinistre que tragique. Même si l'avoir à son côté lui donnait un supplément de force et de confiance, Aimé se promit qu'il ne ferait plus courir aucun risque à son ami. La mort de Raymond, qu'il ne se pardonnerait jamais, était déjà un poids assez lourd à porter.

... Et surtout, n'oublie jamais ceci : une fois entré en contact avec l'Outremonde, les événements s'enroulent en spirale autour de toi. Parallélismes, synchronicités, coïncidences – les événements convergent tous obstinément vers leur point de plus grande densité symbolique, comme un tourbillon vers le vide qui agit en son centre, où toutes les forces s'équilibrent.

Quelque part sous terre entre Riquet et boulevard de la Villette, Aimé rouvrit les yeux. Les autres passagers se tenaient à bonne distance de lui, probablement à cause de son odeur. La bourgeoise endimanchée était allée s'asseoir à l'autre bout de la voiture. À deux banquettes de là, deux officiers de l'armée le regardaient d'un air sévère.

Aimé, qui avait la hantise de devoir produire ses vrais-faux papiers de réforme, tourna les yeux vers la vitre à sa gauche, se retrouvant face à face avec son reflet flottant dans la nuit noire du tunnel. Il avait les traits creusés, les épaules voûtées. Entre autres souillures, du sang tachait le devant de sa chemise. On eût dit le fantôme d'un vieux clochard filant à vive allure vers le royaume des ombres.

Arrivé à Couronnes, il gagna à nouveau son immeuble par un itinéraire détourné. Vu son aspect, mieux valait éviter les jaseurs et les potinières du voisinage. Du reste, ne venait-il pas de faire ses débuts sur la scène du crime international ? La prudence était plus que jamais de rigueur.

Chemin faisant, il conçut le projet d'aller trouver Mérie le soir même. Une fois résolu, ce problème aurait cessé de le tarauder, quelle que soit l'issue de la confrontation qui l'attendait.

Chez lui, il lui fallut un temps considérable pour se remettre de la montée des six étages qu'il gravissait au pas de course sans y penser une semaine plus tôt. Sa chambre ne lui procura pas la sensation d'intimité qu'il avait escomptée. Elle lui inspirait au contraire un sentiment d'étrangeté, comme si elle avait servi de décor à une existence qui n'était plus la sienne, à un ancien moi qui lui paraissait déjà bien naïf et insouciant.

S'efforçant d'écarter ces idées sombres, il entreprit de faire sa toilette. Il se déshabilla et découvrit les marques des coups de la nuit précédente, en particulier une grosse ecchymose à l'épaule droite, qu'il bougeait avec difficulté, et, du même côté, un hématome violacé qui commençait à durcir au niveau du genou.

Il sortit son matériel de rasage, accrocha un petit miroir au-dessus du lavabo et inspecta son visage. Ce fut un choc. Sa peau blême était parsemée de minuscules écorchures et une boursouflure douloureuse au toucher, qui virait au bleu, unissait sa tempe et sa pommette gauches. Il pensa à la tête que ferait Mérie en le voyant.

Quand, en se tournant pour inspecter son dos, il aperçut une tache grise de la taille d'une pièce de cinq francs, son sang se figea dans ses veines. En se contorsionnant, il parvint à effleurer la plaque et explora sa surface rugueuse, totalement insensible, semblable à celle d'un cal, ou plutôt, oui, d'une goutte de ciment durcie.

Ses mains et ses jambes furent prises de tremblements et le souffle, tout à coup, lui manqua. La malédiction du tableau n'avait jusqu'alors été qu'une abstraction, une fâcheuse possibilité que cette petite tache venait entériner de façon inexorable.

En se lavant, il constata que sa peau produisait une fine poussière grise qui s'accumulait sur son gant de toilette et découvrit deux autres petites taches rugueuses semblables à la première, l'une sur son gros orteil droit, l'autre sur sa nuque. À ce rythme, combien de temps lui restait-il ?

Il fallait garder la tête froide, se dit-il en enfilant des vêtements propres, juguler sa peur, et surtout ne pas perdre espoir. Si, comme l'affirmait Parks, les événements s'étaient enroulés ou « densifiés » autour de lui, ce qui se manifestait par un acharnement de coïncidences accablantes, il n'était peut-être pas exclu que ces mêmes événements finissent par tourner en sa faveur.

Par ailleurs, il avait encore quelques pistes à explorer. Il songeait à l'étrange clé et au calepin de Géo, dont Parks ignorait l'existence. Après tout, le puzzle des feuillets ne lui avait pas résisté plus d'une nuit – pourquoi n'aurait-il pas été capable de percer le secret des deux autres objets ? C'était à lui, Aimé Grandin, que son oncle les avait légués, il était donc a priori la personne la mieux placée pour venir à bout de leur mystère.

Mais il savait qu'il lui serait impossible de se concentrer avant d'avoir tiré au clair la question de Mérie. Il se souvenait de l'adresse que la jeune femme lui avait donnée à l'enterrement et décida de s'y rendre séance tenante. S'il arrivait sur le coup de sept heures et demie, avec un peu de chance, elle serait probablement en train de se préparer pour une nouvelle soirée de sa double vie.

Aimé retourna prendre le métro : un coup de ligne 2 jusqu'à Nation, puis la 1 jusqu'à Étoile, d'où il terminerait le chemin à pied.

Durant le trajet, il imagina mille scénarios pour la confrontation qui allait avoir lieu. Dans chacun d'eux, il se voyait intraitable et sûr de lui, mettant une Mérie éplorée au pied du mur, lui faisant peser tout le poids de l'humiliation qu'elle lui avait fait subir, raillant sa fausseté et sa frivolité avec quelques formules mordantes qu'il aurait ciselées sur le chemin. Elle, de son côté, se serait confondue en explications fumeuses, celles qu'on sert toujours aux cocus.

Cependant, qu'espérait-il ? Qui était-il, au fond, pour juger de son comportement ? À quoi s'était-il attendu en fréquentant une veuve à laquelle il n'avait au fond rien à offrir ? Leur histoire n'était-elle pas destinée depuis le début à ne demeurer qu'une passade ? N'était-il pas temps de grandir, Grandin, et de se mettre un peu de plomb dans la Sorbonne ?

Vexé, humilié et vaincu par ses propres échafaudements, il se demanda s'il ne valait pas mieux faire marche arrière tant qu'il le pouvait et se rendre au Boit-Sans-Soif pour noyer son dégoût dans des cruchons de guinguet et laisser Gaspard soigner son cœur meurtri du baume de ses railleries. Mais se retrouvant peu après à descendre l'avenue Victor-Hugo sans avoir changé de cap, force lui fut d'admettre qu'il était gravement amoureux, lié à Mérie par une force d'attraction dépassant l'entendement – en tout cas, le sien, qui de toute évidence ne cassait pas des briques.

Arrivé au 179, Aimé crut tout d'abord s'être trompé d'adresse. Était-il possible que Mérie eût emménagé dans un bâtiment aussi luxueux ?

Après avoir affirmé qu'aucune Mérie Baveret ne résidait dans l'immeuble, le concierge, qui rentrait les poubelles, finit par admettre qu'une Éléonore Paradis répondant à la description fournie par Aimé s'était tout récemment installée au troisième, mais qu'elle était pour le moment absente. Aimé eut un regain d'espoir – ne pouvait-il pas aller frapper à sa porte pour s'en assurer lui-même ? Non, l'immeuble était interdit aux étrangers, catégorie dans laquelle le concierge rangerait Aimé tant que madame ne l'aurait pas autrement étiqueté. Le concierge ne savait-il pas vers quelle heure « madame » serait rentrée ? Non, et il ne tenait pas à le savoir. On le payait pour veiller au confort des résidents, pas pour tenir leur emploi du temps. Il était concierge, pas domestique.

Agacé, Aimé fut tenté de sortir un billet de vingt francs pour assouplir le zèle de ce Cerbère, et éventuellement en apprendre plus sur les personnes qui fréquentaient l'appartement de Mérie, mais, pris d'un soudain dégoût, il se ravisa, tourna les talons et se remit à descendre l'avenue.

Ce mauvais quart d'heure d'explication qu'il avait imaginé sous tous les angles n'aurait finalement pas lieu, du moins pas aujourd'hui, et cela valait peut-être mieux ainsi. En attendant, il savait où trouver Mérie – pardon, « Éléonore Paradis ». Quelle farce !

C'est alors qu'une luxueuse berline s'arrêta devant l'immeuble. C'était une Hispano-Suiza couleur crème, à la capote noire – un véritable fauve de métal qui figea d'admiration quelques passants. Mû par un pressentiment, Aimé alla se cacher derrière l'arbre le plus proche pour épier la scène.

Un grand homme à l'élégant costume sombre descendit de l'auto et, ayant coiffé d'un Stetson son crâne aux cheveux coupés ras, fit le tour de la voiture d'un pas leste pour aller ouvrir l'autre portière. Un coquard bleu ornait son œil gauche à la façon d'un monocle.

Le pressentiment d'Aimé se mua en déjà-vu. Ce moment, cette lumière, mais surtout ce visage, cette tête… Dans une seconde, Mérie descendrait, songea-t-il, et avant même que cette pensée eût fini de prendre forme, c'est exactement ce qui se produisit.

Vêtue d'une robe abricot et d'un chapeau dans les mêmes tons, elle posa sa main gantée de blanc sur celle de son cavalier. Les traits de l'homme étaient étrangement familiers à Aimé, dont la sensation de déjà-vu s'accrut au point d'éclipser sa jalousie. Les enjeux de la scène qui se déroulait sous ses yeux dépassaient de très loin ses petites affaires de couple, mais il n'arrivait pas à comprendre en quoi.

Enfin, aussi subite qu'une crise d'apoplexie, l'évidence le foudroya. Aucun doute possible. Ce dandy à l'œil poché auquel Mérie souriait de toutes ses quenottes blanches était l'homme contre lequel Parks s'était battu la nuit précédente, le sorcier dont Aimé avait vu flotter la tête au milieu des airs dans le salon de la villa meudonnaise. Aleister Crowley.

3.

La nuit tombait quand l'Hispano-Suiza de Crowley passa le portail de la Villa Gallica, dans les hauteurs boisées de Montmorency. Quelques nuages teintés par les dernières lueurs du crépuscule traînaient dans le ciel au-dessus du luxueux manoir bâti sous le Second Empire, où Woodcock et sa suite s'étaient installés à leur arrivée à Paris.

Ayant garé son bolide, le sorcier fut accueilli dans le grand vestibule néoclassique de la demeure par Duncan, le vieux domestique d'origine écossaise qui accompagnait Woodcock dans tous ses déplacements.

— Monsieur dînera-t-il ?

— Non, j'irai me servir moi-même à la cuisine, ou je te sonnerai plus tard si j'ai faim. Comment va Woodcock ?

— Le médecin a dit que monsieur devait garder le lit jusqu'à sa prochaine visite, après-demain.

— Et Isidora ?

— Madame n'a pas quitté sa chambre aujourd'hui. Ses crises commencent à s'espacer, il me semble.

— Très bien, dit Crowley sans conviction. Espérons qu'elle nous laisse dormir.

— M. Woodcock désirerait s'entretenir avec vous au sujet de certaines affaires. C'est urgent, m'a-t-il dit.

— Ça attendra demain, dit Crowley en gravissant le grand escalier de pierre qui montait vers les étages. Tout ce dont il a besoin pour le moment, c'est de repos. Et moi aussi.

Les quartiers de Crowley, qui occupaient toute une aile du troisième étage, constituaient un véritable appartement. Ils comprenaient une vaste chambre, une salle d'eau, et un salon princier que le sorcier avait pris soin, dès son arrivée, de faire vider de son mobilier horriblement français, rideaux et tapis compris, pour retrouver le dépouillement nécessaire à ses activités.

C'était d'ailleurs pour ces mêmes activités qu'il avait insisté auprès de Woodcock pour séjourner dans ce manoir isolé dans les bois, prêté par un industriel français parti vivre à Boston en attendant que le jeu se calme en Europe, plutôt que dans les luxueux appartements et hôtels particuliers situés en ville qu'on leur avait proposés. La distance de la capitale était quelque peu fastidieuse, mais les pratiques magiques auxquelles le sorcier se livrait exigeaient certaines conditions et une discrétion qu'un milieu urbain ne pouvait offrir.

Crowley entra dans sa chambre et n'activa la lumière électrique que le temps d'allumer une lampe à huile, qu'il posa sur sa table de travail. Il troqua ses vêtements de ville contre une longue robe cérémonielle violette, se versa un verre de pommard, alluma un cigare et alla s'installer dans un fauteuil placé près d'une fenêtre ouverte pour profiter de la douceur du soir et contempler le ciel étoilé.

Le vin : c'était ce qu'il préférait de la France, une des seules choses d'ailleurs que l'on eût pu apprécier de ce pays, avec quelques poètes un peu meilleurs que la moyenne. Et les femmes, aussi, peut-être. Une en tout cas, depuis qu'il l'avait rencontrée, occupait son esprit plus que de raison.

Éléonore Paradis. Il ne savait pas encore qui l'employait, mais son rôle d'émissaire – c'était elle qui remettait les invitations pour le Symposion – impliquait qu'elle fût en contact avec les plus hautes instances de l'Outremonde. Sa beauté et son intelligence n'étaient que ses qualités les plus évidentes. Sa charmante enveloppe charnelle recelait une profondeur peu commune – comme une crypte où chatoyait un joyau infiniment désirable, une coupe pleine d'un nectar venimeux qu'il brûlait de boire jusqu'à la lie. « Ne vous sentez pas dédaigné, lui avait-elle dit lors de leur déjeuner au Ritz l'après-midi même. Votre ambition et votre talent ne sont pas passés inaperçus. » Le sourire qui avait accompagné cette phrase avait non seulement enflammé son orgueil, mais aussi éveillé en lui l'envie bestiale de repousser les frontières de la connaissance biblique avec cette délicieuse créature. Toutefois tant qu'elle ne lui aurait pas remis son invitation – chose qui lui importait avant toute autre –, il devait brider ses élans et s'armer de patience.

Les yeux pointés vers la constellation de la Lyre, Crowley tira une profonde bouffée de son cigare – une variété particulière qu'il avait importée à grands frais d'Haïti depuis New York. Tout cela était bel et bon, songea-t-il, mais les sourires d'Éléonore étaient la seule touche positive d'une situation qui était loin d'être optimale, car son invitation à la grande réunion dépendait de la résolution de problèmes épineux.

Tout d'abord, le tableau. Dès son premier essai sur l'un des chats qui traînaient autour du manoir, il s'était rendu compte, aussi aberrant que cela pût paraître, qu'il s'agissait d'un faux. En posant les yeux sur la toile, l'animal ne s'était pas pétrifié sur-le-champ mais avait été pris d'une simple syncope et s'était écroulé sans le moindre miaulement. La cécité, le blanchiment diffus du pelage ainsi que la pétrification partielle d'une oreille, d'une patte et de la queue avaient été les seuls effets observables. Crowley avait répété l'opération sur un autre cobaye, obtenant les mêmes résultats décevants.

À la suite de ces échecs, le sorcier avait vu tous ses efforts partir à vau-l'eau et une nouvelle énigme était venue au jour. Si son ébahissement en découvrant que le tableau avait été remplacé par une reproduction avait porté un dur coup à son orgueil, au moins cet escamotage acceptait-il une explication rationnelle. Mais où Lambert avait-il trouvé un artiste capable d'exécuter la copie d'une toile qu'aucun œil mortel ne pouvait contempler – et qui plus est en si peu de temps ? Comment était-ce possible ? Car à n'en pas douter, c'était de cela qu'il s'agissait, d'une copie – ou alors cela signifiait que les pouvoirs du tableau s'étaient amoindris, ce qui n'avait aucun sens.

L'apparition impromptue de Parks était l'autre grande question. Comment cet Irlandais de malheur avait-il pu le suivre jusque-là ? Parks n'était pas un sorcier de taille à rivaliser avec lui, mais il avait fait preuve de suffisamment d'astuce et de ténacité pour rester accroché à ses basques et échapper aux moyens magiques qu'il avait mis en œuvre pour le retrouver. Cela avait été une surprise, et – il devait l'admettre – une réelle déception de découvrir que Parks l'espionnait pour le compte des services de renseignement britanniques. Cependant, il était évident que son ancien disciple n'agissait plus à présent que dans son seul intérêt, pour faire avancer sa propre carrière de sorcier. Être connu comme l'homme qui a tenu en échec Aleister Crowley, frère Perdurabo, Grand Maître de l'Ordre hermétique de l'Aube dorée et Grand Maître fondateur de l'Astrum Argentum, augmenterait sans aucun doute son prestige.

Mais cela n'était pas près d'arriver. Son apparition la nuit précédente avait failli faire capoter ses plans, mais Crowley – comble de l'ironie – pouvait aussi remercier l'Irlandais, car sans le coup de pouce inespéré de Lambert ouvrir le coffre aurait pris beaucoup plus de temps que prévu. Crowley n'avait aucune idée de la façon dont Parks s'y était pris pour arriver là, mais il était sûr d'une chose : en bonne logique, le fait qu'il suivît la piste d'un faux tableau signifiait que lui aussi ignorait où se trouvait l'original. Cela arrangeait Crowley et ne l'arrangeait pas, d'autant moins que celui qui peut-être détenait la réponse à cette question, Lambert, était mort.

En attendant, si la contrefaçon qu'il possédait ne pouvait lui attirer que des sarcasmes au Symposion, elle suffisait à servir ses desseins plus immédiats. Les militaires qu'il rencontrerait dans quelques jours seraient sans doute plus faciles à convaincre et à éblouir que les démons de l'Outremonde.

Soudain, un cri lointain, strident, que l'on aurait pu prendre pour le feulement d'une chatte en chaleur, brisa le silence de la nuit. Crowley leva les yeux au ciel. Isidora, qui occupait une chambre au premier étage, partait dans une de ses crises.

Le climat spirituel de la région, si proche de la ligne de front, mettait à rude épreuve la sensibilité de la médium, victime de transes hallucinatoires durant lesquelles elle entrait en communication avec les esprits des soldats tués au combat. Crowley se serait volontiers passé de sa compagnie – tout comme de celle de Woodcock, du reste. La crise de céphalée aiguë qui clouait le milliardaire au lit depuis quatre jours était causée par un démon mineur que Crowley tenait à sa solde. Toutefois, si Di'u – tel était le nom de cet esprit malin, déjà connu par les Babyloniens pour son efficacité en matière de migraine – faisait du bon travail, il n'était pour rien dans l'accès de goutte de l'Américain, entièrement imputable aux alcools et aux nourritures françaises dont il ne se privait pas.

Crowley avait caché à Woodcock le recouvrement du tableau, ou de sa copie. Il savait qu'il devrait tôt ou tard songer à un moyen de mettre fin à leur association embarrassante – un Grand Initié pouvait-il accepter d'être l'animal de compagnie d'un tel attardé ? Mais malheureusement le milliardaire était son billet d'entrée au Symposion. Les démons appréciaient la finance autant que la magie noire, et Woodcock, au même titre que Choronzon, le « parrainait ».

En attendant de gagner le concours, cette accointance lui permettait de jouir de certains avantages. Tant qu'il maintenait le tycoon sous son influence, il pouvait compter sur sa fortune pour mener grand train et financer les rituels souvent coûteux qu'il devait effectuer. Par ailleurs, Crowley était censé être à New York, hors de portée des services britanniques, et c'était grâce aux relations de Woodcock, au bras long de ce nain, qu'il avait pu regagner l'Europe incognito. S'il lui arrivait malheur, sa couverture risquait d'être compromise et d'autres tracas s'ajouteraient à ceux qui le tourmentaient déjà.

La voix d'Isidora retentit, pleine de colère et de crainte. « C'est trop ! C'est trop ! hurla-t-elle à ses visiteurs invisibles, Sortez ! Allez faire vos cochonneries ailleurs ! »

Crowley soupira, se leva et alla jusqu'à son bureau. Son cigare à la main, il demeura un moment debout la tête penchée à considérer les différents manuscrits qui y étaient étalés, comme pour recueillir leurs conseils silencieux. Enfin il se versa un nouveau verre de vin, qu'il vida d'un trait, se munit d'une boîte d'allumettes et sortit de sa chambre.

Il régnait dans le salon une obscurité épaisse que la lampe avait du mal à tenir en respect. Sur le seuil, le sorcier prit une profonde inspiration, humant l'ombre chargée d'âcres relents d'encens, puis alla allumer plusieurs bougies posées sur le sol de la grande pièce, dont le contenu et les contours dépouillés émergèrent peu à peu des ténèbres.

Les murs étaient recouverts de figures géométriques entrelacées, constellées de mille symboles complexes. Cette coulée de graffitis ésotériques, qui occupait tout le pourtour de la salle, n'était interrompue que par de longues tentures de velours noir calfeutrant trois doubles-fenêtres. Un pan de la même étoffe cachait le foyer d'une cheminée sur laquelle était posé un énorme cierge au bougeoir ciselé. Tout un attirail rituel, comprenant un brasier, un encensoir et plusieurs candélabres, était entreposé près de l'âtre.

Un grand pentacle peint en rouge se déployait au centre du parquet, flanqué de deux cercles magiques plus petits, comme deux lunes gravitant autour d'une grande planète. Le tableau, sous sa housse noire, se trouvait dans l'un d'eux, maintenu verticalement par un support en bois ; l'autre ceignait une dame-jeanne de verre sombre fermée par un bouchon en os, dans laquelle une vapeur noirâtre remuait confusément, semblable à un bout de nuage chargé d'orage.

Crowley se déplaçait avec une grande économie de mouvements. L'enchevêtrement de symboles et de lignes qui l'entourait obéissait aux règles adamantines d'un savoir occulte et avait pour fonction de corriger l'orientation de la pièce par rapport aux points cardinaux de l'Outremonde, optimisant ainsi les influx qui, à travers les astres, en émanaient. Toute altération de cette géométrie pouvait compromettre le rituel et entraîner des conséquences funestes. Depuis qu'il l'avait consacré, le salon était le réceptacle d'un réseau de forces et de courants invisibles dans lequel le sorcier évoluait comme au travers d'une forêt nocturne peuplée de prédateurs.

Crowley acheva le tour des luminaires par le gros cierge de la cheminée, fait de graisse humaine. Enfin, prenant garde à ne pas fouler les lignes de ses pieds nus, il alla s'asseoir en tailleur au centre du grand pentacle, au milieu d'une dizaine de flammèches dont la disposition sur le sol reproduisait la constellation d'Orion.

Crowley fixa son regard sur la dame-jeanne qui renfermait le rejeton de Choronzon, puis, tout en récitant mentalement des chapelets de syllabes magiques, tira sur son cigare et retint la fumée brûlante un long moment dans ses poumons. Il répéta l'opération cinq fois, sans détourner son regard de la vapeur obscure et vivante à présent parcourue de lueurs électriques dans sa prison de verre. Cependant, un bourdonnement diffus venu de nulle part s'accroissait dans la salle.

Le sorcier posa son cigare sur le parquet, ferma les paupières et n'opposa aucune résistance au vertige qui s'empara de lui, disloquant ses sensations et ses pensées dans un grand tourbillon informe. Les bouffées d'herbes haïtiennes auraient terrassé sur-le-champ le plus féru des haschischins, mais Crowley ne perdit pas pied. Vétéran de la transe, il s'accrocha au fil d'acier de sa volonté, laissant sa conscience se détacher de ce magma d'impressions qui s'éloignait à mesure qu'il s'abîmait en lui-même, emporté par des vents subtils vers de profonds rivages intérieurs.

Il y eut un moment de stase et de ténèbres absolues, comme la traversée immobile d'une épaisseur de néant. Quand ses sens s'éveillèrent à nouveau, Crowley se trouvait dans le port de Zélabar, reconnaissable à l'immense phare spiralé qui, juché sur un éperon rocheux face à l'océan de nuit qu'il venait de franchir, dominait la ville et guidait les voyageurs en provenance de multiples dimensions.

Le sorcier se tenait debout sur le quai où la nef imaginaire qui l'avait transporté était amarrée – un galion évoqué par les syllabes magiques, doté d'un imposant nez de bois en guise de figure de proue. Le rejeton de Choronzon lui faisait face, vêtu de hautes bottes noires, d'une cape grise et d'un chapeau dont le large bord ombrageait le visage à l'exception d'un menton prodigieusement long et d'un sourire narquois garni de petites dents acérées, trop nombreuses pour une bouche humaine. Quelques phalènes voletaient autour du démon, se posant parfois sur lui.

— Très bien, dit Crowley, satisfait que la traversée se fût déroulée sans complications. Allons trouver cette crapule de Xotlac.

Le rejeton ouvrit un chemin au travers du grouillement d'ombres qui s'affairaient autour des mille vaisseaux à quai, déchargeant les cargaisons en provenance du monde de la veille ou chargeant des navires en partance pour différentes réalités. Zélabar était l'un des principaux comptoirs oniriques du littoral de l'Outremonde, une côte que nul rêveur, visionnaire ou démon n'avait réussi à cartographier dans son ensemble. Les ombres qui grouillaient sur les places et dans les rues, dont l'agencement changeait à chaque visite, n'étaient autres que les projections de légions de dormeurs qui, inconscients dans la réalité, étaient venus là pour échanger des fragments de vie – de petits colis contenant leurs expériences diurnes – contre les rêves que les démons, qui seuls dictaient les prix du marché, faisaient venir de l'intérieur des terres.

Il était courant de croiser dans le dédale de Zélabar les ombres d'artistes cherchant à troquer des bouts de leur existence contre une idée, quelques vers ou une mélodie. Plus rares étaient les visionnaires ou les sorciers qui, comme Crowley, étaient créditeurs des autochtones. Ceux-là, en vertu de certaines alliances, jouissaient d'une liberté de mouvement proportionnelle à leur capital et avaient le don d'entrer dans l'Outremonde pleinement conscients, tandis que les autres se réveillaient sans aucun souvenir de s'y être aventurés.

La notion de durée n'ayant pas cours dans l'Outremonde, le trajet jusqu'à la boutique de Xotlac ne fut pas long, mais complexe, riche en chaînes d'événements comprimés, obéissant aux lois labyrinthiques de déplacement, substitution, correspondance et détournement qui sont le propre des rêves. Ainsi, pour sortir du port, Crowley et le rejeton de Choronzon durent passer trois fois par le centre-ville, et treize fois par une même place reconnaissable à la grande statue de Minotaure qui s'y dressait, bien que les bâtiments et les échoppes de son pourtour changeassent sensiblement à chaque nouveau passage, ce qui fit douter Crowley des compétences de son guide.

— Quand comptes-tu nous sortir de cette boucle ? ironisa le sorcier en plongeant les doigts dans un cornet de limaçons frits, amuse-gueule qu'il avait fini par acheter à un vendeur ambulant.

Le rejeton fit halte et se gratta le menton.

— Je crains que ce cercle vicieux ne soit pour la ville une façon de nous dire que Xotlac n'est pas dans les parages.

Comme si cette réflexion avait suffi à briser le cercle, ils quittèrent une nouvelle fois la place et trouvèrent aussitôt la rue où s'élevait la demeure de Xotlac – l'un des plus riches commerçants de Zélabar – pour constater que celle-ci avait été transformée en maison de plaisir pourvue d'un hammam au rez-de-chaussée. Un flux d'ombres entrait et sortait du bâtiment dont la façade, entre les langues de vapeur qui s'échappaient de l'entrée, exhibait des moulures et des bas-reliefs obscènes aguichant le regard des passants.

— Tu avais vu juste, dit Crowley, dont les limaçons s'étaient transformés en crevettes bleues vivantes au parfum un peu écœurant. Et maintenant ? Je dois absolument m'entretenir avec Xotlac, débrouille-toi pour le trouver, fissa, ou je devrai en référer à ton maître. Choronzon serait très contrarié d'apprendre que tu ne respectes pas le pacte qui nous lie.

— Inutile de me le rappeler, Perdurabo, dit le démon d'un ton maussade.

Sur un geste de sa main, une nuée de mouches et une multitude de cafards surgirent des coins d'ombre autour du bâtiment pour aller s'agglutiner autour du rejeton, avec qui elles s'entretinrent dans un grand bourdonnement.

Bientôt, Crowley, cigare au bec, se retrouva installé sur le dos d'une nuée de papillons de nuit ressemblant de loin à une grande créature ailée filant comme une comète noire à travers les cieux froids de l'Outremonde. Le rejeton avait repris sa forme d'origine et suivait la piste que les insectes de Zélabar lui avaient soufflée.

Sous eux, forêts impénétrables, vastes plaines mornes, collines sombres, marécages brumeux aux eaux bitumeuses et montagnes acérées couleur d'acier se succédaient, laissant parfois apparaître des bourgs ou des villages en ruine, vestiges des conflits déchirant les différents clans de démons qui se ravivaient à l'approche de chaque Symposion. Ces paysages n'étaient pas moins susceptibles de métamorphoses que les rues de Zélabar. Aussi le rejeton ne dirigeait-il pas son vol en fonction de repères géographiques, mais en remontant le courant de certaines empreintes émotionnelles qui allaient en s'intensifiant et dont les paysages étaient l'expression, tout comme un rêve met en scène l'état d'âme du dormeur.

L'angoisse croissante que ressentait Crowley – une angoisse qui, sous ces latitudes, servait à la fois de baromètre et de boussole, aussi vivifiante que l'adrénaline – indiquait qu'ils étaient en train de traverser les zones tampons de l'inconscient collectif profond et qu'ils se rapprochaient de l'abîme de Wodh, du grand néant central au bord duquel se trouvaient les palais des seigneurs démons.

Crowley savait que ces lieux étaient peu sûrs. Malgré son audace proverbiale, il n'aurait pas aimé être pris dans une nouvelle boucle onirique sous ces latitudes. À plusieurs reprises, ils croisèrent d'autres démons volant au loin ou survolèrent des meutes de « démons rampants », piétaille féroce que les seigneurs envoyaient errer de par les étendues de l'Outremonde sans autre but que d'y affirmer leur puissance par la violence et la destruction et guerroyer contre les clans rivaux. Crowley et le rejeton passèrent leur chemin lorsqu'ils avisèrent des démons attaquant un zeppelin jaune probablement piloté par quelque sorcier ou visionnaire un tantinet trop audacieux.

Les seules zones franches de ces territoires étaient les routes employées pour le commerce avec les comptoirs du littoral et sur lesquelles les ombres des morts – les seules pouvant s'aventurer jusque-là, contrairement aux ombres des simples dormeurs – transitaient vers l'intérieur du continent à la recherche souvent vaine d'un séjour qui leur convînt. Mais il n'était pas rare que les spectres des trépassés fussent attaqués par des créatures de cauchemar ignorant tout des conventions démoniaques.

Sans prévenir, le rejeton atterrit sur l'une de ces routes, au beau milieu d'un bois, et reprit sa forme humanoïde. Même en l'absence de vent, les frondaisons des arbres ondulaient lentement, comme des algues sous l'effet d'un courant. Sur le bas-côté, quelques champignons dodus aux chapeaux violacés, pourvus de petites bouches dentées, émettaient des coassements haut perchés rappelant ceux de crapauds en rut.

— Qu'est-ce qui se passe ? demanda Crowley. Tu t'es encore perdu ?

— Nous sommes à la frontière d'un territoire contrôlé par le clan de Molokkô, qui comme tu le sais est en guerre avec Choronzon. Je ne peux pas y entrer. Les clauses de notre accord ne prévoient pas le suicide.

— Eh bien, pourquoi ne pas le survoler ?

— C'est là que se trouve Xotlac. Tu vas devoir finir le chemin par tes propres moyens.

— À pied ? C'est risqué.

— Rassure-toi, tu es tout près. Regarde, dit-il en pointant du doigt une lueur au fond des bois qui ressemblait au halo d'un feu de camp. C'est là-bas.

— Soit, dit Crowley dans un élan de fierté.

Refusant de discuter plus avant avec ce qui au fond n'était qu'un simple sous-fifre, mais un peu préoccupé par les multiples embûches qu'un trajet tel que celui-ci pouvait réserver, il laissa là son guide et marcha dans la direction indiquée.

Il n'avait pas fait trois pas dans la forêt que la lueur se dédoubla. Il se retourna, pris d'un doute qui fut aussitôt confirmé : la route et le rejeton avaient disparu. Allons bon, pensa-t-il, reprenant sa marche vers l'une des deux lueurs jumelles, choisie au hasard.

Mais les lueurs devinrent trois, puis quatre, cinq, six, et Crowley, agacé, comprit bientôt de quoi il retournait. Les gloussements de rire qui se firent entendre, provenant de nulle part, confirmèrent ses soupçons. Ce n'est qu'au prix d'une rançon – qui le lendemain, au sortir de sa transe, se solderait par une migraine, une rage de dents ou une conjonctivite – versée au démon farceur maître de ce coin de forêt – un hibou au faciès de macaque – qu'il finit par sortir de ce labyrinthe. Tels étaient les aléas désagréables que devait affronter le voyageur dans l'Outremonde.

Ayant payé son dû, le sorcier put enfin progresser et se retrouva peu après à la lisière d'une clairière brumeuse au pourtour planté de flambeaux. Un luxueux palanquin était posé en son centre, gardé par quatre démons humanoïdes à la peau pâle qui, à l'instar des lambeaux de brume, se teintait du reflet orangé des flammes. Étendue sur la litière dans une pose d'odalisque, une femme obèse et nue aux cheveux roux démesurément longs allaitait un gros chat noir lové contre les fabuleux bourrelets de son ventre.

Crowley sortit à découvert et avança, levant les genoux à chaque pas pour enjamber les hautes herbes humides peut-être infestées de tiques et de sangsues. Comme un seul, les quatre démons, nus et accroupis aux quatre coins du palanquin dont ils étaient les porteurs, tournèrent la tête vers l'intrus en émettant des grognements sourds.

— Retiens tes sbires, Xotlac ! J'ai déjà eu assez d'ennuis pour te retrouver !

Le chat, pourvu de trois queues, leva la tête du sein qu'il tétait, ouvrant deux grands yeux d'or étonnés. Ses babines et son menton étaient barbouillés du jus verdâtre qui continuait de goutter du mamelon de la grosse femme.

— Perdurabo ?

— Quelle idée de camper sur les terres de Molokkô !

Xotlac se mit sur ses pattes, bâilla et s'étira en arquant le dos.

— Molokkô ? Tu fais erreur. Les démons de Molokkô ont été repoussés par Pakloti au-delà des collines de Voor. Ces forêts sont actuellement sous le contrôle du Maître.

— Ah ? Aurais-je été mal informé ? dit Crowley, jurant à part soi de prendre sa revanche sur le rejeton de Choronzon, qu'il soupçonna aussitôt de complicité avec le démon farceur qui venait de lui extorquer un peu de sa santé.

— On ne peut pas dire que tu tombes bien, dit le chat. Sous peu, ici même, devrait avoir lieu un sabbat dont je suis l'invité d'honneur. Mais c'est toujours un plaisir de te voir. Assieds-toi donc.

L'un des démons porteurs s'approcha à quatre pattes du sorcier, qui hésita un court instant avant de prendre place sur son dos ossu dont la peau rappelait celle d'un ver de terre. Il n'aimait pas les sensations que procuraient ces tabourets vivants, très répandus dans les milieux aristocratiques de l'Outremonde, mais étant donné les circonstances il jugea bon de se plier au décorum de l'hospitalité démoniaque. Il ne pouvait pas rester debout comme un valet ou un simple messager.

— Comment se fait-il que tu te trouves en rase campagne, loin du confort de Zélabar, toi qui es si sédentaire ? J'imagine que ce sabbat n'en est pas la seule raison.

— Au cas où tu l'ignorerais, mes fonctions ne se limitent pas à la gestion d'un comptoir onirique. Le Symposion est imminent et Choronzon veut me confier certaines missions.

— Quoi ? Ne manque-t-il pas encore plusieurs semaines ?

— Tranquillise-toi. Dans l'Outremonde, l'imminence s'évalue en fonction de critères locaux. Tu as encore tout le « temps » pour te préparer.

— Tu voyages par voie de terre ? Pourquoi ne pas voler, comme tout le monde ?

— J'ai le mal des airs, ce qui me vaut les sarcasmes de mon cousin Béhémoth. Mais ta présence ici est plus surprenante que la mienne. Dis-moi plutôt ce qu'il y a de si urgent pour que tu viennes me chercher dans une zone que tu croyais dangereuse ? As-tu finalement repris à ce Lambert ce qui t'appartenait ?

— Oui, grommela Crowley, et non.

— Laisse-moi deviner, c'est encore cette affaire qui t'amène ?

— Le tableau que Lambert détenait était un faux. Une copie. Je ne peux pas me présenter au Symposion avec une copie. Tous nos efforts seraient réduits à néant et c'en serait fini de ma réputation.

— Et de celle de Choronzon, qui est également mon employeur, dit Xotlac dans un miaulement hoquetant qui se prolongea.

— Il n'y a pas de quoi rire. Je ne comprends pas ta bonne humeur. N'es-tu pas associé avec nous dans cette entreprise ?

— Seulement jusqu'à un certain point. Je veux bien vous faire crédit de mes services en échange de quelques faveurs, au cas où toi et Choronzon remporteriez le concours. Ce qui se pourrait bien, si tu remettais la main sur le tableau de Sokov. Il est clair que je jouirais de certains bénéfices s'il devenait Grand Chambellan à la place de Bélialo – cela fait des siècles qu'il rêve de mettre la main sur son Livre ! Mais il est clair depuis le départ que je ne m'associe pas au projet de Choronzon de renverser le Maître, auquel j'ai prêté allégeance.

— Le Symposion, le Jubilé du Maître, est le seul moment où un tel coup de main est possible. Je ne t'apprends rien.

— C'est juste, mais je sais aussi que le trône ne peut être occupé que par un descendant direct du Maître. Or, ce n'est ni ton cas, ni celui de Choronzon. Ni de personne, d'ailleurs, puisque le Maître a pris soin de supprimer tous ses bâtards.

— Ce n'est qu'une théorie, basée sur des histoires qu'il fait circuler pour décourager les prétendants.

À nouveau, Xotlac miaula de rire.

— Pour ce qui est du massacre des bâtards, ce sont plus que des racontars, crois-moi. J'ai moi-même participé aux opérations – comme simple conseiller, bien entendu. Quant à la filiation, je préférerais que toi et Choronzon soyez dans le vrai. Mais de mémoire de démon le sceptre est toujours passé de père en fils, et jamais sans heurts.

— Choronzon, qui n'est pas plus mal informé que toi, n'est pas de cet avis. Il n'est d'ailleurs pas le seul. D'autres seigneurs démons doivent être en train d'intriguer dans le même sens. Dont Bélialo, j'imagine. Au fait, s'est-il enfin trouvé un champion ?

— Sans doute, mais il a l'art de bien cacher son jeu. Attends-toi à une rude concurrence !

Depuis un moment la brume s'était épaissie sur le pourtour de la clairière. Les flambeaux fichés dans le sol n'étaient plus que de vives taches orangées, semblables à des fruits lumineux écrasés dont la pulpe se diffuserait dans l'humidité ambiante. Un bruit lointain, sourd et imposant se fit entendre – une clameur de foule accompagnée de tambours. Le siège humanoïde de Crowley commença à haleter à la manière d'un chien, transmettant des vibrations désagréables au séant du sorcier, qui grimaça.

— Le sabbat va bientôt commencer, dit Xotlac. Viens-en à l'essentiel, si tu ne veux pas te retrouver en plein feu de l'action dans une forêt des Carpates.

— Je dois retrouver Parks. Tu te souviens de Parks ?

— Bien sûr, c'est toi qui me l'as présenté. Il m'a sollicité plusieurs fois, ces derniers temps. J'ai cru comprendre que vous n'étiez pas en très bons termes.

— Quoi, tu l'as vu ? bondit Crowley, dont le ton fit à nouveau grogner les démons porteurs, y compris son tabouret. Pourquoi ne pas me l'avoir dit plus tôt ?

— Tout doux, tout doux, mes petits, dit Xotlac à l'adresse de ses créatures.

Et puis, revenant à Crowley :

— Je suis tenu à une certaine discrétion dans mes affaires. Par ailleurs, tu ne me l'as pas demandé.

— Ce gredin m'a suivi jusqu'à Paris, il est à la recherche du tableau. Ne me dis pas que tu savais cela aussi ?

— Eh bien, si. Il ne s'en est pas caché. Il s'est présenté plusieurs fois pour la fabrication d'amulettes. Nous avons causé.

— De quoi ? Que t'a-t-il demandé ? grogna Crowley en réfrénant son envie de se jeter sur le chat pour lui faire ravaler son ironie.

— Il m'a lui aussi demandé de l'aider à retrouver le tableau, et a obtenu la même réponse que toi : Non. Ce n'est pas que mes démons y mettent de la mauvaise volonté, c'est tout bonnement que cet objet est impossible à localiser.

— Rassure-moi, ce n'est tout de même pas toi qui l'as mis sur ma piste ?

— Non, je n'irais pas jusque-là. Tes outils de brouillage magique sont garantis par moi, tu sais bien que je ne peux pas enfreindre mes propres contrats. Je suis froissé que cette idée te soit venue à l'esprit.

— M'aideras-tu à le retrouver, alors ?

— Non, pour les mêmes raisons. Je m'étonne de cette requête.

— Vais-je devoir m'adresser à un autre démon ?

— Ni Choronzon, ni aucun autre seigneur démon ne pourra rien à l'affaire. Tu le sais bien.

Autour d'eux, les cris et les chants des adorateurs du Maître se faisaient plus distincts et le battement des tambours s'intensifiait. Des ombres de corps dansants apparaissaient et disparaissaient ici et là dans la brume. S'il ne prenait pas congé rapidement, Crowley allait être transporté avec Xotlac dans un coin reculé de la Roumanie.

— Tu sembles tomber des nues, dit Xotlac d'un ton plus conciliant en voyant la mine ombrageuse de Crowley. Tu admettras qu'il ne fallait pas beaucoup d'imagination pour deviner tout ce que je viens de te dire.

— Parks est en ce moment la seule piste que j'aie pour retrouver cette maudite croûte. Je sais que tu n'hésiterais pas un instant à retourner ta veste s'il venait à mettre la main dessus avant moi.

— C'est tout naturel ! Tu ferais pareil à ma place. Mais pour te prouver que je ne suis pas insensible, je vais quand même t'aider un peu.

Crowley leva un sourcil intéressé.

— L'une des dernières fois qu'il est passé me voir, à Zélabar, Parks n'était pas seul. Un vieil homme l'accompagnait, un devin gitan qu'il voulait initier en échange de certains services.

— Sais-tu où trouver cet homme ?

— Non. Parks est prudent et rusé. Il s'est empressé de lui fournir une amulette de protection fabriquée par ses soins, de façon à ne pas perdre sa trace. Mais ce devin reviendra me voir sous peu avec ses propres requêtes, c'est inévitable. Sans Parks. Je pourrais faire en sorte que vous vous rencontriez.

— Parfait ! s'exclama Crowley en se frottant les mains.

— Bien entendu, tout cela aura un prix, Perdurabo.

— Mets ça sur mon ardoise ! Pense au prestige et à la clientèle que je t'apporterai quand j'aurai retrouvé le tableau, remporté le Symposion et fondé une nouvelle confrérie !

— Et toi, pense à réussir dans cette entreprise. Si tu échouais tes dettes seraient des plus pénibles à rembourser et il est hors de question que je les efface.

— Bien sûr, bien sûr, dit Crowley d'une voix suffisamment forte pour dominer le volume croissant des clameurs. De ton côté, tâche de faire en sorte que cette rencontre ait lieu rapidement. Autrement je finirai par croire que tu t'appliques à me mettre les bâtons dans les roues.

— Quelle ingratitude ! À t'entendre, on croirait que nos rôles sont inversés !

— Il est grand temps que j'y aille, dit Crowley en jetant un coup d'œil aux ombres toujours plus nombreuses qui s'agitaient dans la brume. Je te laisse à ta petite sauterie.

Satisfait, Crowley se leva et sortit de la clairière en pensant au savon qu'il allait passer au rejeton. Xotlac, qui se léchait une patte les yeux mi-clos, ne le regarda pas s'éloigner. Il se demandait sous quelle forme il allait apparaître aux sorcières transylvaines pour saillir les jeunes vierges qu'elles lui auraient préparées.

4.

Mérie venait d'ôter ses vêtements de la journée – sa robe abricot de chez Paquin traînait sur son lit défait, ses bottines étaient jetées parmi les boîtes à chapeau près de sa coiffeuse – et s'apprêtait à prendre un bain chaud avant la longue soirée qui l'attendait quand la sonnette d'entrée de son appartement retentit. Angélique, la jeune domestique qu'elle avait engagée quelques jours plus tôt sur les conseils de Bélialo, se présenta au seuil de sa chambre pour annoncer « un certain M. Grandin ». Devait-elle l'éconduire ou le faire patienter ?

— Aimé ? Fais-le entrer, pardi ! Dis-lui que j'arrive !

C'est ainsi qu'Aimé fut introduit dans le grand salon de Mérie, alias Éléonore Paradis, où il prit place sur un canapé blanc aux volutes de bois doré. Autour de lui, sous un lustre de cristal, des meubles Second Empire rutilants étaient agrémentés de vases et de précieux bibelots savamment disposés. Bien qu'il s'y fût préparé, ce décor si différent de celui qu'offrait le deux-pièces du boulevard de Charonne le laissa pantois. Comment la veuve d'un simple instituteur, infirmière bénévole à ses heures, avait-elle pu se retrouver en aussi peu de temps à baigner dans un luxe à faire frémir d'envie les demi-mondaines les plus en vogue ?

Pendant une bonne dizaine de minutes, Aimé demeura assis droit comme un piquet, bien décidé à obtenir des explications. Mais lorsque Mérie entra dans la pièce, vêtue d'un chemisier de soie rose et d'une longue jupe couleur pistache, ses cheveux noirs ramenés en chignon, radieuse, il sentit sa détermination rudement mise à l'épreuve.

— Aimé, enfin ! Je suis si contente que tu sois passé ! dit-elle après avoir déposé un baiser au coin de la bouche, en lui tenant les mains.

Aimé, qui s'était levé machinalement, demeura interdit, confondu non seulement par la beauté de Mérie – quelque chose avait changé dans sa physionomie et dans son regard –, mais aussi par son attitude. Devait-il l'imputer à une hypocrisie effrontée ou à une incroyable candeur ?

Mérie fronça les sourcils et lui passa une main sur la joue.

— Mais qu'est-ce que tu as, mon pauvre chéri ? Tu es malade ?

— En quelque sorte. Mais rassure-toi, ce n'est pas contagieux.

— Oh ! Et tes cheveux ? Qu'est-ce qu'il t'est arrivé ?

Elle dégagea du bout des doigts une mèche blanche qui dépassait du bord de sa casquette. Aimé la saisit doucement par le poignet et écarta sa main de son visage.

— C'est un peu long à expliquer.

Leurs regards demeurèrent accrochés dans un silence suspendu hors du temps. Les yeux de la jeune femme palpitaient d'une lueur d'inquiétude mêlée de tendresse qui semblait sincère à Aimé, dont les défenses psychologiques furent de nouveau ébranlées. « Surtout, ne pas fléchir, se dit-il en se mordant l'intérieur de la lèvre. Pas maintenant. »

— J'espère que ce n'est rien de grave. On dirait qu'un essaim de guêpes t'est tombé dessus. Et tes cheveux…

— Mérie, je suis venu pour tirer certaines choses au clair. Asseyons-nous. J'ai quelques questions à te poser auxquelles tu vas essayer de répondre avec toute la franchise dont tu te sens capable. Tu es d'accord ?

— Tu m'effraies, dit-elle en reculant d'un pas. Tu es sûr d'aller bien ?

« Si elle joue la comédie, se dit Aimé, elle est vraiment fortiche, même s'il est vrai que je ne dois pas avoir l'air tout à fait dans mon assiette. » Il poussa un long soupir, se rassit et tapota doucement le canapé pour l'inviter à s'installer près de lui. Par où commencer ? Ce logis de rupin ? Son comportement insensé ? Le futur de leur relation ? Quoi qu'il en soit, tout y passerait. Autant y aller franchement.

— Que faisais-tu à l'Hypnos hier soir ?

Mérie tressaillit, il avait fait mouche.

— Tu connais cet endroit ?

— Mon oncle était un habitué. C'est là qu'il dilapidait le plus clair de sa fortune, au jeu, en alcools, en drogues ou avec de jeunes amants. Je sais parfaitement ce qu'il s'y passe. J'étais dans la rue quand je t'ai vue y entrer.

— Eh bien, dit Mérie déconcertée, j'accompagnais des personnages importants de passage à Paris. Des Russes.

— Tu avais l'air de t'amuser follement !

Elle partit d'un petit rire aigu qu'Aimé ne lui connaissait pas, tout comme les gestes et le ton légèrement empruntés qu'elle affectait.

— Merci, mon Aimé ! Cela signifie que je faisais bien mon travail ! C'est exactement l'impression que je devais donner à ces messieurs.

— Ton travail ? fit-il, abasourdi.

— Oui. Regarde autour de toi, dit-elle en lui posant la main sur le genou. J'imagine que tu as aussi des questions à me poser au sujet de cet appartement ?

— Après ce que tu viens de me révéler sur ton nouvel emploi, je crains que cet appartement ne soit plutôt une réponse à mes questions. Mais je t'écoute. Explique-moi comment tu as fait pour te retrouver dans ce palais, du jour au lendemain, toi qui avais du mal à joindre les deux bouts !

— Avec tout ce qui s'est passé dernièrement, je n'en ai pas encore eu l'occasion. Mais pourquoi t'aurais-je donné mon adresse si je voulais te cacher des choses ?

Même s'il était loin de suffire, Aimé dut reconnaître que cet argument n'était pas dépourvu de sens.

— Il y a quelque temps, reprit Mérie, j'ai rencontré un homme d'affaires très influent qui m'a prise sous son aile. C'est lui qui m'a fourni ce nouveau travail, qui consiste simplement à accueillir certaines de ses relations et veiller à ce qu'elles passent un séjour agréable à Paris. Ce sont des gens du monde, c'est pour cette raison qu'il a jugé bon de me prêter cet appartement, pour que l'impression soit parfaite. Tu comprends ?

— Au moins une dizaine de mots se bousculent dans ma tête pour définir ce « nouveau travail ». Aucun n'est flatteur.

— Je t'assure que ce n'est pas ce que tu penses. Les personnages que je suis amenée à fréquenter sont très puissants, et pas seulement du fait de leur richesse. Il ne s'agit pas de batifoler. Surtout, me croirais-tu si je te disais que je fais tout ça pour nous deux ?

« Nous y voilà », songea Aimé, qui se rappela avoir vaguement prévu une réplique de ce goût au détour d'un des mille scénarios qu'il avait imaginés pendant son trajet en métro.

— Ça ne durera qu'un temps. Après quoi, quand tout cela sera terminé, et quand la guerre sera finie, j'aurai gagné suffisamment d'argent pour nous refaire une vie. Une belle vie, ailleurs, dans un endroit qui nous plaît. Pourquoi pas en Amérique ? Nous pourrions nous lancer dans les affaires – on dit qu'il suffit d'y semer quelques dollars pour récolter des millions ! Ou bien simplement vivre de nos rentes, voyager. Crois-moi, ce rêve a beaucoup pesé dans la balance quand j'ai accepté cet emploi. Si je ne t'en ai pas parlé avant, c'est tout bonnement parce que je n'en ai pas eu l'occasion. Quand l'aurais-je fait ? À l'enterrement de ton oncle ? J'ai même songé à t'écrire, mais rien n'aurait remplacé une conversation en tête à tête. Même si j'aurais préféré que cela ait lieu autrement.

En écoutant Mérie, le sentiment d'étrangeté qu'éprouvait Aimé s'intensifia. Même si la voix et les expressions du visage étaient celles de la Mérie qu'il connaissait, il y avait dans son ton et dans la détermination qu'elle affichait quelque chose d'inédit. Dans son discours, aussi. Il s'étonna qu'elle lui parle de voyages, elle qui était si sédentaire. Et il ne la savait pas aussi intéressée par l'argent. Était-ce la même personne qui quelques jours auparavant prêtait ses services bénévolement à la Croix-Rouge ? Était-ce la jeune femme dont la douceur et la simplicité faisaient fondre son cœur dans leurs moments d'intimité ? Avait-il vraiment pu se tromper aussi lourdement à son sujet, confirmant tous les adages sur la cécité de l'amour et la complexité du beau sexe ? Si tel n'était pas le cas, que s'était-il passé pour qu'une telle transformation s'opère si rapidement ?

Cependant, malgré son impression de côtoyer une inconnue, Aimé sentait les braises de son amour se raviver, ramollir sa volonté et le priver de ses moyens tandis qu'une douloureuse boule d'angoisse nouait sa gorge à son estomac. Il se découvrait enchaîné à cette femme par un charme aussi puissant que la malédiction qui le statufiait à petit feu.

— Tu crois vraiment que je vais te laisser folâtrer avec des inconnus et faire le poireau en attendant de pouvoir dilapider les gains de ton « nouveau travail » ? Tes plans d'avenir ont-ils prévu une place pour mon orgueil ? Je me demande comment feu Émile Baveret aurait réagi à ma place.

Aimé regretta aussitôt cette dernière pique impliquant le mari mort au front, qui lui avait échappée. Mérie eut une soudaine expression de surprise.

— Qui donc ?

— Émile Baveret ?

Le trouble de Mérie n'était pas celui qu'Aimé avait craint de causer. Elle semblait plus déconcertée que blessée.

— Aimé, reprit-elle, je sais que tu tiens à moi autant que moi à toi. Crois-moi quand je dis que tu n'as aucune crainte à avoir. Ton honneur est sauf, ton orgueil n'a aucune raison de faire obstacle à notre bonheur.

Sous le coup d'une soudaine lassitude, Aimé ferma les yeux et se passa la main sur le visage. Ces boniments étaient un peu raides à avaler. Et comment pouvait-elle oublier le nom de son mari ? Était-il en train de rêver ? Mais leur discussion ne pouvait pas continuer à glisser sur la pente de la prise de bec entre amoureux : d'autres questions plus pressantes attendaient d'être mises sur le tapis.

— Mérie, où as-tu rencontré Crowley et que sais-tu à son sujet ?

— Crowley ?

— Le type qui t'a raccompagnée ici en auto il y a une heure à peine. Comment as-tu fait sa connaissance ?

— Alex ?

Il grinça des dents à ce diminutif.

— Soit, Alex. Que sais-tu sur son compte ?

— Ce que je sais ? Je sais juste qu'il est de passage à Paris et que j'ai pour tâche, disons, de lui tenir compagnie. Nous avons déjeuné ensemble. Te serais-tu mis en tête de m'espionner ?

— Tu vas trouver ça incroyable, mais, comme hier soir avec tes Russes devant l'Hypnos, c'est tout à fait par hasard que je t'ai aperçue avec lui devant l'immeuble. Je ne t'espionne pas, c'est une question, je crois, de densité des événements.

— Qu'est-ce que tu racontes ?

— Oublie ça. Dis-moi juste si tu sais où je peux trouver ce Crowley. C'est très important.

— Sais-tu seulement qui il est ? Je te déconseille d'aller lui faire une scène.

Mérie ponctua sa phrase d'un petit rire nerveux, comme si l'idée qu'Aimé pût se mesurer à « Alex » relevait du ridicule.

— Je sais parfaitement, en tout cas mieux que toi, quel genre de lascar est ce Crowley, dit Aimé, laissant paraître son agacement. Sais-tu comment il a récolté son œil poché ? Je te le donne en mille, c'est moi qui l'ai cogné, pas plus tard que la nuit dernière !

Mérie demeura interdite. Seule la lueur dans ses yeux la distinguait d'une statue de cire.

— Veux-tu en savoir plus ? renchérit Aimé en voyant que son demi-mensonge avait fait mouche. Très bien. Je n'avais pas l'intention de te le dire, pour ne pas t'alarmer, mais voilà : j'ai de bonnes raisons de penser que Crowley a quelque chose à voir avec la mort de mon oncle. Comprends-tu à présent pourquoi il est si important que j'en sache plus à son sujet ?

— Qu'est-ce que tu me racontes là ?

— Faut-il vraiment que je te le répète ?

— Mais qu'as-tu l'intention de faire ? Prévenir la police ?

— Non, non. Je voudrais juste parler à cet Alex pour tirer quelques petites choses au clair. Alors, si tu le sais, dis-moi où le trouver ou comment le contacter.

— Non, c'est impossible.

Sans prévenir la porte du salon s'ouvrit, faisant sursauter Mérie. Angélique entra dans la pièce.

— Angélique ! En voilà des façons ! On ne frappe plus aux portes ?

Cette réflexion sembla n'avoir aucun effet sur la domestique, dont l'expression demeura impassible.

— Une lettre, madame. C'est urgent, très urgent.

— Une lettre ? Quelqu'un a donc sonné ? Je n'ai rien entendu.

Angélique traversa le salon, tendit un pli à Mérie et ressortit de la pièce aussi vite qu'elle était apparue.

Mérie demeura un instant interdite, les yeux rivés sur l'enveloppe jaune qu'elle tenait entre les mains. Elle se leva, tourna le dos à Aimé et décacheta l'enveloppe, dont elle tira un billet qu'elle parcourut rapidement. Aimé eut soudain l'impression que la température de la pièce avait chuté de plusieurs degrés.

— Mauvaises nouvelles ? demanda-t-il, éprouvant aussitôt de l'embarras devant la banalité de sa question.

Mérie déchira le billet en quatre et fit quelques pas dans la pièce, l'air absent. Enfin, au bout d'un long silence, elle se tourna vers Aimé, qui ne savait plus où il en était.

— Je ne sais pas où Alex habite, mais je sais où tu pourras le trouver. Dans quatre jours une réunion de hauts fonctionnaires, industriels, diplomates et gradés de l'armée aura lieu à l'hôtel Meurice. Il y sera aussi, selon toute vraisemblance. Pour tout te dire, il m'a même demandé de l'y accompagner, mais je ne sais pas encore si cela sera possible. D'ailleurs, je n'y tiens pas spécialement.

— Une réunion de fonctionnaires et de militaires ? Comment diable vais-je faire pour y entrer ? se demanda Aimé à haute voix.

— C'est tout ce que je peux te dire. Maintenant, je vais te demander de partir. Je dois me préparer pour la soirée.

Il y eut un silence tendu. Pris de court par ce brusque revirement, Aimé ne savait plus sur quel pied danser.

— Très bien, dit-il en se levant.

Il avait le vague projet d'embrasser Mérie, mais se ravisa en la voyant se raidir. Quand, les yeux accrochés aux siens, il tendit la main pour lui caresser la joue, elle ne se rétracta pas mais ne trahit aucune émotion.

— Inutile de déranger ton Angélique, je connais la sortie.

— Ah ! Tu es là ! s'exclama Mérie en regagnant sa chambre. S'introduire en douce dans la chambre d'une femme, en voilà des façons !

— Bonsoir, ma très chère, répondit Bélialo sans lever les yeux de son Livre, qu'il lisait debout près de la fenêtre à la lueur des derniers rayons du jour.

Il portait un chapeau de paille à large bord et, sous un frac mauve, une chemise bleu ciel, un gilet noir brodé de fils d'or et un pantalon en lin orange. Ses souliers en daim étaient guêtrés de blanc.

Mérie activa un interrupteur près de la porte et plusieurs lampes s'allumèrent simultanément dans la pièce, chacune garnie d'un précieux abat-jour, puis alla s'asseoir à sa coiffeuse, tournant le dos à son visiteur.

— Encore avec ton vieux bouquin ! lança-t-elle en ôtant ses boucles d'oreilles. On se demande ce que tu ferais sans.

Bélialo pouffa de rire et referma bruyamment le volume, qu'il fit disparaître d'un large geste sous son frac.

— Je t'assure que par moments il est vraiment impayable ! Surtout dans les passages où j'apparais – ce sont mes préférés ! Que ne donnerais-je pas pour rencontrer celui qui l'a écrit !

Mérie dénoua ses cheveux, qui cascadèrent sur ses épaules, et commença à déboutonner son chemisier.

— Tu aurais pu me dire qu'Aimé faisait partie de tes plans.

— Mes plans ? Voyons, tu sais bien que je ne fais que suivre un scénario.

— Celui qui est écrit dans ton Livre ? Tu peux cesser de faire le mystérieux, va. J'ai bien compris ce qu'il contient. Si vraiment tu peux y lire le destin de tous les hommes dans le détail, tu pourrais l'utiliser à meilleur escient.

— C'est inexact. Justement, le Livre passe sur beaucoup de détails, ce qui fait toute la différence. Si tu prends en compte qu'il se réécrit sans cesse, et que certaines pages sont à jamais perdues, tu comprendras la difficulté qu'il y a à s'y retrouver.

— Ton mot est arrivé in extremis. J'étais sur le point de dire à Aimé que Crowley repartait demain pour l'Amérique, ou quelque chose d'équivalent, pour qu'il renonce à le voir. Je n'aime pas du tout que ce garçon soit mêlé à cette histoire.

— Si ça peut apaiser ta conscience, il y était mêlé bien avant que nous ne nous intéressions à lui.

— Est-il vraiment nécessaire qu'il se rende à cette réunion ? En admettant qu'il parvienne à s'y introduire, Crowley n'en fera qu'une bouchée. Et même s'il en réchappe, il sera dans de beaux draps. Pas besoin de ton vieux bouquin pour deviner ça.

— Dis-moi, serais-tu amoureuse ? Toi ?

— Moi ?

S'étant débarrassée de son chemisier, Mérie s'était levée pour dégrafer sa jupe.

— Il y a de l'amour, répondit-elle. Quant à savoir si c'est moi qui l'éprouve, c'est une autre question.

— J'aime quand tu te mets à philosopher.

Mérie laissa glisser sa jupe sur le parquet. Elle ne portait plus que son corset, sa culotte et ses bas, qu'elle entreprit de détacher de ses jarretelles.

— Il n'y a rien de philosophique là-dedans. Moi, elle, j'ai du mal à m'y retrouver. Je ne suis ni l'une ni l'autre, et je suis les deux. Je suis toutes les femmes que j'ai été, tous les corps que j'ai habités. Et ce cœur, dans ce corps qui n'est pas le mien, mais sans lequel je ne serais personne, a nourri des sentiments si intenses envers Aimé qu'il en est resté profondément marqué. À présent, c'est « moi » qui les éprouve.

— Ce genre de dédoublement peut se produire après un transfert, surtout quand le corps habité précédemment est encore vivant, accroché à l'âme dont on a pris la place, dit le démon en tripotant la grosse bague noire qui ornait l'un de ses doigts. Ne va pas crier ça sur les toits, tu te ferais enfermer. Mais rassure-moi, ces histoires ridicules de voyage en Amérique, tu n'étais pas sérieuse, au moins ?

— Tu as l'oreille fine. Il fallait bien que je lui dise quelque chose pour le calmer. J'étais si bonne que ça ? Je suis fière de t'avoir fait douter.

Tandis que Bélialo souriait de toutes ses innombrables dents, la porte de la salle de bains s'ouvrit et Angélique apparut, entraînant derrière elle de fines volutes de vapeur.

— Votre bain est prêt, madame.

La domestique posa sur le lit deux serviettes propres pliées avec soin et sortit de la pièce les yeux baissés.

— Ah, cette Angélique ! N'ai-je pas bien fait de te la conseiller ? N'est-il pas vrai qu'elle est parfaite dans son rôle, tout comme toi ?

— Cette pauvre petite a dû traverser de bien rudes épreuves pour se retrouver entre tes mains à un si jeune âge.

— Hélas, bien des épreuves l'attendent encore ! dit Bélialo avec une voix de fausset et en prenant une expression de clown triste.

Mérie, entièrement nue, partit d'un petit rire.

— À la bonne heure ! Déride-toi, la vie est belle si tu n'as pas peur d'en rire ! Profites-en ! Mais elle comporte aussi certains devoirs.

Le démon tira trois enveloppes cachetées de la poche intérieure de son frac et, prenant un air mortellement sérieux, les tendit à Mérie.

— Pose ça sur la coiffeuse, dit-elle en riant. Maintenant, laisse-moi me préparer. Mon bain va refroidir.

Donnant une nouvelle démonstration de la prodigieuse plasticité de son faciès, Bélialo écarquilla les yeux et les fit rouler un moment dans leurs orbites avant de les pointer sur les seins de la jeune femme, qui ramena les bras sur sa poitrine.

— Allons, allons, en voilà des manières, dit Mérie qui, entrant dans le jeu de Bélialo, prit une pose de jeune fille effarouchée.

— Tu dois quand même avouer que j'ai bien choisi ton corps, cette fois-ci. Tu es vraiment délicieuse. Mais n'as-tu pas honte de te montrer nue à un inconnu ?

— Pourquoi devrais-je éprouver de l'embarras face à un personnage qui, au fond, n'existe que dans ma tête ? Allez, du vent maintenant. Laisse-moi faire ma toilette.

Quand Mérie fut entrée dans la salle de bains, Bélialo ouvrit la fenêtre. Elle donnait sur une cour intérieure plantée d'arbres d'où montèrent quelques aboiements joyeux.

— J'arrive, j'arrive ! cria le démon, qui enjamba le garde-corps de fer forgé et sauta.

5.

Le clocher de l'église Saint-Gervais sonnait neuf heures quand un fiacre déposa Viktor rue des Francs-Bourgeois devant le domicile d'Azra. La détresse qui accablait le prestidigitateur depuis qu'il avait vu Mérie descendre d'une berline au bras d'un jeune cavalier n'avait fait qu'augmenter tout au long du trajet. Assis derrière la vitre du Gavroche, un café ayant vue sur le 179 de l'avenue Victor-Hugo d'où il espérait apercevoir la jeune femme qui habitait ses pensées, Viktor avait d'abord éprouvé un pincement au cœur, puis de la culpabilité et enfin un plaisir mesquin en voyant Aimé Grandin se faire éconduire par le concierge de l'immeuble. Mais l'apparition de l'Hispano-Suiza lui avait fait l'effet d'un coup de poignard, crevant la bulle de rêveries amoureuses où son imagination se pâmait depuis plusieurs jours.

Déboussolé, humilié et honteux d'avoir été aussi naïf, l'adresse d'Azra avait été la première destination qui lui était venue à l'esprit en montant dans le fiacre. À présent, ayant réglé le voiturier et se trouvant seul dans la rue obscure face au porche de la « folie » du médecin, il se demandait pourquoi son premier réflexe avait été de se faire conduire là. Quoi, avait-il « inconsciemment » décidé de déranger Azra à cette heure tardive pour se faire consoler de ses peines de cœur ?

Dans un regain d'amour-propre, il se détourna du porche et se mit à marcher. Il erra un moment dans le dédale obscur et silencieux du quartier, où les quelques becs de gaz épargnés par les mesures de sécurité publiques semblaient plus célébrer que repousser la nuit, avant de déboucher dans la rue de Rivoli, qu'il prit en direction de la place du Châtelet.

Arrivé au niveau de l'Hôtel de Ville, dont le parvis était occupé par un long serpent de réfugiés, de mutilés et de pauvres plantés devant les tentes de la soupe populaire, il corrigea la trajectoire de ses pas qui prenaient automatiquement la direction de l'Hypnos et poursuivit son chemin le long de la rue. Il arrivait au niveau de la tour Saint-Jacques, perdu dans des pensées amères, lorsqu'il se sentit saisi par le bras.

— Viktor ! Ça, pour une surprise !

Il se retourna dans un sursaut et adressa un regard hébété à l'individu qui l'avait ainsi arrêté – un homme élégant au bouc poivre et sel taillé en pointe, portant une gabardine et un chapeau melon, qui partit d'un grand rire.

— Allons bon, je ne voulais pas t'effrayer !

— Georges ?

— Je t'ai bien appelé, mais tu ne m'as pas entendu !

Ils s'embrassèrent. Georges prit un pas de recul et fronça ironiquement les sourcils :

— Tu n'as pas changé, mais serais-tu devenu sourd ?

Viktor sourit. Cela faisait une éternité que les deux amis ne s'étaient pas vus – à quand exactement remontait la dernière fois ? Un an ? Ils s'enquirent de leur santé respective et échangèrent quelques menues nouvelles. Oui, Viktor travaillait toujours à l'Hypnos. Oui, Georges vivait toujours à Montreuil avec ses deux enfants. Ses affaires n'allaient pas fort – à cause de la guerre, bien sûr – mais il bénissait le ciel qu'André, le cadet, maintenant âgé de seize ans, ne fût pas sous les drapeaux. Georgette, sa fille, n'était toujours pas mariée. Comme à l'occasion de leur première rencontre à Londres, près de vingt ans plus tôt, la sympathie de Georges n'eut pas de mal à vaincre la réserve de Viktor, qui n'offrit que peu de résistance quand son ami l'invita à dîner :

— Les bars ne servent plus à cette heure-ci et je déteste les clubs, mais je connais un endroit tout près d'ici qui fera notre affaire.

Dix minutes plus tard, Georges et Viktor étaient à bord du Marin d'eau douce, une péniche de petit gabarit amarrée à proximité du pont des Arts. Son propriétaire, Casimir Pégon, un Dijonnais ancien commerçant en vins, avait transformé l'embarcation – qui pendant plus de trente ans lui avait servi à transporter des fûts depuis la Bourgogne – en restaurant qui n'ouvrait ses portes que sur réservation ou à un cercle restreint de connaissances dont Georges faisait partie. Entièrement habillée de bois, la cale évoquait l'intérieur d'un tonneau et était ornée d'éléments évoquant le dieu Bacchus : statuettes variées, fausses treilles et grappes de raisin en céramique pendues aux travées, cendriers en tête de satyre hilare, flûtes de Pan et dessins ou tableaux représentant le dieu dans différentes attitudes païennes. La cuisine était située vers la proue à un bout de la salle, dont les cinq tables pouvaient recevoir une vingtaine d'hôtes. Les deux hommes furent chaleureusement accueillis par Casimir, un grand gaillard chauve au collier de barbe roux blanchissant, qui les installa à une table proche d'une écoutille côté fleuve.

Ancien prestidigitateur, président de la Chambre syndicale de la prestidigitation, Georges Méliès connaissait Viktor de réputation depuis le début de sa carrière internationale. Devenu propriétaire du Théâtre Robert-Houdin à Paris, boulevard des Italiens, il avait engagé l'illusionniste pour une série de spectacles qui avaient défrayé la chronique. Si en quelques mois le théâtre avait récupéré toute son aura originelle – en particulier grâce à ses films, qui attiraient le Tout-Paris – le passage du grand Viktor Tombo sur ses planches avait marqué un sommet de cette époque bénie.

Mais la situation actuelle de Georges était bien moins souriante. Ses studios de Montreuil avaient été réquisitionnés par le ministère de la Guerre et, avec la concurrence des grosses maisons de production – notamment Pathé, qui dictait les lois du marché –, Georges n'allait pas tarder à mettre la clé sous la porte. Ses finances n'étaient pas les seules à pâtir de cette conjecture exécrable : malgré le dévouement de sa nouvelle épouse, sa famille était également mise à dure épreuve. Mais peut-être par les temps qui couraient valait-il mieux s'estimer heureux d'être en vie – la roue finirait bien par tourner !

Tout en mangeant du bout des dents une truite accompagnée de ratatouille et d'un blanc de Bourgogne, Viktor, stoïque, écoutait en plaçant un « ah » ou un « oui » de temps à autre pour permettre à son ami de rebondir. D'un naturel bavard, Georges respectait les silences et les réticences de Tombo en société, car il pouvait en tirer profit.

Cela ne présageait rien des liens solides qui unissaient les deux hommes. Jadis, quand Viktor s'était installé à Paris après sa débâcle londonienne, Georges – la seule personne que Viktor eût mise au courant de son arrivée – lui avait trouvé un logement et prodigué son aide sans jamais rien demander en échange. Connaissant la fragilité de son ami, Georges ne l'avait jamais questionné sur les événements de Londres, ni sur sa décision de disparaître des grandes scènes d'Europe. Ce tact extraordinaire était un ingrédient essentiel de leur amitié.

— Alors, tu tiens toujours le haut de l'affiche à l'Hypnos ? Depuis combien d'années, maintenant ?

— Je ne sais plus. Une quinzaine ? répondit Viktor après un temps de réflexion.

Il savait ce que Georges pensait de l'endroit : un établissement pour richards en manque de sensations, joueurs, pédérastes ou opiomanes, parfois les trois, symbole de la corruption morale de la classe dirigeante qui en tolérait l'existence. Il ne lui avait cependant jamais reproché d'y être employé.

— Il n'a pas changé de mains depuis ?

— Non.

— Sais-tu que son propriétaire me faisait la cour à une époque ? Je ne me rappelle plus son nom. Une sorte de dandy au faciès bizarre, habillé comme pour le carnaval.

— Lialo ?

— C'est ça ! C'était un de mes admirateurs ! Il voulait me confier un grand projet de film, quelque chose de colossal qu'il aurait entièrement financé, à condition que je lui vende mon théâtre et ma maison de production. Vu comment les choses ont tourné par la suite, j'aurais peut-être dû accepter.

Georges prit un air pensif, remplit les verres, puis offrit une cigarette à son ami.

— Tu ne m'en as jamais parlé, dit Viktor. Ou alors c'est que j'ai complètement oublié. Ma tête me joue parfois de vilains tours.

— C'était avant que tu ne viennes t'installer à Paris. Du reste, je n'en ai jamais parlé à personne. Même si je n'avais aucune intention d'accepter sa proposition, je m'étais présenté au rendez-vous que Lialo m'avait donné à l'Hypnos. À cette occasion, il a insisté pour me faire visiter son établissement. Pour dire peu, c'est un lieu étonnant. Sait-on jusqu'où il s'étend sous terre ?

— Aucune idée, dit Viktor, tout en songeant qu'il s'était rarement posé la question. Certaines zones sont interdites, même au personnel ou aux artistes, et je ne suis pas sûr de connaître tous les endroits accessibles. En tout cas, on dirait que leur stock d'accessoires et d'éléments scéniques est illimité. Les caves où ils l'entreposent doivent être immenses.

Georges, qui depuis un moment avait posé ses couverts de part et d'autre des reliefs de sa truite, demeura un instant silencieux en scrutant la volute de fumée de sa cigarette comme s'il s'agissait du ruban de ses souvenirs.

— Je les ai vues.

— Quoi donc ?

— Les caves dont tu parles, j'y suis descendu – enfin, je crois. Je ne suis pas vraiment sûr de ce que j'ai vu.

Progressivement, la voix de Méliès était entrée dans les tons graves de la confidence. Viktor essaya de rétablir la légèreté sur laquelle la conversation avait jusqu'alors vogué.

— Tu veux dire que tu avais bu ?

— Bien sûr, j'avais bu. Lialo m'avait servi de son meilleur rhum, mais ça n'explique pas tout. Pour tout te dire, je n'exclus pas qu'il m'ait drogué. C'est la seule explication plausible. Ou alors ton patron est vraiment le plus grand illusionniste qu'il m'ait jamais été donné de rencontrer – toi y compris, mon cher ami !

Casimir servit les tartes au citron et déboucha une bouteille de sauternes pendant que Georges, les yeux dans le vague, lissait son bouc d'une main distraite. Quand l'hôte se fut à nouveau éloigné, le cinéaste entreprit de raconter l'épisode, hésitant parfois, le temps de chercher ses mots ou de mettre au point une image qui lui revenait à l'esprit.

C'était un jour de janvier, un peu avant midi. Après qu'un portier plutôt sinistre l'eut laissé passer, la découverte de l'Hypnos lui avait coupé le souffle – comment un tel lieu pouvait-il exister en plein cœur de Paris sans qu'on en eût jamais entendu parler ? Lialo l'attendait assis à une table, seul au milieu de la grande salle éclairée comme pour les grands soirs, « pour que vous découvriez mon modeste établissement sous son meilleur jour, même si le soleil n'y pénètre jamais ! » avait plaisanté le propriétaire en ouvrant une bouteille de rhum qui, prétendait-il, était assez vieux pour avoir été rapporté des Antilles en galion. Sous le charme, les vapeurs d'alcool aidant, Georges s'était cru en plein rêve quand Lialo lui avait décrit le projet qu'il se proposait de financer : une deuxième version de son *Voyage dans la Lune*, avec de grandes scènes en extérieur, des foules de figurants, des décors jamais vus et des effets optiques inédits, faramineux, comme lui seul – Georges Méliès – savait les réaliser. De quoi faire blêmir d'envie plus d'un Pathé. Lialo voyait en lui le cinéaste de l'avenir ! Mais il voulait qu'il se consacre entièrement à ce projet, car celui-ci l'amènerait probablement à voyager loin, très loin.

— S'il m'avait mis un contrat sous le nez et une plume dans la main à ce moment-là, j'aurais probablement signé tout ce qu'il voulait.

— N'en avait-il pas un tout prêt, comme à son habitude ?

— Mes souvenirs sont flous, même si, maintenant que j'en parle, certains détails me reviennent à l'esprit. Je me rends compte ce soir que pendant toutes ces années quelque chose en moi a soigneusement évité de repenser à ce matin-là. Quoi qu'il en soit, je crois que cette discussion n'était qu'un prélude à autre chose.

Lialo, poursuivit Georges, avait insisté sur les moyens illimités dont il aurait disposé pour mener ce projet à bien. Tout aurait été mis en œuvre pour qu'il accouche de ses visions les plus folles. Ce film l'aurait porté au pinacle et transfiguré en tant qu'artiste. Cependant, son dévouement à la tâche devait être absolu. C'est pourquoi, en gage de bonne foi, il lui fallait au préalable se séparer de son théâtre et de sa maison de production – qui de toute façon n'auraient plus rien signifié pour lui une fois ce projet achevé.

— Quoi ? Allait-il aussi me demander d'abandonner ma femme et mes enfants ? Sur le moment, j'ai dû rire de cette folie ! Mais je n'étais déjà plus en possession de mes moyens. Quand il me proposa de me donner un avant-goût de ses promesses, je n'ai pu qu'accepter.

Lialo l'avait alors mené en coulisse dans le secteur des loges. De là, ils avaient emprunté un étroit escalier en colimaçon gardé par une double porte en métal rouge pour arriver à un niveau inférieur où s'étendait ce qui se révéla être un dédale de couloirs déserts, humides et étroits, timidement éclairés par des lampes électriques murales. Pendant un moment, ils avaient erré dans ce labyrinthe où régnait une odeur de moisi et un silence sépulcral, leurs pas étouffés par de longs tapis de couloir élimés. Des portes, toutes fermées, apparaissaient de part et d'autre à intervalles irréguliers, chacune portant une petite plaque gravée d'un signe. Georges avait eu l'impression de chercher sa chambre dans un immense hôtel décati construit sous la mer – ou sous un fleuve, car il s'était rappelé que l'Hypnos se trouvait sur une île. « Où sommes-nous ? Sous la Seine ? » avait-il demandé à Lialo. Ces souterrains et l'établissement tout entier ne risquaient-ils pas d'être submergés en cas de grande crue ? Non, les ingénieurs avaient pensé à tout. Comment cela était-il possible ?

Lialo s'était enfin arrêté devant une porte ornée par une petite plaque portant la lettre hébraïque *daleth*, qui lui avait évoqué un gibet. Derrière la porte se trouvait un ascenseur à l'huis gardé par une grille de fer rouillé.

— C'est trop, je veux remonter, non, je *dois* remonter – voilà ce que je me suis dit. J'aurais voulu tirer Lialo par la manche, mais il était trop tard. J'entrai dans la cabine. Lialo m'emboîta le pas et nous commençâmes à descendre.

La sensation de claustrophobie, accrue par des vibrations et des grincements sinistres, était comme un nœud coulant qui se resserrait autour de sa gorge. Que faisait-il là ? Là, où ? Où étaient-ils ? Georges s'efforçait de ne pas céder à la panique. Lialo, auquel la pâleur et la crispation de son hôte ne pouvaient avoir échappé, s'était mis à siffloter, soit pour soulager son malaise, soit pour l'attiser.

Enfin, l'ascenseur s'était arrêté à un palier – « Ah ! nous y voilà ! » Lialo avait ouvert la grille et Georges s'était précipité hors de la cabine dans ce qu'il avait tout d'abord pris pour une sorte de grande caverne illuminée – à quoi pouvait-il s'attendre d'autre, au bout d'une telle descente ? Mais à peine y avait-il hasardé quelques pas que la claustrophobie qui l'opprimait un instant plus tôt avait cédé le pas au plus improbable des vertiges. Il ne se trouvait pas dans une grotte, ni dans une salle, mais à l'air libre, sous un vaste ciel étoilé.

« C'était le ciel nocturne le plus grandiose, le plus profond qu'il m'ait jamais été donné de voir. Il contenait tellement d'étoiles qu'il en était aveuglant. La Voie lactée était aussi claire et lumineuse que les Champs-Élysées le soir du Nouvel An !

— Comment cela, un ciel nocturne ?

— C'est comme je te le dis ! Te souviens-tu de Dante, qui descend dans les entrailles de la terre jusqu'au tréfonds des enfers pour finalement se retrouver en plein air, sous le ciel étoilé ? Pareil !

Viktor, qui n'avait pas lu *La Divine Comédie*, fronça les sourcils.

— Je ne comprends pas. C'était une illusion d'optique ?

Georges fit lentement non la tête et se resservit du sauternes d'une main tremblante.

— Ce n'est pas tout, Viktor. En regardant autour de moi, je me suis aperçu que je me trouvais au sommet d'une butte dominant une vaste étendue désertique argentée par la lueur du ciel, fermée à l'horizon par une chaîne de montagnes sombres. Quand je me suis retourné vers Lialo, il avait disparu, et l'ascenseur aussi ! J'étais seul, tout seul dans ce grand espace, au milieu de cette plaine spectrale qui s'étendait tout autour de moi ! Et dans le ciel...

Georges marqua une pause, comme s'il hésitait à continuer son récit. Viktor le fixait d'un regard scrutateur.

— Dans le ciel, près de l'horizon, se trouvait un astre que j'ai d'abord pris pour la Lune, car il lui manquait un quartier – mais il était gigantesque ! Et puis, tout d'un coup, j'ai compris. C'était la Terre, Viktor, la Terre ! Notre planète !

— Tu veux dire que tu étais...

— Sur la Lune !

Il y eut un moment en suspens pendant lequel les deux hommes, immobiles, se regardèrent droit dans les yeux. Comme cela s'était plusieurs fois produit pendant le dîner, la péniche tangua légèrement au passage d'une autre embarcation sur le fleuve, faisant osciller le vin dans les verres, les lampes et les grappes de raisin postiches pendues aux travées.

Viktor partit d'un grand éclat de rire.

— Sur la Lune, Viktor ! Comme dans mon film, mais en vrai ! s'écria Georges. Et la Terre, elle était bleue, si bleue !

Cette précision redoubla l'hilarité de Viktor, qui dut s'écarter de la table pour laisser libre cours à ses spasmes. Depuis qu'ils se connaissaient, Georges n'avait jamais vu son ami s'esclaffer d'aussi bon cœur. Étonné d'une telle transformation, il éclata de rire à son tour.

— J'ai une question, dit Viktor quand il eut plus ou moins repris le contrôle de ses zygomatiques. Comment en es-tu revenu – je veux dire, de la Lune ?

— Je n'en sais rien. J'ai dû m'évanouir. Quand j'ai rouvert les yeux, j'étais dans un fiacre qui me ramenait chez moi.

— Ce rhum antillais devait être sacrément bon, railla Viktor en s'essuyant les yeux avec sa serviette. Melog t'aura traîné comme un paquet hors de l'Hypnos pour te charger dans la voiture. Il se souvient probablement de l'épisode, sa mémoire est infaillible. Je lui demanderai.

— Melog ?

— Le portier de l'Hypnos. C'est forcément lui qui t'a laissé entrer et qui t'a fait ressortir. Il fait partie des meubles.

— Oui, bien sûr, je vois ce que tu veux dire. Je ne suis pas revenu de l'espace à bord d'une montgolfière. Cette petite escapade lunaire n'a pu avoir lieu que dans ma tête. Mais je t'assure que sur le moment tout me semblait extrêmement réel, d'un degré de réalisme auquel ni les films ni les rêves ne peuvent prétendre. S'il s'agissait d'une hallucination, je ne saurais te dire à quel moment j'y ai succombé.

— Tu as tout inventé après coup, c'est la seule explication possible. Ton imagination aura échafaudé tout ça pendant que tu cuvais ton rhum à l'arrière du fiacre.

— Évidemment. Ne va pas penser que je croie être réellement allé sur la Lune. Mais, dis-moi, y a-t-il une double porte rouge dans le secteur des loges ?

— Oui, répondit Viktor, qui se retint de préciser que cette porte gardait une partie de l'Hypnos où nul n'était censé entrer.

— Ah ! Cela signifie donc que je suis au moins arrivé jusque-là sur mes deux jambes ! dit Georges d'un ton triomphant.

— Certes, mais pour ce qui concerne la Lune…

Ils rirent à nouveau de concert.

— Pourquoi ne m'en as-tu jamais parlé avant ce soir ?

— La vérité est que je n'en ai jamais parlé à personne. Ce n'est pas un épisode très glorieux de ma biographie. Pendant plusieurs mois, ce que j'ai vécu à l'Hypnos m'a réellement effrayé. Je craignais d'avoir perdu la raison. A-t-on jamais entendu parler de telles expériences après avoir bu quelques verres ? Ce qui me pousse à croire que ce rhum antillais avait été arrangé avec quelque hallucinogène.

— Admettons. Mais dans quel but ?

— Que sais-je ? Lialo voulait-il m'humilier, me donner une leçon ? Après tout, nous étions concurrents. Il n'a jamais plus essayé de me contacter et je me suis bien gardé d'aller lui demander des explications. En tout cas, tu ne m'ôteras pas de la tête que l'Hypnos est un endroit fort mystérieux. J'ai fait des recherches, vois-tu. Il n'apparaît ni au cadastre, ni dans les journaux, ni dans aucune autre forme de littérature, et ceux qui le fréquentent s'en cachent ou rechignent à en parler – même si on peut facilement comprendre pourquoi, vu les commerces qui y ont lieu. Il n'y a guère que Grandin qui m'en ait parfois touché quelques mots, mais de manière très évasive. Au fait, comment va-t-il, ce vieux brigand ?

Cette question fit à Viktor l'effet d'une douche glacée. Il ne lui était pas venu à l'esprit que Georges pût ne pas être au courant du décès et s'étonna que ce sujet n'eût pas été abordé plus tôt.

— Quoi, tu ne l'as pas appris ? Géo est mort il y a quelques jours.

Viktor raconta à un Georges brusquement abattu la découverte du corps de Grandin sur un trottoir au petit matin, l'enterrement au Père-Lachaise en compagnie de son neveu et de quelques amis ainsi que le déjeuner qui avait suivi. L'évocation de Grandin et d'Aimé avait fait revenir les événements de l'après-midi à l'esprit du prestidigitateur, et un sentiment de culpabilité qu'il s'efforça de juguler.

— Et Aimé ? Ça a dû être dur pour lui.

— Oui, il était très attaché à son oncle.

— C'est un brave petit gars, dit Georges dans un soupir. Et diantrement intelligent, avec ça. Il n'a pas eu beaucoup de chance dans la vie. Espérons au moins que la guerre se termine avant qu'on ne l'envoie au front, et que l'avenir lui réserve ce qu'il y a de mieux.

En dégustant leur café moka – une vraie rareté, par ces temps de restrictions – et les liqueurs de prune offertes par Casimir, les deux amis, non sans une certaine émotion, se remémorèrent les bons moments passés avec Grandin. Ceux qui ne se seraient souvenus que du joueur, pédéraste et histrion n'auraient pas honoré sa mémoire, car il était avant tout un homme généreux et d'une probité indéfectible envers le cercle restreint de ses amis, dont Viktor et Georges étaient fiers d'avoir fait partie. Sans parler de son talent, qui l'aurait probablement propulsé dans l'Empyrée des artistes de renom, aux côtés des Renoir et des Corot, si sa personnalité excentrique n'avait pas autant nui à sa carrière.

— Il était faussaire, n'est-ce pas ? demanda Georges à mi-voix.

Viktor hocha la tête, pensif.

— Son commerce de natures mortes et de copies de tableaux classiques était une couverture qui ne suffisait évidemment pas à assurer son train de vie.

— Il devait bénéficier de protections et d'appuis haut placés pour se comporter de cette façon, au vu et au su de tous, sans avoir de problèmes.

Viktor réfléchit un instant, hésitant à révéler ce qui lui avait traversé l'esprit.

— Bah, je peux bien le dire, à présent, marmonna-t-il, son élocution un brin empâtée par l'alcool.

— Quoi donc ?

Viktor se resservit un petit verre de goutte, dont ils s'étaient fait apporter la bouteille.

— Eh bien, j'ai moi-même été témoin de ses trafics. Non, pas témoin. Complice, plutôt.

Les faits que Viktor entreprit de raconter s'étaient déroulés environ deux semaines avant le décès de Géo. Un soir, à l'Hypnos, le peintre était allé trouver Tombo dans sa loge après son numéro, chose tout à fait inhabituelle. Grandin, qui – autre détail insolite – donnait l'impression d'être tout à fait sobre, même à cette heure avancée de la nuit, n'y était pas allé par quatre chemins et avait demandé au prestidigitateur de lui fournir son aide pour une certaine affaire qui n'était ni légale ni dénuée de risques. En échange, Grandin n'avait rien à offrir à Viktor à part de l'argent – autant qu'il en aurait demandé – et son éternelle reconnaissance.

— Tu t'es fait payer ?

— Non, bien sûr que non. Cela était manifestement d'une importance capitale pour lui. Quant à moi, je voulais à la fois donner un coup de main à notre ami et relever ce défi.

Il s'était agi d'escamoter un tableau en présence d'individus chargés de le surveiller. Le tableau devait arriver par bateau depuis les États-Unis, via Saint-Nazaire, et être directement transféré sous escorte dans le caveau d'un grand musée parisien depuis la gare d'Orsay. Les dimensions de la toile étant connues, ainsi que la nature du boîtier et de l'emballage de protection employés pour le transport, il ne restait plus qu'à déterminer le moment opportun pour effectuer la substitution.

— Géo et ses complices m'ont fait passer pour un employé du musée. C'est au moment de décharger le tableau du fourgon automobile que je suis entré en action.

— Comment t'y es-tu pris ?

— Techniquement, c'était un jeu d'enfant ! Le fourgon qui transportait la toile avait été préparé – un double-fond, bien entendu – et j'avais donné des instructions pour que le boîtier de protection soit disposé sous un drap, ce qui m'a permis d'effectuer l'échange le moment venu. La seule difficulté était que les propriétaires ne quittaient pas leur précieux colis des yeux. Grandin, qui était présent quand les portes du fourgon se sont ouvertes, a su créer une diversion au bon moment – quelques secondes d'inattention de leur part, et le tour était joué.

— Je n'approuve pas vraiment ce genre d'agissements, mais c'est une aventure peu banale !

— Rien de comparable à un voyage dans la Lune, dit Viktor, déclenchant une nouvelle crise de rigolade.

— Peut-on savoir à qui appartenait le tableau ?

— À un riche Américain dont je me suis bien gardé de demander le nom. Il était accompagné de son secrétaire, qui avait plutôt l'accent anglais.

En fournissant cette précision, Viktor tiqua. Il eut soudain l'impression d'avoir mis le doigt sur un détail d'une importance capitale, qui cependant lui échappait.

— Tout va bien ? demanda Georges en remarquant le changement d'expression de son ami.

— Oui, oui. C'est juste que… Sais-tu avec quoi Géo a voulu remplacer la toile de l'Américain ?

— Autant donner tout de suite ma langue au chat.

— Avec cette réclame pour une boisson chocolatée qu'on voit un peu partout. Tu sais, la tête de nègre – « Y'a bon… » !

Ils quittèrent la péniche vers une heure du matin. Mal assurés sur leurs jambes, ils se saluèrent chaleureusement à l'angle du quai du Louvre et du pont des Arts, ravis du moment qu'ils avaient passé ensemble, et promirent de se revoir bientôt.

Un quart d'heure plus tard, ils étaient chacun assis à l'arrière d'un taxi les ramenant vers leur domicile respectif. Malgré la confiance qu'il avait en son ami, Georges regrettait d'avoir fait certaines confidences à Viktor, qui avait dû le prendre pour un fou. Viktor, de son côté, se demandait par quel hasard diabolique le secrétaire du milliardaire que lui et Grandin avaient dévalisé s'était retrouvé au volant d'une Hispano-Suiza en compagnie de Mérie.

6.

À dix heures passées, le Boit-Sans-Soif s'était vidé de sa faune, mais le père Le Men n'avait pas encore tout à fait fermé boutique. Quand Aimé arriva, le tôlier, qui avait empilé les chaises et les guéridons de la terrasse sur ceux de l'intérieur, était en train de balayer le tapis de mégots et de détritus dont une soirée bien animée – à en juger par la jungle de verres sales et de bouteilles vides qui encombraient le comptoir – avait parsemé le sol. Gaspard était encore là, assis à une table, engagé dans un tête-à-tête sombre et silencieux avec son énième dernier verre. Une épaisse odeur de friture et de tabac froid plombait l'atmosphère.

— C'est-y une heure pour arriver ? lança Le Men.

— Aimé ? grommela Gaspard, hébété.

— Tu te pointes après les régalades, poursuivit Le Men. Gaspard a enchaîné les tournées. Un vrai seigneur ! Le vieux Roger a sorti son accordéon et ton pote a même dansé une valse avec Riton ! Pour te dire ce que tu as raté !

Plus avant dans la salle, Aimé aperçut Riton-les-Échasses étendu de tout son long sur la vieille banquette à droite en entrant, empêtré dans le grand filet décoré de coquillages et d'oursins séchés qu'il avait dû faire tomber du mur en s'écroulant.

— Te voilà, dit Gaspard en s'animant. Je t'attendais plus. Tu bois un godet ?

— Je mangerais bien un morceau.

— Le Men, réchauffe les tripes ! Et apporte un pichet ! Je remets une table en terrasse. Le môme et moi, on sera plus tranquilles dehors pour causer.

— Vous avez un quart d'heure. Après ça, je secoue Riton et je fous tout le monde dehors.

— Amène-nous une loupiote, aussi, dit Gaspard.

Aimé remarqua que son ami était vêtu de neuf : il portait une chemise blanche avec un gilet et un pantalon gris assortis qui avaient été souillés de taches pendant la soirée. Comme d'habitude, Gaspard n'avait pas attendu Noël pour commencer à dilapider le butin de la veille.

Moins d'une minute plus tard, ils étaient attablés sur le trottoir. De légères langues de brume s'élevaient du canal et flottaient paresseusement le long des quais déserts.

— Dis-moi que tu l'as envoyé bouler, dit Gaspard.

Aimé s'étonna que son ami ne parlât pas en premier de Raymond. Il en éprouva du soulagement.

— Malheureusement non, pas encore. Mais il y a du nouveau.

Aimé raconta alors comment, par le plus effarant des hasards, il avait retrouvé la trace de Crowley. Cédant aux questions pressantes de Gaspard – « Mais comment elle s'est fourrée dans ces embrouilles, ta greluche ? » –, il expliqua les changements qu'il avait observés chez Mérie ces derniers temps, jusqu'à sa découverte de cet appartement luxueux et du nouveau « métier » qu'elle exerçait et qui deux heures plus tôt avait abouti à « une sorte de rupture ».

— Bah, elle n'a peut-être jamais changé. Elle cachait bien son jeu, c'est tout, dit Gaspard.

— Non, non. Je te jure que ce sont deux personnes différentes. À un moment, quelque chose lui a retourné le cassis. Ça porte un nom en psychologie.

— Nympho quelque chose ?

— Non, dit Aimé avec humeur. Enfin, voilà les nouvelles : il y aura une réception au Meurice dans trois jours, du genre guindé avec tout un parterre de beau monde. Crowley devrait y faire une apparition.

— Et c'est quoi, votre plan ? Lui tomber sur le paletot au milieu de la fête et le forcer à parler ?

— Plus ou moins, je suppose. Parks n'est pas encore au courant.

— Il faudra être rapide. En lui coupant le nez et les oreilles, ça peut fonctionner.

— C'est notre seule piste.

— Petit, si tu es venu me demander d'en être, c'est non. Et puis, je te le dis tout cru, ça me fait mal au cœur que tu t'entêtes à suivre ce fumier d'Angliche. Ou d'Irlandais, kif-kif pour moi. C'est sa faute si Raymond est mort. Ce qui m'a retenu de le crever, c'est que, contrairement à lui, je suis pas un assassin.

— Tu as raison. Mais tu sais bien que je n'ai pas le choix, dit Aimé en lui montrant ses cheveux blancs.

— Ah merde ! Encore cette histoire de tableau qui tue ! (Gaspard secoua la tête, vida son verre.) C'est des conneries ! T'as pas encore compris ? Il t'utilise pour arriver à ses fins ! S'il est sorcier, moi je suis M. Apollon !

Gaspard se lança alors dans une tirade sur les prétendus pouvoirs de Parks, dont le seul talent consistait à manipuler les cerveaux. Comment ? Va-t'en savoir, c'est un talent, mais il était scientifiquement reconnu que l'on pouvait faire croire et même voir à autrui à peu près tout ce qu'on voulait, ça s'appelait l'hypnose.

Aimé n'insista pas et se contenta d'écouter, convaincu que Gaspard avait en partie effacé de sa mémoire et en partie réinventé les faits les plus dérangeants de la nuit précédente. Lui-même n'aurait pas autrement réagi si son oncle, passionné d'ésotérisme, ne l'avait pas depuis sa plus tendre enfance accoutumé à certaines idées, à une vision « magique » de la réalité qui lui était familière sans qu'il eût besoin d'y croire – et surtout s'il n'avait pas porté dans sa chair la preuve cruelle de son bien-fondé.

Gaspard s'arrêta de grogner quand le père Le Men sortit du café pour servir un plat de tripes fumant à Aimé. Le tôlier regarda le garçon engloutir ses premières bouchées et lui mit une main sur l'épaule.

— Mange, petit, tu n'as vraiment pas bonne mine.

L'attention des trois hommes fut alors attirée par deux petites lueurs mobiles qui étaient apparues au coin d'une rue sur le quai brumeux. Deux bicyclettes, dont ils entendirent bientôt le cahot métallique sur le pavé, avançaient dans leur direction.

— Tiens, voilà les cognes, dit Le Men.

Il n'y avait pas de quoi s'inquiéter car les deux îlotiers du coin, Dard et Lechanis, étaient eux-mêmes clients occasionnels du Boit-Sans-Soif. Mais, quand les vélos s'arrêtèrent devant le café, le tôlier se raidit, Aimé cessa de manger et Gaspard tendit l'échine. Ce n'étaient pas Dard et Lechanis.

— Bonsoir messieurs. Chaude soirée, n'est-ce pas ? lança l'un des deux brigadiers avec un fort accent du Sud-Ouest.

— Bonsoir à vous, dit le père Le Men. Chaude et tranquille. On dirait qu'il ne pleuvra pas cette nuit.

— Très tranquille. Pas âme qui vive à cinq pâtés de maisons à la ronde, dit le brigadier avec une pointe d'ironie. Sauf ici. Vous êtes vraiment les seuls encore debout.

— Mes gars et moi, on était en train de fermer boutique. Mais je peux tout de même vous servir un petit coup de blanc, si le cœur vous en dit.

— Non, merci, rétorqua sèchement le même – un homme hâve dont les imposantes moustaches grisonnantes se terminaient en boucles. C'est vous le patron ?

— Yvor Le Men, en chair et en os.

— Vous n'ignorez donc pas que l'heure de fermeture est passée depuis belle lurette ? Auriez-vous oublié que nous sommes en guerre ? Je dois vous demander de fermer votre établissement sans attendre, faute de quoi je serai dans l'obligation de verbaliser et de vous signaler aux services.

L'autre gendarme, un grand maigre aux oreilles décollées dont le képi accentuait l'envergure, se tenait en retrait, l'air gêné.

— Monsieur le brigadier, dit le père Le Men, la soirée a été très chargée et comme vous pouvez le constater j'ai un certain âge. Et je suis invalide, avec ça. Mon docteur m'a dit d'y aller mollo.

— Mollo ou pas, l'heure c'est l'heure. Il fallait vous y prendre avant. Vos « gars », qui ne me semblent pas vêtus comme des garçons de café, vont néanmoins vous donner un coup de main – n'est-ce pas ? Et ça, ajouta-t-il en désignant la lampe posée sur la table entre le pichet de vin et le plat, vous croyez que c'est permis ?

— Quoi, ça ? s'étonna Le Men.

— Vous n'êtes pas au courant ? Les Allemands nous canardent du ciel ! Pourquoi pensez-vous que la ville est plongée dans le noir depuis trois ans ?

Aimé, Gaspard et Le Men échangèrent un regard incrédule. Un étonnement partagé par l'autre gendarme, qui baissa les yeux.

— Ce n'est qu'une lampe, dit Aimé. J'arrive à peine à voir ce que j'ai dans mon assiette. Vous croyez qu'un Boche va viser mon plat de tripes depuis son Taube ?

— Quoi, vous protestez ? Vous ne devriez pas manger dehors à cette heure-ci !

— Vous ne croyez pas que vous poussez un peu loin le bouchon ? intervint Gaspard sur un ton calme qui ne présageait rien de bon.

— Comment ? tempêta le brigadier. C'est à cause de telles négligences qu'on perd les guerres ! À l'avant comme à l'arrière ! Et puis sachez que je pourrais procéder immédiatement à une inspection de cet établissement, histoire de vérifier ce qui se trouve sous le comptoir et dans la cave.

Aimé, qui voyait Gaspard serrer le poing, espérait que son ami n'allait pas faire de bêtises.

— Bon, allons-y les cocos, dit Le Men, on rentre tout. Monsieur le brigadier a raison, on ferait mieux d'aller dormir.

— Mais dites-moi, vous deux, poursuivit le brigadier, en s'adressant à Gaspard et Aimé, ne devriez-vous pas être ailleurs en ce moment ?

Aimé sentit ses entrailles se serrer.

— Où ça ?

— Au front, par exemple ? C'est que vous avez de bonnes têtes de planqués, tous les deux !

— J'ai été réformé, dit Aimé.

— Pareil, dit Gaspard.

— Dans ce cas montrez-moi les papiers qui le prouvent. Par les temps qui courent, vous devriez avoir ça sur vous, non ? Allez, hop ! fissa ! Morel, dit-il en se tournant vers son collègue, sors ton calepin.

Penauds, Aimé et Gaspard s'exécutèrent, ainsi que Morel. Le brigadier déplia les documents usés et tachés pour les examiner à la lueur de la lampe.

— Voyons un peu. Deux certificats médicaux. Aimé Louis Jean Grandin, né le 1er avril 1895 à Paris, 11e arrondissement… blablabla… Ah ! Asthmatique ! Voilà qui n'est pas très original !

— Je suis aussi épileptique, dit Aimé, mais le docteur n'a pas jugé bon de me faire passer des tests.

— Voyons l'autre. Gaspard Joseph Martel, né le 10 mai 1880 à Nemours… Un autre asthmatique ! Ah mais c'est qu'on respire mal à cette terrasse ! Voilà pourquoi on tient à dîner au grand air ! Et que vois-je, ces certificats ont été établis le même jour, par le même médecin ? Un certain… Roger Paluchier, Paris 6e ?

— C'est là qu'on s'est rencontrés, dit Gaspard. Dans la salle d'attente du docteur.

— Morel, copiez les informations qui figurent sur ces documents. On fera toutes les vérifications voulues.

Il ne manquait plus que cette tuile pour couronner la journée, pensa Aimé, qui poussa son plat de tripes pour permettre à Morel d'étaler les papiers sur le guéridon.

— Les collègues que nous remplaçons se sont fait pincer à favoriser des commerces de contrebande, dit le brigadier. Mais je vous rassure, nous ne mangeons pas de ce pain-là.

Aimé, Gaspard et le père Le Men hochèrent la tête en même temps pendant que Morel écrivait à la hâte dans son calepin avec un bout de crayon.

— Je ne procéderai à aucune fouille ce soir. Ne suis-je pas, comment dit-on, « magnanime » ? Mais je repasserai pour voir si tout est en règle.

— Venez déjeuner demain, dit le père Le Men. C'est la maison qui offre.

— Nous verrons. En attendant, fermez l'établissement.

Les îlotiers se remirent en selle, saluèrent et s'éloignèrent dans la nuit.

— Nous voilà frais, dit Aimé dans un soupir quand les gendarmes eurent tout à fait disparu.

— Il va falloir trouver un moyen d'amadouer ces deux-là, dit Le Men. Si vous voulez mon avis, vous feriez mieux de ne pas vous montrer ici pendant un certain temps. Allez, fermons la tôle et entrez, je vous offre un dernier coup.

7.

Peu avant le crépuscule, un va-et-vient de fiacres et d'autos-taxis avait commencé à encombrer la rue de Rivoli à la hauteur du Meurice, dont la suite royale et la vaste terrasse annexe, qui occupait l'intégralité du toit de l'hôtel, s'étaient rapidement peuplées d'officiers hauts gradés de différentes nationalités, de messieurs distingués tirés à quatre épingles et de dames dont les coiffures, les robes et les parures rivalisaient de finesse et d'audace dans les limites du bon goût. La terrasse offrait une vue panoramique grandiose où le Louvre, Notre-Dame, le Grand Palais, la tour Eiffel, la gare d'Orsay, l'Opéra Garnier et, côté nord, la basilique du Sacré-Cœur semblaient avoir rapetissé pour magnifier l'excellence de cette société – jusqu'à ce que la capitale disparaisse sous un manteau de ténèbres, laissant la vedette à un ciel dégagé, pailleté d'étoiles comme pour les grands soirs de gala.

La réception était donnée par Eugène Schneider, ancien député du Creusot, héritier d'un gigantesque empire sidérurgique et principal fournisseur d'armes de l'armée française. Le magnat ne cachait pas son désir de faire de bonnes affaires avec l'US Army, dont l'arrivée sur le continent ne tarderait probablement plus. Dans une atmosphère décontractée, on causait de finance et de guerre tout en profitant des mets de choix que proposait le buffet : pâtés en croûte et terrines, hors-d'œuvre variés, viandes froides en gélatine ou rôties, fromages frais ou affinés, tartes et desserts, le tout accompagné d'un riche éventail de vins et d'alcools. Plusieurs députés et hommes politiques étaient présents, ainsi que Nitta-Jo, qui chanterait peut-être avec le quintette dont les notes suaves feutraient l'ambiance.

Aimé était au Meurice depuis le milieu de l'après-midi. Membre à part entière de l'équipe de chez Fauchon, il avait participé à la mise en place de la réception, effectué une bonne quinzaine d'allers-retours entre le toit et la cuisine du rez-de-chaussée et disposé personnellement la cinquantaine de lumignons dotés d'abat-jour bleutés qui illuminaient le pourtour de la terrasse. Il se trouvait à présent derrière le bar, près du buffet, circulant parfois parmi les hôtes avec des plateaux chargés de coupes de champagne ou de petits-fours, quand M. René – le chef de l'équipe – lui en donnait l'ordre.

Parks n'avait pas caché sa joie lorsque Aimé lui avait appris que Crowley serait présent à cette réception, mais n'avait manifesté que peu d'intérêt en écoutant le récit de la coïncidence inouïe qui leur avait servi cette deuxième chance sur un plateau d'argent. Selon lui, tout découlait naturellement de la loi de « densité des événements » qu'il lui avait expliquée la veille : de tels « hasards », fussent-ils heureux ou malencontreux, n'étaient pas rares quand les démons de l'Outremonde se mêlaient d'un peu trop près aux affaires des hommes. Quant à Mérie, son dédoublement de personnalité et son implication dans cette affaire signifiaient sans doute qu'elle était sous l'emprise d'un charme ou possédée par quelque démon. Dans les deux cas on ne pouvait pas faire grand-chose sans avoir la jeune femme sous la main pour établir un diagnostic – ce qui pour l'instant, hélas, n'était pas leur priorité.

En revanche, il était urgent qu'Aimé se prémunît lui-même contre ce genre de mésaventure en portant autour du cou l'amulette que Parks lui avait fabriquée. Ce pendentif, qu'il ne devait enlever sous aucun prétexte, se composait d'une petite pierre bleue gravée de symboles minuscules et fixée par une attache métallique à un lacet de cuir.

Parks n'avait pas mis vingt-quatre heures à échafauder un plan qu'il exposa à son jeune complice dès le lendemain.

« Tu seras employé comme extra à cette réception. Présente-toi propre et rasé à dix-sept heures chez Fauchon. Tu remplaceras un serveur qui se fera porter malade. » Aimé, impressionné par tant d'efficacité, n'avait pas osé demander à l'Irlandais comment il s'y était pris pour que cet emploi se libère si opportunément – avait-il grassement arrosé le serveur en question ou s'était-il arrangé, par des moyens magiques ou autres, pour que le pauvre homme ne puisse pas quitter son lit ? Ou pire ?

Quoi qu'il en fût, cette première phase du plan avait marché. La deuxième consistait à bien reconnaître les lieux, garder les yeux ouverts et être prêts à entrer en action dès que leur homme aurait montré le bout de son nez. À un moment ou à un autre, Crowley serait sans doute amené à s'isoler, pour aller aux toilettes, par exemple – même les plus puissants sorciers avaient des besoins à satisfaire –, ou bien, s'il venait pour discuter affaires, pour se réunir en privé avec ses interlocuteurs. Dans tous les cas de figure, Parks et Aimé devaient être prêts à lui sauter dessus pour l'assommer.

Outre l'effet de surprise, ils bénéficiaient de deux avantages. Le premier, modeste, était que Crowley n'aurait sans doute pas reconnu Aimé, qui pourrait donc, le cas échéant, l'attirer dans un piège – par exemple en prétextant un appel téléphonique. L'autre, considérable, était qu'ils détenaient la cape d'invisibilité du sorcier. Ce vêtement fabuleux, dont Parks avait fait une démonstration à un Aimé abasourdi, permettrait non seulement à l'Irlandais de pénétrer dans le Meurice et de circuler parmi la foule sans se faire repérer, mais aussi d'envelopper le corps inanimé de Crowley pour le sortir des lieux et le charger à bord de l'auto que Parks devait garer près de l'hôtel. À ce stade, le tour serait joué, mais on était encore bien loin d'un tel dénouement.

Vers onze heures, après une brève allocution fort applaudie, vibrant d'un optimisme inébranlable quant à l'issue de la guerre, Eugène Schneider se retira dans un salon privé en compagnie d'officiels américains et français, laissant derrière lui ses hôtes se répandre en commentaires élogieux.

Cette sortie inaugura une phase plus débridée de la soirée. La chaleur aidant, on prit ses aises. Certains messieurs tombèrent la veste et dénouèrent leur cravate. Les dames ôtèrent leur chapeau et déposèrent leurs accessoires les plus encombrants. Les musiciens entonnèrent une valse joyeuse, première d'une longue série, qui encouragea quelques jeunes couples à ouvrir les danses. En peu de temps, la terrasse devint le théâtre d'une telle agitation qu'Aimé, devant faire face à la demande croissante de rafraîchissements, commença à craindre de ne pas voir arriver Crowley. Le sorcier, songeait-il, aurait fort bien pu rencontrer ses contacts dans une suite ou dans l'un des salons de l'hôtel en évitant de trop se montrer, ce qui eût été faire preuve de prudence et de sagesse. Par ailleurs, Parks ne s'était pas encore manifesté. L'Irlandais devait en théorie être tapi dans un coin, sous sa cape d'invisibilité, mais Aimé n'avait aucun moyen de s'en assurer et le silence de son compère pouvait aussi bien signifier qu'il n'était pas là. Cependant, malgré la fatigue et la tension, et M. René qui de temps à autre lui tombait sur le dos, il lui fallait continuer d'être vigilant.

La soirée allait crescendo quand soudain le brouhaha général fut percé par un bruit strident en provenance de la rue – une sirène, qui en un instant fit taire tous les hôtes comme les oiseaux d'une volière à l'approche d'un prédateur.

« Une alerte ! » cria une voix d'homme à laquelle d'autres firent écho tandis que le camion de pompiers à l'origine de ce tapage passait en trombe dans la rue de Rivoli. Cette crainte fut immédiatement confirmée par le son d'un clairon qui sonna le garde-à-vous du côté de la Concorde, avertissant les Parisiens que des aéronefs allemands avaient passé le barrage des DCA et de la chasse française, disposé au nord de la capitale.

— Gardez votre calme ! cria un officier français ventripotent. Éteignez les lampes et accompagnez les dames à couvert !

La musique cessa et il y eut un moment de désordre. Pendant que les serveurs se pressaient de tous côtés, les dames se serrèrent à l'intérieur de la suite royale qui donnait sur la terrasse et les messieurs, dont l'instinct guerrier avait soudain été piqué, scrutaient tous les cadrans du ciel. C'était à qui aviserait les intrus en premier : s'agissait-il de zeppelins ou de Taube, qui s'étaient plus d'une fois révélés inefficaces ? Allait-on découvrir dans les cieux de la capitale ces redoutables Gotha, dont les bombes avaient récemment semé la panique et la mort en Angleterre, ou bien avoir la sinistre primeur de nouvelles machines meurtrières issues des cerveaux tordus des Boches ?

« Là ! Là ! cria quelqu'un, j'ai vu quelque chose ! », déclenchant un concert de « Où ça ? ». Ce scénario se reproduisit deux fois en moins d'une minute, alors que sirènes et clairons continuaient de résonner dans la nuit parisienne. Soudain, un jeune capitaine amateur de cognac et très apprécié du beau sexe cria plus fort que les autres – « Bon sang, les voilà ! » – et commença à tirer vers les étoiles avec son arme de poing, aussitôt imité par d'autres avant même qu'il n'eût fini de vider son chargeur. Pendant un moment, un fracas terrible de détonations fit trembler le toit du Meurice, entremêlé des cris des dames et des demoiselles et, enfin, de ceux des militaires les moins éméchés qui finirent par ramener leurs pairs à la raison.

Des gémissements s'élevèrent d'un coin de la terrasse, bientôt assortis d'exclamations : « Faites place ! », « Enlevez-lui sa botte ! », « Appelez un médecin ! » Dans la cohue, un officier anglais s'était tiré une balle dans le pied.

Une fois l'infortuné évacué, le sang épongé et le calme revenu, l'épisode fut classé comme une « fausse alerte » et on rit de ce petit interlude qui, de l'avis général, avait ajouté du piquant à une soirée déjà fort distrayante. Le personnel ralluma les lampes, les femmes ressortirent à l'air libre et les musiciens reprirent à la première mesure le tango que les sirènes avaient interrompu.

Aimé retourna à son poste. Il semblait que les émotions de l'alerte eussent asséché les gosiers et, par rebond, attisé la bonne humeur des hôtes, contrairement à la sienne. Abruti par la répétitivité de sa tâche, les jambes et les reins rompus par huit heures de travail, il n'avait toujours aucune nouvelle de Parks et était trop accaparé par sa corvée d'échanson pour guetter l'arrivée de Crowley. Nul besoin d'être un grand stratège pour comprendre que leur plan monté à la va-vite partait en eau de boudin.

C'est alors qu'il le vit. Debout, près de la balustrade, apparemment seul. En un instant, une fabuleuse décharge d'adrénaline balaya la fatigue et le découragement, reléguant la musique et la foule dans un flou artistique en marge de son attention, entièrement resserrée sur Crowley.

Tandis qu'une partie de lui-même s'étonnait que les hôtes près du sorcier n'eussent pas déjà fui en tous sens, comme si un fauve était soudain apparu parmi eux, une autre, bouillonnante de colère et d'orgueil, lui rappelait que ses dernières chances de survie ne tenaient plus qu'à son sang-froid. Aussi serra-t-il les dents pour rappeler à l'ordre ses jambes flageolantes.

— Bon Dieu, t'es où ? Tu l'as vu ? dit-il à voix haute en espérant que Parks fût caché quelque part à proximité.

— Hein ? fit Maurice, un serveur venu lui donner un coup de main au bar après l'alerte.

— Rien, rien, dit Aimé, obnubilé par un détail. Crowley tenait quelque chose sous le bras : un sac noir contenant un objet plat et rectangulaire qui ne pouvait être que le tableau. Par où et comment le sorcier était-il arrivé ? Peu importait, il lui fallait maintenant se concentrer.

Avec l'assurance d'un grand seigneur au milieu d'une assemblée de gueux, Crowley, vêtu d'un habit noir, d'un Borsalino et d'une écharpe bleue, traversa la foule des convives pointant droit vers le bar.

« Et maintenant, je fais quoi ? » se demanda Aimé. Si Parks avait lui aussi repéré leur homme, il ne tarderait pas à lui communiquer un plan d'action, d'une façon ou d'une autre. Seule note positive, qui toutefois n'ôtait rien au danger, le fait que Crowley se fût présenté avec la toile simplifiait les choses et hâterait les événements vers leur conclusion, pour le meilleur ou pour le pire.

Arrivé au bar, Crowley commanda un double whisky à Maurice et aborda un officier français qu'Aimé était en train de ravitailler en champagne.

— Bonsoir, capitaine, dit-il. J'ai rendez-vous avec le colonel Froideveaux. Savez-vous où il se trouve ?

Le militaire redressa les épaules, fouilla l'assemblée du regard et fit un geste avec sa coupe pleine.

— Là-bas, dit-il. Vous le voyez, un peu à gauche des musiciens ? Il est en conversation avec l'adjoint du préfet, l'homme aux gros favoris.

Crowley remercia le capitaine, qui alla réintégrer un cercle de soldats autour d'une jeune femme fort avenante qui lisait les lignes de la main près de l'entrée de la suite. Les yeux rivés sur son colonel, le sorcier but une gorgée de whisky, puis se tourna vers Aimé. Son œil au beurre noir avait presque disparu.

— Mon brave, voyez-vous l'officier corpulent appuyé à la rambarde, dit-il en l'indiquant discrètement du doigt, celui qui est en train de s'éponger le front ?

— Oui.

— Pourriez-vous aller lui annoncer qu'Edward Livingstone est arrivé ?

— Mon… Monsieur, je ne peux guère quitter mon poste.

— Votre collègue peut vous remplacer, cela vous prendra un instant et vous rapportera un bon pourboire, bien entendu.

— Bien, à votre service, répondit Aimé après un moment de panique qu'il réussit à réfréner.

Il fit le tour de la table et s'éloigna d'un pas aussi naturel que possible.

— Mon colonel, dit-il à l'officier, transpirant presque autant que le quinquagénaire ventru qui, mécontent d'être interrompu, lui adressa une œillade sévère. Un M. Livingstone me charge de vous dire que… qu'il est arrivé et qu'il désire vous voir. Au bar.

L'expression du colonel Froideveaux changea du tout au tout.

— Ah ! Parfait !

Puis, s'adressant à son interlocuteur, un petit homme au costume démodé dont le visage émacié disparaissait dans les taillis d'énormes favoris :

— Monsieur l'adjoint, je vous prie de m'excuser. Une affaire m'appelle qui, malheureusement, ne peut attendre.

L'officier, court sur pattes, suivit Aimé jusqu'au bar. Crowley et l'officier se jaugèrent un instant – le premier répondant au froncement de sourcils de l'autre par un sourire altier – avant de se serrer la main.

— Peut-être pourrions-nous nous retirer dans un endroit plus discret ? demanda Crowley sans autre forme de préambule.

— Certainement. D'autres personnes doivent se joindre à nous qui, tout comme moi, vous attendaient avec impatience, monsieur Livingstone.

Aimé, incertain quant à ce qu'il devait faire, se sentit soudain tiraillé par la manche. C'était M. René.

— Alors quoi ? N'es-tu pas censé rester de l'autre côté du bar ? s'exclama le chef d'équipe. Allez, retourne à ton poste, et que ça saute !

— Ne grondez pas ce garçon qui n'a fait que nous rendre service, intervint le colonel. Plutôt, demandez-lui d'apporter dans ma chambre une bouteille de bon whisky et, disons, une autre de cognac. Ma chambre, c'est la 302. Nous y serons dans un instant.

René, surpris, se raidit comme pour se mettre au garde-à-vous.

— À votre service, monsieur, bredouilla-t-il. Chambre 302, tu as entendu ? lança-t-il à Aimé. Hop ! Apporte aussi quelques amuse-gueule – et n'oublie pas la glace ! Tiens, voilà un passe-partout.

Deux minutes plus tard, Aimé descendait au troisième étage par l'escalier de service, chargé d'un plateau, les jambes cotonneuses et le cœur battant la chamade comme s'il venait de réchapper à la fosse aux lions, mais le pire restait à venir. Pénétrer dans le lieu même où la réunion allait se tenir constituait une occasion inespérée, hélas plus il essayait d'imaginer un plan, plus ses idées lui échappaient comme des mouches en plein vol.

— Aimé !

La voix provenait de derrière lui, issue de nulle part dans l'escalier désert. Aimé s'arrêta net.

— Arthur ? Bon Dieu, où étiez-vous ?

— Ne te retourne pas. Écoute-moi. J'ai tout vu et tout entendu.

— Qu'est-ce qu'on fait ?

— On entre dans la chambre, tu déposes les bouteilles et on se cache. Maintenant, continue d'avancer. Je serai à deux pas derrière toi.

La chambre se composait d'une vaste pièce dont une moitié était aménagée en coin salon. Tout y respirait le neuf et une fausse modestie du plus grand raffinement. Aimé posa son plateau sur une table basse en acajou et promena son regard sur l'armoire à glace, le fauteuil et le canapé assortis, les rideaux de velours cramoisi et le lit princier au pied duquel se trouvait une malle de voyage fermée. Côté rue, une porte-fenêtre donnait sur un petit balcon.

— Arthur ? Où voulez-vous que je me cache ? Dans la malle ?

— Sur le balcon ? répondit la voix de l'Irlandais qui au jugé devait se trouver près du lit.

— Non, sur le balcon je serai coincé et je ne verrai rien !

— La salle de bains !

Dans son excitation, Aimé n'avait pas remarqué la porte de la salle d'eau.

— Mais si quelqu'un a envie de pisser ? Ça serait pas étonnant, vu tout ce qu'ils picolent !

— On improvisera ! N'oublie pas qu'on a pour nous l'effet de surprise.

— Dans la salle de bains je ne verrai rien non plus !

— Pas besoin de voir. Ouvre tes oreilles et tiens-toi prêt, c'est moi qui donnerai le signal. Dès que tu entends du grabuge, tu sors et tu cognes le premier qui te tombe sous la main. Moi, je me charge du tableau. Aussitôt que tu vois s'ouvrir la porte de la chambre, tu files. Je serai devant. On se retrouve à l'auto.

Aimé voulut protester, mais il était trop tard : des bruits de pas approchaient dans le couloir. Il se précipita dans la salle de bains obscure, dont il laissa la porte entrouverte, et retint son souffle. La peur faisait de longues tresses avec ses boyaux.

On entra. La voix du colonel se fit entendre.

— Tiens, le larbin a oublié d'éteindre la lumière. Bravo pour l'effort de guerre ! Messieurs, entrez et prenez vos aises.

Par l'entrebâillure, Aimé ne percevait qu'une petite portion de la pièce attenante. Par chance, il avait vue sur l'armoire à glace, qui reflétait une partie du coin salon. C'est ainsi qu'il aperçut, par bribes fugaces, un bout de l'habit noir de Crowley, un gradé en uniforme qui n'était pas Froideveaux et un homme blond au costume de soirée bleu ciel qui s'assit dans le canapé juste dans l'angle dont bénéficiait Aimé. En comptant le colonel, qui demeurait hors champ, ils étaient quatre – quatre gaillards, dont certains étaient armés, qu'il devait charger tête baissée dès que Parks lui en aurait donné le signal. Une stratégie aussi simple que suicidaire.

Aimé eut soudain la certitude de s'être fait rouler. Parks avait beau jeu, avec sa cape des *Mille et Une Nuits*. Et il osait encore lui demander de se battre pour couvrir sa fuite ! « On se retrouve à l'auto » – mon œil ! Une fois le tableau sous sa cape, il lui serait facile de disparaître – littéralement – pendant qu'un déluge d'emmerdes s'abattrait sur Bibi ! « Quel idiot ! Comment ai-je pu être aussi naïf ? » se morigéna Aimé en se mordant la lèvre pour ne pas gémir de trouille et de rage.

— Comme notre amie commune vous l'a peut-être appris, dit Froideveaux, je reviens de l'état-major de Beauvais et on m'attend demain soir à Bordeaux. Je regrette de n'avoir pas mieux à offrir qu'une chambre d'hôtel pour notre petite réunion.

— Je sais que votre temps est compté, tout comme le mien, répondit Crowley-Livingstone d'une voix posée.

— Bien. Allons à l'essentiel, donc. Mlle Paradis m'a communiqué que vous détenez certaines informations d'une importance telle qu'elles pourraient changer le cours de la guerre. Vous comprendrez que le colonel Morel et le capitaine Plantier, des services de renseignement, soient aussi curieux et impatients que moi de vous écouter.

— Votre curiosité vous sauvera, dit Crowley.

— Toutefois, reprit Froideveaux, avant de vous laisser la parole, je dois vous prévenir. Quelle que soit l'issue de notre entretien, sachez qu'au sortir de cette pièce vous serez accompagné aux bureaux de nos services pour être interrogé. Vos dires feront l'objet de vérifications approfondies et toute fausse indication pourrait être interprétée comme un acte de trahison. Ce serait pour vous le début de vicissitudes fort pénibles.

— À ce sujet, permettez-moi une question, intervint l'homme blond en civil. Techniquement parlant, on ne peut guère trahir que son propre camp. Or, monsieur, votre accent et votre nom, qui est probablement inventé, laissent penser que vous êtes un sujet de la couronne britannique. Pourquoi nous contacter nous plutôt que l'état-major de votre pays ? Auriez-vous maille à partir avec votre gouvernement ?

— Détrompez-vous, capitaine Plantier. Je suis australien. Le fait que les Anglais et moi-même partagions le même idiome ne crée pas forcément d'atomes crochus. D'autant moins, dans mon cas, que je descends d'une famille qui s'est activement battue pour l'indépendance des colonies. Cela étant, sachez que j'ai également contacté les Anglais. Vous avez tout simplement été les premiers à accepter de me rencontrer.

Tapi dans l'ombre, Aimé comprit à quel point le jeu de Crowley était risqué. Cependant, le sorcier mentait avec un tel aplomb que même lui, l'espace d'un instant, fut tenté de le croire.

— Pourquoi ne pas nous avoir transmis ces informations par écrit ou par l'intermédiaire de la Paradis, en qui le colonel Froideveaux semble avoir placé sa confiance ? demanda avec ironie le colonel Morel, qui n'avait pas encore parlé.

— C'est très simple. Ces informations ne peuvent être mises par écrit pour la bonne raison que ce ne sont pas, à proprement parler, des informations.

— Seraient-ce donc des plans ou des cartes que vous transportez là, dans votre besace ? demanda Morel.

— Non plus.

— Ou bien un portrait de famille dont vous ne pouvez pas vous séparer ? lança Plantier en se servant à boire, sur un ton de plaisanterie qui fit pouffer Morel.

— Messieurs, cessons de tourner autour du pot, intervint Froideveaux. Videz votre sac, Livingstone.

— C'est le cas de le dire ! ajouta Plantier avec un petit rire sec.

Il y eut moment de silence avant que Crowley ne reprenne la parole.

— Avant toute chose, je dois vous mettre en garde. Ce que j'ai là, dans ma « besace », comme vous dites, n'est pas pour les âmes sensibles et pourrait susciter chez vous des réactions, disons, inattendues.

— Diable, ai-je bien entendu ? Des âmes sensibles ? s'indigna Morel. Monsieur, auriez-vous déjà oublié à qui vous avez affaire ? Nous sommes des soldats, et décorés, avec ça, pour nos actions sur le champ de bataille.

— Personne dans cette pièce ne doute de votre expérience ni de votre courage, colonel. Je vous conseille simplement de les mobiliser.

— Continuez, Livingstone, continuez, dit Froideveaux.

— Je tiens à ce que vous preniez conscience que l'occasion qui se présente à vous ce soir est unique. Je ne suis pas venu vous vendre une liste de noms, vous dévoiler des plans ou des codes de l'ennemi qui vous permettraient de prendre l'avantage dans quelque bataille. Non, ce que j'ai là, c'est un moyen de mettre fin à la guerre – et de la gagner !

— Ah ! s'exclama Morel. En effet, cela n'est pas banal. Nombreux sont ceux qui voudraient nous voir mettre fin à la guerre en la perdant !

Cette fois, Froideveaux et Plantier rirent de concert avec Morel.

— Et quelle est la nature de ce « moyen », je vous prie ? demanda Plantier.

— Une arme. Une arme d'un type nouveau.

— Nous y voilà ! repartit Morel. Un inventeur australien parcourt la moitié de la planète pour nous soumettre les plans d'une arme secrète qu'il aurait mise au point dans sa pampa – ou sa savane, je ne saurais comment l'appeler.

— Sa brousse ? proposa Plantier.

— Messieurs, trêve de plaisanterie, dit Froideveaux, qui semblait avoir hâte d'en finir. Livingstone, *sir*, veuillez nous montrer ces plans. De quoi s'agit-il ? D'une nouvelle formule de gaz ou d'explosif ? D'un engin volant ?

— Avant de vous illuminer, dit Crowley d'un ton aussi froid qu'un vent sibérien, parlons des contreparties. Si ma démonstration vous convainc, tout ce que je vous demande pour le moment, c'est un sauf-conduit et une entrevue avec vos supérieurs, avec lesquels je discuterai de mes exigences dans le détail.

— Nous verrons. Montrez-nous vos plans, qu'on en finisse.

— Oh il ne s'agit pas de plans – ou plutôt si, en un sens. Mais dans notre cas les plans ne sont autres que l'arme elle-même. Ce que j'ai à vous montrer, messieurs, c'est l'image de ce que vous avez depuis toujours le plus profondément désiré – et aussi, en même temps, une représentation plus vraie que nature de votre pire cauchemar.

Aimé entendit des bruits de pas et un grincement de parquet. Quelqu'un – Crowley, sans doute – s'était levé et se déplaçait dans la chambre. Il y eut ensuite un bruit de tissu froissé, semblable à celui d'un vêtement qui tombe à terre. Puis un silence.

— Un tableau ? fit Morel, aussi amusé qu'interloqué.

— Oui, un tableau. Vous voyez, en croyant faire de l'esprit, vous étiez plus près de deviner que vous ne le pensiez.

— Très bien, retournez-le ! lança Froideveaux.

— Non, colonel. Voici comment nous allons procéder. Vous allez décider vous-mêmes lequel d'entre vous aura le privilège et, disons, le frisson de découvrir ce tableau le premier.

— Que signifie cette pantalonnade ? s'impatienta Froideveaux. Retournez cette toile et qu'on n'en parle plus !

— Non, non. Faites-moi confiance, la méthode que je préconise est préférable, et *de loin*.

— Craindriez-vous que votre croûte puisse nous exploser à la figure ? demanda Morel.

— Allez-y, Morel, dit Froideveaux. À vous l'honneur de découvrir avant nous le fin mot de cette histoire.

— C'est hors de question. Je ne me prêterai pas à cette bouffonnerie. Plantier, à vous de jouer. Après tout, vous êtes le moins gradé.

— Bon, allez-y, Plantier, dit Froideveaux, et racontez-nous. Ne me forcez pas à ajouter que c'est un ordre.

Il y eut un concert de petits rires hésitants. Dans le miroir, Aimé, les poings serrés, vit Plantier se lever. Le capitaine fit quelques pas dans la pièce, vraisemblablement pour aller se placer de l'autre côté du tableau, dont Crowley devait présenter le revers aux deux autres.

Tout se produisit en un éclair. Plantier poussa un cri de chien qu'on étrangle et s'écroula au sol. Les voix des deux autres officiers et de Crowley résonnèrent au même moment.

— Crénom de Dieu ! Plantier !

— Miséricorde !

— Du calme, messieurs ! Du calme ! cria le sorcier. Il n'est qu'évanoui !

Une quatrième voix se fit entendre – celle de Parks.

— Maintenant ! Maintenant !

Aimé bondit hors de sa cachette, les tripes nouées comme s'il se jetait dans le vide, mais la scène qu'il découvrit lui fit marquer un temps d'hésitation.

Pris de convulsions, les yeux révulsés et les cheveux blanchis, Plantier était étendu sur le sol aux pieds de Crowley. Le sorcier, qui tournait le dos à Aimé, était sur le point de présenter le tableau à Froideveaux et Morel, un grand barbu aux épais sourcils noirs. Les deux soldats restés debout avaient chacun la main posée sur le pistolet à leur ceinture, grimaçant de surprise et d'horreur comme si un train leur fonçait droit dessus.

Un bruit mat retentit, semblable à celui d'un coup de gourdin sur un quartier de viande, et Crowley tomba à la renverse, lâchant sa prise sur le tableau qui par miracle tomba face contre le sol.

N'écoutant plus que son instinct, Aimé s'empara du tableau et, dans un même mouvement, se rua hors de la chambre, renversant sur son chemin son complice invisible. Rapide comme l'éclair, il referma la porte à double tour derrière lui puis, tandis que des coups de feu retentissaient à l'intérieur, enroula sa veste autour de la toile et fonça ventre à terre en direction des escaliers, qu'il dévala quatre à quatre. Il n'avait plus qu'une seule idée en tête : détruire cette croûte de malheur et fuir de l'hôtel aussi vite que possible – dans cet ordre, car l'anéantissement du tableau était une priorité absolue.

En arrivant au rez-de-chaussée, hors d'haleine, il emboîta le pas rapide d'un serveur qu'il suivit jusqu'à la cuisine, où régnait une activité frénétique. Le cœur battant à tout rompre, il se faufila entre les cuistots trop accaparés par leurs différentes tâches pour se soucier de lui et se dirigea droit vers une grande cheminée, tout au fond, où une variété de viandes était en train de rôtir.

— Eh, machin, qu'est-ce que tu fabriques ? s'écria le rôtisseur, un petit homme chauve et dodu, quand Aimé le bouscula.

— Ne regardez pas ! Fermez les yeux ! lui lança Aimé en déballant le tableau qu'il jeta immédiatement dans la cheminée, face contre les braises rougeoyantes.

— Mais qu'est-ce qui te prend, bon Dieu ? T'es pas un peu marteau ? rugit le rôtisseur, qui lâcha sa longue fourchette pour tenter de retirer l'objet de l'âtre, aussitôt bloqué par Aimé.

Pendant quelques interminables secondes, le tableau ne prit pas feu. Quelques exclamations fusèrent à l'entour. Puis, tandis que le saucier et le chef de cuisine accouraient pour prêter main-forte à leur collègue, de petites flammèches vertes apparurent au centre de la toile. Elles n'eurent pas le temps de s'étendre que le foyer explosa dans un grand éclair vert avec un bruit sourd rappelant celui d'une détonation de gaz. Le souffle, d'une puissance inouïe, renversa les hommes près de la cheminée et projeta coquelets et pigeons, côtes d'agneau et brochettes, pommes de terre et poivrons, plats et casseroles dans toutes les directions, engloutissant le périmètre de la cheminée dans un nuage de cendres brûlantes.

Il y eut un moment de silence, auquel succéda un grand vent de panique. On criait et on s'activait en tous sens, certains portant secours à ceux qui étaient tombés, d'autres éteignant les tisons ardents qui avaient volé, rebondi et roulé de toutes parts. La cendre irritait les yeux et provoquait des quintes de toux. Dans le capharnaüm chacun y allait de ses meilleurs jurons.

Aimé, dont la chute avait été amortie par le chef de cuisine, se releva. Sonné, il jeta autour de lui un regard hébété, puis se dirigea vers la sortie d'un pas rapide qui se transforma en course quand la voix du rôtisseur retentit derrière lui :

— C'est lui ! Attrapez-le ! Un anarchiste !

Aimé fit irruption dans le hall central, détalant entre les clients interdits et les employés pris de court. Seul un groom placé près de la porte tambour donnant sur l'extérieur tenta de se mettre en travers de sa course, mais finit par s'écarter en comprenant que le fuyard lui aurait foncé dans le buffet sans ciller.

Une fois dehors, répandant derrière lui une traînée de cendre, Aimé s'élança sous les arcades le long d'une file de taxis en stationnement tout au bout de laquelle André était en train de faire démarrer le sien à la manivelle. Il sauta à l'intérieur du tacot où l'attendait un Gaspard survolté.

— Alors le môme, rien de cassé ? Il est où, l'Angliche ?

— Vite, tirons-nous.

— Et ton tableau ?

— C'est réglé.

Le moteur démarra dans une grande pétarade et l'automobile s'ébroua, tremblant de tous ses boulons. André sauta à la place du conducteur, embraya, déboîta et lança sa

Renault dans la rue de Rivoli tandis qu'un attroupement se formait devant l'hôtel.

Prenant de la vitesse, le taxi déboucha sur la place de la Concorde, contourna l'obélisque et bifurqua en direction du sud. Comme il franchissait la Seine, face à l'Assemblée nationale, Aimé regarda par la lunette arrière pour s'assurer qu'ils n'étaient pas suivis. Se sentant enfin en sécurité et ayant repris son souffle, il partit d'un grand éclat de rire qui se communiqua aussitôt à ses deux acolytes.

8.

Dès l'aube, une terrible angoisse tira Mérie-Éléonore du sommeil agité que son insomnie avait fini par lui accorder. À peine plus d'un somme, en vérité : deux heures, à en croire le réveil posé sur sa table de nuit – mais des jours, des semaines ou des âges entiers, en mettant bout à bout les bribes d'existence qu'elle avait traversées en rêve, revivant sous forme condensée des événements et des situations dont elle avait peut-être réellement fait l'expérience lors de précédentes incarnations, à différentes époques, aux quatre coins du monde.

Peut-être : que ces situations fussent réelles ou non, elle n'avait aucun moyen de le déterminer, ni aucune envie. Ces excursions oniriques avaient lieu chaque nuit et elle n'attachait pas plus d'intérêt aux femmes qu'elle avait été qu'aux vêtements qu'elle jetait une fois qu'elle s'en était lassée. Mais elle était au moins sûre d'avoir été l'une d'elles – la dernière, par ordre d'apparition dans ses rêves –, celle dont le corps lui avait servi d'habitacle avant celui de Mérie et qui était encore incarcérée.

Par une sorte de contre-transfert, elle avait éprouvé en rêve les tourments abominables que l'autre femme endurait au même moment, à la prison Saint-Lazare, et s'était réveillée en sursaut, en proie à une poignante détresse. La force de ces impressions était-elle due au fait qu'il ne s'agissait pas de réminiscences, mais de sensations éprouvées par une femme encore en vie, contrairement à toutes celles qui hantaient ses rêves ? Tout comme elle était un moment retournée dans son ancien corps, se pouvait-il que l'autre, Mérie, eût simultanément réintégré le sien ? Existait-il un moyen de trancher ce lien avec son ancienne enveloppe ou fallait-il attendre qu'elle fût supprimée d'une façon ou d'une autre ?

Sans doute les troubles émotionnels qui l'avaient affectée ces derniers jours avaient-ils présagé cet incident. Quoi qu'il pût en dire, peut-être Bélialo avait-il été négligent en opérant le transfert et à présent, bien que séparées, les deux femmes vivaient-elles à la façon de sœurs siamoises : deux corps indépendants partagés par deux âmes mal scindées, reliées par un cordon empathique. Mais si l'âme de Mérie avait une identité bien définie, toujours enracinée dans le corps qu'occupait Éléonore, la sienne, à la fois une et multiple, dépourvue de contours, comme un visage sans traits, se confondait avec celles des myriades de femmes qu'elle avait incarnées.

Qui était-elle réellement ? Existait-il une Éléonore derrière tous les masques qu'elle avait portés au cours de l'histoire, une sorte d'Ève primordiale dont elle pût dire : « Voilà, c'est moi » ?

Telles étaient les questions qu'elle ressassait en boudant le thé, les biscottes beurrées et la confiture d'orange qu'Angélique lui avait servis au lit pour le petit déjeuner, le regard happé par la splendide journée qui commençait dehors. Coutumière de ces états fébriles, elle en connaissait aussi l'antidote. Sans tarder, elle s'habilla et sortit de chez elle sur les coups de neuf heures pour une matinée de shopping, accompagnée de sa jeune domestique.

L'auto-taxi qu'elles empruntèrent les déposa au métro Havre-Caumartin, à un bout de la rue de Rome. Comme une baigneuse un jour de canicule, Éléonore s'immergea dans le bouillonnement de la ville avec un délicieux frisson, consciente de faire tourner les têtes et battre les cœurs sur son passage.

Qu'avait-elle besoin d'un visage ou d'un nom qui fût réellement le sien ? Migrant de siècle en siècle et de corps en corps depuis la nuit des temps, elle arborait le masque que l'histoire lui offrait à un moment donné et n'avait d'autre besoin que d'obéir à la force désirante et séductrice jaillissant du gouffre qui l'habitait. Ce n'était pas la femme, Éléonore, que convoitaient les hommes et les femmes qu'elle croisait. En la désirant, en voulant la posséder ou lui ressembler, c'était sans le savoir dans cet abîme qu'ils voulaient se perdre, comme des phalènes dans un grand feu. Plus Éléonore renonçait à se connaître et se rangeait à cette idée, plus elle était elle-même : obscure, éblouissante et sans visage.

Sur le boulevard Haussmann, les deux jeunes femmes snobèrent les Galeries Lafayette et remontèrent la rue Taitbout jusqu'à la boutique de Callot sœurs, où Éléonore, après avoir demandé à Angélique, qui se prêtait merveilleusement au jeu, d'essayer une demi-douzaine de créations, porta son choix sur une robe d'après-midi en soie jacquard écarlate.

Au sortir de la boutique, se sentant soudain un appétit d'ogre, elles revinrent sur leurs pas et firent halte au café Braibant, à l'angle du boulevard des Italiens, où elles dégustèrent des chouquettes et quelques macarons accompagnés d'une tasse de thé de Ceylan. Elles s'y firent aborder par deux officiers britanniques en permission qui réglèrent leur addition et dont elles eurent du mal à se défaire.

En descendant la rue de la Paix, elles firent halte chez Paquin pour admirer les dernières nouveautés en matière de dentelle – Éléonore offrit une combinaison à Angélique – puis chez Reboux, où Éléonore choisit deux chapeaux, l'un à fruits, l'autre à fleurs jaunes et roses, qu'elle décida de se faire livrer à domicile.

Elles poussèrent ensuite jusqu'à la place Vendôme et se firent montrer quelques bijoux chez Boucheron, puis chez Chéruit, dont les dernières créations ne plurent pas autant à Éléonore qu'une vendeuse aux cheveux fauves et aux joues d'albâtre saupoudrées de taches de rousseur, avec laquelle elle eut un échange de regards plein de promesses lascives – mais ce moment délicieux prit soudainement fin quand la pendule de la boutique sonna une heure : la Paradis était en retard pour son premier rendez-vous de la journée.

Non loin de là, au Café de la Paix, Crowley commençait à ronger son frein. La veille, il avait réservé tout un coin de la terrasse en donnant la consigne de ne préparer qu'une seule table, mais comme pour les grandes occasions : nappe brodée, couverts en argent, vaisselle choisie, fleurs variées et, naturellement, champagne bien frais. À son arrivée, vingt minutes avant l'heure prévue, tout était en place. Ses instructions avaient été suivies avec soin et faisaient déjà leur petit effet. À la terrasse bondée, on se demandait qui était ce gentleman au Stetson, vêtu d'un élégant costume de lin crème, qui avait garé sa belle auto sportive en face du café et qui à présent fumait le cigare, une coupe à la main, dans une aire réservée, faisant l'objet des attentions les plus pressantes de la part du personnel.

Cependant, malgré l'aisance qu'il affichait, Crowley peinait à se décontracter. Deux jours plus tôt, il s'était tiré d'une situation des plus périlleuses et n'avait dû son salut qu'au rejeton de Choronzon qui l'avait récupéré in extremis sur le balcon de la chambre 302 du Meurice. Sous le feu heureusement imprécis des militaires, il s'était enfui comme il était arrivé, par la voie des airs, battu, humilié, mais somme toute soulagé d'en avoir été quitte pour quelques gnons. Cependant, il n'avait pas de quoi se réjouir. Il avait perdu le tableau – un faux, certes, mais au fond c'était toujours mieux que rien. Surtout, cette charogne, cet infâme traître de Parks était encore accroché à ses basques et avait rondement mené son opération. Comment avait-il réussi à le traquer de la sorte ?

Au fur et à mesure que son cigare se consumait et que sa bouteille se vidait, ces ruminations mortifiantes reprenaient le dessus et gâtaient le plaisir de ce déjeuner avec Éléonore, qui avait elle-même demandé à le rencontrer pour – espérait-il – lui remettre son invitation au Symposion. Plus la Paradis tardait, plus l'allure fière de Crowley s'avachissait sous le poids des soucis. Malgré lui, le sorcier commençait à soupçonner que les regards des clients du Café de la Paix étaient plus amusés par le spectacle risible d'un Rosbif endimanché au visage tuméfié, assombri par le lapin qu'on lui posait, qu'éblouis par celui d'un riche dandy au style inimitable.

Ces préoccupations s'évanouirent quand enfin il la vit arriver, à pied, sur le boulevard des Capucines, avec une heure de retard – mais qui était cette jeune fille chargée de paquets qui l'accompagnait ?

Il se leva, ses jambes ramollies par le champagne, et lui fit un signe de la main auquel Éléonore répondit par un large sourire qui remit aussitôt son amour-propre sur de bons rails.

— Cher Alex, dit-elle, je vous dois des excuses pour ce petit contretemps. Une rencontre imprévue m'a retenue plus que je ne l'aurais désiré.

— Ma très chère, je mentirais si je vous disais que les minutes que j'ai passées à vous attendre ne m'ont pas semblé autant d'heures, dit-il en s'inclinant.

— Permettez-moi de vous présenter Angélique, qui est à mon service – mais c'est aussi une bonne amie. Elle déjeunera avec nous, si vous n'y voyez pas d'inconvénient.

Crowley salua la domestique d'un hochement de tête. Deux serveurs firent leur apparition et s'empressèrent d'aider les jeunes femmes à prendre place. Sur la demande de Crowley, ils ajoutèrent un couvert pour Angélique, dont la présence et le regard perçant contrariaient le sorcier. Pourquoi diable la Paradis était-elle venue à leur rendez-vous avec cette gamine ?

On passa les commandes. Éléonore, qui n'avait plus d'appétit après sa collation au café Braibant, ne prit qu'une simple macédoine de fruits, au grand dam de Crowley, qui aurait mangé un bœuf entier, cornes et sabots compris, mais ne demanda qu'une part de tarte aux pommes pour ne pas détonner. Angélique, quant à elle, commanda des tranches de gigot froid saignant accompagnées d'une salade de pommes de terre. Le tout fut aussitôt servi.

— Je vois que vous vous êtes encore battu ? Serait-ce une manie chez vous, les Anglais ? Je vais finir par croire que vous menez une vie de voyou, dit Éléonore.

— J'ai dû me défendre contre une bande de malandrins, improvisa Crowley. Ils n'ennuieront plus personne.

— Je n'ai pas de peine à le croire. Angélique, sais-tu qu'Alex est un grand sorcier ? Un soir, à une réception, il a défendu tout le monde d'un affreux spectre qui a fait irruption au milieu du salon. Nous avons tous eu très peur. C'est d'ailleurs à cette occasion que nous avons fait connaissance.

Tout en éprouvant une certaine fierté, Crowley s'étonna qu'Éléonore aborde certains sujets en présence de sa domestique, qui souriait poliment en coupant son gigot.

— À ce propos, comment se porte Mme Isidora ? demanda Éléonore.

— Hélas, elle est toujours sujette à ses crises. Elle est aussi sensible à la proximité du front que les poitrinaires au vent d'hiver. Pas plus tard qu'avant-hier, en pleine nuit, j'ai dû chasser un autre spectre du manoir où nous logeons.

— Monsieur, intervint Angélique, il ne faut surtout pas les laisser s'installer chez vous. Très vite, les spectres nidifient et il devient plus difficile de s'en débarrasser que des mites. Le pire, ce sont les mites spectrales !

La domestique eut un petit rire clair qui se communiqua à Éléonore, apparemment ravie.

— Et M. Woodcock, est-il content de son séjour à Paris ?

— Hélas, il n'en profite guère. Sa goutte le fait atrocement souffrir et le force à garder le lit, dit Crowley avec un soupir en apparence compatissant mais qui naissait de l'ennui que lui inspirait le milliardaire.

— Ah, j'en suis désolée, dit Éléonore, soupirant à son tour. J'espère en tout cas que vos problèmes d'œuvre d'art disparue sont réglés.

— Pas encore, mais nous y travaillons activement. Nous l'aurons récupérée pour le grand jour.

Crowley s'efforça de ne rien laisser transparaître de son humeur – quoi, avait-elle l'intention de retourner un couteau dans chacune de ses plaies ?

Un silence pesant s'installa autour de la table. Éléonore remuait sa macédoine du bout de sa cuillère. Son attitude avait changé depuis leur précédent rendez-vous, songea Crowley. Bien qu'elle fût tout aussi attirante, elle n'était pas aussi expansive. S'était-elle présentée avec sa jeune domestique, dont la présence inhibait le sorcier et chamboulait tous ses plans, dans un but précis ? Crowley finit sa satanée tarte en deux bouchées, il lui fallait reprendre le dessus.

— Je suis flatté que vous ayez accepté de me revoir. Sachez que j'ai apprécié le moment que nous avons passé ensemble l'autre jour.

Avec un demi-sourire, Éléonore ouvrit son éventail brodé et s'éventa gracieusement.

— J'imagine que vous devez être très occupée, reprit Crowley. Comment se déroulent les préparatifs du Symposion ?

— Je n'ai pas un moment à moi. Tenez, rien qu'hier, après avoir passé l'après-midi dans le salon d'une certaine duchesse cartomancienne – un ennui mortel, mais le jardin de son hôtel particulier était délicieux – et dîné avec des huiles du Grand Orient de France, j'ai passé une bonne partie de la nuit aux Buttes-Chaumont où le comte Kosakowski avait organisé une réception.

— Kosakowski ? Le théosophe polonais ?

— Lui-même. C'était une sorte de bal costumé un peu grivois qui avait pour thème la Rome antique. Bien entendu, à cette heure-là, le parc était fermé au public et on pouvait circuler en toge, en pagne ou déguisé en gladiateur sans craindre pour sa réputation.

— Il est donc à Paris, lui aussi ? Ne me dites pas que ce charlatan est sur la liste des invités au Symposion !

— Je ne devrais pas vous le dire, mais si, Kosakowski sera au Symposion. Il n'a pas caché sa joie quand je lui ai remis son invitation.

— Mais c'est un hâbleur, un m'as-tu-vu doublé d'un arriviste ! réagit Crowley avec un ricanement qui trahissait sa colère et son envie. Quand je l'ai rencontré à Londres, il vivait dans un hôtel miteux de l'East End et survivait en tirant les tarots dans les pubs. Certes, sa situation s'est nettement améliorée – mais pas lui – quand il est devenu l'amant d'Annie Besant, qui l'a aidé à fonder sa propre loge en Pologne.

— Annie Besant, quelle femme fascinante ! dit Éléonore. (Elle se demanda de quelles expériences passées pouvait surgir le souvenir de la théosophe, également figure de proue du féminisme. Avait-elle personnellement fait sa connaissance lors d'une de ses précédentes incarnations ?) Au moins, vous ne pouvez pas reprocher au comte d'avoir mauvais goût. Seriez-vous jaloux ?

— Moi, jaloux de ce palefrenier de l'ésotérisme, de ce blanc-bec des arts magiques ? Foutaises.

— Pardonnez-moi, je vous taquine, bien sûr. Je n'ai pas vraiment eu le temps de faire plus ample connaissance avec Kosakowski, à son grand regret. Figurez-vous qu'il voulait m'épouser ! Une ardeur que j'ai mise sur le compte de son ivresse. En tout cas sa situation financière, son influence et ses pouvoirs se sont considérablement accrus ces dernières années. Accessoirement, son assistant, qui était déguisé en satyre, a des capacités tout à fait impressionnantes.

— Son assistant ?

— Un Géorgien qui charme les flammes comme d'autres les serpents. Cela porte un nom. Ki… kiropi… kiropinélésie ?

— Pyrokinèse. Un truc vieux comme le monde.

— C'est cela, pyrokinèse. Cet homme à l'aspect primitif pouvait contrôler les flammes à distance, manger des braises et même cracher du feu sans l'aide d'aucun liquide inflammable. Il prétendait aussi pouvoir communiquer avec l'au-delà à l'aide d'une simple allumette.

Crowley, renfrogné, hocha la tête et contint sa colère. La jeune femme était-elle en train de jouer avec ses nerfs ? Il avait envie de lui prouver sur-le-champ, au risque de semer la panique au Café de la Paix, à quel point ses propres pouvoirs, plus étendus et raffinés bien que moins spectaculaires, dépassaient ceux des mystificateurs dont elle vantait les prouesses.

— Je me demande quel est le seigneur démon qui a accepté de parrainer ces deux-là, maugréa-t-il.

Tout en continuant d'agiter son éventail, Éléonore détourna son regard en direction de la rue. Elle hésita un instant.

— Vous le connaissez bien, c'est Choronzon.

— Quoi ? s'exclama Crowley, qui faillit s'étouffer. C'est impossible !

— Je comprends votre déception, Alex, dit Mérie d'un ton soudain plus froid et détaché, mais les Seigneurs ont le droit de gérer leurs alliances comme ils l'entendent tant que la date du Symposion n'est pas officialisée. Apparemment, Choronzon a choisi de parier sur Kosakowski et ce Grec pyrotechnique dont le nom m'échappe – et j'en ai été moi-même fort surprise –, mais vous avez encore le temps de réaffirmer votre valeur et de faire en sorte que Choronzon revienne sur sa décision.

— Combien de temps ? demanda Crowley entre ses dents.

— Je l'ignore. Quelques jours ? Quelques semaines ? Comme vous le savez, cela ne dépend pas de moi. Je ne fais que suivre les directives du Grand Chambellan.

— Bélialo ? Est-il possible de le rencontrer ?

— Possible, oui, dit Éléonore en haussant un sourcil au tracé parfait. Mais seulement quand il en décide et à l'endroit de son choix. Comme vous l'imaginez, il est lui aussi très occupé.

Un garçon débarrassa la table et un autre apporta les sorbets au citron vert. Angélique se jeta sur le sien. Crowley eut soudain envie de la gifler.

Pour se donner une contenance, le sorcier se resservit du champagne et alluma un nouveau cigare. Une rage noire faisait secrètement bouillir son sang. Choronzon l'aurait donc laissé tomber ? La Paradis disait vrai. Le fait que le seigneur démon fût tenu, en vertu de certains pactes magiques, de lui fournir quelques services – dont la mise à disposition de l'un de ses rejetons – ne l'obligeait pas à le choisir comme champion. Il lui fallait reconnaître l'évidence : ces dernières semaines, son prestige s'était émaillé. Sa fuite en Amérique, son association avec un crésus ignare, ses négligences ayant entraîné le vol du tableau, ses plans contrecarrés par un sorcier à la petite semaine – Parks, puisse-t-il crever pendu avec ses propres tripes –, tout cela avait fini par nuire à sa réputation. D'où l'arrogance de Xotlac, qui allait voir de quel bois frère Perdurabo se chauffait.

Et cette Éléonore, quel rôle jouait-elle réellement dans tout ça ? Quel sens ce déjeuner avait-il, si c'était pour lui annoncer au bout du compte qu'il venait d'être évincé de la compétition ? Lui avait-elle donné rendez-vous pour le consoler ? Pour le railler ? À quel jeu jouait-elle ?

Une expression bien française lui vint à l'esprit qu'il eut soudain envie d'employer : « dindon de la farce ». Mais il n'avait jamais compris s'il s'agissait de la farce culinaire ou d'une pièce de théâtre bouffonne.

— J'imagine que tout cela pourrait changer si je retrouvais le tableau, dit le sorcier d'un ton maussade.

— Croyez-moi, je n'ai aucun pouvoir de décision en la matière, mais je suppose que – oh !

Soudain, Éléonore se leva et agita la main en direction de la rue.

— Viktor ! Hello ! Viktor !

Crowley et Angélique, ainsi qu'une partie des clients de la terrasse, se tournèrent en même temps. Un grand homme mince à la fine moustache blonde, portant chapeau haut de forme et redingote bistre par-dessus un costume gris, rendait son salut à la jeune femme et venait à sa rencontre.

— Quelle bonne surprise ! s'exclama Éléonore tandis que Viktor, arrivé à leur table, enlevait son couvre-chef pour la saluer.

— Mademoiselle, quelle heureuse coïncidence.

— Vous allez bien prendre une coupe de champagne avec nous ?

— Mon Dieu, je ne veux pas interrompre votre déjeuner.

— Pas du tout, nous venons de terminer. Permettez-moi de vous présenter monsieur Livingstone. Monsieur Livingstone, vous avez devant vous le grand, l'unique, le légendaire Viktor Tombo, dit Éléonore en imitant les accents d'un M. Loyal.

À contrecœur, Crowley se leva et serra la main du nouveau venu. Avec son œillet blanc à la boutonnière, sa petite moustache bien taillée, ses vêtements démodés et son apparition intempestive, il le détestait déjà.

— Ma chère, vous exagérez, dit Viktor en riant. En me flattant, vous risquez de créer chez ce monsieur des attentes qui ne manqueront pas d'être déçues.

— Non, non, je n'exagère pas. Figurez-vous, Alex, que Viktor, est prestidigitateur. Il exécute des tours absolument prodigieux !

— Voilà qui est fascinant.

— Et tout comme vous il a énormément voyagé. Sachez, Viktor, qu'Alex est un poète et un aventurier, entre autres.

— Diantre ! Voilà deux catégories d'hommes assez rares, serrer la main à un gentleman représentant les deux est un événement mémorable.

— Et cette demoiselle, qui pose sur vous ses yeux pétillants, c'est Angélique, ma domestique.

Au grand dam de Crowley, Viktor finit par s'asseoir et accepter une coupe. Afin de créer un terrain de conversation qui pût lier les présents, Éléonore questionna Tombo sur ses tournées et ses voyages, que le magicien évoqua de façon évasive. Il était passé par presque toutes les capitales d'Europe et avait enflammé les music-halls et les salons les plus en vogue, mais c'était une autre vie, car il ne quittait plus Paris depuis des années. Dès que possible, Viktor passa la balle à Crowley, qui – s'aperçut-il du coin de l'œil – le scrutait de pied en cap dès qu'il avait la tête tournée.

— Enfin, je ne vais pas m'étendre sur mes petites excursions en présence d'un « aventurier » qui a sans doute bien des choses à nous raconter sur le vaste monde ! Comment accède-t-on à ce statut ? En quoi consistent vos « aventures », précisément ?

— Je crains que Mlle Paradis n'ait voulu me dépeindre plus grand que je ne le suis en réalité, dit Crowley, comme dans votre cas.

Le ton ironique de l'Anglais fit sourire Tombo.

— Seriez-vous une sorte d'explorateur ou de chasseur de fauves ? Vous en avez la carrure et, j'en suis sûr, l'audace.

— Un explorateur, oui. Soulagez-moi d'un doute, monsieur Tombo. N'avez-vous pas l'impression, comme moi, que nos chemins se sont déjà croisés ?

— Ma foi, non. Mais mon métier veut que de nombreuses personnes me voient sans que je fasse jamais leur connaissance.

— Viktor s'est produit à Londres, intervint Éléonore. Il se peut que vous l'ayez vu dans les journaux ou sur un placard dans la rue. Peut-être même sur scène ?

— Non, je ne lis pas les journaux et je ne fréquente pas les music-halls.

— Vous avez tort, dit Viktor. Vous seriez étonné par la quantité de territoires inexplorés qu'ils recèlent. De quoi étancher votre soif d'aventures !

Éléonore et Angélique rirent à cette réplique de Viktor, qui se lissa la moustache.

— Sans doute, sans doute, grommela Crowley avec un sourire forcé.

— Pourquoi n'iriez-vous pas voir Viktor à l'Hypnos ? demanda Éléonore.

— Je ne doute pas du talent de M. Tombo, mais, sauf votre respect, tout comme ces endroits, les personnes qui les fréquentent m'ennuient. Je m'intéresse à un autre genre de magie.

— M. Alex est un sorcier, dit Angélique d'un ton candide. Un vrai !

— Ah ! Vous êtes donc de cette gent que nombre de mes collègues se sont efforcés de discréditer dans le passé. Robert-Houdin, pour ne citer que lui, a assez clairement montré que les prétendus « prodiges » des magiciens et fakirs de tous bords étaient certes ingénieux mais n'avaient rien de bien mystérieux. Quant à moi, je vous rassure, je me désintéresse tout à fait de la question.

— Vous voulez dire que vous ne croyez ni aux esprits, ni à l'au-delà, ni à toutes les choses de ce genre ? demanda Angélique, dont la capacité enfantine à mettre les pieds dans le plat semblait divertir Éléonore.

— Exact. Il n'y a pas un truc de « sorcier », de télépathe ou de magnétiseur qui n'ait été démonté par les prestidigitateurs – et, par ailleurs, que je ne puisse moi-même reproduire en mieux. Ce n'est pas de la vantardise, c'est tout bonnement mon métier.

— Je vois que vous aussi avez encore beaucoup de territoires à explorer, dit Crowley avec un sourire narquois.

— Au fond, nous sommes collègues, poursuivit Viktor sans réagir à cette pique. Les sorciers ne sont que des prestidigitateurs malicieux. Des charlatans, des escrocs mythomanes et narcissiques dont le public, pour des raisons liées à la nature humaine et qui ne font pas honneur à l'intelligence de l'espèce, est plus ou moins désireux de se laisser abuser. Mais il faut croire aux esprits et à toutes ces billevesées pour les voir, alors que les prestidigitateurs démontrent que voir et croire ne vont pas forcément de pair.

— Je vous souhaite de ne jamais avoir la preuve du contraire.

— Cela ne risque pas d'arriver.

— Mlle Paradis ici présente pourrait elle-même vous démentir, mais laissons notre amie hors de cette discussion. Je pourrais vous répliquer que les illusionnistes, comme leur nom l'indique, sont maîtres dans l'art d'une seule chose : faire illusion. Ils ne font que singer, avec une arrogance qui rime avec leur ignorance, les prodiges que les grands thaumaturges parviennent effectivement à réaliser. Les premiers trompent leur public en invoquant l'illuminisme et le positivisme, qui sont une forme pernicieuse d'obscurantisme, tandis que les seconds se rendent maîtres des puissances créatrices de la réalité.

— Voilà un très beau discours qui ne tiendrait pas une seconde à l'épreuve des faits. Dans notre jargon cela porte un nom : des boniments. Certaines catégories d'illusionnistes se sont même fait une spécialité de bonimenter sans accomplir de tour – avec un certain succès, d'ailleurs, comme les prêtres et les politiciens. Voilà des carrières qui s'offriront à vous quand vous n'aurez plus l'âge des explorations ou des aventures. À mon humble avis, vous feriez un tabac en curé.

Crowley serra les poings, risquant de briser son cigare. Seule la présence des deux jeunes femmes l'empêchait de se jeter séance tenante sur ce paltoquet pour lui tordre le cou.

— Messieurs, cessez donc de vous chamailler, dit Éléonore sur un ton amusé, comme pour gronder deux enfants. Vous n'allez tout de même pas vous battre en duel pour de telles vétilles ?

— Vous avez raison, je vous présente mes excuses, ainsi qu'à votre gentille domestique, dit Viktor, qui vida sa coupe d'un trait et se leva. Il est grand temps pour moi de vous fausser compagnie. Mais avant de prendre congé, voici pour vous, mademoiselle, en espérant que cela aidera à me faire pardonner.

Tombo tendit à Éléonore une rose rouge surgie de nulle part entre ses longs doigts pâles.

— Oh ! fit Angélique, qui applaudit tandis qu'Éléonore saisissait délicatement la fleur pour la porter à son nez.

— Et voilà pour vous, jeune fille, dit Viktor en répétant son geste vers la domestique, qui se vit offrir une rose jaune tout aussi mystérieusement apparue.

Certains clients du café applaudirent à leur tour, y allant même de quelques bravos qui attirèrent l'attention de toute la terrasse.

— Quant à vous, monsieur, dit Viktor en se tournant vers Crowley, je crains de vous devoir également des excuses.

Conscient d'être observé, le prestidigitateur tira la bouteille de champagne de son seau à glace, l'essuya et, d'un geste élégant, finit de la vider dans la coupe du sorcier, où tombèrent deux petits objets métalliques avec un léger « plouf ». Crowley constata avec effarement que c'étaient les boutons de manchettes dont il avait orné ses poignets le matin même.

— C'est plus fort que moi, je ne peux pas m'empêcher de jouer ces vilains petits tours, dit Viktor.

Le rire d'Angélique se communiqua aussitôt aux tables voisines, d'où partit une nouvelle salve d'applaudissements. Les serveurs se figèrent en plein élan pour voir ce qui se passait. Quelqu'un cria : « Encore ! »

Viktor salua son public et s'inclina devant Éléonore, dont les yeux brillaient de joie.

— Mademoiselle, au plaisir de vous revoir, dit Tombo qui, sans attendre de réponse, tourna les talons et s'éloigna d'un bon pas en direction de l'Opéra.

9.

— Debout, le môme ! Je t'ai préparé un jus ! Un vrai !

Aimé perçut la voix de Gaspard comme un lointain écho provenant du fond d'un tunnel obscur. Une bonne minute s'écoula entre le moment où il reprit conscience et celui où il put enfin bouger les bras, les jambes, et s'étirer.

En ouvrant les yeux, il fut d'abord surpris de se trouver chez son compère, puis se souvint de leur arrivée nocturne après leurs péripéties au Meurice et des quelques verres qu'ils avaient bus en bavardant, encore surexcités, jusqu'à ce qu'une fatigue invincible l'entraîne au pays des rêves. Il portait encore sa tenue de serveur.

Gaspard habitait dans un galetas de deux pièces à la Butte-aux-Cailles, au deuxième et dernier étage d'un bâtiment étroit donnant sur une rue sans éclairage et non pavée. Le rez-de-chaussée était occupé par une écurie servant aussi de poulailler.

— Fleure-moi ça ! Tu m'en diras des nouvelles ! Ce café, certains bars de rupins m'en donneraient son poids en or, mais je l'ai gardé pour quand on veut se faire plaisir. On n'est pas des chiens !

Aimé regarda Gaspard touiller le café dans une casserole sur le poêle de la cuisinière, cigarette au bec, à l'autre bout de la salle de séjour. La pièce, assez grande, était d'une hygiène à donner la chair de poule. Sur un tapis de poussière, de crasse et de menus débris, des tas d'objets disparates jonchaient le parquet, poussés contre des murs au papier peint lépreux, ou s'amoncelaient de façon anarchique sur le mobilier. Ici, une boule de vêtements se mêlait à une réserve de bois finissante, près de bouts de ferraille entassés avec de vieux souliers troués dont Gaspard voulait sans doute récupérer le cuir. Là, un gramophone en morceaux s'accouplait avec une machine à écrire éventrée, tous deux encerclés par une roue de vélo, une pile de pots en terre cuite, un lot de parapluies et des bouteilles vides. Ces monticules constituaient un lieu de plaisance pour blattes et rongeurs, dont Aimé aperçut des excréments ici et là. Seuls quelques îlots dégagés avaient été ménagés au milieu de ce fatras de marché aux puces, reliés par des passages pour circuler de l'un à l'autre : le coin cuisine graillonneux, l'espace central occupé par une petite table et trois chaises et les abords de la fenêtre donnant sur la rue, flanquée par un fauteuil galeux et, en vis-à-vis, le vieux matelas occupé par Aimé. L'odeur du café se mêlait aux relents de fumier qui s'élevaient de la rue, auxquels le nez de Gaspard devait être devenu insensible au fil des années.

Aucun doute, depuis la dernière fois qu'il avait mis les pieds chez Gaspard, deux ou trois ans auparavant, l'état des lieux avait empiré. En entrant dans l'appartement la nuit précédente, la pénombre et l'excitation aidant, il n'avait pu que deviner l'étendue du foutoir ambiant qui apparaissait à présent dans toute sa splendeur sous les rayons du jour filtrant à travers les vitres crasseuses.

Allait-il vraiment rester là « en planque pendant quelque temps », comme ils en avaient décidé la veille ? C'est justement cette décision que Gaspard lui rappela sans préambule dès qu'il lui eut apporté une tasse de café et qu'il se fut installé avec la sienne dans le fauteuil près de la fenêtre.

— Tu peux rester autant que tu veux. C'est pas le Ritz, mais personne n'aura l'idée de venir te chercher ici.

— Il est quelle heure ?

— Pas loin de midi. Les cloches n'ont pas encore sonné. T'as faim ? Je peux préparer un truc à claper.

— Le café suffira.

— Si tu veux, tu peux te rafraîchir. Je t'ai sorti une serviette et il y a un seau d'eau près de l'entrée. Les chiottes n'ont pas bougé, elles sont toujours sur le palier du premier.

Son ami se montrant peu loquace, Gaspard raconta son programme pour l'après-midi. Il passerait d'abord à leurs planques de la porte Saint-Denis, qu'il avait négligées depuis quelques jours, pour s'assurer que leurs stocks de cigarettes, de conserves et de sucre n'avaient pas été dérobés. Il rechercherait ensuite ses contacts de la place Pigalle, ses fournisseurs de haschisch, pour voir s'il n'y avait pas moyen de s'approvisionner et reprendre les affaires dans cette branche. Enfin, il ferait un saut au Boit-Sans-Soif pour demander au père Le Men si leur rencontre nocturne avec les deux gendarmes avait eu des suites. Mieux valait ne pas trop se montrer dans les parages, au moins pendant quelques jours, le temps que le tenancier les informe de la tournure que prenait l'affaire. C'était plus qu'il n'en fallait pour remplir sa journée. Après quoi il rentrerait au bercail, peut-être après avoir pris quelques verres et mangé un morceau au Bon Endroit, un rade qui se trouvait au bout de la rue et qui lui servait souvent de cantine.

— T'as qu'à m'y attendre, disons à partir de huit heures. Tu peux aussi changer de fringues, il y en a des propres à côté, sous la machine à coudre près de mon pucier.

Soudain, le visage d'Aimé se crispa comme sous l'effet d'une rage de dents subite.

— Qu'est-ce qu'il y a ? T'en fais une tête !

— Mes fringues.

— Quoi, tes fringues ?

— Merde, merde, gémit Aimé en se passant une main dans les cheveux.

— Quoi, « merde, merde » ?

— Ma veste, mon froc, j'ai tout laissé à l'hôtel. Mes papiers de réforme sont restés dedans.

— Merde.

Après un débarbouillage sommaire et un plat de lentilles aux couennes au Bon Endroit, Aimé traîna ses guêtres dans le quartier.

La Butte-aux-Cailles, ancien village de la zone peuplé d'ouvriers, de chiffonniers, de ferrailleurs, de tanneurs et de brocanteurs, avait de plus en plus l'aspect d'un quartier parisien à part entière. Cinq ou six ans auparavant, la couverture de la Bièvre, qui n'était plus qu'un filet d'eaux nauséabondes à ciel ouvert bordé de latrines et de tanneries, et la fin de la construction de l'église Sainte-Anne de la Maison-Blanche avaient transformé le cadre de vie des résidents.

C'était là que Gaspard avait grandi, issu d'une famille de tanneurs originaire de Nemours qui s'y était installée peu après la Commune. Gaspard connaissait les moindres recoins de la Butte, souterrains compris, et avait vu disparaître ses derniers moulins. Il suffisait de s'y promener avec lui pour constater qu'il y était respecté, non seulement parce qu'il régalait tout le monde au bistrot dès qu'il avait deux sous en poche, mais aussi parce qu'il avait connu un monde révolu pour lequel on commençait à concevoir de la nostalgie.

Aimé se surprit à être détendu. Depuis la mort de son oncle, c'étaient ses premiers moments de répit. Pas de funérailles à organiser, pas de démon à combattre, pas de sorcier à traquer. Les péripéties de la veille lui semblaient déjà loin. Tout en déambulant, il esquissa même un sourire en repensant à l'arrivée de Crowley sur la terrasse du Meurice ou à sa fuite rocambolesque du grand hôtel, comme si tout cela n'avait été qu'un rêve à la fois abracadabrant et particulièrement réaliste, au final pyrotechnique. Il éprouvait une sorte de fierté pour ce qu'il avait accompli. Avec l'aide de sa bonne étoile – et de son grand ami – il avait atteint son objectif : détruire le tableau et sauver sa peau. En faisant sa toilette, il n'avait pas remarqué de changement notable en examinant son corps, mais il se sentait bien – mieux, en tout cas. Son eczéma de pierre une fois disparu, il pourrait enfin oublier toutes ces histoires de portraits maudits, de capes magiques et de créatures d'un autre monde jusqu'au moment de les dépoussiérer, un soir de Noël des années 1950, pour épater ses petits-enfants – et peut-être leur montrerait-il aussi l'amulette de protection qu'il gardait autour du cou.

Cependant, il n'était pas question de baisser la garde. Pour ce qu'il en savait, Crowley et Parks étaient encore dans la nature et il y avait gros à parier qu'ils ne lâcheraient pas le morceau si facilement. Par ailleurs, l'oubli idiot de son pantalon et de ses documents de réforme au Meurice lui imposait la plus grande prudence. Il ne faudrait pas longtemps à la police, sans doute sollicitée par le gérant du Meurice, pour comprendre qu'il s'était fait engager sous un faux nom. Les papiers conduiraient les cognes tout droit à son domicile.

Mais de quoi pouvait-on vraiment l'accuser ? Tout au plus d'avoir semé la pagaille dans un grand hôtel parisien. Il n'y avait pas eu mort d'homme. Cela pouvait néanmoins aller chercher beaucoup plus loin si les participants de la réunion secrète qu'il avait interrompue s'en mêlaient. Par les temps qui couraient, il ne leur aurait pas fallu grand-chose pour l'accuser d'espionnage et l'envoyer à Biribi.

Ne valait-il pas mieux s'absenter de la capitale pendant quelques semaines, voire quelques mois, le temps que l'affaire se tasse ? Au cours de l'après-midi, cette idée fit son bout de chemin. Il avait suffisamment d'argent pour s'enterrer quelque part en province – ou, pourquoi pas, en Espagne. Picasso pouvait lui fournir des adresses. Il n'aurait qu'à passer chez lui en catimini pour faire sa valise et dire au revoir à quelques amis. À Mérie, aussi, songea-t-il avec un pincement au cœur.

Renonçant à pousser ses déambulations jusqu'au quartier du Montparnasse pourtant tout proche, Aimé arriva au Bon Endroit sur le coup de cinq heures et demie, bien en avance sur son rendez-vous, et, tout en buvant un vin blanc aigre et chaud qu'il allongeait avec de l'eau, se plongea dans un numéro de *L'Auto* daté de 1913 qui devait traîner là depuis sa parution.

Contre toute attente Gaspard fut ponctuel. De bonne humeur, il revenait du Boit-Sans-Soif où les gendarmes ne s'étaient plus montrés – rien à signaler de ce côté-là, donc. Seule nouvelle importante, Léon Joues-de-Feu et Pierrot la

Combine, ses fournisseurs d'opium, avaient été arrêtés. Même s'il ne s'était jamais vraiment lié avec ces deux-là, des proxénètes et des racketteurs notoires – activités pour lesquelles Gaspard avait toujours eu un certain mépris –, ils lui avaient rendu plus d'un service. Autrement, leur camelote de la porte Saint-Denis était intacte, prête à être écoulée. Dans quelque temps, Aimé pourrait prendre la place de Raymond – si le cœur lui en disait, bien entendu.

Ce soir-là, ils dînèrent au café tout en continuant à boire la piquette du patron, puis enchaînèrent sur une partie de fléchettes avec quelques habitués. Après avoir longtemps hésité, Aimé décida de ne pas révéler son envie de quitter la capitale, ni celle, mûrie pendant l'après-midi, de partir dès le lendemain à la recherche d'un autre lieu où dormir en attendant de mettre ce projet à exécution. L'idée de passer une nouvelle nuit dans le gourbi de Gaspard le dégoûtait un peu, mais il tenait à honorer l'hospitalité de son ami, dont les attentions paternelles le touchaient autant qu'elles l'embarrassaient. Gaspard, dont l'apparente rudesse cuirassait un cœur d'or, était à présent son unique famille. Il s'en serait voulu de le froisser.

Aussi regagnèrent-ils ensemble ses pénates infects quand le Bon Endroit ferma ses portes, sur le coup de dix heures. Après avoir fumé un peu de haschisch sur le toit de l'immeuble, où ils demeurèrent cois à contempler la capitale sous le ciel étoilé, ils allèrent se coucher en riant d'une plaisanterie dont ils ne se souvenaient plus, ce qui les fit rire de plus belle.

En se déshabillant à la lueur d'une lampe, Aimé remarqua deux petites taches sur le dessus de son pied gauche. Deux plaques grises et rugueuses qu'il n'avait pas observées le matin. Son cœur s'arrêta – deux, trois secondes – puis repartit au grand galop, battant à tout rompre.

Il essaya de les éliminer en les frottant avec un doigt trempé de salive, puis avec un chiffon imbibé d'eau, mais rien n'y fit. Il se dénuda pour scruter les parties de son corps qu'il lui était possible d'examiner sans l'aide d'un miroir, mais c'est au toucher qu'il découvrit d'autres plaques rugueuses sur ses omoplates, comme si des grains de beauté avaient enflé et durci. Ces plaques étaient-elles vraiment apparues dans la journée ou était-il frappé d'une crise de paranoïa due au haschisch ? Était-il possible que la malédiction ne fût pas encore conjurée ? N'avait-il pas fait tout ce qu'il fallait pour mettre fin au cauchemar ?

Se convainquant qu'il valait mieux attendre le matin pour effectuer un nouvel examen à tête reposée, il s'obligea à se coucher, éteignit la lampe, ferma les yeux. Mais toute tentative pour apaiser son angoisse – avec la complicité des rongeurs et des ronflements de Gaspard dans la pièce voisine – ne faisait qu'attiser son malaise. Il se tournait et se retournait sur son matelas imbibé de sueur, tel un torchon de chair essoré par des mains de géant. Plusieurs fois il ralluma la lampe pour observer les taches sur son cou-de-pied et se palper le dos, avec l'espoir à chaque fois déçu que les taches fussent déjà en train de se résorber ou qu'elles eussent tout à fait disparu. Pour faire cesser ce tourment, il s'efforça même de nier l'évidence : non, ces croûtes pierreuses étaient là depuis la matinée, simplement il ne les avait pas vues, ou les avait négligées – son cerveau avait été soumis à plus d'une dure épreuve ces derniers temps, n'était-il pas normal qu'il lui jouât encore quelques tours ? Il se pouvait aussi que les symptômes de la malédiction continuassent de se développer pendant un temps avant de s'estomper et de disparaître – n'est-ce pas ? Mais qu'allait-il faire si la destruction du tableau, qu'il avait jusqu'alors envisagée comme sa seule planche de salut, n'avait servi à rien ?

Au point du jour, rouvrant les yeux après un quart d'heure de sommeil comateux, il vit qu'une nouvelle tache grise à peine plus grosse qu'une tête d'épingle était apparue sur son pied près des deux premières. Plus aucun doute possible. Son cœur se serra et ses angoisses de la nuit se distillèrent en quelques larmes silencieuses. Anéanti, il s'habilla, trouva un bout de crayon rouge pour écrire une note à Gaspard sur un vieux journal qu'il laissa sous son paquet de cigarettes – « Je pars pour un bout de temps, je te contacterai » –, puis sortit.

Contrevenant aux précautions qu'il s'était promis d'observer, il passa chez lui pour fourrer dans un sac de marin quelques vêtements – sales, car il n'avait plus de linge propre –, tout l'argent qu'il lui restait ainsi que le calepin et la clé que son oncle lui avait légués. Une fois redescendu de sa piaule, il enfourcha son vélo avec la ferme intention de quitter Paris et de pousser vers le sud autant qu'il le pourrait.

En traversant la ville, sur le coup de huit heures, il salua mentalement les bâtiments, les avenues, les statues, les arbres et les coins de rue familiers qui déjà avaient la texture impalpable et numineuse des souvenirs. Il traversa le Pont-Neuf les yeux embués de larmes, songeant qu'il ne verrait jamais plus couler la Seine.

Accablé de tristesse, Aimé prit la direction du carrefour du Montparnasse, qu'il voulut saluer comme un soldat embrasse une mère avant de partir pour le front. Il descendait le boulevard Raspail, le cœur prêt d'éclater, quand son vélo dérailla, à l'angle de la rue Campagne-Première.

Constatant que la chaîne n'avait pas seulement sauté mais s'était brisée en sortant des pignons, Aimé explosa au milieu de la circulation, braillant à pleins poumons tout son répertoire de jurons, qui était vaste, et pilonnant sa bicyclette de coups de pied sous le regard amusé de badauds, parmi lesquels s'était glissé un chien à poil fauve qui observait la scène la langue pendante.

Au milieu de ce drame, quelqu'un le saisit par l'épaule. C'était Modi. L'Italien sortait de chez Rosalie où il venait de prendre son petit déjeuner.

— Aimé, c'est toi petit frère ? *Per la miseria*, qu'est-ce qui se passe ? Qu'est-ce qui est arrivé à tes cheveux ?

Une sorte d'apathie s'abattit soudain sur Aimé, comme si le passage soudain de l'émoi à la rage, puis l'apparition incongrue du peintre avaient fini de court-circuiter ses facultés.

Modi l'entraîna hors de la chaussée puis, l'invitant à passer un moment chez lui – car il n'avait « vraiment pas l'air dans son assiette » –, poussa son vélo d'une main et, de l'autre, guida son jeune ami comme un vieillard impotent.

En buvant la tasse de chicorée corsée au calva que lui servit Jeanne, Aimé bredouilla que ses cheveux blancs étaient dus à la fatigue nerveuse qui s'était abattue sur lui après l'enterrement de son oncle. Il fit part à ses amis de son projet d'exil à la suite de la perte de ses papiers de réforme dans des circonstances qui désormais rendaient son domicile peu sûr. Il n'eut pas besoin d'en ajouter plus pour que Modi lui dise les mots qu'il avait besoin d'entendre.

— Qu'est-ce que tu vas foutre en province ? Tu n'as tué personne, pas vrai ? Alors ça finira par se tasser. En attendant, je connais un endroit où tu pourrais crécher. À la Ruche. Les condés n'iront pas t'y chercher et là-bas personne ne te posera de questions. C'est un vrai repaire d'anars.

Aimé avait souvent entendu parler du bâtiment octogonal de trois étages et aux grandes verrières surnommé la « Ruche », sorte de foyer pour artistes sans le sou provenant des quatre coins de l'Europe, où Modi avait lui-même séjourné un temps. Situé au fond du passage Dantzig, son toit zingué incurvé et surmonté d'une tourelle lui donnait vaguement l'apparence d'une grande pagode.

Le surnom dont on avait affublé l'endroit renvoyait aux dizaines de pièces qu'il abritait – ateliers ou chambres, souvent les deux à la fois. Lorsque Aimé franchit le portail de l'entrée, il découvrit un jardin bouillonnant de vie où peintres et sculpteurs travaillaient en plein air dans un grand brouhaha. On y parlait russe, espagnol, italien et un mauvais français. Modi y ayant encore de nombreux amis, on n'eut pas de difficulté à trouver un coin où installer le nouveau venu : un réduit mal éclairé jouxtant l'atelier de Soutine – un peintre russe dont Modi parlait souvent, à peu près du même âge qu'Aimé –, que l'on débarrassa pour y installer un matelas.

Le bâtiment était sale et délabré, on y crevait de chaleur et, comme chez Gaspard, les rongeurs et la vermine étaient au rendez-vous, mais Aimé, qui avait désormais renoncé à son projet de quitter la capitale, dut reconnaître qu'il constituait une planque idéale. Cependant, avec quel horizon ? Allait-il attendre de se statufier au beau milieu des artistes et de la bohème parisienne ?

Les journées qui suivirent s'écoulèrent comme dans un mauvais rêve, remuées par des courants d'angoisse épaisse et de rage sourde, hantées par le spectre de sa mort prochaine. Néanmoins, ayant à sa disposition tout le temps nécessaire pour réfléchir, Aimé s'efforçait sans relâche de remettre de l'ordre dans les événements des dernières semaines. C'est ainsi, lors d'une nuit d'insomnie à la Ruche, tandis que les dernières rumeurs d'une fête ayant lieu dans le jardin lui parvenaient par la petite fenêtre de sa pièce, qu'une pensée le frappa.

La destruction du tableau aurait dû stopper la pétrification. Or rien de tel ne s'était produit. Par conséquent, soit les présupposés de départ étaient faux – la destruction du portrait original ne pouvait le sortir d'affaire –, soit la toile qu'il avait jetée au feu dans la cuisine du Meurice n'était pas l'originale.

Cette seconde hypothèse germa rapidement dans son esprit. Comment n'y avait-il pas pensé plus tôt ? Comme le prouvait l'esquisse qu'il avait reconstituée, l'oncle Géo, qui se vantait d'être le plus grand faussaire de tous les temps, avait essayé de copier le tableau. Et peut-être y était-il parvenu, laissant sa contrefaçon circuler à la place de l'original. Crowley, qui avait eu le tableau entre les mains, s'en était probablement rendu compte. Autrement, comment expliquer ses tentatives pour vendre la toile – ou du moins les terribles pouvoirs qu'elle recelait – au commandement de l'armée française ? N'avait-il pas besoin du tableau pour participer à ce fameux congrès de sorciers ?

Même s'il ne pouvait vérifier l'ensemble de ses hypothèses, son intuition tenait la route. Le fait qu'elle éclairât toute une série de faits sous un jour nouveau semblait confirmer sa validité, si bien qu'il s'y accrocha.

Se sachant condamné, Géo Grandin lui avait transmis, par l'intermédiaire de Modi, les éléments indispensables pour élucider le mystère de sa mort. Mais n'aurait-il pas pu y joindre un mode d'emploi ? Redoutait-il que son legs ne tombe entre de mauvaises mains – celles de ses ennemis, sorciers ou autres, ou de la police –, d'où la forme de rébus ou de charade donnée à son message ? Une chose était sûre : c'était la seule piste plausible qu'Aimé pût encore suivre.

Dès le lendemain et les jours suivants, Aimé se remit en peine de percer à jour le code, le message ou des indices que le calepin devait à tout prix contenir. L'atmosphère de sa chambre étant aussi étouffante que fétide, et le jardin de la Ruche trop fréquenté, il sortait tôt le matin et dirigeait ses pas vers des lieux qui lui garantissaient le calme et l'anonymat tout en le mettant raisonnablement à l'abri d'une rencontre avec la police, préférant les rades situés le long de la Petite Ceinture aux cafés de Montparnasse, pleins d'uniformes et où il était sûr de croiser Modi ou d'autres connaissances.

S'il évitait les parcs, il allait se promener sous les tilleuls et les frênes du cimetière de Montparnasse et profitait parfois de la fraîcheur des églises aux heures les plus chaudes de la journée, comme Saint-Pierre-de-Montrouge ou Notre-Dame-de-Plaisance, où sa mine déprimée ne détonnait pas.

Selon l'endroit, il s'asseyait à une table, sur un banc ou sur une tombe et parcourait le calepin, lançant ses méninges à l'assaut des théories de titres, noms, dates et chiffres qui remplissaient les petites pages jaunies pour voir si un détail, même infime, ne lui avait pas échappé, se concentrant comme s'il eût voulu les apprendre par cœur. Rien n'y faisait. Autant chercher un message secret dans le dictionnaire.

En trois jours d'intenses cogitations, le seul élément qui lui parut avoir une certaine importance était constitué par trois noms qui revenaient régulièrement à côté des titres des œuvres : Taylor, Lamb et Orcho. Aimé comprit vite que « G. Lamb » désignait le défunt Gustave Lambert, qui ne pouvait plus répondre à aucune question. Taylor, associé à la « Nat. Gal. », qui ne pouvait être que la « National Gallery » de Londres, devait être anglais et par conséquent impossible à retrouver. Mais qui pouvait bien être Orcho ?

C'est ce qu'il demanda incidemment à Modi qui un soir l'invita à dîner chez Rosalie avec Max Jacob pour fêter la vente de plusieurs de ses toiles.

— Orcho ? Non, jamais entendu parler. C'est quoi ce nom, Orcho ? C'est français ?

— Je n'en sais rien. C'est un nom de famille, probablement.

— C'est un peintre ?

— Va savoir.

— Pourquoi tu le cherches ? Il devait de l'argent à Géo ?

— Non. Enfin, peut-être. J'ai quelques questions à lui poser sur les dernières activités de mon oncle.

Se disant qu'il n'avait rien à craindre de ses amis, et surtout rien à perdre en général, Aimé prit son courage à deux mains et sortit de sa poche un mouchoir qu'il déplia pour laisser apparaître la clé que contenait le colis de Géo.

— Je voudrais aussi savoir s'il peut m'en dire plus au sujet de ça.

Le silence se fit autour de la table. Modi fronça les sourcils et Max, qui jusque-là avait fait preuve d'une grande décontraction – ce qui n'allait jamais de soi avec le personnage –, se raidit soudainement.

— Qu'est-ce que c'est ? demanda Modi.

— Une clé, tu le vois bien. La question est : pour ouvrir quoi ?

Modi approcha prudemment la main du petit objet, comme s'il avait peur de le briser ou de se brûler. Il en caressa la surface de métal et de verre qui reflétait les flammes des chandelles posées sur la table.

— Tu es sûr qu'elle sert à ouvrir quelque chose ?

— Une porte, un coffre, un meuble... Qu'est-ce qu'on peut ouvrir d'autre avec une clé ?

— Ce que je veux dire, c'est qu'on dirait un objet décoratif. Un genre de sculpture. Pas vrai, Max ?

Jacob hocha la tête. Pendant que Modi continuait de faire glisser le bout de ses doigts sur la clé, Aimé réfléchit un moment à la possibilité qu'il venait d'évoquer, à laquelle il n'avait pas songé.

— Dis-moi, reprit Modi, tu l'as trouvée dans la boîte que Géo t'a laissée ?

À ce moment, Kiesling et Zarate entrèrent dans le restaurant. Modi bondit pour les inviter à boire un verre, Aimé rempocha la clé et la question fut vite oubliée, noyée sous de nouvelles bouteilles de côtes-du-rhône.

Le lendemain, Aimé reprit ses errances dans les quartiers du sud-ouest de Paris, évitant les places et privilégiant les rues peu fréquentées pour se rendre du cimetière au café et du café à l'église. Il avait beau s'y employer avec toute la volonté qui lui restait, son esprit trop souvent tenu en échec se détournait du calepin qu'il avait examiné et retourné jusqu'à la nausée, refusant de se briser les dents à nouveau sur un problème sans solution. Quant à la clé, il fut plusieurs fois tenté d'aller la jeter dans la Seine.

Cependant, sa maladie progressait. Chaque matin il découvrait sur sa peau de nouvelles taches tandis que celles qu'il avait déjà répertoriées continuaient de grossir. Certaines douleurs abdominales localisées et un point dans le dos lui faisaient craindre que ses organes internes fussent touchés. Les crises d'angoisse aiguës le reprirent, alternant avec de longues plages d'apathie.

Un matin, dans un ultime sursaut d'espoir, il enfreignit les règles de prudence qu'il s'était fixées et se rendit au Louvre pour examiner certaines des œuvres citées dans le calepin : des gravures de Rembrandt, une série d'études de Delacroix, un tableau de Pontormo et un retable de Fra Angelico qu'il se souvenait avoir vu avec son oncle lors de leur dernière visite au musée, environ dix ans auparavant. Était-il possible que Géo Grandin en fût l'auteur véritable ? Comment savoir ? Et en quoi cela aurait pu lui être utile ?

C'est ce qu'il se demanda au milieu de la salle du Quattrocento, face au retable, bouillant de ne pouvoir sur-le-champ transformer cette vieille croûte en cure-dents. Soudain pris d'une migraine insupportable, de sueurs froides et d'épreintes irrésistibles, il dut aller se soulager aux toilettes du musée. Ce fut à cette occasion, pour la première fois, qu'il vit de petites pépites grises mêlées à ses selles.

Cette découverte lui fit l'effet d'un coup de poignard. Sonné, il se traîna hors du Louvre sur ses jambes flageolantes, s'aidant des murs, des garde-fous et de tous les points d'appui que le noble édifice pouvait offrir pour ne pas s'écrouler, et prit un taxi pour regagner le quartier du Montparnasse où il se fit déposer à l'entrée du cimetière.

Là, il se traîna vers une zone peu fréquentée, chancelant tel un mort regagnant sa tombe, et s'étendit de tout son long sur un banc ombragé, le visage enfoui dans ses mains. Il pleura longtemps, maudissant Parks, Mérie, son oncle, Paris et toute son existence. Pour la première fois, l'idée de suicide se fit jour dans son esprit. Comment s'y prendre ? En s'ouvrant les veines ? En se faisant brûler la cervelle ? En se jetant sous un métro ? En se pendant ? Ou par une action plus spectaculaire, telle que s'élancer du haut d'un clocher ? Ou en sautant dans la Seine ? Pour sûr, il devrait couler comme un caillou ! Il se leva et se dirigea vers la sortie, ivre de désespoir, décidé à en finir d'une façon ou d'une autre.

C'est alors que son regard fut accroché par la statue d'un ange veillant sur une tombe d'enfant. C'était un *putto* comme il en avait vu en peinture le matin même au musée, un petit ange dodu assis sur la stèle. Ses deux ailes menues étaient déployées non pas comme s'il voulait prendre son envol, mais comme s'il venait de se poser là. Il tenait un index pressé sur ses lèvres, son visage et ses membres de pierre rongés et noircis par des décennies d'intempéries.

Cet ange de pierre, c'était lui ! Ouvrant les bras, il se précipita vers la statue pour l'embrasser, mais trébucha, tomba de tout son long dans une fosse voisine fraîchement creusée et perdit connaissance en heurtant le fond.

Deux fossoyeurs rigolards le ranimèrent et le hissèrent hors du trou peu avant la fermeture du cimetière.

— Allez, du vent, la cloche ! lui lança l'un d'eux, qui était borgne, en lui donnant une tape dans le dos. Et qu'on te gaule plus à essayer de resquiller ! Tu veux qu'on t'enterre ? Tu fais la queue, comme tout le monde !

Aimé, hébété et tout endolori, se traîna jusqu'à un proche café où il commanda un grand verre d'orgeat. En voyant son aspect, le serveur le fit payer d'avance. Les coudes plantés sur sa table, la tête entre les mains, il essaya de se rappeler comment il était arrivé au cimetière. Il se souvenait bien être sorti du Louvre, en proie à des crampes intestinales et des maux de tête carabinés, après quoi, jusqu'à ce que les deux employés remarquent sa présence et le fassent revenir à lui, c'était le vide, le trou noir.

Si cette période d'inconscience avait apaisé son angoisse et ses douleurs, sa confusion était telle qu'il n'en conçut aucun soulagement. Il en prit note, sans plus, comme si tout cela était arrivé à un autre. Il ne parvenait même pas à se souvenir avec précision ce qui avait causé ce mal-être en premier lieu. Le calepin, certes. Sa mort prochaine, bien. Et après ? Ce qu'il savait depuis plusieurs jours, il venait de le comprendre : il n'y avait plus rien à faire, tout était fini. Il ôta un peu de terre de son oreille, touilla son orgeat et en but une gorgée.

Son regard tomba alors sur un journal qu'un client avait abandonné sur la table voisine. Un titre lui sauta aux eux : « Dîner de bienfaisance chez le comte Orcholevski. »

Il s'empara du quotidien et se mit à lire le court article d'une demi-colonne encensant le dîner « sobre et élégant, comme l'exigent les temps sombres que nous traversons » que le comte Orcholevski, « grand collectionneur d'art », avait donné deux jours plus tôt dans son hôtel particulier de la rue de Seine. Le dîner, auquel étaient présents plusieurs artistes et critiques de renom, ainsi que des hôtes nobles et fortunés, avait été précédé par une vente aux enchères de certaines pièces de la collection du comte dont les bénéfices étaient destinés à des associations caritatives s'occupant des mutilés de guerre. Au terme du dîner, Adrien Mithouard, président du conseil municipal de Paris, avait publiquement salué la générosité et le patriotisme de son hôte au nom de la capitale et de la nation tout entière.

Aimé, incrédule, relut plusieurs fois l'entrefilet. ORCHOLEVSKI ? Qu'il fût ou non son homme, ce comte patriote allait bientôt avoir de ses nouvelles.

10.

De retour à la Ruche, Aimé se procura de quoi écrire et rédigea un mot à l'adresse du comte Orcholevski. Sa première idée avait été de se rendre au domicile du noble, mais à la réflexion la situation lui parut plus délicate qu'elle ne le semblait au premier abord. Eu égard à la nature illicite des relations d'affaires qu'Orcholevski entretenait avec son oncle – en admettant qu'il fût réellement le « Orcho » du calepin, mais Aimé n'avait guère de doute à ce sujet –, l'apparition de l'héritier du faussaire n'aurait pas manqué d'éveiller les soupçons du comte, qui aurait adopté envers lui une attitude méfiante, voire hostile.

L'existence d'un document détaillant les opérations auxquelles Grandin et Orcho se livraient depuis plusieurs années représentait une menace sérieuse pour le collectionneur, qui sans doute ferait l'impossible pour récupérer le calepin. Or, Aimé n'avait que faire de ces trafics qu'il connaissait maintenant par le menu et n'avait pas l'intention de le faire chanter. Tout du moins dans un premier temps, car il serait peut-être obligé de lui tirer les vers du nez pour obtenir des renseignements utiles à la résolution de ses propres soucis.

Aussi jugea-t-il plus prudent d'y mettre les formes et d'aborder le personnage de la façon la moins suspecte possible. Dans le court billet qu'il écrivit, il se présenta comme le neveu de Géo Grandin, désireux de s'entretenir de certaines questions personnelles urgentes avec un vieil ami de feu son oncle. La date, le lieu et l'heure que le comte choisirait pour leur rendez-vous lui convenaient à l'avance, ainsi que le temps qu'il voudrait bien lui consacrer. Il joignit ses salutations distinguées, glissa la lettre pliée dans une enveloppe propre qu'il cacheta à la cire et sur laquelle il inscrivit la seule adresse qu'il connaissait : « Comte Orcholevski, rue de Seine, Paris ». Les facteurs parisiens ne se vantaient-ils pas d'être les meilleurs du monde ?

Contre toute attente, malgré les questions qui tenaillèrent Aimé dès qu'il eut posté son pli, et qui perturbèrent son sommeil – « Pourquoi me répondrait-il ? Et s'il le fait, ne suis-je pas en train de me fourrer dans un nouveau pétrin ? Une fois que je l'aurai en face de moi, que vais-je lui demander ? Me sera-t-il d'aucune aide pour retrouver le tableau ? » –, la réponse arriva dès le lendemain midi avec le courrier destiné aux locataires de la Ruche, écrite par le comte en personne sur du papier filigrané à l'effigie des armes de sa famille. Orcholevski l'attendrait le jour même à six heures au Rendez-Vous des Cochets, place Dauphine. Cette rencontre étant « ardemment désirée » de part et d'autre, il était inutile de confirmer.

Pour la première fois depuis des jours, Aimé eut un timide regain d'optimisme. Se pouvait-il que la « densité des événements » tournât enfin en sa faveur ? Quelles que soient l'issue et les conséquences de cette rencontre, elle ne pouvait pas aggraver sa situation. Le temps de manger un morceau, d'aller s'acheter un pantalon et une chemise, de brosser son veston et de faire cirer ses souliers, et il était déjà l'heure de se rendre à son rendez-vous, ce qu'il fit en taxi pour ne pas arriver en nage.

Pour être le plus discret possible, il se fit déposer sur le Pont-Neuf à la pointe ouest de l'île de la Cité. L'air était doux, la lumière chaleureuse, le ciel bleu taché de quelques nuages immaculés. En cette fin d'après-midi, la chaleur étouffante des dernières semaines avait accordé un répit aux Parisiens.

Il régnait une atmosphère provinciale sur la grande place triangulaire. Entre toutes les places de Paris, Aimé avait un faible pour celle-ci. Y pénétrer lui donnait toujours l'impression d'entrer dans un sanctuaire. Quelques vieilles personnes se prélassaient sur les bancs. Le terre-plein central, ombragé par les marronniers, servait d'aire de jeux à une bande d'enfants braillards que les bâtiments à l'entour, telles deux mains mises en coupe, semblaient vouloir préserver du cauchemar de l'histoire.

Il avisa le Rendez-Vous des Cochets, dont la terrasse semi-déserte était protégée du soleil par un auvent de toile verte. En s'approchant, il y repéra aussitôt un homme à la barbe et aux cheveux blancs, vêtu d'un complet en lin couleur noisette. Assis seul à une table, l'homme se leva en s'aidant d'une canne dès qu'Aimé, feignant de ne pas avoir deviné de qui il s'agissait – seules deux autres tables étaient occupées, par un couple d'amoureux et une lectrice plongée dans un épais volume –, ralentit le pas à sa hauteur et fit mine de fouiller du regard l'intérieur sombre du café.

— Aimé Grandin ?

Aimé serra la main que lui tendit le vieil homme sec, au nez aquilin et dont le bleu des yeux, extrêmement pâle, faisait écho à celui des veines qui affleuraient sous sa peau parcheminée.

— Monsieur le comte.

— Asseyons-nous.

Aimé s'était préparé à rencontrer un homme sévère, sur son quant-à-soi, mais Orcholevski était aussi souriant et affable qu'un prêtre accueillant de nouvelles ouailles dans sa paroisse. Le serveur arriva et Aimé ne put qu'acquiescer quand le comte commanda deux thés de Chine.

— J'espère que tu ne vois pas d'inconvénient à ce que je te tutoie. Nous nous connaissons, vois-tu – ou plutôt, je te connais. Tu étais très petit la dernière fois que je t'ai vu, trop petit pour t'en souvenir. Mais tu peux me tutoyer aussi, si tu le désires.

La voix du comte, bien qu'éraillée par l'âge, était aussi soyeuse que sa longue barbe et finement accordée au léger sourire qui flottait sur ses lèvres. Sous le charme, Aimé dut faire un effort pour se rappeler son objectif et la position délicate, potentiellement dangereuse dans laquelle il se trouvait.

— Je vous remercie d'avoir accepté de me rencontrer aussi vite, monsieur. J'imagine qu'une personnalité comme vous doit être très sollicitée.

— C'est juste, et mon temps s'amenuise dramatiquement, comme en témoignent mes poils blancs. C'est pourquoi je laisse à d'autres le soin de gérer mes affaires et la légion de gêneurs qui frappent à ma porte. Cela me permet de me consacrer aux deux seules choses qui me sont encore chères : la beauté, sous toutes ses formes, et mes proches, dont ton oncle faisait partie.

— Vous étiez des amis de longue date. Il est étonnant que nous ne nous soyons jamais revus pendant toutes ces années ou qu'il ne m'ait jamais parlé de vous.

— Géo et moi avions des rapports, disons, compliqués.

— Des rapports d'affaires, n'est-ce pas ? demanda Aimé, conscient qu'il mettait les pieds sur un terrain délicat.

— Oui. Tu n'ignores pas que ton oncle était un faussaire ? Je lui commandais des tableaux pour les écouler.

Cette franchise déstabilisa Aimé, dont l'expression n'eût pas été différente si le comte avait sorti de sa poche un insigne de police. Orcholevski repartit de son petit rire bienveillant. Le garçon apporta leur thé.

— Ne me dis pas que c'est pour cela que tu as voulu me voir. Je sais aussi que Géo gardait la trace de toutes nos transactions dans un carnet. Une garantie, disait-il, car il avait beaucoup moins confiance en moi que l'inverse. Mais ce carnet était un motif récurrent de plaisanterie entre nous.

— C'est une des choses qu'il a tenu à me transmettre avant de mourir.

— Et bien entendu tu ne sais pas quoi en faire. Bah, tu peux le conserver. Il n'a jamais représenté de réel danger pour notre petit jeu.

Voyant son interlocuteur de plus en plus décontenancé, le comte ajouta :

— Rassure-toi. Même si la police met la main dessus, je doute fort que cela ait des conséquences sérieuses. La police ne peut rien contre les chefs du chef de la police.

Aimé ne comprenait pas si l'aristocrate était sincère ou s'il s'agissait d'un bluff, d'une manœuvre habile pour sonder ses intentions. Même s'il n'avait que faire des grenouillages de haut vol dans lesquels Orcho et son oncle étaient impliqués, il marchait sur des œufs. Mais il ne devait pas laisser le comte mener la danse, aussi aimable ou direct fût-il.

— Maintenant que mon oncle et Lambert sont morts, je suppose que ce calepin vous revient. À quoi pourrait-il bien me servir ?

— Ah, Lambert, dit le comte, qui leva un sourcil, en percevant la touche d'ironie dans la question d'Aimé. Je vois que tu es bien informé. C'était le seul de nous trois qui prenait les choses vraiment au sérieux. Il ne pensait qu'à une chose, devenir le Grand Maître de sa loge. Il aurait été prêt à tout pour y parvenir. C'était lui qui par ses contacts avec les experts du Louvre nous fournissait les certificats d'authenticité pour les faux que peignait Géo. Pour ton oncle et moi, la chose était devenue un jeu. Nous choisissions des œuvres que nous remplacions par des contrefaçons dans les musées. Ou bien nous compulsions les livres d'histoire de l'art pour y repérer des œuvres perdues ou oubliées que Géo peignait, et c'était moi, ensuite, qui me chargeais de les insérer dans le circuit officiel. Une combine des plus lucratives ! Mais je t'assure que notre plaisir ne dérivait pas tant de l'argent que du mauvais tour joué aux nantis auxquels nous le prenions. Cela peut te sembler étrange, venant de la part d'un représentant de la même gent, mais c'est ainsi.

— Mon oncle avait constamment besoin d'argent. Il n'aurait pas agi sans argent à la clé. Et les seules choses qu'il m'ait léguées, avec son calepin, ce sont toutes ses dettes.

— Géo était un gouffre sans fond, mais il était animé par des idéaux nobles. Après nous être payés, la majeure partie des bénéfices des ventes était dévolue à des fondations ou des associations caritatives. En bref, nous volions les riches pour donner aux pauvres – sans toutefois perdre de vue qu'il est infiniment plus agréable de vivre dans le luxe que dans la misère. Et puis, pour Géo, chaque nouvelle œuvre était un défi. Il avait abandonné depuis longtemps l'idée de faire carrière avec sa propre peinture. Les quelques critiques que suscitèrent les premiers tableaux signés de son nom – c'était il y a près de trente ans – parlaient plus de son manque d'imagination que de sa technique époustouflante, car il reprenait de façon flagrante les thèmes de ses collègues plus en vogue. Cela lui causa une immense amertume, une blessure qui ne se referma jamais. Sa grande revanche fut de tromper jusqu'au bout les artistes et les critiques qui voulaient le faire croupir dans une oubliette, en portant un coup fatal à la vanité des premiers et à la prétendue expertise des seconds.

— Pour que sa revanche aboutisse, il faudrait qu'à un moment ou à un autre les artistes et les critiques apprennent qu'ils ont été roulés.

— Les faussaires sont d'étranges oiseaux. La vengeance est un plat qu'ils préfèrent déguster non seulement froid, mais seuls et en secret. Ils tirent de leur anonymat une gloire glaciale et obscure. Géo – ton oncle, mon ami – s'était juré de devenir le Michel-Ange de la contrefaçon, et ma foi il y est parvenu. Ses œuvres sont tout bonnement parfaites. Il travaillait avec une rapidité sidérante, dans un isolement total, et ne reculait devant aucun défi. Cela avait un prix, car chaque nouveau tableau semblait exiger de lui un lourd tribut de santé. J'avais parfois l'impression qu'il vieillissait d'un jour sur l'autre.

Il était difficile de douter de la sincérité d'Orcholevski, dont les yeux brillaient d'une lueur vague et embuée. Parler de son vieil ami émouvait autant le vieil homme qu'Aimé de l'écouter. La question du calepin étant passée au second plan, Aimé profita de ce que le comte évoquât le travail de Géo Grandin pour orienter la discussion vers les problèmes qui le concernaient de plus près.

— Savez-vous où il travaillait ? Il n'entrait dans son atelier d'Alésia que pour peindre ses natures mortes, qu'il n'essayait même plus de vendre – ni de terminer, d'ailleurs.

Orcholevski tiqua et, pendant un moment, scruta le visage d'Aimé comme s'il avait voulu y lire sa réponse.

— Le dernier tableau que mon oncle a copié doit se trouver dans cet atelier secret, reprit Aimé en sentant tout le poids du silence du comte. Il faut que je récupère cette toile.

— Oui, il avait un atelier secret. Il l'appelait son « atelier hermétique ». Mais il n'a jamais révélé où il se trouvait – ni à moi, ni à personne, je crois.

— N'y a-t-il pas moyen de le trouver ?

— Je l'ignore. Pour être tout à fait franc, c'est une des choses dont je voulais te parler. Car il arrivait à Grandin de réaliser deux copies d'une œuvre pour conserver l'original, trompant tout le monde – moi y compris ! Cet endroit doit contenir un véritable trésor. J'espérais que tu en saches plus.

— Un seul tableau m'intéresse. Si nous trouvons cet endroit, vous pouvez garder tout ce qu'il contient. Mais cette toile, je dois absolument mettre la main dessus. C'est une question de vie ou de mort.

Le comte tourna la tête en direction des enfants qui jouaient sur la place et ferma les yeux un moment, comme pour s'imprégner de leurs cris et de leurs rires. Aimé, dans l'expectative, observait le visage pâle du vieil homme qui prit soudain l'apparence d'un masque mortuaire.

— Non, je ne sais pas où se trouve cet atelier, répondit enfin Orcholevski dans un soupir, mais je peux t'en dire plus à son sujet. C'est une histoire un peu longue qui m'amènera à remuer des souvenirs pénibles que ton oncle et moi avions décidé de ne plus évoquer. Mais ils te concernent aussi. Il y a certaines choses que tu ne peux ignorer plus longtemps.

Le comte commença son récit d'une voix posée, comme qui s'apprête à parler longuement. Stanislas Orcholevski et Géo Grandin s'étaient rencontrés à Paris au siècle dernier. Riche héritier d'une famille d'aristocrates polonais, Orcho – comme le surnommaient ses amis intimes – vivait déjà en France depuis plus de vingt-cinq ans. Envoyé par sa famille pour y suivre des études de médecine, qu'il fit traîner le plus longtemps possible, il avait très vite décidé de s'installer définitivement dans la capitale, qui offrait beaucoup plus d'attraits que la vie de seigneur provincial à laquelle un retour en Pologne l'aurait destiné. À la mort de son père, qui n'eut pas le temps de s'opposer à ce choix, Stanislas céda à son frère cadet la gestion des domaines familiaux dont il ne se souciait plus qu'au moment du calcul de ses rentes.

Oubliant également tout de ses études, il s'adonna à la peinture et devint bientôt un personnage très en vue, prisé par les salons et les milieux de tous bords. Plus que ses modestes toiles dans le style de Gustave Moreau, dont il fut l'élève, son dandysme prononcé, ses titres de noblesse et sa culture aussi vaste que profonde l'auréolaient d'un certain prestige auprès de la bohème artistique parisienne. Inversement, sa fréquentation des artistes « maudits » et des bas-fonds de la ville, dont il aimait se vanter avec élégance, le nimbait d'une aura mystérieuse aux yeux de l'aristocratie mondaine. Sa réputation le précédait partout, toutes les portes lui étaient ouvertes.

Quand il fit la connaissance de Grandin, à l'occasion d'un spectacle à la Maison de l'Œuvre que Lugné-Poe venait de fonder – c'était en 1893 –, Géo, de vingt ans son cadet, nourrissait déjà pour lui une profonde admiration et se présenta avec toute la gaucherie d'un émule qui pour la première fois serre la main de son idole. Géo avait une personnalité pétillante et conservait encore une pointe d'accent bordelais qu'il luttait pour éliminer. Après le spectacle, la soirée se poursuivit dans un bar populeux derrière la place Pigalle, où les amateurs de lupanars se mêlaient au public sortant du Moulin-Rouge. Grandin était accompagné de quatre autres jeunes dandys, tous peintres ou poètes, qui s'agglutinèrent autour d'Orcholevski pour l'écouter parler des soirées chez Barbey d'Aurevilly, des excentricités de Villiers de L'Isle-Adam ou de son amitié de dix ans avec Wilde, qu'ils adulaient.

— Qui ? demanda Aimé, qui ne voyait pas où Orcho voulait en venir et ne connaissait pas une seule des personnes qu'il évoquait.

— Oscar Wilde, un écrivain irlandais. À l'époque, il venait d'afficher publiquement son homosexualité à Londres, ce qui lui avait valu la prison. Ton oncle et ses amis étaient de ce bord-là, ou feignaient de l'être pour se donner un genre. Peut-être furent-ils déçus en apprenant que ce n'était pas mon cas. Mais ces jeunes gens me plurent, surtout Géo et son ami Edgar – peintre, lui aussi – qui vivaient ensemble sous les toits, près du canal Saint-Martin.

C'est là que le comte se rendit la semaine suivante pour jeter un coup d'œil aux toiles des deux artistes qui auraient probablement fait une brillante carrière dans l'académisme s'ils ne s'étaient pas obstinés à singer les impressionnistes. Orcholevski fut étonné de constater qu'ils partageaient leur habitation avec une jeune femme, Babette, une beauté de vingt ans aux longs cheveux châtains, danseuse au Moulin-Rouge et modèle à l'occasion. La plus petite des deux pièces qu'ils habitaient faisait office de cuisine, de salle de séjour, d'entrée et de chambre et était pourvue d'un seul grand lit où ils dormaient tous les trois. L'autre servait d'atelier, mais une telle promiscuité les obligeait souvent à aller peindre dehors.

Orcholevski prit Géo sous son aile. Ils se voyaient régulièrement. Il l'aidait financièrement en achetant ses tableaux, lui présentait à l'occasion des personnalités du monde de l'art – artistes, collectionneurs ou critiques. Mais Grandin était déjà l'homme turbulent qu'Aimé avait connu : idéaliste, indépendant, provocateur, frondeur, n'hésitant pas à se servir des mots comme de poignards. Il n'était aucune mare dans laquelle il n'eût lancé un pavé, ce qui rebuta plus d'une personne qui aurait pu l'aider dans sa carrière. Un jour, il se mit entièrement nu au milieu d'un vernissage en hurlant que l'« art était un choc » et n'en fut quitte cette fois-là que pour deux semaines de prison, grâce à l'intervention du comte. Une autre fois, à un dîner, il déversa une pleine soupière de bouillabaisse fumante sur le bas-ventre d'un célèbre critique, dont la colère ne s'atténua qu'après avoir gagné un duel au premier sang. Malgré ce comportement autodestructeur, ou peut-être à cause de lui, Orcholevski continuait d'aider Géo. Plus qu'une amitié, une relation presque filiale, tissée d'affinités mystérieuses, était née entre le peintre rebelle et le comte, qui avait pour Géo les attentions d'un père et l'indulgence d'un ami.

— C'est quand il s'est laissé entraîner par Edgar dans ces histoires de magie que nos rapports se sont distendus, dit le comte après un silence lourd de réflexion. En particulier quand il a commencé à fréquenter le cercle de ce maudit Sokov.

Aimé frissonna. Tout ce que Parks lui avait raconté au sujet du tableau de Méduse lors de leur première rencontre lui revint à l'esprit en un éclair.

— Sokov ? N'était-ce pas un peintre ? demanda-t-il d'une voix hésitante.

Pour la première fois depuis le début de leur conversation, Orcho eut l'air réellement étonné. Sur la place, les enfants s'étaient mis à jouer avec un chien qui aboyait joyeusement.

— Il t'en a donc parlé ? C'était un peintre, oui, un peintre de génie, mais surtout un charlatan de haut vol qui prétendait détenir des pouvoirs médiumniques grâce auxquels il communiquait avec les morts, les démons, les entités de l'au-delà – que sais-je, ce genre de foutaises. Jadis comme aujourd'hui, les charlatans de son espèce pullulaient, mais je dois avouer que Sokov les surpassait tous. Sokov était un fou criminel dont la place était au bagne ou dans un asile d'aliénés.

Pendant l'été 1894, le comte fit un long voyage en Italie qui l'amena jusqu'en Sicile et perdit de vue son protégé durant quelques mois. À son retour, Géo semblait tout mettre en œuvre pour retarder leurs retrouvailles. Quand enfin ils déjeunèrent ensemble, Orcho le trouva fort amaigri et perturbé. Après quelques verres de vin, Géo admit qu'il n'avait rien réalisé de bon depuis la dernière fois qu'ils s'étaient vus et finit par évoquer ce peintre, ce « personnage extraordinaire » dans le cercle duquel Edgar l'avait introduit – une rencontre qui l'avait amené à remettre beaucoup de choses en question, à commencer par son art et les « fondements mêmes de l'existence et de l'univers ».

Le comte ne trahissant rien de sa réticence, Géo se sentit encouragé à fournir de plus amples détails. Une lueur fébrile dansait dans ses yeux lorsqu'il parlait – en chuchotant, comme si les murs et même les couverts avaient eu des oreilles – de ce Sokov, « grand initié » aux origines obscures qui vivait à Paris depuis vingt ans, après une vie de voyages et d'aventures. Ses disciples, une douzaine de personnes en tout, se réunissaient régulièrement pour l'écouter – dans un parc, un square ou une arrière-salle de café, ou bien, plus rarement, dans une sorte de grande cave située près de la rue de la Tombe-Issoire, où ils se livraient à des cérémonies au cours desquelles son auditoire pouvait avoir la preuve tangible du bien-fondé des doctrines étranges que professait Sokov. En ces occasions, après l'accomplissement de rites propitiatoires dont Géo ne révéla pas la nature, le peintre entrait en transe, conversait avec des esprits de l'au-delà et peignait des toiles dans l'obscurité la plus complète. Des peintures comme Géo n'en avait jamais vu, composées de folles constructions géométriques ayant le pouvoir inouï de tordre les perceptions du spectateur, de tourner ses yeux vers l'intérieur pour lui montrer les profondeurs de son âme, dans un mélange d'extase et d'effroi. Une expérience dont personne ne sortait indemne.

— Avez-vous eu l'occasion de voir ces toiles ? demanda Aimé, qui sentait les pièces d'un puzzle se mettre obscurément en place dans les coulisses de son cerveau.

— Non. Sokov détruisait ses œuvres une fois ces cérémonies terminées, dit le comte avec un petit rire amer. Mais je suppose que les drogues et les orgies auxquelles les disciples s'adonnaient dans leur cave jouaient pour beaucoup dans ces prétendues explorations de l'âme. Géo s'évertuait à essayer de reproduire les toiles qu'il voyait, multipliant des esquisses sans queue ni tête, produisant une sorte de mauvais cubisme avant l'heure.

— Ce qui, peut-être, explique sa piètre opinion des cubistes.

— Il était convaincu que Sokov, avec son art, avait réussi à percer les secrets de l'espace et du temps. Ses toiles étaient des fenêtres, ou mieux, de véritables portes vers d'autres dimensions de l'existence. Réussir à comprendre l'architecture, la géométrie sous-jacente de ces œuvres était devenu une obsession. Il était comme possédé. Après notre déjeuner à mon retour d'Italie, pendant tout le temps qu'a duré cette sombre histoire, nous ne nous sommes revus que deux ou trois fois. Il ne parlait plus que de ça. Et de l'atelier hermétique.

— C'était l'atelier de Sokov ?

— Oui, un endroit secret où seuls les disciples les plus proches du peintre étaient autorisés à entrer. C'est ce que me révéla ton oncle avant que nos rapports ne se refroidissent tout à fait. Sokov aurait légué la clé de l'atelier au disciple qui lui aurait succédé.

— Et mon oncle aurait été son successeur ?

— Je ne crois pas. D'après ce que je réussis à comprendre, Edgar était le favori de Sokov. Cela avait créé entre Edgar et Géo une rivalité qui empira quand Babette accoucha d'un enfant dont on ne connaissait pas le père.

— Rue de la Tombe-Issoire, dit Aimé en réfléchissant à haute voix. Le sous-sol du quartier est un vrai gruyère, idéal pour un endroit « secret ». Il est possible que cet atelier se trouve près de la cave où Sokov et ses disciples se réunissaient. Il ne vous a jamais rien dit à ce sujet ? Vous n'avez pas le moindre indice ?

— Non, hélas. Tout ce que je sais, c'est que cet atelier aurait jadis servi de laboratoire à un alchimiste. C'est mince, même pour commencer une recherche.

— Est-il possible qu'il ne vous ait rien dit ou même laissé entendre pendant toutes ces années ? Il ne peut pas avoir emporté un tel secret dans la tombe.

L'air grave, le comte baissa la tête et regarda le bout de sa canne plantée entre ses pieds, les deux mains posées sur son pommeau d'argent. Aimé posa les coudes sur la table et se prit la tête entre les mains. Orcho avait parlé pendant plus d'une heure, pour lui apprendre quoi ? Que son oncle l'adulait dans sa jeunesse, qu'il avait pour un temps appartenu à une sorte de secte et que cela avait mis à mal les relations avec son mentor. Tout cela l'avait captivé mais ne lui était d'aucune utilité. Certes, il avait eu confirmation de l'existence d'un atelier secret, mais en admettant que cet « atelier hermétique » abritât le tableau qu'il cherchait, comment le retrouver sans l'ombre d'un indice ? Qu'allait-il faire à présent ? Les espoirs qu'il avait mis dans cette entrevue étaient en train de s'évanouir. Ce fut Orcholevski qui rompit le silence.

— Mon garçon, j'ai autre chose à te dire.

— Je vous écoute, dit Aimé dans un soupir, soudain irrité par le ton familier du comte.

— Ton oncle et moi sommes restés une longue période sans nous voir. Au bout d'un an sans nouvelles de part et d'autre, c'est lui qui finit par frapper à ma porte. Ses rapports avec la secte de Sokov s'étaient terminés de la pire des façons. Le faux prophète et sa bande d'illuminés avaient été retrouvés morts dans leur repaire, carbonisés. Les journaux évoquèrent une secte d'« adorateurs de Satan » pratiquant la magie noire. Géo n'est jamais entré dans les détails et il me parut si fragile, si ébranlé par les événements que je me suis bien gardé de le questionner, ni alors, ni jamais par la suite.

— Les journaux indiquaient-ils l'endroit précis où cela s'était produit ? Il n'est pas impossible que l'atelier se trouve à proximité.

— Apparemment, seuls lui et Edgar en avaient réchappé, poursuivit le comte sans prêter attention à la question d'Aimé. Mais Edgar périt deux jours plus tard, chez eux, dans un incendie qui ravagea leur appartement avant de dévorer tout l'immeuble. Géo parla de combustion spontanée. Edgar était alité et fiévreux quand son corps – selon Babette, qui était seule avec lui au moment où cela se produisit – s'était embrasé spontanément, produisant des flammes impossibles à éteindre.

— Pourquoi me racontez-vous tout ça ?

— Géo était en état de choc, dans le dénuement le plus complet, et je ne pouvais pas lui refuser mon aide. En fait, ce drame affreux fut un nouveau départ pour notre amitié. Quant à Babette, la scène à laquelle elle avait assisté lui avait tout bonnement fait perdre la raison. Géo s'occupa d'elle pendant trois mois dans le nouvel appartement que j'avais loué pour eux, avant que son état ne s'aggrave et qu'il ne devienne nécessaire de l'interner dans un asile, où elle mourut en l'espace de quelques semaines.

Orcho marqua une pause qui parut éternelle. Aimé fut saisi par un pressentiment, surgi de l'arrière-cour de son esprit. Comme lorsqu'il avait surpris Crowley avec Mérie avenue Victor-Hugo, une forte impression de déjà-vu s'empara de lui. Les yeux bleus du vieil homme, cette place, cette lumière, ces aboiements et ces rires – il avait déjà vécu cette scène.

— Géo se retrouva donc seul, conclut le comte. Seul avec l'enfant de la pauvre Babette, qu'il décida d'élever.

11.

Après son petit numéro improvisé au Café de la Paix, Viktor passa cinq jours au supplice, écartelé entre la fierté d'être allé provoquer son rival à la table où il déjeunait avec la femme que tous deux convoitaient – faisant preuve d'inconscience plus que de courage – et le doute d'avoir gâché toutes ses chances de séduire Éléonore – ou Mérie, peu importait – en accomplissant ce coup d'éclat. N'avait-elle pas été elle-même éclaboussée du ridicule qu'il avait répandu sur Livingstone ?

Son passage rue de la Paix à cette heure précise ne devait rien au hasard. Viktor avait suivi Éléonore en catimini pendant toute la matinée, depuis le moment où, posté au Gavroche, il l'avait vue sortir de son immeuble et monter dans un fiacre, accompagnée de sa domestique. À bord de la voiture qu'il avait lui-même empruntée pour la suivre, il s'était efforcé d'imaginer une stratégie pour aborder la jeune femme, arrivant à la conclusion qu'il eût mieux valu feindre une rencontre fortuite, ponctuée d'un compliment ciselé qui l'eût aussitôt mis en valeur.

Comme toujours, les choses s'étaient déroulées autrement. Après plusieurs heures passées à faire le pied de grue ou à jouer à cache-cache sur les trottoirs des beaux quartiers, ce n'est que lorsque les deux femmes s'installèrent au Café de la Paix à la table de l'Anglais qu'il se décida à agir, éperonné par un sursaut de jalousie.

Il n'avait pas tardé à s'en mordre les doigts. Après son exhibition face au public de la terrasse, l'adrénaline étant retombée – il avait craint un moment que la dispute ne vire au pugilat –, il s'était vite rendu compte des risques qu'il avait pris et des conséquences imprévisibles de son petit coup d'éclat. Bien qu'apparemment amusée, Éléonore avait-elle apprécié qu'on se moque ainsi de son cavalier, en public et en sa présence ? Quant à Livingstone – auquel il ne pouvait naturellement pas dire qu'il lui avait volé son tableau –, l'aurait-il provoqué en duel ? Abasourdi, titubant presque, il s'était réfugié dans un bar de l'avenue de l'Opéra pour se remettre de ses émotions.

Installé au fond de l'établissement, Viktor s'était fait apporter de quoi écrire et avait aussitôt rédigé un billet à l'adresse de la jeune femme pour s'excuser de sa conduite et lui proposer en guise de réparation un déjeuner – pourquoi pas un dîner ?

Cinq jours s'écoulèrent sans aucune nouvelle ni de Livingstone ni d'Éléonore, dont il attendait la réponse comme un prisonnier sa sentence. Avait-il aggravé son cas en écrivant ce billet criant de maladresse ? Et comment était-il possible qu'une femme lui occupe l'esprit à ce point ? Son image l'obsédait, s'interposant comme un voile entre lui et les choses, l'empêchant de se concentrer sur quoi que ce soit sinon sur son visage, qui plongeait tous les autres dans un morne anonymat.

Viktor ne mangeait plus, ne dormait plus. Pour la première fois depuis de nombreuses années, ayant oublié de fourrer son costume de colombes qu'il devait changer en nuée de cotillons, il dut modifier un numéro sur scène, en cours d'exécution. Au grand étonnement du personnel de l'Hypnos, qui connaissait ses habitudes compassées, il passait ses soirées, et une bonne partie de ses nuits, assis à boire dans un coin sombre du club, ne levant la tête que quand une femme qu'il espérait être Éléonore en franchissait le seuil.

Pendant la journée, il s'enterrait dans les salles obscures. C'est ainsi qu'en quelques jours il revit toute la série des *Fantômas*, visionna des films de Gance, de Maurice Maître ou de Calmettes sans en garder aucun souvenir. Un après-midi, pendant *La Dame aux camélias*, il s'endormit et rêva d'un palais crépusculaire où, au terme de péripéties embrouillées et ayant échappé aux griffes d'un bourreau chinois – une sorte d'Azra aux yeux bridés –, il ouvrait un grand bal donné en l'honneur de ses noces avec Éléonore, qu'il faisait tournoyer au milieu d'une assemblée d'ombres au rythme d'une valse lente et infiniment triste, dont les accords le hantèrent longtemps après sa sortie du cinéma.

Mais un soir, à l'Hypnos, une enveloppe l'attendait sur la table de sa loge. Son souffle s'arrêta et son cœur refusa de battre tant qu'il n'eut pas fini de lire deux fois le court billet qu'elle contenait.

Éléonore refusait ses excuses, car pourquoi s'excuser après l'avoir gratifiée de sa présence et d'un spectacle aussi divertissant ? En revanche, elle lui demandait pardon d'avoir si tardivement répondu à un billet qu'elle avait fort apprécié. Enfin, elle serait enchantée de le revoir et lui demandait, si son emploi du temps le lui permettait, de passer la chercher chez elle, dimanche, à quinze heures – dans deux jours ! – pour passer ensemble un après-midi qu'elle lui laissait le soin d'organiser.

Le surlendemain, à l'heure dite, Viktor se présenta devant l'immeuble d'Éléonore à bord d'une luxueuse calèche attelée à la d'Aumont – quatre chevaux, un postillon montant l'un des chevaux de tête en guise de cocher – qu'il avait spécialement louée pour la journée. Ayant envoyé le postillon annoncer son arrivée, il descendit de voiture, ajusta le complet bleu ciel qu'il avait acheté la veille, inspecta ses chaussures et vérifia la tenue de ses boutons de manchettes. Il considéra ensuite une dernière fois la calèche rutilante, ornée de fleurs fraîches et de rubans blancs. En avait-il trop fait ?

Il remarqua avec fierté la curiosité que son attelage suscitait à la terrasse du Gavroche, où une dizaine de clients s'attardaient après le déjeuner, et ne put s'empêcher de penser aux longues heures qu'il avait lui-même passées assis dans ce même café, en proie à un tout autre état d'âme. Que de souffrances se serait-il épargnées s'il avait pu, par quelque pouvoir de voyance, avoir ne serait-ce qu'un aperçu du Viktor d'aujourd'hui ! Mais du haut du pinacle où l'avait projeté le billet de la Paradis, même ses affres d'alors lui semblaient délicieuses, essentielles au bonheur du moment présent. Il sourit en se lissant la moustache.

Enfin, le concierge ouvrit le portail de l'immeuble et s'effaça pour laisser sortir Éléonore. Radieuse, elle portait une longue robe rose et un élégant chapeau de paille, agrémenté de quelques fleurettes blanches et de cerises postiches. Ravi qu'elle ne se fût pas présentée avec sa domestique – un fait qu'il interpréta comme un sérieux avantage sur son rival –, Viktor l'aida à monter dans la voiture, où il prit place à son côté sur la moelleuse banquette de cuir crème. Quand l'équipage se mit en branle, Viktor déboucha une bouteille de champagne sortie de la glacière dont on avait équipé l'arrière. Éléonore semblait ravie.

— Avons-nous quelque chose à fêter ? demanda-t-elle d'une voix flûtée dans laquelle Viktor crut percevoir une pointe de coquinerie.

— Par une journée aussi chaude, pourquoi attendre pour se rafraîchir ? Je me suis permis de choisir cette maison car c'est la seule que je vous aie vue boire, dit-il en lui tendant une coupe, qu'elle accepta avec une gracieuse inclinaison de la tête.

— Je vois qu'aucun détail ne vous échappe.

— Le sens de l'observation est crucial dans mon métier.

— Je dois me modérer. Dieu seul sait combien de bouteilles vous êtes capable de faire sortir de cette glacière. Puis-je vous demander où nous allons ?

— Au bois de Boulogne – si cela vous agrée, bien entendu.

Ils descendirent l'avenue Victor-Hugo au petit trot, aimantant tous les regards sur leur passage. Viktor entama une conversation badine qu'Éléonore enjoliva de sourires et de répliques enjouées. La splendeur et la gaieté du couple semblaient créer autour de la calèche une bulle invisible à l'épreuve du tumulte de la ville, comme l'aura de deux êtres mythologiques de passage parmi les simples mortels.

Ils passèrent les fortifications de la porte de la Muette et pénétrèrent dans le bois, qu'ils parcoururent plusieurs fois de long en large par les grandes allées carrossables, de l'hippodrome au jardin d'acclimatation. Sans véritablement les voir, ils croisèrent et recroisèrent une foule d'autres voitures – landaus, fiacres et victorias chargés de familles ou d'autres couples – et de promeneurs à vélo ou à pied, dont de nombreux groupes de jeunes femmes endimanchées auxquels se mêlaient parfois des soldats en permission. Le postillon emprunta tous les lacets possibles afin qu'on ne manquât aucune des attractions qu'offrait le bois : le moulin de Longchamp, le château de Bagatelle, le pavillon chinois.

Par ce bel après-midi ensoleillé, les prés aux abords des plans d'eau étaient parsemés de pique-niqueurs et grouillaient d'enfants tapageurs prenant d'assaut les vendeurs de ballons ou les marchands de glaces. Depuis la calèche, les vêtements, les parasols et les nappes étendues sur l'herbe formaient des flaques fourmillantes de couleurs entre l'azur du ciel et le vert des pelouses et de la ramée. Dans un moment d'oubli, on eût pu croire que la guerre n'était qu'un mauvais rêve.

Ce décor paisible servait de toile de fond au bonheur de Viktor, qui abreuvait Éléonore de mille histoires tirées de sa carrière ou de ses voyages, enjolivant certains passages au gré de son inspiration. À un moment, alors que la voiture longeait le lac inférieur, il proposa de faire un tour en barque, idée que la jeune femme accueillit avec enthousiasme.

Ils s'arrêtèrent près d'un ponton où était amarrée une authentique gondole vénitienne au grand fer de proue doré qui faisait le bonheur des badauds. La veille, Viktor était passé au bois pour réserver cette embarcation, versant rubis sur l'ongle au batelier – dont l'accent parisien jurait avec sa panoplie de gondolier – le prix de la location pour l'après-midi entier.

Le couple s'installa sur la banquette aux accoudoirs ornés d'hippocampes et, pendant que Viktor évoquait la splendeur de la cité des Doges, où il s'était produit alors qu'il n'avait pas encore vingt ans, la gondole s'éloigna de la berge hérissée de roseaux, se mêlant aux autres barques et aux cygnes qui glissaient paresseusement sur l'eau.

— Ne sont-ils pas adorables ? ironisa Bélialo.

— Dire qu'il y a un mois à peine on aurait pu le prendre pour un autiste, dit Azra. Lui arracher une phrase tenait de la gageure. Il est en train de rattraper le temps perdu.

Au bout d'un moment, Viktor remarqua que le sourire radieux d'Éléonore avait cédé la place à un air rêveur, presque absent.

— *Che giornata bellissima*, dit-elle presque à part soi, en regardant le kiosque de l'Empereur dominant l'une des deux îles au centre du lac.

— *Voi parlate italiano ?*

Éléonore sursauta, comme tirée d'une songerie.

— Un peu.

— Vous avez donc voyagé en Italie ?

— Oh, c'était il y a bien longtemps, répondit-elle après une hésitation. Je m'en souviens à peine.

Bien longtemps ? se demanda Viktor, qu'est-ce que cela pouvait bien signifier pour elle, qui ne devait pas avoir plus de vingt-cinq ans ? Mais l'évocation de l'Italie ayant l'air de troubler la jeune femme, Viktor se garda d'insister et fit un effort pour ne rien ajouter. Ils continuèrent leur promenade silencieuse sur le plan d'eau scintillant.

Moins d'une demi-heure plus tard, ils firent une arrivée remarquée au Chalet des Îles, au centre du lac, où un quatuor à cordes vint à leur rencontre et entonna un air joyeux dès qu'ils foulèrent l'embarcadère. Une voix perça le brouhaha de la terrasse bondée du restaurant – « Vive la mariée ! » – suscitant quelques applaudissements et les rires bonhommes d'une tablée de messieurs qui à cinq heures et demie en étaient encore aux digestifs. Viktor, impérial, salua ces joyeux drilles en tirant son chapeau. Sans louper une note de leur allegro, les musiciens les suivirent jusqu'à la table que Viktor avait réservée – la meilleure, située un peu à l'écart près de l'eau – et s'éclipsèrent sur un signe du maître d'hôtel avec lequel il avait arrangé ce petit comité d'accueil.

— Il n'y va pas avec le dos de la cuillère, dit Azra en pouffant.

— C'est pathétique, en effet. Mais si tout ce cirque contribue à lui donner confiance en soi, pourquoi pas.

— En tout cas, la Paradis a l'air de connaître son affaire.

— Oui, oui. Tout va comme sur des roulettes.

— N'avez-vous jamais songé à reprendre vos voyages et vos tournées ? demanda Éléonore. La scène de l'Hypnos est des plus prestigieuses, mais tellement cachée et secrète. Cela fait maintenant des années que vous y régnez en maître. Ne croyez-vous pas qu'il serait temps de permettre au monde de vous applaudir à nouveau et de reprendre votre place dans l'Empyrée des magiciens ?

— J'y ai songé, dit Viktor, gonflé d'orgueil. C'est sans doute ce que je ferai une fois la guerre finie.

— Par exemple, vous pourriez relancer votre carrière aux États-Unis. Aujourd'hui, c'est là-bas que se produisent les plus grands.

— Vous savez, la vie d'artiste peut paraître trépidante – et elle l'est, sans doute, quand on a vingt ans et qu'on a soif de découvrir le monde. Mais elle comporte aussi une bonne part de tracas. On est toujours entre deux trains avec une dizaine de malles pleines de costumes et de matériel, ou embarqué dans d'interminables voyages en paquebot. Par ailleurs, coucher tous les soirs à l'hôtel devient vite lassant, même dans les meilleures suites. C'est aussi une vie très solitaire, bien que l'on soit toujours entouré de gens nouveaux.

— Solitaire ? Allons bon. Ce qu'il vous faut, donc, c'est quelqu'un pour vous accompagner.

Viktor la regarda, incertain quant à la façon d'interpréter ces mots qu'Éléonore appuya d'un délicieux sourire. Le cœur du grand Tombo partit au grand trot.

— Au fond, qu'est-ce qui vous en empêcherait ? Aucun lien affectif ne vous retient à Paris, n'est-ce pas ?

— Ma foi, non, bredouilla-t-il.

— Aimeriez-vous visiter le Nouveau Monde ?

— J'en avais le projet, autrefois. On en dit tellement de choses, qui n'aimerait pas voir l'Amérique ?

Éléonore posa sa main sur la sienne. Viktor se figea. Quelque chose, en lui, bascula. Il avait mille fois mis en scène une telle marque d'affection dans le théâtre de ses fantaisies. Maintenant que ce geste avait lieu, ce même théâtre et tous les fantasmes qui s'y jouaient volaient en éclats. Il se sentit soudain comme un alpiniste ayant dompté un redoutable sommet, à la fois exalté et intimidé par son exploit, écrasé et soulevé par un mélange de vertige et d'émerveillement face à la perspective inouïe qui s'offrait à lui. Il serra doucement la main de la jeune femme et porta son verre de sauternes à ses lèvres pour cacher son émotion.

— *Ładna pogoda, prawda ?* soupira-t-elle.

— Vous parlez polonais ? demanda Viktor en réfrénant un hoquet de surprise.

— Oh, j'ai tout oublié, répliqua-t-elle en riant.

— L'italien, le polonais, et quoi d'autre ? Comment avez-vous fait pour apprendre toutes ces langues, vous qui êtes si jeune ?

En guise de réponse, Éléonore prit un air espiègle si adorable que Viktor en demeura coi.

Un grondement de tonnerre roula dans le lointain. Les gros nuages de chaleur qui une demi-heure auparavant se profilaient à l'ouest s'étaient rapprochés, s'enflant de boursouflures grises, transformant leur menace en promesse d'orage.

— Flûte, dit Éléonore, je crains que nous ne devions bientôt partir.

Sur la table, leurs mains ne s'étaient toujours pas séparées. Viktor consulta son oignon tout neuf. Son désir et son excitation se mêlaient à une touche d'appréhension que le comportement insolite de la jeune femme avait suscitée.

— Il est six heures. Nous ferions mieux de regagner la gondole avant d'être cloués par la pluie. Notre Charon vénitien nous attend. Voulez-vous que je vous raccompagne ?

— Oh, non ! Quel ennui !

— Si vous le désirez, nous pouvons aller au théâtre ou au cinéma. Ou pourquoi pas à l'opéra, s'empressa-t-il d'ajouter, craignant que les deux premières options fussent trop banales. Je ne connais pas le programme, mais qu'importe ?

Éléonore parut réfléchir un moment, les yeux posés sur les nuages en approche. Une brise fraîche et légère se leva, animant comme de gracieux reptiles les boucles noires sur son front, faisant frémir les frondaisons.

— Me passeriez-vous un caprice ? Je sais, je suis horriblement curieuse, mais j'aimerais voir la collection d'instruments de prestidigitation dont vous me parliez tout à l'heure.

Leur calèche filait le long de la Seine quand l'orage les rattrapa, plongeant la ville dans une pénombre précoce. De la voiture recapotée, le décor semblait se dissoudre derrière l'épais rideau de pluie, comme si le peintre du monde avait soudain voulu effacer sa création pour laisser apparaître la trame grise et irréelle des choses. Viktor ne savait pas comment il avait trouvé l'audace de passer son bras autour d'Éléonore, dont la tête reposait sur son épaule. Il avait l'impression de vivre un moment hors du temps que toute parole ou tout mouvement de sa part eût brisé comme le plus fragile des rêves.

Cependant, l'anxiété qui l'avait saisi au bord du lac allait en s'accroissant. Devait-il mettre cela sur le compte de son inexpérience en matière amoureuse, de sa crainte qu'une gaucherie ne fasse tout chavirer – en un mot, du trac ?

Il pleuvait encore quand la voiture s'arrêta devant le domicile de Viktor, dans le quartier des Gobelins. C'était une vieille bâtisse de deux étages à la façade recouverte de lierre, séparée de la rue par une bande de terre herbeuse et une grille en fer forgé. Une vaste flaque s'était formée devant la maison autour d'un égout bouché.

Le postillon mit pied à terre, vint leur ouvrir la portière et leur tendit un parapluie.

— Vous allez devoir me porter, je ne sais pas nager, dit Éléonore. Je tiendrai le parapluie.

Viktor descendit du coche, chargea Éléonore dans ses bras et, comme un jeune marié faisant passer pour la première fois à son épouse le seuil de leur foyer, traversa la grande flaque d'eau trouble jusqu'à la porte d'entrée protégée par un auvent. Tandis que derrière eux la voiture repartait sous la pluie battante, il précéda la jeune femme dans le vestibule sombre de son habitation.

— Zut, on dirait que le courant a encore sauté, dit-il en tentant d'activer l'interrupteur situé tout de suite à gauche.

Viktor alluma une lampe qu'il conservait près de l'huis, illuminant une entrée austère meublée d'un portemanteau, d'une commode anonyme et d'un vieux miroir ovale accroché au mur, et regretta aussitôt d'avoir exaucé le souhait d'Éléonore. Qu'avait-il eu besoin de l'amener dans cet endroit sinistre où nul autre que lui et ses femmes de ménage successives n'avait pénétré depuis des années ?

— Le rez-de-chaussée est presque vide, dit-il avec embarras. La maison compte quinze pièces et je ne vis guère qu'au dernier étage.

— Me voici donc dans le repaire du grand Viktor Tombo ?

— Je le crains. Par ce temps, je n'ose pas vous proposer un rafraîchissement – peut-être du thé, s'il m'en reste ?

Ils passèrent dans le salon attenant, dont Viktor fit rapidement le tour pour allumer des bougies, apportant un peu de lumière et de chaleur au crépuscule gris qui filtrait par le voilage des deux fenêtres côté rue. À chaque pas, ses chaussures imbibées d'eau produisaient un bruit de succion qui résonnait dans la grande pièce meublée sans fantaisie.

— Je ne me suis toujours pas décidé à rénover le mobilier, dit-il en faisant signe à Éléonore de prendre place sur un canapé élimé tourné vers une petite cheminée.

La jeune femme, qui regardait autour d'elle comme si elle était entrée dans un palais, ne vit pas ou ignora l'invite. Dehors, l'orage semblait avoir trouvé un second souffle. La pluie fouettait les vitres avec violence.

— J'habite ici depuis plus de dix ans, mais la sensation d'avoir à vider les lieux d'un jour à l'autre ne m'a jamais quitté. C'est un peu comme si je vivais à l'hôtel. Et puis je ne reçois jamais personne.

— C'est un bel endroit. Disons qu'il lui manque une petite touche féminine.

— Vous n'êtes pas la seule à être de cet avis. Amandine ne cesse de me le répéter.

Viktor eut une hésitation :

— Amandine, ma femme de ménage. Elle a soixante ans passés.

— Je n'ai aucune raison d'être jalouse, donc, dit Éléonore d'une voix douce en s'approchant de lui.

— Aucune, lui fit écho Viktor en lâchant un petit rire où la gêne et la joie se mêlaient de la plus horrible façon.

Elle le prit par la taille et l'attira vers elle. D'instinct, Viktor posa les mains sur ses flancs délicats. Un frisson le parcourut en sentant sa chair chaude et palpitante sous la soie de sa robe. Il se demanda si c'était le bon moment pour l'embrasser, mais leurs lèvres se touchaient déjà.

— Ah ! J'ai cru qu'on n'y arriverait jamais ! s'exclama Azra.

— Pour être franc, je commençais à m'inquiéter aussi, dit Bélialo.

— Toi, franc ?

— Façon de parler. Mais ce garçon est si instable et si maladroit qu'il serait capable de tout faire louper. Un vrai manche à balai.

Après plusieurs longs baisers, Viktor ôta ses chaussures et, pieds nus, aussi léger que s'il venait de naître, mena Éléonore par la main jusqu'au deuxième étage, où se trouvait son petit musée de la magie.

Ils déambulèrent dans les pièces sombres à la lueur de la lampe, parmi les automates, les costumes et les objets de scène qui étaient accrochés aux murs, disposés sur de petites tables éparses ou même posés sur le parquet. Ils s'arrêtèrent un moment devant l'imposant automate à longue barbe qui avait joué aux échecs contre Catherine II de Russie, œuvre du baron de Kempelen. En réglant la lampe au maximum, ils admirèrent une gravure sur bois du XVIIe siècle représentant le démembrement et la résurrection miraculeuse d'un fakir indien, puis rirent beaucoup en faisant fonctionner un prototype de la machine d'invocation de spectres de Robertson. Viktor fit résonner le tambour du mage Robin, qui avait lui aussi le pouvoir d'invoquer les âmes des morts, et Éléonore essaya un haut-de-forme à double fond ayant appartenu au grand Robert-Houdin, trop grand pour elle. Viktor, ravi, fit cadeau à la jeune femme de deux éventails orientaux de soie peinte ayant servi dans un passé nébuleux à l'exécution d'un numéro de papillons volants devant l'empereur de Chine. Éléonore portait toujours le grand chapeau quand Viktor, ivre de désir, l'embrassa à nouveau sous le regard de verre de Munito, célèbre caniche savant du siècle précédent, à présent empaillé.

Ils semèrent leurs vêtements sur le chemin de la chambre à coucher et roulèrent nus dans le grand lit du magicien, où ils se caressèrent, s'explorèrent et se butinèrent dans le noir. Plus d'une fois Viktor craignit de jouir en pleins préliminaires, mais Éléonore le maintenait sur le fil de l'orgasme, plantant ses ongles et ses dents dans sa chair au bon moment, au bon endroit, jouant avec son corps telle une virtuose de son instrument. Elle l'accueillit en elle et son plaisir atteignit de nouveaux sommets – une force impérieuse s'empara de lui, pulsante, croissante, rappelant son corps à sa profonde raison d'être, et quand enfin la jouissance l'emporta, avec la puissance d'une lame de fond, il se sentit arraché à l'ancien Tombo et projeté dans une nouvelle vie.

L'aube pointait quand Viktor rouvrit les yeux, passant du doux néant de l'inconscience à l'obscurité spacieuse et tranquille de sa chambre. Lentement, sa vue s'accommoda aux contours noirs des meubles et de la porte, qui se découpaient dans le petit jour gris filtrant par les rideaux. Après une longue accalmie, la pluie avait repris et produisait en heurtant les carreaux un bruit semblable au crépitement d'un feu.

Allongé dans le grand lit, il avait la tête posée sur la poitrine chaude et nue d'Éléonore, dont les doigts jouaient avec les boucles de ses tempes. C'était cette titillation, réalisa-t-il, qui l'avait tiré de ses songes.

— Tu es réveillé ? demanda Éléonore dans un murmure.

— Je crois, oui.

Au bout d'un moment, il ajouta, tandis qu'Éléonore continuait de jouer doucement avec ses cheveux :

— Je ne pensais pas qu'une telle chose était possible. Je ne me reconnais plus. Je suis heureux.

— Tout est possible.

— Mais toi, qui es-tu pour me mettre dans un tel état ? reprit-il à voix basse, presque à part soi, après un long silence. Qui es-tu ?

— Je me le demande souvent, dit Éléonore, même si je ne suis pas sûre de vouloir connaître la réponse.

— J'ai l'impression de te connaître depuis toujours.

— J'ai été beaucoup de femmes.

Viktor tiqua. Plus que la réponse en soi, ce fut le ton monocorde et presque froid de sa voix qui le surprit.

— Celles d'avant, celles que j'ai été et que je ne suis plus, se posaient la même question.

— Allons, tu es bien jeune pour avoir de tels soucis, dit-il, tentant de corriger la tournure un peu trop sérieuse que prenaient ces murmures échangés dans l'ombre.

— Elles sont toutes mortes. Ou presque.

La respiration de Viktor se bloqua, comme si l'on eût soudain posé un lourd pain de glace sur sa poitrine. Était-ce un jeu ? « Toutes mortes », qu'était-ce à dire ? Faisait-elle allusion à son ancienne vie, celle qu'elle menait quand Aimé Grandin, son petit ami d'alors, l'avait présentée sous le nom de Mérie ?

— Pardon ?

— L'une d'elles est encore en vie. La dernière. La danseuse, l'espionne. Celle que le monde entier admirait et qui est maintenant conspuée par tous. Elle est encore en prison.

— Mata Hari ?

Viktor continuait de ne pas comprendre. Ces propos étaient si insensés qu'il ne pouvait s'agir que d'une plaisanterie sinistre.

— Hélas, des liens subtils me rattachent encore à son corps, qui fut splendide, et il m'arrive parfois d'éprouver les souffrances qu'elle est en train de traverser. Elle, c'est encore moi. Quant aux autres, leur vie, qui fut aussi la mienne, au moins en partie, n'est plus qu'un souvenir lointain et étranger.

— Les autres ?

— J'ai été tellement de femmes différentes que je me demande parfois si je ne suis pas toutes les femmes à la fois.

Viktor, tétanisé, se dit qu'elle devait être en train de rêver à voix haute. Autrement, comment expliquer ces propos insensés, cette voix et ces doigts mécaniques qui commençaient à lui donner la chair de poule ?

— Au cours des âges, j'ai été tour à tour et plusieurs fois princesse, mendiante, vestale, amazone, prostituée… Tout cela pour satisfaire son bon vouloir. Depuis toujours, Il me laisse libre de parcourir le monde et de traverser les époques, juste pour le plaisir de me donner la chasse, car c'est le seul moyen d'éveiller son désir – ou mieux, de le faire aboutir.

— Éléonore, gémit Viktor, à qui on avait toujours dit qu'il était dangereux de réveiller les somnambules, qui est-il ?

— La dernière fois qu'il m'a prise, j'étais une jeune domestique au service d'un baron qui se comptait parmi ses serviteurs les plus zélés et qui, une nuit, l'invoqua. Deux enfants naquirent de notre union et quelques années passèrent avant qu'il ne vienne réclamer ses droits sur sa progéniture. Je me souviens de cette nuit-là. Le Maître réapparut au manoir sur l'invitation de ce peintre fou, hôte du baron, qui voulait lui offrir un tableau qu'il tenait pour son chef-d'œuvre et pour lequel j'avais posé plusieurs jours durant. Mais sa visite n'avait qu'un seul but : éliminer sa descendance, qui seule pouvait prétendre à Son trône. Quand il découvrit que ses enfants avaient disparu, sa colère fut terrible. La demeure et tous ses habitants furent dévorés par un grand incendie. Personne n'en réchappa – pas même moi !

Viktor écoutait, pétrifié. Éléonore dormait-elle encore, ou était-ce lui qui n'était pas réveillé ?

— Combien d'enfants m'a-t-il ravis au cours des âges ? Qui pourrait les compter ? Mais cette nuit-là vous avez survécu, toi et ton frère, grâce à un allié qui vous a emportés en secret et qui jusqu'à ce jour a réussi à vous cacher et à vous protéger. Tu voulais savoir qui je suis, voilà tout ce que je puis te dire.

Viktor bondit hors du lit et se retourna pour faire face à Éléonore, dont le corps nu apparaissait comme une tache pâle dans la pénombre. Son regard chercha celui de la jeune femme, mais à l'endroit où aurait dû se trouver son visage, il ne vit rien – rien qu'une béance noire, un puits de néant qui, même en l'absence de lèvres, lui souriait. Incapable d'en détourner les yeux, Viktor tomba à genoux et se mit à hurler.

— Aïe, aïe, dit Azra.

Assis à son bureau, il observait la scène dans le vieux miroir encadré d'os humains grâce auquel, en compagnie de Bélialo, il avait épié Viktor et Éléonore depuis le moment où ils s'étaient rencontrés la veille.

Le démon, quant à lui, était assis dans le canapé de la vaste pièce près d'un personnage chauve et sans âge, vêtu d'un complet gris. Ce représentant officiel de la Chancellerie de l'Outremonde avait dissimulé sa nature démoniaque sous des apparences humaines, sans y être tout à fait parvenu. Ses yeux étaient comme deux billes d'obsidienne et sa voix rauque trahissait les plus grandes difficultés à employer le langage des hommes, comme si on l'avait amputé d'une partie du larynx. Aussi conversait-il avec Bélialo dans la langue de l'abîme, dont les sonorités causaient des maux de tête à Azra.

Depuis plus de quatre heures, les deux démons débattaient d'une seule et unique question : l'inceste avait-il bien eu lieu ? Le protonotaire de l'Outremonde, convoqué par Bélialo pour ratifier l'accouplement, avait tout d'abord fait la moue. Viktor Tombo, en effet, n'avait pas possédé sa mère en connaissance de cause, mais Bélialo avait fini par rallier l'autre à son point de vue : techniquement parlant, nul ne pouvait nier que le royal coït, condition nécessaire pour permettre l'intronisation de Viktor, avait été consommé. Le protonotaire pourrait rendre compte de cela au Symposion au moment opportun.

La conversation qui se tenait dans le bureau d'Azra avait donc un enjeu de taille, car avec le statut de prétendant au trône de Tombo, c'était l'ordre et les hiérarchies de l'Outre-monde qui se jouaient et, par ricochet, l'avenir du monde et de l'humanité.

Quand Bélialo et le notaire infernal se levèrent, Azra s'empressa de souffler les deux bougies finissantes disposées de part et d'autre du miroir. L'image de Viktor, qui, nu comme un ver, se tordait d'effroi en hurlant sur le parquet de sa chambre, disparut aussitôt. Les deux démons se saluèrent avec d'étranges signes de la main et le visiteur, sans un regard pour le maître de maison, s'évanouit dans les airs, comme si lui aussi n'avait été qu'un reflet fugace dans le miroir de la réalité.

— Parfait ! s'exclama Bélialo, qui rit en se frottant les mains. Ça n'a pas été facile, mais j'ai fini par le convaincre non seulement de notre bon droit, mais aussi de maintenir la plus grande discrétion sur cette affaire jusqu'au Symposion.

— À la bonne heure, dit Azra sans conviction.

— Il a bien conscience que si l'existence d'un héritier du Maître venait à être connue de Choronzon, Jézébel, Crépito et des autres Seigneurs, des luttes féroces s'ensuivraient et la célébration même du Symposion serait compromise.

— Il est étonnant de constater à quel point les ronds-de-cuir infernaux ressemblent aux nôtres, à quelques détails près.

— Aurais-tu oublié que nous résidons dans votre inconscient ?

— Justement. Permets-moi de m'en affliger.

— Comment vont les choses du côté de notre protégé ?

Le médecin, qui n'avait pas dormi depuis vingt-quatre heures, se passa une main sur le visage et se gratta la barbe tout en rassemblant ses idées.

— Mal. Tu as loupé la fin. Comme tu le lui avais demandé, la Paradis lui a révélé leur lien de parenté. De but en blanc.

— Et ? fit Bélialo en levant un sourcil.

— Et comme je le craignais notre ami n'a pas tenu le choc. Tous les remparts psychiques que j'avais mis en place ont volé en éclats. Le travail de régression progressive que j'avais commencé avec Viktor est ruiné.

— Voilà qui est curieux. Je n'avais pas lu ça dans le Livre.

— Peut-être as-tu mal lu ? Espérons que ça ne soit pas trop grave. Tu ne ferais pas très bonne figure si tu te présentais au Symposion avec un prétendant au trône à la fois légitime et simple d'esprit.

— Bah, si c'était le cas, il assurerait une sorte de continuité avec son père, dit Bélialo en ricanant, sans toutefois parvenir à masquer une certaine inquiétude.

— Il est un peu tard pour te reprocher de n'avoir pas suivi mes conseils, mais ton empressement est en train de tout compromettre, sache-le.

— Foi de démon ! Voilà que tu me grondes ?

Azra écrasa son cigare, se leva et saisit la veste posée sur le dossier de sa chaise.

— Pour une fois, c'est moi qui te laisse. Je file chez lui pour évaluer les dégâts. Je crains de devoir le ramasser à la petite cuillère. Si j'étais toi, je commencerais à éplucher mon Livre à la recherche d'un plan de rechange.

12.

Quelque chose s'était brisé au plus profond d'Aimé. Si elles ne l'avaient pas vraiment avancé sur sa recherche du tableau, les révélations d'Orcholevski quant à la véritable identité de ses parents avaient pulvérisé le grand mensonge forgé par son oncle qui avait jusqu'alors formé le socle de son identité.

Il était donc l'enfant d'une danseuse de cabaret – Babette – et de cet Edgar qui fut le camarade de son oncle. Mais n'importe quel autre membre de la secte qui s'était formée autour de Sokov aurait pu être son père – y compris Géo Grandin. C'est ce que le comte avait laissé entendre.

Contre toute attente, cette découverte, qui aurait dû attiser ses tourments, avait au contraire agi comme une implosion soudaine étouffant les flammes d'un incendie, apaisant la tempête d'émotions qui soufflait en lui depuis des jours. En attendant la prochaine déferlante de questions insolubles, de crises de désespoir et de ressentiments amers, Aimé s'étonnait du calme morne et plat qui l'habitait.

Le lendemain de son entrevue avec le comte, après douze heures d'un sommeil de plomb, il découvrit sans grande surprise, au moment de faire sa toilette, l'apparition de nouvelles croûtes pierreuses sur l'un de ses genoux.

« Je vais mourir, pensa-t-il en rasant ses joues émaciées, se demandant quand sa lente transformation commencerait à lui ronger le visage. Je vais mourir et tout cela n'aura plus aucune importance. »

Cette fois-ci, loin de susciter un sentiment de révolte ou des projets de fuite, cette idée lui procura une sorte de réconfort. Non, il n'allait pas enfourcher son vélo – dont l'épave traînait encore dans un coin du jardin – pour fuir vers l'Espagne ou un coin paumé de province, mais profiterait des jours qui lui restaient pour déambuler dans Paris et passer du temps avec ses amis, Modi, André, et surtout Gaspard, qui devait se faire un sang d'encre à son sujet. Sa mort prochaine lui inspirait une froideur non dénuée de douceur qui était peut-être un avant-goût du tombeau.

Comme il terminait son petit déjeuner dans la cour de la Ruche en compagnie de Soutine, qui trempait des sardines à l'huile dans son bol de chicorée, Max Jacob fit son apparition et s'assit à leur table. D'humeur diserte, il leur donna quelques nouvelles : il avait dîné deux soirs plus tôt avec Apollinaire qui semblait à présent remis de sa blessure de guerre, Picasso lui avait écrit une lettre d'Espagne et Modi l'attendait chez lui en fin de matinée pour lui tirer le portrait.

— Encore ? ironisa Soutine dans un bâillement, juste avant de se lever pour aller se coucher, car il avait travaillé toute la nuit.

— Aimé, j'ai à te parler, dit Jacob quand le Russe eut pris congé.

— Je t'écoute.

Malgré le ton grave qu'avait pris la voix du poète, Aimé n'éprouvait aucune curiosité.

— Non, pas ici. Allons marcher un peu, si tu le veux bien.

Ils sortirent de la Ruche et remontèrent la rue Dantzig pendant un moment avant que Max ne rompe le silence, les yeux rivés sur le trottoir comme quand on fixe une idée.

— Je suis sincèrement, horriblement désolé.

— Ah ? fit Aimé qui, entraîné par le vague flux de ses propres pensées, avait presque oublié la présence de l'autre à ses côtés. Pourquoi donc ?

— J'ai longtemps hésité à avoir cette conversation avec toi. Trop longtemps.

— Je t'écoute.

— Ton oncle et moi étions amis, tu le sais.

— Oui.

— Ce que tu ne sais peut-être pas, c'est que nous étions… eh bien, plus qu'amis.

— Plus qu'amis ? lui fit écho Aimé, ne voyant pas où l'autre voulait en venir. *Très* amis ?

— Nous étions amants.

Une soudaine vague d'embarras tira Aimé de son apathie. Comment n'avait-il pas compris avant ? Max, absorbé par l'effort que lui demandait cette confidence, ne fit pas grand cas de la surprise qui se peignit sur son visage.

— Nous étions discrets. Même si notre relation ne dura pas longtemps, elle fut très intense.

Contrairement à Modi, qui était un habitué de la maison de Géo Grandin à Alésia et qu'Aimé connaissait depuis son plus jeune âge, Max ne s'était que très rarement montré au domicile de son oncle. Aimé n'avait jamais eu vent de l'homosexualité du poète.

— C'était juste avant que la guerre n'éclate. Pendant un an, Géo et moi avons tout partagé. J'entends, tout ce que deux âmes peuvent partager de plus essentiel, de plus profond.

— Je l'ignorais. Sa mort a dû beaucoup t'affecter.

— Oui, mais laissons cela. Aimé, la clé que tu nous as montrée l'autre soir, à Modi et à moi, je sais à quoi elle sert. Je sais où se trouve la porte qu'elle ouvre.

Ces derniers mots produisirent une sorte de court-circuit dans la tête d'Aimé, qui parcourut encore une dizaine de mètres avant de se tourner vers Max.

— Sans blague. Et c'est maintenant que tu me le dis ?

— Je te le répète, je suis terriblement désolé. En voyant cette clé, beaucoup de choses que je m'étais efforcé d'oublier me sont revenues à l'esprit. De très mauvais souvenirs, crois-moi. Je n'aurais pas autant hésité si je n'étais pas convaincu qu'il valait mieux ne pas ouvrir cette porte et détruire cet objet.

— Tu sais où se trouve l'atelier hermétique ? demanda Aimé, incrédule.

Max ouvrit de grands yeux.

— Tu sais donc de quoi il s'agit ? Je maudis encore le jour où il a insisté pour me montrer cet endroit qui, disait-il, changerait profondément ma vision de la vie et du monde. Il avait raison, car je n'ai jamais plus été le même depuis. Et cet épisode a été la cause de notre rupture.

Aimé se souvint que Max, d'origine juive, s'était converti au catholicisme deux ans auparavant, parrainé par Picasso, après une profonde crise existentielle et des épisodes hallucinatoires que Modi – juif lui aussi – avait à l'époque pris à la rigolade. Aimé se demanda si le mystérieux atelier de son oncle avait eu un rapport avec cette conversion.

— Dis-moi, c'est bien là que l'oncle Géo travaillait en secret, n'est-ce pas ?

— Oui, oui, répondit le poète en hochant la tête. Mais crois-moi, ce lieu est maudit. Il a fini par lui être fatal. Modi m'a parlé de l'état dans lequel se trouvait Géo juste avant sa mort.

Quoi, pensa Aimé, serait-il venu me raconter tout ça pour me dire qu'en fin de compte il emportera son secret dans la tombe ? Vais-je devoir le menacer pour lui faire cracher le morceau ?

— Écoute, mon oncle m'a légué cette clé et je veux en avoir le cœur net. Je dois retrouver cet atelier, c'est pour moi d'une importance vitale. Ne me force pas à t'expliquer pourquoi.

— Je sais.

— Comment ça, tu sais ?

— Depuis que tu m'as montré la clé, les anges me tourmentent à nouveau. Nuit après nuit je continue de faire les mêmes rêves où je te vois à quatre pattes sur un sentier rocailleux, en larmes, tentant de manger des cailloux sur lesquels tu te brises les dents, ou bien allongé dans un lit, endormi ou peut-être mort sous des draps de pierre dont seul dépasse ton visage gris.

Max ferma les yeux et grimaça comme pour contenir l'émotion que l'image suscitait en lui. L'espace d'un instant, Aimé crut qu'il allait éclater en sanglots, mais le poète se ressaisit et dit d'une voix chevrotante :

— J'ai compris que je ne retrouverai pas la paix avant de t'avoir révélé tout ce que je sais. Voilà qui est fait, ou presque. Mais si je ne te dis pas ce qui se trouve derrière cette porte, c'est que j'espère encore que tu renonces à l'ouvrir.

Aimé passa un bras autour des épaules de son ami.

— Dis-moi seulement une chose, après quoi je veillerai moi-même à ce que les anges te fichent la paix. Où se trouve cet atelier ?

Cette nuit-là, vers trois heures du matin, Aimé se rendit à l'adresse que Max lui avait indiquée, dans une perpendiculaire de la rue de la Tombe-Issoire. Chargé d'un sac contenant quelques outils, il s'arrêta à bonne distance de l'immeuble qui l'intéressait et observa les alentours depuis un coin d'ombre. Hormis un chien errant qui fouinait dans le ruisseau, rien ne bougeait.

À la faible lueur bleutée d'un réverbère, Aimé scruta un moment la façade du bâtiment de cinq étages, dont tous les volets étaient clos, et le vieux portail d'entrée que son oncle et Max Jacob franchissaient jadis à quelques minutes d'intervalle pour se livrer à leurs ébats amoureux dans une chambre sous les combles. Ce logement, qui appartenait à Géo et selon Jacob servait aussi de lieu d'échange pour les trafics du peintre, avait de toute évidence échappé aux huissiers du ministère qui n'en avaient fait aucune mention dans leur liste de biens à saisir.

Aimé pénétra dans l'immeuble, passa furtivement devant la loge du concierge et se dirigea dans une obscurité quasi complète vers l'accès aux caves situé sous l'escalier B.

Comme prévu, la petite porte fermée à clé qu'il trouva face à lui fut le premier obstacle qu'il rencontra. Un jeu d'enfant, se dit Aimé qui, avec des gestes rapides et précis, sortit de son sac une petite lampe, l'alluma et s'attela sans tarder au crochetage de la serrure avec les outils achetés dans l'après-midi aux puces de Saint-Ouen.

Il fut content de constater que ses doigts n'avaient rien perdu de leur dextérité depuis l'époque où il se livrait à ce genre d'exercice avec Gaspard et Raymond, pendant la période monte-en-l'air de leur petite équipe. Raymond n'avait pas son pareil pour escalader ou se faufiler dans des espaces étroits, et Gaspard intervenait quand on avait besoin de muscles. Seul hic, côté matière grise, ils totalisaient un cerveau à eux trois, et cette activité avait failli mal tourner plus d'une fois, raison pour laquelle ils avaient décidé de l'abandonner.

En moins d'une minute, la porte céda, libérant une bouffée d'air frais puis une odeur de moisi. À la lueur de la lampe, il descendit les marches de pierre d'un étroit escalier en colimaçon et arriva dans un couloir au sol de terre battue sur lequel donnaient les portes des caves.

Il crut soudain entendre un bruit provenant du haut de l'escalier. Il s'arrêta et tendit l'oreille, retint son souffle. Rien. Les vieux bâtiments récemment équipés en eau courante et en gaz étaient souvent parcourus de bruits incongrus. Celui-là, en tout cas, lui rappela qu'il devait agir vite.

La porte de la cave numéro 12 était fermée par une chaîne et un cadenas qu'Aimé n'eut aucune difficulté à crocheter. Il pénétra dans le réduit et sans attendre déplaça les caisses vides qui encombraient le fond, détruisant les toiles d'araignées qui y avaient établi leur règne. Combien de fois l'oncle Géo avait-il accompli ces gestes ?

La trappe qu'il dégagea ainsi était d'une largeur tout juste suffisante pour permettre le passage d'un homme. Renforcée par un cadre de métal noir, une grosse serrure apparemment très ancienne était fichée dans un coin de son battant de bois, également pourvu d'un anneau.

Avec un pincement à l'estomac, il sortit la clé qu'il portait près de son amulette de protection. C'était le moment de vérité. Il pensa un instant à la « terrible expérience » qui, selon Jacob, l'attendait derrière cette trappe et sur laquelle le poète n'avait fourni aucune précision. Bah, se dit-il, de quelque nature qu'elle fût, cette expérience n'était pas mortelle puisque son oncle s'y exposait à chaque fois qu'il entrait dans son atelier et que Jacob lui-même y avait survécu. Ces dangers présumés ne pouvaient être pires que ceux qu'il avait déjà traversés, et puis il n'avait pas le choix.

Lentement, il enfonça la tige de cristal dans la serrure et tourna la clé jusqu'à ce qu'un sourd bruit métallique se fît entendre. Il retira la clé, qu'il empocha, saisit l'anneau et souleva la trappe.

Un courant d'air glacial s'échappa du puits noir qui s'ouvrit à ses pieds. Il s'accroupit et, plissant les yeux, abaissa la lampe par l'ouverture avec l'espoir d'en apercevoir le fond. En vain. Les ténèbres étaient si denses qu'elles semblaient presque solides. Deux barreaux fichés dans la paroi verticale du puits marquaient le début d'une échelle.

Il noua la lampe à sa ceinture et commença la descente, ses paumes se contractant au contact du métal froid des échelons que ses pieds cherchaient eux aussi à l'aveuglette. Une dizaine de mètres plus bas, il se retrouva dans un boyau étroit. Son souffle se matérialisait en petits nuages de condensation persistants, fluctuant dans le faible halo de la lampe. Même sous terre, le froid et l'obscurité qui y régnaient étaient insolites. Les murs en grosse pierre de taille et le plafond en maçonnerie voûtée témoignaient de l'ancienneté du passage, qui devait être l'un des nombreux points d'accès aux catacombes s'étendant sous cette partie de la ville. Aimé, sur ses gardes, s'y enfonça.

Il aperçut bientôt une lueur. Il se figea, car le point lumineux qui se trouvait à une vingtaine de pas devant lui aurait pu être la lampe d'un intrus, mais il réalisa presque aussitôt qu'il s'agissait d'une bougie posée sur une petite saillie de la paroi. Une bougie à cet endroit – une bougie *allumée* ? Interloqué, il s'approcha avec la plus grande prudence, comme si celui qui l'avait posée là eût pu à tout moment surgir de l'ombre pour l'agresser.

L'obscurité, d'ailleurs, paraissait plus épaisse à cet endroit, et le froid s'intensifiait à chacun de ses pas, qui ne faisaient aucun bruit, pas même le léger crissement que ses semelles produisaient un instant plus tôt au contact de la terre battue.

Grelottant, il arriva au niveau de la chandelle qui finissait de se consumer, posée à hauteur d'yeux. Quiconque l'avait allumée se trouvait encore dans les parages et devait avoir accédé au souterrain autrement que par la trappe.

Hormis sa présence à cet endroit, quelque chose le troublait dans ce lumignon, mais il ne comprenait pas quoi. Tout à coup, cela le frappa.

Il agita l'air autour de la chandelle et constata avec stupeur que la petite langue lumineuse ne vacillait pas d'un demi-poil. La flamme était totalement immobile. Comment était-ce possible ? Il remarqua aussi que la cire était recouverte d'une fine poudre ayant toutes les apparences du givre. Hésitant, il approcha les doigts de la flammèche et ressentit un froid de plus en plus intense.

Il retira sa main vivement, comme s'il venait de se brûler, et demeura bouche bée devant ce prodige. Dans le monde qu'il connaissait, les flammes étaient chaudes et frémissaient au moindre courant d'air. Il en découlait donc, soit qu'il s'agissait d'une fabuleuse illusion d'optique et tactile, soit qu'il avait basculé de l'univers qui lui était familier dans un autre, doté de ses lois propres. Après ce qu'il avait traversé ces derniers jours, cette dernière hypothèse était loin d'être improbable.

La flamme de sa lampe était elle aussi immobile. De petits cristaux de glace avaient commencé à se former à sa base et le métal du boîtier était de plus en plus froid. Si Géo Grandin avait installé son atelier quelque part au bout de ce boyau, à moins de travailler avec des moufles et vêtu pour l'Arctique, cette température extrême ne devait pas durer, se dit Aimé, qui se remit en mouvement sans plus attendre.

Comme il l'avait espéré, l'atmosphère se réchauffa sensiblement et les ténèbres perdirent de leur densité à mesure qu'il s'éloignait de la chandelle. Il continua d'avancer dans le couloir et arriva bientôt au pied d'un escalier qu'il commença à gravir. Les marches de pierre, irrégulières et étroites, l'obligeaient à mesurer chacun de ses pas. Au bout de quelques détours, l'escalier butait contre un plafond dans lequel était encastrée une trappe, qu'il poussa.

La surprise faillit le faire tomber à la renverse. Aucun doute, c'était bien l'endroit qu'il cherchait, car le mur circulaire de la grande salle qu'il découvrit alors était couvert de tableaux. Il y en avait des dizaines. Mais son sentiment de triomphe fut aussitôt balayé par la stupeur de se retrouver à l'intérieur d'une haute tour dont les meurtrières, pratiquées à mi-hauteur des parois, laissaient entrer la lumière du jour.

Le jour ? S'il s'était infiltré dans l'immeuble en pleine nuit et que le soleil s'était levé depuis, combien de temps avait-il passé sous terre à fixer cette espèce d'anti-bougie ?

Un escalier en bois soutenu par de grosses poutres s'élevait en spirale le long du mur pour aboutir à un passage dans le plafond, dix ou quinze mètres au-dessus de lui. Il remarqua aussi l'absence de toute porte au niveau du sol. Le souterrain qu'il venait d'emprunter était-il la seule voie d'accès ?

Bouche bée, Aimé fit le tour de la salle. C'était donc là le petit musée privé de Géo Grandin, la collection tant convoitée par Orcholevski. Des dessins et des gravures y côtoyaient des toiles d'époques et de dimensions variées. Parmi les portraits de la Renaissance, les paysages anglais du XVIIIe et les œuvres de maîtres hollandais de différents siècles – Van Eyck, Rembrandt, Vermeer – se détachaient deux Renoir et trois petits tableaux cubistes de l'« esbroufeur espingouin », Picasso. Aimé reconnut également le retable de Fra Angelico dont il avait vu la copie au Louvre. Si ses connaissances en peinture se limitaient aux quelques notions que Géo lui avait inculquées jadis, il était au moins sûr d'une chose : toutes ces œuvres étaient originales – autrement, quel eût été l'intérêt de les conserver dans un endroit aussi secret ? Il y en avait pour des dizaines de millions, et lui, Aimé Grandin, détenait la seule clé ouvrant cette caverne à faire pâlir Ali Baba.

Les jambes et les mains tremblantes, il dut faire un nouvel effort pour se ressaisir et se concentrer sur sa tâche. La fortune que représentait cette débauche de chefs-d'œuvre n'était rien s'il ne trouvait pas la seule toile qui lui importait et qui ne pouvait pas être exposée comme les autres. Le tableau de Sokov devait nécessairement être caché à la vue par un panneau ou un drap, ce qui n'était le cas d'aucun de ceux qui l'entouraient.

Il gravit le long escalier de bois, qui grinçait à chacun de ses pas. Des dessins et des tableaux de petites dimensions étaient accrochés au mur tout au long de son tracé en hélice. En passant à côté d'une meurtrière, il hasarda un coup d'œil au-dehors. L'angle qu'offrait l'embrasure était très limité, mais ce qu'il vit – des branchages nus sur fond de grand ciel bleu – accrut son étonnement et défia sa connaissance de la topographie parisienne. La tour devait s'élever au milieu d'un parc ou dans le jardin d'une grande cour intérieure, mais le quartier où elle se trouvait était un concentré d'immeubles émondé du moindre platane, et surtout, en cette saison, les arbres n'étaient pas censés avoir perdu leurs feuilles.

Dans la pièce au bout de l'escalier, sous les combles de la tour, le jour s'engouffrait par la large ouverture d'un balcon. En voyant les chevalets, les pots hérissés de pinceaux et de brosses, les toiles vierges ou non finies posées çà et là, les cartons à dessin, les piles de pots, les chiffons sales et les papiers froissés jonchant le sol constellé de taches de peinture, Aimé sut qu'il avait pénétré dans le saint des saints du repaire de Géo. Le soulagement et la joie indicibles qu'il éprouva atteignirent des sommets quand il aperçut, posé sur un chevalet au centre de l'atelier, un sac d'étoffe écrue contenant une toile dont les dimensions correspondaient à celle qu'il cherchait. Peut-être aurait-il poussé une série de hourras ou entamé une gigue si sa folle exultation n'avait été presque aussitôt fauchée, comme un coït interrompu de la pire façon, par le paysage sur lequel donnait le balcon.

Aimé avança jusqu'au parapet, incrédule, la mâchoire pendante. La tour se trouvait au sommet d'une butte, au pied de laquelle s'étendait une grande ville. Mais cette ville n'était pas Paris.

Ou plutôt si. Les deux tours et la silhouette de l'église qui dominaient tous les bâtiments avoisinants étaient celles de Notre-Dame, difficile de s'y méprendre. Le fleuve, dont on apercevait le cours argenté entre les toits, suivait le tracé familier de la Seine, et l'île sur laquelle s'élevait la cathédrale ne pouvait être que celle de la Cité. Mais quelle était cette imposante forteresse qui se dressait au bord de l'eau en plein milieu de la ville ? Et où étaient les toitures zinguées des pâtés d'immeubles de la capitale, remplacés par des étendues de maisons basses aux toits pointus ? Où étaient l'Arc de triomphe, la tour Eiffel, les faubourgs ?

Sentant ses jambes se dérober sous lui, Aimé dut s'appuyer à la balustrade de pierre pour ne pas s'écrouler. En un éclair, comme un coup de vent emporte une poignée de feuilles mortes, ce panorama impossible avait vidé sa tête de toute pensée, lui faisant oublier le tableau et les enjeux qui lui étaient liés. Privé de tout support rationnel, son cerveau affolé s'évertuait à trouver des points de repère auxquels se raccrocher, à déceler le moindre détail qui lui révélerait que ce paysage n'était qu'un trompe-l'œil grandiose, une illusion de proportions cosmiques dont il était le jouet – quelque chose, n'importe quoi, qui pût conjurer l'impression qu'il avait effectué un bond de plusieurs siècles dans le passé.

Aussi figé qu'une gargouille à l'encoignure d'une corniche, et avec une expression non moins grotesque, il demeura un temps indéfini à observer ce Paris d'un autre âge. Les mille et un panaches de fumée s'élevant des toits en pointe dans le ciel dégagé, sous le soleil à son zénith. Les hauts murs blancs, les tours crénelées et les multiples flèches du château du Louvre, dont l'imposante majesté rivalisait avec celle de la cathédrale. Les ponts chargés d'habitations enjambant le fleuve, où circulaient des barques et des bacs. Les fortifications, bordées par une campagne hivernale qui s'étendait à perte de vue, avec au fond les buttes des villages de Belleville et de Montmartre non encore absorbés par la ville.

Une multitude de Parisiens et de Parisiennes, minuscules depuis son point d'observation – probablement la Butte-aux-Cailles –, animaient ce décor improbable, circulant le long des douves au pied des remparts ou autour des portes face auxquelles s'étiraient des colonnes de chariots tractés par des ânes ou des bœufs, sous la surveillance d'hommes d'armes eux aussi tout droit sortis d'un livre d'histoire.

Soudain, une cloche retentit dans le lointain à laquelle une foule d'autres firent immédiatement écho, remplissant l'air de leurs vibrations mêlées. Midi sonnait.

Ce grand fracas tira Aimé de son hébétude. Il recula de deux pas, les yeux encore aimantés par le spectacle de la ville moyenâgeuse, puis trouva la force de s'en détourner pour aller s'affaler sur le matelas disposé sur le sol à l'autre bout de l'atelier.

Pendant un long moment après que les cloches se furent tues, il laissa glisser son regard sur le désordre ambiant, prenant de grandes respirations, retrouvant peu à peu ses esprits. La présence d'objets appartenant au XXe siècle – un cendrier plein, quelques bouteilles de vin près d'un tas de boîtes de conserve, une pile de vieux journaux – le rassura. Tant qu'il ne remettait pas le nez au balcon et restait à distance de l'effroyable beauté du paysage, il ne risquait rien.

Comment l'oncle Géo avait-il supporté de travailler là, en plein Moyen Âge ? Tout indiquait qu'il devait s'isoler entre ces murs pendant des jours, voire des semaines entières. Même si aucune porte ne donnait sur l'extérieur au rez-de-chaussée de la tour, avait-il poussé l'audace jusqu'à s'aventurer dehors ?

Tandis qu'il reprenait ses esprits, certaines pièces du puzzle qui l'avait obsédé nuit et jour se mirent en place dans sa tête. Le déphasage temporel pouvait expliquer la rapidité d'exécution de Grandin, qui tenait du prodige. Le faussaire disposait d'un délai infini pour exécuter chaque nouvelle commande, pour la simple raison qu'il travaillait hors du temps – ou tout du moins dans le temps relatif d'une réalité parallèle. Cette hypothèse pouvait aussi expliquer les terribles « coups de vieux » de son oncle, qui semblait parfois vieillir de plusieurs mois en quelques jours.

En fouillant l'endroit des yeux, Aimé fut intrigué par un lot d'objets oblongs dépassant d'une caisse posée aux pieds du chevalet soutenant le tableau. Il alla les examiner de plus près tout en évitant de regarder du côté du balcon.

C'étaient de longues tiges de bois légèrement courbées, comme des segments de cerceau, au bout desquelles étaient fixés de petits miroirs déformants. Était-ce grâce à ces instruments que Grandin avait réussi l'exploit de copier *La Naissance de Méduse* ? Peut-être, en se servant de caches, le peintre ne se concentrait-il que sur une petite partie du tableau, l'observant non pas directement, mais à l'aide des miroirs concaves ou convexes, à l'instar de Persée regardant le visage de Méduse dans le reflet de son bouclier. C'est ainsi qu'il avait dû reproduire chaque parcelle du tableau sur les feuillets qui étaient arrivés entre les mains d'Aimé, pour ensuite, par un procédé inverse, reporter le tracé des petits rectangles de papier sur sa propre toile tout en continuant d'appliquer des caches pour en masquer la vision d'ensemble. Aimé ne comprenait pas l'utilité des miroirs déformants, ni de la courbure des tiges, ni d'une première copie intermédiaire sur les rectangles de papier, mais sa théorie lui semblait tenir la route.

Toutefois, une question le taraudait. Si Géo s'était rendu compte – comme il n'y avait pas lieu d'en douter – que le pouvoir maléfique du tableau le rongeait petit à petit, pourquoi n'avait-il pas mis fin à son supplice en détruisant la toile ?

Le degré de réussite d'une copie ne peut s'évaluer que par rapport à un original et sans doute le faussaire avait-il jusqu'au bout été fidèle à ce principe, seul critère capable d'attester la grandeur de son œuvre. Géo savait qu'il exécutait sa dernière toile et que, touche après touche, ce lent suicide finirait par démontrer la primauté de son génie non seulement sur celui de ses contemporains, mais aussi sur la vulgarité de l'existence.

Ce que Sokov avait produit avec l'aide de puissances démoniaques et en le payant de sa raison, Géo l'avait reproduit grâce à une maîtrise absolue de ses moyens et de ses facultés, créant une œuvre qu'il n'aurait jamais contemplé lui-même, mais qui contenait la clé de toute science et de toute création.

Tout en se faisant ces réflexions dont il avait du mal à démêler les fils, Aimé sentait monter en lui une vague d'amertume et de ressentiment. Car dans son sublime égoïsme, peu importait à Géo que l'existence du tableau mît en danger des vies humaines. Pour que son triomphe fût complet, il avait besoin d'un témoin – son neveu – qui révélerait au monde le prodige qu'il avait accompli. Mais suivant ce plan, qu'était censé faire Aimé à présent ? Aller raconter toute cette histoire abracadabrante à Picasso, à Braque et à tous ceux qui auraient l'indulgence de l'écouter ? Dans ce cas, pourquoi ne pas les avoir impliqués dès le début ?

À cause des autres tableaux, bougre d'idiot, dit une voix dans sa tête. *Ceux de sa collection. Une fortune colossale qu'il voulait te léguer sans risquer de la voir tomber dans d'autres mains. C'est pour cette même raison qu'il t'a indiqué l'existence de l'atelier sous forme d'énigme, alors qu'une simple note aurait suffi. Mais sans doute ses doigts de pierre ne lui permettaient-ils plus d'écrire au moment de remplir la boîte que Modi t'a remise.*

Bien sûr. La vision depuis le balcon l'avait tellement bouleversé qu'il en avait presque oublié le petit Louvre privé que Grandin s'était constitué dans la tour. En le vendant, il pourrait mener un train de millionnaire jusqu'à la fin de ses jours, mettre à jamais ses amis à l'abri du besoin et subvenir aux caprices les plus excentriques de Mérie, pour autant qu'elle daignât le revoir.

Oui, ce serait une nouvelle vie, reprit la voix, *mais tu dois avant tout brûler cette satanée croûte, comme tu l'as fait pour le prétendu chef-d'œuvre de ton oncle dans la cuisine du Meurice. Cependant, impossible de le faire ici. Ces toiles maudites ont tendance à exploser, tu te souviens ?*

Aimé s'éperonna en s'assénant plusieurs grandes gifles qui résonnèrent dans l'atelier. Sans plus attendre, il s'empara du sac contenant le tableau, redescendit au rez-de-chaussée de la tour et s'enfonça à nouveau sous terre par l'escalier en colimaçon. Il ne put réprimer un frisson en repassant devant l'anti-bougie qui, se dit-il, devait marquer le point de jonction entre les deux époques.

Arrivé au pied de l'échelle, il noua à nouveau sa lampe à sa ceinture et dut composer avec l'encombrement du tableau pour remonter en direction du bon vieux XXe siècle. Ayant refermé la trappe et rempoché la clé, il n'eut pas le temps de pousser un soupir de soulagement qu'un coup violent l'atteignit à la nuque et lui fit perdre les sens.

13.

Le jour se levait quand Arthur Parks arriva à Aubervilliers. Il s'était retrouvé en pleine nuit à l'autre bout de la ville, et avait marché pendant plus d'une heure en attendant l'apparition des premiers taxis.

Grâce à sa fabuleuse cape, il avait suivi Aimé Grandin comme son ombre pendant trois jours entiers, ne le quittant pas d'une semelle dans ses déplacements diurnes et ne dormant que d'un œil dans le jardin de la Ruche pendant la nuit. À présent, son dos était rompu, ses jambes endolories et les deux côtes qu'il s'était fêlées lors de son dernier affrontement contre Crowley le faisaient encore souffrir, mais cela n'écornait en rien son euphorie. Il avait enfin réussi à mettre la main sur le tableau de Sokov, et cela le remplissait d'un tel sentiment de puissance qu'il aurait pu marcher jusqu'à Moscou.

Si la filature s'était somme toute passée comme sur des roulettes, retrouver la trace de son ancien complice s'était en revanche révélé bien moins facile que prévu. Il avait compté pour cela sur un démon mineur que Xotlac lui avait fourni et qui, logé dans l'amulette de protection d'Aimé au moment de sa fabrication, avait pour mission de signaler la position de son porteur. Mais Parks n'avait réussi à l'activer qu'après plusieurs jours d'efforts laborieux, car Gébrek, son assistant tsigane, manquait souvent à l'appel et faisait preuve de beaucoup moins de diligence que d'ordinaire à lui fournir les ingrédients nécessaires au rituel qui s'imposait.

Trois jours avaient passé depuis que le démon, rappelé à ses devoirs, lui avait signalé la position d'Aimé. Parks était immédiatement passé à l'action et avait été surpris par l'état pitoyable dans lequel se trouvait le jeune Grandin. Maigre, sale et mal rasé, il errait comme un damné dans les bas-fonds du 14e arrondissement et passait de longues heures tapi dans des bistrots minables le long de la Petite Ceinture ou assis tout seul dans un coin de cimetière à fixer le vide.

En voyant les effets mitigés qu'avait eus le tableau sur les militaires du Meurice, Parks avait rapidement deviné qu'il s'agissait d'une copie – une hypothèse osée qui cependant collait assez bien, d'une part, avec l'existence des esquisses que Géo Grandin avait réalisées avant de mourir et, de l'autre, avec le fait que Crowley eût tenté de monnayer la toile. Cette théorie était aussi corroborée par l'aspect loqueteux et déconfit d'Aimé qui, certes naïf mais doté d'une intelligence plutôt vive, avait dû arriver aux mêmes conclusions en constatant que la destruction du tableau n'avait pas enrayé sa pétrification.

Parks devait vérifier si Aimé détenait au moins quelque indice sur l'endroit où son oncle avait caché l'original – une possibilité qui, pour dérisoire qu'elle fût, était la seule chance qu'avait l'Irlandais d'obtenir son ticket d'entrée au Symposion et de redorer son blason de sorcier, la seule alternative étant une déchéance absolue et des affres si abominables qu'il n'osait y penser. Car ses créanciers outremondains, dont Xotlac, n'auraient pas tardé à réclamer leurs intérêts d'usure en tirant de son âme jusqu'à la dernière goutte de souffrance.

Mais sa persévérance avait fini par porter ses fruits. Après un trajet rocambolesque accroché à l'arrière du taxi qu'Aimé avait pris pour aller à son rendez-vous place Dauphine, Parks avait tout écouté des propos édifiants du comte Orcholevski. Enfin, planté tout près d'Aimé et de Max, il s'était mordu la lèvre pour ne pas exulter quand l'ancien amant de Géo Grandin avait révélé à son jeune ami l'emplacement de l'« atelier hermétique », où devait se trouver le tableau de Sokov.

Le reste avait été un jeu d'enfant. Parks avait laissé Aimé descendre par cette mystérieuse trappe, n'ayant plus qu'à l'assommer et récupérer le tableau dès qu'il était réapparu, cinq minutes plus tard. Après avoir hésité à le supprimer, il l'avait épargné – dans un accès de cruauté, car maintenant qu'Aimé avait perdu toute chance de récupérer la toile, le sort qui l'attendait n'était pas des plus enviables. Sans compter la mauvaise surprise que cette petite crapule aurait en revenant à lui, car Parks avait quitté les lieux en faisant grand tapage et il y avait fort à parier qu'Aimé ait été réveillé par la police.

Avant de s'éclipser, Parks s'était aussi emparé de la clé de l'atelier, dont il irait inspecter le contenu aussitôt que possible. La cache de Géo Grandin ne pouvait receler que de fabuleux trésors, il en aurait mis sa main au feu. Décidément, qui aurait pu nier qu'Arthur Parks avait de nouveau le vent en poupe ?

En arrivant sur le terrain vague où le campement dormait encore, Parks éprouva du soulagement à l'idée qu'il allait enfin pouvoir quitter cet endroit minable et cette tribu de pouilleux pour passer à la phase suivante de son plan : se trouver un logement digne de ce nom et goûter à un repos bien mérité, agrémenté de plaisirs dont il s'était depuis trop longtemps privé, en attendant de recevoir son invitation officielle au Symposion. Ce qui ne saurait tarder.

Il devait auparavant rassembler quelques effets personnels et l'essentiel de son attirail de sorcier – et peut-être aussi dormir une heure ou deux, songea-t-il en cherchant dans ses poches la clé du cadenas qui fermait la porte du baraquement, car il était épuisé.

Ce fut alors que, venant de nulle part, un coup puissant l'atteignit à la tempe et l'envoya rouler dans la poussière. D'instinct, sa main se dirigea vers le pistolet fourré à l'arrière de son pantalon, mais il n'eut pas le temps d'en effleurer la crosse qu'une ombre fondit sur lui et l'assomma d'un violent coup derrière la tête.

Il reprit connaissance avec un goût de sang dans la bouche, à l'intérieur du baraquement. Son crâne l'élançait d'une douleur atroce, comme s'il avait servi de maillet pour planter des pieux. Il voulut porter la main à son front, mais ses poignets étaient solidement ligotés derrière le dossier de la chaise sur laquelle on l'avait assis. Gébrek, le visage tatoué déformé par un rictus découvrant quelques dents pourries, se tenait à deux pas devant lui.

— Gébrek ? Qu'est-ce que ça veut dire ?

— À la bonne heure, tu es vivant, dit en anglais une voix par trop familière derrière lui. J'ai craint un moment que tu ne nous quittes sans que je puisse te saluer une dernière fois.

Aleister Crowley entra dans son champ de vision avec un sourire d'hyène. Il tenait sous son bras le sac de toile contenant le tableau de Sokov.

— Tu as fait de l'excellent travail. Je ne t'aurais pas cru capable de récupérer ce tableau qui, tu dois l'admettre, nous a donné bien du fil à retordre à tous les deux. Toutes les chances étaient contre toi, mais tu as persévéré avec la ténacité que je t'ai toujours connue. Bravo.

— Tu as toujours eu tendance à me sous-estimer. Et à surestimer tes propres capacités.

— Allons bon, ne penses-tu pas que je pourrais te retourner cette remarque ? Tu as bien commis quelques faux pas, reconnais-le – sans quoi tu ne te trouverais pas dans cette position inconfortable.

— Je te l'accorde.

Parks désigna Gébrek d'un mouvement de tête qui lui donna la nausée :

— Ne pourrais-tu pas dire à ton nouveau complice de me détacher, pour que l'on puisse parler de façon plus civile, entre gentlemen ?

— Ta principale erreur a été de trop faire confiance à ton assistant. Quelle ironie, n'est-ce pas ? Je me serais épargné beaucoup d'ennuis si j'avais moi-même été plus avisé à l'époque où nous étions tous les deux à New York.

— Comment as-tu fait pour me retrouver ?

— Maintenant je peux bien te le dire. Au détour d'une conversation, Xotlac m'a appris que tu t'étais présenté devant lui avec un autre sorcier devenu ton protégé, le brave Gébrek ici présent. S'il m'était impossible de te retrouver toi, il m'a été plutôt facile d'identifier et de pister Gébrek, qui à ton insu s'aventurait dans l'Outremonde tout seul comme un grand. Tu te doutes bien que je n'ai pas eu trop de mal à le convaincre de retourner sa veste. Il s'est révélé très coopératif.

Comprenant qu'on parlait de lui, le Gitan croisa les bras et prit une allure fière. Il pencha la tête et jeta à Parks un regard plein de dédain et de défi.

— J'ai été surpris en découvrant l'endroit répugnant dans lequel tu as choisi de te terrer, reprit Crowley. Je pensais que tu aurais eu plus de respect pour ta personne. Te sentais-tu plus en sécurité et à ton aise au milieu de la crasse et de la vermine ?

— Gébrek, dit Parks en français, en t'associant à cet homme tu as signé ton arrêt de mort, crois-moi. Libère-moi, je suis prêt à passer l'éponge.

— Allons, allons, dit Crowley. Voilà une tentative fort peu élégante et bien désespérée. Si elle n'était pas si comique, je pourrais la prendre pour une insulte à mon autorité et à la probité de ce brave homme.

— Tu as ce que tu voulais, frère Perdurabo. Tu ne peux pas me reprocher d'avoir convoité le tableau et fait tout ce qui m'était possible pour me l'approprier, car tu n'aurais pas agi autrement à ma place. À quoi bon me tuer ? Je pourrais encore t'être utile.

— Ah oui ? Et à quoi donc, je te prie ?

— Tu ne peux pas nier que mes connaissances en sorcellerie sont considérables, je pourrais de nouveau les mettre à ton service. Cette fois-ci, en gage de bonne foi, je pourrais souscrire un pacte dont tu choisirais les termes. Ne me dis pas quc tu vas enrôler ce Gitan de malheur à ma place. Crois-moi, il n'est pas très fiable.

— Après le Symposion, des foules de thaumaturges bien meilleurs que toi seront prêts à accomplir les pires folies pour s'attirer mes faveurs. Pourquoi m'embarrasser d'un valet de troisième catégorie dont je suis sûr qu'il veut ma peau ?

— Personne ne te comprend mieux que moi, admets-le, et pour ma part je ne te voue aucune rancune. Tout ce qui a pu se passer de désagréable entre nous a été dicté par la nécessité. Cela aussi, tu le sais bien.

— Ah si, il y a bien un petit service que tu pourrais me rendre. Je me demandais à quoi pouvait bien servir ceci.

Crowley sortit de sa poche la clé de l'atelier hermétique, dont la tige de cristal scintilla sous les rayons du jour entrant par les fenêtres brisées. Parks eut un moment d'hésitation.

— Alors ?

— C'est la clé de l'atelier de Géo Grandin, l'auteur du faux tableau qui nous a tant fait courir tous les deux. C'est là que se trouvait la toile de Sokov.

— Un sorcier, lui aussi ?

— Non, mais indiscutablement un génie. Si tu veux, je peux te montrer l'endroit où se trouve cet atelier.

Les yeux de Crowley allaient de l'expression anéantie de Parks, dont le front était bombé par un énorme hématome, à la surface luisante de la clé. Il parut réfléchir un moment.

— Bah, j'aurai tout le temps de m'y intéresser plus tard, dit-il en sortant le pistolet de Parks de l'arrière de la poche de son pantalon.

Parks tira sur ses liens, Gébrek se raidit.

— Cet atelier contient mille et un trésors. Même avec ta sorcellerie, tu ne pourras pas le localiser, car il est scellé magiquement. Mais moi, je peux t'y conduire.

— Tes tentatives pour gagner du temps sont pathétiques. Mieux vaudrait que tu fasses preuve de dignité à ce moment précis de ton existence, car c'est le dernier.

Parks reconnut dans la voix de Crowley le ton des décisions irrévocables. Des larmes roulèrent sur ses joues. Il n'avait plus aucune carte à jouer.

— Réfléchis, Crowley.

— Comme je suis un gentleman, je vais t'accorder une dernière faveur. Je vais te laisser le choix entre une balle dans la nuque et le regard de Méduse.

Il y eut un silence, à peine troublé par les rires lointains des enfants roms qui jouaient au bord du fleuve et le chant d'un oiseau solitaire qui célébrait cette belle matinée d'été. Parks demeurait interdit, comme si toute vie l'avait déjà quitté.

— Alors ? Le tableau ? demanda Crowley.

Avec un mouvement presque imperceptible, Parks hocha la tête.

— Excellent. Voilà qui te ressemble plus.

Lentement, Crowley ouvrit le sac. Gébrek, qui ne comprenait rien à la conversation, fronça ses sourcils broussailleux.

— Tu sais, d'une certaine façon, je t'envie. Les hommes qui ont consacré leur vie à la connaissance des secrets de l'univers sont légion, mais tous, ou presque, sont morts avant d'avoir pu contempler le plus grand des mystères – le plus abscons, le plus profond, celui dont tous les autres découlent, le seul qui vaille le sacrifice d'une existence entière. Car la vie même n'a de sens qu'à partir des yeux dans lesquels tu vas maintenant plonger les tiens. Tu devrais m'être reconnaissant.

À ces mots, Parks s'anima. Il esquissa un sourire et jeta à Crowley un regard de défi.

— Tu as raison, Perdurabo. J'ai croisé beaucoup d'ombres dans l'Outremonde, je sais ce qui m'attend. Mais je ne veux pas mourir sans voir – et ce que je verrai, je reviendrai te le raconter au moment où tu t'y attendras le moins.

Sentant l'air s'électriser, Gébrek recula et faillit perdre l'équilibre en butant contre un tas de planches vermoulues. Parks serra les dents et inspira aussi profondément que le lui permirent ses côtes fêlées.

D'un geste souple, Crowley glissa le tableau hors du sac et le présenta à l'Irlandais.

L'espace d'un éclair, Parks vit un fouillis d'angles impossibles et de courbes mouvantes – non, une cité en ruine – non, un visage – non… Tout s'éteignit quand ses yeux devinrent deux cailloux ronds. Ses oreilles furent envahies par une foule de murmures caverneux, ses narines par une odeur de terre humide. Il voulut crier, mais sa langue et sa gorge s'étaient déjà changées en pierre. Une force irrésistible expulsa l'air de sa poitrine, il sentit une main de titan lui broyer la tête, et ce fut tout.

Crowley, fasciné, demeura un instant à observer l'expression de terreur figée sur le visage de Parks, à présent entièrement statufié, vêtements compris. La transformation n'avait pas duré plus de trois secondes et s'était accomplie dans le silence le plus complet.

Il jeta un coup d'œil à Gébrek, qui offrait un spectacle similaire. Le corps du gitan, lui aussi pétrifié, était encore debout, saisi dans une attitude de repli, les bras figés dans un mouvement inachevé pour se protéger les yeux.

« Aucun doute cette fois, c'est bien l'original », se dit le sorcier. Avec la plus grande prudence, il glissa de nouveau le tableau dans le sac et, tout en sifflotant, se mit à la recherche d'une pioche ou d'une masse dans le fatras ambiant pour détruire les statues des deux malheureux.

III

D'UN ENFER L'AUTRE

1.

À cent cinquante kilomètres de la capitale, le conflit le plus vaste et meurtrier que le monde eût jamais connu faisait rage, réclamant chaque jour son tribut de sang, inaugurant le siècle de sa marque infâme. Tandis que l'Empire russe s'écroulait, qu'une guerre civile se déclarait en Chine et que Lawrence d'Arabie fomentait la révolte des Arabes contre les Ottomans, des dizaines de milliers de Français et d'Allemands, entre Reims et Laon, étaient engagés depuis des mois dans une bataille dont dépendait le futur de l'Europe.

— Les fumiers, ils n'y vont pas de main morte, dit Titi. À bout de munitions, mes fesses.

— Te bile donc pas, dit Grand Georges. Ça, c'est rien, crois-moi.

— Rien ? C'est le plus gros marmitage depuis qu'on est remontés en ligne, dit Toc-Toc. Ils mijotent un coup, c'est Bibi qui te le dit.

— Ouais, c'te fois ils ont l'air de vouloir en découdre, dit la Brouette en grinçant des dents. Préparons-nous, ça va décoiffer.

Vingt minutes plus tôt, le tout premier obus d'un pilonnage matinal était tombé à une trentaine de mètres de là, touchant de plein fouet la tranchée de la Dragonne, sur la crête du Chemin des Dames. L'explosion avait englouti plusieurs soldats, dont trois soupiers chargés de boules de pain, de bouteillons et de bidons de vinasse autour desquels les autres se pressaient. Dans le branle-bas qui avait suivi, la moitié de l'escouade du sergent « Grand Georges » Duranton – cinq hommes en tout – s'était entassée à la hâte dans une cagna mal étayée qui se serait transformée en tombeau au premier impact direct.

— Ils auraient pu attendre qu'on ait fini de croûter, dit Toc-Toc.

— Leurs 250 sont en pleine action. Cette fois-ci, je crois que l'arrière est en train de déguster aussi, dit Grand Georges, capable de déterminer à l'oreille le calibre des obus et la distance des détonations avec une précision d'accordeur de piano.

— Bah, ça leur fera un peu d'exercice, aux bras cassés de la deuxième ligne.

— Y a pas moyen d'aller récupérer quelque chose à becqueter ? Qui c'est qui s'y colle ? demanda Toc-Toc.

— C'est bizarre que le lieutenant ne la ramène pas. À l'heure qu'il est, on devrait déjà être dans la tranchée d'assaut, dit la Brouette.

— Il a peut-être été touché, dit Titi. Il était pas loin des soupiers quand l'obus est tombé. Près des sapeurs, les Auvergnats.

— T'as raison, dit la Brouette. Y a guère que ça pour lui clouer le bec, à ce cinglé.

— Ce serait trop beau, dit Toc-Toc.

— Fermez-la, grogna Grand Georges en se signant.

— Quoi, on peut plus charrier un peu ? protesta la Brouette de sa voix grasseyante. Il est probablement en train de boire son café peinard, le lieutenant. Et puis tout le monde sait que tu ne le portes pas dans ton cœur.

— Vous allez finir par nous porter la poisse.

Grand Georges n'avait pas besoin de ses galons de sergent pour se faire entendre. Les états de service héroïques de ce colosse à l'épaisse barbe blonde imposaient le plus grand respect. Lorsqu'il avait été appelé sous les drapeaux, en 1915, il travaillait comme boucher au marché d'Aligre et luttait sur les rings semi-professionnels de la capitale sous le pseudonyme de l'« Ange blond » pour arrondir ses fins de mois.

En deux ans et demi passés au front, il avait écopé d'une douzaine de blessures. S'il n'avait presque rien vu de la bataille de la Marne, un éclat de shrapnel lui ayant traversé le côté dès les premiers échanges, il avait fait tout Verdun, y laissant entre autres le petit doigt et l'annulaire de la main gauche, et avait reçu une décoration lors de la grande offensive d'avril 1917 qui, au prix de plusieurs dizaines de milliers de morts, avait permis aux Français de reprendre le plateau de Craonne, où le sergent se trouvait encore en ce début du mois d'octobre.

Le prestige dont ces faits d'armes le paraient aux yeux de ses compagnons était accru par d'autres épisodes de sa vie de soldat, plus obscurs ceux-là, qui l'avaient vu impliqué dans les mutineries de juin. On savait qu'en cette occasion Grand Georges avait eu maille à partir avec le lieutenant Richard Mâchefer, jeune saint-cyrien au courage et au zèle effroyables qui n'avait pas hésité à exécuter quelques mutins avec son arme de poing dans les tranchées d'assaut. Même si beaucoup de rumeurs circulaient à ce sujet parmi les troupiers, personne ne savait ce qu'il s'était réellement passé entre les deux hommes et on s'étonnait que le sergent se trouvât encore sous le commandement direct de Mâchefer.

Les deux vétérans Émile Brouet, dit « la Brouette », et Achille Delaporte, alias « Toc-Toc », se comptaient parmi les rares compagnons d'armes qui pouvaient toucher cette corde sensible de Grand Georges sans risquer plus qu'une simple rebuffade. Les deux bleuets – Thibault Thibaudet, « Titi », et Aimé Grandin, surnommé « la Carpe » en raison de sa proverbiale loquacité – serrés dans l'abri avec les trois hommes ne s'y seraient guère hasardés.

Un obus tombé plus près que les autres fit trembler la cagna et un peu de terre s'effrita sur les casques des poilus qui, comme un seul homme, serrèrent les dents et rentrèrent la tête dans les épaules.

— Dis donc, c'est que je commence à avoir la dalle, moi aussi, dit Grand Georges avec humeur. La Carpe, tu veux pas aller glaner quelque chose ?

— Bonne idée. Les soupiers ont dû laisser tomber les hors-d'œuvre, dit la Brouette en se tournant vers Aimé. Rapporte-nous un truc à claper.

— Et une bonne boutanche de côtes-du-rhône, pendant que tu y es – hé ! Grandin, t'es bouché ou quoi ? dit Toc-Toc en bourrant les côtes de son voisin.

Aimé sursauta et renvoya un regard inexpressif à ses camarades. Sans se presser, il ajusta la sangle de son casque, remonta le col de sa capote boueuse, empoigna son fusil et sortit de l'abri à croupetons dans la lumière grise du petit matin.

Dehors, l'averse qui tombait depuis l'aube s'était intensifiée en même temps que le tonnerre continu du pilonnage. Aimé jeta un coup d'œil à droite et à gauche dans le boyau. Quelques hommes restés hors des abris bondés, recroquevillés contre les parois dégoulinantes de boue, tournèrent leurs mines terreuses et résignées dans sa direction. Au loin, des ordres et des cris impossibles à localiser perçaient de temps à autre le grondement des détonations.

Penché en avant, avec une attitude rappelant celle des rats qui infestaient les lieux, Aimé fila vers l'endroit où se trouvaient les soupiers quand l'obus les avait emportés, détruisant un segment de tranchée à présent obstrué sur plusieurs mètres par un monticule de terre mêlé de planches brisées, de sacs de terre éventrés et de cadavres.

Toutes les rations restées en surface avaient été raflées. De l'autre côté de l'éboulement, deux soldats équipés de pelles-pioches avaient mis la main sur trois bouteillons intacts. Aimé les héla d'une voix forte.

— Hé ! Passez-moi un bouteillon ! On n'a pas encore croûté, vers là-bas ! précisa-t-il en indiquant la direction d'où il provenait.

L'un des deux creuseurs releva la tête – un sergent, d'après les galons sur les épaules de sa capote.

— Et nous ? Pourquoi tu crois qu'on creuse ?

Le sergent envoya une pelle à Aimé par-dessus les éboulis. De mauvaise grâce, Aimé posa son fusil et se mit à la tâche.

Ayant passé une bonne partie de la nuit précédente à effectuer des travaux de remblaiement, tous les muscles de son corps se rebiffaient à chaque pelletée. Les autres allaient se demander ce qu'il fabriquait, mais ils pouvaient bien patienter. Attendre, c'était encore ce que les poilus savaient faire de mieux.

— Il reste encore du monde là-dessous ?

Les deux autres lui lancèrent un regard noir, échangèrent quelques mots dans un mystérieux patois et continuèrent leur besogne.

Aimé déterra un fusil, deux grenades citrons, une pipe, un casque et un chapelet de boules de pain couvertes de boue, immangeables, encore enfilées sur la courroie utilisée pour les transporter. Sa pelle s'enfonça ensuite dans les entrailles d'un mort éventré, dont elle tira un long bout d'intestin en ressortant du terrain.

Il était fréquent, en effectuant des travaux de sape ou de terrassement, de retrouver les restes de soldats tombés lors de précédents combats. Mais la soudaineté de cette découverte macabre le glaça, suscitant en lui une puissante nausée.

En première ligne depuis quelques jours seulement, et sans aucun assaut à son actif, Aimé n'était pas encore endurci à ce genre d'atrocité. Son premier contact avec la banalité de la mort avait été affreux. En arrivant au front, vers la ferme de Certeaux – un tas de ruines repris en septembre aux Allemands –, un camion s'était renversé juste au moment de croiser son escouade sur une route défoncée, répandant sur le bas-côté un plein chargement de corps et de membres à différents stades de décomposition. Le spectacle et l'odeur étaient si abominables qu'Aimé et Titi avaient sur-le-champ rendu tripes et boyaux. Cela s'était reproduit le lendemain quand des hommes de corvée de cadavres, équipés de longs crochets à quatre pointes, étaient passés dans la tranchée à l'heure de la soupe chargés de toiles de tente remplies de restes humains, éclaboussant Aimé d'un liquide pestilentiel. Le haut-le-cœur qui l'avait saisi fut si violent qu'il avait cru vomir son âme. Parmi les témoins de la scène, certains avaient ri. D'autres, dont Grand Georges et la Brouette, qui l'avaient déjà pris sous leur aile, avaient fait preuve de sollicitude. « Laisse-les rigoler, lui avait dit Grand Georges. Ils jouent les durs, mais ils ont juste appris à pas dégueuler. On s'habitue jamais à ça. »

Un shrapnel explosa tout près d'Aimé, qui se jeta à plat ventre sur le talus avec un temps de retard. Le nez dans la boue, il demeura immobile quelques instants et fit mentalement le tour de ses membres pour s'assurer qu'aucun ne manquait à l'appel, redoutant à tout moment de se sentir submergé par la douleur d'une blessure. Puis, sonné, les oreilles sifflantes, il se mit lentement à genoux et rajusta son casque.

Ce fut alors qu'il s'aperçut de la présence du lieutenant Mâchefer à quelques mètres derrière les autres creuseurs, qui se relevaient eux aussi, apparemment indemnes. L'officier se trouvait dans l'alcôve d'un poste de guet, droit comme un piquet, observant les positions ennemies à l'aide de jumelles. Comment Aimé ne l'avait-il pas vu plus tôt ?

Parmi les gradés qu'Aimé avait croisés, aucun n'était aussi intimidant. C'était un homme grand et sec, arborant un bouc noir soigneusement taillé en pointe. Ses petits yeux noirs rapprochés transperçaient comme des baïonnettes tout ce sur quoi ils se posaient. L'autorité naturelle qui émanait de lui était d'autant plus impressionnante qu'il n'avait que vingt-deux ans, l'âge d'Aimé, mais personne n'aurait associé l'épithète « jeune » à son nom. Sa voix de baryton aux accents tranchés rivalisait au front avec le fracas des canons. Que de fois ne l'avait-on vu galvaniser ses hommes avant l'assaut, debout, à découvert, bravant l'enfer de la mitraille ? Malgré sa réputation de tyran, son courage inouï lui valait le respect de ses hommes, dont il partageait les sacrifices et les privations, même si ces dernières ne semblaient pas l'affecter. Car il mangeait peu et ne dormait que deux ou trois heures par nuit, sans jamais trahir aucun signe de fatigue. Et surtout, malgré une longue liste d'assauts suicidaires à son actif, on ne l'avait jamais vu saigner.

Ce dernier fait, plus que tout autre, était à l'origine des contes de bonnes femmes qui circulaient à son sujet parmi les troupiers. On se disait en plaisantant qu'il n'était pas né des entrailles d'une femme mais d'un trou d'obus. Certains juraient avoir vu des projectiles rebondir sur son uniforme. D'autres, dont la Brouette, affirmaient qu'il avait la capacité de se trouver à deux endroits différents au même moment.

Surpris par son apparition soudaine, Aimé se demandait si ces rumeurs sur le don d'ubiquité du lieutenant n'avaient pas quelque fondement quand l'officier tourna la tête dans sa direction, fronça les sourcils et – geste étrange – regarda dans ses jumelles pour l'observer.

Aimé eut un pincement à l'estomac. Même s'il n'avait rien à se reprocher, il se sentit soudain aussi vulnérable que si un Boche l'avait tenu en joue. S'il avait appris quelque chose en intégrant le régiment, c'était qu'il valait mieux ne pas se trouver dans le collimateur de Mâchefer. Aussi se dépêcha-t-il de se remettre debout pour se donner une contenance.

Il s'aperçut alors que son amulette – celle que Parks lui avait fabriquée dans une autre vie – avait glissé hors du col de son uniforme quand il s'était jeté à terre, et eut soudain l'intime certitude que c'était ce détail qui avait attiré l'attention de l'officier.

Il s'empressa de remettre le pendentif à sa place, gauchement, car le froid lui avait engourdi les doigts. Mâchefer abaissa ses jumelles et continua de le fixer, un léger sourire sur son visage sévère. Médusé, craignant de recevoir un de ces ordres vicieux dont le lieutenant avait le secret, Aimé était devenu sourd au tonnerre du front, mais Mâchefer se tourna de nouveau vers les tranchées allemandes et le seconde classe tremblant se remit à creuser en prenant soin de ne plus relever la tête.

Quelques minutes plus tard, le pilonnage avait perdu de son intensité et Mâchefer avait disparu. Muni d'un bouteillon exhumé du talus, Aimé regagna l'abri où l'attendaient Grand Georges et les autres.

Arrivé au seuil de la cagna, il découvrit ses camarades en train de manger. Un autre fantassin qu'Aimé ne connaissait que de vue occupait sa place, un bouteillon de soupe entre les jambes.

— Qu'est-ce que tu fichais ? lui lança Toc-Toc. On commençait à croire que tu nous avais lâchés pour grailler en loucedé.

— Le Dodu s'est pointé avec des hors-d'œuvre, dit la Brouette. T'as bien fait de rapporter du rabiot, on t'a rien laissé.

Tout en mâchant un bout de cartilage pêché dans son bouillon, le Dodu, un petit homme qui devait son surnom à son extrême maigreur, sourit à Aimé derrière son épaisse barbe poivre et sel encroûtée de boue.

— C'est pas vrai, il reste encore du pinard et de la soupe. Viens, on va se serrer.

Aimé passa son butin à ses camarades, entra dans l'abri et joua un peu des coudes pour se faire une place dans l'obscurité du terrier.

— Tiens, dit la Brouette en lui tendant une demi-boule de pain. Je déconnais.

— J'ai pas faim, merci.

— Oh, là, mais c'est qu'on est susceptible ! Fais pas cette couenne ! Vas-y, la Carpe, mange. On ne sait pas ce que la journée nous réserve.

Le Dodu tendit à Aimé un gobelet de métal rempli de vin.

— Rince-toi le gosier, au moins.

Pour couper court, Aimé prit le gobelet et y trempa les lèvres. Ce qu'il disait était vrai : non seulement il n'avait aucun appétit, mais il sentait aussi monter en lui une vague nausée que la vinasse enrayerait peut-être.

— La Brouette a raison, tu devrais te forcer à manger, dit Grand Georges.

— La Carpe, fit la Brouette, tu connais l'histoire du Croqueur de Verdun ?

— Non.

— Ah, merde, la Brouette ! C'est pas le moment ! s'exclama le sergent.

— Quoi ? Ça tombe à pic, au contraire.

— Vas-y, raconte, je la connais pas non plus, dit Titi.

— La bataille de Verdun, ça vous dit quelque chose ? Eh bien, à Verdun, la soupe était pas mieux qu'ici. Mais il a quand même fini par la regretter, le Croqueur. C'était à Mort-Homme, près du bois d'Avocourt, au nord-est de la ville. En juillet. La 38e division d'infanterie tenait le secteur et repoussait comme elle pouvait l'avancée des Boches venant du nord. Ça canardait et ça marmitait depuis des mois. D'un côté comme de l'autre, on tombait comme des mouches. Inutile de vous dire qu'il ne restait plus grand-chose du paysage.

— Il raconte bien, hein ? fit Toc-Toc en bourrant les côtes de Titi. À croire qu'il y était vraiment.

Titi et le Dodu rigolèrent.

— Non, j'étais du côté de Reims à l'époque – tout près d'ici. Et on en a bavé aussi. Mais c'était rien par rapport à ce qui se passait là-bas, à Verdun. Grand Georges, lui, il y était, mais dans un autre secteur.

Grand Georges, le nez plongé dans sa gamelle, n'eut aucune réaction. Le Dodu sortit une blague de tabac de la poche de sa capote et commença à se rouler une cigarette.

— Vas-y, continue.

— Les nôtres tenaient bon, ils ne lâchaient pas un pouce de terrain. Mais les Boches ne démordaient pas non plus. Ils étaient planqués dans les bois, ou ce qu'il en restait, et leur côté du décor était truffé de mitrailleuses. Tous nos assauts ou nos contre-assauts étaient repoussés avant même que les plus braves ne parcourent la moitié de la distance qui séparait les tranchées.

— C'est original, dit Toc-Toc.

— Un jour, les crèmes décident de faire une trêve d'une demi-journée pour ramasser les morts. C'était pas joli à voir. On était en juillet, je vous ai dit. Les macchabées avaient faisandé sévère, il y en avait dans tous les sens. C'est là que les brancardiers ont découvert le Croqueur. C'était un troufion, comme nous. Il manquait à l'appel depuis deux semaines. Vu la boucherie, personne ne s'attendait plus à le revoir. Mais voilà-t-y pas qu'on le retrouve au fond d'un entonnoir – et sans une égratignure, encore ! Pendant tout ce temps, le pauvre gars n'avait pas bougé de son trou ! Il avait perdu la raison… Quand ses copains sont arrivés, il les a accueillis en chantant « Auprès de ma blonde » et il ne voulait pas décarrer de son terrier – à trois qu'ils s'y sont mis pour le faire sortir ! Et pour survivre, tu sais ce qu'il faisait ? Je te le donne en mille, il bouffait les morts ! *Croc ! Croc !*

Titi, bouche bée, remonta ses lunettes sur son nez.

— Et pour boire ? Tu nous as dit qu'il pleuvait pas des masses. Et puis il mangeait des Boches ou des Français ?

— Comment ça, des Boches ou des Français ? Ça fait une différence ?

— On peut pas reprocher à un poilu de « bouffer du Boche ».

— Ah, mais c'est qu'il en a de bonnes ! lança Toc-Toc.

— Tu gamberges trop, Titi. La morale de mon histoire, c'est qu'il vaut mieux avaler notre pitance sans rechigner, même si c'est pas très réjouissant.

Un court silence morne et méditatif s'installa dans l'abri. Dehors, le pilonnage avait encore perdu de son intensité. La pluie continuait de tomber.

— Au fond, t'as peut-être raison, repartit la Brouette. Si les cochons sont goûteux, pourquoi pas les Allemands. C'est pas la viande qui manque. Travers de Boche rôtis, pieds de Boche vinaigrette…

On rit.

— Arrête ! Tu me mets l'eau à la bouche ! fit le Dodu en passant sa cigarette à Toc-Toc.

— Et qu'est-ce qu'on en a fait, du Croqueur ? demanda Titi.

— J'imagine qu'il doit être interné quelque part à l'arrière.

— Tout ça, c'est des conneries, intervint Grand Georges. La preuve, c'est que cette histoire circulait déjà dans la troupe avant Verdun. Je suis sûr qu'on a un Croqueur des Ardennes, un Croqueur de la Somme et ainsi de suite.

— Je vois bien Titi en Croqueur du Chemin des Dames, dit Toc-Toc. Ses lunettes lui donnent une vague allure de cannibale.

— Moi, dit la Brouette, je disais ça pour la Carpe. S'il continue à rien bouffer il va nous faire une syncope dès qu'il y aura de l'action. Hé, la Carpe, tu roupilles ou quoi ?

— Laisse-le dormir, dit Grand Georges. Ça ne pète plus, on dirait que les Boches se sont lassés de canarder. Je crois que moi aussi je vais piquer un somme. Juste quelques minutes avant l'appel.

Le reste de la journée se poursuivit sans événement notable. Peu après le pilonnage du matin, la distribution du courrier répandit dans les tranchées l'habituelle vague d'émotions. Tout en vaquant à leurs occupations, les hommes échangèrent des nouvelles de l'arrière et de leur famille, exhibant des photos et donnant lecture des lettres qu'ils conservaient souvent contre leur cœur comme une petite cuirasse de mots. Pendant une heure ou deux, ces bavardages étaient un palliatif efficace au train-train meurtrier de la première ligne. Après quoi, quand on n'était pas de vigie, de corvée ou occupé à tuer l'ennemi, on tuait le temps. On s'entassait dans les abris pour s'épucer, dormir, fumer, jouer aux cartes ou écrire à ses proches, autant d'activités auxquelles on pouvait se livrer en plein air quand la météo était clémente et qu'on n'était pas trop exposé aux tirs allemands. Dans ce cas, les troupiers bivouaquaient par petits groupes épars, évoquaient les permissions à venir, le prochain assaut ou la relève qui tardait à arriver, ne manquant aucune occasion de tempêter contre les planqués de l'arrière et de se chambrer les uns les autres, sport dans lequel ils excellaient. En général, on ne loupait pas une occasion de plaisanter, et quand celle-ci manquait, las de radoter, on observait en silence les allées et venues dans son bout de tranchée – sapeurs, brancardiers, hommes du génie, ramasseurs de cadavres, ravitailleurs en tous genres, parfois aumôniers et officiers supérieurs entourés d'autres képis. À la fois épuisé et incapable de fermer l'œil, on vivait dans l'imminence du coup de sifflet qui aurait mis fin à cet ennui mortel qu'on aurait aussitôt regretté.

Aimé, à qui personne n'écrivait, et qui ne jouait ni ne lisait, passa la journée claquemuré dans le silence qui lui avait valu son surnom. Hormis deux heures de vigie passées en début d'après-midi à l'extrémité de son secteur, vers le bois dévasté de l'Épine de Chevregny, le temps s'écoula pour lui dans le plus complet désœuvrement.

Vers le soir, le ciel s'étant dégagé, il s'installa au fond d'un trou d'obus que les troupiers avaient élargi, étayé et couvert d'une toiture de rondins pour constituer un petit abri. En faisant abstraction de l'humidité et des rats, l'endroit, qui était aussi pourvu d'une sorte de plancher, était passablement confortable. Emmitouflé dans une peau de mouton épouillée à la hâte, Aimé s'y recroquevilla avec l'espoir de dormir un peu avant d'aller relever les équipes de remblaiement dans les tranchées d'assaut. Mais à peine eut-il fermé les paupières que son esprit, enfin libre, le ramena comme toujours à l'enchaînement d'événements abracadabrants qui l'avaient mené jusque-là.

Tout avait périclité avec son arrestation. Quand il était revenu à lui, étendu sur le sol froid de la cave, les mains liées derrière le dos, un type le secouait par les épaules, celui-là même qui l'avait ligoté : un certain André Gourdin, gardien de la paix, qui habitait au premier étage de l'immeuble. « Ah ! je t'ai bien coincé, vermine ! Attends que mes collègues arrivent ! T'es bon pour la cabane ! Salopiaud ! » Deux autres voisins étaient là, ébouriffés et tout abrutis d'avoir été réveillés en pleine nuit. Ensemble, ils traînèrent Aimé sous le porche d'entrée, où ils furent bientôt rejoints par deux îlotiers que le concierge avait alertés.

En écoutant le rapport que Gourdin fit à ses collègues, Aimé comprit que les choses ne s'étaient pas passées comme il l'avait tout d'abord cru : « J'ai entendu un grand tapage venant de la cave, alors je suis allé voir, et c'est là que je l'ai trouvé sur le sol, sans connaissance. Mon idée, c'est qu'ils étaient deux. Celui-là s'est chamaillé avec son complice, qui l'a assommé avant de s'enfuir avec le butin. »

Pendant qu'il niait tout en bloc, Aimé essayait de reconstituer mentalement ce qu'il s'était réellement passé. Si ce n'était pas Gourdin qui l'avait assommé, c'était un autre – et qui d'autre que Parks ? La disparition du tableau et de la clé de l'atelier confortait tragiquement cette hypothèse.

Ignorant tout du drame en train de prendre forme dans sa tête, les agents continuaient de le harceler de questions : « Vous étiez deux, hein ? – Non, non. – Qu'est-ce que vous étiez venus voler ? – Mais rien, je m'appelle Aimé Grandin, c'est moi le propriétaire ! »

Il avait dit cette phrase sans y penser – c'était pourtant vrai ! Comment n'y avait-il pas songé plus tôt ? Son oncle étant décédé, la cave lui appartenait. On ne pouvait pas être accusé de forcer la porte de sa propre cave, fût-ce en pleine nuit.

« Qu'est-ce que vous nous chantez là ? », dit l'un des agents. « Grandin, oui, c'est bien le nom du propriétaire ! Ça fait des semaines qu'on l'a pas vu », intervint le concierge. « Il est mort, c'est moi l'héritier », dit Aimé. « Grandin ? Ça y est ! Je me souviens ! Je te remets, maintenant ! » s'écria Gourdin. Aimé et Gourdin se reconnurent au même moment. « Je l'ai contrôlé l'autre soir du côté de la Villette ! Il a des faux papiers de réforme ! C'est un planqué ! »

Après un passage au commissariat, on avait transféré Aimé dans une cellule de la Conciergerie, le temps de faire la lumière sur sa situation – trois jours pendant lesquels Aimé, prostré, en proie à une dépression des plus noires, n'avait ni mangé ni dormi. Alors qu'il était à deux doigts du salut, le sort l'avait à nouveau jeté au fond du gouffre, avec en prime ce pied de nez, cette signature de la mauvaise fortune : se faire alpaguer par un condé qui l'avait dans le collimateur dix jours plus tôt, pouvait-on être plus malchanceux ? Après cela, comment ne pas croire que son destin ne fût entre les mains de démons cruels et moqueurs ?

Contre toute attente, son affaire avait été traitée rapidement – trop, selon lui, pour ne pas voir dans cette diligence insolite de l'administration judiciaire un nouveau signe du destin ou de la « densité des événements ». Le procès n'eut lieu qu'une semaine après son arrestation. S'il fut reconnu qu'il était bien, en tant qu'héritier de Géo Grandin, le propriétaire légitime de la cave où on l'avait appréhendé, et donc nullement accusable de cambriolage avec effraction, on l'inculpa en revanche d'avoir fait usage de certificats médicaux de complaisance délivrés par un certain docteur Paluchier, actuellement derrière les barreaux, pour obtenir des documents de réforme définitive auprès des services de l'armée. Le procureur, en rappelant les chefs d'accusation, ne manqua pas de rendre hommage à l'adjudant Gourdin, dont le flair avait permis de démasquer cette supercherie.

Aimé se voyait déjà croupir plusieurs années à la Santé ou les fers aux pieds sous le cagnard guyanais. Mais à la surprise générale, le juge, un certain Barnabé Lialot – magistrat au comportement excentrique et au faciès bizarre que personne ne semblait vraiment connaître – accéda à la proposition de l'avocat défenseur de transmuer la peine prévue en enrôlement sous les drapeaux. Les motifs invoqués étaient le manque chronique de soldats au front, la volonté du jeune Grandin de se racheter et, surtout, le fait que d'autres individus dans son cas avaient tout récemment bénéficié du même traitement.

Comme de bien entendu, Aimé fut jugé bon pour le service par les médecins du Conseil de révision, qui mirent les petites croûtes crayeuses dont sa peau était recouverte par endroits sur le compte d'un « psoriasis atypique non contagieux », et aussitôt envoyé à Fontainebleau pour faire ses classes.

C'est là, en proie à la plus profonde dépression, qu'il reçut une initiation au maniement du matériel militaire – fusil, grenades, crapouillot, masque à gaz – et au fonctionnement de la chaîne de commandement. Mais il n'eut pas le temps d'apprendre les techniques d'assaut et de combat rapproché que sa formation fut brutalement interrompue par un ordre tombé d'en haut, décrétant son affectation au 288e régiment de la 67e division d'infanterie et sa montée en ligne immédiate.

Dans son entourage, l'étonnement fut général. Les instructeurs apportèrent leur soutien à Aimé lorsqu'il tenta de protester. La recrue n'était pas encore prête et présentait en outre de piètres dispositions. Tout le monde connaissait le passé de Grandin, mais si la punition allait jusqu'à l'envoyer au casse-pipe sans possibilité de se défendre, autant le fusiller directement. Il devait s'agir d'une erreur – peut-être un cas d'homonymie ? Ne pouvait-on pas au moins différer l'appel de deux semaines, le temps de soumettre Grandin à un entraînement accéléré ? Les ordres étant les ordres, rien n'y fit – résultat qu'Aimé avait présagé dès le début en voyant la signature apposée au bas du document : celle d'un certain colonel Jacques Le Bé-Lialeaud, du ministère de la Guerre.

Aimé quitta donc la caserne avec les recrues de la classe précédente et s'embarqua sur un convoi ferroviaire bondé à destination d'Oulchy-le-Château, dans l'Aisne, où la 67e D.I. s'apprêtait à regagner le front. Cela remontait à une semaine à peine. On eût dit un an.

Depuis, le seconde classe Grandin n'avait cessé de remâcher cette suite de circonstances aberrantes, à tel point qu'elles ne suscitaient plus en lui aucune réaction. Comme tous ses compagnons d'armes, il s'était résigné à une mort certaine, mais contrairement à eux, s'il ne tombait pas au feu frappé par une balle, déchiqueté par un shrapnel, égorgé par un nettoyeur de tranchées, pulvérisé par un obus ou suffoqué par des gaz, son « psoriasis atypique » finirait par le liquider.

Ne pouvant se soustraire à l'angoisse de sa fin prochaine, il s'en accommodait comme un condamné à mort dans sa cellule. Parfois, des plages de pensées consolatrices émergeaient malgré lui de ses divagations macabres. Dans sa courte vie, il avait connu l'amitié et l'amour, côtoyé des individus exceptionnels et rêvé d'un avenir radieux. Les événements extraordinaires qu'il avait traversés au cours des dernières semaines lui avaient montré que l'univers et l'existence échappaient totalement à la notion qu'en avait le commun des mortels, ce qui était sans doute une sorte de privilège. Ses mésaventures lui avaient appris à reconnaître l'œuvre de puissances occultes derrière les coïncidences qu'il rencontrait sur son chemin. Et avec l'irruption de Lialot et Lialeaud dans son destin, un pressentiment lui disait que la loi de densité des événements avait d'autres surprises en réserve. Mauvaises, probablement – mais qui sait, tout n'était peut-être pas encore joué.

2.

Depuis qu'il avait accueilli chez lui Viktor Tombo, Mordechaï Azra avait banni toute forme de loisir de son emploi du temps. Finies les flâneries chez les antiquaires ou les bouquinistes le long de la Seine pour se détendre après de longues heures de travail. Terminées les sorties aux expositions ou aux salles de vente aux enchères. Un petit whist ou quelques manches de poker à l'Hypnos après dîner ? Impossible. Son patient exigeait un suivi constant et le médecin était plus que jamais cloué chez lui.

Certes, depuis qu'Azra était allé le repêcher à Sainte-Anne, Viktor avait fait des progrès aussi rapides qu'inespérés, mais on ne pouvait pas encore dire que son état se fût stabilisé. Et il revenait de très loin.

En voyant la tournure que prenaient les événements dans le miroir magique de Bélialo, Azra s'était précipité au domicile de Viktor, mais étant donné la rareté des fiacres à cette heure-là, la distance considérable à parcourir et l'orage qui avait repris de plus belle, transformant certaines rues en torrents ou en étangs remplis d'embûches, il n'avait pas réussi à arriver sur les lieux en moins d'une heure.

Sur place, le concierge d'un immeuble voisin lui avait raconté les faits. Peu avant l'aube, les hurlements de Viktor avaient réveillé tout le quartier. Sous les regards sidérés des riverains retranchés derrière leurs fenêtres, le forcené courait dans tous les sens sous la pluie, nu comme un ver. Il se frappait la tête, s'arrachait les cheveux et poussait des cris à glacer le sang. Personne n'avait osé intervenir avant que deux éboueurs désœuvrés à cause de la météo n'essayent enfin de le calmer, se heurtant à une résistance farouche. Pas moins de trois gendarmes furent nécessaires pour maîtriser l'énergumène, en employant la manière forte.

Azra ne fut donc pas surpris, en arrivant à l'hôpital, de retrouver son patient en camisole de force, même si la crise semblait passée. C'était un Tombo catatonique, incapable de se tenir sur ses jambes ni de contrôler ses sphincters, qu'il avait ramené chez lui – non sans difficultés administratives, du reste, mais Azra bénéficiait de certaines relations en haut lieu, qu'il fit jouer. En le voyant dans cet état, personne n'aurait misé un sou sur son rétablissement et lui-même aurait sans doute jeté l'éponge si Bélialo ne lui avait affirmé que son protégé était doté de ressources insoupçonnables.

La soudaine confrontation de Viktor avec le surnaturel et la réalité de l'Outremonde, l'éruption dévastatrice de souvenirs traumatiques enfouis depuis des années, l'inceste : tout cela, avec l'effet d'une bombe, avait pulvérisé les contreforts psychiques que le médecin avait jadis mis en place grâce à l'hypnose, seuls remparts dont le moi provisoire et fragile du prestidigitateur était doté contre les assauts de son identité profonde. Le premier ayant été anéanti, il s'agissait de faciliter l'émergence de la seconde qui, tapie dans le tréfonds de son inconscient pendant des décennies, n'attendait que cet écroulement pour reprendre ses droits.

Dès que l'intelligence de Viktor eut recommencé à donner des signes d'activité, aussi faibles fussent-ils, Bélialo s'était isolé avec lui pour effectuer certains rites outremondains. Ensuite, en suivant les instructions du démon et en faisant appel à ses connaissances d'hypnotiseur, Azra avait chaque jour passé de longues heures au chevet du patient pour recoller les morceaux de sa mémoire, muni des notes qu'il avait prises lors de leurs séances d'analyse. L'objectif était en particulier d'éclairer sous une lumière nouvelle les épisodes traumatiques du passé de Tombo – son enfance chez le comte Razorski, la mort de sa mère, la disparition de son frère, sa crise londonienne – pour fournir à son esprit volatil un socle biographique cohérent grâce auquel sa nouvelle personnalité pût se hisser hors de l'abîme.

Une tâche aussi ingrate que décourageante pour le médecin qui, au début, n'obtenait pas plus de résultats que s'il eût fait la conversation à un plat d'épinards. Ses longs monologues, entrecoupés de magnétisations au pendule, ne parvenaient à tirer du patient que de vagues gémissements, quand ils ne se heurtaient pas à une indifférence totale. Par ailleurs, en plus de ces séances qui l'occupaient une bonne partie de la journée, Azra redoublait d'efforts pour achever son ouvrage avant le Symposion, dont on ne connaissait toujours pas la date exacte. Le compte-rendu du « cas Viktor Tombo », chapitre central de cette étude qui le ferait entrer dans l'histoire des idées comme un Magellan de l'inconscient humain, le rivait à son bureau jusque tard dans la nuit.

Aussi, un beau jour, au bout de deux semaines à ce régime, Azra fut-il irrité mais non étonné d'ouvrir les yeux dans son lit à midi, avec un retard de quatre heures sur son programme de la journée.

Midi ! Pestant intérieurement contre Sofia, qui malgré les consignes ne l'avait pas réveillé, il se débarbouilla, le cerveau encore embrumé par le cognac qui lui avait tenu compagnie jusqu'à l'aube, s'habilla à la hâte et alla rendre sa première visite de la journée à Viktor. Il frappa deux petits coups secs à la porte, patienta quelques secondes pour la forme, puis entra malgré l'absence de réponse.

Dans un confort qui eût fait l'envie de n'importe quel bien-portant, Viktor, vêtu d'un pyjama à rayures blanches et bleues sous une robe de chambre de velours grenat, était allongé sur un lit impeccablement refait, les jambes croisées, le haut du dos relevé par deux moelleux oreillers. Un plateau chargé des restes d'un petit déjeuner était posé près de lui et trois roses blanches provenant du jardin, les dernières de la saison, s'épanouissaient dans un vase de porcelaine sur la table de nuit. La chambre fleurait bon le linge frais, avec une touche de lavande émanant des petits sachets de fleurs sèches dont la domestique aimait truffer tiroirs et armoires. Les rayons du soleil de septembre tapaient aux carreaux de la fenêtre entrouverte. Azra ressentit un pincement de jalousie en constatant une fois de plus à quel point Sofia, qui ces derniers temps avait tendance à négliger son employeur, prenait à cœur sa mission de prodiguer ses meilleurs soins à leur hôte.

Le médecin remarqua qu'une petite balle blanche courait sur les phalanges de la main gauche de Tombo, mues par une ondulation presque imperceptible des doigts. Le prestidigitateur avait repris ses exercices. C'était bon signe, très bon signe.

— Cher ami, comment vous sentez-vous aujourd'hui ? demanda Azra d'un ton enjoué. Pain de seigle, œufs brouillés, fruits frais, café… Je vois que vous avez retrouvé l'appétit.

Face à l'absence de réaction de Viktor, Azra se dirigea vers la fenêtre et laissa errer son regard las sur le jardin en contrebas, se donnant le temps de décider par quel bout commencer la séance de la journée. Malgré ces progrès encourageants, il n'en avait aucune envie. Il était épuisé.

— C'est une journée splendide. Si vous le désirez, nous pourrions sortir nous promener dans le quartier. Marcher jusqu'au fleuve, par exemple. Ou, pourquoi pas, prendre un fiacre et faire un tour en ville. Je crois que vous êtes prêt.

— Ne devriez-vous pas m'appeler Majesté ?

Azra eut un tressaillement de surprise. La veille encore, Viktor ne répondait à ses sollicitations que par monosyllabes. Cette réplique indiquait non seulement qu'il était à nouveau capable d'articuler des phrases – ironiques, avec ça –, mais aussi qu'il avait bien compris ce que Bélialo et lui-même lui avaient révélé sur ses origines. Quand le docteur se retourna, une deuxième balle était apparue sur les phalanges de l'autre main du prestidigitateur.

— Eh bien, soit ! Hélas, il faudra que « Sa Majesté » attende encore un peu avant de jouir pleinement des biens et des privilèges que ce titre suppose.

— Un palais, une cour, des armées ?

— Sans doute.

— Et un empire comme aucun souverain de la terre n'a jamais osé l'imaginer ?

Azra reconnut là une expression que Bélialo répétait à Viktor quand il ne réagissait pas plus qu'un rutabaga. Cela prouvait que, même dans son état piteux d'alors, une partie de son cerveau n'avait jamais cessé d'être réceptive.

Il y eut un silence traversé par les pépiements d'oiseaux qui se chamaillaient dans le jardin. La balle qui courait entre les doigts de la main gauche de Viktor disparut soudain sous la paume pour ressurgir aussitôt entre les doigts de la droite, près de l'autre balle.

— Je vois que vous n'avez rien perdu de votre adresse. Si vous avez besoin de matériel, n'hésitez pas à me le demander.

— Pourriez-vous me fournir une scie ? Je songe à démembrer votre domestique pour tuer le temps.

— Je crains que vous ne vous heurtiez à une farouche résistance de sa part, répondit Azra en riant, même en lui promettant de recoller les morceaux. Mais si cela peut vous être utile je dois pouvoir retrouver un jeu de cartes au fond d'un tiroir.

— Qu'avez-vous fait de ma collection ?

— Elle est toujours chez vous. Si vous le désirez, je peux prendre des dispositions pour la faire apporter ici. La cave est grande, nous pourrions l'y remiser.

— Dois-je comprendre que mes désirs sont des ordres ?

— Comme je vous le disais, Sa Majesté doit s'armer de patience, rétorqua Azra sur le même ton ironique. Mais je ferai tout mon possible pour rendre plus agréable votre séjour dans mon modeste logis.

D'un geste élégant, Viktor fit disparaître les deux balles dans son poing, puis croisa les mains sur son ventre.

— Une promenade jusqu'au fleuve, dit le magicien dans un soupir. Oui, une *royale sortie*, c'est ce dont j'ai besoin.

— Très bien ! Habillez-vous, faites-moi signe quand vous serez prêt.

Azra prit congé et descendit au rez-de-chaussée en se frottant les mains. C'était tout bonnement prodigieux ! En une seule nuit, Tombo paraissait avoir récupéré la totalité de ses facultés. Et dire que deux semaines auparavant il était à peine capable de déglutir les bouillies qu'on lui faisait ingurgiter à la cuillère ! Ce n'était pas un rétablissement, mais une véritable renaissance. Même Jung, pourtant assez large d'esprit, aurait du mal à croire à ces progrès faramineux. La journée commençait tard, certes, mais sous les meilleurs auspices.

Le docteur était dans un tel état d'excitation qu'il en négligea de rabrouer Sofia pour ses manquements du matin et lui demanda de lui apporter une tasse de café et son courrier à la table du jardin. À peine fut-il installé dehors, sous la douce chaleur des rayons de midi, que ses réflexions sur le « cas Tombo » furent interrompues par les mouvements insolites d'un gros buisson. Un chien au poil fauve qu'il connaissait bien surgit du taillis, la langue pendante et remuant la queue, suivi de près par Bélialo. Vêtu d'une toge de magistrat au jabot de dentelle qui jurait avec son chapeau melon mauve, le démon leva la main en guise de salut et traversa la pelouse à grands pas alors que son fidèle animal, reniflant de droite et de gauche, faisait une halte rapide pour honorer la fontaine au Mercure d'un jet d'urine dorée.

— Mesdames, messieurs, la Cour ! lança Bélialo avant de s'affaler sur une chaise en fer forgé à côté d'Azra, avec un soupir semblable au renâclement d'un cheval.

— Je m'excuse pour cette apparition impromptue, mais j'ai un emploi du temps infernal aujourd'hui.

— Depuis quand t'excuses-tu de tes irruptions ? Ça n'a jamais été ton genre de t'annoncer.

— C'est ma foi juste ! Où avais-je la tête ? Ça ne se reproduira plus.

— Où t'étais-tu fourré ? Quatre jours que tu ne donnes plus de nouvelles.

— Ah ! mon cher, c'est un vrai cirque là-dehors. Tous les hôtes sont arrivés, ou peu s'en faut, et ils commencent à s'impatienter. En attendant le Symposion, les sorciers se croisent dans la ville et cela ne va pas sans faire d'étincelles. Ils s'attirent comme des aimants, vois-tu. Les champions de Jézébel et Crépito se sont écharpés pendant le *Faust* au palais Garnier, et le protégé de Choronzon, Kosakowski, s'est tué en automobile sur les quais pas plus tard que la nuit dernière !

— Personne n'échappe à ce genre de risque.

— Il faisait la course avec un autre sorcier, un certain Perdurabo, dont la cote a monté en flèche ces derniers temps. Dommage qu'ils ne soient pas tous les deux tombés dans la Seine.

— Et tu dois gérer toute cette faune ? demanda Azra, qui sortit un pan de chemise de son pantalon pour nettoyer ses lunettes.

— Heureusement non ! Une fois les invitations distribuées, libre à chacun de passer le temps comme il le désire en attendant la date cruciale – même si je ne perds jamais personne de vue, grâce, entre autres, à l'excellent travail de la Paradis. Mais cette concentration de sorciers crée des turbulences dans les chaînes d'événements et je dois veiller à ce que rien n'entrave nos plans à nous. Tâche titanesque ! Heureusement, je peux confier certaines petites missions à Sir Bébert, qui ne recule devant rien – hein, Bébert ? Viens ici mon toutou, viens…

En entendant son nom le chien dressa les oreilles, remua la queue et alla s'appuyer sur les genoux de son maître. Le visage bestial de Bélialo prit une expression niaise pareille à celles que les adultes réservent aux nouveau-nés, créant un effet des plus repoussants, puis il tendit sa bouche en cœur et son menton démesuré à la bête, qui les lécha en produisant de petits jappements.

Azra eut un frisson de dégoût. Ce spectacle porta un dur coup à sa bonne humeur matinale. S'il détestait les animaux en général, la palme revenait à ce chien dont la gueule, quand il étirait ses babines pour haleter, avait quelque chose d'humain.

Bébert se détourna soudain de son maître pour se précipiter vers Sofia qui descendait du perron chargée d'un plateau, manquant de la faire trébucher.

— Va-t'en ! Ouste ! *Bestiaccia !* lui lança-t-elle d'un ton sec, arrondi par son accent italien.

Ils n'en étaient pas à leur première rencontre. Malgré les témoignages de sympathie qu'il lui portait, Bébert prenait chaque fois un malin plaisir à la faire damner. Sofia, de son côté, n'avait pas oublié le jour où le chien avait déposé un chat fraîchement tué à ses pieds sur le carrelage de la cuisine, s'attendant peut-être à une récompense. Ni cette autre fois où, en passant près de la bête roulée en boule dans un coin du vestibule, elle l'avait entendu parler dans son sommeil.

Les yeux de Bélialo glissèrent le long des courbes gracieuses de la domestique tandis qu'elle déposait sur la table cafetière, biscuits et sucrier, ainsi que trois lettres et un étui à cigarettes tirés de la poche de son tablier. Azra devait admettre qu'avec son chemisier blanc, sa jupe pervenche et ses longs cheveux noirs striés d'argent ramenés en chignon, Sofia était aujourd'hui plus qu'attrayante.

— Décidément, la santé de notre protégé est en de bien jolies mains, dit Bélialo alors que l'Italienne s'en retournait vers la maison d'un pas nerveux, talonnée par Sir Bébert. Comment va-t-il, à propos ?

Azra jeta un rapide coup d'œil vers la fenêtre de la chambre de Viktor et fit signe à Bélialo de parler moins fort.

— Bien, bien. Il progresse de jour en jour – que dis-je ? d'heure en heure ! Je crois que tu en serais toi-même étonné. Veux-tu monter le voir ?

— Non, inutile. L'important, c'est qu'il soit présentable. Ce serait gênant, le moment venu, de nous afficher avec un légume.

— Ce risque n'est plus qu'un mauvais souvenir.

— Techniquement parlant, après son coït avec la Paradis, personne ne peut plus discuter la légitimité de sa prétention au trône – hormis le Maître, bien sûr. Mais dès que l'existence d'un héritier en bonne et due forme sera révélée au Symposion, il y a fort à parier que les alliances entre seigneurs changeront rapidement, et c'est là que la situation tournera à notre avantage. J'en fais mon affaire.

Azra hocha la tête et se versa une tasse de café fumant. C'était là un plan que Bélialo, avec une assurance indéfectible, lui avait répété mille fois, sans jamais entrer dans les détails. Cependant, son flair de psychologue lui indiquait que quelque chose n'allait pas.

— Tu ne crains plus que Viktor soit repéré par nos adversaires avant la réunion ?

— D'après le Livre, même s'il y a plus de chances qu'une météorite s'écrase dans ce jardin avant la fin de la journée, cette possibilité est bien réelle. Mais tous les concurrents ne pensent plus désormais qu'à se préparer et à consolider leurs alliances. Quant au Maître, s'il nourrissait des soupçons, en tant que Grand Chambellan je serais le premier à le savoir – enfin, je suppose. Non, ce qui m'inquiète, pour être franc, c'est la complexité des relations qui sont en train de se tisser entre les trajectoires événementielles de certains invités et celles d'autres individus qui jusque très récemment paraissaient n'avoir que des rôles de simples figurants.

La notion de « trajectoire événementielle » n'était pas une nouveauté pour Azra, qui avait accumulé un certain volume de notes sur ce qu'il appelait, dans l'attente d'une meilleure solution, sa « théorie des événements ». En gros, celle-ci assimilait le destin à une succession d'événements « convexes » ou « concaves » qui respectivement repoussaient ou attiraient d'autres événements du même type selon une logique probabiliste de répulsion ou d'agrégation symbolique. De façon générale, les événements tendent vers le lieu de plus grande densité symbolique. Le Symposion étant un attracteur symbolique majeur, il se vérifiait dans son voisinage un embrouillamini de turbulences, d'anomalies et de coïncidences que seule une lecture avisée du Livre de Bélialo permettait de démêler – avec une marge d'erreur non négligeable, cependant.

— Et pourquoi cet accoutrement ? demanda Azra en trempant un petit-beurre dans son café.

— On ne peut rien te cacher. Pas plus tard que ce matin, j'ai dû remplacer un juge au Palais de Justice pour corriger une nouvelle fois la trajectoire de cet Aimé Grandin, qui est étrangement mêlée à celle de Tombo.

— Tu veux dire que tu as présidé à son procès ? demanda Azra en laissant échapper un rire de surprise. Qui est-ce ?

— Un ami de notre protégé. Ou plus exactement le neveu d'un de ses amis, Géo Grandin, mort récemment. C'était un peintre versé dans l'occultisme, une des rares personnes que Viktor fréquentait depuis son arrivée à Paris.

— Ah oui, nous avons plusieurs fois joué à la même table à l'Hypnos, mais nous n'avons jamais réellement fait connaissance.

— Viktor connaît le neveu depuis son enfance. Il l'a vu grandir, de loin en loin. Je n'avais donc aucune raison de m'étonner des entrelacements de leurs trajectoires quand j'ai commencé à m'intéresser à son cas. Il n'apparaissait dans le Livre que comme une variable parmi d'autres dont il fallait tenir compte pour s'assurer que la trajectoire de Viktor Tombo ne déviait pas de son cap. Par exemple, à l'enterrement de son oncle, j'ai dû faire intervenir Sir Bébert pour éviter une confrontation avec un sorcier irlandais – un certain Parks, qui depuis est sorti du jeu. Le Livre était clair : la mise au tombeau du peintre devait se passer sans encombre pour que Viktor et la Paradis fassent connaissance sous les meilleurs auspices.

— La Paradis était à l'enterrement de Géo Grandin ?

— Oui, dit Bélialo dans un soupir. Ce fait, d'ailleurs, aurait dû me mettre la puce à l'oreille. La jeune femme dont la Paradis a emprunté l'enveloppe était la petite amie du jeune Grandin. Mais je n'en savais rien quand j'ai opéré son transfert.

— Tu veux dire que c'est l'esprit de la petite amie de cet Aimé Grandin qui est à présent prisonnier du corps de Mata Hari ?

— Exact. Sur le coup, cette coïncidence m'amusait, mais j'étais loin de me douter de sa véritable portée – telle est la malice du Livre ! En fait, je crois qu'elle explique les troubles dont souffre la Paradis. J'aurais simplement dû éliminer cette Mérie, dit Bélialo en tripotant sa grosse bague noire.

— L'État français s'en chargera bientôt pour toi. Si tu lisais les journaux, tu saurais que l'espionne va sans doute être exécutée dans les semaines qui viennent – enfin, je veux dire la jeune femme qui est actuellement dans le corps de l'espionne.

— Oui, c'est pourquoi j'ai fini par ne plus trop m'en soucier. Mais il y a plus. Cette relation à trois a fini par nouer les trajectoires événementielles de Viktor et du jeune Grandin.

— Un nœud ?

— Je me suis aperçu que depuis l'enterrement du peintre les trajectoires des deux hommes ont fait preuve d'un étrange parallélisme. La même alternance de creux et de crêtes, les mêmes vecteurs… En fouillant plus à fond dans le Livre, j'ai constaté que ces similitudes remontent à très loin. Leur petite enfance respective a été marquée par un incendie meurtrier qui a fait d'eux des orphelins. Et tous deux sont nés sous le signe de l'Outremonde.

— Pardon ?

— Il plane autour de la naissance d'Aimé Grandin un mystère qui se perd dans le tréfonds du Livre, lié à des chaînes événementielles aussi obscures qu'anciennes.

Bélialo marqua une pause. « Pourquoi ressent-il le besoin de me raconter tout cela, lui qui d'ordinaire est si jaloux du contenu de son précieux Livre ? » se demanda Azra, qui vit le démon s'assombrir.

— Il semble que Sokov, le peintre qui prit la mère de Tombo comme modèle de sa gorgone, et qui était présent lorsque le château du comte Razorski a brûlé, soit lié à la toute première enfance d'Aimé Grandin d'une façon que je ne suis pas parvenu à élucider. Il était à Paris quand Grandin est né, peu de temps avant sa propre mort.

Azra fit un effort pour se souvenir de ce que Bélialo lui avait raconté au sujet de Sokov, ce peintre russe halluciné dont le génie et les pouvoirs visionnaires n'avaient que peu d'équivalents dans l'histoire.

— Sais-tu quelque chose au sujet des parents du garçon ?

— Sa mère appartenait au cercle que Sokov avait formé à Paris. C'est à peu près tout.

— Et son père ?

L'expression de Bélialo s'assombrit davantage.

— Le Livre est avare en informations à son sujet, mais les lacunes de ce genre sont légion. Certains indices réaffleureront peut-être dans les pages en fonction de l'évolution de sa trajectoire. C'est elle, sa trajectoire, qui me cause du souci pour le moment. Ces dernières semaines, Grandin a fait les frais de turbulences événementielles peu communes pour un simple mortel, qui par-dessus le marché ne connaît rien à la sorcellerie. Il a eu maille à partir avec ce Perdurabo que j'évoquais plus tôt et qui se présentera au Symposion comme un concurrent redoutable, surtout maintenant qu'il a remis la main sur *La Naissance de Méduse*.

— Une minute, je ne te suis plus, dit Azra, qui ferma les yeux et se pinça l'arête du nez, comme s'il avait voulu évacuer par les oreilles un trop-plein de pression dans son cerveau.

— C'est un méli-mélo de tous les diables, je te l'accorde. J'ai moi-même du mal à m'y retrouver. Mais une chose est certaine : les trajectoires de Grandin et de Viktor sont liées et il semble que le succès de notre entreprise dépende de la présence de Grandin au Symposion. Il a un rôle spécial à y jouer.

— Où est-il en ce moment ?

— Toujours au Palais de justice, je suppose, dans l'attente d'être transféré dans une caserne où il subira une formation accélérée. J'y veillerai.

— Qu'attends-tu pour le sortir de là, s'il est si important ?

— Crois-tu que je m'échinerais de la sorte si je pouvais faire des miracles ? Tu oublies, mon cher, que je suis moi-même un personnage du Livre et que je ne peux agir que dans les marges de probabilités que ses pages m'autorisent. D'autres démons sont à l'œuvre et les forces qui manipulent Grandin sont étonnamment puissantes. On ne peut pas dévier sa trajectoire à l'envi comme celle d'un vulgaire jouet à roulettes, tout au plus l'infléchir en espérant que la chance nous assiste.

— Alors il est bon pour le front ?

— Je le crains, mais au fond ce n'est pas une si mauvaise nouvelle. S'il survit jusqu'au Symposion, il sera probablement plus facile de le faire passer dans l'Outremonde. L'épaisseur éthérale qui sépare notre monde du vôtre est plus érodée et perméable dans les zones de combat, et même inexistante par endroits. Cela nous sera utile le moment venu. En fait, je dois veiller à ce que Grandin monte au front au plus vite, car désormais l'annonce du Symposion peut tomber d'un moment à l'autre.

Bébert, qui s'était sagement couché aux pieds de son maître, se remit sur ses pattes et gratta le genou de Bélialo en émettant de petits gémissements.

— Oui, tu as raison mon petit. Nous devons y aller.

— Après le Palais de Justice, on t'attend pour une allocution à la Chambre des députés ?

— Ne me donne pas d'idées ! s'exclama Bélialo en partant d'un rire qui dut porter jusqu'à la place des Vosges. Non, j'ai rendez-vous avec la Paradis pour lui remettre des invitations. Elle doit déjeuner aujourd'hui même avec des hôtes du Kampuchéa et il est déjà presque une heure. Autant te dire qu'elle va me passer un savon.

Bélialo se leva et se dirigea en direction des fourrés d'où il était apparu, suivi comme son ombre par son chien.

— Ah, que le temps de ce monde-ci est fatigant ! lança-t-il avant de passer à nouveau derrière le buisson. Le temps gazeux de l'Outremonde est plus pratique pour les rendez-vous ! Au plaisir !

Il y eut un léger bruit d'explosion, tel celui d'une poche de gaz qu'on enflamme, et le démon disparut.

Resté seul, Azra se resservit du café et alluma une cigarette. Cette entrevue avec Bélialo l'avait épuisé. Malgré sa grasse matinée involontaire et les bonnes nouvelles qui avaient marqué le début de la journée, il n'avait à présent qu'une seule envie : retourner se coucher.

Le démon n'avait pourtant rien fait de spécial pour flétrir ainsi son moral. Comme à l'ordinaire, il avait fait son entrée à un moment inopportun, puis titillé sa soif de connaissance en s'étendant sur le contenu de son Livre et en lui dévoilant par bribes ce qui se tramait dans l'Outremonde. N'étant pas sorcier – très peu pour lui ! les sorciers finissaient fous ou damnés, et il tenait trop à sa santé mentale –, Azra n'avait accès à ces informations que par le biais de Bélialo, qui les distillait au compte-gouttes pour maintenir le médecin sur le gril et lui faire miroiter les étendues de savoir qui s'ouvriraient à lui s'il remplissait jusqu'au bout son rôle d'assistant.

Personne n'était dupe et les termes du pacte étaient clairs. Mais ce matin-là Azra sentait que les artifices du démon ne parvenaient plus à le motiver comme avant. La perspective de s'aventurer dans l'Outremonde n'exerçait plus sur lui le même attrait. Il en savait plus qu'assez pour compléter sa théorie des événements et son étude sur le cas Viktor Tombo, qui lui vaudrait la postérité. Devait-il risquer, n'écoutant que sa curiosité, de sombrer lui-même dans la folie – car c'était là le danger du grand plongeon vers le fond de l'inconscient humain, le Symposion – réduisant ainsi une vie de labeur à néant ? Viktor une fois couronné – ou non, du reste –, Azra pourrait-il encore compter sur les bonnes grâces de Bélialo ? Le démon le laisserait-il regagner ses pénates pour couler de vieux jours paisibles ? Il y avait lieu d'en douter, comme on pouvait douter qu'il fût plus longtemps épargné par les tourbillons événementiels qui s'annonçaient à l'approche de la grande réunion.

À cette inquiétude naissante, peut-être due à son flair de joueur de hasard, se mêlait le sentiment paternel qu'il avait mûri à l'égard de Viktor au cours des années. Le prestidigitateur était à peine plus qu'un gamin quand il l'avait tiré du gouffre, à Londres. Cet exploit, il était en train de le renouveler. Viktor Tombo pouvait bien être l'héritier du trône de l'Outremonde, il était aussi et surtout sa créature, l'origine et le bénéficiaire de ses plus grandes découvertes.

Comme Azra, pensif, aspirait la dernière bouffée d'une cigarette sans goût, la voix de Viktor se fit entendre derrière lui.

— Je suis prêt.

Viktor se tenait debout sur le perron, en plein soleil. Le prestidigitateur, que le médecin avait vu alité moins d'une heure plus tôt, avait troqué son pyjama contre une redingote noire, un gilet, des pantalons gris et une chemise à jabot. Son haut-de-forme et la canne noire sur laquelle il s'appuyait avec élégance, seul indice de sa convalescence, auraient pu laisser croire qu'il s'apprêtait à entrer en scène. Vraiment, la transformation était époustouflante, se dit Azra en esquissant un sourire.

3.

Un soir, peu avant le coucher du soleil, Aimé s'équipait en compagnie de Titi et de la Brouette pour aller relever les sentinelles dans les tranchées d'assaut quand le caporal-chef Broutin, agent de liaison attaché à Mâchefer, vint lui communiquer que le lieutenant l'attendait dans sa cagna séance tenante.

— Qu'est-ce qu'il me veut ?

Titi et la Brouette regardèrent Aimé comme s'il venait d'être désigné pour une mission sans retour. Broutin haussa les épaules.

— Dites à Toc-Toc de me remplacer, dit Aimé. Je le relèverai plus tard.

Il déposa ses musettes et, muni de son seul fusil, emboîta le pas de Broutin en direction de l'abri où Mâchefer avait élu ses quartiers, dans un boyau jouxtant la tranchée de la Dragonne.

Sur le chemin, leur progression fut ralentie par le passage d'un détachement de soldats africains qui, pour une fois, ne firent pas l'objet des quolibets des autres troupiers, signe qu'il régnait plus de tension qu'à l'ordinaire. La fin du jour était toujours un moment oppressant, car c'était là, quand la nature entière s'enténébrait, multipliant les dangers, que la fatigue se faisait le plus sentir. Chaque nuit apportait son lot d'escarmouches et d'incidents. À la faveur de l'obscurité, des commandos ennemis s'approchaient souvent des lignes pour relever les positions, tester les défenses ou jouer des tours funestes aux sentinelles, qui étaient la cible de tirs ou de lancers de grenades. À cette angoisse vespérale s'ajoutaient les rumeurs au sujet d'une grande offensive imminente que semblaient confirmer ces mouvements de troufions métèques, chair à canon préférée de l'état-major.

Alors qu'Aimé était plaqué contre la paroi de la tranchée pour laisser passer ses frères d'armes d'un autre continent, son regard fut aimanté par celui d'un tirailleur au visage raviné par une longue balafre. Une sorte de reconnaissance mutuelle circula entre les deux à la façon d'un courant. Quand le tirailleur noir passa à son niveau, Aimé comprit que l'autre aussi essayait de le remettre, mais ils ne purent qu'échanger une expression d'étonnement avant que Broutin ne le tire par la manche.

— Viens, magnons-nous. On peut pas poireauter toute la nuit.

Aimé s'interrogeait encore sur cette rencontre insolite quand ils arrivèrent devant la cagna du lieutenant, qui s'enfonçait comme un terrier dans un flanc du boyau. Le caporal-chef entrouvrit le rideau de jute qui en gardait l'entrée, annonça leur arrivée et s'effaça pour laisser passer Aimé.

— Deuxième classe Grandin, mon lieutenant ! débita Aimé en découvrant un petit espace clos de deux mètres sur trois où se trouvaient, d'un côté, un banc de planches suffisamment large pour permettre à un homme de s'y allonger, et de l'autre une table à laquelle Mâchefer était assis, examinant une carte à la lueur d'une lampe.

— Asseyez-vous, ordonna le lieutenant sans lever les yeux.

Aimé, hésitant, prit place sur le banc et posa son fusil contre la paroi de rondins. L'atmosphère du réduit obscur était saturée par l'odeur piquante du cigare que le lieutenant tenait entre ses doigts.

— Voulez-vous un peu de café ? Du faux café. Il est encore tiède.

— Non merci, mon lieutenant.

Avec un soupir, Mâchefer replia la carte qu'il examinait, ralluma son cigare à l'aide d'un briquet et pivota sur son tabouret pour faire face à Aimé.

— Un cigare, peut-être ?

— Non merci, mon lieutenant. Je ne fume pas.

— Ils viennent des Antilles. De Haïti, pour la précision. Ce ne sont pas des cigares ordinaires.

Toutes ces attentions ne laissaient rien présager de bon à Aimé, qui était aussi immobile que s'il se fût trouvé seul dans une cage avec un lion.

— Ils ont fait un sacré bout de chemin, bredouilla-t-il.

— En effet, c'est une île bien lointaine.

Aimé ajusta la position de son postérieur, comme si le banc avait commencé à chauffer. Mâchefer ne l'avait quand même pas convoqué pour faire la causette ? Il fit un effort pour ne pas écouter son instinct et bondir hors de la cagna.

— Une île à la fois merveilleuse et terrible. Savez-vous comment je le sais ? Eh bien, parce que j'y ai passé toute mon enfance et une partie de mon adolescence. Ma famille, voyez-vous, y possède plusieurs exploitations. Rhum, cannelle, épices, tabacs fins…

Mâchefer sortit de sous la table une bouteille à moitié vide contenant un liquide ambré qui scintillait à la lueur de la lampe.

— Ce rhum provient aussi de là-bas. Tout droit de nos distilleries. Je vous en sers une goutte ?

Acculé, Aimé hocha la tête. Mâchefer ôta le petit gobelet en métal retourné sur le goulot de la bouteille, le remplit et le tendit à son hôte.

— Désolé, je n'ai qu'un seul verre. Nous allons devoir le partager.

Aimé prit le gobelet en prenant soin de ne pas effleurer les doigts de son supérieur et but une gorgée qui se fraya un chemin jusqu'à son estomac comme une petite coulée de lave. Un bouquet d'arômes corsés se déploya dans sa bouche et les larmes lui montèrent aux yeux.

— Que savez-vous des Antilles ?

— Rien, mon lieutenant.

— Naturellement. Tout comme pendant longtemps je n'ai quasiment rien su du continent. Quand je vivais là-bas, l'Europe n'était pas moins exotique pour moi que ces îles ne le sont pour vous. Vous êtes de la capitale, d'après votre accent.

— Oui, dit Aimé, qui fut soudain pris d'un doute.

Avec ce ton familier et ces gentillesses, Mâchefer n'était-il pas en train d'essayer de le séduire ?

— J'ai grandi avec mes trois sœurs aînées, entouré de domestiques. Si mes précepteurs se sont chargés de mon éducation d'homme blanc, ce sont les autres, les sauvages, qui m'ont ouvert les yeux sur le monde. Peut-être devrais-je dire *les* mondes. Vous me suivez, n'est-ce pas ?

— Je suis allé jusqu'au collège, mon lieutenant, bredouilla Aimé. J'ai mon certificat d'études.

Mâchefer eut un sourire narquois qui rassura presque Aimé, car c'était au moins là une expression qu'il lui connaissait. Le lieutenant reprit le gobelet, le vida d'un trait, puis le remplit à nouveau et le tendit à son subalterne.

— Tenez, à vous.

Cette fois-ci, Aimé but cul sec. Accomplir ce que Mâchefer attendait de lui était encore le meilleur moyen de faire passer ce mauvais moment. Avec un geste qui témoignait d'une longue pratique, le lieutenant remplit à nouveau le gobelet et se le jeta derrière la cravate.

— Le certificat d'études, voilà qui est intéressant, dit l'officier. Mais n'auriez-vous pas rencontré, vous aussi, des sauvages, pour ainsi dire, dans quelque arrondissement de Paris, qui auraient, disons, complété votre éducation ?

Aimé, qui sentait déjà le rhum lui ouater la cervelle et lui réchauffer les oreilles, eut une vision fugace de Gaspard et Raymond, que l'on pouvait sans doute considérer comme des sauvages de la capitale. Tout en se demandant si le lieutenant avait perdu la tête, il secoua la sienne.

— Mes sauvages à moi étaient des experts en potions et en envoûtements divers. Ils pouvaient aussi parler aux morts, ou même les ramener à la vie. J'avais treize ans quand j'ai assisté de mes yeux à ce prodige. Comprenez-vous maintenant de quelle éducation je veux parler ? Qui vous a initié ?

Mâchefer approcha son visage de celui d'Aimé, dont la gorge se noua.

— Inutile de nier, Grandin. Je la flaire. Vous empestez comme une pouliche imbibée de patchouli. Cela faisait bien longtemps que je n'avais rien senti d'aussi fort.

L'officier se mit à humer l'air autour du soldat comme un chien renifle un chiot.

— Sur vous, elle est partout. Mais je sens aussi une autre source, plus ponctuelle. Là, dit-il en pointant l'index sur la pierre de l'amulette d'Aimé, juste au-dessus de son cœur.

Aimé reprit le gobelet et se servit lui-même une dose de rhum, qu'il engloutit aussitôt.

— La sorcellerie, c'est ça ?

— À la bonne heure, dit Mâchefer en tirant sur son cigare. Vous êtes donc bien celui dont on m'a annoncé l'arrivée. Je commençais à croire qu'Ashtaroth s'était moqué de moi.

— Ashtaroth ? fit Aimé, complètement perdu.

Comme quand il avait croisé le tirailleur dans la tranchée, et comme cela lui était arrivé plusieurs fois depuis la mort de son oncle, une poignante sensation de déjà-vu s'empara de lui. Mâchefer était donc un sorcier ? C'était une nouvelle qui valait son pesant de pistaches, ou d'emmerdes. Non, il devait être en train de rêver.

— Quoi, n'est-ce pas lui qui vous envoie ? se récria l'officier en se redressant sur son tabouret. Qui donc, alors ?

— Si, si, Ashtaroth, se rattrapa Aimé.

S'il rêvait – autrement dit, si toute la scène n'était qu'une création de son cerveau exténué pendant que son corps gisait au fond d'un abri boueux –, il suffisait peut-être, pour se tirer de ce mauvais pas, de laisser le rêve suivre son cours sans réagir, jusqu'à ce qu'un événement de la réalité vienne l'en tirer – un camarade, une explosion ou une alerte. En revanche, s'il ne rêvait pas, et si Mâchefer était vraiment ce qu'il prétendait être, il était dans une bien fâcheuse posture.

— L'oracle m'a bien dit qu'un initié se présenterait pour me servir de guide, mais il n'a pas précisé de quel camp.

Je me vois mal arriver au Symposion en compagnie d'un valet de Choronzon ou de Bélialo.

En entendant prononcer ces deux noms, Aimé sentit des rouages obscurs se dégripper au fond de sa mémoire. Le Bé-Lialeaud, Barnabé Lialot, Bélialo. Ça lui revenait, maintenant. Bélialo était un démon dont Parks avait prononcé le nom – et Choronzon était le démon protecteur de Crowley. Était-ce la confirmation que tout ce qui lui était arrivé depuis son arrestation avait été guidé par les puissances invisibles, en particulier par ce Bélialo ? Les circonstances ne laissaient guère de place au doute. L'alcool aidant, il fut pris d'une sorte de vertige.

— Les oracles sont distraits, dit Aimé, improvisant un bluff improbable.

Mâchefer rit de bon cœur, un rire aussi métallique que les deux molaires en or qu'Aimé aperçut au fond de sa bouche. S'il ne saignait jamais, le lieutenant Mâchefer connaissait au moins les affres des dents cariées.

— Oui, c'est bien connu. Mais dites-moi plutôt, pour quand est prévue la réunion ?

— Je n'en sais rien. Et on ne m'a pas dit que je devais servir de guide. Pour le moment, Bé… Ashtaroth n'a pas daigné m'en dire plus.

Aimé eut du mal à avaler sa salive, comme s'il essayait de déglutir une madeleine sans la mâcher. L'officier se resservit une rasade de rhum et fronça les sourcils.

— C'est peut-être moi qui extrapole. Les oracles sont parfois difficiles à interpréter. Mais enfin, vous êtes là. Au moins il ne m'avait pas menti sur ce point. Comment établissez-vous le contact avec l'Outremonde ? Miroir magique ? Stupéfiants ?

— Le contact ? D'habitude, je me contente de prendre les appels.

— Laissez-moi deviner, vous êtes un de ces médiums qui sont pris de convulsions dès qu'un esprit passe dans le voisinage ? demanda Mâchefer en ébauchant une grimace et en agitant brièvement les mains comme pour mimer une crise d'épilepsie.

— C'est cela, plus ou moins.

— Ne le prenez pas mal, mais ça se voit. Malgré cette puissante aura qui vous entoure, je vous trouve un peu pâlot.

— L'air du front ne me réussit pas trop.

— Ah, tout le monde n'a pas l'âme d'un guerrier, je vous l'accorde. Ashtaroth aurait dû s'en souvenir en choisissant son champion. Au fait aucune nouvelle de ce côté-là ?

Aimé décela une note d'anxiété dans la voix de Mâchefer indiquant qu'il s'agissait d'une question particulièrement sensible.

— De quel côté ?

Mâchefer en écarquilla les yeux.

— Ne me dites pas que vous l'ignorez ! Ashtaroth a perdu son champion ! Un nécromancien retrouvé mort dans un égout, à ce qu'il paraît.

— Vraiment ?

— Ne faites pas cette tête, mon vieux ! C'est une aubaine ! Aux dernières nouvelles, la place était encore à prendre, et je devrais être parmi les favoris. Mais ces rumeurs commencent à dater. Pour être franc, dans mon infinie faiblesse, j'espérais que vous m'annonceriez ma nomination. Avez-vous au moins ce fameux carton d'invitation que tout le monde brigue ?

Aimé secoua négativement la tête. Mâchefer se rembrunit.

— Grands dieux ! Décidément, vous amenez plus de questions que de réponses. On dirait que c'est vous qui aviez rendez-vous avec moi pour que je vous instruise.

— Je suis navré de décevoir vos attentes.

— À quoi allez-vous m'être utile ? Maintenant que vous êtes là, que devons-nous faire ?

Aimé haussa les épaules.

— Attendre d'autres instructions, je suppose.

— Alors qu'attendez-vous pour entrer dans une de vos transes ? lança Mâchefer avec humeur.

— Ça ne se commande pas. Et puis, je vous l'ai dit, c'est Ashtaroth qui me contacte. Je ne suis qu'un tâcheron.

L'officier se renfrogna et croisa les bras. S'ils avaient assisté à ce dialogue de fous, Grand Georges et les autres auraient été sidérés par cette version de Mâchefer en gamin capricieux plus encore que par les propos apparemment invraisemblables qui étaient échangés. Peut-être auraient-ils préféré déserter et risquer le peloton d'exécution plutôt que de continuer à servir sous ses ordres. Mais tout excentrique que fût le comportement du lieutenant, il n'atténuait en rien la froide férocité qui se dégageait de sa personne et complétait au contraire son profil de dangereux maniaque.

— Je peux reprendre un peu de rhum ? demanda Aimé pour se donner le temps de réfléchir.

Mâchefer poussa la bouteille vers lui et recroisa les bras.

Aimé avait conscience d'être sur la corde raide. Si l'officier l'identifiait comme un concurrent ou un gêneur, un ordre lui suffirait pour l'envoyer à une mort certaine. Mais tant qu'il voyait en lui un allié – un envoyé d'Ashtaroth –, Aimé bénéficierait de ses bonnes grâces. Il y avait donc moyen de retourner la situation à son avantage. Certes, il fallait jouer finement, mais Mâchefer semblait si impatient d'avoir des nouvelles de l'Outremonde qu'Aimé avait l'impression de pouvoir lui faire gober n'importe quoi.

— Et votre gri-gri, là, celui que j'ai vu hier autour de votre cou. C'est vous qui l'avez fabriqué ?

— Non.

Aimé porta instinctivement la main sur la petite bosse que formait l'amulette sous son uniforme.

— Qui, alors ?

— Un Irlandais. Un sorcier que j'ai côtoyé pour un temps. Vous me demandiez tout à l'heure qui était le sauvage qui m'a initié ? C'est lui.

Cette révélation raviva l'intérêt de Mâchefer, qui darda un regard perçant sur son subalterne pour l'inciter à continuer.

— Et pour répondre à une autre de vos questions, personne ne m'envoie. Les sbires d'Ashtaroth ne m'ont ni demandé de vous chercher, ni prévenu que je vous rencontrerais. Mais j'ai un objectif personnel qui s'accorde à merveille avec le vôtre.

— Je vous écoute.

— J'ai précisément un compte à régler avec mon initiateur, Arthur Parks. Je compte bien lui mettre la main dessus au Symposion.

— Parks ? Jamais entendu parler. Que s'est-il passé entre vous ?

— Ce serait trop long à expliquer et, ma foi, peu intéressant. Tout ce qui compte, c'est que je veuille rendre à ce chien la monnaie de sa pièce.

Les confidences d'Aimé et son agressivité non feinte quand il parlait de Parks parurent plaire à Mâchefer, qui lui donna une tape sur l'épaule.

— Je vous concède qu'il est souvent difficile de voir clair dans les plans de l'Outremonde, surtout en ce moment, avec tout ce remue-ménage. Mais il ne fait aucun doute que nous sommes dans le même bateau. Une fois que nous serons au Symposion et qu'Ashtaroth aura remporté le trophée grâce à nous, je ne donnerai pas cher de la peau de ce Parks.

Le lieutenant but une lampée au goulot et tendit la bouteille à son subalterne en lui faisant signe de l'imiter, puis revint à la charge.

— Mais en attendant, qu'allons-nous faire ?

Encouragé par les effets apparemment positifs de son initiative, Aimé se lança.

— S'il m'est permis de vous le demander, mon lieutenant, comment contactez-vous les sbires d'Ashtaroth ? Qui est cet oracle qui vous a annoncé ma venue ?

— L'oracle ? Cela fait plusieurs jours qu'il ne donne plus aucune nouvelle.

— Vous voulez dire qu'il vous rend visite ici, au front ?

Mâchefer hésita un moment, puis tira de sous la table un sac en toile grise dont il sortit un objet volumineux, lentement, comme pour ménager ses effets.

— Un téléphone ?

— Un modèle que beaucoup nous envieraient, s'ils en connaissaient l'existence, dit Mâchefer avec un petit rire en offrant l'engin au regard interloqué d'Aimé.

L'appareil se composait d'un boîtier cubique en bois sombre surmonté d'une fourche en bronze sur laquelle reposait un combiné unissant micro et écouteur. Une manivelle en métal sortait d'un côté du boîtier, dont l'avant était pourvu d'une ouverture carrée, protégée par une plaque de verre. Malgré la pénombre, Aimé vit que l'appareil contenait une sorte de gros ressort composé pour moitié de métal et pour moitié d'une matière transparente, qui aurait pu être du verre ou du cristal. La clé de l'atelier hermétique que Parks lui avait dérobée lui vint immédiatement à l'esprit.

— Vous le branchez sur les câbles de l'armée ? demanda Aimé, qui remarqua que le téléphone n'était équipé d'aucun autre cordon que celui qui reliait le combiné au boîtier.

— L'armée est dotée d'une technologie tristement primitive. Cet appareil exploite des forces dont nos meilleurs physiciens ne soupçonnent même pas l'existence.

— Et l'oracle est au bout du fil ?

— Hélas, c'est un peu plus compliqué. Il n'y a pas de standardiste dans l'Outremonde, voyez-vous, et le Graham Bell qui a mis au point ce téléphone n'a pas su se débarrasser d'un certain facteur aléatoire.

Aimé hocha la tête et, ne sachant que dire, garda les yeux fixés sur l'engin.

— Je lis dans vos pensées, Grandin. Je sais que vous mourez d'envie de l'essayer. D'ailleurs maintenant que nous sommes réunis c'est ce qu'il y a de mieux à faire. L'oracle, si nous le trouvons, aura peut-être d'autres messages à nous transmettre.

— Si nous le trouvons ?

— Oui, ou s'il nous trouve. Vous allez comprendre.

Le lieutenant posa le téléphone sur la table face à lui et fit signe à Aimé de s'approcher. Il décrocha le combiné et tourna énergiquement la manivelle, produisant un bruit métallique léger et crépitant.

L'espace d'un instant, se voyant dans une guitoune avec un lieutenant de l'armée française en train d'activer un téléphone pour parler aux esprits, Aimé fut saisi par un puissant sentiment d'étrangeté. Cette situation lui parut soudain si absurde qu'elle ne pouvait qu'arriver à un autre.

En quelques secondes, le segment transparent du ressort à l'intérieur du boîtier s'illumina d'une faible lueur orangée, comme le filament d'une ampoule électrique. Mâchefer cessa de tourner la manivelle, porta le combiné à son oreille, fit la grimace puis reprit ses moulinets.

— Il y a un point d'équilibre à trouver, dit-il à un Aimé hébété tandis que l'incandescence du ressort augmentait.

Bientôt, la luminosité du boîtier dépassa en intensité celle de la lampe posée à proximité. Le lieutenant lâcha à nouveau la manivelle et ferma les yeux. Lentement, ses traits se détendirent et il renversa la tête comme sous l'effet d'une soudaine pâmoison. Ce qu'il entendait à l'autre bout du fil l'absorba pendant une bonne minute avant qu'il ne sorte de son transport pour passer le combiné à Aimé :

— Tenez, écoutez ça.

S'attendant au pire, Aimé obtempéra. Il entendit tout d'abord un bruit sourd et continu, comme une note grave tirée d'une contrebasse. Il n'eut pas le temps de s'interroger sur sa nature que ce son parut non plus provenir de l'écouteur mais de l'espace environnant. Aimé eut l'impression que son ouïe avait été happée par l'appareil. Une sensation de flottement aussi agréable qu'insolite envahit tous les membres de son corps.

— Alors, vous entendez ?

En voyant l'expression de surprise qui s'installait sur le visage de son subalterne, Mâchefer jubila comme un gamin. Aimé, qui entendait le lieutenant comme s'il lui parlait depuis un autre abri, fit oui de la tête.

— Ce petit bijou capte tout ce qui se passe dans l'éther dans un rayon de dix kilomètres. Ce que vous entendez là, c'est un panorama sonore du champ de bataille.

— Du champ de bataille ?

— Oui. Figurez-vous que parfois, pendant les assauts, au plus fort de l'action, je peux l'entendre sans l'appareil, ajouta l'officier avec une vantardise non dissimulée.

Plus Aimé écoutait le bourdonnement, plus il s'en approchait, ou plutôt s'y enfonçait, découvrant qu'il se composait en réalité d'une légion de voix – gémissements, murmures, plaintes et parfois cris qui semblaient sortir du sol et des parois de la guitoune.

— Vous voulez dire que ces bruits, ces voix…

— Ce sont celles des âmes des dormeurs et des morts qui nous entourent et qui errent à la frontière de l'Outremonde. N'est-ce pas sublime ?

On eût dit un chant grégorien entonné par une légion de moribonds dans un dédale de grottes souterraines. Une disharmonie hypnotique faisait vibrer les nerfs d'Aimé, qui malgré lui se sentait attiré vers les profondeurs de cet espace hallucinatoire. La surprise des premiers instants céda le pas à une peur croissante quand il s'aperçut qu'une partie de lui-même, totalement subjuguée, l'empêchait de détacher le combiné de son oreille. Son corps ne lui obéissait plus.

— Détendez-vous, Grandin. Laissez-vous aller, vous ne risquez rien, ou pas grand-chose. En vous concentrant bien, vous entendrez des voix plus articulées, des croassements bizarres. En les gardant au centre de votre attention, vous vous en rapprocherez.

Aimé, tétanisé, ne pouvait que suivre les instructions de Mâchefer. Effectivement, au milieu du magma de lamentations, il entendit des voix plus rauques et isolées qui semblaient sortir de gosiers d'enfants monstrueux ou de crapauds apprenant à parler.

— Ce sont les démons du *no man's land* de l'Outremonde, les passeurs et trafiquants qui accompagnent ou marchandent les âmes en partance pour l'au-delà. Ils parlent la langue de l'abîme. Si l'oracle est dans les parages, il ne devrait pas tarder à se manifester. Tendez l'oreille ! Ou mieux, essayez de l'appeler. Poverthoth, c'est son nom.

Y a-t-il un moyen de raccrocher ? voulut demander Aimé, mais sa langue et sa mâchoire crispées refusaient de lui obéir. À présent, le chœur de plaintes s'était atténué et ne servait plus que de fond sinistre à des gargouillements démoniaques qui provenaient de toutes parts. Pire, Aimé eut l'impression d'entendre des bruits de froissement qui lui évoquèrent de lents mouvements d'animaux – pas furtifs, reptations – évoluant sur un tapis de feuilles mortes et convergeant vers lui.

Mâchefer se raidit et regarda Aimé, l'air intrigué.

— Qu'attendez-vous ? Eh bien, Grandin, ça n'a pas l'air d'aller…

Aimé se sentait observé, entouré de présences glaciales. Le souffle d'une bête invisible vint lui chatouiller le cou, puis remonta vers son oreille et le sommet de son crâne. Un serpent ou un tentacule glacial et visqueux entra en contact avec la peau de sa cheville gauche et s'enroula lentement autour de son mollet.

— Grandin ? Vous m'entendez ? s'enquit le lieutenant en agitant la main devant les yeux d'Aimé. Voilà qui est extraordinaire !

Poignets, bras, cou, torse – les contacts avec les créatures invisibles se multiplièrent. Aimé avait la sensation que son corps, sous son uniforme, servait de terrain de jeu à des dizaines de sangsues. Quand l'une d'elles s'aventura au creux de son oreille et, ne rencontrant aucune résistance, voulut s'aventurer plus loin vers l'intérieur, il poussa un cri d'effroi qui ne retentit que dans sa tête.

— Grandin ? fit Mâchefer à présent inquiet. Répondez ! C'est un ordre !

Aimé sentit la chose fouiller sa chair, palper ses méninges à l'aide de ses pseudopodes froids et éthérés. Un éclair le traversa quand elle prit possession de son cerveau, ensuite de quoi ils étaient deux à l'intérieur de son corps : Aimé, spectateur impuissant, comme dans le pire des rêves, et l'esprit, qui se servait de lui comme d'un porte-voix.

Dans un grincement d'os, sa mâchoire s'ouvrit, et une voix sépulcrale remonta de sa gorge.

— Mââââ… Mââââche… feeeeer…

L'officier sursauta et recula d'un pas, portant instinctivement sa main vers son pistolet.

— Poverthoth ?

— Mââââchefeeeeer…

— Bien joué, Grandin ! Vos talents de médium ont attiré notre gaillard ! Apparemment il n'attendait que ça !

— Mââââchefeeer… Le momeeent est proooche…

— Quand, nom d'un chien, quand ?

— Prépaaare-toiii…

Pendu aux lèvres d'Aimé, Mâchefer attendit un moment dans l'espoir que le démon poursuive sa phrase, puis explosa.

— Ça fait des mois que je suis prêt ! Maintenant que ce satané guide est arrivé, dis-moi juste quand et comment ! Lui, il n'en sait rien !

— Les pooortes…

— Les portes ! Où se trouvent-elles ?

— Les pooortes s'ouvriroont… au plus fooort du feeeu… en plein cœur de la nuiiiit…

— Bon sang, tu ne peux pas être plus clair, pour une fois ?

La chose qui animait Aimé marqua une nouvelle pause.

— Suiiiis… le guiiide…

Mâchefer saisit Aimé par le col de sa capote et rapprocha son visage rouge de colère à quelques centimètres du sien.

— Je veux parler à Ashtaroth ! Tu entends ? Fissa ! Crénom de Dieu !

Furieux, Mâchefer se mit à secouer Aimé qui, incapable de réagir, pouvait sentir l'haleine chargée de rhum et de tabac et jusqu'aux postillons de son supérieur. Le visage cramoisi et les yeux remplis d'éclairs du lieutenant furent la dernière chose qu'il vit avant de perdre connaissance.

4.

Comme à l'accoutumée, Viktor sortit de chez Azra en fin d'après-midi pour faire une longue promenade qui se prolongerait jusque tard dans la soirée ou dans la nuit. Ayant gagné la place de la Bastille depuis Saint-Paul, il décida de continuer vers le nord, le long du canal Saint-Martin, puis, suivant deux demoiselles blondes qui laissaient derrière elles une fragrance printanière, d'obliquer vers l'ouest en se mêlant à l'humanité qui grouillait sous le viaduc du boulevard de la Chapelle. En voyant le titre de la pièce à l'affiche des Bouffes du Nord, récemment rouvert en tant que café-concert – *Un cœur épatant !* –, l'envie lui vint d'aller jeter un coup d'œil au Sacré-Cœur, qu'il n'avait jamais visité. Il ne lui était pas inhabituel de se laisser guider par de telles associations fortuites lors de ses déambulations. Mais arrivé en haut de la butte Montmartre, le spectacle du couchant et des toits de la capitale baignés par les derniers rayons du jour le retint au pied de la basilique, qui dans la lumière sanguine trônait sur la ville comme une grosse meringue rose sur une table de mariage.

Il faisait nuit noire quand il redescendit des hauteurs par les escaliers longeant le funiculaire, éclairé par les lueurs fébriles d'un réverbère sur deux. Il ne lui avait pas fallu plus de trois sorties en compagnie d'Azra pour convaincre le médecin qu'il était tout à fait rétabli – mieux encore, « transformé » et acquis à la cause de Bélialo. Son hôte le laissait désormais libre d'aller et venir à sa guise, bien content de ne plus lui servir de nounou et de pouvoir consacrer son temps à l'achèvement de ses précieux travaux.

Rétabli ? Certes, Viktor l'était. Transformé ? Aussi, cela ne faisait aucun doute. Son ancien employeur – Lialo, un démon ! – fomentait un coup d'État dans l'« Outremonde » dont lui, Viktor, était la clé de voûte. Le fait qu'il n'eût opposé aucune objection à cette histoire de fous et aux boniments variés dont elle s'accompagnait, comme s'ils coulaient de source, témoignait sans doute qu'un profond changement s'était opéré en lui, même s'il avait employé la ruse – notamment en feignant la catatonie pendant ses deux derniers jours d'alitement – et mis en scène son acquiescement sans réserve pour comprendre les intentions d'Azra et de Bélialo.

Devait-il croire ses protecteurs, qui le tenaient pour le « prince de l'Outremonde » ? Malgré son absurdité, ce titre avait sonné effroyablement juste quand Bélialo l'en avait affublé pour la première fois. « Écoute-moi, prince de l'Outremonde ! » Ces mots, prononcés par son diable d'employeur, avaient été les premiers à susciter en lui une réaction quand il se trouvait encore au fond du gouffre, faisant poindre une lueur providentielle dans le grand vide noir où il s'était abîmé. « Prince de l'Outremonde, relève-toi ! » Viktor Tombo, prince de l'Outremonde – n'était-ce pas d'un comique des plus aboutis ? Quoi, allait-il lui pousser une queue et des cornes ? Son visage se déformerait-il progressivement pour ressembler à celui de Bélialo ? En se figurant cette image, Viktor rit de bon cœur, s'attirant les regards en biais de quelques passants.

Il se souvenait à peine de l'homme qu'il avait été avant sa nuit avec la Paradis – qui avait failli le condamner à croupir dans une cellule capitonnée pour le restant de ses jours –, mais il était indéniable qu'il jouissait à présent d'une énergie nouvelle. Si son goût pour les déambulations solitaires dans la ville n'avait pas changé, leur menu n'était plus le même. En particulier, le chaleureux oubli de soi que lui procuraient les salles obscures ne l'attirait plus, au profit d'une curiosité irrésistible pour une gamme d'expériences inédites qu'il aurait auparavant dédaignées.

Mais parmi les changements qui avaient affecté sa personnalité, quels étaient ceux que l'on pouvait attribuer à l'émergence de sa prétendue « nature profonde », comme l'appelait Azra, et quels autres aux séances d'hypnose auxquelles le médecin l'avait soumis ? Que s'était-il vraiment passé pendant cette fameuse nuit d'amour et d'horreur qui avait été oblitérée de sa mémoire ?

Quoi qu'il en fût, il était évident qu'une partie de son ancien lui-même résistait obstinément. Ses affects, en premier lieu. Ce qu'il avait appris au sujet de la Paradis en épiant la conversation d'Azra et de Bélialo dans le jardin depuis la fenêtre de sa chambre – sa capacité à lire sur les lèvres lui avait été bien utile ce jour-là, celui de sa première sortie – l'avait profondément troublé et peiné. Il avait ressenti un grand désarroi en apprenant que la jeune femme était possédée par une sorte de démone, signe que les sentiments qu'il éprouvait pour elle, tout du moins pour celle qu'il avait cru connaître, n'avaient pas disparu. Tout comme était demeuré intact son attachement envers Aimé. Du charabia sur les « trajectoires » et les « événements » qui le liaient au jeune Grandin, il n'avait retenu qu'une chose : par sa faute, Aimé, dont il avait trahi la confiance, se retrouvait maintenant quelque part en première ligne, voué à une mort presque certaine.

Un tel sentiment de culpabilité seyait-il vraiment à un prince des Ténèbres ? Ou ces affres morales étaient-elles des vestiges de l'homme qu'il n'était plus tout à fait, destinés à s'éroder puis à disparaître avec le temps ? En attendant, les remords continuaient de le ronger et confluaient parfois dans son ressentiment envers Bélialo et Azra, qui l'avaient surveillé pendant la plus grande partie de son existence. « Ces crapules ne l'emporteront pas au paradis ! » pensa-t-il, s'esclaffant à nouveau.

Pendant ces longues journées de convalescence, prince ou non, le projet s'était fait jour de prendre sa revanche sur ces deux pendards qui pensaient pouvoir faire de lui leur pantin. Pour cela, il n'avait pas le choix, il devait continuer à jouer leur jeu jusqu'à ce qu'une conjoncture favorable se présente pour agir. Surtout, d'une façon ou d'une autre, il espérait pouvoir porter secours à Aimé et à Mérie, dont l'âme était prisonnière d'un corps étranger qui allait bientôt servir de cible à un peloton d'exécution, puis de pâture aux vers.

Au détour d'une conversation avec Azra, il avait appris que l'esprit qui possédait le corps de Mérie était maintenu en place grâce aux pouvoirs d'une bague à laquelle Bélialo tenait presque autant qu'à son Livre. Ce bijou, apanage du Chambellan du Maître de l'Outremonde, lui permettait de contrôler, emprisonner ou faire migrer les âmes d'une enveloppe charnelle à une autre. Qui sait comment le démon le prendrait si Viktor dérobait ou détruisait son joujou ? Par ailleurs, d'après ce qu'il avait compris, Bélialo allait tout faire pour qu'Aimé soit présent à cette sorte de grand congrès infernal dont la date tardait à être annoncée. Si tout se déroulait selon les plans du démon, les chemins de Viktor et du garçon se croiseraient à nouveau. Tout n'était peut-être pas perdu.

En empruntant un dédale de ruelles secondaires dont l'obscurité et le calme étaient plus propices à la méditation, Viktor arriva dans le quartier de la porte Saint-Denis, qu'il avait pris l'habitude de fréquenter le soir.

Au bout d'un certain temps, la faune nocturne des environs avait fini par remarquer ce personnage solitaire et distingué qui traversait le quartier à grands pas lents, en particulier les prostituées qui arpentaient les trottoirs ou guettaient le client au pied des immeubles. Des drôles d'oiseaux, elles en avaient vu et en voyaient tous les soirs, mais toutes convenaient que celui-là, avec son haut-de-forme, sa canne et sa grande cape noire, avait quelque chose de terriblement inquiétant.

D'ordinaire, hormis quelques jeunes bourgeois en mal de débauche, les gens de sa classe fréquentaient d'autres endroits pour assouvir leurs vices, des lupanars mieux achalandés ou des rues aux étalages moins défraîchis. Viktor représentait donc une aubaine pour les filles qui, le premier soir, en étaient presque venues aux mains pour mettre le grappin sur ce « portefeuille sur pattes ». Mais elles s'étaient ravisées dès qu'elles l'avaient abordé, car cet homme était une froide muraille d'indifférence. Ses deux yeux clairs et fixes, plantés dans les leurs comme pour les crever, n'exprimaient rien d'humain, et il y avait cette sensation sinistre qui les saisissait quand elles l'approchaient de trop près, comme un frisson glacial surgi des os.

Ainsi les racoleuses de la rue Saint-Denis et de ses alentours préféraient-elles ignorer ce « maboul » qui avançait d'un pas d'automate et partait parfois, sans prévenir, d'un grand rire de dément. Même les petits trafiquants et rabatteurs du quartier, d'habitude si prompts à entreprendre les pigeons fortunés, hésitaient à l'aborder, s'effaçant instinctivement devant un mammifère plus haut placé qu'eux sur l'échelle des prédateurs.

Ce soir-là – un samedi – les rues étaient suffisamment fréquentées pour qu'on ne fît pas réellement attention à lui. Viktor, impérial, descendit la rue Saint-Denis – qui depuis des siècles liait la sainteté, la royauté et la prostitution dans l'imaginaire parisien – en balançant sa canne, balayant du regard l'humanité qui l'entourait. Entre les hautes façades sombres où se découpaient les rectangles jaunes de quelques fenêtres, les silhouettes des badauds, parmi lesquels se trouvaient de nombreux soldats en permission, n'émergeaient de l'obscurité qu'à leur passage sous les quelques réverbères allumés ou à la lueur des lanternes des hippomobiles circulant sur le pavé.

C'était Azra – subodorant peut-être, non sans jalousie, les rapports intimes que Viktor avait commencé à avoir avec sa domestique – qui lui avait suggéré avec son tact habituel quelques adresses où il eût pu assouvir ses envies dans un confort digne de son rang. Ainsi la Fleur blanche ou le Chabanais, où toutes les fantaisies étaient réalisables pourvu qu'on y mît le prix, ou encore les Belles Poules, dans la toute proche rue Blondel. Autant d'établissements que le docteur fréquentait lui-même de temps à autre. Cependant, ne trouvant rien d'agréable à satisfaire ses pulsions dans la promiscuité des bourgeois, Viktor s'était mis à la recherche de lieux moins sophistiqués qu'il sentait plus à même d'épicer son plaisir.

C'est ainsi qu'il avait entrepris de battre cette portion de la ville dont Azra, en bon érudit, n'avait pas manqué de lui faire l'historique depuis le Moyen Âge, époque à laquelle certaines rues portaient encore des noms évocateurs tels que rue Trace-Putain, rue Tire-Vit ou rue du Poil-au-Con.

Laissant ses pas le guider, Viktor tourna à droite dans la rue du Caire, puis à gauche dans la rue Dussoubs, qu'il continua de descendre après la rue Réaumur, où l'ancienne rue Gratte-Cul se rétrécissait jusqu'à ne plus permettre que le passage d'un seul coche.

À ce niveau, les trottoirs étaient déserts et l'ombre encore plus épaisse, chargée d'une âcre odeur d'urine qui devait s'obstiner là depuis le règne des premiers Capétiens. Seule une lanterne rouge signalant un hôtel de passe luisait à quelques pas de Viktor qui, en s'approchant, s'aperçut que ce qu'il avait pris pour un tas d'ordures jetées devant le lupanar était un homme recroquevillé dans le ruisseau. L'enseigne, écaillée par les intempéries, représentait un chien rouge sur fond vert levant la tête vers un gros astre jaune. Des voix et des rires étouffés s'échappaient par la porte entrouverte de l'« Étoile du mâtin », qu'aucun videur ne gardait. Sans réfléchir, Viktor entra.

La salle d'où provenait le brouhaha s'ouvrait au bout d'un long couloir humide au sol revêtu de lino, à gauche de la réception de l'hôtel, simple guichet en bois faisant face à un escalier étroit.

Viktor s'arrêta un instant sur le seuil. Dans un décor composé d'un bar zingué occupant tout un coin, de chaises dépareillées, de tables de tous acabits et de lampes murales émettant une lumière maladive, cinq poilus criards faisaient la noce avec trois filles aussi éméchées qu'eux. Deux musclés aux allures d'apaches – le service d'ordre, sans doute – assis près de l'entrée et un barman à l'épaisse barbe noire assistaient d'un air taciturne aux ébats turbulents des permissionnaires. Un sixième soldat assis en retrait près d'un poêle en fonte dormait la tête renversée contre le mur. Un tirailleur noir.

Les poilus, en tricot de corps, n'avaient conservé de leur uniforme que les pantalons gris bleuté et les brodequins, le reste étant éparpillé sur les tables et les chaises à l'entour.

— On est cinq, y a qu'à en faire deux courtes ! beugla l'un d'eux, debout face à ses camarades.

— Deux ? fit un autre, assis avec une fille sur les genoux.

— Bah oui, c'te connerie ! Puisqu'elles sont trois !

— Eh, v'là que Morpoil y sait plus compter ! s'exclama un troisième, provoquant l'hilarité grasseyante de toute la compagnie.

Sans rivaliser avec les plus minables que Viktor avait connus, ce bordel n'allait pas non plus lui offrir les raffinements du Chabanais, avec ses chambres à thème. L'endroit ne lui plaisait pas. Cependant, malgré son impression d'être entré dans un cul-de-sac, quelque chose le poussa à ne pas tourner les talons. Si l'on cherchait du nouveau, ne fallait-il pas donner leur chance aux situations les plus inattendues ? Il avança vers le comptoir sous les regards méfiants des gorilles et du barman.

— Vous cherchez quelqu'un ? demanda le barbu derrière le zinc, un borgne trapu qui toisait Viktor comme s'il avait reconnu en lui un inspecteur de police ou des services sanitaires.

Viktor posa son haut-de-forme et sa canne sur le bar.

— Non.

— Quelque chose, alors ?

— Servez-moi une goutte.

Viktor sentit que son arrivée avait modifié les équilibres qui régnaient jusqu'alors dans la salle. Pendant que les poilus continuaient de brailler – il s'agissait de tirer à la courte-paille qui allait monter en premier avec les trois catins –, Viktor pouvait sentir par une sorte de sixième sens les videurs et le barman en train de le jauger et l'attention des filles se reporter sur lui, même s'il ne les regardait pas. À en juger par sa mise, il devait représenter un client plus juteux que quelques soudards de province venus dilapider leur solde.

— C'est tout ce qu'on a en magasin, dit le barman avec un signe de la tête en direction des filles. Mais on peut vous trouver autre chose rapidement. Du premier choix. Si vous voulez, j'envoie tout de suite un de mes gars.

Viktor ne répondit pas ni ne donna aucun signe d'avoir entendu. Le tord-boyaux que lui avait servi le barbu descendait comme une coulée d'acide et sentait le désinfectant.

— Mais on est six ! rugit l'un des soldats, comme pour se faire entendre par les gargouilles de Notre-Dame. On a oublié la Potiche ! Il est où, la Potiche ?

— Il est sorti dégueuler ! Il est plus en état ! dit le poilu debout, surnommé Gros-Jean.

— Ah, il va nous en vouloir la Potiche ! bafouilla un autre, la langue et la mâchoire engourdies par la boisson.

— C'est Nanouche, la blonde, là, qui vous intéresse ? renchérit le barman en désignant une jeune femme au rire nasillard, dont les rondeurs étaient à peine voilées par une combinaison légère. Je peux vous arranger le coup. J'expliquerai ça à ces messieurs. De toute façon, au rythme où ils gobelottent, ils vont bientôt s'écrouler.

Écœuré par l'eau-de-vie maison, Viktor se dit qu'un verre de rouge serait le bienvenu pour lui ôter de la bouche ce goût de poison. Aussitôt, comme s'il avait lu dans ses pensées, le barman s'empressa de lui servit un ballon de côtes-du-rhône, se demandant pourquoi diable il faisait cela alors que son client ne lui avait rien demandé.

— Merci, dit Viktor.

Depuis sa crise, il arrivait souvent que les personnes dans son voisinage satisfassent ses envies avant même qu'il ne les eût exprimées, comme si une voie de communication s'ouvrait entre son inconscient et le leur. Ce petit tour de transmission de pensée, ou plutôt de transmission de désir, l'aurait sans doute rendu riche à millions dans sa vie précédente, quand il se produisait encore sur les scènes de music-halls.

Il trempa les lèvres dans son vin et croisa le regard troublé du patron, qui eut un tressaillement de paupière.

— Comment… Vous voulez les trois ? J'ai bien compris ?

Viktor leva un sourcil. Il n'y avait pas songé, ou pas encore, mais quelle bonne idée !

Gros-Jean s'approcha du bar d'un pas mal assuré, comme si le plancher tanguait sous ses pieds.

— Tôlier ! Sors-nous des pailles !

— On n'a pas de pailles.

— Des allumettes, alors. Ça fera l'affaire.

— On n'a pas d'allumettes non plus.

Gros-Jean, dont le tricot de corps tendu par son ventre affichait plusieurs variétés de souillures, appuyait ses requêtes en gesticulant et exhalait une forte odeur de sueur qui empirait à chaque fois qu'il levait les bras.

— Vous vous foutez de moi ? Et des cure-dents ?

— On va fermer. Finissez vos verres et changez de crèmerie.

— Comment ça, fermer ? s'écria Gros-Jean. Mais on n'a pas encore commencé ! Il est à peine onze heures !

— Pour la loi, on aurait dû fermer depuis longtemps.

— Mais vous croyez que la loi refuserait à des soldats revenant du front de tirer leur crampe ? Et d'abord depuis quand vous respectez la loi ?

— Depuis que ça nous chante ! Allez, Nanouche, Fifi, Mathilde, montez dans la grande chambre !

Surprises par la tournure que prenaient les événements, les filles demeurèrent interdites. Les poilus faisaient la même tête que s'ils avaient vu Joffre entrer dans la pièce en tutu.

— Ben qu'est-ce qui se passe ? demanda Morpoil.

— Il se passe que le tôlier a décidé de nous faire chier la bite ! Il veut nous virer !

L'un des deux gorilles assis près de la porte finit son verre d'un trait, ajusta son foulard rouge et se leva. Des cheveux noirs pommadés encadraient son faciès de boxeur, lui-même encadré par des épaules de fort des Halles.

— T'as entendu le patron ? C'est l'heure de foutre le camp.

— Quoi ? On revient de l'enfer et c'est comme ça qu'on nous traite ?

— Allez chercher des pailles ailleurs. Ramassez votre moricaud, là, et du balai.

— On veut du respect ! Et notre moricaud, c'est un frère d'armes ! Il a des oreilles et il comprend le français. Il sait même lire et écrire. Pas comme toi ! Si j'étais toi, je préférerais pas avoir affaire à lui.

Viktor, impassible, vit que le tirailleur près du poêle avait ouvert les yeux. Nanouche et les filles se hâtèrent de gagner la sortie dans un froufrou de lingerie. Morpoil bondit de sa chaise et alla se poster auprès de Gros-Jean pour lui prêter main-forte.

— C'est toujours la même musique avec vous, les soldats, dit le patron, vous vous croyez tout permis !

— Je t'en foutrais de la musique, rétorqua Morpoil, je t'en ferais entendre ! Celle des canons et des mitrailleuses ! Toute la symphonie !

— C'est pour protéger des couillons pareils qu'on risque notre peau ? brailla un autre poilu resté assis.

L'autre videur se leva. Le manche d'un couteau dépassait de sa ceinture en flanelle rouge.

— J'ai compris ! C'est ce bourgeois qui vous a demandé de nous virer ! s'exclama Gros-Jean en désignant Viktor.

— Laisse le monsieur en dehors de tout ça. Il n'a rien à voir là-dedans.

— Nos sous valent pas moins que les siens !

Le tirailleur se leva à son tour et s'approcha lentement du bar, causant un blanc dans la dispute. Contrairement à ses compagnons, il portait son uniforme de repos au complet, son calot plié avec soin sous son ceinturon. Il s'arrêta près de Gros-Jean et dévisagea Viktor d'une façon qu'on eût pu croire insolente si son visage n'avait exprimé la plus profonde surprise.

Viktor soutint son regard, son verre de vin à la main. Le tirailleur lui rappela la réclame qu'il avait mise à la place du tableau que Géo Grandin lui avait demandé d'escamoter, dans une autre vie. À la différence du personnage de l'illustration, cependant, celui-là avait une longue balafre sur la joue droite et ses cheveux crépus commençaient à blanchir sur les tempes.

— N'Ton ?

— Pardon ?

— Tu es le frère de N'Ton ? Viktor ?

Viktor sentit son cœur s'arrêter de battre. L'espace se rétrécit, le temps se dilata. Tous les présents lui parurent soudain aussi immobiles que des statues dans un musée de cire. Avait-il bien entendu ?

— Momo, tu connais ce gonze ? lâcha Gros-Jean, alors que la dispute s'était figée autour des deux hommes.

— Anton ? Vous avez bien dit « Anton » ? demanda Viktor, incrédule.

Le tirailleur sourit de toutes ses dents, dont certaines manquaient à l'appel.

— Grâce au ciel, je t'ai enfin trouvé !

— Ah ben v'là aut' chose ! s'exclama Morpoil.

— J'ai fait beaucoup de chemin, dit le tirailleur à Viktor, qui avait encore le souffle coupé. J'ai à te parler, longuement, et j'ai très peu de temps.

Viktor se tourna vers le patron, qui paraissait tout aussi dérouté que lui.

— Il y a un salon dans les étages ? Un endroit où l'on peut être tranquille ?

— Non. Si vous voulez, prenez une chambre. Les clés sont derrière le guichet dans le corridor.

Viktor reprit sa canne et son chapeau tandis que Momo, électrisé, allait récupérer son havresac sous la chaise qu'il occupait près du poêle.

— Momo, c'est quoi ces salades ? On doit t'attendre ? demanda Gros-Jean.

— Pas besoin. Je sais où est la gare. On s'y verra peut-être demain. Bonne chance à vous, mes frères !

La chambre, dont Viktor avait pris les clés au hasard, se trouvait au troisième étage et n'était meublée que d'une chaise, d'un lit et d'une table de nuit. Une éponge flottait dans une bassine d'eau grisâtre posée sur le parquet, qui grinçait à chaque pas. En entrant, Viktor alluma la lampe de chevet, alla ouvrir la fenêtre et les volets pour atténuer l'odeur de tabac froid, puis se tourna vers le soldat. Mille questions se bousculaient dans sa tête.

— « Momo », c'est votre vrai nom ou c'est l'abréviation de « moricaud » ? demanda-t-il, rompant un silence qui durait depuis le rez-de-chaussée.

— Non, c'est le nom que ma mère m'a donné.

— Comment vous êtes-vous retrouvé avec ces hommes dans la salle ?

— Je cherchais le Théâtre Houdin, sur les grands boulevards. Ils m'ont renseigné et on a sympathisé.

— Le Théâtre Robert-Houdin ?

— C'est toi que je cherchais. On m'a dit que c'était là que travaillaient les magiciens.

« C'est d'une logique imparable », songea Viktor en s'étonnant de la naïveté de cet étrange personnage qui, du reste, aurait très bien pu le trouver à cet endroit s'il s'y était présenté quelques années auparavant. Momo s'exprimait dans un français parfait, presque entièrement dénué de l'accent typique des Africains.

— Qui vous a dit que j'étais magicien ?

— N'Ton, dit Momo en posant son havresac à ses pieds. C'était il y a très longtemps, mais j'ai tout gardé en mémoire. Je n'ai oublié aucun détail.

— Mais j'aurais pu me trouver dans une autre ville, dans un autre pays. J'aurais pu être mort.

— C'est vrai, tu aurais pu, dit Momo en haussant les épaules.

— Où auriez-vous rencontré mon frère ? demanda Viktor, qui malgré tout continuait de se méfier. Êtes-vous bien sûr que c'est moi que vous cherchez ?

— Oh, aucun doute possible ! Bien du temps a passé, mais N'Ton aurait ton visage aujourd'hui. En ce moment même, j'ai l'impression de l'avoir devant moi.

L'émoi dans la voix du soldat et la lueur qui dansait dans ses yeux témoignaient des liens étroits qui avaient dû l'unir à Anton. Viktor tiqua, lui-même en proie à des émotions troublantes.

— Vous dites qu'il « aurait » mon visage. Cela signifie donc qu'il est mort ? demanda-t-il.

— Oui. Mais il faut nous réjouir, c'est un grand jour, car j'ai mené à bien la mission qu'il m'a confiée il y a vingt ans. Je t'ai enfin trouvé. Maintenant, je vais tout te raconter. Nous n'avons pas beaucoup de temps, Viktor. Je dois rejoindre mon régiment demain.

— Je t'écoute.

Viktor s'assit sur le rebord de la fenêtre et Momo sur le lit. Après s'être recueilli un moment pour rassembler ses souvenirs, le tirailleur commença son récit.

5.

— Parmi les miens, commença Momo, tout le monde se souvenait de la nuit où N'Ton était apparu. La nouvelle lune venait de se lever quand une pluie d'étoiles filantes comme on n'en avait jamais vu avait traversé le ciel, et un troupeau d'éléphants qui passait à proximité de notre village s'était mis à barrir, faisant résonner la savane d'un chœur harmonieux qui n'avait rien d'animal, comme s'il leur avait été inspiré par ce phénomène céleste…

Cela se passait dans une région reculée du Sénégal oubliée par l'histoire où les hommes blancs ne s'aventuraient que rarement. Les chasseurs, dont le père de Momo, qui avaient fait partie de l'équipée nocturne partie observer de plus près les pachydermes, affirmèrent en regagnant le village qu'ils les avaient vus effectuer une danse insolite, sorte de ballet qui avait duré jusqu'à l'aube. Aucun doute n'était possible : cette nuit-là, le ciel avait parlé, annonçant l'imminence de grands changements.

L'émoi fut grand dans la petite communauté. Dès le lendemain, le sorcier du village, Naga, enjoignit aux habitants d'offrir des sacrifices aux ancêtres pour prévenir les calamités qui ne manqueraient pas de s'abattre sur eux si l'on ne calmait pas le mécontentement des esprits, dont ces phénomènes étaient les signes indubitables. Faute d'offrandes consistantes, dont Naga s'octroierait une partie, les sources d'eau fraîche risquaient de se tarir, le gibier de déserter la savane et les morts de revenir tourmenter les vivants dans leur sommeil pour régler leurs litiges en suspens.

C'est ce qu'on fit, car on ne plaisantait pas avec l'au-delà. Après que quantité de fruits, d'épices et de viande fraîche eurent été déposés au pied du grand arbre sacré dont Naga était le gardien, aucune des calamités annoncées ne s'étant réalisée, le récit de cette nuit fantastique alla grossir le fleuve d'histoires fabuleuses que racontaient les griots.

— Mais cette nuit-là, dit Momo, il s'était vraiment produit quelque chose d'extraordinaire qui allait changer nos vies. Et c'est moi qui m'en suis aperçu le premier.

Parfois, Momo, alors âgé d'une dizaine d'années, sortait en catimini de la hutte familiale avant l'aube pour aller retrouver Tiki, un compagnon de jeu du même âge que lui. Tiki, un albinos, vivait seul avec sa mère – Saala, une proscrite – à quelque distance du village, à l'orée d'une zone qui, pendant la saison humide, se transformait en marécage.

Sinistre, aux yeux des villageois, était l'aura qui entourait la hutte de Saala. Naga parlait souvent des commerces impurs que la veuve et son démon de fils entretenaient avec les esprits malins de la savane. Cependant, au fil des saisons, cette méfiance superstitieuse s'était atténuée, car les compétences d'accoucheuse et les dons de guérisseuse de la proscrite furent plus d'une fois utiles aux habitants, qui finirent par la considérer d'un autre œil sans toutefois la réintégrer parmi eux. Malgré les mises en garde de Naga, certaines mères, dont celle de Momo, allaient trouver Saala en secret et toléraient que leurs enfants jouassent avec Tiki, dont le naturel doux et épanoui compensait les craintes que sa peau blanche et ses cheveux roux suscitaient chez certains.

— J'étais le seul ami de Tiki, expliqua Momo. Souvent, quand ma mère nous envoyait à la cueillette, je faussais compagnie à mes jeunes frères pour aller le rejoindre. Tiki et moi nous dépêchions de ramasser des baies, des herbes et des fruits pour notre prochain repas en famille, après quoi, nous jouions jusque tard dans la matinée. Ma mère, qui était une amie de Saala, fermait les yeux. Nous avions un point de rencontre habituel, près d'un étang où nous pouvions nous baigner. C'est là que j'ai vu N'Ton pour la première fois.

Ce matin-là, en arrivant au bord du plan d'eau, Momo crut qu'il était encore allongé sur le sol de sa hutte, en train de rêver. Cependant, après s'être pincé et frotté plusieurs fois les yeux, il dut se rendre à l'évidence : il n'y avait pas un Tiki, mais deux.

En s'approchant, muet d'étonnement et un peu effrayé, il fut rassuré de constater que son ami ne s'était pas dédoublé. L'autre – qui allait lui être présenté sous le nom de N'Ton – avait la peau aussi blanche que celle de Tiki. Ses cheveux couleur de paille étaient raides, ses lèvres et son nez trop fins, et ses yeux aussi bleus qu'un ciel d'été par temps de sécheresse. Momo, qui n'avait jamais vu d'homme blanc, crut qu'il s'agissait de l'esprit d'un enfant mort venu de l'au-delà pour jouer avec son ami.

— Tu veux dire que mon frère, Anton, est apparu près de ton village comme s'il était tombé du ciel, en plein cœur de l'Afrique ?

Viktor était abasourdi. Cela faisait si longtemps – plus de trente ans – qu'il se demandait ce qu'il était arrivé à son frère après ce tragique tour de magie en Pologne, que la question était devenue abstraite, comme si elle ne le concernait plus.

— Oui, tombé du ciel avec des étoiles filantes, la nuit du chœur des éléphants.

Saala n'avait pas hésité à donner asile à N'Ton quand le garçon, perdu et apeuré, affublé de vêtements étranges, s'était présenté à l'entrée de sa hutte le matin suivant. Toutefois, il ne faisait aucun doute que l'arrivée de N'Ton, accompagnée de signes prodigieux, constituait un présage peut-être néfaste pour la communauté. Si Naga avait appris que la guérisseuse, qu'il considérait comme sa rivale, accueillait chez elle un petit d'homme blanc, il n'aurait pas eu de mal à convaincre le village que l'apparition d'un deuxième albinos sous son toit confirmait la nature maléfique de la proscrite. N'Ton aurait à coup sûr été présenté comme le fruit de ses accouplements bestiaux avec les démons de la nuit. Personne, pas même le chef du village, Koumba, qui était sous l'influence de Naga, ne se serait opposé au jugement du sorcier. Saala et son fils, ainsi que N'Ton, risquaient d'être lynchés ou forcés de s'exiler bien plus loin dans les profondeurs de la brousse, où il était impossible de survivre.

Aussi quelques jours s'écoulèrent-ils avant que la femme ne se décide à révéler la présence de N'Ton au conseil des Anciens du village, le temps de rassembler son courage et d'inventer une histoire plausible expliquant la présence de l'enfant blanc à un endroit où ceux de sa race ne s'aventuraient jamais.

L'apparition impromptue de Saala et de son rejeton pâle comme la mort, qui semblait s'être soudain dédoublé, au milieu de la communauté suscita des remous. Certaines femmes cachèrent leurs enfants et se cloîtrèrent chez elles pour ne pas risquer de croiser le regard des bannis. Les chasseurs se présentèrent à la réunion armés et bardés de gris-gris. Mais contre toute attente, au grand dam de Naga, N'Ton fit bonne impression face au conseil constitué de Koumba et de quatre chasseurs à l'âge canonique qui avaient jadis eu affaire aux hommes blancs. Le naturel souriant du garçon, la rapidité avec laquelle il avait appris quelques mots de la langue de la tribu – « bonjour », « manger », « soleil », « content » – et son absolue décontraction, y compris face aux chasseurs parés de leurs atours les plus farouches, conquirent les Anciens.

La version de Saala, selon laquelle l'enfant devait traverser la forêt avec un groupe de Blancs quand il s'était égaré dans la nature, fut jugée plausible par la majorité du conseil. On décida de confier N'Ton à la proscrite, qui servirait de mère au garçon le temps que les siens retrouvent sa trace et se présentent au village pour le récupérer.

Mais les lunes se succédèrent sans que rien de tel se produisît. La saison sèche, particulièrement rude cette année-là, était bien avancée quand Naga, ruminant encore l'affront subi à l'occasion du conseil et jaloux du petit Blanc que la tribu avait adopté, fomenta un plan pour se venger.

Un plan aussi vil que banal, en vérité, puisque pour arriver à ses fins – le bannissement définitif, voire la mise à mort de

Saala et de ses rejetons – le sorcier n'eut d'autre idée que d'employer ses talents d'empoisonneur. Quand il attribua à la présence de N'Ton la mort soudaine d'une dizaine de chèvres, son stratagème faillit fonctionner, car nombreux furent les villageois qui exprimèrent leurs craintes et leur colère. Mais quand Naga, profitant de ce mécontentement, voulut surenchérir en allant mêler nuitamment une poudre vénéneuse aux réserves de farine de manioc d'une famille vivant à l'orée du village, se faisant prendre la main dans le sac, la fureur de la tribu s'abattit sur lui. Après l'avoir rossé et mutilé, on brûla sa hutte et on l'abandonna encore inconscient dans les profondeurs de la brousse, en proie aux bêtes sauvages. Nul ne sut s'il survécut, car on ne retrouva ni traces ni restes, et il ne fut plus jamais question du sorcier.

Cet événement inaugura une période de grande prospérité pour la tribu, qui finit par reconnaître en N'Ton un envoyé des ancêtres. Ses progrès dans la langue étaient fulgurants et sa connaissance de la nature, ainsi que son habileté à la chasse du petit gibier, égala bientôt celle de n'importe quel garçon de son âge. Les enfants du village étaient de plus en plus nombreux à braver l'interdit de leurs parents de s'approcher de la hutte de Saala pour jouer avec le petit Blanc – un interdit, d'ailleurs, qui perdit vite de sa force à mesure que les membres de la tribu s'attachaient à N'Ton, toujours prêt à rendre service avec une inépuisable énergie. Tout en continuant d'être maintenue à distance, Saala fut elle-même réinsérée dans la vie de la communauté, étant demeurée la seule guérisseuse du village après le châtiment de Naga.

La tribu adopta officiellement N'Ton quand les Anciens décidèrent de soumettre le garçon, en même temps que Momo, aux rites initiatiques de rigueur pour l'intégrer au groupe des chasseurs. À cette occasion, l'enfant s'illustra par ses aptitudes fabuleuses. Il supporta toutes les épreuves auxquelles on le soumit comme le plus endurci des guerriers et mémorisa avec une facilité déconcertante les chants, les danses et les rites secrets que lui transmirent ses aînés. Au terme de l'initiation, lors de la première danse nocturne qu'il effectua avec Momo et les autres chasseurs désormais devenus ses pairs, sa peau blanche fraîchement scarifiée se mit à luire dans l'ombre comme si la lune énamourée l'avait baigné de ses plus beaux rayons. Ce signe prodigieux balaya tous les doutes qui pouvaient subsister dans l'esprit des hommes de la tribu. Un guerrier surhumain, comme ceux de leurs légendes, était descendu parmi eux.

Les Anciens, qui n'avaient pas manqué de faire le rapprochement entre la nuit des étoiles filantes et son arrivée au village, baptisèrent N'Ton du nom secret d'« Éléphant blanc », animal mythique placé sous le double signe de la force et de la sagesse.

N'Ton ne déçut aucune des attentes que ces événements avaient suscitées et on ne tarda pas à lui attribuer certains miracles. On disait qu'il savait parler aux fauves, avait le don de prémonition et pouvait changer les mots de place dans le grand poème du ciel. Pendant les années qu'il passa dans le village, la région fut épargnée par la sécheresse, les pluies torrentielles et les épidémies qui parfois décimaient le bétail. La fertilité des hommes, des bêtes et de la nature entière s'accroissait à chaque nouvelle saison. Aux frères de sa tribu, il enseigna des techniques pour exploiter la force du vent ou pour cultiver la terre avec des outils inédits dont la conception, nul n'en doutait, lui était inspirée en rêve par les ancêtres.

N'Ton prit pour épouses des jumelles qui lui donnèrent de nombreux enfants, unanimement adoptés par le village malgré la couleur claire de leur peau et l'aura de magie qui entourait leurs mères. Tout ce qu'entreprenait l'« Éléphant blanc » trouvait sa place dans un vaste dessein providentiel voué à changer et enrichir les traditions et les mentalités.

Quand Koumba mourut, mordu par un serpent, N'Ton refusa de prendre la place du chef, qui de l'avis de tous lui revenait. Cet effacement augmenta son autorité, car une telle humilité ne pouvait qu'être le propre d'un homme d'exception.

— Même si nos frères voyaient juste quant à la sagesse de l'Éléphant blanc, le refus de N'Ton avait des causes bien plus obscures, dit Momo après avoir marqué une pause dans son récit. Il savait que son séjour parmi nous ne durerait qu'un temps. Mais cela, il ne le révéla à personne, sauf à sa mère adoptive, à Tiki et à moi, son compagnon d'innombrables chasses et de mille aventures.

Parmi les membres de la tribu, Momo était le seul auquel N'Ton ouvrît son cœur sans réserve. C'est ainsi qu'il lui révéla la nature terrible des rêves qui hantaient son sommeil depuis plusieurs saisons. Il y en avait un en particulier, toujours le même, qui lui faisait revivre un épisode de sa petite enfance où une grande demeure était dévorée par les flammes. Mais ce cauchemar récurrent n'était qu'une douce fantasmagorie en comparaison des visions qui parfois arrachaient son âme à son corps mortel pour la projeter dans les mondes terrifiants de l'au-delà, où de sombres entités l'instruisaient sur ses véritables origines.

Bien que de nombreuses années se fussent écoulées, Momo se souvenait encore du moment où, peu après leur initiation, son frère blanc avait commencé à parler de ces voyages nocturnes et lui avait dévoilé la cause véritable des tourments qui l'obligeaient parfois à s'isoler plusieurs jours durant dans la hutte de Saala, quand ces visions s'emparaient de lui.

— « Mon père est un puissant seigneur de l'au-delà, me dit-il en hésitant sur le choix de ses mots. C'est un roi cruel et jaloux qui me considère comme une menace. Tôt ou tard, les gens de sa tribu viendront me chercher pour que je prenne sa place, ou pour me tuer. Dans les deux cas, il me faudra lutter, et toi, Momo, tu seras pour moi beaucoup plus qu'un simple compagnon d'armes. Même si le futur n'a pas encore été prononcé par la bouche du grand Griot dont le chant tisse le destin des hommes, tu seras appelé à jouer un rôle des plus importants. Voilà ce que les esprits m'ont appris. Voilà ce qu'il fallait que je te dise ».

À compter de ce jour les deux hommes ne se quittèrent plus. Ensemble et en grand secret ils construisirent un abri loin du village, une hutte basse et camouflée dans un recoin caché de la forêt connu d'eux seuls où N'Ton se retirait lorsqu'il sentait approcher ses transes visionnaires. Là, parfois pendant des nuits et des jours entiers, Momo défendait des bêtes sauvages qui rôdaient un peu trop près du refuge le corps inerte et fiévreux de son compagnon. Durant ses longues veilles, le fidèle ami adressait de longues suppliques aux ancêtres et aux esprits de la tribu pour qu'ils protègent l'Éléphant blanc dans ses voyages astraux, truffés d'embûches et de périls inouïs dont N'Ton, quand il revenait à lui, avait tant de mal à expliquer la nature, les yeux encore hantés par les mondes impossibles qu'il avait traversés.

— « De puissants esprits sont sur mes traces, me dit-il un jour au sortir d'une de ces transes. Ils ne me cherchent pas pour m'asseoir sur un trône, mais pour prendre ma tête et l'offrir à mon père. Ce sont de redoutables chasseurs. Tôt ou tard, ils me trouveront. Je dois me préparer à les affronter. » Je dus user de toute mon obstination et abuser d'un moment de faiblesse pour lui faire accepter que je combatte à ses côtés.

Quelque temps après cette révélation, N'Ton, averti de l'approche d'ennemis par un présage onirique, alla réveiller Momo en pleine nuit et lui demanda de le suivre sans poser de questions, équipé de ses armes. Ensemble, ils s'éloignèrent du village, dans d'épaisses ténèbres et sous une pluie battante, ne sachant ni où ils allaient, ni ce qu'ils fuyaient, ni s'ils allaient revenir. Ce fut le moment le plus sombre de la vie de Momo qui abandonnait sa famille et tout ce qu'il avait connu, mais bien d'autres étaient encore à venir.

Débuta alors un long, très long périple ponctué d'épreuves et de gestes dignes des poèmes sacrés de la tribu.

Ils cheminèrent vers l'est pendant plusieurs jours, suivant les indications souvent confuses que N'Ton recevait en rêve, ignorant tout de leur destination finale, et se retrouvèrent bientôt en territoire inconnu. Si la question de leur subsistance ne se posa pas, car tous deux étaient des chasseurs émérites, ils durent plus d'une fois affronter des prédateurs et fuir les guerriers de tribus hostiles. Mais ce n'était là que le préambule d'aventures formidables qui les entraînèrent bien loin du petit coin de monde dans lequel Momo avait vécu jusqu'alors.

— Marais maudits, hommes-perroquets, mangeurs d'or aux dents de diamant… J'ai tout écrit, dit Momo en posant la main sur son havresac. En lisant, il te sera peut-être difficile de ne pas me prendre pour un fou. Moi-même je ne suis pas sûr que tous ces événements aient bien eu lieu dans le monde des simples mortels. En revanche, je n'ai aucun doute sur la réalité de notre arrivée chez les Dogons.

Quand, au milieu d'un paysage rocailleux qu'ils traversaient depuis des jours, ils tombèrent sur un groupe de chasseurs dogons, N'Ton et Momo crurent devoir à nouveau jouer une partie serrée contre le sort, qui n'en finissait pas de les accabler. Mais contre toute attente c'est en hôtes de marque qu'ils furent accueillis dans un important village comprenant plusieurs bâtiments de pierre, construits à flanc de falaise. On venait d'y célébrer la fête de Sigui, et les habitants souriants se pressaient autour d'eux, levant parfois un doigt en direction du ciel en répétant ce nom mythique, « Yurugu ! Yurugu ! ». Momo n'était pas fâché d'être accueilli aussi chaleureusement sans devoir au préalable essuyer des pluies de flèches, de sagaies ou d'envoûtements.

Reçus avec tous les honneurs par les anciens de la communauté, les deux voyageurs comprirent enfin la raison de l'accueil princier qu'on leur avait réservé. Dyongu, un vieux sage révéré par tous et dont les yeux aveugles, disait-on, s'étaient « envolés à force d'avoir scruté le ciel », avait été averti de l'arrivée de N'Ton par un rêve prémonitoire. Dans ce rêve, les Nommos, fils jumeaux du dieu Amma et de la Terre, lui avaient annoncé par le truchement d'une couleuvre blanche qu'un guerrier viendrait bientôt le trouver, un grand héros qui aurait besoin de son aide pour accomplir son destin et qui n'était autre que l'incarnation du premier fils d'Amma, Yurugu, le « Renard pâle ». « Nous touchons au but, avait dit N'Ton à Momo après s'être entretenu avec Dyongu, nous allons bientôt pouvoir rentrer chez nous. »

La nuit, pendant que Momo dormait pour la première fois entre des murs de pierre, N'Ton et Dyongu se réunirent à nouveau sur un autre plan d'existence, où la langue et la cécité n'était plus un obstacle, pour tenir conseil avec les esprits des ancêtres dogons. Quels que fussent les propos qu'ils échangèrent dans le monde de la transe, ils devaient être graves, car au matin N'Ton avait l'air sombre et s'attela aux préparatifs du départ sans un mot pour son ami.

Ils reprirent leur chemin, munis de provisions. Le village dogon était loin derrière eux quand N'Ton, mettant fin à son mutisme, révéla enfin ce qui lui pesait sur le cœur. « Nous cherchons un cimetière », dit-il, répondant à une question que Momo n'avait pas encore eu le courage de poser, tant il redoutait les nouvelles amères dont la mine tracassée de son compagnon donnait un avant-goût. « Nous y trouverons une arme qui nous aidera à combattre mon père et ses sbires, qui sont toujours sur nos traces. – Quel genre d'arme ? – Je ne le sais pas encore. Mais il y a autre chose que je dois te dire. Un seul de nous deux reverra un jour notre village. »

Ces mots firent à Momo l'effet d'une lance en pleine poitrine. Une éternité passa avant qu'il pût relever la tête et bredouiller quelques mots. « Même les esprits peuvent se tromper, n'est-ce pas ? » demanda-t-il, sans obtenir de réponse.

Le voyage se poursuivit dans un silence glacial. En son for intérieur, Momo décida qu'il ferait l'impossible pour que ce soit son ami qui retourne parmi les leurs, dût-il y laisser la vie. Dès lors, le souvenir de sa femme et de ses enfants ne le quitta plus. Tout au fond de lui, il les serra dans une étreinte si intime que rien n'aurait pu la défaire, pas même la mort. Si vraiment il devait disparaître, qui mieux que N'Ton pour veiller sur eux ? Et l'Éléphant blanc serait plus utile à la tribu qu'un simple chasseur tel que lui.

Pendant qu'il marchait en ruminant ces idées sombres, il était sûr que son ami, jeté au fond d'un même puits de mélancolie, concevait des desseins similaires. Mais bientôt leur tristesse se dissipa. En dépit des oracles et des esprits, l'amitié fraternelle qu'ils se vouaient reprit le dessus. Le soir autour du feu, pleins d'espoir et de nostalgie, ils évoquèrent des souvenirs de leur village et de leur enfance avec des serrements au cœur et en riant parfois.

Au bout de trois jours de marche éreintante, dans un paysage de plus en plus rocailleux d'où les hommes et les dieux semblaient avoir été chassés par les reptiles, les scorpions et un soleil implacable, ils arrivèrent au bord d'une gigantesque dépression dans le paysage. Le fond aride de la grande cuvette de pierre qui s'ouvrait devant eux, bordée de hautes falaises, se trouvait à une centaine de mètres en contrebas. Depuis leur point d'observation, N'Ton et Momo pouvaient suivre des yeux tout le pourtour du grand cirque de pierre, si vaste qu'il aurait pu accueillir la lune. Ils estimèrent que l'extrémité opposée se trouvait à vol d'oiseau à une demi-journée de marche. « Pour Dyongu et les siens, cet endroit est sacré, dit N'Ton. Selon eux, c'est là que le premier homme aurait vu le jour, après qu'une étoile s'y est écrasée. »

En longeant la crête, ils finirent par trouver un chemin praticable qui les mena au fond du cratère. Tout en bas, rien ne poussait. L'endroit avait dû paraître rien moins qu'idéal au grand Artisan qui cuisit la glaise du premier Dogon, car il y faisait chaud comme dans un four et la grande lumière de midi reflétée par la pierraille blessait les yeux. Malgré l'épaisseur de corne qui cuirassait leurs plantes de pieds, N'Ton et Momo avaient l'impression de marcher sur un tapis de cendres brûlantes, ce qui les obligeait souvent à avancer ou faire halte dans les minces franges d'ombre qu'offrait le relief. Autant de chaleur et d'éclat – se dit Momo – ne pouvaient être que les vestiges, la pulpe de l'étoile qui s'était jadis écrasée ici.

En progressant ils découvrirent çà et là d'anciens dessins gravés sur les flancs de gros rochers. Des représentations de fauves, de serpents ou d'étoiles s'y mêlaient à des motifs géométriques complexes évoquant des projections astronomiques. D'étranges personnages au crâne oblong apparaissaient parfois dans ces graffitis effacés par le temps.

Guidés par le seul instinct de N'Ton, qui suivait la piste subtile que les ancêtres lui avaient indiquée lors de ses transes, ils avisèrent bientôt une vaste zone de terrain d'une clarté éblouissante. En s'approchant, ils constatèrent avec une stupeur grandissante que ce qu'ils avaient pris pour de la pierre blanche n'était autre qu'un immense tapis d'ossements.

Ils avancèrent à pas lents en scrutant l'étendue macabre. Les animaux venus mourir à cet endroit appartenaient à toutes les espèces. Des squelettes de félins, de rongeurs, de pachydermes, d'oiseaux et de reptiles de toutes tailles s'y chevauchaient pêle-mêle. Les deux intrus guettaient l'apparition de restes humains, mais les seules traces de passage de l'homme se décelaient dans quelques tumulus trop parfaits pour être l'œuvre du hasard, ou encore dans l'accouplement insolite de certains os – ici, un crâne de zèbre posé sur un squelette de singe, là, un crâne d'hyène abouté aux vertèbres d'un long boa.

N'Ton et Momo avaient l'impression que ces étranges compositions étaient des pensées muettes que la nécropole animale leur adressait directement, comme des mises en garde. Le rassemblement d'une telle quantité de carcasses ne pouvant être l'œuvre de l'homme, il résultait que les animaux dont ils contemplaient les restes, les prédateurs aussi bien que leurs proies, avaient eux-mêmes gagné ce lieu pour y mourir. Mais pourquoi ? Momo, qui sentait peser sur lui les regards de centaines d'orbites vides, n'était pas sûr de vouloir connaître la réponse.

Soudain, N'Ton s'arrêta et, sans un mot, pointa le doigt droit devant eux. À une centaine de pas, au fond d'une dépression où les ossements se faisaient plus rares, se trouvaient les restes d'une bête des plus extraordinaires.

Comme attiré par un aimant, N'Ton commença à descendre la pente douce de la cuvette. Momo, avec beaucoup de circonspection, lui emboîta le pas, s'attendant à tout moment à voir les âmes des animaux à l'entour surgir hors du sol pour leur barrer le chemin. Mais rien de tel n'arriva.

Couché sur le côté, enroulé sur lui-même en position fœtale comme s'il avait expiré en se mordant la queue, le squelette de ce monstre devait bien faire dans les quinze mètres de long. Il se trouvait au centre d'un périmètre parfaitement circulaire et dégagé. Ses os, d'un jaune grisâtre, bien plus anciens que tous ceux que N'Ton et Momo avaient pu voir jusqu'alors, étaient encore en grande partie prisonniers du terrain aride. De son épine dorsale se ramifiaient de puissantes pattes arrière semblables à celles d'un crapaud géant, les côtes d'une cage thoracique à présent effondrée qui aurait pu contenir une vache, des pattes antérieures singulièrement petites par rapport au reste du corps et un crâne titanesque, oblong, à moitié enfoui dans la poussière, pourvu de dizaines de dents dont beaucoup étaient brisées ou manquantes.

Momo ne savait pas si la vue des restes de cette créature, qui jadis avait dû hanter ces contrées à présent semi-désertiques, l'emplissait d'émerveillement ou d'effroi. Son cœur et ses entrailles se serrèrent quand N'Ton, à pas de loup, se dirigea vers la gueule de la bête et, d'un geste sec, en arracha une canine aussi longue que son avant-bras et plus acérée qu'une lance.

— Il se tourna vers moi et sourit, car il n'avait aucun doute : c'était l'arme que nous cherchions. Nous allions enfin pouvoir rentrer chez nous. Y avait-il de quoi se réjouir ? Sans doute, mais la sinistre prophétie des esprits nous serrait encore le cœur et le plus dur restait à faire. Il nous fallait encore affronter les assassins que le père de N'Ton avait lancé à ses trousses.

Ce moment qu'ils appréhendaient depuis des mois ne se fit plus attendre longtemps. Le soir même, ils campaient à une demi-journée de marche de la nécropole, finissant les vivres frugaux que les Dogons leur avaient fournis, quand le chant strident et hypnotique des insectes nocturnes s'interrompit brutalement. Soudain plongés dans un silence menaçant, ils empoignèrent leurs sagaies et bondirent sur leurs pieds, scrutant l'obscurité épaisse à l'entour, prêts à affronter tout adversaire qui aurait surgi de l'ombre, de quelque nature qu'il fût.

Un vent froid se leva et un voile passa sur la clarté des étoiles, seule source de lumière par cette nuit sans lune. N'Ton et Momo levèrent les yeux. Au-dessus de leur tête, trois grandes créatures volaient en cercle à la façon de charognards, leurs silhouettes plus noires que la mort contre l'immensité stellaire. Leur envergure dépassait de très loin celle des plus grands rapaces qu'ils aient jamais vus, mais ce n'était pas des oiseaux. Leurs lentes évolutions silencieuses dans le ciel faisaient penser à d'amples carrés d'étoffe ténébreuse mollement agités par le vent.

N'Ton et Momo eurent à peine le temps de s'en étonner que les créatures fondirent sur eux. Le combat fut aussi bref que féroce. Momo se jeta à terre pour éviter l'attaque en plongée et N'Ton lança sa sagaie mais, si elle fit mouche, elle passa au travers de sa cible, dont le corps se révéla être aussi impalpable que la nuit dont elle était issue. En revanche, le coup d'aile que la bête noire asséna à N'Ton dans un bruit sourd eut des effets bien concrets et l'envoya mordre la poussière.

Momo se remit debout, prêt à faire front à un nouvel assaut, mais son compagnon eut plus de difficulté à se relever. « Cours ! Fuis ! hurla N'Ton alors que les ombres volantes achevaient un large virage pour revenir à la charge. Tu ne peux rien contre elles ! »

Momo n'avait jamais entendu son ami l'exhorter à la fuite face à un adversaire, mais prendre ses jambes à son cou et laisser N'Ton affronter seul son destin était hors de question.

Le deuxième assaut fut tout aussi fulgurant. Momo eut le temps de voir N'Ton, qui avait dégainé le croc de la grande bête, éviter la première ombre d'une feinte de corps et frapper la seconde dans un éclaboussement de liquide fluorescent – elles n'étaient donc pas invulnérables ! – avant de subir de plein fouet la charge de celle qui l'avait pris dans son collimateur. L'impact, terrible, lui brisa plusieurs côtes et le projeta dans les airs. Il atterrit tête la première sur le sol rocailleux. Aussitôt, le prédateur démoniaque fut sur lui, s'enroulant autour de son corps comme un drap noir et froid.

Sonné et en proie à la panique, Momo sentit la douleur d'une morsure à la nuque. Il voulut hurler, mais une substance vaporeuse s'enfonça dans sa gorge lorsqu'il ouvrit la bouche. Un courant glacial se propagea le long de ses nerfs et jusqu'à la moelle de ses os. La chose le vidait de sa lymphe vitale comme un moustique géant l'aurait fait de son sang.

Incapable de respirer, tétanisé par la douleur, il se rétracta en lui-même, convoqua les images qui le rattachaient le plus à la vie, s'abandonnant au réconfort lumineux qu'elles lui procuraient au bord du néant.

Soudain, une bouffée d'air frais s'engouffra dans ses poumons. Quand sa tête fut dégagée, il vit N'Ton, son arme et ses membres dégoulinants de fluide fluorescent, tailler sauvagement dans la chair du démon qu'il avait frappé pour le libérer.

« Momo, tu es vivant ! » l'entendit-il s'exclamer sans pouvoir lui répondre, car sa mâchoire et ses muscles ne lui obéissaient plus – aussi fut-il impuissant quand la silhouette d'une autre de ces ombres, que N'Ton pensait sans doute avoir mise hors de combat, se dressa de toute sa taille derrière son ami et, en un éclair, l'enserra pour l'emporter dans les airs d'une puissante ondulation.

Momo, paralysé, ne put qu'observer la tache pâle du corps de N'Ton disparaître au loin dans le ciel nocturne.

— Quand je pus enfin me redresser, je vis que les deux démons terrassés par N'Ton s'étaient dissous, comme si leurs corps ombreux avaient été bus par la terre. Malgré les élancements de mes os brisés, en proie à un désespoir déchirant, je me mis aussitôt à la recherche de mon ami – de notre frère. Jusqu'à ce que je m'écroule d'épuisement, un peu avant la tombée de la nuit, le jour suivant.

— C'est donc ainsi qu'il est mort ? Peux-tu me dire exactement quand ? demanda Viktor, saisi par une intuition soudaine.

Momo réfléchit un instant :

— Si ma mémoire est bonne, et elle l'est, c'était il y a seize ans, au milieu de la saison sèche.

Cette période correspondait au mois d'août en Angleterre. Cela signifiait que la mort d'Anton avait pu coïncider avec sa crise du Mystery Hall la même année : ce rapprochement s'imposa à Viktor avec la force d'une évidence. Le cauchemar qu'il avait vécu sur scène n'était autre que la sensation de la mort de son frère.

— Ce sont les Dogons qui m'ont retrouvé, agonisant et en proie au délire, reprit Momo. Je suis resté chez eux quelques semaines, le temps de me remettre sur pied. C'est là que je me suis familiarisé avec leurs coutumes et leurs croyances bizarres. Et puis j'ai affronté un long et périlleux voyage de retour vers ma tribu. Mais c'était trop tard. Quand je suis arrivé, le village n'existait plus.

Dans le petit jour blafard qui commençait à poindre par-dessus les toits, la mine épuisée et abattue du tirailleur avait quelque chose de spectral. Son visage, dont les expressions avaient suivi les émotions de son récit tout au long de la nuit, s'était figé en un masque morose.

— Comment cela ?

— Il n'en restait plus que des ruines que la végétation avait déjà commencé à recouvrir. Les démons qui nous poursuivaient, N'Ton et moi, étaient arrivés peu de jours après notre départ et avaient semé la mort et la destruction, ne laissant que de rares survivants. C'est Kanga qui m'a raconté la terrible nuit du massacre. Kanga n'était alors qu'un enfant, mais il est le seul de sa famille à avoir réussi à s'enfuir. C'était un homme quand je l'ai rencontré, des années plus tard. Il mendiait sur les quais du port de Dakar.

— Et ta femme ? Tes enfants ?

Momo haussa les épaules :

— Combien de fois ai-je maudit les dieux de ne m'avoir pas fait mourir avec eux… Crois-moi, l'envie d'en finir m'a hanté plus d'une nuit. Mais j'avais une mission. N'Ton m'avait parlé de toi, Viktor, son frère jumeau. Même si les chances de te retrouver étaient dérisoires, je me devais d'essayer – non, je le devais à N'Ton. C'était la seule chose qui me rattachait encore à la vie. Cependant, par où commencer ? Comme Kanga, je vivais d'aumônes et d'ordures. J'étais perdu – comment pouvais-je te trouver toi sans d'abord me retrouver moi-même ? Tout a changé quand un jour, à Dakar, j'ai fait la connaissance de Blaise Diagne.

— Diagne, le député ? s'étonna Viktor.

Momo hocha la tête.

— C'est aussi un grand magicien, le savais-tu ? Nous nous sommes rencontrés et il m'a pris sous son aile. Après avoir écouté mon histoire, il m'a confié aux soins d'un père missionnaire, le chargeant de mon éducation. Motivé par mon désir de venir en Europe pour te chercher, j'ai appris à parler, à lire et à écrire le français en un rien de temps. Où qu'il se trouve, je suis convaincu que l'esprit de N'Ton m'a assisté dans cette tâche. Après quoi, m'engager dans l'armée était le seul moyen de voyager. C'était risqué, mais je n'avais pas le choix.

Quand il eut dit cela, son regard se vida et il s'abîma en lui-même, comme si une pensée d'une gravité extrême l'avait soudain entraîné vers les profondeurs de son être.

Viktor n'osa pas déranger son silence. L'homme extraordinaire qui lui faisait face prenait conscience qu'un grand cycle de son existence venait de s'achever, peut-être le dernier – et il en allait de même pour Viktor. Le lendemain, c'est sans aucune raison de vivre que Momo prendrait le train pour aller au casse-pipe.

Soudain, tandis que le ciel continuait de s'éclaircir, Momo sortit de son absence et ouvrit son havresac.

— J'ai parcouru des milliers de kilomètres et trompé mille fois la mort pour te raconter l'histoire de N'Ton, et pour te remettre ceci.

Il tendit à Viktor un objet oblong dont le prestidigitateur, avec un frémissement, devina la nature avant que le tirailleur ne l'eût libéré du linge blanc qui l'enveloppait. C'était la dent que N'Ton avait arrachée à la mâchoire du grand squelette gisant dans le cratère – probablement celui d'un dinosaure, selon la description que le tirailleur en avait donnée.

Le croc d'ivoire, d'une étonnante légèreté, était tiède au toucher, comme s'il avait conservé un peu de la chaleur des latitudes où on l'avait exhumé. Viktor le retourna entre ses mains, puis l'enroula à nouveau dans son linge et le glissa dans la grande poche intérieure de sa cape.

— Tu sais, dit Momo, je me dis parfois que N'Ton savait depuis le début que mon périple ne s'achèverait qu'ici. C'est pour toi, et non pour lui, qu'il est allé récupérer cette dent. J'avais parfois l'impression qu'il voyait tout. Notre rencontre, je suis sûr qu'il l'a rêvée de son vivant.

— Que vas-tu faire maintenant ?

— C'est la question que je me poserais, si j'étais toi. Quant à moi, je vais tâcher de me concentrer, dit Momo en regardant son havresac. Je dois encore écrire ce qui s'est passé cette nuit. Après quoi je laisserai le manuscrit au tôlier. Tu pourras passer le prendre plus tard ou demain, il t'appartient. Maintenant, je vais te demander de me laisser.

Les deux hommes échangèrent un long regard. Entre eux, tout avait été dit. Comprenant que toute parole, même de remerciement, eût été de trop, Viktor serra la main de Momo et sortit de la chambre sans se retourner. Au bout du compte, songea-t-il, ce sorcier mauvais et jaloux, Naga, avait eu raison : l'arrivée d'Anton parmi les siens n'avait rien apporté de bon.

6.

Aimé se dit qu'il avait dû s'endormir la fenêtre ouverte, car il grelottait et un grand raffut s'élevait de la rue. « Mais qu'est-ce qui se passe ? » se demanda-t-il, encore incapable de soulever ses paupières aussi lourdes que des rideaux de plomb. « Ça y est, les Alboches sont entrés dans Paris ? » Au prix d'un effort surhumain, il roula sur le côté et tendit la main hors de son lit, mais au lieu de son réveil ses doigts heurtèrent un corps mou, tiède et rêche qui n'aurait pas dû être là.

Il se redressa aussitôt, comme sous l'effet d'une décharge électrique, et la réalité du front reprit brutalement ses droits. Il se trouvait sous un auvent de toile abritant une vingtaine de soldats blessés, allongés sur une épaisseur de paille humide. Celui dont il venait de palper la joue hirsute était étendu près de lui, inconscient, le crâne et les yeux enveloppés de bandages tachés de sang.

L'auvent flanquait la tente d'un hôpital de campagne situé en marge d'un vaste carrefour boueux où troupiers, chevaux et chariots chargés d'équipements circulaient en tous sens sous un ciel gris et pluvieux. De l'autre côté de la cohue, en vis-à-vis de l'hôpital, se trouvaient les ruines renforcées de l'imposante ferme d'Hameret, sur laquelle flottait un drapeau tricolore. La ferme, théâtre de combats féroces quelques semaines auparavant, accueillait à présent plusieurs installations stratégiques du camp français : un poste de communication et de commandement, une armurerie dans les vestiges du pigeonnier et, dans un bâtiment secondaire qui fumait par toutes ses ouvertures, une cuisine auprès de laquelle deux roulantes se ravitaillaient. Le boucan du va-et-vient d'hommes et de bêtes se mêlait aux plaintes des blessés autour d'Aimé, tandis que de l'intérieur de l'hôpital provenaient les cris d'un malheureux qu'on devait être en train d'amputer.

Prenant soudain conscience de sa situation, Aimé se hâta de faire l'inventaire de ses membres, puis, soulagé, se demanda ce qui avait bien pu l'amener là. Des bribes de la soirée précédente lui revinrent à l'esprit. Il se souvenait de son arrivée nocturne à la cagna du lieutenant, puis de la discussion invraisemblable qui avait eu lieu avant que son supérieur ne sorte ce téléphone extraordinaire dont il lui avait passé le combiné. Après ça, c'était le vide. Que s'était-il passé ?

Se sentant étrangement bien, et même reposé, il se leva et alla parler à un infirmier qui, à l'extrémité de son rang d'éclopés, était en train de changer les pansements d'un soldat dont on venait de couper un pied.

— Je vous libère une place, je crois que le reste de ma compagnie m'attend.

L'infirmier, un homme d'une cinquantaine d'années aux moustaches tombantes et aux grosses joues couperosées, se retourna. Il toisa Aimé un instant et dit, en roulant les « r » :

— Il faut que j'inscrive ça au registre. C'est quoi, votre nom ?

— Grandin, Aimé, deuxième classe, 67ᵉ D.I.

Un médecin apparut, une cigarette aux lèvres. C'était un grand homme chauve aux sourcils épais, dont le visage hâve et les cernes trahissaient l'épuisement. Sa blouse blanche était éclaboussée d'hémoglobine fraîche ou séchée.

— Ah, vous ! Vous avez fini par vous réveiller ! lança-t-il à Aimé d'un ton sec. Faites-moi voir vos yeux.

Sans attendre son consentement, le médecin examina les pupilles d'Aimé l'une après l'autre, écartant les paupières de ses doigts jaunis par le tabac.

« Vos supérieurs vous ont à la bonne. On vous a amené ici hier soir en civière avec la consigne de vous garder au chaud tant que vous n'auriez pas repris connaissance. C'est ce qui s'appelle se faire chouchouter.

— Qu'est-ce qui s'est passé ?

— On m'a dit que vous avez été victime d'un malaise. J'espérais que vous pourriez m'en apprendre plus. Qu'avez-vous ressenti avant de vous évanouir ? Des douleurs quelque part – à la poitrine, au ventre, à la tête ? Des vertiges ?

— Pas que je me souvienne.

— J'aurais parié sur une crise d'apoplexie. Impossible de vous réveiller et vos pupilles étaient si dilatées qu'on n'en voyait plus l'iris. Dans son mot, votre lieutenant avait l'air très inquiet.

— Mâchefer ?

— Oui, c'est bien ça. Il vous aime bien, dites donc.

Aimé haussa les épaules.

— Et ces plaques grises que vous avez sur le corps ?

— Une forme rare d'eczéma. Je vous rassure, ce n'est pas contagieux. Je peux y aller, maintenant ?

— Certainement. Vous pouvez et vous devez, mon vieux. Je ne veux plus vous voir. Mais d'abord pouvez-vous me rappeler votre nom ?

Tout en parlant au médecin, Aimé repéra du coin de l'œil un homme au front bandé qui l'observait avec insistance, planté à trois pas de là.

— Nom d'un chien ! Aimé Grandin ! retentit une voix rocailleuse qu'Aimé connaissait bien.

Aimé, incrédule, n'avait pas tourné la tête que Gaspard fondait sur lui pour l'embrasser.

Un rire fou s'empara des deux hommes qui dans une explosion de joie sautèrent dans tous les sens, se bourradant comme deux enfants, manquant plusieurs fois de trébucher sur les jambes des blessés que l'infirmier et le médecin tentaient tant bien que mal de protéger. Quand on réussit enfin à les pousser hors du périmètre, au milieu du carrefour, ils exécutèrent sous la pluie froide une sorte de gigue agrémentée de hululements et de jappements qui fit l'effet d'une grenade de bonne humeur parmi les témoins, dont certains sifflèrent et applaudirent.

— Merde, qu'est-ce que tu fous là ? demanda Gaspard quand le démon de l'euphorie eut desserré sa prise.

— Et toi alors ?

Aimé remarqua que Gaspard portait le brassard à croix rouge des brancardiers sur sa capote crasseuse. Il voulut l'interroger sur cette blessure à la tête, mais son ami le pressa de questions en premier.

— Toi aussi tu as fini par te faire pincer ? C'est donc pour ça que tu avais disparu comme un voleur ? C'est que je me faisais du mouron !

— Attends de connaître les détails.

— Mince, on se marre, mais y a vraiment pas de quoi ! C'est pas l'endroit rêvé pour des retrouvailles !

À nouveau, un grand rire s'empara d'eux, le rire de l'amitié jeté comme un gant à la face du destin.

Contraints de traverser le paysage dévasté du plateau d'Hameret pour regagner leur secteur respectif – Aimé pour rejoindre son régiment dans la tranchée de la Dragonne et Gaspard le Mont-sans-Pain –, ils cheminèrent ensemble, passant aux abords d'une ancienne carrière souterraine employée comme armurerie puis empruntant la longue tranchée du Lama, où ils s'unirent à une colonne de fantassins montant en première ligne pour profiter de leur priorité de passage. Comme si les éléments s'étaient émus de leurs retrouvailles, la pluie cessa et il y eut une éclaircie. Tout en progressant, Gaspard, qui se mouvait aussi habilement dans les tranchées que sur trottoirs de Pigalle, se lança le premier dans le récit des circonstances qui l'avaient amené au front.

N'ayant pas trouvé le mot qu'Aimé lui avait laissé le matin de son départ, Gaspard n'avait pas tardé à s'inquiéter. Il avait commencé par se rassurer en se disant que son ami était allé trouver Mérie, contre ses conseils. Et s'il s'était éclipsé sans prévenir, c'était sans doute pour éviter de se faire sermonner, car Gaspard, sans prendre de pincettes, lui aurait répété d'attendre que l'affaire du Meurice se soit tassée avant de quitter le quartier et de tirer un trait sur cette amourette qui ne pouvait être qu'une source de tracas. Sachant que les meilleurs arguments ne pouvaient rien contre les élans du cœur et, pis encore, des gonades, il s'était fait une raison. Après tout, Aimé était assez mariole pour ne pas se faire pincer.

Quatre ou cinq jours plus tard, n'ayant reçu aucun signe de vie, Gaspard avait commencé à se ronger sérieusement les sangs et à craindre que cette vermine de Parks n'eût remis le grappin sur son ancien compère – par quel moyen, il n'en savait rien, mais il n'arrivait pas à étouffer ce pressentiment. Un soir, il se rendit au Boit-Sans-Soif avec l'espoir qu'Aimé eût laissé un message au père Le Men. C'était là qu'il s'était fait coincer.

— L'adjudant Gourdin ?

— Quoi ? Tu te souviens encore de son nom ? dit Gaspard, estomaqué. Cet enviandé et son couillon de collègue se sont pointés pile quand je trempais les lèvres dans mon premier ballon, le dos tourné à la porte. Mince alors, comment t'as deviné ?

— Continue de raconter, je te dirai après.

Arrêté pour possession de vrai-faux certificat de réforme, Gaspard avait passé trois semaines derrière les barreaux en attendant son procès – trois semaines d'une déprime crasse, hantée par le double spectre du sort qui l'attendait et de la douleur qu'il causait à sa vieille mère. Pendant qu'il croupirait dans une cellule humide, l'indigence et le chagrin achèveraient la pauvre femme. C'était dans cet état d'esprit, plus bas que terre, qu'il était arrivé au tribunal. Mais là, dans son malheur, la fortune avait apparemment décidé de lui donner un petit coup de pouce.

— Le juge, c'était un de mes anciens clients ! Un cocaïnomane de première, gros trousseur de jupons. Il fréquentait les cabarets au pied de la Butte et je le fournissais régulièrement, à une époque, quand il n'était pas encore arrivé à ce point de sa carrière. Sans être amis, on se connaissait bien. Il m'a eu à la bonne. Au lieu de m'envoyer moisir au gnouf, il m'a expédié au front en me recommandant pour les fonctions de brancardier et de fossoyeur. Voilà, c'est comme ça que je me suis retrouvé ici, en deux coups les gros, à transbahuter les blessés et ramasser les macchabées. Et toi, alors, raconte-moi ce qui s'est passé. Ça fait des semaines que j'y pense et que je me fais une bile de tous les diables !

Les deux hommes, qui commençaient à s'approcher de la première ligne, s'arrêtèrent à la croisée de la tranchée Peltier, que Gaspard prendrait vers le nord et Aimé en direction du sud. À cet endroit, en marge des boyaux, un poilu qui dans le civil devait être barbier s'était installé à l'abri d'un pli de terrain soulevé par le labour des obus, pour offrir ses services à ses camarades. Aimé et Gaspard sortirent de la tranchée et allèrent s'asseoir près d'une demi-douzaine de soldats qui attendaient leur tour pour se faire raser, coiffer et tailler la moustache dans une ambiance bon enfant. Près des deux amis, le nez décharné d'un cheval crevé pointait hors du sol comme pour les humer.

Aimé rassembla ses idées un moment avant de commencer à parler.

— Après le Meurice, on croyait en avoir fini. Mais on s'est fait rouler d'un bout à l'autre, mon pauvre vieux. Nous, Parks, Crowley, tout le monde ! Et tu sais par qui ? Par mon oncle !

— C'est quoi ces conneries ?

— Le tableau qu'on recherchait avec Parks, celui que j'ai détruit dans la cuisine de l'hôtel, c'était un faux.

Aimé raconta sans interruption tout ce qu'il s'était passé depuis qu'il avait quitté le taudis de Gaspard. Sa lamentable tentative de fuite à vélo vers le sud, son séjour à la Ruche et sa dépression suicidaire, son entrevue avec Max Jacob et avec le comte Orcholevski, son intrusion nocturne dans l'atelier secret de Géo et le guet-apens que lui avait tendu Parks pour s'emparer du tableau original qu'il avait enfin récupéré, son arrestation par Gourdin et, enfin, son procès parodique puis son transfert aberrant de la caserne au front, à l'instigation d'un seul et même mystérieux personnage.

Au fur et à mesure de son récit, Aimé éprouvait un soulagement croissant, comme si chaque mot était un caillou ôté d'un sac de gravier qui lui opprimait les entrailles. Après des semaines de mutisme complet, cette mise à plat de tout ce qu'il avait ruminé sans relâche au fond de sa déprime et cet épanchement dans l'oreille d'un ami, d'un frère, lui redonnaient la sensation d'être en vie. S'il n'omit aucun détail, il mentit sur le contenu et la nature du repaire de son oncle, qu'il transforma en salle cachée dans les catacombes. Ce qu'il avait vécu dans l'atelier hermétique était trop incroyable pour être raconté. Lui-même n'était pas sûr d'avoir vu ce dont il croyait se souvenir, ni de vouloir se souvenir de ce qu'il croyait avoir vu.

Gaspard, qui était demeuré silencieux et concentré pendant qu'Aimé parlait, ôta sa casquette, plaqua ses longs cheveux gras en arrière et dit dans un soupir, la voix tremblante d'émotion :

— Alors, cette saloperie, là... T'es toujours pas guéri ? Qu'est-ce qu'on va faire ? On pourrait essayer de contacter ce – comment t'as dit ? Bébélio ?

— Bélialo.

— Il a l'air d'être au courant, le gonze. Si on l'avait sous la pogne, foi de Gaspard, il cracherait tout. Mais on est coincés ici, il faudrait une permission. Ou alors, ajouta-t-il en baissant la voix, on se fait la paire en loucedé et on va le pincer.

Aimé secoua tristement la tête.

— Pas question. Tu ne vas pas risquer de te faire fusiller pour me sortir de mon merdier. Je t'ai déjà causé assez d'ennuis. Et puis, Bélialo, c'est pas comme ça qu'on va le trouver. C'est un démon.

Gaspard se raidit. Il se gratta nerveusement la joue, se racla la gorge et envoya voler un crachat dodu dans une flaque d'eau boueuse à trois mètres de là.

— Je sais que tu as du mal à avaler toutes ces histoires – les démons, la magie, l'au-delà et tout le tralala –, mais moi je n'ai pas le choix si je veux m'en tirer.

Aimé s'étonna des derniers mots qui venaient de s'échapper de sa bouche. S'en sortir ? Cela faisait belle lurette qu'il n'avait pas fait preuve de tant d'optimisme. Il se demanda à part lui si cela correspondait à un regain d'espoir ou s'il n'avait prononcé ces mots que pour rassurer son ami.

— Je ne sais plus ce que je crois, dit Gaspard. Tu veux la vérité ? Toute cette histoire me dégoûte. J'ai l'impression qu'elle me colle aux basques. Comme si j'étais pris au piège dans un filet invisible. J'ai bien essayé de tout oublier – je veux dire, ce qui s'est passé la nuit où Raymond est mort, mais c'est impossible. J'ai beau y faire, ça me trotte dans le chou. Ça me revient toujours en pleine poire au moment où je m'y attends le moins.

Gaspard fronça les sourcils et réfléchit un moment, les yeux fixés sur le nez du cheval mort qui sortait du terrain, avant de poursuivre :

— Tu sais, avant de me faire pincer par la flicaille, j'ai rêvé la scène de mon arrestation. Au détail près, sauf que dans mon rêve c'était Raymond qui se faisait alpaguer chez le père Le Men. Et puis il y a eu cette coïncidence au procès, avec le juge. Tu vois, c'est comme si un truc me remettait sur des rails quoi que je fasse, ou plutôt comme si régulièrement les choses venaient me montrer que ces rails, je ne les ai jamais quittés. Ah, j'ai du mal à m'expliquer.

— Non, non, je comprends.

— Attends, il y a autre chose. Il faut que je te raconte, ça te regarde aussi. Hier, vers midi, j'étais dans le secteur du Panthéon. Ça avait marmité comme il faut et j'étais de corvée de cadavres. Après avoir crocheté et trimballé des macchabées toute la matinée, je m'étais assis près d'un groupe de troufions pour casser la croûte. On était en retrait de la ligne de feu, en dehors des tranchées. Il y avait une butte derrière laquelle on pouvait s'abriter, un peu comme maintenant, avec un surplomb qui protégeait de la pluie. Les gars, quatre ou cinq, ils étaient groupés autour d'un poilu qui avait un jeu de cartes. Ils étaient assis sur des sacs de terre autour d'une vieille caisse de grenades retournée en guise de table. L'ambiance était bonne, un vrai petit coin salon. De loin, je croyais qu'ils se faisaient pigeonner au bonneteau, mais non : le type aux cartes leur disait la bonne aventure, comme les femmes manouches à la Foire du Trône.

» Au début, j'esgourdais de loin, c'était une distraction. Les gars lui demandaient des nouvelles de leur famille ou du commerce qu'ils avaient laissé à l'arrière. Le devin, c'était un tout bon. Il devait avoir dans les vingt ans. Ses réponses étaient toujours marrantes. « Ta femme va bien, et ta maîtresse aussi. » « Tes affaires ne sont pas fameuses, mais l'argent que t'as planqué dans ton potager n'a pas bougé. » D'après les réactions des autres, il voyait juste et ça épatait tout le monde. Pas possible, je me suis dit, il doit y avoir un ou deux barons dans l'assistance. Son numéro m'avait l'air de fonctionner trop bien. À la fin, je me suis approché et en me gaffant, le gars a fait une tête bizarre – moi aussi, d'ailleurs. Même si tout à coup il ne souriait plus, il avait le visage le plus détendu que j'aie vu. Et ses mirettes, Aimé, ses mirettes ! Bleues comme un ciel d'août ! On aurait dit des billes de verre, mais non, c'était de vrais yeux, brillants, fixes, et bleus. « Lui, ce sera le dernier, qu'il a dit en me regardant. – J'ai rien à te demander, que j'ai répondu. – Les cartes ne sont pas de cet avis », qu'il a dit en me faisant signe de m'asseoir et sans le vouloir, comme s'il m'avait piloté à distance, j'ai posé mon cul sur le sac de terre face à lui, avec la caisse entre nous et les troufions tout autour.

» Il a battu le jeu, j'ai coupé et il m'a tendu les cartes en éventail. J'en ai choisi quatre qu'il a posées sur la caisse en formant un losange. Et puis, il les a retournées, une par une. Ça avait pas l'air fameux. J'ai jamais cru en ces conneries, tu le sais bien, mais le type, il avait vraiment réussi à m'agrafer. T'imagines ma tronche quand j'ai vu apparaître une carte avec le diable.

— Et les autres cartes ? demanda Aimé, qui connaissait les arcanes majeurs du tarot pour avoir souvent feuilleté, étant enfant, un gros livre illustré sur le sujet dans la bibliothèque de son oncle.

— Il y avait un vagabond avec un baluchon qui se faisait mordre par un chien, et puis une autre avec une tour qui s'écroulait sur des gonzes. La dernière, je m'en souviens pas très bien. Je crois qu'il y avait une lune avec des bestioles, et des chiens, aussi…

— La lune ?

— Ça se pourrait bien, mais c'est pas important. Ces cartes, le type les a à peine regardées. Il a plongé ses yeux dans les miens et il a commencé à parler. J'avais l'impression qu'il lisait dans ma tête comme toi ou moi on lit le journal. Il m'a dit des trucs sur mon passé et ma vie à Paris avec des détails que moi seul pouvais connaître – mais toujours à demi-mot, comme s'il ne voulait pas que les autres comprennent. J'en étais tellement baba que les autres troupiers ils se marraient rien qu'en visant ma couenne. Mais ils se regardaient entre eux, aussi, parce qu'il y avait quelque chose d'effrayant là-dedans.

— Rien de mauvais, j'espère.

— Du bon, du mauvais… Il m'a dit que ma mère allait mal, mais que sa voisine s'occupait bien d'elle – « la boulangère », qu'il a dit, comment il faisait pour savoir qu'elle vit au-dessus d'une boulangerie ? Il m'a dit que si je survivais à la guerre, je la reverrais, ma mère, mais que ma vie ne serait jamais plus la même. Ça, c'est pas forcément une mauvaise nouvelle.

— Tu es brancardier. Tu as plus de chances de t'en tirer que beaucoup d'autres.

— À un moment, il a posé un doigt sur la carte avec le diable et il m'a dit : « Tu vas bientôt retrouver un frère qui fera à la fois ton malheur et ta fortune. Mais rien n'est encore écrit. Tu dois lui transmettre un message. Tu lui diras que la nuit du bal sera sans lune. »

Gaspard marqua une pause avant de demander :

— On t'attend à un bal ?

— Tu crois vraiment qu'il parlait de moi ?

— Je n'ai pas beaucoup de frères dans le coin, le môme. J'en avais un autre dans le temps, mais il est mort tout bébé. Ça aussi, il l'a vu.

Aimé se rendit compte alors qu'il se grattait nerveusement la main depuis un moment. Il baissa les yeux et vit qu'une croûte grise s'était formée au milieu de sa paume rougie par les frottements de ses ongles noirs de crasse.

— C'est pas fini, reprit Gaspard. Ce truc sur le bal, c'est les derniers mots qu'il m'a dits. Après, il a fermé les yeux et il est resté immobile comme une statue, assis sur son sac de terre. Moi, je me suis levé et je me suis éloigné sans demander mon reste. J'étais sacrément secoué et les gars qui avaient assisté à la scène aussi. Ils se murmuraient des choses entre eux, personne avait envie de déconner. C'est là que l'obus est tombé.

— L'obus ?

— En plein sur le type. Dans le mille. Je me suis senti projeté en l'air comme un pantin et j'ai atterri dix mètres plus loin. Quand j'ai repris mes esprits, mes oreilles sifflaient fort et je saignais de l'arrière de la tête. Mais c'était moi le plus verni. Tous les gars qui un instant avant étaient autour de moi, ils étaient à terre, blessés ou morts. Le mec aux cartes, il n'y avait plus aucune trace de lui.

Ils demeurèrent un moment en silence à fixer le terrain entre leurs brodequins. Aimé ne savait plus quoi penser. Après tous les parallèles, les convergences et les coïncidences qui avaient jalonné ses mésaventures, pouvait-il encore raisonnablement douter que les mots du devin ne lui fussent destinés ? Dans ce cas, le « bal » ne pouvait être que le Symposion et le message était clair : il fallait qu'il se tienne prêt à la prochaine nuit sans lune. Mais quel rôle Gaspard avait-il encore à jouer dans tout cela ? Était-ce par sa faute à lui, Aimé Grandin, qu'il se trouvait encore englué dans la toile d'événements qui menaient au Symposion ? Ou le nom de Gaspard était-il lui-même inscrit dans le carnet de « bal » de Bélialo ?

— Toutes ces misères qui nous arrivent, est-ce qu'on va s'en sortir un jour ? demanda Gaspard, comme s'il avait lu les pensées de son ami.

— Oui, on s'en sortira. Il ne faut pas perdre espoir. C'est la densité des événements.

— La quoi ?

— C'est dur à expliquer. Toutes ces coïncidences, ces choses incroyables qui nous arrivent… Ça veut dire qu'on est encore dans la course. Il faut serrer les miches.

— Quelle course ? Regarde où on est ! grogna Gaspard en désignant d'un large geste le paysage dévasté à l'entour. T'appelles ça une course ? J'ai plutôt l'impression d'être pris au piège, comme un rat dans une cage, ou un couillon à la guerre.

Aimé et Gaspard se séparèrent dans une profusion d'embrassades et de conseils bienveillants, la larme à l'œil et la mort dans l'âme. Dès qu'ils s'éloignèrent l'un de l'autre de sourds coups de canon détonnèrent à l'arrière des lignes françaises : l'artillerie commençait à bombarder les positions ennemies et les Boches, probablement, ne tarderaient pas à riposter.

Aimé était dans un état second. Plus que jamais, la réalité qui l'entourait – les tranchées, le fourmillement des soldats, le ciel gris – semblait n'être qu'un décor, une mise en scène centrée autour des avatars d'Aimé Grandin, à la fois terrible et futile, aussi dépourvue de poids que des images projetées sur un écran de cinéma. Il flottait comme dans un songe.

Son entrevue avec Mâchefer et ses retrouvailles avec Gaspard avaient établi comme une évidence ce qui quelques heures auparavant n'était encore qu'une vague intuition : malgré les apparences, il n'était jamais sorti des ornières invisibles que son destin avait suivies depuis qu'il s'était retrouvé mêlé aux affaires de l'Outremonde. Si d'un côté cela signifiait que le salut l'attendait peut-être encore au bout de cette théorie de déboires – autrement, pourquoi ce Bélialo s'entêtait-il à veiller sur un perdant ? –, de l'autre il se sentait dépossédé de toute capacité réelle à décider de son sort.

De soudaines crampes aux mollets rappelèrent Aimé à son corps mi-chair, mi-pierre. Cela faisait plusieurs jours que de telles douleurs le prenaient à l'improviste, souvent aux jambes, parfois aux épaules ou aux articulations, mais jamais elles ne l'avaient mordu avec autant de vigueur. Tout comme la croûte grise apparue dans la paume de sa main, qu'il continuait de gratter machinalement, ces contractures étaient dues à la progression de son mal. Combien de temps lui restait-il avant qu'il ne lui paralyse les reins, le cœur ou le cerveau ?

Après une courte halte, il finit par arriver aux abords de son secteur et tomba sur la Brouette au détour d'un boyau. Son camarade était en train de transporter des caisses de munitions avec une dizaine d'autres poilus qu'Aimé ne connaissait que de vue.

— Tiens, la Carpe ! Te voilà ! lança la Brouette en le voyant, le visage et la voix tendus par l'effort, tout en continuant à avancer sur le caillebotis.

Aimé lui emboîta le pas, se joignant au petit groupe de ravitailleurs qui avait priorité de passage dans la tranchée.

— Alors comme ça il paraît que t'es tombé dans les pommes ?

Aimé perçut une pointe de sarcasme dans le ton de la Brouette. La nouvelle de son malaise était donc arrivée aux oreilles des gars de son escouade, qui ne s'étaient pas gênés pour le brocarder.

— Rien de grave, le toubib m'a laissé partir sans histoires.

— Rien de grave, hein ? dit la Brouette en ahanant. C'est le lieutenant qui va être content de l'apprendre.

Le ton du soldat allait au-delà de la simple raillerie et prenait des accents de reproche. Son évanouissement de la veille avait-il été interprété comme une ruse de planqué ? La Brouette lui faisait-il la gueule ? Aimé n'avait ni l'envie ni l'énergie de s'en soucier pour le moment.

— Tu sais où est Toc-Toc ? C'est lui qui a mon barda.

— Ton barda, c'est Titi qui l'a. Toc-Toc, il est mort.

— Mort ? Toc-Toc ?

La Brouette garda le silence pendant quelques instants, comme pour laisser Aimé mariner dans le jus de sa stupeur. Enfin, il ajouta :

— Dans la nuit, il y a eu du grabuge autour du coin qu'il surveillait. Ils étaient trois de vigie, mais personne n'a vu les Boches s'approcher. Une grenade, et *boum*, adieu Toc-Toc.

7.

Au sortir de son bain, Crowley, grelottant sous son peignoir en coton – trop léger pour ces matinées d'octobre qui pouvaient être glaciales –, s'apprêtait à sonner Duncan pour faire recharger le poêle de sa chambre quand justement le vieux domestique frappa à sa porte. Il lui remit une lettre qui venait d'arriver, mais ne savait dire qui l'avait apportée.

— Comment ça ? Tu ne sais pas si tu l'as reçue des mains du facteur ou d'un laquais ? demanda Crowley en regardant l'enveloppe de luxueux papier jaune portant son nom calligraphié, « A. Crowley », que Duncan lui présentait sur un plateau d'argent.

— Ni l'un ni l'autre, *sir*. Ce pli est apparu sur la table du grand salon quand j'avais le dos tourné, dit Duncan avec le laconisme d'un homme depuis longtemps habitué aux bizarreries de la maisonnée.

Crowley tiqua. Il congédia le domestique et décacheta l'enveloppe. Le billet qu'elle contenait, écrit d'une belle main, ne s'embarrassait ni de formules ni de détails : « Ce soir, 20 heures, à l'Hypnos. » Suivait, en petits caractères d'imprimerie, l'adresse du club légendaire où Crowley n'avait jamais mis les pieds et l'emblème qui ornait l'invitation que la Paradis lui avait remise trois semaines plus tôt, à l'occasion d'une brève rencontre.

Enfin !

Oubliant tout de sa tenue et des températures polaires qui régnaient dans le manoir, il se précipita au rez-de-chaussée où

Woodcock était attablé devant un petit déjeuner aussi copieux qu'un repas de Noël.

— Woodcock ! Le Symposion ! C'est ce soir !

— Ah ! Vous êtes au courant ! Et moi qui pensais vous faire la surprise ! dit l'Américain en mâchant une tranche de gigot de la veille. Regardez, ajouta-t-il en brandissant une enveloppe semblable à celle que Crowley, interdit, tenait encore à la main.

Et puis, ayant fait couler sa bouchée avec une lampée de café chaud :

— Je l'ai trouvée sur ma table de nuit en me réveillant ce matin. N'est-ce pas extraordinaire ?

— Incroyable, en effet, dit Crowley, vexé que Woodcock eût été prévenu avant lui.

— Le billet ne parle pas de chauffeur. À quelle heure passe-t-on nous chercher ?

— Nous chercher ? Nous irons par nos propres moyens. Soyez prêts à cinq heures, vous et Isidora.

— Cinq heures ? Mais je dois encore prévenir New York !

— Au diable New York ! Cinq heures ! lança Crowley en repartant vers les étages, la tête déjà aux choses qu'il devait mettre en sûreté dans ses malles magiquement scellées – ses effets les plus précieux, ses manuscrits, ses grimoires et tout son attirail de sorcellerie – avant de faire ses adieux définitifs à ce maudit manoir et à ce pays débilitant.

Il regagna sa chambre et s'habilla à la hâte, fouillant fébrilement dans ses armoires à la recherche de vêtements pratiques pour affronter le remue-ménage qui l'attendait. Depuis le recouvrement du tableau de Sokov, la roue des événements avait commencé à tourner en sa faveur. Ses excursions dans l'Outremonde s'effectuaient sans encombre, car son blason redoré forçait le respect et la crainte de la plupart des démons – dont ce scélérat de Xotlac. Il en allait de même dans le monde de la veille, où les conjonctures et les rencontres favorables semblaient présager son triomphe prochain. Suite à la mort de Kosakowski, il était à nouveau le champion officiel de Choronzon, et certaines sociétés secrètes jadis hostiles n'hésitaient plus à le courtiser pour qu'il se joigne à elles.

Étant donné son prestige grandissant, n'était-il pas humiliant de devoir se présenter au Symposion en compagnie de Woodcock et de sa rombière hallucinée ? Hélas, il n'y avait rien à faire. C'était le milliardaire qui l'avait officiellement parrainé, à une époque où les étoiles lui tournaient le dos. Capable d'asservir des millions d'âmes, la fortune colossale de l'Américain valait autant aux yeux des démons que toute sa magie noire. La présence du tycoon était une condition expresse de sa participation au Symposion et Bélialo, le Chambellan du Maître, organisateur du grand événement et, *last but not least*, principal rival de Choronzon, ne tolérerait aucune violation du protocole.

Qu'importe ! pensa Crowley avec un rictus, tout en enfilant de vieilles bottines de chez Crockett & Jones, cela serait le dernier camouflet essuyé par son orgueil. Hommes ou démons, tout ce petit monde-là lui mangerait bientôt dans la main !

Le sorcier avait bien fait de prévoir large. À cinq heures, Isidora était encore à sa coiffeuse, Woodcock n'était toujours pas revenu d'Argenteuil, où il s'était rendu pour envoyer quelques câbles, et Duncan attendait les dernières instructions de son maître pour le remplissage et l'expédition des malles vers New York. Ce fut un miracle si à six heures ils furent enfin tous installés à l'arrière de la calèche que Crowley avait fait équiper, ayant la veille brisé l'essieu de son Hispano-Suiza en heurtant un nid-de-poule sur une route de banlieue. Ce moyen de transport inconfortable ne présentait qu'un seul avantage : le sorcier n'aurait pas à se séparer un seul instant du tableau, qu'il tenait à plat sur ses genoux, enveloppé dans un sac de velours noir.

Deux heures, c'est ce que le trajet dura – deux siècles pour Crowley, qui tout du long déjoua les tentatives de conversation de Woodcock et se retint d'étrangler une Isidora gémissante, indisposée par les cahots de la voiture. Par deux fois, le cocher dut s'arrêter dans les faubourgs pour permettre à la voyante assaisonnée de patchouli, empaquetée dans un manteau de fourrure et une robe à motifs floraux, de rendre son goûter sur le bas-côté.

Il faisait nuit noire quand, ayant traversé le pont Notre-Dame sous une pluie battante, ils se retrouvèrent immobilisés dans un engorgement à une centaine de mètres de leur destination. N'y tenant plus, Crowley insista pour qu'on finît le trajet à pied malgré l'averse. C'est donc serrés sous deux parapluies et en zigzaguant entre les flaques que le sorcier, Isidora et Woodcock longèrent la file de taxis, automobiles et voitures de luxe garées près du trottoir. Personne n'attendait devant l'entrée, ils devaient être les derniers.

À la surprise de Crowley, le portier, un colosse à la mine de bourreau, s'effaça pour les laisser passer sans leur demander leurs cartons d'invitation. Une fois à l'intérieur, ils descendirent un long escalier, déposèrent leurs manteaux au vestiaire et passèrent un épais rideau noir.

La grande salle accueillait une foule de personnes élégantes qui bavardaient, circulaient et se toisaient dans une atmosphère de première d'opéra. Ce ton guindé eût agacé Crowley si le sorcier n'avait pas été immédiatement captivé par l'endroit. Nous y voilà, songea-t-il. L'Hypnos. Un club si exclusif et mystérieux que même ceux qui le fréquentent doutent de son existence.

Maintenant qu'il s'y trouvait, ce paradoxe n'en était plus un pour lui. La salle, de forme ovale, était plongée dans une pénombre savamment rehaussée par un éclairage des plus sobres. Une petite lampe était allumée sur chaque table du parterre, créant une trentaine de petits îlots de clarté dans le grand espace sombre, dont le périmètre était délimité par des lueurs bleutées de becs de gaz muraux. Au pied de la scène flanquée de deux colonnes classiques et dissimulée aux regards par un rideau cramoisi, la fosse de l'orchestre était comme un bassin rempli de nuit liquide. D'autres loupiotes au gaz disposées régulièrement entre les loges illuminaient les hauteurs de la salle de faibles halos bleuâtres, laissant le plafond baigner dans une vaste zone de noir absolu. Les picotements que Crowley ressentait à la base de la nuque et au creux de l'estomac ne le trompaient jamais : il venait d'entrer de plain-pied dans une antichambre de l'Outre-monde – un temple, un sanctuaire dont l'Obscurité, parée d'atours funèbres, était la divinité silencieuse. Contrairement au monde de la surface, à la réalité ordinaire qui existait sans être, ce lieu était, mais n'existait pas.

— J'ai froid, dit Isidora, je me demande si je ne vais pas retourner au vestiaire pour reprendre mon manteau.

En la voyant grelotter, le front perlant de sueur, Crowley espéra qu'elle n'allait pas être à nouveau prise de nausées ou entrer dans une de ses transes hystériques.

Une jeune hôtesse aux cheveux blonds ramenés en chignon et vêtue d'une élégante robe aubergine vint à leurs devants. La peau de son visage et de ses bras nus était aussi pâle et lisse que du marbre.

— Bienvenue à l'Hypnos, madame Jennings, monsieur Woodcock et frère Perdurabo, n'est-ce pas ? s'enquit-elle d'une voix neutre. Je dois vous informer que ce soir le casino et les quartiers récréatifs sont fermés, ainsi que le bar, mais un rafraîchissement vous sera bientôt servi. Je vais vous conduire à votre table, suivez-moi, je vous prie.

Les trois hôtes emboîtèrent le pas de la jeune femme et se retrouvèrent bientôt en position centrale, assis à une table ronde sur des chaises rembourrées. Crowley remarqua que d'autres hôtesses portant la même tenue et jumelles de celle qui les avait accueillis s'affairaient dans la salle. À quelle famille de houris outremondaines appartenaient-elles ?

Son tableau posé entre les jambes, le sorcier laissa errer son regard parmi la foule des invités à la recherche de visages connus. Il devait y avoir près de deux cents personnes. Les dames étaient parées de leurs plus beaux atours, bardées de plumes, de bijoux scintillants et de chapeaux extravagants. Certains messieurs avaient revêtu le tablier de leur loge ou une robe de cérémonie par-dessus leur costume de soirée. De longs accords de violoncelle, provenant d'on ne savait où, se mêlaient à la rumeur des conversations.

Non sans surprise, Crowley repéra à travers la fumée des cigares ce Viktor Tombo qui l'avait provoqué lors de son dernier déjeuner avec la Paradis. Tombo était assis au premier rang en compagnie d'un homme chauve, barbu et à la mise approximative qui but en douce à une flasque sortie de sous sa veste juste au moment où le sorcier posait les yeux sur lui. Que fabriquaient cet énergumène et son ami pochard au Symposion ?

C'est alors qu'Éléonore passa justement près de la table de Tombo pour s'occuper d'un groupe d'hôtes – étaient-ce des Japonais ou des Chinois ? – qui attendaient d'être placés. De toute évidence, se dit le sorcier, la Paradis n'était entrée en relation avec le prestidigitateur que pour les besoins de l'événement, mais à quel titre cet amuseur de boulevard, cet illusionniste de pacotille avait-il été invité ?

Woodcock bourra les côtes de Crowley d'un coup de coude.

— Regardez, Duke et Pierpont Morgan sont là aussi !

— Ça vous étonne ? Ils sont plus riches que vous.

— Pour le moment, Crowley, pour le moment. Ils cachaient bien leur jeu, les fourbes ! Attendez que j'aie moi aussi mes entrées à la Maison-Blanche.

— Tout le monde n'appartient pas à la Grande Loge du Massachusetts.

Un homme s'approcha de leur table. C'était Armand Duplex, affublé du tablier de la Confrérie de l'éveil. Après avoir serré la main des deux hommes, Duplex baisa la main potelée et chargée d'anneaux d'Isidora en faisant claquer ses talons.

— Eh bien, messieurs, nous y sommes !

L'entrain emprunté du Grand Maître ricocha sur l'expression renfrognée de Woodcock. Les deux hommes avaient rompu tout rapport depuis la réception à Neuilly.

— Avant que la soirée n'entre dans le vif, je tenais encore une fois à vous exprimer mes regrets pour les épisodes fâcheux qui ont assombri nos relations. La nouvelle du recouvrement de votre tableau m'a réjoui.

— Tiens, vous êtes au courant, vous aussi, dit Woodcock.

— Ce genre de nouvelle circule vite. J'imagine que de votre côté vous avez eu vent de la fabuleuse découverte de La Mare ? Le champion de notre loge ?

— Demandez à Perdurabo. Les potins ésotériques, c'est son rayon.

— La Mare ? fit Crowley avec un demi-sourire. La dernière fois que je l'ai vu il était évanoui sur le tapis de votre salon dans une flaque de sa propre urine. Depuis, plus de nouvelles.

— Je m'en étonne ! Sachez pour votre gouverne qu'il a mis la main sur le heaume de Gilles de Rai. Cela devrait faire sensation !

Soudain une rumeur s'éleva de la salle. Duplex regarda vers la scène et vit quelque chose que Crowley, assis, avait du mal à distinguer.

— Ah ! Le maître de cérémonie vient d'arriver, on dirait. Permettez-moi de regagner ma table. Nous aurons peut-être l'occasion de converser plus tard, de l'autre côté, dit Duplex avant de s'éclipser.

— Le heaume de Gilles de Rai ? Pourquoi pas les fixe-chaussettes de Merlin l'enchanteur, le monocle de Polyphème, ou que sais-je encore ? dit Woodcock avec humeur, arrachant un pouffement à Crowley.

Sous un déluge d'applaudissements, Bélialo fit son apparition sur les planches, éclairé par un cône de lumière dont on ne parvenait pas à repérer la source. Il portait des pantalons bouffants à carreaux jaunes et noirs, une veste rouge à ample revers et un gros ruban rose en guise de cravate qui rebondissait à chacun de ses pas. Un chapeau melon noir surmontait son faciès de Mongol acromégale, fendu d'un large sourire. Il était suivi par un homme en smoking qui planta le trépied d'une caméra en bordure de la rampe, ajusta le cadrage et commença à filmer.

D'un geste le démon ramena le silence dans la salle. Il laissa glisser ses petits yeux noirs sur le parterre de têtes, tel un pasteur comptant ses brebis, puis prit la parole.

— Chers amis, combien de temps avons-nous attendu ce moment ? Des années, des siècles pour certains ! En nous voyant tous réunis, je ne peux m'empêcher d'avoir une pensée pour ceux qui ne seront pas des nôtres ce soir. Une pensée réjouie, cela va de soi ! Nous serons moins serrés au grand banquet qui nous attend… Au diable les absents !

On rit. Tout en activant la manivelle de son engin, l'homme à la caméra pivota pour filmer le public puis revint sur Bélialo.

— Comme le veut la tradition, le Symposion se tiendra sur les falaises de Wodh, le saint des saints de l'Outremonde. D'aucuns diraient que ce n'est pas la porte à côté, mais tout est relatif. Pour nous y rendre – cela nous prendra un certain temps, ou mieux un temps incertain – nous devrons traverser des contrées dont seuls les plus aguerris d'entre vous connaissent déjà la nature. À ceux-là je n'ai aucune recommandation à faire. Aux autres, en revanche, je dirais tout d'abord qu'ils ne verront rien dans l'Outremonde qui n'existe pas déjà au plus profond d'eux-mêmes. L'illustre Mordechaï Ben Azra ici présent (Bélialo désigna le médecin qui, d'un geste las, leva la main tenant son cigare) se fera un devoir d'éclairer votre lanterne sur cet arcane. Toutefois toutes ses explications ne permettront pas d'éviter ni d'atténuer certains effets indésirables. C'est pourquoi, en cas de malaise persistant, vous conseillerais-je de vous adresser à notre personnel, qui jugera si vous êtes aptes à continuer. Si tel n'était pas le cas, sachez que nous nous verrions obligés, sinon de vous abattre (rires de la salle), du moins de vous isoler pour la tranquillité de tous, ou bien de vous abandonner en chemin, non sans vous avoir fourni au préalable quelques conseils pour profiter de vos souffrances. Nous ferons l'impossible pour les rendre délicieusement atroces ! (Applaudissements.) Enfin, dois-je préciser qu'en cas de non-retour la maison décline toute responsabilité ? Les dépouilles des défunts, si on les retrouve, ne seront pas restituées aux familles. Ni leurs effets personnels, du reste, que les autres pourront se partager s'ils le désirent – mesdames et messieurs, vous avez par conséquent bien fait de vous endimancher ! Mais il suffit ! Je vois que nos charmantes demoiselles sont en train de passer parmi vous pour vous servir un cordial qui aidera à vous détendre (en effet, une hôtesse venait de déposer sur la table de Crowley trois petits verres tulipe contenant un liquide violacé dont émanait un parfum piquant de framboise et d'épices), aussi ne m'éterniserai-je pas. Cependant, avant de lever mon verre, je tenais à saluer la présence parmi nous d'un grand artiste qui, pour la première fois depuis l'aube de l'humanité va immortaliser l'événement à l'aide du cinématographe, dont il est un virtuose ! Monsieur Georges Méliès !

Avec une dextérité toute professionnelle, le cinéaste décolla l'œil de son appareil et, tout en continuant de mouliner de la main droite, s'inclina avec élégance en réponse aux applaudissements. Il fut cependant obligé de s'interrompre quand l'une des hôtesses monta sur scène pour lui remettre, ainsi qu'à Bélialo, un verre de cordial.

— Mesdames, messieurs, buvons au succès de ce nouveau Symposion !

Le démon but d'un trait l'étrange breuvage. Par une sorte d'irrésistible mimétisme, tous les hôtes firent de même. On toussa ici et là, hommes et femmes confondus. Crowley sentit naître sous son palais un puissant bouquet fruité, relevé d'une forte note opiacée, qui lui réchauffa ensuite le ventre. Aucun doute, c'était une liqueur d'Ubizaar, prisée par les sorciers pour ses effets psychotropes qui favorisaient le passage dans l'Outremonde.

Des exclamations de surprise retentirent quand les becs de gaz s'éteignirent, plongeant la salle dans la plus profonde obscurité. Derrière Bélialo, le grand rideau cramoisi se leva, laissant apparaître une scène nue, dépouillée de tout décor, faiblement éclairée aux quatre coins.

— Mesdames et messieurs, je vous invite à présent à me rejoindre sur la scène, dit Bélialo en se frottant les mains. Notre voyage va pouvoir commencer !

Dans une excitation mêlée d'appréhension, les quelque deux cents invités s'exécutèrent en bon ordre et se retrouvèrent bientôt tous debout sur les planches, serrés les uns contre les autres, encadrés par les hôtesses, Bélialo et la Paradis. Woodcock et Isidora se pressèrent de part et d'autre de Crowley. Quoi, pensa le sorcier indisposé par cette promiscuité, va-t-on maintenant nous faire disparaître dans un nuage soufré ?

Soudain le sol s'ébranla, soulevant une vague d'exclamations et de petits rires nerveux, et un grand bruit d'engrenages résonna au-dessus des têtes tandis que la scène tout entière s'enfonçait lentement sous le niveau de la rampe.

En une poignée de secondes la salle disparut à la vue. À la façon d'un vaste ascenseur, la scène passa devant un premier sous-sol – une grande remise sombre encombrée de matériel de scène – puis un deuxième et un troisième palier, donnant chaque fois l'illusion de s'arrêter, avant de poursuivre sa descente vers les profondeurs de l'Hypnos.

On se retrouva bientôt au fond d'un vaste puits rectangulaire dont l'ouverture, loin au-dessus des têtes, continuait de s'éloigner.

Une tension à couper à la scie régnait sur la plate-forme. Au fur et à mesure de la descente, la température chutait elle aussi, bien trop rapidement pour que cela fût naturel. D'instinct, tous les hôtes se serrèrent les uns contre les autres, tels des pingouins sur la banquise. Quelques gémissements se firent entendre, on claquait des dents. Quelqu'un – un homme – étouffa des sanglots. Crowley, qui savait de quoi il retournait – il n'en était pas à son premier passage vers l'Outremonde – sentait Isidora et Woodcock grelotter tout contre lui.

L'espace d'un instant le silence fut absolu et la plate-forme sembla s'immobiliser, comme suspendue en plein néant. Seules les vibrations du sol indiquaient que l'univers ne s'était pas figé dans une sorte d'éternité glacée. Mais bientôt les bruits de machinerie reprirent et la température augmenta aussi vite qu'elle avait diminué. Enfin, au grand soulagement de tous, on arriva à un sous-sol éclairé.

La plate-forme s'arrêta au niveau d'un long quai de métro flanqué d'un train à l'arrêt qui émergeait des nuages de vapeur s'échappant de la locomotive.

Bélialo s'élança, devançant les hôtes éberlués. Il avait troqué son chapeau melon contre une casquette de cheminot et tenait à la main un gros sifflet dont il tira une note stridente.

— Mesdames et messieurs, en voiture ! Nos hôtesses vous aideront à gagner votre place ! Plus que quelques minutes avant le départ !

La petite foule s'étira le long du train, guidée par les hôtesses. Les invités regardaient à l'entour avec des yeux grands comme des soucoupes. Le long tunnel voûté, le sol bitumé, les bancs en bois et en fer forgé, les parois revêtues de carrelage – se pouvait-il qu'après un tel dénivelé on se retrouvât dans le métro parisien ? Le nom de la station, « Hypnos-Cité », se répétait à intervalles réguliers sur la paroi en mosaïques de carreaux bleus et blancs.

— Ah ! N'est-elle pas splendide ? lança à la cantonade un vieil homme sec et gaillard qui suivait le mouvement au côté de Woodcock. Trois ans ! C'est ce qu'il nous a fallu pour construire cette station et ce tronçon de ligne.

Le tycoon new-yorkais, encore tout éprouvé par la descente et donnant le bras à une Isidora mal assurée sur ses jambes, hocha la tête.

— Bigre.

Le vieil homme était manchot. Il portait un gibus noir à ruban bordeaux et une jaquette grise dont la manche gauche était accrochée sous l'épaulette par un bouton doré. Crowley remarqua avec un sourire qu'il portait le ruban rouge de la Légion d'honneur à sa boutonnière.

— Les coûts furent incalculables, dit l'homme en lissant de son unique main sa barbe blanche taillée en pointe. Les coûts financiers, bien sûr – nous avions carte blanche –, mais surtout humains ! Même si nos ouvriers étaient triés sur le volet, ils furent nombreux à ne pas supporter ces profondeurs.

— Vous voulez dire que c'est vous qui avez construit ce… cet endroit ? s'enquit Woodcock, dont l'intérêt s'était soudain éveillé.

Le petit homme rit.

— Il n'y a pas qu'en Amérique que l'on construit de grandes choses ! Sauf votre respect, monsieur – car vous êtes américain, n'est-ce pas ?

— On ne peut rien vous cacher, dit Woodcock avec son accent à couper au couteau. À quelle profondeur sommes-nous ?

— La distance qui nous sépare de la surface ne s'évalue pas avec des unités de mesure ordinaires. C'est un facteur que nos ingénieurs eurent beaucoup de mal à intégrer à leurs calculs. Certains en ont perdu la raison, d'ailleurs. Mais je ne me suis pas présenté : Fulgence Bienvenüe.

— Bram Woodcock.

Les deux hommes se serraient la main quand une hôtesse se présenta pour les faire monter à bord et les mena vers les places qui leur étaient attribuées, Crowley et Isidora à leur suite.

L'intérieur du train mariait le luxe et la sobriété. Chaque voiture était divisée en compartiments de six places dotés d'amples sièges en velours rouge, de rideaux de soie peinte et d'un petit lampadaire en cristal au plafond. Le sol et les panneaux étaient marquetés d'essences précieuses figurant des labyrinthes et des motifs géométriques complexes. Certains éléments, comme les cendriers ou les poignées, étaient plaqués d'ivoire et d'argent.

Deux sièges de leur compartiment étaient déjà occupés. Un grand homme mince en smoking et à l'allure sévère, tenant son haut-de-forme, sa canne et sa cape pliée sur ses jambes croisées, était assis dans le siège médian, dans le sens contraire de la marche. À côté de lui, côté couloir, mâchant un bout de cigare éteint, le savant qui avait été présenté par Bélialo sous le nom d'Azra répondit laconiquement au « Bonsoir » que Bienvenüe lança avant de s'asseoir, aussitôt imité par Woodcock et Isidora.

En voyant Tombo, Crowley s'arrêta sur le seuil. Était-ce une plaisanterie ? Ce voisinage malencontreux était-il le fruit du hasard ou d'une machination perverse de la Paradis ? Il n'était pas trop tard pour tourner les talons et tirer tout cela au clair avec cette impertinente.

— C'est complet, dit Crowley. Je vais voir s'il n'y a pas une place de libre vers l'avant. Inutile de voyager serrés comme des sardines.

— Allons, Perdurabo, vous n'allez pas déjà nous fausser compagnie, dit Woodcock en s'installant. Si on nous a indiqué ces places, c'est qu'il y a une raison. Et puis, on ne sait jamais, je pourrais avoir besoin de votre aide.

Le milliardaire accompagna ces mots d'un signe de tête en direction d'Isidora, qui s'affala sur son siège dans un grand bruit de soufflet. Viktor leva les yeux vers le sorcier avec un demi-sourire amusé. Face à l'expression du prestidigitateur, Crowley sentit son mépris se muer en une rage acérée qu'il jugula au prix d'un suprême effort de volonté.

— Ma foi, vous avez raison, dit-il en renvoyant au prestidigitateur un sourire du même tonneau. Nul ne sait quelles surprises nous réserve ce voyage.

Le sorcier s'assit face à Azra, côté couloir, son tableau posé à plat sur ses genoux.

Bienvenüe reprit sa logorrhée d'une voix assez forte pour que tout le monde en profite. Sans susciter aucun intérêt visible à part celui de Woodcock, qui l'écoutait avec l'attention d'un commerçant flairant les bonnes affaires, il se présenta comme le père du métropolitain parisien et de plusieurs grands chantiers de la capitale.

— Voilà près de vingt ans que je retourne les entrailles de Paris. Si l'on devait exposer tout ce que nous avons trouvé dans le sous-sol, il y aurait de quoi remplir un deuxième Louvre !

— Qu'attendez-vous pour le construire, ce nouveau musée ?

— Cher ami, les découvertes qui y seraient dévoilées chambouleraient toutes les idées reçues sur l'histoire de France et – je n'exagère pas – de l'humanité ! Le moment n'est pas encore venu de faire certaines révélations.

— Diantre. Peut-on au moins admirer ces découvertes quelque part ? Je suis collectionneur d'art et d'antiquités, voyez-vous. Certaines pièces pourraient m'intéresser.

— Nous aurons tout le loisir d'en discuter ce soir. Mais je suppose que l'art n'est pas votre principale occupation ?

Les deux hommes poursuivirent leur conversation sans se soucier de leurs voisins – de Tombo et Crowley, immobiles comme des chiens de faïence, d'Azra perdu dans ses pensées et d'Isidora qui semblait s'être assoupie. Tandis que Woodcock énumérait les principaux secteurs dans lesquels il avait investi sa monstrueuse fortune – plantations de caoutchoutiers et mines d'or en Amérique du Sud, exploitations pétrolières au Texas, immobilier sur la côte Ouest des États-Unis et même participations dans le développement des voies ferrées autour des Grands Lacs – un grand coup de sifflet retentit et le train se mit en branle, faisant trembler les rideaux et tinter le lustre du compartiment.

— Ah ! s'exclamèrent Woodcock et Bienvenüe de concert.

Tirés de leurs songeries respectives, Crowley et Azra se redressèrent dans leur siège. Isidora eut un petit gémissement. Tombo, quant à lui, conserva son immobilité de sphinx. À l'extérieur, le quai défila de plus en plus vite et disparut subitement quand le train s'engouffra dans un tunnel, continuant à prendre de la vitesse. Les regards demeurèrent fixés sur l'obscurité du dehors pendant un moment, comme si le quai d'une nouvelle station n'allait pas tarder à apparaître.

Isidora gémit à nouveau, plus fort cette fois. Des perles de sueur fine commençaient à estomper le fard dont elle s'était poudrée, laissant affleurer son teint pâle et cireux.

— Madame semble souffrante, remarqua Azra en mâchouillant le bout de son cigare éteint.

— Depuis plusieurs jours, hélas, avec des hauts et des bas, dit Woodcock. Je crains que cet environnement surnaturel ne mette sa sensibilité à dure épreuve. Isidora est médium, voyez-vous. Une fois de retour au pays, nous partirons pour une cure en Floride ou dans les Appalaches.

— Médium ?

— Oui. Elle a aussi été prise de maux d'estomac dans l'après-midi. Laissons-la dormir.

— C'est elle qui vous représentera à l'exhibition de sorcellerie ? demanda Bienvenüe.

— Non. Mon protégé est Perdurabo, ici présent.

— J'espère que l'état de madame ne va pas empirer, reprit Azra d'un ton préoccupé. Nous allons traverser l'Outremonde. Bélialo a donné des instructions très strictes sur les personnes qui ne supporteraient pas le voyage.

— Il plaisantait, n'est-ce pas ?

— J'en doute. Pour ceux qui entrent en transe, c'est l'isolement ou l'abandon. Inutile de risquer de voir se créer une singularité, ça serait très dangereux et, accessoirement, du plus mauvais effet.

— Une singularité ?

— Chaque fois qu'un humain pénètre dans la sphère outremondaine, un paradoxe spatio-temporel local se crée autour de sa conscience, une déchirure dans le continuum onirique de l'Outremonde par laquelle des entités du Grand Abîme peuvent se faufiler.

— Messieurs, intervint Bienvenüe, vous serez rassurés de savoir que des matériaux spéciaux ont été employés dans la construction de ce train pour minimiser ce genre de risque. Disons, pour faire court, que nous sommes dans une cage de Faraday outremondaine.

— J'ignorais tout cela, dit Woodcock en jetant un regard soucieux vers Isidora. C'est la première fois que je mets les pieds hors de la réalité.

— Perdurabo aurait pu vous mettre au courant, dit Azra. Les sorciers savent qu'il faut prendre des précautions pour éviter ces désagréments, c'est pourquoi ils s'équipent d'amulettes ou de gris-gris.

— Monsieur Azra, n'est-ce pas ? Bélialo vous a présenté comme un illustre savant, dit Bienvenüe en se vrillant sur son siège pour regarder le médecin assis à la gauche de Viktor. En revanche, votre voisin ne nous a pas encore fait l'honneur de se présenter.

— Viktor Tombo, dit Azra. Nous voyageons ensemble.

— C'est votre sorcier, j'imagine.

— Viktor est le plus grand prestidigitateur de tous les temps.

— Voilà qui est original ! Si son numéro est à la hauteur de sa loquacité, le divertissement est garanti !

L'ironie de l'ingénieur, teintée de vexation, réjouit secrètement Crowley. Ce raseur manchot et décoré commençait à lui plaire.

— Mais vous-même, n'êtes-vous accompagné d'aucun sorcier ? demanda Woodcock.

— Oh, non ! répliqua Bienvenüe en riant. Toutes ces frivolités ésotériques, très peu pour moi !

L'ingénieur n'avait pas dit ces mots que le train sortit du tunnel pour s'élancer à tombeau ouvert dans un paysage nocturne, désespérément plat et oppressé par d'épais nuages violacés dardant des éclairs de tous côtés. Par endroits, le terrain de la vaste plaine était retourné et labouré, comme grevé de cratères. Une foule éparse de silhouettes humaines traversait cette étendue morne sous le grand déchaînement électrique, toutes orientées dans la même direction. Le train émit un sifflement semblable à un long hululement métallique.

— Quoi ? Nous sommes au front ? s'étonna Woodcock d'une voix chevrotante, remarquant que la plupart des personnages qui défilaient sous ses yeux portaient des uniformes de soldat.

— Ce sont des errants, dit Azra. Des ombres tentant de rejoindre le monde des démons – ou des esprits, comme vous voudrez. Bien peu arriveront à destination.

— Ah, ça n'a pas été facile de poser les rails dans ces poches de néant ! précisa Bienvenüe.

— L'Outremonde, autrement dit l'inconscient humain, se partage en trois grandes régions, reprit Azra. Celle des morts, celle des démons et le Grand Abîme. Nous sommes en train de traverser la première.

Woodcock n'arrivait pas à détacher les yeux du spectacle qui s'offrait à lui.

— Vous voulez dire que tout ce beau monde traîne dans mon inconscient ?

— Dans le vôtre, dans le nôtre, dit Azra d'un ton las. Nous sommes dans l'inconscient jusqu'au cou.

Isidora gémit à nouveau et remua sur son siège. « Nous allons voir si ce train est aussi étanche que certains le prétendent », pensa Crowley, qui commençait à regretter de n'avoir pas fourni d'amulette à la voyante quand, sans prévenir, la porte du compartiment s'ouvrit. Éléonore Paradis apparut dans sa robe noire, accompagnée de deux hôtesses qui demeurèrent en retrait dans le couloir.

Sous l'effet de la surprise, le cœur du sorcier cessa de battre. Toute la rancune qu'il avait remâchée des semaines durant fut balayée par le charme magnétique de la jeune femme dont le regard survola les passagers sans s'arrêter sur aucun.

— Tout se passe bien ?

— À merveille, mademoiselle ! répondit Bienvenüe. Avez-vous prévu de nous servir des rafraîchissements ?

— Oui. Notre personnel ne va pas tarder à passer avec un choix de liqueurs, de cigares et de pâtisseries.

Les yeux de la Paradis se fixèrent sur Isidora.

— Mme Isidora Jennings, n'est-ce pas ? Depuis quand est-elle indisposée ?

— Depuis cet après-midi, c'est une indigestion. Pas de pâtisseries pour elle, bredouilla Woodcock.

— Si son état devait empirer, en particulier si elle commençait à parler dans des langues inconnues, sortez du compartiment et prévenez-nous.

— Serait-il possible d'évacuer le compartiment *avant* que l'état de madame ne s'aggrave ? demanda Crowley d'un ton ironique, réussissant enfin à attirer sur lui le regard interrogateur, mais nullement troublé, de la jeune femme.

La tempête électrique continuait d'inonder l'habitacle de grands flashes lumineux.

— Je voulais dire, y aurait-il une place libre ailleurs dans le train, dans un compartiment où je serais moins à l'étroit ? Le vôtre, peut-être ?

— Vous n'allez pas remettre ça ! protesta Woodcock.

— Nous allons vérifier cela, frère Perdurabo, le rassura Éleonore. L'une de nos hôtesses viendra vous prévenir s'il y a lieu. Je vous souhaite à tous un bon voyage.

La Paradis referma la porte et s'éclipsa. « Alors, fini, les "mon cher Alex" ? pensa Crowley, à la fois contrarié et amusé. Cette diablesse fait preuve d'une certaine maîtrise de soi, tout comme ce magicien du dimanche, je dois l'avouer, avec sa contenance d'ascète hindou. Mais s'ils croient que je vais tomber dans leur petit jeu, ils se trompent lourdement. »

Soudain les éclairs cessèrent et le noir complet reprit ses droits à l'extérieur du train, qui semblait s'être enfilé dans un nouveau tunnel. Il y eut un bref silence que Woodcock, soulagé de ne plus voir les errants, prit l'initiative de briser.

— Je comprends votre réticence à vous flanquer d'un sorcier, monsieur, dit le tycoon à Bienvenüe. Vous les couvrez d'or, passez tous leurs caprices, et à la première occasion ils vous lâchent comme la plus effrontée des cocottes.

— Ne vous méprenez pas, je n'ai rien contre eux, dit Bienvenüe, mais la plupart des invités se présentent avec « leur sorcier » comme au volant d'une auto de luxe ou avec une jolie femme au bras, par pure vanité – tel n'est pas votre cas, bien entendu ! Je ne doute pas que votre intérêt pour les sciences occultes soit authentique et profond.

— Vous ne croyez pas si bien dire. J'ai fait construire une grande pyramide de style égyptien dans la Vallée de la Mort, à cent mètres au-dessous du niveau de la mer.

— Pour ma part, je fais ce déplacement pour conclure des affaires, voyez-vous, pas pour parader. Des représentants des premières nations du monde voyagent dans ce train, ainsi que des scientifiques et des industriels de premier plan. Il s'agit de comprendre, ou mieux de décider dans quelle direction le vent de la civilisation va tourner dans les décennies à venir, pour faire les bons investissements.

Crowley, encore irrité par l'apparition impromptue d'Éléonore, sentit monter en lui l'envie de cogner le crâne de l'ingénieur contre celui de Woodcock.

— Vous auriez tort de négliger le concours de sorcellerie. Il a son importance, dit Azra.

— Pour les sorciers, sans doute. Pour les autres il n'est guère plus qu'un agrément.

— Que faites-vous des arcanes et du savoir millénaire dont les mages sont les dépositaires ? Et du pouvoir qu'ils ont sur le commun des mortels, ainsi que sur les démons ? demanda Azra, remontant aussitôt dans l'estime de Crowley.

Bienvenüe se lança alors dans une longue tirade. Certes, les sorciers étaient capables de prodiges et étanchaient leur soif de connaissance à des sources inaccessibles au commun des mortels, mais ils ne se souciaient guère que de leur propre gloriole. Combien plus prodigieux était le pouvoir des meneurs d'hommes qui, si leurs moyens étaient plus prosaïques, avaient néanmoins la capacité de mettre en branle les fabuleux courants d'énergie collective qui faisaient l'histoire du monde ? Alexandre ou Napoléon ne valaient-ils pas mille Nostradamus ? Les sorciers vivaient dans un âge obscur perpétuel dans lequel ils voulaient qu'une humanité sans horizon fût à jamais plongée. Les autres, au contraire, étaient porteurs de la flamme éternelle du progrès et tenaient d'une main ferme les rênes du genre humain.

Sans prévenir, une lumière éclatante envahit le compartiment, écorchant les yeux des passagers et les obligeant tous à se détourner de la vitre.

Le train, ressorti à l'air libre, était maintenant lancé à une hauteur vertigineuse au travers d'un paysage de montagne à couper le souffle. On eût pu se croire dans les Alpes si les sommets dans le lointain n'eussent pas plutôt évoqué l'Himalaya. Dans un ciel couleur saphir que n'entachait aucun nuage, un soleil bas allait s'empaler à l'horizon sur les crêtes acérées de ces titans de pierre, orangeant de ses feux leur chevelure de glace, leurs flancs escarpés et la mer de conifères qui s'étendait à leurs pieds. Loin, très loin en contrebas, un fleuve serpentait au fond de la vallée que traversait le train, ses eaux scintillantes semblables à de l'or fondu.

— Nous volons ? demanda Woodcock incrédule, la main en visière.

— Non, nous sommes sur un pont, dit Bienvenüe en se lissant la barbe d'un air satisfait. Celui-ci fait près de trois kilomètres de long, parfois quatre ou cinq en fonction des distorsions spatio-temporelles locales. Et plus de trois cents mètres de hauteur par endroits. Eiffel et moi-même en sommes les artisans.

Un silence contemplatif s'empara du compartiment. On vit passer au loin une nuée d'oiseaux dont les lents et majestueux battements d'ailes suggéraient l'envergure de condors. Un virage permit d'apercevoir par la vitre les arches de métal vertigineuses soutenant la voie ferrée, plantées dans la forêt deux cents mètres plus bas.

— C'est essentiellement en cela que consistent mes affaires avec l'Outremonde, reprit Bienvenüe, construire des ponts avec la réalité. Contrairement aux couloirs de service éphémères que s'ouvrent les sorciers pour leurs allées et venues, mes ponts sont permanents et empruntables par tous. Tout comme ceux que nous fournissent les grandes œuvres d'art, me direz-vous, mais les miens offrent un autre avantage, et non des moindres : ils laissent passer les corps.

— Bienvenüe *pontifex* ! s'exclama Azra.

— C'est cela, dit l'ingénieur, en riant. Il s'agit d'apporter des modifications définitives aux deux mondes. Ces infrastructures nous permettront de nous implanter plus avant dans l'Outremonde – l'inconscient si vous voulez. Réciproquement, elles aideront l'Outremonde à pénétrer la nouvelle ère qui s'ouvre. Dès après cette guerre, le monde civilisé sera envahi par de nouveaux démons. C'est-à-dire de nouveaux rêves mais aussi, hélas, de nouveaux cauchemars, qui sont la rançon du progrès.

— Si je comprends bien, vous avez l'intention de démarrer un tourisme de masse entre les deux mondes ? demanda Woodcock, encore tout étourdi.

— Non, simplement de luxe, répondit Bienvenüe, qui rit à nouveau.

Et puis, en se tournant vers Crowley :

— Mais j'espère n'avoir offensé personne avec mes grands discours sur les sorciers.

— Rassurez-vous, je ne me formalise pas pour si peu, dit Crowley entre ses dents.

— Je jacasse et je m'écoute parler – c'est l'âge ! Mais – veuillez m'en excuser – je ne suis pas seulement bavard, je suis aussi curieux. Peut-on savoir ce que vous transportez d'aussi précieux dans ce sac sur vos genoux ?

Crowley réfléchissait à la façon de remettre ce casse-pieds à sa place une fois pour toutes quand il vit tressauter les épaules de Tombo, qui étouffait un petit rire.

— Si j'en crois mes dons d'extralucide, dit le prestidigitateur, c'est une réclame pour du lait chocolaté.

8.

Au vu des grands mouvements de troupes et d'artillerie dans tout le secteur, ainsi que de l'arrivée de nouveaux chars Saint-Chamond et Schneider à l'arrière, plus aucun doute ne pouvait subsister : les manœuvres préliminaires à la grande offensive tant attendue avaient commencé. Nul dans les tranchées ne savait encore quand ni comment la bataille s'engagerait, mais on craignait que la stratégie du général Pétain n'aboutît à un nouveau carnage inutile. L'offensive menée par Nivelle en avril s'était soldée par la destruction de quatre-vingts chars – les premiers engins français à entrer en action – et la mort de vingt mille soldats lors de la première journée.

En attendant le grand assaut, la 67e D.I. avait reçu pour consigne de maintenir sa position entre l'Épine de Chevregny et la chapelle Sainte-Berthe, le long du Chemin des Dames. Derrière son masque imperturbable, Mâchefer était dans un état d'excitation qu'il ne laissait transparaître qu'en privé, quand il se retrouvait seul avec Aimé, sa nouvelle ordonnance promue au rang de caporal.

Le lieutenant avait recours à Aimé pour toutes ses communications avec le quartier général, ce qui permettait fréquemment au néo-gradé de s'éloigner des zones les plus dangereuses. Plusieurs fois par jour, il parcourait les tranchées qui le menaient vers les secondes lignes, transportant dans une sacoche les missives griffonnées à la hâte de

Mâchefer, que les crèmes accueillaient toujours avec la même réaction : « Encore lui ! Quel raseur ! »

Étant donné son importance dans les desseins outremondains de son supérieur, Aimé le soupçonnait de rédiger des messages inutiles pour l'éloigner du front – ce dont il ne se plaignait pas, bien sûr, car il pouvait ainsi profiter des cuisines et espérer de recroiser Gaspard au détour d'un boyau. Cependant, si ces excursions le mettaient plus ou moins à l'abri des tirs ennemis, elles n'allaient pas sans réclamer leur tribut, car son état physique empirait de jour en jour. Souvent, il était pris de vertiges et devait s'arrêter pour ne pas tomber en syncope. Il avait le teint livide, des cernes bistre, le souffle court. Ses orteils et ses doigts avaient une teinte bleutée et les veines de ses jambes saillaient comme celles des vieillards. Sous les aisselles et à l'entrejambe, sa peau, presque insensible par endroits, présentait un aspect squameux et gris.

Son aspect malsain passait inaperçu dans les tranchées. Mais si un médecin l'avait examiné, il aurait été bon pour une période de quarantaine – un sort que briguaient tous les troufions, car il était pour eux synonyme de salut, mais qui pour lui aurait signifié une mort certaine. Quelle ironie ! S'il voulait vivre, il devait coûte que coûte rester en première ligne et continuer de feindre d'être un « envoyé d'Ashtaroth », un rouage central dans les plans du lieutenant. C'était là son unique chance d'arriver au Symposion et de retrouver Parks.

Ses rapports privilégiés avec Mâchefer, aussi soudains qu'inexplicables aux yeux d'autrui, avaient valu à Aimé la froideur de ses compagnons d'armes, dont les conversations cessaient dès qu'il se joignait à eux pour la soupe. On ne s'adressait plus à lui que par son nouveau grade. Les silences pesants et les regards noirs que lui lançaient Titi et la Brouette étaient aussi lourds de reproches pour la mort de Toc-Toc. Seule la médiation de Grand Georges, qui en avait vu d'autres, réussissait à arrondir les angles quand cela était nécessaire.

Le soir, Mâchefer retenait Aimé dans sa cagna pour de longs tête-à-tête arrosés de rhum. C'étaient en général d'interminables monologues où le lieutenant, désinhibé par l'alcool, s'étendait sur son passé. Aimé, malgré la tension et l'épuisement, s'étonnait de découvrir, sous une carapace en acier trempé, un homme sensible et rongé par de nombreux doutes, écrasé depuis l'enfance par la personnalité tyrannique d'un père franc-maçon, versé dans le spiritisme, dont la pédagogie éducative n'avait pas exclu les châtiments corporels et les tortures psychologiques.

C'était pour s'affranchir de ce joug que Mâchefer avait très tôt choisi la carrière militaire et, afin de surpasser son pseudo-spirite de père sur son propre terrain, de percer les mystères de la mort. « On peut traverser la mort, et revenir, et vivre pour toujours. La mort n'est pas la fin de tout », dit-il à Aimé qui, après les événements des derniers mois, n'avait aucune difficulté à le croire. « Mais ne vous y trompez pas, c'est là une vérité terrible, effroyable ! » Une vérité qui l'avait irrémédiablement traumatisé à l'adolescence quand il avait vu, une nuit, caché dans les taillis d'une forêt haïtienne, une sorcière noire faire parler le cadavre d'une jeune fille noyée.

Bien qu'il eût fréquemment, au cours de sa brève existence, été au contact des puissances occultes, il n'avait jamais passé le seuil de l'Outremonde. Questionné à ce sujet, Aimé se voyait obligé de jouer les médiums et d'inventer sur le moment des expériences – transes, visions, échanges avec des démons – qui pussent satisfaire la curiosité du lieutenant sans toutefois être trop élaborées, pour ne pas s'emmêler les pinceaux et risquer de se contredire. Il marchait sur des œufs. Heureusement, les tentatives quotidiennes de Mâchefer pour faire fonctionner son téléphone outremondain furent toutes infructueuses, au grand soulagement d'Aimé qui ne pouvait pas se permettre un nouveau séjour à l'hôpital d'Hameret.

Un soir où il n'était pas d'humeur à converser, après un énième essai de communication sans résultat, Mâchefer tapa sur la table du plat de la main et se tourna vers Aimé qui, prêt à tomber dans les bras de Morphée, sursauta et sentit son cœur partir dans une folle tambourinade. Un rictus féroce, de ceux qu'il arborait les jours de grand assaut, déformait le visage de l'officier. Ses yeux lançaient des flammes, comme si c'était lui qu'un démon venait soudain d'habiter.

— Grandin ! J'en ai assez de peigner la girafe ! Ce qu'il nous faut, c'est un peu d'exercice ! Allez réveiller le sergent Duranton ! On va aller chatouiller les Boches !

Moins d'une demi-heure plus tard, Grand Georges, Aimé et Mâchefer sortaient de la tranchée de la Dragonne, en pleine nuit, pour aller « observer de plus près les positions de l'ennemi ».

Quand Aimé lui avait secoué l'épaule dans l'abri pouilleux – rebaptisé « Villa Sans-Souci » – où il dormait avec le reste de l'escouade, enroulé dans sa peau de mouton, Grand Georges n'avait ni protesté ni posé de questions. S'étant délesté du matériel superflu pour ce genre d'équipée, il avait fourré quelques grenades dans une besace et suivi le caporal Grandin en direction de l'extrémité du secteur, vers l'amas de décombres de la chapelle Sainte-Berthe, où le lieutenant les attendait muni d'un sac et d'un fusil.

Mâchefer avait choisi cet endroit pour le relief qu'il présentait. Labourés par des mois de bombardements, les quelque trois cents mètres qui séparaient les tranchées françaises des allemandes étaient criblés de cratères d'obus permettant d'avancer à couvert. Surtout, à peu près au milieu du no man's land se trouvaient les vestiges d'anciennes tranchées où les trois hommes pourraient s'arrêter pour faire des repérages ou répondre plus efficacement à un éventuel feu ennemi.

Sans même se consulter, ils franchirent le parapet de la tranchée d'assaut, le réseau de barbelés de leur camp, puis, à la faveur d'une nuit sans lune, parcoururent les cent premiers mètres pliés en deux avant de continuer à plat ventre.

Rampant dans la fange dans le sillage du lieutenant, Aimé n'en menait pas large. Lui qui n'avait jamais participé à un assaut, et qui n'avait utilisé son fusil que pour tirer quelques salves au jugé en direction des lignes ennemies, se retrouvait à effectuer une opération de commando et sans réel objectif, juste « pour le sport ». Entre un héros de guerre et un aspirant sorcier que les balles semblaient vouloir éviter, il se sentait comme une victime toute désignée.

Les trois hommes évoluaient dans les creux ténébreux des cratères, leurs coudes et leurs mains s'enfonçant dans le sol meuble dont s'exhalaient des relents d'humus, de poudre froide et de charogne. Seules leurs respirations – en particulier celle d'Aimé, qui se faisait sifflante – perturbaient le silence d'outre-tombe qui régnait autour d'eux.

Ils avancèrent ainsi dans le no man's land telles de lentes couleuvres, s'arrêtant quand ils percevaient des mouvements autour d'eux – les rats ne pullulaient pas seulement dans les tranchées. À un moment, une fusée éclairante partie du camp allemand éclata dans le ciel, non loin de leur position, les contraignant à rouler dans un entonnoir plein d'eau croupie le temps que le projectile de magnésium embrasé retombe et finisse de se consumer. Si cette fusée verte ne leur était pas destinée, car elle était trop lointaine, elle était le signe d'une surveillance serrée.

— Attendons un moment, murmura le lieutenant.

Comme de coutume, une autre fusée partit du camp français en guise de réponse – rouge, celle-là, plus à l'est, et un échange de salves crépita brièvement dans le lointain. Quand le silence se fut rétabli, Mâchefer, Grand Georges et Aimé sortirent prudemment de l'entonnoir, trempés jusqu'aux os, et reprirent leur reptation.

Comme le lieutenant l'avait prévu, ils arrivèrent peu après aux restes d'une ancienne tranchée allemande dans laquelle ils se glissèrent. Bien que rudoyée par les combats et écroulée par endroits, elle présentait encore de longues sections parcourables à couvert, parallèlement aux lignes ennemies. Les trois hommes s'accroupirent au fond du boyau et demeurèrent un instant immobiles, l'oreille tendue comme pour écouter les lombrics.

— Cet endroit est peut-être miné, dit Mâchefer dans un souffle. Faites attention.

À ces mots, Aimé eut l'impression que le processus de pétrification qui l'affectait depuis des semaines venait soudain de s'achever. Des mines ? se demanda-t-il, tétanisé à l'idée qu'il pouvait sauter en l'air au moindre faux mouvement. Comment faire pour les repérer dans cette obscurité ? Soudain, les mots que lui avait rapportés Gaspard lui revinrent à l'esprit – « le bal aura lieu par une nuit sans lune ». Il leva le nez vers le ciel d'encre et grimaça. Était-ce vraiment du Symposion que le cartomancien voulait parler ? Mourir en sautant sur une mine, n'était-ce pas une façon tout aussi poétique d'« entrer dans la danse » ?

Le lieutenant tira des jumelles de son sac, sortit prudemment la tête hors de la tranchée et scruta les lignes ennemies. Après un long moment, il s'accroupit et fit signe aux deux autres de le suivre. Les trois hommes se déplacèrent dans le boyau, avec une extrême lenteur, pliés en avant ou en rampant quand le passage était encombré d'éboulis. Le fessier d'Aimé était si serré qu'il aurait pu servir de casse-noix.

Ils parcoururent ainsi une cinquantaine de mètres avant que Mâchefer ne s'arrête à nouveau pour utiliser ses jumelles, qu'il passa promptement à Grand Georges.

— Là, droit devant. Un poste. Deux sentinelles. Derrière, dans la tranchée, un abri.

Après un temps, le sergent tendit les jumelles à Aimé qui imita ses supérieurs, content que la nuit cache les tremblements de ses mains. La tranchée allemande se détachait comme un trait noir dans l'ombre. Elle devait se trouver à une quarantaine de mètres, mais le grossissement des jumelles donnait l'impression de pouvoir la toucher. Tout d'abord il ne vit rien de ce que le lieutenant avait décrit. Puis des volumes se détachèrent de l'obscurité. Dans la direction indiquée, entre la tranchée et la ligne de barbelés, se trouvait une tache plus sombre, indiquant la présence d'un trou plus régulier que les autres, d'où dépassait une forme ronde et vaguement luisante qui bougeait : le casque d'une sentinelle terrée dans son poste de garde. Et à y bien regarder, juste derrière, à travers une ouverture rectangulaire ménagée dans le parapet de la tranchée, on pouvait percevoir une très faible lueur, comme la flamme vacillante d'un lumignon ou l'incandescence d'une cigarette.

Dans un murmure, Mâchefer expliqua son plan : sortir du boyau, se rapprocher encore un peu des Boches en rampant et envoyer simultanément une grenade chacun sur les objectifs, Aimé sur la sentinelle, lui et Grand Georges dans la tranchée. Après quoi ils se replieraient en quatrième vitesse, juste après les détonations.

Le sergent et le caporal reçurent ces instructions sans répliquer. Le cœur battant et les tripes nouées, Aimé sortit une grenade à manche de son sac et découvrit en essayant de se rappeler le mode d'emploi que ses idées avaient déserté son cerveau. Quand Mâchefer et Grand Georges sortirent du boyau, son corps épuisé les suivit machinalement, sans qu'il lui en eût donné l'ordre.

Une fois lancé, il transcenda sa peur. Tout en progressant sur le ventre, il avait l'impression de se voir du dehors, comme si sa conscience avait trouvé un recoin dérobé d'où observer l'action sans y participer. Les trois soldats étaient maintenant dangereusement proches du poste de la sentinelle qu'Aimé avait pour mission de neutraliser. À mesure qu'ils avançaient, le temps ralentissait, s'étirait, et sembla s'arrêter quand Aimé entendit Mâchefer et Grand Georges activer le percuteur de leur grenade, signal indiquant qu'il devait en faire autant.

Il ôta la coiffe de sa F1 à allumeur, heurta le percuteur sur son casque pour l'enclencher et, avec un léger temps de retard sur ses compagnons, fit un large geste pour lancer l'engin qui, glissant de ses doigts gourds, retomba à mi-chemin entre sa position et sa cible, au milieu des barbelés.

— Attention ! eut-il le temps de crier au lieutenant et à Grand Georges, une seconde avant que deux détonations ne retentissent dans la tranchée allemande et qu'une troisième, à quelques mètres d'eux, ne projette à l'entour des mottes de terre qu'Aimé sentit ricocher sur son casque.

— On décampe ! dit Grand Georges, alors que des cris de douleur et d'alarme s'élevaient du camp teuton.

Sans demander leur reste, les trois Français bondirent sur leurs pieds, firent volte-face et détalèrent sous le feu ennemi.

Au moment où ils replongeaient dans la tranchée, une fusée éclairante explosa dans le ciel au-dessus d'eux, illuminant le terrain d'une intense lumière verte.

— Déplaçons-nous, vite !

Ponctuant les cris de Grand Georges, une grenade explosa à leur niveau à quelques pas de la tranchée, puis plusieurs autres en succession rapide pendant que les trois Français fuyaient à quatre pattes dans le boyau. Un concert de déflagrations couvrait les cris et le branle-bas des Allemands.

Mâchefer, qui était en tête, marqua une halte.

— On doit se replier ! Maintenant !

— Grandin est blessé ! cria Grand Georges.

Sous l'éclat d'une fusée, Aimé, étendu sur le côté, vit le sergent se pencher sur lui dans l'espace étroit du fossé, son visage et sa barbe tout encroûtés de boue, ses yeux embrasés par l'action.

— La Carpe, ça va ? Tu m'entends ?

— Oui, oui, répondit Aimé, étonné que l'on parlât de lui, entendant ses mots comme s'ils sortaient de la bouche d'un autre.

— Il est touché au côté !

Ce n'est qu'alors, comme si les mots du sergent l'avaient provoquée, qu'Aimé ressentit la douleur qui enflammait son bas-ventre. Tandis que les balles continuaient de siffler au-dessus de la tranchée, une autre grenade explosa non loin de leur nouvelle position.

— Lieutenant, il est en état de choc ! Prenez de l'avance ! Repliez-vous avec lui, je vous couvre !

Mâchefer donna une tape d'entente dans l'épaule de Grand Georges, qui sans plus attendre repartit dans la direction d'où ils avaient fui, disparaissant dans les ténèbres.

Demeuré seul avec Aimé, Mâchefer sortit de son sac une grenade fumigène qu'il dégoupilla et projeta vers la tranchée ennemie.

— Grandin, vous pouvez marcher ? demanda l'officier en activant une deuxième grenade.

Aimé voulut répondre, mais aucun son ne sortit de sa bouche.

— Ce n'est pas le moment de mourir, Grandin ! Vous m'entendez ? Vivez ! C'est un ordre ! J'ai encore besoin de vous !

Les deux engins projetés par le lieutenant répandirent rapidement dans l'atmosphère un voile de fumée opaque. Dans le chaos, la voix tonnante de Grand Georges parvint à leurs oreilles.

— Maintenant !

Au mépris des projectiles qui fusaient en tous sens, Mâchefer sortit de la tranchée en tirant Aimé. Voyant que son subalterne pouvait encore tenir debout, il l'entraîna aussi vite qu'il put en direction de leurs lignes, qu'il repéra aux éclairs d'armes à feu dont elles crépitaient ici et là. Il n'avait pas fait dix pas qu'une explosion retentit près de lui et lui fit perdre connaissance.

— Grandin ! Grandin !

La voix était familière. Lointaine.

— Grandin !

La voix s'était rapprochée. C'était celle de Mâchefer. Aimé ouvrit les yeux.

Rien. Le noir complet. Et un silence total depuis que la voix s'était tue.

— Mon lieutenant ? appela Aimé, s'étonnant de pouvoir parler.

— Ah ! Vous êtes vivant ! Je ne vous vois pas dans cette obscurité !

— Par ici !

Aimé se redressa sur un coude – une action qui lui procura un étonnement supplémentaire, celui d'être étendu sur le sol et d'être encore pourvu d'un coude sur lequel se redresser. Il entendit les pas de Mâchefer, qui buta sur son pied.

— Là, c'est moi, dit Aimé.

Il se mit debout sans difficulté, ni aucune douleur. Dans l'obscurité, une main entra en contact avec son épaule, descendit à tâtons le long de son bras et lui saisit le poignet.

— Je commençais à croire que j'étais seul dans ce trou.

— Où sommes-nous ?

— Bonne question, Grandin.

Aimé essaya de reconstituer les derniers moments qui avaient précédé leur situation actuelle. Il se souvenait de tout – ou du moins c'était là son impression : l'équipée nocturne avec Grand Georges et Mâchefer, leur arrivée dans la tranchée au milieu du no man's land, son lancer de grenade raté, la retraite éperdue vers leurs lignes, l'explosion…

« En bonne logique, nous devrions être morts », se dit-il, mais ça ne semblait pas être le cas. L'explosion avait-elle ouvert un puits sous leurs pieds, les faisant chuter dans une galerie creusée par les sapeurs français ou allemands ? Non, ce genre de tunnel était bien trop étroit, et même si cela avait été le cas ils auraient encore dû entendre le fracas des bombes et des coups de feu en surface. Alors, étaient-ils tombés dans une grotte naturelle, profonde et spacieuse, semblable à celles de la Dragonne ? Possible, mais improbable, car après des mois de bombardement et de combats dans le même secteur, les sapeurs auraient découvert son existence bien avant. Peut-être étaient-ils morts, après tout, et se trouvaient-ils dans l'antichambre de quelque enfer souterrain ?

— Nous devons être sous le champ de bataille, finit-il par dire, optant pour la réponse la moins improbable.

— Et votre blessure ? Comment vous sentez-vous ? demanda Mâchefer, qui n'avait toujours pas lâché le poignet de son subalterne.

L'image de Grand Georges penché sur lui dans le feu de l'action sauta à l'esprit d'Aimé, qui porta aussitôt la main au côté. Mais à cet endroit, bien que déchiré, son uniforme était sec, et la grande douleur qu'il avait ressentie avait tout à fait disparu. Il réprima un hoquet de surprise en constatant également l'absence de toute plaie.

— Tout va bien, dit-il, ne sachant que penser. Apparemment c'est une blessure superficielle. Je peux marcher.

— À la bonne heure. Mais où diable avons-nous atterri ? Avez-vous quelque chose pour nous éclairer ? Un briquet, des allumettes ?

— Je crains que non.

— Eh bien, nous voilà faits comme des rats – ou comme des taupes ! Il ne nous reste plus qu'à brailler pour que quelqu'un nous entende, en espérant que ce ne soit pas les Boches !

— Essayons d'abord de comprendre où nous nous trouvons. Vous souvenez-vous de l'explosion ?

— Oui. C'est un miracle que nous soyons indemnes.

— Avez-vous perdu connaissance, comme moi ?

— Oui.

— Si nous n'entendons plus les bruits du combat, c'est sans doute parce qu'il a pris fin pendant qu'on était dans les pommes. Et puis, si nous sommes tombés quelque part, c'est forcément par un trou qui ne doit pas se trouver très loin au-dessus de nous. Si nous ne le voyons pas, ça veut dire qu'il fait encore nuit dehors.

— Bien raisonné. Donc, que suggérez-vous ? Attendre qu'il fasse jour ?

Aimé leva les yeux et scruta l'espace au-dessus de sa tête, espérant repérer une zone d'obscurité moins dense qui eût indiqué la présence d'un passage ou d'une ouverture, mais il ne croyait guère à sa propre théorie, qu'il avait formulée à haute voix pour tenter de se rassurer. Quelque chose en son for intérieur – et la mystérieuse disparition de sa blessure – lui disait que la version de la chute dans une grotte souterraine était à mille lieues de ce qui s'était réellement passé, et l'hypothèse de l'antichambre infernale, de farfelue qu'elle semblait, devenait de plus en plus plausible.

— Crénom, c'est qu'il fait un froid de canard dans ce trou, dit Mâchefer. Serait-on restés inconscients jusqu'à l'hiver ?

Aimé entendit l'officier se frotter les mains. Ces ténèbres, cette température glaciale, il en avait déjà fait l'expérience. Il s'accroupit et passa une main sur le sol qui, entièrement plat, semblait fait de terre battue.

— Cet endroit a l'air vaste, dit-il. Essayons de trouver une paroi, ça nous aidera à nous orienter.

Il avança dans une direction choisie au hasard, un bras tendu devant lui, et n'eut que cinq pas à faire avant que ses doigts n'entrent en contact avec ce qu'il cherchait.

— Par ici mon lieutenant, j'ai trouvé.

— Très bien. Et maintenant ?

— Suivons la paroi. Comme ça, on comprendra peut-être où on est. Accrochez-vous à mon épaule, je passe devant.

— Est-ce une bonne idée de nous éloigner du lieu où nous sommes tombés ?

Aimé avança lentement, une main posée sur la surface de pierre lisse – trop lisse pour être l'œuvre de la nature ou même d'une équipe de sapeurs. Ils progressèrent ainsi pendant quelques mètres avant qu'un léger courant d'air ne vienne caresser le visage d'Aimé.

— Ce vent, vous le sentez aussi ?

— Oui, oui, répondit Mâchefer, avançons.

Aimé continua de progresser à contre-courant de la brise, de plus en plus froide. Dans l'obscurité complète, ses pas et les battements de son cœur amplifiés par le silence étaient les seules unités de mesure de l'espace et du temps.

De façon inopinée, un livre qu'il avait lu dans son enfance lui revint à l'esprit, le *Voyage au centre de la Terre* de Jules Verne. À un moment, vers le début de l'histoire, le héros perdait le contact avec ses compagnons dans un dédale de cavernes et se retrouvait complètement isolé, dans une obscurité parfaite, à une profondeur souterraine incalculable. Bien que son neveu ne fût âgé que d'une douzaine d'années à l'époque, l'oncle Géo avait tenu à lui donner une interprétation ésotérique du roman. Les personnages avaient monté leur expédition spéléologique sur la foi des écrits d'un alchimiste, et la descente dans les entrailles de la terre, fût-elle symbolique, était le passage obligé de toute initiation. Géo Grandin avait associé ce moment d'égarement, de solitude et de désespoir du héros dans les ténèbres absolues des boyaux souterrains avec l'« œuvre au noir » – une expression qui l'avait profondément marqué. Cependant, dans le livre de Verne, la température augmentait à mesure que les personnages s'enfonçaient sous terre, alors que la brise souterraine qui s'infiltrait sous son uniforme semblait souffler tout droit du pôle Nord.

Aimé grelottait et marchait en serrant les dents. La main du lieutenant sur son épaule était agitée de tremblements. Depuis un moment, l'officier ne parlait plus, signe, peut-être, que sa mâchoire était trop crispée pour articuler ou qu'il commençait à comprendre que leur environnement n'était pas naturel.

Au bout d'un temps imprécis, Aimé décela la présence de givre sur la paroi. Bien qu'il ne sentît presque plus ses doigts et que l'air glacial lui brûlât la gorge et les poumons, il prit cela comme un signe de bon augure. Lors de son cheminement invraisemblable vers l'atelier hermétique et le Paris du Moyen Âge, deux mois auparavant, l'apparition de givre dans le couloir de la cave avait marqué un tournant. Cette fois-ci, aucune flamme gelée ne signalait le point de basculement d'une réalité à une autre, mais, à un moment, le courant d'air cessa et la température augmenta sensiblement, retournant vite à un niveau supportable.

— On arrive quelque part, dit le lieutenant, faisant écho aux pensées d'Aimé.

De toute évidence, même si leur raisonnement respectif n'avait pas suivi le même chemin, ils avaient abouti aux mêmes conclusions.

— Vous sentez ça, sur le mur ?

Oui, Aimé le sentait, lui aussi, de légers reliefs, des creux et des pleins délimitant des volumes polis, trop réguliers pour être l'œuvre des seuls éléments, comme des bas-reliefs ou des inscriptions. En continuant d'avancer et en laissant glisser ses mains à différentes hauteurs, il découvrit que toute la paroi en était recouverte. À moins que le sous-sol de la région ne recelât des trésors d'archéologie, songea Aimé, ils devaient nécessairement, comme disait le lieutenant, être arrivés « quelque part ». Quant à savoir où, ou quand, c'était une autre affaire.

— Grandin, nous sommes dans un couloir. Tendez l'autre main, là, de l'autre côté.

Aimé s'exécuta. En effet, une autre paroi, elle aussi couverte de motifs, faisait face à celle qu'ils avaient longée, si proche qu'on pouvait toucher les deux en écartant les bras.

Aimé et Mâchefer se trouvaient maintenant dans un corridor. Le fait que l'espace se soit rétréci était étrangement rassurant. Pressant le pas, ils poursuivirent leur progression tandis que la température ambiante continuait d'augmenter.

Soudain, Aimé, qui ouvrait toujours la marche, ne sentit plus la paroi contre laquelle il laissait courir sa main gauche. Les deux hommes s'arrêtèrent et, après avoir exploré l'espace environnant à l'aveuglette, conclurent qu'ils étaient arrivés à un croisement.

— Nous voilà frais, dit Mâchefer. Après le cul-de-sac, c'est peut-être la pire chose qui pouvait nous arriver.

Aimé, pour qui la notion de « pire » avait récemment reculé ses limites, dut cependant convenir que la situation n'était pas des meilleures.

— Droite, gauche, tout droit ? demanda Mâchefer.

— La règle d'or dans les labyrinthes est de toujours tourner dans la même direction, et si possible de dérouler un fil pour pouvoir revenir sur ses pas.

— Ah, comme c'est idiot, dit le lieutenant avec un rire amer. Dire que j'ai hésité à emporter ma petite pelote de laine en sortant de la tranchée ! Peut-être pourrions-nous semer des cailloux comme le Petit Poucet ?

Après un moment de silence accablé, ils inspectèrent à nouveau les parois à la recherche d'éléments susceptibles d'orienter leur choix. Mais leurs mains aveugles ne rencontraient que les mêmes enchevêtrements de motifs gravés dans la roche. Aimé se sentit submergé par une vague de découragement.

— C'est vous le guide, Grandin. Choisissez une direction.

Une direction ? Il n'y a qu'à en choisir une au hasard, se dit Aimé. Si la théorie de la densité des événements était fondée, comme elle semblait l'être, leurs pas les mèneraient forcément là où le destin le voulait. Ou alors peut-être mourrait-il de soif dans ce dédale avant de finir de se pétrifier. Cette pensée, qui lui procura un sinistre réconfort, fut aussitôt chassée par une autre : par où étaient-ils arrivés ? La fatigue et l'angoisse aidant, il avait perdu le sens de l'orientation et ne savait plus de quel couloir ils provenaient. Ils ne s'étaient pas encore éloignés de l'intersection qu'ils étaient déjà perdus, avec une chance sur quatre pour que le chemin qu'ils emprunteraient les ramène sur leurs pas.

Aimé se demandait s'il valait la peine d'annoncer cette nouvelle au lieutenant quand il sentit de la chair fraîche et humide entrer en contact avec sa main – au même moment, un corps mobile frôla ses jambes. Il sursauta et poussa un cri de surprise.

— Quoi ? Quoi ? s'alarma Mâchefer.

— Là, là… bégaya Aimé, incapable de décrire ce qui venait de se produire.

— Quoi, bon sang ?

— Un animal… une chose…

— Vous en êtes sûr ?

Un geignement se fit entendre dans l'obscurité.

— Vous êtes armé ? chuchota Mâchefer.

Aimé fit rapidement l'inventaire de son équipement à tâtons. Depuis qu'ils avaient atterri dans ce souterrain la question ne lui était pas encore venue à l'esprit.

— Il me reste ma baïonnette.

— J'ai mon pistolet.

Aimé tira sa baïonnette de sa ceinture et se plaqua contre un mur. Un autre geignement ne tarda pas à se faire entendre, plus prononcé, suivi d'un aboiement qui résonna dans les couloirs.

— Un chien ? s'étonnèrent-ils de concert.

De nouveaux aboiements retentirent.

— Il ne semble pas hostile. S'il avait voulu nous attaquer, il l'aurait déjà fait, dit Aimé.

— Oui. Et s'il est arrivé là, c'est qu'il doit y avoir un passage vers l'extérieur, pas loin.

— Je crois qu'il nous invite à le suivre.

Ils se dirigèrent vers les aboiements de l'animal, qui émit un jappement joyeux comme pour les encourager.

Aimé et Mâchefer suivirent la bête. Lentement d'abord, puis d'un bon pas, ils s'enfoncèrent dans un labyrinthe de corridors et de carrefours, laissant chacun courir une main contre la paroi à leur gauche.

Ils se repéraient aux halètements de l'animal qu'ils talonnaient par moments, au point de pouvoir entendre ses pas sur le sol de terre battue. Mais parfois il semblait s'être volatilisé. La peur refaisait alors surface, car si leur guide les abandonnait au milieu de cet enchevêtrement de corridors ténébreux ils étaient irrémédiablement perdus. Ces doutes étaient toutefois de courte durée car de nouveaux aboiements ne tardaient pas à se faire entendre, remettant les soldats dans la bonne direction.

Tout en avançant, Aimé ne pouvait s'empêcher d'élaborer mille scénarios. Le chien était peut-être tout bonnement en train de les mener au camp des Boches. Et s'agissait-il vraiment d'un chien ? Quel genre de canidé pouvait voir dans une obscurité aussi parfaite ? Peut-être était-ce un Cerbère à trois têtes qui les guidait, lui et le lieutenant, vers le Royaume des ombres ?

Il commençait à se demander s'ils sortiraient jamais de ce mauvais pas, quand enfin, après un énième tournant, de la lumière apparut au bout d'un couloir.

C'était une faible lueur orangée émanant d'une ouverture pratiquée dans le plafond, à une vingtaine de pas devant eux. Le sol, s'inclinant vers le haut, y menait à la façon d'une rampe. Aimé eut juste le temps d'apercevoir à contre-jour la silhouette de l'animal tout en haut de la pente – il était de taille moyenne et n'avait qu'une seule tête – avant que celui-ci ne disparaisse d'un bond par le passage.

Mâchefer et Aimé se figèrent. Un brouhaha diffus, à peine audible, entrait par l'ouverture.

— Il y a du monde là-haut, vous entendez ? Amis ou ennemis ? demanda le lieutenant.

Une voix plus distincte s'éleva de la rumeur : « Pas si vite ! » Aimé et Mâchefer étaient tout ouïe. Une odeur de viande grillée vint leur chatouiller les narines. Là dehors, une grande réunion avait lieu – un barbecue ? – et on était en train de se disputer. Soudain, un chœur de cris d'épouvante retentit et les deux soldats se recroquevillèrent, tétanisés. Accroupis dos aux parois dans le noir, ils mirent un moment à se remettre de leur frayeur.

— On ne va pas rester là toute la vie, finit par dire Mâchefer. Allons-y, Grandin.

L'officier resserra sa prise sur la crosse de son pistolet, Aimé empoigna sa baïonnette et les deux hommes, à pas de loup, gravirent la déclivité du couloir.

À mesure qu'ils approchaient du passage, la rumeur se faisait plus distincte et la lumière gagnait en clarté, permettant aux deux hommes de découvrir les bas-reliefs qui ornaient le corridor. C'étaient des séquences de motifs géométriques asymétriques, entrelacés avec un grouillement sans fin de reptiles ou de tentacules auxquels la lueur vacillante prêtait un semblant de vie.

Retenant leur souffle, ils s'apprêtaient à passer la tête par l'embrasure quand, avec une rapidité foudroyante, des créatures humanoïdes aussi fortes et habiles que des gorilles les agrippèrent et les traînèrent dehors.

9.

Après avoir traversé un nombre imprécisable de plans outremondains – des marais de Voor, avec ses étendues de saules buveurs d'âmes nimbés d'essaims de feux follets, à la baie glacée d'Arkta constellée d'îlots en pain de sucre multicolores, des gorges sinueuses d'El-Sinôr, où serpente un fleuve mélancolique de lave bleue, aux grandes steppes de Tamar-Lang, dévastées par des nuées de sauterelles géantes à tête de lézard – le train, semblable à un long dragon d'acier, ralentit sa course folle dans une plainte métallique et s'arrêta au milieu d'une épaisse forêt de conifères violacés.

Tel le claquement de doigts d'un hypnotiseur, un dernier cahot tira les passagers d'un puits d'absence. Ils se regardèrent, hébétés, puis s'interrogèrent à voix basse. Où se trouvait-on ? S'agissait-il d'une simple halte ? Combien de temps avait-on passé dans cet état de stupeur ? Nul ne pouvait le dire. Chacun avait la sensation d'être sorti d'une fantasmagorie liquide où la conscience se fondait aux paysages du dehors, dont le souvenir s'effaçait aussi vite que des dessins tracés dans l'eau. Si ce laps de temps avait été riche en événements et en conversations, il n'y avait aucun moyen de le savoir. On leur avait apporté à boire – cela, au moins, était sûr : les verres vides posés ici et là dans les compartiments en témoignaient. Les sorciers, plus avisés, expliquèrent qu'un cocktail de psychotropes bien corsé leur avait été servi pour faciliter le voyage, mais aucun d'eux n'avait jamais rien goûté d'aussi efficace.

Les hôtesses passèrent dans les voitures pour annoncer qu'on était arrivé. Priés de descendre, les voyageurs se regroupèrent sur le bas-côté de la voie, en pleine forêt, jetant sur ce nouveau monde des regards à la fois fascinés et inquiets. Des lambeaux de brume flottaient paresseusement dans l'atmosphère, plus denses entre les troncs, charriant des odeurs de résine et d'humus. Au-dessus des têtes, les frondaisons hérissées des sapins se découpaient contre un ciel livide dont émanait une lueur terne, comme de la lumière grise. Rien ne bougeait. Personne n'osait briser l'affreux silence.

On s'achemina en colonne le long de la voie ferrée. Bélialo et la Paradis ouvrant la marche.

Les rails s'interrompirent à quelques dizaines de mètres après l'avant du train, accentuant l'impression d'être arrivé au milieu de nulle part, dans une sorte de Sibérie chimérique. Les effets de la drogue mélangée aux boissons devaient se prolonger, car chacun avait la sensation d'être spectateur de ses actions et flottait dans un état vaporeux semblable à celui que procure le laudanum. Par endroits, avec la complicité de la brume, certaines protubérances et déformations des troncs noirâtres donnaient l'illusion de corps humains figés dans des prisons d'écorce. Les pas étaient étouffés par un épais tapis d'aiguilles violettes parsemé de bois mort et de pignes pourpres aussi grosses que des têtes d'enfants.

Woodcock, vaseux, remarqua qu'Isidora à son côté, bien que pâle, semblait remise de son malaise. Il remonta le châle sur l'épaule glacée de la voyante et voulut appeler Crowley, qu'il avait perdu de vue, mais se ravisa, dissuadé par l'effort qu'exigeait l'activation de sa langue.

Plus avant dans la colonne, Azra, qui marchait près d'un Tombo concentré sur chacun de ses pas, était partagé entre la peur et la fascination. La peur, car malgré les paroles rassurantes de Bélialo, il savait que cela risquait fort d'être son dernier voyage : après le Symposion, que le putsch fomenté par le Chambellan du Maître fût ou non couronné de succès, rien ne serait plus comme avant. La fascination, car aussi aberrant que cela pût paraître, il foulait le fond de l'inconscient humain, auquel il avait consacré une vie d'études. Tel un spécialiste de l'Antiquité transporté par magie dans l'Athènes de Périclès, il se retrouvait directement confronté à ce qu'il n'avait connu jusqu'alors que par reflets, symboles, ou fragments. Ses théories s'évaporaient face à l'immédiateté de l'expérience et il s'attendait à de fulgurantes révélations.

Soudain un concert d'exclamations s'éleva de l'avant de la colonne, aussitôt apaisé par la voix impérieuse de Bélialo : « Ne craignez rien ! Ce sont les gardiens du sanctuaire ! » Azra pressa le pas pour voir la cause de ce tumulte, que Méliès était déjà en train de filmer.

Un être monstrueux était accroupi à la lisière de la forêt. Azra crut reconnaître l'un de ces fonctionnaires outremondains – les « protonotaires » – qu'il avait accueilli dans son salon la nuit où Tombo avait perdu la raison. Ils avaient la même tête chauve et les mêmes traits – mais l'autre portait un costume trois pièces alors que celui-là était nu et, autre différence, son tronc musclé se prolongeait par des pattes caprines recouvertes d'écailles grises et munies de serres. Aussi immobile qu'une statue dans l'ombre des sapins, la chose mi-homme mi-bête dardait sa langue bifide à la façon d'un reptile et de ses yeux noirs observait les intrus, qui faisaient un large écart en passant à sa hauteur.

Les deux autres « gardiens » que l'on avisa peu après suscitèrent plus de curiosité que d'aversion ou de crainte. Des messieurs amateurs de safaris les comparèrent aux grands singes habitant certaines forêts d'Afrique et se demandèrent à la cantonade, provoquant quelques rires, s'il était possible d'en ramener chez eux quelque exemplaire empaillé en guise de trophée.

Ces boutades détendirent l'atmosphère. Des conversations commençaient à se lier quand enfin la forêt s'éclaircit et céda le pas à un vaste espace dégagé, à la lisière duquel Bélialo s'arrêta pour permettre aux hôtes de se regrouper.

On était arrivé au seuil d'une vaste presqu'île qui, bordée de hauts à-pics, avançait sur un océan de nuages. Avant même de s'attarder sur les ruines basses parsemant le terrain, tous les regards furent happés par le spectacle qui s'offrait à l'horizon.

C'était le coucher d'un astre obscur. Ce soleil noir s'entourait d'une mince couronne de lumière ambrée et d'un second halo violacé qui, bien plus ample et diffus, se reflétait sur le relief moutonneux de l'immense étendue nébuleuse. Par un effet des plus saisissants, cette aura gagnait en clarté à mesure qu'elle s'éloignait de sa source pour se transmuer sans solution de continuité en une nitescence grise qui emplissait l'atmosphère et donnait au ciel son apparence de linceul.

À l'inverse du soleil terrestre, dont l'éclat blessait les yeux, celui-là agriffait les regards en suscitant une sorte de vertige, comme s'il se trouvait non pas au bout du ciel mais au fond d'un précipice. Nombreux furent les hôtes à se sentir vaciller tandis qu'une tristesse soudaine et sans objet leur opprimait le cœur. Mais pour les sorciers cette mélancolie était comparable au frisson qu'éprouvent des alpinistes venus à bout d'un sommet réputé indomptable, car ils savaient que loin d'être une curiosité de plus au fin fond des mondes oniriques, cette étoile ténébreuse et sans nom – un gouffre, selon certains – était l'ombilic, le moyeu de toutes les dimensions de l'Outremonde. Crowley et ses pairs étaient enfin arrivés au bord du légendaire abîme de Wodh, dont les nuages qui s'offraient à la vue n'étaient qu'une frange infime, telle l'écume des vagues en bordure de l'océan.

Tandis qu'on se remettait en marche à la suite de Bélialo, Perdurabo prolongea un instant sa contemplation de l'astre. Il jugula l'humeur amère que lui infusait ce face-à-face, inspira à pleins poumons l'air chargé d'effluves résineux et sentit croître en lui un sentiment de puissance. Il lui sembla que son existence entière n'avait été qu'un long prélude à ce moment.

La colonne d'hôtes s'étira le long d'un sentier qui descendait vers la pointe de la presqu'île, balisé par des flambeaux fichés dans le sol. Des ruines éparses et de plus en plus denses émergeaient des maigres buissons d'épineux à l'entour. Éboulis, pans de murs et colonnes d'allure classique, parfois intactes, indiquaient qu'une ville se trouvait jadis à cet endroit. Mais que signifiait « jadis » dans l'Outremonde, où le temps et l'histoire n'avaient pas cours ? Cette cité n'avait pas connu d'aube, de midi ni de déclin et n'avait sans doute jamais existé que sous forme de décombres. C'était un lieu dévolu au cataclysme et à la ruine de toute éternité, songea Azra en se remémorant les fameux vers du *Faust* : « Tout ce qui existe est digne d'être détruit, il serait donc mieux que rien n'existât. »

En traversant cette étendue de vestiges, où la brume se raréfiait, on put observer de plus près certains détails – ici, une stèle couverte de hiéroglyphes inconnus, là, un fragment de bas-relief représentant des soleils entrelacés avec des nœuds de serpents qui semblaient s'animer à la lueur orangée des flammes. Les collectionneurs, y compris Woodcock, ne purent réprimer un sursaut de convoitise en apercevant non loin du sentier une grande statue renversée, brisée en trois morceaux, à l'effigie d'un singe accroupi dont la tête avait la forme d'un croissant de lune. Cette pièce devait valoir son pesant de diamants.

On arriva bientôt en vue d'une zone plus éclairée que les autres. C'était une esplanade dallée et carrée, d'une centaine de mètres de côté, qui s'étendait jusqu'à la pointe de la presqu'île et dont le pourtour était planté de flambeaux crépitants. Presque en bordure de la falaise, à l'opposé du sentier par lequel les hôtes arrivaient, se trouvait une grande plateforme de pierre vers laquelle Bélialo continua d'avancer tandis que les hôtesses guidèrent leur petit monde vers plusieurs longues tables chargées de victuailles disposées au centre et flanquées de grils fumants.

Woodcock, qui donnait le bras à une Isidora somnambule, cherchait Crowley des yeux quand son voisin – l'homme qui peu avant avait suggéré d'empailler l'un des gardiens de la forêt de sapins – lui adressa la parole.

— Ma foi, voilà un bien curieux accueil. Je m'attendais à plus d'enthousiasme !

C'était un Anglais entre deux âges, à la forte carrure, dont les imposantes moustaches unies à des favoris blond-roux cachaient mal une balafre rosée qui lui barrait la joue du nez à l'oreille. Son panama et son complet de lin écru lui donnaient une allure coloniale.

— L'ambiance n'est pas des plus chaleureuses, en effet.

— Quoi, les hommes seraient-ils plus festoyeurs que leurs démons ? répliqua l'homme en pouffant.

Puis, s'emparant d'une bouteille sur la table à proximité :

— Au moins, voyons si les vallées viticoles de l'Outremonde valent celles de la Bourgogne.

Woodcock accepta une coupe.

— Oui, voyons avec quel hallucinogène ce millésime-là a été corrigé.

Ils rirent et leur bonne humeur se propagea de proche en proche parmi les convives qui commencèrent à se servir librement au buffet tout en affectant la décontraction. L'Anglais – sir Joshua Bullington, ex-colonel du Raj britannique dont Woodcock apprit bientôt qu'il était aussi explorateur, chasseur de fauves et accompagné au Symposion par un fakir de légende – avait donné le ton.

De son côté, noyant son anxiété dans sa flasque de whisky, Azra avait renoncé à prendre mentalement des notes pour un nouvel ouvrage qu'il n'écrirait probablement jamais. Pendant un moment, il observa Bélialo sur la plate-forme de pierre en train de feuilleter son Livre, puis, laissant errer son regard, repéra Viktor. Tel un voyageur solitaire sur un quai de gare, le prestidigitateur semblait totalement étranger à son entourage. Le nouveau Tombo n'avait que peu en commun avec l'homme pétri d'angoisses qui avait passé le seuil de son cabinet trois mois auparavant. À présent, il faisait preuve d'une maîtrise de soi inflexible et il émanait de lui une assurance surnaturelle que plus d'un sorcier pouvait lui envier, pour ne rien dire du pouvoir de suggestion qu'il avait développé et qui préludait peut-être à d'autres capacités prodigieuses – en tout cas, c'était à souhaiter s'il voulait avoir une chance de s'en sortir.

À quelques pas d'Azra, Crowley avait enfilé sa robe de cérémonie violette par-dessus sa tenue de soirée et tripotait les amulettes de protection et la clé de l'atelier hermétique qu'il portait sous ses vêtements autour de son cou. Il avait hâte d'en avoir terminé, de se distinguer une bonne fois de la masse des convives en donnant à tous une démonstration de ses talents, ainsi que des pouvoirs du tableau.

— Puis-je vous suggérer de vous détendre, Perdurabo ? Profitez du buffet, du paysage, du moment. Les festivités vont bientôt commencer.

Éléonore Paradis était apparue près de lui.

— Vous m'épiez ? demanda le sorcier en essayant d'évaluer la proportion d'ironie et de séduction dans le sourire de la jeune femme.

Les yeux d'Éléonore étaient aussi froids que ceux des houris polymorphes qu'elle supervisait et le sorcier ne savait pas si cela le rebutait ou l'affriolait.

— Vous m'évitez pendant des semaines et soudain voilà que mon confort remonte dans l'échelle de vos soucis ? ajouta-t-il.

— C'est mon devoir de veiller à ce que nos hôtes soient à l'aise, et vous semblez nerveux.

— Comment ne pas l'être ? Pour l'instant, ce grand sabbat est à peu près aussi électrisant qu'une partie de campagne. On nous balade pendant des heures et aucun seigneur n'est là pour nous accueillir. Tout cela est si décevant.

— Le dédain des seigneurs n'est qu'un reflet du mépris que les hôtes nourrissent envers eux-mêmes, répondit la Paradis en penchant la tête de côté. Vous devriez le savoir.

Crowley ricana. Il prit un pas de recul et considéra la silhouette d'Éléonore de la tête aux pieds.

— Décidément, vous êtes aussi détestable que ravissante.

— Je préfère prendre cela comme un compliment. Puis-je faire quelque chose pour alléger votre désappointement ?

Le sorcier fit mine de réfléchir un instant.

— Vous auriez pu, par exemple en me plaçant près de vous dans le train ou en acceptant d'arriver à mon bras. Mais je crains que ce ne soit trop tard, n'est-ce pas ?

— Ce corps que vous convoitez n'est qu'une enveloppe de chair qui bientôt ne me sera plus d'aucune utilité. Mais nos hôtesses sauront satisfaire vos prurits les plus intimes.

— J'en prends bonne note.

Crowley haussa les épaules et fit un geste vague en direction de Viktor :

— Puisque vous êtes d'humeur consolatrice, allez donc remonter le moral de Tombalo, qui m'a l'air au plus bas.

— Bonne chance pour le concours, dit la Paradis sans ciller avant de se mêler de nouveau aux convives.

Pendant ce temps, l'atmosphère s'était obscurcie. Le bleu nuit qui s'emparait progressivement la voûte céleste semblait pousser l'astre noir et sa couronne ambrée sous l'océan de nuages qui recouvrait l'abîme, frangé à l'horizon d'une lueur violette.

Dans l'excitation générale, l'ombre aidant, personne ne fit grand cas de la brume qui commençait à s'épaissir, noyant les contours de l'esplanade, ni aux battements de tambours étouffés qui provenaient de partout et nulle part. Dans une bonne humeur générale, on discutait et mangeait, buvait et riait sans aucune retenue. Les messieurs tombèrent la veste, ôtèrent leur papillon ou leur cravate, et les dames se défirent de leurs atours les plus encombrants. Les hôtesses, maintenant à moitié dénudées, apportaient depuis les grils des plats chargés de rôtis fumants sur lesquels on se jeta avidement. Prise d'une fringale insatiable, Isidora dévorait tranche sur tranche de ces viandes sucrées, servies sur des lits de salade bleue.

Des groupes s'étaient formés où l'on parlait affaires. Des alliances se nouaient, des découvertes scientifiques ou des projets jusqu'alors tenus secrets étaient dévoilés et des millions de dollars-or s'échangeaient sur parole. Un peu partout, on établissait des programmes pour l'avenir des sociétés humaines. Ici, un physicien éminent entretenait quelques dames et deux généraux arborant le tablier maçonnique de leur loge au sujet des applications militaires des énergies destructrices enfouies au cœur de la matière, volant la vedette à un Gustave Eiffel dépité qui n'avait récolté qu'un piètre succès avec ses nouveaux avions de chasse. Là, Armand Duplex écoutait un médecin qui voulait hâter le passage de la race blanche au prochain stade de son évolution, et qui semblait bien s'entendre avec Untel, représentant d'une grande entreprise pharmaceutique : ces deux-là projetaient de faire le ménage parmi les hommes grâce à une nouvelle peste, une forme redoutable de grippe sélective qui aurait été testée à grande échelle dans un futur proche. Dans un autre petit cercle, un Méliès ivre avait posé sa caméra pour discuter avec un ingénieur allemand qui se vantait d'avoir mis au point des « sous-marins de l'espace ». Propulsés à la façon de gros obus, ces vaisseaux auraient permis aux hommes de coloniser les mondes vierges ou habités dont foisonnait le vaste univers. « Ces engins se révéleront bien inutiles ! objectait le cinéaste avec fougue. Ces mondes sont accessibles à travers de simples portes ! Croyez-moi ! J'y suis allé, moi, sur la Lune ! »

Malgré l'ambiance, Woodcock était déçu. N'ayant à vanter que sa fortune – qui pour être immense n'était pas exceptionnelle dans cette société –, il écoutait beaucoup et parlait peu, guettant quelque occasion de s'immiscer dans une entreprise juteuse, mais avait-on vraiment envie d'investir le moindre *cent* dans toutes ces fariboles ? Il ne lui restait plus qu'à espérer que Crowley gagne le concours, ce qui lui permettrait d'aller parler affaires avec le Maître en personne.

Il y eut un moment de panique quand des dizaines de sièges organiques surgirent de la brume pour converger vers la petite foule. À la vue de cette meute d'humanoïdes rachitiques se propulsant à quatre pattes, des cris d'effroi fusèrent. Bullington défourailla un revolver de sous sa veste et vida le barillet sur les choses, aussitôt imité par d'autres messieurs qui à son instar étaient venus armés. Une quinzaine de sièges furent abattus avant que le calme ne se rétablît et que les sorciers, qui avaient l'expérience de ces tabourets outremondains, ne se remissent de leur hilarité.

La fête reprit de plus belle, comme si cette pétarade avait rompu les dernières réserves. Les mets étranges – huîtres à chair rouge, salade de langues d'oiseau, fromage à larves sonores – se succédaient, le vin coulait. Sans qu'on sût bien comment, des feux avaient été allumés çà et là à même le dallage, remplissant la brume de halos orangés, et les hôtes eurent soudain l'impression qu'ils s'étaient multipliés. Les corps se heurtaient, se frottaient les uns aux autres et la température ambiante augmentait comme dans une salle de bal de plus en plus bondée. D'aucuns ôtèrent leur gilet et leur chemise trempée de sueur.

Tout à coup, des sons de trompes se joignirent aux tambours, dont le volume et le nombre ne cessaient également de croître, si bien qu'on devait maintenant s'égosiller pour se faire entendre. Dans un mélange vertigineux de stupéfaction et d'excitation, les corps émoustillés par la promiscuité se mirent à vibrer sur ces rythmes ensorcelants semblant sortis du tréfonds de la mémoire humaine.

Rapidement, tout bascula. Certaines hôtesses, circulant nues et se laissant palper, incitèrent les dames et les messieurs à céder aux avances soudain désinhibées d'autres convives. Des chignons furent dénoués, des corsets déliés, des pantalons baissés, des jupons troussés. Bientôt des couples roulèrent sur le sol pour s'ébattre, poitrines dressées, jambes levées et vits offerts dans une atmosphère à faire pâlir les pires lupanars de la Ville Lumière. Les houris se chargèrent des plus timides et, grâce à de savants attouchements, réveillèrent chez les seniors des sensations et des envies qu'ils ou elles croyaient avoir oubliées depuis longtemps. Seuls les sorciers experts en sabbats semblaient pouvoir conserver leur contenance, subodorant l'événement dont ce vent de folie lubrique était l'annonciateur – et qui ne tarda pas à arriver. Quelque part dans la foule des cris de surprise, d'euphorie et d'effroi mêlés se firent entendre : Jézébel, démone de la luxure, était apparue parmi les invités.

« À l'aide ! Quelqu'un ! Faites quelque chose ! » s'était écrié Woodcock quand le corps obèse d'Isidora avait commencé à se déformer, enfler et s'étirer comme de la pâte à pain, déchirant ses vêtements, brisant ses colliers et ses anneaux pour se transformer en une belette glabre aussi massive qu'une vache, dotée de trois paires de seins lourds sous lesquels la tête médusée de la voyante pendait comme une septième mamelle. Si le milliardaire s'accrocha à l'une des pattes arrière de la démone, qui ressemblait encore à une jambe, tous les convives à l'entour s'écartèrent en hurlant quand la chose déploya des tentacules pour les étreindre, émettant un cri strident de jouissance par la vulve dentée qui lui servait de bouche.

Méliès, torse nu, n'eut pas le temps de planter sa caméra pour immortaliser la scène qu'un autre concert de cris fusa de la grande cohue, semblable à un chœur d'acclamations : allongé de tout son long sur une chaise à porteurs employant plus de vingt gardiens, Choronzon faisait son entrée. Le Grand Sénéchal du Maître, dont la taille avoisinait les trois mètres, avait une tête d'escargot dotée de trois tentacules oculaires et coiffée d'un gros turban bleu. Son corps, paré d'atours fastueux – torque en or massif, gilet noir aux motifs sertis de joyaux, pagne de soie mauve –, évoquait un gigantesque rat aux pattes pourvues de mains.

Ne tenant plus en place, Crowley voulut traverser la foule pour aller au-devant du seigneur auquel il avait prêté allégeance, mais fut arrêté dans son élan par de nouvelles exclamations : « Regardez ! Regardez ! » s'écriait-on autour de lui en levant le nez. Dans l'air sombre et embrumé au-dessus de l'esplanade, des démons ailés sillonnaient les airs autour de la silhouette plus massive de Zébulo, seigneur des épidémies et garde des Sceaux de l'Outremonde, qui n'allait pas tarder à se joindre aux festivités.

Cependant, un autre objet volant attira l'attention de Crowley. À quelque distance au-dessus de l'océan de nuages, une montgolfière flottait en direction de la presqu'île, poussée par les vents du crépuscule outremondain. L'enveloppe noire du ballon, qui glissait à une vitesse insolite, s'entourait d'un halo ambré, comme si elle s'était détachée de l'astre obscur en passe de disparaître derrière l'horizon.

Le seigneur Crépito – puissant gorille à tête de crapaud, doté d'énormes testicules tatoués bringuebalant sous une cotte de mailles rutilante – ainsi que Baalalith – mante religieuse couverte de voiles diaphanes, pourvue d'un buste de femme et d'yeux de diamant – étaient apparus parmi les hôtes du Symposion, semant terreur et émerveillement, quand enfin l'aérostat arriva à la verticale de la grande scène de pierre. Sans prévenir, trompes et tambours se turent, les clameurs cessèrent et un silence surréel s'abattit sur la foule. Une puissante impression de déjà-vu s'empara des convives, comme s'ils étaient entrés de plain-pied dans un souvenir grandiose et oppressant, enfoui dans les caveaux de leur mémoire depuis la nuit des temps.

La nacelle – dont d'obscures légendes voulaient qu'elle fût tressée, en guise d'osier, avec des ongles et des cheveux de cadavres qui continuaient de pousser – toucha le sol. Bélialo s'empressa de l'amarrer et une ombre sauta par-dessus le garde-corps du macabre habitacle. D'aucuns crurent un instant que c'était un gardien, son agilité pouvait le suggérer, mais la surprise fut générale quand on vit qu'il s'agissait d'un tout petit homme.

Sa queue-de-pie et son gibus rouges lui donnaient une allure de M. Loyal, mais son jabot, son gilet brodé tendu par son énorme panse, sa culotte et ses chausses enveloppant de petites jambes malingres, ainsi que ses souliers noirs à grosses boucles évoquaient plutôt un bourgeois du XVIIIe siècle. Son visage, ourlé d'un triple menton et flanqué de deux grandes oreilles allongées, ressemblait à une boule de cire rosâtre modelée à la hâte, sertie de petits yeux bleus rapprochés, sans sourcils, flanquant un long nez tordu. Chacun dans l'assemblée percevait ces détails non pas à travers ses yeux, mais par les images mentales que suscitait cette apparition, réminiscences d'une présence abhorrée, associée à d'horribles souvenirs d'enfance.

Quand le Maître, car ce ne pouvait être que lui, avança jusqu'au-devant de la scène et étira ses fines lèvres en un sourire trop large, orné d'une abondante bave blanche aux commissures, le dégrisement fut général et soudain.

Confrontés au pire reflet d'eux-mêmes, les hôtes furent envahis par un irréfrénable sentiment de honte, comme si, dans un regain de pudeur radical et subit, ils avaient pris conscience de la débauche à laquelle ils venaient de se livrer. Dans un grand affolement, on se rhabilla ou couvrit sa nudité avec ce qui tombait sous la main, geignant, pleurant d'embarras, écrasé par un dégoût de soi si puissant que certains en vomirent, découvrant à leurs frais que la morale était le lien le plus solide qui les enchaînait à leurs démons.

Tandis que Sa Majesté de l'Outremonde, par la seule force de son aura, rabaissait les hôtes au niveau des détritus qui jonchaient l'esplanade, les seigneurs se dégagèrent de la foule humiliée, grimpèrent sur la scène et allèrent s'incliner devant le Maître, qui se déculotta pour recevoir d'eux le rituel baiser anal. À la suite de quoi les notables de l'Outremonde se rangèrent derrière l'homoncule, qui alla s'asseoir sur le rebord de la plate-forme, Bélialo debout près de lui, son Livre ouvert à la main.

— Chers amis ! tonna le Chambellan. Que les hôtes concernés s'approchent pour les audiences ! Et qu'ils commencent à exposer leurs projets.

Dans l'assemblée, savants, inventeurs et industriels se ressaisirent, échangeant des regards pleins de crainte et d'hésitation – « Est-ce vraiment à nous ? » semblaient-ils se demander en silence. Ils furent une quinzaine à s'approcher de la scène, tout débraillés, subjugués par le magnétisme du Maître et de sa cour, aussi peu fiers que des hérétiques face à un tribunal de l'Inquisition.

Ils s'arrêtèrent à distance respectueuse du Maître et poussèrent l'un d'eux en avant.

— Eh bien, hum... Mes collègues et moi-même divergeons sur plus d'un sujet, mais sommes d'accord sur une chose : la surpopulation mondiale sera le grand fléau de l'avenir...

— Non ! La montée des océans !

— Peuh ! Le vrai danger vient de l'espace ! Des espions vénusiens sont déjà parmi nous !

— ... Aussi ai-je mis au point un système qui la palliera des plus épouvantables façons, poursuivit-il, car il ne s'agit pas d'éliminer l'espèce, mais de perpétuer les conditions de son mal-être.

Le savant qui avait pris la parole en premier se lança alors dans l'exposition – fréquemment interrompue par ses voisins – d'une stratégie impliquant déportations de masse, infrastructures, innovations chimiques et mécaniques et moyens militaires, déclinable à vaste échelle sous toutes les latitudes, quelles que soient les populations concernées. Malgré le brouhaha, le Maître souriait, la tête penchée et les yeux mi-clos, comme sous le charme d'une mélodie cristalline.

— Balivernes ! Si l'on veut accroître la souffrance et la peur, qui sont les seuls investissements sûrs, mieux vaut laisser les hommes proliférer !

— Vous avez raison ! Dans ce cas, mon projet de bombe à l'atome…

— L'atome ? Sottises ! Le futur appartient aux virus ! Aux bactéries !

Pendant la querelle, Bélialo voyait changer les signes sur les pages de son Livre. Dans cette phase du Symposion, il suffisait que les idées et les projets formulés par les hôtes arrivent aux oreilles du Maître pour que les bulles de probabilités historiques des décennies à venir s'en trouvent modifiées. Peu importait que Sa Majesté les approuvât. Par un mystère impénétrable, même pour le Chambellan, il suffisait qu'Il les entende, sans nécessairement les écouter, pour que ces embryons de cauchemar aillent se nicher au fond des cerveaux des hommes, où ils germeraient et fructifieraient rapidement avant de sévir de par le monde.

— Il faudra bien qu'une majorité des gagnants perdent, si on veut faire enfler nos dividendes !

— Machinisons tout le monde une bonne fois pour toutes !

— Bourrons-leur le crâne de rêves stériles et de désirs futiles ! À ce sujet, mon télorama…

— Leur petit bonheur devra dépendre de choses qui les détruisent à petit feu !

— Oui ! Donnons-leur chaque jour une bonne raison de porter le deuil !

— La peur, c'est de l'argent !

Le plus surprenant, songeait Bélialo en contemplant les métamorphoses du Livre, était qu'aucun de ces sinistres projets ne semblait échapper aux oreilles du Maître. Même si leur inventeur respectif n'arrivait pas à en placer une, le « plastikon », matériau révolutionnaire, et le « télorama », appareil de surveillance universelle, obtenaient soudain un potentiel anxiogène des plus formidables et étaient voués à un prodigieux succès, amplifié par mille et une variantes.

Les propositions de cette édition du Symposion étaient du meilleur cru. Toutes conçues sur le modèle du remède empoisonné et potentialisées par l'avancée fulgurante de la technologie, comme cette « bombe à atomes », les effets combinés de ces inventions dépassaient de très loin tout ce que ces champions de la finance ou des sciences pouvaient imaginer. Sans doute se seraient-ils ôté la vie ou arraché les yeux à la vue des monstruosités que Bélialo, incrédule, observait dans son Livre. Aucun doute, le siècle qui commençait était une très grande cuvée pour les démons.

On continuait de se chamailler quand le Maître bâilla, échangea un bref regard avec son Chambellan, puis, d'un large geste, transforma les débatteurs en gros cafards bruns qui s'égayèrent sur le sol dallé.

La foule qui s'était recomposée en demi-cercle autour de la scène eut un mouvement de recul et quelques cris retentirent avant qu'un silence glacial ne reprenne ses droits sur l'assistance envoûtée par cet enfant vieillard horriblement familier qui balançait ses petites jambes atrophiées.

Bélialo s'éclaircit la voix.

— Le concours de sorcellerie va maintenant commencer, en avance sur le programme, car tel est le bon plaisir du Maître ! annonça le démon, qui sans attendre appela le premier concurrent.

Sri Sri Amanugar Sindh, un Indien qui depuis le début des festivités avait fait preuve d'une sobriété scrupuleuse, se détacha du petit groupe de Bullington. Chargé d'un sac oblong en bandoulière, il alla s'incliner devant le Maître, puis devant la démone qui le parrainait – Baalalith répondit au salut en hochant sa tête de mante aux yeux de diamant –, avant d'aller se placer au centre de l'aire spécialement dégagée pour la compétition.

Dans le silence général, le fakir ôta ses sandales, ses pantalons bouffants, sa tunique seyante brodée d'or, le pagne qui lui servait de sous-vêtement et, enfin, son turban rouge, libérant une barbe fournie et une longue chevelure noire. Il écarta les bras, exhibant aux démons et aux hommes son corps nu labouré de cicatrices, aussi sec qu'une branche de bois sombre séchée au soleil, puis tira de son sac un long cimeterre qui scintillait à la lueur des feux.

— J'aurais besoin de l'assistance d'une hôtesse, dit-il en langue de l'abîme, et de trois gardiens.

Une fois exaucé, Sindh s'entretint brièvement avec l'hôtesse, lui remit le cimeterre, se posta à deux pas devant elle, les bras ouverts à l'horizontale, puis murmura quelques mots à part lui. Quand le mouvement presque imperceptible de ses lèvres eut cessé, la houri fit quelques moulinets avec la lame avant de l'abattre sur le poignet droit de l'homme, envoyant sa main rouler au sol. L'hôtesse trancha l'autre main, puis les avant-bras, un pied, l'autre, pour enfin s'acharner avec une élégante férocité sur le corps tombé à terre. Ayant coupé la tête en quatre, elle essuya le cimeterre sur sa cuisse nue et, reculant de quelques pas, fit un signe aux gardiens qui se jetèrent avidement sur les quartiers de viande sanguinolents. Avec une rapidité sidérante – sous les regards amusés des démons et ceux, glacés d'horreur, des humains – les gardiens firent place nette, ne laissant du cadavre d'Amanugar Sindh que la cage thoracique et le bassin vidés de leurs organes, qu'ils se disputèrent mollement.

On se demandait ce qui pouvait bien faire suite à une telle mise à mort quand soudain les trois créatures s'affaissèrent et se recroquevillèrent en se tenant le ventre. Elles roulèrent et se tordirent sur le sol ensanglanté en poussant des cris rauques, puis s'arquèrent, comme si tous leurs muscles s'étaient bandés d'un coup, tandis qu'elles subissaient une prodigieuse métamorphose. Leurs pattes horribles se transformèrent en jambes, leur torse et leurs bras se fuselèrent, un sexe apparut là où un instant auparavant ne se trouvait qu'une peau écailleuse, une barbe et de longs cheveux noirs poussèrent sur leur tête.

Trois clones du fakir étaient maintenant étendus à terre. Comme un seul homme, ils se levèrent, exécutèrent chacun un tour complet sur eux-mêmes, puis firent face au Maître et aux seigneurs, le visage impassible, leurs six yeux noirs brûlant d'une égale ardeur.

L'un des trois sosies alla chercher le cimeterre que tenait toujours l'hôtesse, se plaça derrière ses deux sosies et les décapita chacun d'un coup sec. Ensuite, le dernier fakir resté debout posa la longue lame recourbée, joignit les mains devant son cœur à la façon des Indiens et s'inclina devant le Maître, dont les francs applaudissements déclenchèrent ceux de l'assistance.

« Très impressionnant », ne put s'empêcher de penser Crowley tout en épiant l'expression des autres sorciers dans la foule, tandis que Sindh se rhabillait et qu'on emportait les restes de ses clones. « Très jolie combinaison de nécromancie et de polymorphisme sur le thème vieux comme le monde du fakir démembré. »

Bélialo appela le concurrent suivant. Avec un bond prodigieux qui le propulsa bien au-dessus des têtes et une dizaine de pas en avant – au ralenti, comme si la gravité eût pour lui cessé d'exister –, La Mare se dégagea de la foule. Un deuxième bond l'amena pile à l'endroit où Sindh se tenait auparavant, sur le dallage encore taché de sang. Il atterrit en souplesse, avec une légère flexion des genoux, et fit une double courbette, la première adressée au Maître et l'autre à Crépito, son protecteur.

La Mare portait un heaume médiéval en forme de pain de sucre qui détonnait avec sa tenue de soirée en désordre. Le poète-thaumaturge releva la visière du casque et considéra l'assemblée en lissant sa petite moustache blonde. Crowley, estomaqué, ne put s'empêcher d'éprouver pour lui un terrible embarras.

— Mesdames et messieurs, seigneurs de l'Outremonde et Votre Majesté, je serai bref. Nous, les sorciers, sommes tous experts en conjuration, en nécromancie, envoûtements, etc., n'est-ce pas ? Par conséquent, au lieu de m'exhiber dans la variante d'un tour connu de tous, j'ai préféré – comme le règlement m'y autorise – me présenter à vous avec un objet des plus extraordinaires que j'offrirai à Sa Majesté après vous avoir fait la démonstration de ses pouvoirs. Cette merveille, vous l'aurez deviné, c'est celle que je porte sur ma tête et que j'ai retrouvée au péril de ma vie dans certain souterrain de l'arrière-pays nantais. Admirez le heaume de Gilles de Rais !

La Mare hocha fièrement la tête, puis reprit :

— Ne vous êtes-vous jamais demandé comment ce noble élevé dans la soie et le confort de son château s'était forgé une réputation de farouche guerrier ? Ou comment, s'étant retiré des champs de bataille pour s'adonner à une existence de plaisirs et de vices, il acquit une renommée de mage noir ? Eh bien, ce casque est au cœur de toutes les explications. Mais trêve de bavardage ! Monsieur Sindh, accepteriez-vous de me rejoindre avec votre joli sabre ?

L'Indien, qui finissait de reboutonner sa tunique, sourcilla. Ayant échangé quelques mots avec Bullington, il fit non de la tête et passa son cimeterre à l'une des hôtesses, qui alla se placer près du sorcier français.

— Ah, la confiance règne, je vois ! Qu'à cela ne tienne, votre assistante fera parfaitement l'affaire.

La Mare se tourna vers l'hôtesse, ferma le heaume et, prenant une pose qui rappelait celle du fakir, écarta les bras.

— Allez-y, frappez.

L'hôtesse porta un rapide fendant, mais à proximité du cou la lame fut violemment déviée par un de champ de force invisible. D'un geste de la tête, La Mare l'invita à réessayer, mais ses autres tentatives visant les bras ou les jambes se soldèrent par le même résultat.

— C'est bien, cela peut suffire, dit La Mare en rouvrant le casque.

Le sorcier s'inclina en direction de la scène et quelques applaudissements partirent du public : ceux d'Armand Duplex et de son petit cercle.

— Merci, vous êtes trop bons… Je remercie aussi, malgré tout, notre ami des Indes britanniques – nos exhibitions ne sont-elles pas complémentaires ? Mais ne vaut-il pas mieux rester entier plutôt que de se faire couper en morceaux ?

Il rit de sa propre plaisanterie puis se tourna de nouveau vers le Maître, dont les jambes avaient cessé de balancer. Crowley, au premier rang, vit que le poète-thaumaturge, soudain pétri de trac, transpirait à grosses gouttes.

— À présent, je vais vous dévoiler les autres pouvoirs de ce petit bijou, qui permet également à son porteur de lire dans les pensées d'autrui. Maître, si vous le permettez, je vais faire un essai avec vous.

« Aïe », pensa Crowley, jubilant à part soi.

La Mare ferma les yeux, se concentra. Il y eut un court moment de stase et de silence, rehaussé par le crépitement des flambeaux et des feux. Soudain, le Maître impassible eut un tressaillement de paupière : dans un strident bruit de tôle, le casque se froissa comme une vulgaire boule de papier d'argent, broyant la tête qu'il contenait dans une giclée de sang. Le concurrent tomba raide mort.

On emporta le cadavre et la compétition continua. Après un illusionniste persan qui, terrorisé, jugea bon de passer son tour, Yeva Sciaitanka, une sorcière sibérienne au corps entièrement tatoué, ouvrit une profonde brèche dans le sol pour rappeler d'entre les ombres ses consœurs des temps passés. Une théorie de spectres de femmes à l'apparence décharnée, parfois brûlée quand elles avaient fini sur le bûcher, sortit de la crevasse rougeoyante pour défiler devant le Maître, qui les avait toutes saillies lors de différents sabbats. Au terme de cette exhibition, Sa Majesté de l'Outremonde semblait si ravie – un accès de sentimentalité qui ne laissa pas d'étonner Crowley – que Sri Sri Amanugar Sindh craignit pour son primat. La sorcière russe, cependant, voulut trop en faire. Pour couronner ses prouesses nécromantiques, la Sciaitanka essaya de ramener La Mare à la vie mais ne réussit qu'à permettre à un esprit malin de se glisser dans le corps de son collègue, dont la dépouille possédée dut être jetée aux flammes.

Quand Bélialo annonça « frère Perdurabo », Crowley, muni de son tableau, s'avança avec l'assurance d'un empereur romain parmi une foule de barbares vaincus. Il s'arrêta à l'endroit où la crevasse de la sorcière russe s'était magiquement refermée et esquissa une courbette en direction du Maître, puis de Choronzon.

— Ce pauvre La Mare avait raison, dit-il, tourné vers l'assemblée. Il est facile de devenir expert en illusion, nécromancie ou conjuration, car il suffit de lire les bons livres. Quant à posséder une relique des grands maîtres d'antan, c'est une autre affaire. Ce sont ces objets capricieux qui choisissent leur propriétaire et infléchissent leur destin plutôt que l'inverse, prouvant par là même la valeur de l'heureux élu. Or, celui que je m'apprête à vous présenter demeurera dans les annales des arts maudits comme l'un des plus beaux joyaux à avoir jamais vu le jour. De quoi s'agit-il ? D'une arme absolue ? De notre pire faiblesse ? D'une promesse ? D'un cauchemar ? D'un miroir ? De la vérité nue ou de la somme de nos erreurs ? Qui sait. Tout cela à la fois, probablement. C'est un tableau, en tout cas. *La Naissance de Méduse*.

Crowley-Perdurabo exposa aux regards la housse de velours noir qui contenait la toile. En voyant les pages de son Livre se brouiller au point de devenir illisibles, Bélialo blêmit.

— Cher Maître, reprit Crowley, peut-être vous souvenez-vous que votre favorite de l'époque a posé pour le peintre, qui lors de ses transes a même séjourné sur votre île, au large de la falaise où nous nous trouvons actuellement. Ce qui fait de Sokov l'un des rares sorciers de l'histoire à s'être aventurés sur l'abîme de Wodh.

Le Maître plissa les yeux, sembla se renfrogner. Crowley eut une expression de surprise appuyée, comme dans les comédies muettes au cinéma.

— Seriez-vous en train de me tester ? Son corps astral doit encore être en train d'errer dans les plaines des antimondes. Quant à son corps mortel, il s'est consumé dans un incendie à Paris, à la suite des ordres que vous-même aviez donnés.

— Moi ?

Un frisson parcourut l'assemblée quand, pour la première fois, la voix nasarde et horriblement ordinaire du Souverain se fit entendre, laissant tomber ce petit mot.

— Sokov était votre héritier, ce qui sans doute mit du piment à ce meurtre, même si vous aviez alors toute une descendance dont il fallait aussi vous débarrasser à l'approche du Symposion. Pourquoi risquer que quelqu'un vous gâche la fête ?

Le Maître se tourna vers Choronzon, qui hocha sa monstrueuse tête de gastéropode enturbannée, puis vers Bélialo, qui soupira.

— Allons, finissons-en, quelle est cette croûte dont vous êtes si fier ?

Nombreux furent ceux, au ton impatient du Maître, à espérer voir Perdurabo finir comme La Mare, mais le sorcier ne perdit rien de sa morgue et avança vers la scène en dénouant les cordons du sac noir.

— *La Naissance de Méduse*, cher Maître, est le chef-d'œuvre insurpassable de Sokov. Le peintre le savait, car après ce tableau il n'a plus rien produit, préférant consacrer le reste de son existence mortelle aux drogues, aux orgies et à ses voyages visionnaires, qui lui offraient l'éventail inépuisable des plaisirs outremondains. Mais il suffit, regardez.

Crowley laissa glisser le sac et exhiba le tableau aux seuls occupants de la scène. Aussitôt les démons se figèrent et leurs mille façons d'yeux s'écarquillèrent si brusquement que Crowley crut un instant les voir se pétrifier comme de vulgaires humains. Mais il n'en fut rien. Certains seigneurs se détournèrent et d'autres, tels Bélialo et Choronzon, demeurèrent interdits, les yeux happés par l'image qui s'offrait à eux.

— Admirez, dit Crowley avec emphase, comblé par ces effets inespérés, l'effroyable source de l'être et de la beauté, le mystère de la grandeur de l'homme et de ses démons, de leur soif de puissance et de leur vocation pour l'anéantissement.

Une sorte d'émoi affleura sous l'expression du Maître, qui parut soudain aussi vulnérable qu'un vieillard impotent assis sur un banc de square – jusqu'à ce que quelques mots finissent par tomber de sa bouche tremblante.

— Il me le faut.

Une rumeur parcourut le public. Tandis que les seigneurs faisaient des commentaires en langue de l'abîme, Crowley, satisfait, renfourna à la hâte le tableau dans sa housse. La réaction du Maître faisait clairement de lui le grand gagnant du concours.

Il jubilait à part soi quand une voix retentit au-dessus du brouhaha du public, déchirant l'air comme les trompettes de l'apocalypse.

— Pas si vite !

Rouge de colère, Woodcock surgit de la foule et alla se planter près du sorcier.

— Ma patience a des limites ! Ce tableau est à moi ! Si quelqu'un le veut, c'est avec moi qu'il doit parler ! Et vous, là, dit-il en pointant le doigt vers un Bélialo interdit, pourquoi ne m'avez-vous pas annoncé en même temps que Perdurabo ?

Le Chambellan et le Maître échangèrent un regard ébahi. Tout le monde s'attendait à ce que la soirée de Woodcock s'achève en queue de poisson, mais le Souverain partit d'un grand rire nasillard.

— Excellent ! Je les prends tous ! Le petit gros, là – il fera un excellent bouffon ! Choronzon, dis à ton lèche-bottes de m'apporter ce tableau ! À genoux !

Il n'avait pas dit ces mots qu'une autre voix se fit entendre, celle d'Armand Duplex, qui à son tour sortit de l'assistance en jouant des coudes.

— Je proteste ! Ce tableau appartient à notre loge ! Cet Américain de malheur et son pitre d'outre-Manche nous l'ont volé !

L'hilarité du Maître redoubla et se transmit aux seigneurs qui commencèrent à caqueter, croasser, glousser. Quelques gardiens sur le qui-vive s'étaient rapprochés et n'attendaient qu'un signe pour mettre les trois hommes en charpie.

— Mensonges ! tempêta Woodcock. C'est nous qui avons été victimes d'un vol commis par l'un de vos confrères – dont vous étiez les complices, bien entendu !

— Comment ? Quelle audace !

— Messieurs ! intervint soudain Crowley qui, toujours dos au public, s'était écarté de Woodcock et Duplex comme pour s'en démarquer. Ayez au moins la curiosité d'admirer ce pour quoi vous vous querellez.

Quand les deux hommes tournèrent la tête, le sorcier sortit à nouveau la toile et leur présenta.

L'effet fut immédiat, époustouflant. Saisis en pleine stupéfaction, le Français et l'Américain furent pétrifiés sur-le-champ. Des cris d'épouvante s'élevèrent de la masse des convives, dont certains se jetèrent face contre terre de peur que Crowley ne brandisse le tableau sous leur nez. Mais le sorcier se hâta de ranger la toile et se contenta de sourire en réponse à l'hilarité redoublée du Maître.

— Impayable ! Je vous déclare vainqueur ! Bravo !

Choronzon éructa un brame de triomphe par un sphincter qui s'ouvrit dans sa tête de gastéropode, ses trois antennes pourvues d'yeux dressées sous son turban, et Crowley s'inclina devant le Maître à la façon d'un chef d'orchestre, mais des protestations se firent entendre dans le public en émoi.

— Montre-nous ce que tu sais faire sans accessoire ! lança une voix à l'accent slave dans l'entourage de la Sciaitanka.

— Ce concours est truqué ! cria Bullington, suscitant quelques approbations.

Bélialo se pencha, s'accroupit presque pour s'entretenir avec le Souverain.

— Maître, je crains qu'il ne soit impossible de désigner un vainqueur à ce stade.

— Plaît-il ? L'impossible fait mauvais ménage avec mon bon vouloir, qui est le seul étalon en toute matière.

— La tradition veut que le concours se termine quand tous les concurrents ont eu la possibilité de s'exhiber. Autrement c'est la compétition entière qui serait invalidée.

— Crois-tu vraiment que ces formalités puissent me faire changer d'idée ?

— Bien sûr que non, répondit le Chambellan en levant un sourcil avisé, mais les conséquences ne se feraient pas attendre. Je vous rappelle que le Symposion n'est pas un sabbat comme les autres. C'est une cérémonie de succession.

Songez à combien il serait pénible de devoir écouter les doléances des seigneurs, d'arbitrer leurs querelles, voire de mater leur rébellion.

— N'est-ce pas ce que je fais en permanence ?

— Certes, mais une irrégularité du Symposion leur donnerait un motif légitime pour laisser libre cours à des rancœurs et des soifs de pouvoir qui couvent depuis très longtemps. Même si votre trône n'en était pas menacé, l'Outremonde deviendrait vite ingouvernable.

— Soit ! Mais finissons-en rapidement ! J'ai hâte d'accrocher cette merveille dans mon salon et de m'amuser un peu avec ce Perdurabo.

— C'est une bonne décision. Sans compter que le concours a peut-être encore quelques surprises en réserve. Qui sait ?

Le Maître se renfrogna et d'un geste dédaigneux fit signe au Chambellan de reprendre son office. Ignorant Choronzon, qui à son tour s'était accroupi près du Maître pour faire valoir ses raisons, Bélialo se tourna vers la foule.

— Silence ! Faites silence ! tonna-t-il. Nous appelons maintenant le concurrent parrainé par Mordechaï Azra et votre serviteur, Viktor Tombo !

À son tour, Viktor sortit du public. Personne jusqu'alors n'avait vraiment fait attention à lui. Était-ce à cause de la sobriété de sa tenue – sa redingote et son haut-de-forme noirs étaient moins exotiques que les mises de certains concurrents – ou de sa discrétion, que l'on eût pu confondre avec de la timidité ?

Quoi qu'il en fût, son charisme subjugua tous les convives. En le toisant, les messieurs se sentirent soudain rapetissés par une élégance et une assurance qui suggéraient une suprême expérience des planches. « Comment puis-je ne pas l'avoir remarqué ? » se surprirent à se demander certaines dames, tandis que les sorciers s'interrogeaient : « Son numéro a-t-il déjà commencé ? Ce Tombo est-il un maître ès envoûtements qui agit sur les consciences comme un charmeur de serpents ? »

Passant près de Crowley et des deux statues comme s'ils n'existaient pas, Viktor avança jusqu'au pied de la scène, sous le regard intrigué des seigneurs. Le Maître tiqua, comme s'il connaissait déjà le concurrent, sans toutefois pouvoir l'identifier.

Tombo tendit une longue main pâle à Bélialo, qui se pencha pour la serrer. Au moment précis où les mains du prestidigitateur et du Chambellan s'imbriquèrent, de nouveaux hurlements retentirent.

Une bande de gardiens fit irruption en traînant par les jambes deux militaires dont les cris de frayeur se mêlaient à leurs rugissements. Les bêtes jetèrent les hommes devant la scène et les rouèrent de coups jusqu'à ce que Choronzon leur braille l'ordre de s'écarter.

Lentement, les deux soldats roulés en boule se déplièrent et regardèrent autour d'eux, hallucinés.

Aimé, sous le choc, le nez pissant le sang, ne comprenait pas ce qu'il voyait. Tout ce sur quoi il posait les yeux accroissait son effroi. Ces êtres hybrides qui les avaient capturés, ces dizaines de personnes débraillées et effarées qui les observaient, ces deux statues criantes de réalisme – plus rien n'avait de sens. Et là, entre la foule et les statues, n'était-ce pas Viktor Tombo et… Crowley ?

Balbutiant des mots incompréhensibles, Mâchefer agrippa le bras de son subalterne et l'obligea à se retourner. Quand Aimé vit les six seins de Jézébel, la tête de limace de Choronzon, les yeux sublimes de la mante Baalalith et les bourses illustrées de Crépito, son esprit faillit imploser comme une ampoule.

— Qui sont ces drôles ? demanda un petit homme qui parlait du nez et dont la hideur rivalisait avec celle des monstres qui l'entouraient.

— Ah ! vous voilà ! intervint aussitôt Viktor. Maître, Chambellan, voici mes assistants. Ne les voyant pas arriver au départ de l'Hypnos, je croyais devoir me débrouiller sans eux, mais ils ont réussi à nous rejoindre – tant mieux !

— In extremis ! ajouta Bélialo, qui avait reconnu Aimé. Malgré les courants d'événements contraires et imprévisibles dont son Livre faisait état, ses efforts avaient fini par porter leurs fruits. Comment ont-ils fait pour arriver jusqu'ici par leurs seuls moyens ? Mystères du Symposion !

Démons et humains étaient pendus aux lèvres du Maître, dont la grimace baveuse ne laissait rien présager de bon. Choronzon n'attendait que son signal pour lâcher les gardiens sur les intrus.

— Cela fait-il partie du spectacle ? demanda le Maître avec une ironie décevante pour ceux, dont Crowley, qui se réjouissaient à l'avance de voir Viktor dévoré comme les clones du fakir. Faut-il déjà applaudir ?

— Je crains que non ! dit Viktor en riant. Croyez-moi, je n'avais aucune intention de marier la sorcellerie à la clownerie.

— Alors faites votre petit numéro et finissons-en !

— Mais certainement, Votre Altesse, certainement, dit Viktor en s'approchant des deux soldats.

Quand Aimé saisit la main que Tombo lui tendit pour l'aider à se relever, il sentit un petit objet passer dans sa paume.

— C'est l'anneau de Bélialo, murmura le prestidigitateur qui avait subtilisé la bague en serrant la main du Chambellan, détruis-le pour sauver Mérie.

Bélialo ? Sauver Mérie ? Aimé, abasourdi, se retenait d'ouvrir la main pour regarder l'objet. Qu'est-ce que Mérie avait à voir là-dedans ?

C'est alors qu'il la vit parmi la foule. Vêtue d'une robe noire, elle avait à ses pieds une créature identique à celles qui les avaient attrapés et rossés, lui et le lieutenant, et le regardait sans sourciller.

— Allez, debout, dit Viktor en remettant Mâchefer sur ses pieds.

Tant bien que mal, Aimé, qui ne pouvait détourner les yeux de Mérie, commençait à remettre de l'ordre dans ses idées. Tout semblait trop réel pour être un rêve et trop fou pour être vrai, mais aucun doute, il était au Symposion. Il aurait certes préféré une entrée plus discrète, mais c'était déjà un miracle d'être arrivé à bon port. Il se rappela la raison de sa présence : tant qu'un souffle de vie l'animait, son premier souci devait être de mettre la main sur le tableau pour le détruire.

Pour cela, il devait trouver Parks. Mais où était cette charogne ? se demanda-t-il en scrutant l'assistance.

— Messieurs, en position, dit Tombo aux soldats.

À leur grande surprise, comme si l'ordre avait contourné leur jugement pour agir directement sur leurs membres, Aimé et Mâchefer se mirent en mouvement, spectateurs de leurs propres gestes, et se placèrent debout côte à côte dans l'espace dégagé entre le public et la scène, tournant le dos aux démons.

Viktor s'éloigna de quelques pas, puis se retourna pour faire face à ses deux assistants.

— Très chers hôtes du Symposion, seigneurs et Maître de l'Outremonde, je vais maintenant exécuter un tour qui vous clouera sur place !

Le ricanement de Crowley se fondit dans la rumeur – on était outré, ravi, estomaqué par tant d'arrogance. Si ce sorcier tenait promesse, tant mieux, autrement sa chute serait à la hauteur de sa présomption.

Aimé, le front emperlé de sueur froide, immobilisé par une force irrésistible, remarqua en roulant les yeux le sac noir que Crowley tenait contre lui. Ce sac, cette forme, il les connaissait. Si Crowley détenait le tableau, cela signifiait que Parks avait été évincé d'une façon ou d'une autre. Ou était-ce Crowley qui, cette fameuse nuit, l'avait agressé au sortir de l'atelier hermétique ? Peu importait à présent.

Cependant, Tombo, concentré, regardait les militaires comme pour les faire disparaître par la pensée. Le public retint son souffle. Viktor leva un bras – et l'abaissa d'un geste fulgurant.

Un projectile siffla entre les têtes d'Aimé et Mâchefer, qui tressaillirent, et les seigneurs ne comprirent qu'un objet avait été lancé dans leur direction que lorsque le Maître fut touché en plein front.

Le long dard d'ivoire perfora l'avant du crâne, le traversa et pointa hors de l'occiput. Le Maître entrouvrit la bouche, ses petits yeux louchèrent vers le croc fiché dans sa tête. Un filet de sang noir coula de la blessure, le long de son nez, de sa joue, de son menton. Enfin, Sa Majesté eut un soubresaut et s'écroula comme un pantin dont on aurait tranché les fils.

Une clameur s'éleva de l'assistance et les seigneurs, dans une tempête de jurons en langue de l'abîme, s'écartèrent du Souverain mort et de l'arme qui l'avait terrassé. Choronzon brama un ordre et des gardiens se ruèrent vers Tombo, qui stoppa leur élan d'un geste de la main.

— Tout doux, mes petits, tout doux, dit Viktor aux quatre créatures qui s'aplatirent aussitôt.

Cependant, Aimé et Mâchefer, de nouveau libres de leurs mouvements, profitèrent du désordre pour se fondre dans la foule.

Choronzon rugit et sauta lourdement au bas de la scène. Il n'aurait fait qu'une bouchée de Viktor si Bélialo, plus vif, ne s'était précipité pour s'interposer entre le Sénéchal et son protégé.

Le Chambellan se dressa de toute sa hauteur.

— Gardez votre calme et faites silence ! hurla-t-il. En tant que premier officiant du Symposion, je vous demande de m'écouter !

Les convives, qui avaient commencé à se replier vers le fond de l'esplanade, avec l'idée pour certains de regagner le train, se figèrent dans leur élan, tandis que sur la scène les seigneurs en alerte se tournèrent vers Bélialo. Qui d'autre que lui, parrain de Tombo, avait pu méditer ce coup d'éclat ? Mais il se pouvait que plus d'un seigneur fût du complot et nul ne savait de quel côté le vent allait tourner.

— Le Maître est mort ! Vive le Maître ! s'exclama Bélialo en levant les bras vers le ciel noir.

La clameur du public fut couverte par les protestations des autres seigneurs.

— Quoi ? réagit le Chambellan, dois-je vous rappeler que le Symposion est avant tout un rite de succession ? Tombo n'a fait que réitérer l'acte que le Maître avait lui-même accompli aux dépens de son prédécesseur. Et maintenant, en tant que seul héritier légitime, il revendique le trône !

— De qui te moques-tu, Bélialo ? vociféra Choronzon en langue de l'abîme, grondement orageux dont les humains terrorisés ne saisissaient que le ton menaçant. C'est toi qui as ourdi ce complot !

Le Chambellan partit d'un grand rire.

— Quel complot ? C'est toi qui avais pour tâche d'éliminer la descendance du Maître – tu as failli à ta mission !

— Qu'est-ce qui nous prouve que tu dis vrai ? Qu'il n'est pas un imposteur ? intervint la mante Baalalith, en pointant l'une de ses longues pattes vers Tombo.

— Mais ma très chère, tout est documenté par les protonotaires. Mettrais-tu en doute l'intégrité de Zébulo ou la fiabilité de ses services ?

Sur la scène, Zébulo, garde des Sceaux de l'Outremonde et superviseur des protonotaires, se tenait droit comme un piquet, son œil unique impassible au milieu de sa tête de chauve-souris, ses deux ailes membraneuses croisées sur sa poitrine.

— Je confirme que Viktor Tombo est né de l'union du Maître et d'une mortelle dont le corps, au moment du coït, était possédé par la Grande Mérétrice, dit Zébulo d'une voix stridente. L'accouplement eut lieu lors d'un sabbat auquel Jézébel et moi-même étions conviés et donna lieu à la naissance de deux jumeaux, dont Tombo est le seul survivant. Par ailleurs, en présence de témoins officiels, ledit Tombo s'est lui-même accouplé avec la Mérétrice, mère de sa part outremondaine, dont il a aussi contemplé le véritable visage, comme l'exige le rituel de l'inceste royal.

Tandis que Zébulo faisait cette déclaration, les seigneurs se déplacèrent lentement sur la scène, formant deux groupes de part et d'autre de la dépouille du Maître, qui se liquéfiait lentement.

— Mérétrice, ici présente, dans le corps que Tombo a possédé ! ajouta Bélialo en désignant la Paradis.

Tous les regards se tournèrent vers Éléonore, dont celui d'Aimé auquel les mots du démon firent l'effet d'un coup de gourdin. La lumière se fit, son cœur se serra. Bien qu'il ignorât le mot de « mérétrice », les dires de Zébulo en illustraient suffisamment le sens et éclairaient ce que Tombo lui avait dit en glissant l'anneau dans sa main. Mérie était donc « possédée » par une démone lubrique dont la destruction du bijou l'aurait libérée. Cela expliquait le comportement incohérent de la jeune femme lors de leur dernière rencontre, et aussi – en passant – le fait que Viktor se fût « accouplé » avec sa petite amie. En un éclair, tout cela s'imbriqua et forma un schéma cohérent dans sa tête.

— Autre signe prouvant le bon droit de Tombo, poursuivit Bélialo, le flux des événements a mis entre ses mains l'une des rares armes capables d'occire le Maître. Aucun doute, nous sommes en présence de notre nouveau souverain ! Je propose de passer immédiatement à l'intronisation.

— C'est après la cérémonie que le coït doit avoir lieu, protesta Crépito.

— Si ça ne tient qu'à cela, Son Altesse n'aura aucun problème à renouveler l'exploit sous vos yeux, dit Bélialo en posant une main sur l'épaule de Viktor, qui continuait d'irradier une inébranlable aura de quiétude. Soudain, Crowley avança vers son rival.

— Vous voulez savoir si cet individu est bien celui qu'il prétend être ? s'écria le sorcier, les traits déformés par un rictus où l'ironie, la frustration et le défi se disputaient. Dans ce cas, messeigneurs, j'ai une méthode infaillible ! Nul autre que le Maître ou un démon de haut rang, ou un visionnaire de la trempe de Sokov, tel qu'il en naît un par siècle, serait capable de poser les yeux sur l'œuvre que je vous ai présentée tout à l'heure.

Viktor cilla, comme si la voix de Crowley l'avait tiré d'une profonde rêverie, et se tourna vers le sorcier qui déjà n'était plus qu'à trois pas de lui.

— Très bonne idée. Qu'attendons-nous pour lui faire passer cette épreuve ? demanda Choronzon.

Aucune voix, ni humaine ni démoniaque, ne s'éleva pour s'opposer à Perdurabo.

Il y eut un moment suspendu dans le temps gazeux de l'Outremonde pendant lequel tous les présents, hypnotisés par le face-à-face, semblaient s'être pétrifiés en masse avant même que Crowley n'eût sorti son tableau. L'attention d'Aimé, qui tenait encore l'anneau dans sa main moite, était tiraillée entre le sac noir et Mérie. Mâchefer, reprenant du poil de la bête, se demandait lequel des seigneurs pouvait bien être Ashtaroth – bien qu'il fût un peu tard pour se présenter à lui comme son champion. Azra, qui avait décampé le plus loin possible quand Crowley avait exhibé sa toile, s'était mis debout sur un tabouret humanoïde pour observer la scène par-dessus les têtes.

— Le moins que l'on puisse dire est que vous cachiez bien votre jeu, dit Crowley à Viktor en dénouant pour la deuxième fois les cordons de son sac. Chapeau, donc, mais la comédie est maintenant terminée. Fin de partie, mon cher Tombo.

— Quant à vous, répondit Viktor sur le même ton, force vous est d'admettre qu'il n'était écrit nulle part que vous remporteriez le Symposion – sauf dans les vagues brouillons de votre imagination. Peut-être pourrez-vous retenter votre chance, dans quelques siècles.

D'un geste brusque qui fit sursauter le public, Crowley laissa glisser le sac et présenta la toile à son rival. Viktor tressaillit et ses traits se figèrent à l'exception de ses pupilles, qui s'agrandirent comme si l'image en forçait le seuil.

L'espace d'un instant Crowley éprouva un sentiment de triomphe, car cette expression était bien celle des malheureux qui croisaient le regard de Méduse. Ce fut aussi celle qui s'imprima sur son propre visage quand Tombo, après cette courte crispation, soupira et se fendit d'un léger sourire.

— Ma foi, c'est en effet une œuvre des plus extraordinaires. Je comprends pourquoi feu mon père voulait l'accrocher dans son salon. Pardon, *mon* salon.

Le sorcier ne pouvait plus bouger. Les membres tétanisés, les pieds cloués au sol, la mâchoire serrée et les doigts crispés sur la toile, il voulut dire quelque chose, mais ne parvint à articuler que des syllabes décousues.

— Dites-moi, Crowley, reprit Viktor d'une voix doucereuse, après vous être donné tant de mal pour vous accaparer cette peinture, ne brûlez-vous pas d'envie de la contempler ? Allons, donnez-la-moi, je vais vous la montrer.

La même force impérieuse qui paralysait Crowley, et à laquelle il opposait toutes les fibres de sa volonté, l'obligeait maintenant à obéir. Le sorcier fut pris de tremblements, de grosses veines apparurent à la base de son cou et une grimace déforma son visage cramoisi par l'effort, mais malgré lui, centimètre après centimètre, ses bras se tendaient, offrant le chef-d'œuvre de Sokov au nouveau Maître de l'Outremonde.

— Allons, pourquoi faire durer ce supplice ? Fin de partie, Alex.

Un mince filet de sang s'écoula du nez de Crowley. Ses bras étaient presque entièrement tendus quand sa robe s'enflamma à hauteur de la poitrine, révélant au grand jour les amulettes chauffées au rouge à même la peau. « C'en est fini de toi », résonna une petite voix dans un coin du cerveau du sorcier, une rumeur plurielle où se mêlaient les murmures des démons et des hommes qu'il avait bernés, asservis ou tués au cours d'une fabuleuse carrière sur le point de s'achever.

Soudain, Choronzon, aussitôt imité par ses pairs, poussa un affreux cri de guerre. Tombo, surpris, relâcha son emprise sur Crowley dont les bras à nouveau libres effectuèrent un brusque mouvement circulaire, détournant le tableau vers les premiers rangs du public où une demi-douzaine d'infortunés furent aussitôt pétrifiés. Au même moment, une masse nébuleuse surgie de nulle part déferla sur l'esplanade, composée de centaines de démons éthérés qui se jetèrent les uns sur les autres dans un entremêlement de membres, de tentacules, d'appendices griffus, de gueules et d'yeux bestiaux, engloutissant tout sur son passage. Un vent d'épouvante souffla sur les hôtes qui s'enfuirent de tous côtés.

Lorsque Viktor se ressaisit, Crowley avait disparu.

— La montgolfière ! Monte dedans et pars ! Vite ! lui cria Bélialo.

Sans perdre son sang-froid, le prestidigitateur se dirigea d'un pas rapide vers la scène, où les seigneurs luttaient sauvagement.

D'abord gagné par la panique, Aimé reprit vite le contrôle de ses nerfs. Même si la situation tournait au désastre, c'était sa dernière chance d'agir. Le brouillard l'entourait de toutes parts, peuplé de démons impalpables aux mille formes luminescentes qui s'entre-déchiraient. Ces créatures abyssales mâtinées d'insectes ou de rapaces ondulaient dans l'espace et réagissaient avec une vivacité fulgurante dès qu'un ennemi passait à proximité. Immatériels, ils traversaient les humains en vampirisant au passage un peu de leur énergie vitale, si bien que les hôtes, même s'ils n'étaient pas visés, criaient et essayaient de les esquiver dans un abominable tohu-bohu, mais les créatures évitaient Aimé, qui sentait son amulette de protection chauffer contre sa peau.

Tout à coup, non loin de lui, Aimé avisa deux pieds sans corps avancer en direction de la scène. Si Crowley avait pris le tableau, il devait aussi avoir mis la main sur la cape d'invisibilité de Parks – et voilà ce qu'il se produisait quand on l'enfilait de travers ! Sans y penser à deux fois, il se lança à la poursuite des souliers de cuir noir, bousculant sur son passage hommes et démons, et plongea dans les jambes invisibles. N'ayant aucune expérience de ce genre de cascade, l'atterrissage fut rude, mais il parvint à agripper les mollets de Crowley qui s'étala de tout son long.

Toutefois le sorcier fut plus prompt à se relever. Sentant Crowley lui échapper, Aimé eut juste le temps de voir son adversaire le dominer de toute sa hauteur – son visage était un masque de fureur enlaidi d'horribles brûlures – avant de recevoir un coup de pied en pleine mâchoire.

Un tourbillon d'étoiles multicolores affola tous ses sens. Quand enfin, à quatre pattes, il recouvra la vue, Crowley se trouvait sur la scène et, le sac noir sous un bras, s'apprêtait à cogner Viktor par-derrière, lequel défaisait l'amarre de la montgolfière.

« Je dois reprendre ce maudit tableau ! » pensa Aimé une seconde avant que le magicien ne s'écroule, frappé à la nuque.

Aimé s'aperçut alors en baissant les yeux que sa main droite avait disparu. La cape du sorcier s'était enroulée autour de son poing. « Voilà qui va faciliter les choses », se dit-il, tandis que les démons qui s'approchaient trop près de lui continuaient d'être déviés par le champ de force de son amulette.

Il s'accroupit et se recouvrit à la hâte du fabuleux vêtement. Si rien autour de lui ne changea, il se sentit soudain envahi par une sensation de sécurité qu'il n'avait jamais éprouvée auparavant, comme si la cape l'avait transporté dans une dimension parallèle. Il ne voyait plus son corps et avait l'impression d'être un œil impalpable suspendu dans les airs.

Il eut une pensée pour Mérie. Avant de la libérer de cette « mérétrice », il devait d'abord monter sur la scène et s'emparer de la toile, opération périlleuse car certains seigneurs s'y affrontaient encore, entourés par une foule de démons qui s'entre-dévoraient dans un bouillonnement de couleurs et de formes horrifiques. Mais Aimé n'avait pas le choix et il lui fallait agir vite.

Cependant, Tombo se relevait péniblement. Quand le Maître avait expiré, un déclic s'était produit au plus profond de lui-même. Son lancer de poignard admirable n'avait pas seulement tué son père mais aussi tranché le dernier lien qui le rattachait à la nature humaine, inaugurant son existence démoniaque. À travers la mêlée des démons qui virevoltaient en tous sens et qui semblaient l'éviter – reconnaissaient-ils déjà en lui le nouveau Maître ? –, il vit Crowley penché sur l'amarre de la montgolfière. Le tableau de Sokov était posé contre la nacelle, rengainé dans son sac noir. Il ne faisait aucun doute que le sorcier, dont le regard allait et venait entre Viktor et la corde, pensait s'enfuir par les airs au-dessus de l'abîme de Wodh. Quand Crowley vit que Viktor s'était ressaisi, il brandit le croc qui avait pourfendu le Maître et qu'il avait ramassé en montant sur la scène.

Aussitôt, le prestidigitateur se concentra pour utiliser son pouvoir de suggestion, mais il sut à cet instant que le dard d'ivoire, consacré par on ne sait quelles entités cosmiques pour combattre les plus redoutables démons, protégeait le sorcier de toute tentative de pénétration mentale. Crowley avança vers lui avec une grimace haineuse, fendant l'air de son arme avec de larges gestes.

Tombo fléchit les jambes et mit ses deux poings en avant, imitant les pugilistes qu'il avait maintes fois vus dans les foires. Crowley se rapprochait, nullement impressionné par les crochets malhabiles que son adversaire lançait dans le vide. Soudain, en reculant, Viktor buta contre un obstacle et faillit perdre l'équilibre. Crowley en profita pour porter un violent coup d'estoc que son adversaire para in extremis de sa main nue. Le petit doigt du magicien fut tranché net. Le sorcier poussa son avantage et tenta un deuxième coup, mais Viktor parvint à lui agripper le poignet et, tombant à la renverse, l'entraîna dans sa chute.

Les deux adversaires roulèrent sur le sol et se stabilisèrent dans la flaque des entrailles liquéfiées de l'ancien Maître, dont le corps piétiné gisait à côté d'eux. Crowley était maintenant à califourchon sur le ventre de Viktor qui de sa main valide essayait de tenir à l'écart le bras armé du sorcier. Chacun avait saisi l'autre à la gorge.

Tombo comprit qu'il n'avait aucune chance de l'emporter. Le sorcier, plus fort qu'un bœuf, pesait sur lui de tout son poids. Malgré tous ses efforts, la pointe acérée du croc se rapprochait de son cou. Dans une tentative désespérée, il essaya à nouveau d'utiliser le pouvoir de sa voix, mais aucun son ne sortit de son larynx écrasé. Soudain sa main meurtrie perdit sa prise et arracha en glissant les amulettes et la grosse clé qui pendaient autour du cou du sorcier, les projetant sur la scène. Au même moment, le croc s'abattit et lui perfora l'épaule.

Crowley s'apprêtait à frapper une seconde fois quand une masse invisible le percuta avec force et le projeta à terre.

Tombo râla, toussa et réussit à se mettre à quatre pattes malgré son épaule, qui saignait abondamment. À deux ou trois pas de lui, Crowley était dans une position similaire, encore à demi assommé par le choc. Dans sa chute, le sorcier avait lâché le croc, qui se trouvait maintenant sur le sol à égale distance de lui et de son adversaire.

Viktor se précipita, saisit l'arme de sa main mutilée, mais hésita à se jeter sur Crowley – même armé, ses blessures lui ôtaient toute chance d'avoir le dessus. Il songeait à se replier vers la montgolfière quand son œil fut accroché par un détail insolite au milieu du grand chaos.

Comme dans un numéro de télékinésie, le sac noir posé contre la nacelle s'éleva dans les airs et s'éloigna rapidement vers une extrémité de la plate-forme. « Ce doit être là l'œuvre de mon allié invisible », se dit Viktor qui vit ensuite que Crowley était en train de se relever. Dans un suprême effort il l'imita et, tenant l'autre en respect avec le croc, se dirigea vers l'aéronef.

Au mépris de l'arme, Crowley se rua sur Tombo mais, privé de ses amulettes, fut stoppé dans son élan par un démon anguilliforme qui lui traversa l'abdomen. Saisi d'une subite crampe intestinale, il se plia en deux avant qu'un autre démon ne lui traverse une jambe et ne le fasse de nouveau s'écrouler.

Comprenant que le tourbillon démoniaque jouait maintenant en sa faveur, Viktor fonça vers l'amarre. Au moment où il accédait à l'aéronef, une déflagration assourdissante se produisit dans un grand éclair violet, dont le souffle l'envoya voler cul par-dessus tête.

Non loin de là, Aimé subit le même sort, projeté dans les airs par l'explosion qu'il avait lui-même provoquée.

Une fois sur la scène, malgré le remue-ménage général, Aimé n'avait pas tardé à repérer le sac noir, mais voyant Crowley sur le point de trucider Viktor, il s'était ravisé. Pouvait-il abandonner son ami, qui lui avait sauvé la mise quelques minutes auparavant ?

C'est alors que Tombo avait arraché du cou de l'Anglais la clé de l'atelier hermétique, qui avait atterri à ses pieds. Trop survolté pour s'en s'étonner, Aimé l'avait ramassée puis s'était lancé sur Crowley les pieds en avant. Il s'était ensuite replié vers le sac noir pour aller le jeter dans le brasier le plus proche, où les restes de La Mare finissaient de se consumer.

L'explosion avait été terrible. Dans un grand bruit sourd, des flammes violettes s'étaient élevées à une dizaine de mètres de hauteur et un fabuleux déplacement d'air avait tout soufflé dans le voisinage, y compris Tombo, Crowley et les seigneurs qui se trouvaient sur la scène.

Selon une habitude prise dans les tranchées, Aimé, dont l'atterrissage avait été amorti par les corps de deux convives, fit rapidement le tour de ses membres pour s'assurer de n'avoir rien de cassé, puis, sonné, regarda autour de lui. Il palpa l'anneau de Bélialo dans sa poche. Où était Mérie ? S'il y avait encore un moyen de la « sauver », quoi que cela voulût dire, il se devait d'essayer. Sans doute avait-elle suivi le mouvement de la foule lors du grand branle-bas de combat. Autant dire qu'elle pouvait être n'importe où. Par chance il n'avait pas perdu la cape d'invisibilité, qui s'était enroulée autour de lui lors de son vol plané. Il se leva, l'enfila et, mobilisant tout son courage pour la énième fois, s'enfonça dans la brume à la recherche de la jeune femme.

Même si ses membres se plaignaient encore des coups essuyés lors de ses mille péripéties, il se sentait mieux, bien mieux. Ses poumons étaient plus libres, ainsi que ses bras et ses jambes, comme s'ils venaient d'être déplâtrés. Une énergie nouvelle circulait dans ses veines. « Cette fois c'était le bon tableau ! » se dit-il avec un sentiment de triomphe dont il ne jouit qu'à demi, car avec ou sans Mérie il lui faudrait également trouver un moyen de quitter ce lieu cauchemardesque.

Il avançait à pas rapides, fouillant des yeux le brouillard qui se déposait partout en gouttelettes visqueuses et rendait le sol glissant. On n'y voyait qu'à quelques mètres. Des corps inanimés gisaient ici et là, au milieu des aliments piétinés, bris de vaisselle, chaussures, couvre-chefs et autres effets dont la grande panique avait parsemé l'esplanade. La peau parcheminée de certaines dépouilles et leurs traits creusés, marqués du sceau de l'épouvante, suggéraient qu'elles avaient été vidées de leurs sucs vitaux par les démons. Parfois, Aimé s'approchait de l'une d'elles avec un pincement à l'estomac pour s'assurer qu'il ne s'agissait pas de celle qu'il cherchait.

Au cours de son errance, il croisa quelques tabourets organiques désœuvrés et tomba sur les tables du buffet, sous lesquelles plusieurs hôtes tétanisés s'étaient réfugiés – mais, là encore, aucune trace de Mérie. En continuant vers l'intérieur de la presqu'île, il passa près d'un homme qui sanglotait, roulé en boule sur le sol, puis, un peu plus loin, sentit son cœur s'arrêter à la vue d'une femme hagarde et échevelée dont un sein avait été arraché.

Son angoisse enflait à chaque pas. En admettant que Mérie fût vivante, ses chances de tomber sur elle dans cette purée de pois étaient infimes. À l'heure actuelle, la démone qui habitait son corps s'était probablement enfuie loin de toute cette folie. Mais était-il nécessaire de retrouver physiquement la jeune femme pour la « sauver » ? La destruction de la bague ne suffirait-elle pas à chasser le monstre du corps de Mérie, où qu'elle se trouvât ?

Arrivé au bord de l'esplanade, où l'étendue dallée cédait le pas à un terrain rocailleux, il ramassa la première grosse pierre qu'il avisa, sortit la bague de sa poche et la posa sur le sol. C'était un simple anneau de fer monté d'une pierre noire opaque, assez large pour y enfiler deux doigts. S'il était tombé dessus à un marché aux puces, il n'en aurait pas donné cinq sous. Comme il levait son caillou pour frapper le premier coup, il entendit une voix – humaine, familière – et des ombres apparurent à la limite de son champ de vision limité par la brume. Il se resserra sous sa cape, tendit l'oreille, plissa les yeux – puis les écarquilla.

Non, il n'avait pas la berlue : c'était bel et bien Mâchefer qui venait dans sa direction. Le lieutenant soutenait un autre homme à l'imposante carrure qui avançait en boitant.

— Je ne comprends pas. Pourquoi vous être fait passer pour Ashtaroth ? demandait Mâchefer à son acolyte.

— Mon cher, nous aurons tout le temps pour discuter de cela quand nous aurons quitté ce lieu.

Aimé frissonna. Le personnage auquel Mâchefer servait de béquille n'était autre que Bélialo. Le démon avait perdu un œil et paraissait blessé à la jambe, mais il avait conservé son chapeau et tenait un gros livre sous le bras. De grosses taches de sang noir souillaient sa tenue grotesque déguenillée.

Mâchefer n'avait guère l'air plus en forme et saignait de plusieurs endroits mais tenait encore solidement sur ses jambes.

— Et pourquoi toute cette comédie avec Grandin, si ma présence au Symposion était prévue depuis le début ?

Aimé, figé, était tout ouïe. Par un étrange enchaînement d'événements, Mâchefer devait avoir aidé Bélialo à échapper aux griffes des autres seigneurs et faisait maintenant ami-ami avec lui. La surprise d'Aimé s'accrut quand une autre silhouette se détacha de la brume à quelques pas derrière le démon et l'officier. Celle de Mérie. La jeune femme, apparemment indemne, marchait d'un air absent.

Le trio s'éloignait sur un sentier bordé de ruines basses dont le brouillard laissait deviner les contours. Aimé leur emboîta le pas à bonne distance et continua d'écouter la discussion.

— N'allez-vous pas me répondre ?

— Bien sûr que si, mais éloignons-nous d'abord.

— Vous pouvez parler en marchant.

— Soit. Pour résumer une situation bien plus complexe que vous ne pouvez l'imaginez, ce n'était pas Grandin qui devait vous guider jusqu'ici, mais l'inverse. Sa présence au Symposion était d'une importance capitale.

— Pourquoi ?

— À l'époque le Livre ne disait rien de précis. Néanmoins les signes étaient clairs et il aurait été stupide de les ignorer.

— Le livre que vous avez là ?

— Je croyais que Grandin devait jouer un rôle dans l'accession au trône de Tombo – et, au fond, ça a été le cas, dit Bélialo en ahanant. Mais il y avait plus. Le Livre ne me l'a révélé que bien trop tard. Même s'il peut induire en erreur, le Livre ne ment pas. C'est notre ignorance qui nous trompe, notre incapacité à débrouiller ses lignes. Tout se complète, tout se boucle. Ainsi va la ronde des événements. Grandin ne pouvait pas ne pas être au Symposion. À moins d'être mort, cela va de soi. Mais le tuer n'est pas tâche facile, car une part de sang démoniaque coule dans ses veines.

— Quoi ? Dans les veines de Grandin ?

— Oui, le sang du Maître. Une faible part, mais si Tombo devait faillir – ce que nous saurons bien assez tôt – Grandin pourrait peut-être prétendre au trône de l'Outremonde.

Aimé sentit une mâchoire d'acier mordre ses entrailles. Le démon devait improviser quelque faribole, ou délirer sous l'effet de la douleur que lui procuraient ses blessures.

— Grandin est le fils de Vladimir Sokov, qui était lui-même un héritier du Maître. Son préféré, en fait. Ce qui ne l'a pas empêché d'être supprimé avec les autres le moment venu. J'y ai veillé en personne, avec l'aide de Choronzon.

— Le bougre, il cachait bien son jeu.

— Il ne le sait pas lui-même. Comprenez-vous maintenant l'importance de votre rôle ? demanda Bélialo avec un soudain regain d'énergie. Accompagner un souverain à son trône ! Cet honneur insigne vous aurait à coup sûr valu une certaine notoriété dans l'Outremonde. Mais tout n'est pas perdu. Des temps aussi grandioses qu'incertains se préparent pour les hommes et leurs démons. Le XXe siècle sera bien rempli et j'aurai besoin d'alliés habiles, probes et courageux tels que vous pour m'épauler.

Aimé en avait assez entendu. Il posa la bague sur un pan de muret en marge du sentier et laissa Bélialo, Mâchefer et Mérie s'éloigner un peu. Quand la jeune femme, qui fermait la marche, fut sur le point de disparaître dans la brume, il abattit son caillou sur la pierre noire de l'anneau, qui se brisa comme un bijou de pacotille. Aussitôt, Mérie s'écroula. Mâchefer et Bélialo revinrent sur leurs pas.

— Ce bruit, c'était quoi ? demanda l'officier. On lui a tiré dessus ?

Dans un silence scandé par l'essoufflement de Bélialo, le lieutenant et le démon scrutèrent les alentours. Aimé se fit tout petit sous sa cape.

— Est-elle morte ?

— Celle qui l'habitait n'est plus là. Ce corps ne nous est plus d'aucune utilité. Fichons le camp.

Les deux nouveaux compères firent volte-face et se remirent en mouvement. Quand ils eurent tout à fait disparu, Aimé se précipita vers Mérie, lui prit le poignet et posa l'oreille sur son décolleté. Son pouls et sa respiration étaient presque imperceptibles mais suffisamment réguliers pour conserver un espoir, malgré la pâleur bleutée de son teint. Comme il l'aurait fait au front avec un camarade blessé, il chargea la jeune femme sur son épaule, réussit tant bien que mal à rabattre la cape sur eux deux et retourna en direction de la scène.

Sur l'esplanade, seuls quelques rares démons éthérés circulaient encore dans le brouillard qui se dissipait lentement. Aimé progressait aussi vite que le lui permettait son fardeau, s'efforçant – en vain – de ne pas penser aux propos de Bélialo. « Si rien dans cet Outremonde n'a réellement de sens, pourquoi les prétendues révélations du démon en auraient-elles plus que le reste ? » se dit-il pour se rassurer. Mais les détails que le Chambellan avait évoqués prouvaient qu'il en savait long sur son passé. Plus, ils ouvraient une perspective qui ne lui avait jamais traversé l'esprit pendant toutes ces semaines de ruminations, peut-être précisément parce qu'elle était la plus évidente, la plus plausible, la plus terrifiante. Aimé Grandin était le fruit des amours orgiaques de Sokov avec ses jeunes disciples. Les mots de Bélialo lui revenaient à l'esprit, accompagnés d'une vague nausée : « Une part de sang démoniaque coule dans ses veines. » Non, non, cela n'avait aucun sens. Pour preuve, le tableau l'avait affecté, même si la pétrification n'avait que très lentement progressé. « Si Tombo devait faillir il pourrait peut-être prétendre au trône. » Impossible.

Il passa près des tables du buffet, où il n'y avait plus âme qui vive. Son œil fut attiré par le ballon noir au halo ambré qui s'était envolé au-dessus de l'abîme, dont l'horizon était maintenant barré par des nuages gorgés de foudre. L'aéronef était encore suffisamment proche pour qu'on pût distinguer deux hommes agrippés aux cordages qui pendaient à sa traîne. S'agissait-il d'Aleister Crowley et de Viktor Tombo ?

N'attendant pas de voir lequel des deux aurait réussi à se hisser en premier dans la nacelle, Aimé remonta le corps de Mérie sur son épaule, souhaita mentalement bonne chance à Viktor et se remit en mouvement.

Contre toute attente, il n'eut aucune difficulté à retrouver l'entrée du tunnel par lequel il était arrivé. La perspective de se perdre à nouveau dans le labyrinthe souterrain ne le réjouissait guère, mais avait-il vraiment le choix ?

En franchissant le seuil du tunnel obscur, de nouvelles craintes l'assaillirent. Jusqu'où aurait-il la force de porter Mérie ? Quelles étaient vraiment leurs chances de revoir le jour ? Et où ressortiraient-ils ? Dans le no man's land du Chemin des Dames ? Dans un autre coin de l'Outremonde, ou pourquoi pas à l'autre bout de la planète ?

Il n'avait pas fait trois pas qu'il aperçut, à quelques mètres, deux hommes dont la silhouette et les traits se discernaient encore vaguement dans la faible clarté provenant de l'extérieur. L'un d'eux – Méliès – était adossé à la paroi et sanglotait la tête entre les mains, pieds et torse nus. L'autre – Azra – regardait l'extrémité du tunnel, à travers ses lunettes et les corps invisibles d'Aimé et de Mérie.

— On dirait que ça s'est calmé. Êtes-vous prêt à sortir ?

N'obtenant pour réponse que des hoquets, l'homme aux lunettes secoua son compagnon par les épaules.

— Bon sang, ressaisissez-vous ! Ne m'obligez pas à vous abandonner ici !

— Ne craignez rien ! dit Aimé en ôtant sa cape et en levant la main pour tranquilliser les deux rescapés, qui bondirent et crièrent comme si la mort était apparue près d'eux. Je suis de votre côté.

Azra, qui n'en était pas à sa première surprise, recouvra rapidement son sang-froid. À son grand soulagement, il comprit que la chaîne non euclidienne des événements ne s'était pas brisée.

— Il n'y a plus personne là-dehors. Si vous voulez vivre, suivez-moi. Vous m'aiderez à porter cette jeune femme.

Sans attendre de réponse, Aimé, la peur au ventre, s'enfonça dans le boyau obscur qui résonnait encore des clameurs du Symposion.

Contre toute attente, il n'eut aucune difficulté à retrouver l'entrée du tunnel par lequel était arrivé. La perspective de se perdre à nouveau dans le labyrinthe souterrain ne le réjouissait guère, mais [illegible] le choix.

La [illegible] du tunnel [illegible] nouvelles [illegible] Métro ? [illegible] chambre de [illegible] jour ? Et où [illegible] Chemin-des-Dames ? [illegible] ne pourrait-il pas [illegible] la planète.

Il n'avait pas fait [illegible] deux hommes [illegible] [illegible] reconnaître [illegible] [illegible] d'eux [illegible] [illegible]

— [illegible] regardait [illegible] et [illegible] invisibles [illegible] Métro.

— On [illegible] que ça [illegible] [illegible] pour [illegible] que [illegible] [illegible] compagnon par les [illegible]

[illegible]

[illegible]

— Je [illegible] devant la main pour [illegible] les deux [illegible], [illegible] et [illegible] de votre côté.

[illegible] première [illegible] [illegible] grand [illegible] [illegible] [illegible]

— Il n'y a [illegible] Si vous voulez [illegible] [illegible]

[illegible] le peut [illegible] [illegible] qui résonnait encore [illegible] du Symposium.

ÉPILOGUE

Dans la nuit du 12 au 13 octobre 1917, mille cent soixante-septième jour de guerre, un violent incendie se déclara dans un immeuble sur l'île de la Cité, causant des dizaines de victimes. Malgré l'ampleur du désastre, la nouvelle fut reléguée à la rubrique des chiens écrasés et n'eut que peu d'échos dans la presse, qui se borna à spécifier que le sinistre avait intéressé un « casino clandestin aménagé dans une ancienne cave à charbon ». Se heurtant à un mur de silence du côté des autorités, les quelques journalistes qui couvrirent l'événement ne purent en apprendre plus sur l'identité des victimes ni parler à aucun rescapé et se désintéressèrent rapidement de l'affaire. Personne ne s'en étonna.

À l'aube du 15 octobre, alors même que Mata Hari était passée par les armes dans les fossés du fort de Vincennes, le caporal Aimé Grandin fut admis à l'hôpital de la Pitié-Salpêtrière dans des conditions critiques. Si ses plaies à la jambe et au flanc avaient été correctement soignées au front, sa blessure à la tête suscitait la plus grande réserve chez les médecins parisiens. Un éclat de grenade lui avait transpercé le front, endommageant son cerveau, et on ne savait pas si le garçon sortirait du coma, ni, le cas échéant, dans quel état.

Aimé reprit conscience au bout de deux semaines. Les résultats des premiers tests furent encourageants. Malgré son mutisme, le patient réagissait à ce qu'on lui disait et on avait bon espoir de le voir récupérer au moins une partie de ses facultés. Sa vie, en tout cas, n'était plus en danger. L'optimisme était de rigueur.

Comprenant tout, mais incapable de s'exprimer, Aimé n'avait pas plus de prise sur son environnement qu'un nouveau-né. Il se trouvait dans une grande salle accueillant une quarantaine de lits, pour la plupart occupés par des blessés dans un état bien plus critique que le sien. Son voisin de droite, un grand brûlé marseillais, était pansé de la poitrine aux pieds et pleurait la perte de ses organes génitaux. Par une sorte de sinistre complémentarité, la tête de son voisin de gauche, dont la mâchoire avait été arrachée par un shrapnel, était enveloppée d'épais bandages. De jour comme de nuit, cette grande salle commune où les relents organiques se mêlaient à l'odeur de désinfectant résonnait de râles et de plaintes, et il était rare que le matin arrive sans son lot de décès.

Tout en se rappelant avoir passé du temps dans les tranchées, Aimé était incapable de reconstruire le fil d'événements qui l'avait amené là. Sur fond d'amnésie presque totale, des bribes de souvenirs lui sautaient à l'esprit – des visages, des situations et des images souvent atroces qui se mélangeaient et qu'il ne pouvait ni nommer ni situer. Ses rêves, poignants de réalisme, étaient parfois peuplés de créatures fantastiques dont sa raison ne pouvait admettre l'existence au réveil. La nature n'engendrait pas de tels monstres. Au fond de son isolement silencieux, il était au moins sûr de cela.

Son état étant globalement satisfaisant, Aimé fut bientôt transféré au service de neurologie, où il rejoignit d'autres hommes au cerveau lésé ou affectés de traumatismes psychologiques. Si le taux de mortalité était bien inférieur dans ce service, y séjourner n'avait rien d'une sinécure. Là aussi, on criait, on pleurait, on se mutilait et on menaçait de se pendre ou de s'ouvrir les veines. Comme la végétation sous les tropiques, les souffrances psychiques s'y déployaient avec une luxuriance rare et dans des variétés jusqu'alors inconnues. Entre tous, les hommes atteints d'obusite, prostrés ou secoués de violents tremblements comme si un ressort se cachait dans chacun de leurs membres, suscitaient le plus vif intérêt des médecins.

Heureusement, n'étant pas sujet à des pulsions suicidaires et ses plaies étant presque entièrement guéries, Aimé fut laissé libre de circuler dans l'hôpital et d'aller prendre l'air quand bon lui semblait dans la promenade de la Hauteur, espace vert jouxtant la Pitié-Salpêtrière où s'étendaient jadis des jardins maraîchers. C'est là, vers le milieu du mois de décembre, alors qu'il regardait tomber les flocons d'un hiver qui s'annonçait aussi rude que le précédent, qu'un déclic se produisit.

« Bientôt Noël, se dit-il au détour d'une songerie sans queue ni tête. Ce sera le premier que je passerai sans l'oncle Géo. »

Cette réflexion aussi banale que fortuite lui fit l'effet d'une gifle. Géo était-il mort ? L'image d'une bière descendue dans une fosse à l'aide de sangles lui sauta à l'esprit. Puis celle d'une galerie de visages graves réunis autour d'une tombe – ceux-là mêmes qui n'avaient cessé de lui apparaître depuis qu'il avait repris conscience, ceux de ses amis, même s'il ne pouvait pas les nommer. Un sentiment de solitude aussi vaste et froid que le ciel s'empara de lui – étaient-ils morts eux aussi ?

Ce choc émotionnel raviva la volonté d'Aimé, qui parvint dès lors à réagencer les grands blocs de son existence. Le décès de son oncle – savait-il sans comprendre pourquoi – avait été une importante ligne de partage dans sa vie, tout comme son départ pour le front, dont il ne réussissait pas à reconstituer le déroulement. Ses rêves et faux souvenirs de créatures monstrueuses se raréfièrent. Si tout cela s'agençait encore autour d'un grand trou noir, et si les noms des personnes dont il se souvenait continuaient de lui échapper, il récupérait peu à peu sa faculté de langage, ce qui lui permit d'avoir des échanges avec ses voisins de chambre.

Noël arriva. Les médecins – dont un certain Azra, neurologue éminent qui chaque semaine passait examiner Aimé – étaient on ne peut plus satisfaits des progrès de leur patient. Sa sortie de l'hôpital n'était plus qu'une question de jours quand un autre événement hâta sa guérison. Le 26 décembre, par un après-midi aussi sombre que les précédents, un homme s'appuyant sur des béquilles, couvert d'une vieille pelisse et coiffé d'un chapeau mou vint le trouver dans sa chambre. Ce visiteur au visage raviné et mal rasé fit un large sourire quelque peu repoussant dès qu'il aperçut Aimé, dont le cerveau mutilé s'illumina. C'était tout un pan de son passé qui venait de refaire surface, comme une grosse bulle de gaz remontant des profondeurs marines.

— Gaspard ?

Sous les regards bienveillants des autres patients, les deux amis se jetèrent dans les bras l'un de l'autre et pleurèrent de chaudes larmes de joie.

Quand l'émotion eut desserré sa poigne, ils allèrent dans le grand hall de l'hôpital, où le va-et-vient anonyme du personnel, des visiteurs et des blessés leur fournit une sorte d'intimité. Gaspard se rendit bien vite compte de la condition d'Aimé, qui ne répondait à ses questions que par des sourires et des phrases hésitantes. Aussi fut-il presque le seul à parler.

— Mon vieux, on revient de loin. Il faut dire merci à notre bonne étoile. La dernière fois que je t'ai vu, ça n'allait pas fort.

Par un hasard des plus extraordinaires, c'était lui, Gaspard, qui avait amené Aimé à l'hôpital de campagne de la ferme d'Hameret la nuit où il avait été blessé. L'échange de coups de feu dans lequel Aimé avait été pris avait duré plus de deux heures et il n'aurait probablement pas survécu à ses blessures si un certain sergent – un colosse blond que tout le monde appelait Grand Georges – n'avait accompli l'exploit de regagner les tranchées françaises sous le feu ennemi avec Aimé sur une épaule, son lieutenant sur l'autre et deux balles dans le corps. Parmi les trois, Aimé était le plus mal en point, et ce fut un grand soulagement pour Gaspard d'apprendre qu'il avait été évacué vers la capitale.

Grand Georges, Mâchefer, la sortie nocturne, la retraite… Comme cela se produirait souvent durant les jours suivants, Aimé se rappela les événements au moment où son ami les évoqua – confusément d'abord, puis avec une netteté croissante à mesure qu'ils s'imbriquaient.

Une dizaine de jours plus tard, lors de la grande offensive de Pétain au Chemin des Dames, ce fut au tour de Gaspard de gagner son billet pour l'arrière. Blessé par un éclat d'obus qui lui transperça le genou, il fut évacué et soigné à l'hôpital Saint-Louis, d'où on le laissa sortir vers la mi-décembre, dès que sa condition lui permit de circuler. Une fois dehors, il se mit aussitôt à la recherche de son ami, se rendant péniblement d'un hôpital à l'autre sur ses béquilles – « plutôt casse-gueule avec toute cette neige » – pour savoir si le seconde classe Aimé Grandin de la 67e D.I. était quelque part dans leurs services. « Le quinzième était le bon – un coup de bol, il y en a des dizaines ! »

L'heure du souper arriva, et le moment vint pour Gaspard de prendre congé.

— Tiens, je t'ai apporté ça, dit-il en sortant un saucisson d'âne de la poche de sa pelisse. C'est du premier choix. Dès que tu seras sorti d'ici, on s'occupera de te refaire une situation. En attendant, je viendrai te voir tous les jours.

Il en alla ainsi. Pendant une dizaine, les visites de Gaspard furent quotidiennes. Au cours des longs moments qu'ils passaient ensemble à l'air libre, dans la promenade de la Hauteur ou dans les allées entre les pavillons de l'hôpital, Gaspard essayait patiemment de stimuler la mémoire de son ami, qui de son côté posait de nombreuses questions. Bientôt, Aimé fut à nouveau capable de mettre un nom sur les visages de Modi, de Max, de Viktor, de Raymond et de Mérie, sa « pouliche du moment », selon les mots de Gaspard.

— Mérie, oui, je me souviens. Mérie Baveret. Elle habitait boulevard de Charonne, au 8. Je me demande ce qu'elle est devenue.

Pour éviter de brusquer Aimé, qui était manifestement ému, Gaspard se limita à dire qu'il se renseignerait.

Si l'enterrement de Géo, mort d'une crise cardiaque, fut un des premiers événements à être évoqués, leur association avec Parks ne fut mise sur le tapis qu'au bout du troisième jour.

— Ça a été le début d'une cascade d'emmerdes, dit Gaspard. Raymond y a laissé sa peau.

L'Irlandais, qui voulait mettre la main sur un faux tableau que Géo Grandin avait peint, leur avait fait avaler un tas d'histoires à la mords-moi le nœud. Cet assassin avait profité d'un moment de faiblesse d'Aimé pour lui faire croire que sa vie était en danger, garnissant ses boniments d'un tas de superstitions que les gens ont tendance à gober dans les moments difficiles. Peut-être valait-il mieux oublier tout cela, ou du moins attendre un peu avant d'en reparler.

Le 5 janvier, en fin de matinée, Aimé quitta l'hôpital, emmitouflé dans les vêtements chauds que Gaspard lui avait apportés la veille, dont des moufles et une pelisse tristement semblable à la sienne. Regrettant de ne pouvoir être présent pour sa sortie, son ami lui avait donné rendez-vous sur les coups de sept heures au Boit-Sans-Soif, où le père Le Men avait organisé un apéritif en son honneur.

Sur le boulevard de l'Hôpital, tout était blanc et il neigeait à gros flocons. L'hiver 1918 semblait bien décidé à détrôner le précédent, si rude que la Seine avait gelé. Dans un silence irréel, quelques rares véhicules hippomobiles ou à moteur circulaient au pas et les piétons, avec le panache de leur haleine, évoquaient des automates à vapeur. Par moins quatorze degrés, Aimé boita vers le métro Chevaleret. L'air glacé lui brûlait les poumons et lui faisait tourner la tête. Bien que la ville lui fût familière, il avait le sentiment de ne plus lui appartenir, comme s'il venait de passer plusieurs lustres en prison.

Autour du métro Belleville, les trois quarts des commerces étaient fermés. Au début de la rue du Faubourg-du-Temple, un cheval s'était blessé en glissant sur le pavé et un attroupement s'était formé autour de l'animal qui hennissait de douleur, couché sur le flanc. Seuls quelques enfants bataillant à coups de boules de neige sur le terre-plein du boulevard de la Villette semblaient s'accommoder de ce scénario de fin des temps.

Aimé remonta prudemment la pente de la rue de Belleville, transformée en patinoire, jusqu'à son immeuble. Ne sachant comment entrer chez lui, il frappa à la loge du concierge qui, en voyant ses blessures de guerre, le traita avec le plus grand respect. Inutile d'appeler un serrurier, car pour parer à toute éventualité Aimé lui avait confié un double de ses clés, qu'il avait conservé avec soin.

Une fois seul dans sa chambre, l'impression d'étrangeté qui le tenaillait depuis sa sortie de l'hôpital redoubla d'intensité. Dans le jour blafard qui suintait par les carreaux sales, il reconnut son lit défait, sur lequel quelques vêtements légers étaient encore jetés, sa malle, son poêle, son matériel de toilette disposé négligemment sur le pourtour du petit lavabo, mais tous ces objets qu'il savait lui appartenir l'accueillirent avec une froideur égale à la température polaire qui régnait dans la pièce.

Il posa les quatre mois de courrier que le concierge lui avait remis sur la petite table ronde recouverte d'une fine couche de poussière et s'assit sur son lit. « Et maintenant ? » se demanda-t-il, les yeux fixés sur une boulette de papier froissé sous le lavabo. Ce lieu appartenait à une personne qu'il avait été dans une autre vie. Pourquoi courir après les souvenirs d'un homme qu'il n'était plus ? Pourquoi réintégrer la peau d'un mort ?

Soudain écrasé par ces pensées, il se serra dans sa pelisse comme au front dans sa peau de mouton, se recroquevilla sur son lit en position fœtale et sombra dans un profond sommeil.

Lorsqu'il sortit du métro Riquet, quelques heures plus tard, revigoré par sa sieste, il n'était pas sûr de pouvoir retrouver le Boit-Sans-Soif, mais ses pieds l'y menèrent comme s'ils se souvenaient du chemin. La neige ayant cessé de tomber, concierges, riverains et employés de mairie avaient conjugué leurs efforts pour déblayer les trottoirs et la chaussée avec leurs maigres moyens. Un peu partout dans la ville, de petits groupes de femmes et de quinquagénaires poussant de gros bidons roulants répandaient de pleines poignées de sable sur le pavé où les véhicules, profitant de l'accalmie, s'étaient remis à circuler.

Aimé arriva en vue du bistrot, dont les grandes vitres éclairées de l'intérieur étaient tout embuées. À peine eut-il poussé la porte, avec un petit pincement à l'estomac, qu'un concert d'exclamations retentit : « Le voilà ! », « À la bonne heure ! », « C'est pas trop tôt ! »

Dans un décor marin qui aussitôt lui parut familier, agrémenté de quelques festons et de lampions à abat-jour colorés disposés tout autour de la salle, une vingtaine de personnes avaient la tête tournée vers lui. Il eut à peine le temps d'aviser Gaspard et le père Le Men que Modi fondit sur lui.

— Aimé ! Mon petit frère ! s'exclama l'Italien en le serrant contre lui.

Sous les applaudissements et les rires des présents, Aimé demeura interdit, saisi par l'émotion.

— Ferme cette lourde, le môme, on va tous choper la mort ! cria Gaspard depuis le zinc.

On se pressa autour du roi de la fête pour l'embrasser. Aimé, qui ne parvenait pas à remettre tous les convives, reconnut néanmoins Jeanne, la jolie compagne de Modi, Utrillo, André dit « Dédé la Toupie », le chauffeur de taxi, Riton les Échasses, ainsi que Lili et Micheline, les deux prostituées habituées du Boit-Sans-Soif qui avaient toujours eu une attitude maternelle envers lui. S'il n'avait aucun souvenir de Soutine – déjà ivre, à l'instar de Modi – ni de la Ruche où ils avaient été voisins, il finit par reconnaître Picasso, qui lui donna une chaleureuse embrassade.

L'explosion de joie initiale étant passée, Aimé se sentit obligé de dire quelques mots.

— Je vous remercie tous. Comme vous le savez peut-être, j'ai perdu un bout de tête au casse-pipe, bredouilla-t-il en touchant la grosse cicatrice qui lui barrait le front. Je ne me souvenais pas avoir autant d'amis fidèles.

— Te goure pas, c'est pour claper à l'œil qu'on est venus !

Cette plaisanterie d'André, accueillie par d'autres rires et d'autres applaudissements, marqua officiellement le début des festivités. On remplit tous les verres et on trinqua au retour d'Aimé avant d'attaquer les mets que le père Le Men avait préparés : fromages, rillettes, pâté de tête avec pain à volonté et surtout un ragoût de mouton dont le parfum de laurier supplantait l'odeur de tabac dans la salle enfumée.

Tout le monde sachant qu'Aimé n'avait pas encore récupéré toutes ses facultés, on le ménagea et on évita de lui poser trop de questions sur son expérience dans les tranchées ou ses projets d'avenir. Très vite, les convives formèrent de petits groupes. Soutine et André, qui avaient mystérieusement sympathisé, plaisantaient avec Micheline et Lili. Modi, après avoir abreuvé Aimé de discours bienveillants et assuré son jeune ami qu'on allait lui « trouver une bonne situation », alla écouter Picasso, qui entretenait Utrillo et deux autres personnes de son exposition avec Matisse, qui devait débuter prochainement.

— J'espère que tu ne m'en veux pas trop pour aujourd'hui, dit Gaspard quand il fut demeuré seul au zinc avec Aimé. J'aurais dû être là pour ta sortie de l'hosto, mais il fallait aussi que j'organise cette petite sauterie et j'étais un peu à la bourre.

— Ne t'en fais pas, je comprends. Je te suis reconnaissant.

Soudain Gaspard prit une expression sérieuse.

— Je dois te dire une chose, même si ce n'est peut-être pas le meilleur moment.

Il se rapprocha d'Aimé, son ton devint confidentiel :

— La nuit où je t'ai amené à l'hôpital de campagne, au Hameret, j'étais désespéré. Tes blessures étaient moches et je croyais t'avoir perdu. Mais j'ai quand même pensé à te fouiller – tu sais, juste pour éviter que quelqu'un d'autre le fasse à ma place. Et j'ai trouvé ça.

Gaspard sortit de la poche de son pantalon un objet enveloppé dans un mouchoir qu'il mit discrètement dans la main d'Aimé.

— Je ne sais pas pourquoi, mais depuis que je l'ai ce truc n'a pas cessé de m'inquiéter – de m'obséder, même, au point que j'ai failli le jeter. Mais il t'appartient. Alors voilà.

Aimé, déboussolé, ne savait pas quoi répondre. Comme il allait déballer l'objet, la porte du bistrot s'ouvrit, laissant entrer un grand courant d'air froid.

— Ah ! s'exclama Gaspard, manifestement content d'enterrer le sujet. Le môme, voilà quelqu'un qui va illuminer ta soirée !

Aimé se retourna. Deux jeunes femmes chaudement vêtues venaient d'apparaître. Tandis que l'une lançait un « Bonsoir, la compagnie ! » tout en s'empressant de refermer la porte derrière elle, l'autre regardait autour d'elle d'un air un peu perdu. Aimé reconnut Mérie.

Sur un signe de Gaspard, les deux nouvelles venues aux joues rougies par l'hiver approchèrent du comptoir. Les regards d'Aimé et de Mérie étaient comme aimantés. Gaspard ébaucha une petite courbette et prit son ton le plus poli.

— Bonsoir, mesdemoiselles. Je suis content que vous ayez pu venir – mais pas autant que mon ami, je crois.

— Bonsoir à vous deux, dit la grande fille blonde aux yeux clairs qui accompagnait Mérie. Désolées pour le retard, je vois que la fête a déjà commencé. Aimé, tu te souviens de moi ? Élise, une amie de Mérie.

— Non, balbutia Aimé, comme tiré d'un songe. Mais j'ai des problèmes de mémoire – Gaspard a dû vous le dire. Comment vous êtes-vous connus ?

— Je me suis souvenu de l'adresse que tu m'as donnée à l'hôpital, dit Gaspard. J'ai voulu vérifier si Mérie y habitait encore. J'y suis allé, j'ai frappé et c'est Élise qui m'a ouvert.

— Je passe souvent chez Mérie le soir, intervint Élise d'un ton joyeux. Tu trouveras ça extraordinaire, mais elle aussi a des problèmes de mémoire – elle t'expliquera ! En tout cas je te rassure, elle se souvient de toi. Allez, idiote, dis quelque chose !

Les yeux luisants d'émotion, Mérie sourit. Aimé l'attira vers lui et la prit dans ses bras. Quand, au bout d'un long moment, ils desserrèrent leur étreinte, Mérie pleurait.

— J'ai passé un moment terrible. Parfois, je croyais que tu n'avais jamais existé, lui murmura-t-elle.

— C'est ce que j'ai souvent souhaité. Plus maintenant.

— Arrêtez vos bêtises, gardez-en pour plus tard ! dit Élise en riant. Gaspard, il y a moyen de manger quelque chose ?

Ils s'assirent tous les quatre à une table où le père Le Men, qui était au courant de cette « surprise » organisée par Gaspard, leur servit prestement un plat de son ragoût de maître et un cruchon de rouge. À présent, la petite fête battait son plein. Lili, qui était passée par le conservatoire, s'était mise à chanter un air d'opéra italien tandis que près du comptoir, au grand divertissement de tous, Pablo et Modi avaient entamé une discussion très vive, mâtinée d'espagnol et d'italien. Mais une bulle increvable d'intimité s'était formée autour d'Aimé, Mérie, Gaspard et Élise, transformant le raffut ambiant en lointain écho.

Au mois d'octobre de l'année précédente, Mérie avait réchappé par miracle de ce terrible incendie qui s'était déclaré dans un établissement souterrain sur l'île de la Cité. Intoxiquée et brûlée à l'épaule, elle s'en était tirée à bon compte, car plusieurs personnes avaient perdu la vie dans le sinistre. Cependant, à son réveil, on dut lui expliquer la raison de sa présence à l'hôpital et les circonstances de son sauvetage, car elle n'avait aucun souvenir de s'être jamais rendue dans ce « casino clandestin » dont il était question. En fait, on s'aperçut bien vite que plusieurs semaines de son existence avaient été effacées de sa mémoire. Aux blessures physiques s'ajouta un traumatisme psychologique profond qui l'obligea à séjourner à Bicêtre pendant plus d'un mois.

— Je ne savais plus qui j'étais. La nuit, je faisais un cauchemar récurrent où je me retrouvais prisonnière dans un lieu humide et froid, anéantie par la peur et le désespoir, car je savais être condamnée à mort. Le jour, tout se mélangeait dans ma tête, c'était affreux.

Par un heureux hasard, une infirmière de la Croix-Rouge ayant pour un temps travaillé à Noisy-le-Sec reconnut la patiente et informa Élise, qu'elle savait être proche de Mérie, de la situation de son amie.

— Quand j'ai su ça, je me suis précipitée. Je me rongeais les sangs – on ne l'avait pas vue chez elle depuis deux mois !

— C'est grâce à elle que j'ai pu remonter la pente, dit Mérie, soulagée d'avoir raconté ses tribulations à Aimé. Depuis, elle ne me lâche pas d'une semelle. Elle me soigne mieux que si j'étais sa vieille mère.

Par-dessus la table, Aimé prit la main de Mérie.

— Gaspard a fait la même chose pour moi. On leur doit une fière chandelle, à ces deux-là.

— C'est bon, n'en jetez plus, dit Gaspard. Ne croyez pas qu'on va se laisser attendrir aussi facilement.

— Gaspard, dit Élise, tu ne crois pas qu'on devrait les laisser un petit moment en tête à tête ?

Élise et Gaspard prirent leur verre et allèrent se joindre aux convives qui s'étaient agglutinés autour de Lili. La chanteuse était passée à un répertoire plus grivois et remportait un certain succès, même Picasso et Modi avaient cessé de se chamailler pour l'écouter. Autour de la table, un silence gorgé d'émotion s'installa qu'Aimé prit l'initiative de briser.

— Combien de temps nous sommes-nous fréquentés avant que tout ne parte à vau-l'eau ?

— Un mois ou deux, je crois.

— Je n'en ai qu'un vague souvenir. Désolé.

— Nous avons passé de bons moments.

— Je le sais, je le sens, mais je ne m'en souviens pas. Ça me reviendra peut-être, avec le temps, dit-il en soupirant. Je suppose que l'avantage de perdre la mémoire, c'est qu'on oublie aussi beaucoup de mauvais moments.

D'une main tremblante, Mérie caressa la joue d'Aimé, puis la grosse cicatrice rosée en forme de virgule qui lui labourait un côté de la tête, à peine cachée par une longue mèche de cheveux blancs. Elle tenta de réfréner un sanglot, mais des larmes coulèrent à nouveau de ses yeux.

— Allons, allons – quelle fontaine ! Désolé de t'effrayer avec ma sale gueule.

— Mais non, ce n'est pas ça.

— Nous devrions être joyeux, ou du moins essayer de l'être. Tu sais, il me reste bien assez de cerveau pour commencer une nouvelle vie. J'espère que tu voudras bien en faire partie.

Gagné par l'émotion, Aimé chercha quelque chose pour sécher les larmes de Mérie. Ne trouvant rien sur la table, il songea au mouchoir enroulé autour de l'objet que Gaspard lui avait remis. Sans réfléchir, il sortit le paquet de sa poche, le déballa sur ses genoux et demeura interdit.

C'était une clé. Non, pas *une* clé – se dit-il sans pouvoir en détacher les yeux –, c'était *la* clé la plus étrange qu'il eût jamais vue. Avant même qu'il ne se demande ce qu'il pouvait fabriquer au front avec ce type d'article dans sa poche, ou quelle porte un tel chef-d'œuvre de l'artisanat pouvait bien ouvrir, il la sentit tourner dans une serrure enfouie au fond de son esprit. Un frisson lui parcourut l'échine.

— Je suis désolée, dit Mérie. Je pleure comme une Madeleine, mais ce sont des larmes de joie. Je suis tellement heureuse que nous soyons à nouveau réunis…

Sans relever la tête, Aimé jeta un coup d'œil en direction de Gaspard et croisa le regard inquiet de son ami.

— Aimé, qu'est-ce que tu as ?

Aimé se ressaisit et s'efforça de sourire.

— Rien, dit-il en tendant le bras pour essuyer les joues de la jeune femme. Rien, tout va bien, maintenant.

Remerciements

Mes plus chaleureux remerciements vont à Sandrine Martin, qui a eu le courage d'affronter la toute première version de *Quand on parle du Diable*, ainsi qu'à l'implacable « comité de lecture » composé d'Olivier Pauvert, Marc Deneux, Modi Barry, Jean-Christophe Pégon, Yves Le Men, Laurent Deborde, Manuel Shapira et Sylvain Fort, auxquels j'exprime ma profonde amitié. Je remercie également Dominique Maisons dont la lecture attentive m'a permis de mettre au point certains détails. Un grand merci enfin à Vanessa Springora, dont l'enthousiasme, la patience et les compétences ont permis à ce livre de voir le jour sous les meilleurs auspices. Par ailleurs, s'il serait impossible de citer les nombreuses sources consultées pour reconstituer l'arrière-plan culturel et historique du roman, j'aimerais néanmoins mentionner l'*Histoire illustrée de la prestidigitation* de Max Dif et *Vivre à Paris pendant la Grande Guerre* de Pierre Darmon, qui m'ont accompagné tout au long de l'écriture. *Quand on parle du Diable* mêle la réalité à la fantasmagorie, les lieux et les personnages imaginaires aux réels, mais toute erreur ou imprécision concernant des faits historiquement vérifiables m'est bien entendu imputable.

Imprimé en France par CPI
en décembre 2019

*Cet ouvrage a été composé et mis en pages
par ÉTIANNE COMPOSITION
à Montrouge.*

N° d'édition : 59530/01
N° d'impression : 155352